KB161066

홍콩 지도

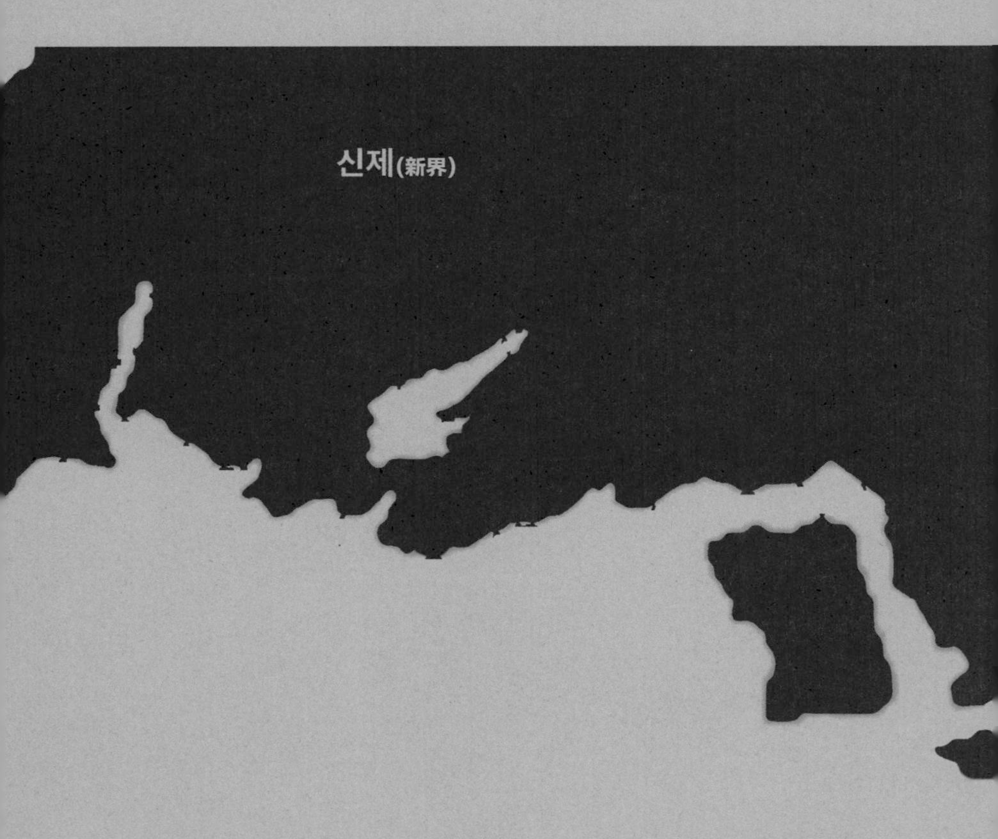

이 지도는 원서에는 없는 것으로 한국 독자들의 이해를 돕기 위해 그려 넣었습니다.
각 장의 사건 무대는 다음과 같습니다.

1장 사이쿵(풍영소축), 청콴오(허런 병원)
2장 성완, 조던(매립지역), 침사추이, 홍홈
3장 센트럴(그레이엄가), 차이완, 폭푸람(퀸메리 병원)
4장 몽콕(자후이루)
5장 센트럴(러샹위안), 야우마테이(과일시장), 웨스트포인트(케네디타운 수영장)
카오룽통(난씨 아파트), 리펄스베이
6장 노스포인트(칭와가), 완차이(스프링가든가), 조던 부두, 홍홈

웨스트포인트

폭푸람

사이쿵
오룽(九龍)
카오룽통
청콴오
몽콕
훙홈
우마테이
조던
침사추이
센트럴
완차이
노스포인트
홍콩섬
차이완
리펄스베이

13
67

13·67

13.67

찬호께이 장편소설

강초아 옮김

한스미디어

홍콩 작가만이 써낼 수 있는 매력

다마다 마코토(玉田誠) _ 추리문학 평론가

제2회 시마다 소지 추리소설상 수상작인 『기억하지 않음, 형사』 이후 찬호께이가 발표한 이 작품은 본격 추리소설로, 연쇄적인 단편 형식을 띠고 있다. '탁월한 추리 능력을 갖춘 전설적 인물인 관전둬와 뤄샤오밍의 파트너십으로 해결하기 어려운 갖은 사건을 해결한다'라고 이 작품의 내용을 소개한다면, 적잖은 독자들이 일본의 경찰드라마 〈파트너〉를 떠올릴지도 모르겠다. 그러나 작가 찬호께이는 이 소설의 플롯에 굉장히 공을 들였고, 절대 그렇게 간단히 짐작할 수 있는 작품이 아니다.

첫 편인 「흑과 백 사이의 진실」에서는 이 작품에서 탐정 역할을 맡은 관전둬가 암 말기 환자로 혼수상태에 빠져 있다. 그의 파트너인 샤오밍은 특수한 기계장치로 그와 대화하며 사건의 진상을 파헤친다. 이야기는 예측불허의 전개로 몇 번이나 독자를 희롱하다 마지막에는 안타까운 결말을 보여준다.

본격추리를 내세운 이 작품은 두 번째 편 「죄수의 도의」에서 시간을 과거로 되돌린다. 그리고 「죄수의 도의」에서 「빌려온 공간」까지, 교묘한 본격추리적 기교를 바탕으로 시간을 거슬러 점차 변해 가는 홍콩의 모습을 드러낸다. 책 앞머리에 실린 '홍콩경찰선서'의 일부 인용이 책에서는 8쪽에 실려 있다처럼 이 작품은 홍콩경찰이 어떤 모습이어야 하는지를 주제로 통주저음thoroughbass, 곡 전체적으로 나타나는 저음부처럼 홍콩의 끊임없는 변화상을 드러낸다. 사건의 진상이 홍콩경찰의 내막과 연결되어 있다는 점이 이 작품의 특별한 장점이기도 하다. 이 작품은 일본 경찰소설 혹은 구미와 일본의 추리소설과도 다른, 홍콩 작가만이 써낼 수 있는 독특한 매력을 담고 있다.

위에서 말한 것처럼 이 작품의 각 편은 이전 편의 주제를 이어받는데, 이런 세심한 안배에서 작가만의 스타일과 플롯의 오묘한 의미를 느낄 수 있다. 본격추리의 수법으로 말하자면, 비교적 단순한 장편소설과 달리 대담하게도 연속 단편이라는 구조를 선택해 이야기의 클라이맥스를 앞에 두고 거꾸로 되짚어 서술하는 의도와, 마지막 편인 「빌려온 시간」에서 교묘한 트릭으로 독자를 속이는 구성까지 모두 강렬한 흡인력으로 다가온다. 「빌려온 시간」을 다 읽은 순간 드러나는 진실에 독자들은 다시 「흑과 백 사이의 진실」로 되돌아오게 된다. 시작부의 비애감이 더욱 고조되면서 새로운 사실에 충격을 받게 될 것이다. 이를 통해 한 인간의 죽음이 어떤 의미가 있는지에 대해 나 자신부터 깊이 생각해보게 되었다. 또한 이 인물의 반생은 곧 홍콩이라는 도시의 은유라는 생각이 들었다.

이 작품을 통해 예견하는 홍콩의 미래가 희망일지 비애일지, 그 답은 어쩌면 우리 독자들의 판단으로 남아 있는지 모른다.

일러두기

- 지명을 제외한 고유명사는 외래어표기법에 따라 표기했습니다. 중국에서 사용하는 표준중국어 발음에 준한 표기입니다.
- 지명은 현지 발음에 맞게 홍콩에서 사용하는 중국어 방언인 광둥어의 발음에 준하여 표기했습니다. 지명 중 영어 명칭이 주로 쓰일 때는 중국어 명칭이 따로 있음에도 영어 발음으로 표기했습니다.
- 작가의 주석은 본문 하단에 각주로 넣었습니다. 다만 같은 뜻의 여러 단어를 풀이한 내용은 삭제했습니다. 홍콩과 타이완에서 사용하는 어휘의 차이로 본문에는 홍콩식으로, 주석에는 타이완식으로 풀어주는 사례인데 우리말로는 그 차이가 거의 와닿지 않습니다.
- 옮긴이 주석은 본문 중에 작은 고딕자로 병기했습니다.
- 이 작품은 허구에 기반하고 있으며 실제 인물, 장소, 단체, 사건과 무관합니다.

차례

홍콩경찰선서(1980년대 버전)

—— 본인은 경찰관으로서 영국 여왕과 황태자 및 그 계승자에게 충성을 다하고 법에 의거하여 진력할 것을 다짐한다. 또한 홍콩의 법률을 준수하고 수호하며 이를 유지하고 불굴의 의지와 공정한 정신으로 본인의 직분에 충실하며, 상사의 합법적 명령에 의심 없이 절대 복종할 것이다. 이에 선서한다.

—— I will well and faithfully serve Her Majesty and Her Heirs and Successors according to law as a police officer, I will obey, uphold and maintain the laws of the Colony of Hong Kong, I will execute the powers and duties of my office honestly, faithfully and diligently without fear of or favour to any person and with malice or ill will towards none, and I will obey without question all lawful orders of those set in authority over me.

흑과 백 사이의 진실

1장

I

뤄 독찰督察은 병원 냄새를 싫어했다.

공기 중에 흩어져 물컥대는 소독약 냄새 말이다. 병원에 무슨 좋지 못한 기억이 있는 것은 아니었다. 다만 병원 공기는 종종 냄새가 비슷한 시체보관소를 떠올리게 했다. 27년간 경찰로 일하며 무수한 시체를 봤지만 그 냄새에는 도무지 익숙해지지 않았다. 시체에 특수한 애호를 느끼는 변태가 아니라면 누가 죽은 사람을 앞에 두고 유쾌한 기분이겠는가. 뤄 독찰은 숨을 깊게 내쉬었다. 그러나 마음 속 불안이 한 번의 심호흡으로 사라질 리 없었다. 시체보관소에서 검시과정을 지켜볼 때보다 지금이 훨씬 마음이 무거웠다.

위아래로 파란색 양복을 맞춰 입은 그는 병상에 누운 사람을 쓸쓸한 눈으로 내려다봤다.

일인 병실, 백발의 노인이 침대에 누워 있다. 산소마스크 아래의 얼굴은 주름이 가득하고 두 눈은 굳게 감겨 있으며 피부는 창백하다. 검버섯이 드문드문 핀 팔뚝에 꽂힌 가는 관들이 여러 대의 의료기기에 연결돼 있다. 침대 위쪽에 걸린 17인치 모니터에는 환자의 맥박, 혈압, 혈중산소함량 등의 정보가 표시되어 있었다. 가느다란 선이 오른쪽에서 왼쪽으로 느리게 움직였다. 이 선이 움직이지 않는다면 누구나 노인이 이미 사망했으며 침대 위에는 보존이 아주 잘 된 시체가 누워 있다고 생각할 것이다.

노인은 뤄 독찰의 '사부'였다. 사부는 오랫동안 뤄 독찰에게 자료 조사, 증거수집, 추리, 사건해결 방법을 가르쳤지만 단 한 번도 게임의 규칙에 따라 패를 내놓은 적이 없었다.

"샤오밍, 사건 수사는 관례를 고수하면서 할 수 있는 일이 아니야. 경찰 조직에는 발전도 없이 세월을 보내면서 매뉴얼대로만 일하는 사람이 너무 많아. 조직의 기강을 세우려면 상급자의 지시를 따르는 게 철칙이지만 이것만은 기억해야 해. 경찰의 진정한 임무는 시민을 보호하는 일이라는 것. 무고한 시민에게 제도가 피해를 입히거나 정의를 표방하지 못한다면, 우리는 분명한 근거를 내세워 경직된 제도에 대항해야 하네."

뤄 독찰은 사부가 입버릇처럼 했던 말을 떠올리며 쓰게 웃었다. 뤄 독찰의 이름은 뤄샤오밍駱小明이지만, 14년 전 견습독찰로 진급한 뒤로는 그의 우스운 이름'샤오밍'의 광둥식 발음과 비슷한 '소니(sonny)'가 젊은이를 부르는 말이라서 얕잡아 보임을 대놓고 부르는 동료들이 없어졌다. 다들 그를 뤄 독찰이라고 불렀다. 오로지 그의 사부만이 줄곧 샤오밍이라고 불렀다.

사부인 관전둬關振鐸 경사警司* 입장에서 뤄 독찰은 아들과도 같았다.

관 경사는 은퇴하기 전까지 총부總部, 홍콩경찰의 총괄부서 형사정보과 B조 조장으로 일했다. CIB** 라고도 부르는 형사정보과는 홍콩경찰의

* 현재 홍콩경찰의 직급은 아래에서부터 경원, 경장(경장, 경서경장), 독찰(견습독찰, 독찰, 고급독찰, 총독찰), 경사(경사, 고급경사, 총경사), 처장(조리처장, 고급조리처장, 부처장, 경무처장)으로 나뉜다. 경원과 경장급 경찰관은 원좌급(員佐級), 경사와 처장급 경찰관은 헌위급(憲委級)이라고 합쳐 부르기도 한다.

** Criminal Intelligence Bureau의 약칭.

중앙정보기관으로, 각 지역 경찰의 범죄 정보를 수집, 분석, 연구하는 한편, 다른 부서들과 협력해 여러 작전을 계획하는 임무를 맡는다. CIB가 대뇌라면 B조는 추리를 담당하는 전두엽이라 할 수 있다. 수집한 정보를 분석하고 조합해 '거미줄과 발자국' 같은 사소한 단서 속에서 다른 사람들은 알아보지 못하는 사실을 찾아낸다. 관전둬는 이 핵심조직을 1989년부터 통솔한 형사정보과의 주요 인물이었다. 그가 은퇴하던 1997년 말단 형사였던 뤄샤오밍이 형사정보과 B조로 발령받으면서 관전둬 경사의 '제자'가 되었다.

관 경사가 정식으로 뤄샤오밍의 상관이었던 기간은 반년뿐이지만, 은퇴한 뒤에도 계약 형식으로 경찰 조직의 고문 역할을 맡았기에 스물두 살이나 어린 후배 뤄샤오밍을 가르칠 기회가 많았다. 자식이 없는 관전둬는 뤄샤오밍을 아들처럼 대했다.

"샤오밍, 범인과 심리전을 펼치는 건 포커 게임과 같아. 상대가 내 패를 잘못 예측하도록 유도해야 해. 내가 에이스 두 장을 갖고 있더라도 마치 2나 3처럼 낮은 패를 가진 것처럼 보여야 하고, 승산이 낮다고 생각되더라도 허세를 부리며 판돈을 높여서 내가 이길 패를 쥔 것처럼 착각하게 만들어야 해. 그래야만 범인이 빈틈을 드러내거든."

관전둬는 뤄샤오밍에게 이런 말을 한 적이 있었다. 마치 아버지가 아들을 가르치듯 자신의 수사방법을 남김없이 전수했다.

오랫동안 함께하며 뤄샤오밍도 관전둬를 아버지처럼 대했다. 관전둬의 성격에 대해서도 누구보다 훤히 알았다. 동료들은 관전둬를 '사건해결 기계' '천리안' '천재 탐정' 등 다양한 별명으로 불렀다. 그러나 뤄샤오밍이 생각하기에 가장 어울리는 별명은 이미 돌아가신 '사모', 즉 관전둬의 아내가 붙인 것이었다.

"이이는 그냥 시시콜콜 따지고 드는 사람이야. 도숙度叔이라고 부르는 게 딱이지."

광둥어홍콩에서는 대부분 중국 광둥성 방언인 광둥어를 쓴다에서 '도숙'이란 쪼잔하고 씀씀이가 인색한 사람을 놀리는 말이었다. 공교롭게도 관전둬의 '둬鐸'와 도숙의 '도度'는 광둥어로 같은 발음이었다. 뤄샤오밍은 오래전 사모가 말한 언어유희를 떠올리며 조용히 미소 지었다.

노련하고 재치 넘치며 고결하고 세속에 휩쓸리지 않는, 그리고 돈 몇 푼도 세세하게 따지는, 이렇게 독특하고 괴상한 인물인 관전둬는 1960년대의 좌파폭동*을 겪었고, 1970년대의 경찰과 염정공서廉政公署** 분쟁을 버텨냈으며, 1980년대의 강력범죄에 대항했고, 1990년대의 홍콩 주권 반환을 목도한 데 이어, 2000년대의 사회변화를 증언하고 있다. 수십 년간 수백 건의 사건을 묵묵히 해결하며 홍콩경찰의 역사에 빛나는 한 페이지를 장식한 인물이었다.

그러나 지금 그 인물은 죽음을 앞두고 있고, 그가 일조했던 홍콩경찰의 이미지 역시 어느 틈엔가 붕괴하고 말았다. 2013년인 지금, 홍콩경찰의 빛은 이미 색이 바랬다.

영국의 식민지였을 무렵 홍콩경찰은 충성을 다해 직책을 수행한 공로로 영국 여왕으로부터 왕립Royal이라는 칭호를 받았다. 1970년대 말 부정부패와 뇌물수수를 일소한 이래로 전 세계에서 첫째 둘째를 다툴 정도로 뛰어난 집법기관이기도 했다. 홍콩 내 범죄활동

* 1967년 친중국 성향의 좌파들이 문화대혁명의 영향을 받아 홍콩 정부에 대항하는 폭동을 일으켰다. 초기의 파업 시위에서 폭탄 설치, 총격전, 암살 등으로 격렬해졌다. 폭동은 6개월이나 지속됐고 흔히 '67폭동'이라고 부른다. 이 사건으로 51명이 사망하고 800여 명이 부상당했다. 당시 무고한 시민이 사제폭탄 테러사건에 휘말려 사망한 일이 있었는데, 피해자 중에는 여덟 살, 네 살의 남매도 포함돼 있었다.

** 1960~70년대 홍콩은 부정부패가 만연했다. 홍콩 정부는 1974년 '염정공서'를 설립해 각계의 부정부패를 조사하는 역할을 맡겼다. 1977년 염정공서가 '야우마테이 과일시장 사건'을 조사하는 과정에서 100여 명의 경찰관이 관련된 것이 밝혀져 경찰과 염정공서가 정면으로 충돌했다. 결국 홍콩총독이 특사령을 발표해 사건을 진정시켰다.

을 효과적으로 저지했고, 시민 보호를 최우선 임무로 삼았기에 사회 각층의 지지를 받았다. 홍콩경찰은 공명정대하고 성실하며 믿음직스럽다는 전문적인 이미지를 쌓아올렸다. 가끔 냇물을 흐리는 미꾸라지 같은 경찰도 있었다. 그러나 경찰이 심각한 범죄에 연루된 경우에도 대부분의 시민은 개별적인 사례일 뿐이라고 여겼고 홍콩경찰에 대한 평가는 바뀌지 않았다.

경찰에 대한 시민의 평가에 영향을 끼친 것은 오히려 정치문제였다.

1997년 홍콩 주권이 반환된 뒤 정치적 화제는 한 해 한 해 뜨거워졌다. 가치관의 차이는 갈수록 정치적 대립을 확산시켰고 결국 사회문제가 되기에 이르렀다. 사회운동, 시위 등은 더욱 격렬해졌고 이에 따라 일선 경찰이 시위대와 가장 먼저 충돌하게 되었다. 지난 몇 년 경찰은 상부의 명령에 따라 시위자들을 강경하게 진압했고, 강력범죄를 맡아야 할 중안조重案組, 홍콩경찰의 강력반를 투입해 그들을 조사하고 체포했다. 이 때문에 사회적으로 경찰의 역할에 의문을 제기하는 목소리가 터져 나왔다. 그런 목소리는 시간이 갈수록 중도적 시민들의 지지를 얻었다. 경찰이 이중 잣대로 법을 집행한다는 사실이 홍콩경찰의 이미지를 가장 크게 훼손했다.

경찰은 정치적 중립이라는 원칙을 지켜야 한다. 어떤 경우라도 모든 시민을 차별 없이 대하고 공평하게 일을 처리해야 한다. 그러나 요즘 홍콩경찰은 정부 친화적인 시위대와 충돌했을 때 평소 같은 진압 능력을 마음껏 발휘하지 못했다. 혹자는 홍콩의 공권력이 공공의 정의를 억누르고 있으며, 홍콩경찰은 정권의 앞잡이가 되었다고 비판했다.

예전에 이런 비판을 들었을 때는 뤄 독찰도 하나하나 반박을 했다. 그러나 지금은 자신 역시 그런 이야기가 진실이 아닐까 하는 회의가 생긴다. 그도 이제 경찰은 절대 중립이고 시민의 편이며 불편부당하게 법을 집행한다고 당당하게 말하지 못한다. 경찰 조직에도 파트타이머처럼 근무하는 동료가 갈수록 늘어나고 있었다. 그들은 이 직업의 신성한 본질을 망각한 채 상관의 명령을 단순히 집행할 뿐이었다. 노동력을 월급으로 교환해 살아가는 보통의 직장인들과 다를 바 없었다.

'일을 많이 할수록 실수도 많아진다. 일을 적게 할수록 실수도 적어지고, 아예 하지 않으면 실수도 없다'라는 말이 시시때때로 뤄 독찰의 귀에 들려왔다. 그가 1985년 경찰에 투신한 것은 경찰이라는 신분을 동경했기 때문이었다. 그에게 경찰이란 악한 자들을 없애고 선량한 시민을 지키며 정의를 수호하는 신성한 의무를 가진 사람이었다. 그러나 새로 경찰이 된 후배들 대다수는 경찰을 '신분'이 아니라 '직업'으로 여겼다. '범죄를 원수 보듯 한다'거나 '악행을 증오하고 견제한다'는 말은 그저 표어에 불과했다. 그들은 일을 잘 해내기보다 무사히 끝내기만을 바랐고, 직무평가에서 좋은 점수를 받아 몸은 편하고 월급은 많은 직책으로 되도록 빨리 승진하고 싶어 했다. 그런 다음 퇴직 날까지 편안히 기다렸다가 후한 퇴직금과 연금을 받으려는 마음뿐이었다.

이런 분위기가 보편화되면서 홍콩경찰은 서서히 그 특질을 잃어갔다. 시민들도 점차 그 분위기를 눈치채기 시작했고, 경찰의 이미지는 매년 하락했다.

"샤오밍, 시민들이 우릴 미워하고 위에선 신념에 어긋나는 일을 시키더라도, 앞뒤로 적을 두게 되더라도 경찰의 본분과 사명을 결코 저버려선 안 돼. 올바른 결정을 내려야만 해."

얼마 전 병상에서 실처럼 연약한 호흡을 가쁘게 몰아쉬던 관전둬가 뤄 독찰의 손을 꼭 쥐고 필사적으로 뱉어낸 말이다.

뤄 독찰은 사부가 말한 본분과 사명이 무엇을 가리키는지 잘 알고 있었다. 동東카오룽 총구*의 중안조 조장으로서 자신의 임무는 단 하나, 시민을 보호하고 범인을 체포하는 거라고 여겼다. 사건의 진상이 세상에 알려지지 못하고 묻혀버리게 될 때 그는 잘못을 바로잡고 정의를 지켜낼 수 있는 마지막 방어선인 것이다.

오늘 그는 사부의 남은 목숨에 의지해 임무를 이행하려고 한다.

오후의 태양이 창밖의 새파란 해안을 비춘다. 찬란한 햇살이 전면 유리창을 투과해 방 안으로 들어왔다. 환자의 생존을 알려주는 의료기기의 간헐적 소음에 뒤섞여 키보드를 두드리는 소리가 빠르고 경쾌하게 들려왔다. 병실 한쪽에서 한 여자가 뤄 독찰이 오늘의 임무를 이행할 수 있도록 협조하는 중이었다.

"애플, 아직이야? 금방 도착할 텐데."

뤄 독찰이 고개를 돌리고 애플이라고 부른 여자에게 물었다.

"금방 돼요. 시스템을 바꿀 거라고 미리 말해줬더라면 이렇게 정신없지 않았을 거라고요. 인터페이스 수정은 어렵지 않지만 컴파일링에는 시간이 필요하단 말이에요."

"응, 부탁할게."

뤄 독찰은 컴퓨터 프로그래밍에 문외한이어서 인터페이스니 컴파일링이니 하는 게 뭔지 전혀 알지 못했다. 그러나 그는 애플의 전문기술을 신뢰했다.

애플은 대답을 하면서도 계속 키보드에 고개를 처박고 들지 않았다. 낡은 검정색 야구모자로 덥수룩한 갈색 곱슬머리를 눌러놓은 얼굴에 화장기라곤 없었다. 콧잔등에는 두껍고 묵직한 검정 테 안

* 홍콩경찰은 총괄부서인 총부(HQ) 외에 홍콩을 여섯 개의 총구(總區)로 구분한다. 홍콩섬, 동카오룽(東九龍), 서카오룽, 신제북(新界北), 신제남(新界南), 수경(水警) 총구가 있다. 각 총구는 다시 몇 개의 분구(分區)로 나뉜다.

경을 얹었고, 검정색 티셔츠와 낡아빠진 멜빵 데님바지 차림에 검정색 페디큐어를 바른 열 개의 발톱이 훤히 드러난 샌들을 신었다. 애플은 온몸으로 괴짜의 기운을 발산하고 있었다. 그러나 애플 앞에 놓인 랩톱 컴퓨터 세 대와 바닥에 어지럽게 널려 있는 온갖 색깔의 전선 다발은 그녀보다도 더 괴이해 보였다.

똑똑.

병실 문을 두드리는 소리가 들렸다.

'왔군.' 뤄 독찰은 속으로 읊조렸다. 그 순간 그는 숙련된 사냥매의 눈빛을 회복했다. 바로 형사의 눈빛이었다.

2

"조장님, 다들 도착했습니다."

뤄 독찰의 부하인 아성阿聲이 방문을 열고 상사에게 고개를 끄덕여 보였다. 그의 뒤로 늘어섰던 사람들이 한 사람씩 병실에 들어섰다. 모두가 의아하다는 표정이었다.

"위융이俞永義 씨, 다 같이 시간을 내주셔서 감사합니다." 뤄 독찰은 병상 옆을 떠나 문 쪽으로 걸어가며 말했다. "다섯 분 모두 오셨군요. 좋습니다. 여러분 중 누군가 시간을 내지 못하셨다면 조사는 또 며칠 미뤄졌을 겁니다."

뤄 독찰은 매우 정중하게 말했다. 그러나 방 안에 있는 모두가 그것이 예의를 차리기 위한 상투적인 말임을 알았다.

어쨌든 그들이 마주하고 있는 건 살인사건인 것이다.

"미안합니다, 뤄 독찰님. 우리가 왜 여기 와야 하는지 이해되질 않습니다만."

앞에 나서서 말을 꺼낸 사람은 방금 뤄 독찰이 처음 인사를 건넨 위융이였다.

경찰이 증인 등 사건 관련자의 진술을 받아낼 때 보통은 경찰서나 사건 현장에서 진행하게 마련이었다. 위융이는 그들이 청콴오의 허런和仁 병원 5층 일인 병실에 모일 거라고는 전혀 예상하지 못했다. 더욱 의아한 건 허런 병원이 위씨 집안에서 경영하는 펑하이豐海 그룹 산하의 민영병원 중 하나일 뿐 사건과 아무런 관련도 없다는 점이었다.

"의아해하실 거 없습니다. 단지 우연이니까요. 저희 특수고문이 얼마 전 이 병원으로 옮겨와서 입원했기 때문에 여러분을 여기로 모신 것뿐입니다. 허런 병원은 홍콩에서 시설이 가장 훌륭한 병원들 중 하나가 아닙니까. 그렇게 생각하면 우연이라고 할 것도 없겠군요."

뤄 독찰은 태연하게 대답했다.

"아, 그런 건가요."

위융이는 여전히 의문을 느꼈지만 다시 묻지는 않았다. 회색 양복에 무테 안경을 쓴 위융이는 이제 막 서른두 살이 된 남자로, 얼굴에 아직 앳된 느낌이 남아 있지만 위씨 일가의 어엿한 주인이었다. 어머니가 병사하고 아버지는 살해당한 지금, 어쩔 수 없이 집안의 가장으로서 경찰을 응대해야 했다. 위씨 집안은 홍콩에서 잘 알려진 명문가로 펑하이 그룹은 상장까지 한 대기업이었다. 위융이도 언젠가는 자신이 집안의 사업을 이어받을 거라 생각했지만, 그 부담이 이렇게 갑자기 어깨를 짓누를 줄은 몰랐다.

사실 위융이는 위씨 집안의 둘째아들이지만 지금은 가족 중에서 가장 연장자였다. 지난주 피 웅덩이에 쓰러져 있던 아버지의 시체를 목격한 뒤로 그는 20여 년 전 죽은 형 위융리俞永禮가 자꾸만 생각났다.

'형이 살아 있었다면 분명 이 상황을 잘 이겨냈을 텐데.'

위융이는 혼자 생각했다. 가장 최근에 돌아가신 건 아버지인데도 머릿속에는 계속해서 형 위융리의 얼굴이 떠올랐다. 형을 생각할 때마다 목구멍에서 쓴물이 역류하는 듯했다. 형의 죽음은 위융이의 청소년기를 온통 어둠으로 뒤덮었고 몇 년을 허비하고 나서야 겨우 빠져나올 수 있었다. 옛날 생각이 떠오를 때마다 치미는 구역질에도 서서히 익숙해졌다.

오랜만에 느끼는 불안한 두근거림은 그에게 위융리의 죽음이 잊을 수 없는 현실임을 일깨워주었다. 어쨌든 그는 묵묵히 가장이라는 역할을 받아들이고 책임져야 했다. 예를 들면 가족을 대표해 경찰과 교섭하는 책임 말이다.

뭐 독찰을 만날 때마다 저도 모르게 긴장되었다. 그래도 익숙한 허런 병원에 와 있으니 엄숙한 분위기의 경찰서보다는 편안했다.

위융이는 허런 병원의 병실 배치에 익숙했다. 그가 펑하이 그룹의 중역이어서가 아니라 지난 1년간 입원 중인 어머니를 뵈러 이삼일에 한 번꼴로 병원을 다녀갔기 때문이었다.

그전에는 많아야 1년에 한 번 시찰하러 들렀을 뿐이었다. 펑하이 그룹 산하에는 허런 병원 외에도 적잖은 부동산과 물류회사, 무역회사가 있었고, 후자야말로 펑하이 그룹의 핵심사업이었다. 하지만 허런 병원은 그룹에서 가장 높은 이윤을 내지는 못해도 가장 유명한 사업체다. 수술 부위가 매우 작은 극미 외과수술, DNA 정보를 바탕으로 유전성 질병을 찾아내는 RFLP 기술,* 방사선 투사를 통한 암 치료법 등은 모두 허런 병원이 홍콩에 가장 먼저 도입한 것이었다.

* 제한효소 단편 다형성(restriction fragment length polymorphism)의 약어로 DNA 분자를 비교하는 기술.

그러나 뛰어난 시설과 우수한 의료진을 갖춘 허런 병원을 소유한 위씨 집안의 안주인은 삼류 풍자극처럼 결국 암을 이겨내지 못하고 사망했다. 향년 쉰아홉이었다.

"이봐, 당신네가 우리를 며칠째 들볶고 있다고. 사건을 해결하지 못할 것 같으니까 괜히 전시용 수사나 벌이는 거 아냐?"

위융이 뒤에 서 있던 젊은 남자가 조롱하듯 말했다. 그는 위씨 집안의 막내 위융롄俞永廉으로 둘째 형인 위융이보다 여덟 살이 어렸다. 사회 경험도 많고 세상물정을 아는 형과 달리 값비싼 명품으로 온몸을 휘감고 머리도 빨갛게 염색한 위융롄은 줄곧 경박한 말투를 썼다. 경찰 앞에서도 입에서 나오는 대로 말을 내뱉으며 세상 무서울 게 없다는 듯 굴었다.

위융이는 고개를 돌려 동생을 노려봤다. 무례하게 말대꾸하지 말라는 것이었다. 그러나 그 역시 동생과 비슷하게 경찰이 사건을 대충 마무리하려 든다고 느꼈다. 사실상 병실에 모인 나머지 세 사람, 위융이의 아내 차이팅蔡婷과 위씨 집안을 오래 돌본 고용인 후씨胡氏 아주머니, 가족의 개인비서인 탕棠 아저씨도 그렇게 추측하고 있었다. 그들은 지난주에 이미 각기 따로 소환돼 경찰서에서 진술조사를 받았다. 이제 와 다시 질문을 받는다고 해서 수사에 어떤 도움이 된다는 것인지 다들 이해할 수 없어 했다.

"위씨 집안은 잘 알려진 명문가이고 펑하이 그룹 또한 홍콩 경제를 지탱하는 주요 기업체 중 하나라 언론에서 수사과정을 주목하고 있습니다. 경찰 상부에서도 이 사건을 무척 중시하고 있고요. 그래서 되도록 빨리 사건을 해결하고 정치경제적 여파를 막기 위해 제 사부, 그러니까 경찰 총부의 특별 수사고문께 도움을 청하기로 했습니다. 여러분도 사건의 경과를 다시 상세히 진술해주시기 바랍니다."

뤄 독찰은 위융롄의 도발을 무시한 채 느리지도 빠르지도 않게 설명했다.

“당신 사부라니, 또 얼마나 대단한 인물이시려나?”

위융렌이 가시 돋친 말투로 뇌까렸다. 눈앞의 경찰은 안중에도 없다는 태도였다.

“성함은 관전둬, 홍콩섬 총구 중안조 지휘관과 총부 형사정보과 B조 조장을 거쳐 지금은 홍콩경찰의 특수고문을 맡고 있습니다.” 뤄 독찰이 가볍게 미소 지으며 말을 이었다. “그분은 해결하지 못한 사건이 없습니다. 지금까지 수사성공률 백 퍼센트지요.”

“백 퍼센트?”

위융이가 놀라워했다.

“백 퍼센트입니다.”

“당신, 당신이 과장하는 거겠지! 수사성공률 백 퍼센트가 어떻게 가능해?”

위융렌이 반박했다. 좀 전과 같이 기고만장한 투는 아니었다.

“실례지만 그분은 어디 계십니까?”

예순을 좀 넘긴 비서 탕 아저씨가 물었다. 머리가 하얗게 센 그는 병실 한쪽에서 키보드를 두드리고 있는 애플을 바라봤다. 딱 봐도 이십 대인 저 여자가 경찰 중안조 조장을 지냈으리라고는 생각할 수 없었다.

뤄 독찰은 침대를 향해 고개를 돌렸다. 처음에는 그의 행동이 무엇을 의미하는지 아무도 이해하지 못했다. 하지만 그의 시선이 닿은 곳을 알아보고는 그곳에 의문의 해답이 있다는 걸 깨달았다.

“이, 이 노인이 바로 관전둬라고요?”

위융이가 당황해하며 물었다.

“그렇습니다.”

침대에 누워 있는 노인, 바람 앞의 촛불같이 남은 생이 길지 않아

보이는 남자가 바로 뤄 독찰이 말한 천재적인 탐정이라니! 아무도 예상하지 못한 바였다.

"지금 무슨 병을 앓고 계신 겁니까?"

위융이는 입을 열었다가 곧바로 후회했다. 어쨌든 병에 대한 건 환자의 사적인 정보이므로, 이렇게 직접적으로 물으면 눈앞의 경찰관을 언짢게 할지도 모른다. 위융이는 뤄 독찰을 건드리고 싶지 않았다.

"간암입니다. 말기지요."

뤄 독찰은 오히려 아무렇지 않게 대답했다. 병실에 모인 모두가 그의 어조에서 씁쓸한 감정을 읽어낼 수 있었다.

"고작 이 늙은 영감이 우리 아버지 사건을 해결한다고?"

위융렌은 여전히 말을 고르지 않고 되는대로 내뱉었다. 그래도 '죽을 날 받아놓은 영감'이라고 말하려다 나름대로 참은 것이었다.

"융렌, 말조심해라."

이렇게 말한 사람은 형 위융이가 아니라 집안의 비서 탕 아저씨였다. 위융렌은 입을 삐죽이면서도 어째서인지 더 대꾸하지 않았다.

"뤄 독찰님, 저희를 병원으로 부른 건 다시 한 번 구두 진술을 해 달라는 뜻이죠? 이분, 관 경관님께요."

위융이의 아내 차이팅이 물었다. 아직 안주인이라는 신분에 익숙하지 않은지 말실수라도 할까 봐 조심스러워하는 모습이었다.

"바로 그렇습니다." 뤄 독찰이 고개를 끄덕이며 말했다. "제 사부님은 위씨 저택이나 경찰서에 가서 여러분의 증언을 들을 수가 없기에 부득이하게 여러분을 병원으로 모셨습니다."

"하지만 말씀을 하실 수 있나요?"

차이팅은 병상의 노인을 바라봤다. 위씨 집안에 시집오기 전 의사로 일했던 차이팅은 환자의 입과 코에 관이 삽입돼 있고 의료기기에 의지해 호흡하는 걸 보고 상대방과 대화한다는 건 무리임을 알았다.

"할 수 없습니다. 게다가 움직이지도 못합니다. 사부님은 다시 혼수상태에 빠졌거든요."

뤄 독찰이 담담하게 말했다.

"혼수상태?"

위융렌이 말을 가로챘다.

"그렇다면 우리가 한발 늦었군요?"

위융이가 말했다.

"혼수척도가 몇 점이죠?"

차이팅이 물었다.

"3점입니다."

뤄 독찰이 대답했다. 혼수척도 3점은 가장 중증의 의식장애를 의미한다. 눈을 뜰 수 없고 소리도 내지 못하며 사지의 반응이 전혀 없는 환자만이 3점이라는 잔혹한 점수를 얻는다.

차이팅은 간암으로 인한 의식장애가 어떤 것인지 잘 알았다. 간 기능이 손상돼 혈액 중의 암모니아 혹은 몇몇 아미노산 농도가 높아지면, 이것이 신경 계통에 영향을 미쳐 혼수상태에 빠진다. 이러한 간성뇌증은 환자의 의식 상태에 영향을 줄 수 있고 그 가장 심각한 상태가 바로 혼수상태다.

"관 경관님은 이미 말도 할 수 없고 움직이지도 못하는데 어떻게 조사를 돕는다는 겁니까?" 탕 아저씨가 물었다. "뤄 독찰님, 지금 농담하시는 건 아니겠죠?"

"들을 수는 있습니다. 게다가 지금은 전혈암모니아 수치가 안전한 수준으로 떨어져서 사고하는 데는 아무런 문제도 없습니다."

"들을 수 있다 한들 무슨 소용입니까? 자기 의사를 어떻게 표현하죠? 이분은 중증 혼수상태 환자가 아닙니까?"

차이팅이 끼어들었다.

다섯 명 가운데 전문적인 의료지식을 갖춘 유일한 사람이기에 차이팅이 나서서 가족들을 대변해야 했다.

"들을 수만 있으면 충분합니다." 뤄 독찰이 자신의 뒤에 앉아 있는 괴상한 여자를 가리켰다. "나머지는 이 사람이 해결해줄 테니까요."

데님바지를 입은 여자는 다섯 명의 의아한 시선을 무시한 채 아무 말 없이 계속해서 키보드만 두드렸다.

"애플이라고 하는 컴퓨터 전문가입니다."

"컴퓨터 전문가요?"

위융이는 이 설명이 약간 군더더기처럼 느껴졌다. 애플 앞에는 색색깔 전선이 가득 꽂히고 겉 부분에 애니메이션 스티커가 붙은, 크기도 제각각인 세 대의 컴퓨터가 놓여 있었다. 위융이는 그룹의 정보기술 부서에서 이런 모습의 직원을 여럿 보았다. 어쨌거나 IT 종사자들이란 관리자 직급의 자신과는 완전히 다른 인종처럼 느껴졌다.

"컴퓨터 전문가가 뭘 할 수 있다는 거지? 저 노인네 뇌라도 꺼내서 컴퓨터에 연결하나?"

위융롄이 비웃으며 말했다.

"뭐, 비슷합니다."

뤄 독찰이 이렇게 명쾌하게 긍정의 대답을 하리라고는 아무도 예상하지 못했다. 다들 멍한 눈으로 진지한 표정의 그를 쳐다봤다.

"설명하자면 좀 복잡하고 여러분이 직접 시험해보는 게 간단할 것 같군요. 그래서 시간을 들여 시스템을 좀 조정해야 했습니다." 뤄 독찰이 고개를 돌려 애플에게 물었다. "아직이야?"

"오케이. 끝났어요."

애플은 고개를 들고 대답하면서 머리띠처럼 생긴 헤드셋을 뤄 독찰에게 건넸다. 그 '머리띠'는 2센티미터 정도의 너비에 바깥 면은 검은색이고, 한쪽 끝에 연결된 기다란 회색 전선이 애플 앞에 놓인 여러 대의 컴퓨터 중 왼쪽의 파란 컴퓨터에 꽂혀 있었다.

"이것이 바로 관전둬 전 경사의 뇌를 꺼내는 도구입니다." 뤄 독찰이 사람들을 둘러봤다. "음, 왕 선생님, 실례지만 잠시 이쪽으로 와서 시험해보시지요."

위씨 집안 탕 아저씨의 이름은 왕관탕王冠棠이었다. 그는 뤄 독찰의 요청에 따라 옆으로 다가와 섰다. 약간 어찌할 바를 모르겠다는 표정이었다.

뤄 독찰은 탕 아저씨를 소파에 앉히고 헤드셋을 씌웠다. 괴상하게도 탕 아저씨의 빈약한 정수리 쪽이 아니라 이마에 수평으로 씌워서 마치 손오공이 쓰는 머리테인 긴고아緊箍兒 같았다. 헤드셋의 양 끝이 관자놀이를 누르는 모양새였다. 탕 아저씨는 헤드셋 안쪽에 우툴두툴하게 돋은 돌기가 이마의 피부에 딱 달라붙는 걸 느꼈다. 뤄 독찰은 헤드셋을 살짝 살짝 움직이며 조율했다.

"응, 됐어요."

모니터를 주시하고 있던 애플이 말했다.

뤄 독찰은 바로 손을 멈췄다.

"여러분, EEG가 무엇인지 아십니까?"

뤄 독찰이 방에 모인 사람들에게 물었다.

"뇌파검사Electroencephalography 말인가요?"

차이팅이 되물었다.

"네, 바로 그겁니다." 뤄 독찰이 말을 이었다. "인간의 대뇌는 뉴런으로 이루어져 있습니다. 대뇌가 활동하면 뉴런은 경미한 전류를 발생시키는데, EEG라는 기술을 이용해 그것을 측정할 수 있습니다. 과학자들은 이 전류를 뇌파라고 부르지요."

"이, 이 머리띠가 뇌파를 언어로 바꿔준단 말입니까?"

위융이가 의아하다는 듯 질문했다.

"아닙니다. 뇌파로 대뇌 주인의 생각을 전부 해독해내지는 못합니다. 그러나 대뇌 상태를 간단히 측정하는 것은 오랫동안 응용되어온 기술이지요. 게다가 이 기술은 최근 상당한 발전을 이루어서 간단한 기구만으로도 할 수 있게 됐습니다."

"뇌파 측정의 어려움은 어느 것이 뇌파이고 어느 것이 뇌파가 아닌지를 분별하는 데 있죠." 애플이 끼어들었다. "이 방만 해도 의료기기 한 무더기에서 대량의 방해 전파가 나와요. 그래서 예전에는 특별한 환경에서만 뇌파검사가 가능했어요. 지금은 이런 잡음 전파들을 제거하는 기술이 컴퓨터 연산의 협조 아래 훨씬 간단해졌지만요. 이 기기의 주 연산식은 제가 직접 프로그래밍한 건데, 소음 제거 연산법은 미국 버클리 대학의 한 연구팀이 제공한 프로그램 라이브러리에서 유래했고, 인터페이스 부분은……."

"간단히 말해 두뇌를 사용하기만 하면 그 사람의 기본적인 생각을 측정할 수 있는 기기라는 겁니다."

뤄 독찰이 애플의 장광설을 끊고서 컴퓨터들 중 하나의 모니터를 사람들에게 보여주라고 손짓했다. 애플은 가운데 놓인 컴퓨터의 모니터를 뒤로 돌렸다. 그 컴퓨터는 모니터를 180도 회전시킬 수 있는 랩톱 제품이었다. 방 안에 모인 사람들 앞에 아주 특이한 화면이 나타났다. 화면은 위아래 두 부분으로 분할돼 있고, 윗부분은 흰색이고 아랫부분은 검은색이었다. 윗부분에는 검은색 YES가, 아랫부분에는 흰색의 NO가 떠 있었다. 흰색과 검은색 두 부분의 경계선에는 파란색 작은 십자가가 있었다.

"왕 선생님, 정신을 집중해서 이 파란 십자가를 위로 움직여보십시오."

뤄 독찰이 괴상한 플라스틱 머리띠를 쓴 탕 아저씨에게 말했다. 탕 아저씨는 왜 그래야 하는지도 모른 채 시키는 대로 해봤다.

"우, 움직였어!"

위융렌이 모니터를 가리키며 소리쳤다. 화면에 보이는 파란 십자가가 느릿느릿 위를 향해 움직이고 있었다. 그 십자가가 YES라는 글자에 닿은 순간 컴퓨터에서 삐- 하는 소리가 났다.

"대뇌가 긴장했을 때와 이완했을 때 발생하는 뇌파에는 분명한 차이가 있습니다." 뤄 독찰이 모니터를 가리켰다. "왕 선생님이 정신을 집중하면 대뇌는……."

"베타파를 내보내죠. 12에서 30헤르츠의 뇌파로, 정신을 집중했을 때 발생합니다." 애플이 모니터 뒤에서 고개를 내밀며 끼어들었다. "이완 상태의 대뇌는 8에서 12헤르츠인 알파파를 내보내고요."

"그래, 베타파." 뤄 독찰은 웃으며 속으로 자신은 역시 과학 연구를 할 재목은 아니라고 생각했다. "왕 선생님, 정신을 이완시켜보십시오. 예를 들면 창밖의 바닷가 풍경을 바라본다거나 하는 겁니다. 그러면 십자가 모양 커서가 아래로 움직일 겁니다. 집중과 이완을 통해서 십자가 커서의 움직임을 통제할 수 있는 것이지요."

사람들은 반신반의하며 모니터를 주시했다. 커서가 천천히 움직였다. 때로는 위로, 때로는 아래로. 탕 아저씨의 표정은 사람들에게 이 기기의 기능이 거짓이 아님을 알려주고 있었다. 그의 얼굴에 경악한 표정이 떠올랐다.

"정말이에요! 내가 커서를 위로 움직이려고 노력하면 정말로 위로 이동합니다! 그런 생각을 멈추면 천천히 아래로 내려오고요!"

탕 아저씨는 커서를 몇 번이나 위아래로 움직여본 후 신기해하며 사람들에게 말했다.

"여러분도 시험해보셔도 좋습니다."

뤄 독찰은 그렇게 말하며 탕 아저씨가 쓰고 있던 기구를 벗겨주었다.

평소였다면 위융이는 벌써 자신이 시험해보겠다고 나섰을 것이다. 그는 늘 신기한 물건에 큰 관심이 있었다. 그러나 지금 이 상황에서 자신에게 다른 사람들의 이목이 집중되는 걸 바라지 않았다. 묘한 데가 있는 이 경찰관 앞에서는 더욱 그랬다.

"잠깐, 저 전문가 아가씨가 직접 프로그래밍을 했다면 하드웨어는 어떻게 한 겁니까? 머리띠는 주문 제작한 것 같은데요."

탕 아저씨가 물었다.

"샀어요."

애플이 대답했다.

"어디서 이런 물건을 판단 말입니까?"

탕 아저씨는 이해할 수 없다는 표정이었다.

"토이저러스Toysrus, 세계적인 장난감 전문점요." 애플은 뒤에서 종이 상자를 하나 꺼냈다. "뇌파를 이용한 장난감은 몇 년 전에 이미 출시됐어요. 그렇게 신기한 일도 아니에요. 난 그냥 시중에서 구입한 장치를 좀 손봤을 뿐이죠. 요즘 장난감을 얕잡아보지 마세요. 얼마 전에는 컴퓨터게임용 입체안경을 가상현실 인덕터로 바꿔 데이터글러브를 대신했는데……."

"잠깐만요. 그러니까 당신 말은 혼수상태의 관 경관님에게 이 기기를 씌워서 사건 상황을 추리한다는 건가요? 우리에게 사건의 결말을 알려준다고요?"

차이팅이 애플의 말을 끊고서 뤄 독찰에게 물었다.

"바로 그렇습니다."

"하지만 이 기계로는 관 경관님이 네, 아니요로만 답할 수 있는데 어떻게 사건을 해결한다는 거죠?"

뤄 독찰은 날카로운 눈빛으로 병실에 모인 사람들을 둘러봤다.

"이분이 네, 아니요만 대답하더라도 우리의 수사에는 매우 커다란 영향을 미칠 겁니다." 뤄 독찰은 잠시 쉬었다가 입꼬리를 살짝 휘며 말을 이었다. "게다가 이 기계를 다루는 능력은 여기 있는 누구보다도 뛰어나지요."

뤄 독찰은 전면창 쪽으로 걸어갔다. 애플과 컴퓨터들을 빙 돌아서 병실 바닥에 잔뜩 널려 있는 전선을 넘어 침대 왼쪽으로 가서는 병상에 누운 노인의 이마에 조심스럽게 헤드셋을 씌우기 시작했다. 애플이 "오케이"라고 말하자 손을 뗐다.

"사부, 제 말이 들리세요?"

뤄 독찰이 침대 옆 의자에 앉아서 병상의 관전둬에게 말을 걸었다.

"삐." 컴퓨터 스피커에서 갑자기 맑은 소리가 울렸다. 파란색 커서가 순식간에 화면 위쪽으로 튀어 올라 YES 글자를 가렸다.

"십자가가 왜 갑자기 움직인 거죠? 고장 난 거 아니에요?"

위융렌이 물었다.

"뚜뚜." 조금 낮은 컴퓨터 효과음과 함께, 병실에 모인 사람들은 모두 그 커서가 순간적으로 화면 아랫부분으로 이동해 NO 위에 얹히는 모습을 보았다.

"말했다시피 제 사부는 이 기계를 아주 잘 다룹니다. 전에도 간성혼수 증상이 나타날 때마다 이 기계를 이용해 저희와 소통했지요. 기계 사용을 연습한 기간을 다 합치면 1개월이 넘습니다. 시스템도 이미 그의 데이터를 대량 확보했기 때문에 오차 값은 거의 영에 가깝습니다."

"이렇게 빠른 속도로 정신 집중도를 변화시킬 수 있는 사람이 있단 말이에요?"

경악한 차이팅은 병상의 노인과 모니터 화면을 번갈아 살펴봤다.

"삐." 십자가가 순간적으로 YES 위로 움직였다.

"장님은 소리로 거리를 판단하고 귀머거리는 입술을 보고 대화를 합니다. 인간은 궁지에 몰리면 잠재된 능력을 발굴하게 되지요." 뤄 독찰은 양손을 깍지 끼고 허벅지 위에 내려놓았다. "더구나 이것은 혼수상태에 빠진 사부가 외부세계와 소통할 수 있는 유일한 도구입니다. 숙련될 때까지 연습하지 않을 수 없었지요."

화면 위의 십자가 커서가 천천히 중앙으로 되돌아갔다. 마치 십자가 커서의 통제자가 병실에 모인 사람들에게 이렇게 선언하는 듯했다. *지금 이 커서는 신체 일부와 같으며 타인이 그 정확성을 의심할 수 없습니다.*

"수사 진척을 위해 오늘 다섯 분을 여기로 모셨습니다. 관전뒤 특수고문이 사건 정황을 좀 더 정확히 파악하고 여러분께 직접 사건 발생 전후의 상황에 대해 질문할 수 있도록 하기 위해서입니다. 제 사부님이 혼수상태에서 깨어난 후 심문을 진행할 예정이었습니다만, 아까 말씀드렸듯이 경찰 상부에서 이 사건을 주목하고 있기 때문에 이런 비상수단을 사용해 사부님이 '발언'하고 조사에 참여하도록 할 수밖에 없었습니다. 물론 심문 시의 질의는 제가 진행하고, 사부님은 시의적절한 반응과 힌트를 제시하면서 우리를 사건의 진상으로 이끌어줄 겁니다."

"삐." 커서가 YES를 가리켰다.

"왜 우리 모두가 조사받아야 하지? 범인은 강도 아닙니까? 난 그 부분이 이미 명확해졌다고 생각했는데."

위융롄이 더 말할 가치도 없다는 듯이 내뱉었다.

"제가 하나하나 설명해드릴 겁니다. 더불어 사건 정황을 정리해서 사부님에게 다시 전달하려고 합니다." 뤄 독찰은 위씨 집안 막내아들의 의문에 정확하게 대답하지 않은 채 침대 옆 의자에 앉아서 말을 이었다. "여러분, 앉으십시오. 소파가 좀 비좁긴 하겠지만 네 분 정도는 앉을 수 있습니다. 남은 한 분은 문 옆 의자에 앉으시면 되겠군요."

탕 아저씨는 이미 앉아 있었고, 위융이와 위융렌, 차이팅이 소파에 앉았다. 줄곧 아무 말도 하지 않았던 나이 든 고용인 후씨 아주머니는 문 옆에 서 있다가 잠시 머뭇거리더니 거기 놓인 나무의자에 앉았다. 소파는 병실 문 오른쪽에 있었고 침대의 발치 쪽을 마주 보고 있었다. 위융이는 소파 가운데 자리에 앉았는데, 침대 위를 가로지르듯이 세워진 탁자에 시선이 가려 병상에 누운 노인의 얼굴 절반만을 볼 수 있었다. 그러나 거기 모인 사람들의 시선은 모두 소파의 오른쪽 맞은편, 다시 말해 전면창 앞에 앉은 애플에게 집중돼 있었다. 어쩌면 그들이 신경 쓰고 있는 것은 관 경관의 입을 대신하는, 흑과 백으로 나뉜 17인치 모니터라고 해야 정확할 것이다.

3

"아성, 기록을 시작하게."

뤄 독찰이 지시했다. 아성은 애플 옆에 삼각대를 세우고 조그만 디지털 비디오카메라를 작동시켰다. 그는 방에 모인 모든 사람이 화면에 담기는 것을 확인한 후 상관에게 고개를 끄덕였다.

"사부, 제가 사건의 기본 정황에 대해 말씀드리겠습니다." 뤄 독찰이 주머니에서 수첩을 꺼내서 펼치더니 천천히 읽어 내려갔다. "2013년 9월 7일에서 8일, 즉 지난주 토요일 저녁에서 일요일 새벽 사이, 사이쿵 축영로 163번지 풍영소축豐盈小築에서 살인사건이 발생했습니다. 풍영소축은 펑하이 그룹 총수인 위안원빈阮文彬 일가가 살고 있는 저택으로 피해자는 집주인인 위안원빈입니다."

아버지의 이름을 듣자 위융이는 알 수 없는 불안을 느꼈다.

"피해자 위안원빈은 올해 예순일곱, 위씨 집안의 데릴사위로 1986년 그룹 총수를 맡아 다음 해 장인 위평俞豐이 사망한 후 위씨 집안의 가장이 됐습니다." 뤄 독찰은 수첩을 한 장 넘겼다. "그는 1971년 위씨 집안의 무남독녀 위첸러우俞芊柔와 결혼해 슬하에 세 자녀를 두었습니다. 장남 위융리는 1990년 교통사고로 사망했으며, 차남 위융이와 삼남 위융렌은 현재 상기 주소지에 거주하고 있습니다. 위융이는 작년에 결혼했으나 분가하지 않고 처 차이팅과 함께 부모를 모시고 있었습니다. 피해자의 처 위첸러우는 금년 5월 병으로 사망했습니다. 상술한 4인 외에 동 저택에 거주한 사람은 비서 왕관탕과 고용인 후진메이胡金妹입니다. 사건 발생일, 풍영소축에는 피해자, 피해자의 두 아들과 차남의 아내, 가족 비서와 고용인, 모두 6인뿐이었습니다. 사부, 한 번 더 말씀드릴까요?"

"뚜뚜." 커서는 시원스럽게 NO라는 답을 내놨다.

"이어서 사건 현장과 경과를 설명하겠습니다." 뤄 독찰은 가볍게 기침을 하며 목을 가다듬었다. "풍영소축은 3층 건물이며 정원까지 포함한 면적이 약 1800제곱미터입니다. 축영로 근처 마안산 교외공원 한쪽에 자리 잡고 있으며 부근에는 비슷한 형식의 저층 건축물이 네댓 채 위치하는데 대부분 개인 별장입니다. 위씨 집안은 삼 대째 이곳에 거주하고 있는데 1960년대 이후로 풍영소축은 줄곧 위씨 집안 저택이었습니다."

뤄 독찰은 병실에 모인 사람들을 둘러봤다. 후씨 아주머니는 막 설명한 내용에 동의한다는 듯 가볍게 고개를 끄덕이고 있었다. 큰주인 위평이 1960~70년대에 그룹을 창립했던 화려한 시절을 회상하는 듯했다.

"9월 8일 아침 7시 반, 위융이는 부친 위안원빈이 평소처럼 거실에서 신문을 읽고 있지 않음을 깨달았고, 2층 서재에서 이미 숨진 위안원빈을 발견했습니다. 경찰은 현장조사 후 저택에 침입한 강도를 피해자가 우연히 목격하고 살해당한 것으로 판단했습니다."

위융이는 뤄 독찰의 설명을 들으며 그날 아침을 떠올렸다. 저도 모르게 가슴이 움찔 떨렸다.

"서재 창문이 깨져 있었고 방을 뒤진 흔적이 남아 있었기 때문입니다." 뤄 독찰은 수첩을 내려놓고 병상의 노탐정을 바라봤다. 수없이 생각하고 또 생각했기에 기억만으로도 정확하게 사건 현장의 모습을 묘사할 수 있었다. "서재 창밖은 화단인데, 봉황목 몇 그루가 심어져 있어 범인은 화단을 통해 손쉽게 사람의 눈을 피해서 저택에 접근할 수 있었을 것입니다. 유리창 바깥 면에는 5센티미터 너비의 테이프가 몇 겹으로 붙여져 있었습니다. 수법으로 미뤄볼 때 범인은 창을 통한 침입 경험이 많은 자로 생각됩니다. 테이프를 유리에 붙인 뒤 깨뜨리면 파편이 바닥에 떨어지지 않아 소리가 나지 않는다는 사실을 알고 있었고, 테이프를 제거한 뒤 창에 난 구멍으로 손을 넣어 잠금쇠를 연 것 등이 그렇습니다. 경찰은 서재 창문 바깥에서 방수테이프 하나를 발견했는데, 감식과에서 유리창에 붙여진 테이프와 동일한 것임을 확인했습니다."

모니터 화면에 떠 있는 파란색 커서는 꼼짝도 하지 않았다. 뤄 독찰을 방해하지 않고 온 신경을 집중해서 설명을 듣는 탐정의 모습 같았다.

"위안원빈의 서재는 약 40제곱미터 넓이로 책장 두 개, 책상 하나, 금고 하나, 소파 두 개, 작은 티테이블 두 개, 바퀴 달린 의자 네 개가 있습니다. 그 밖에 특별한 건 가로 1미터, 세로 2미터, 깊이 1미터의 금속 상자입니다. 이 상자에는 작살총이 들어 있습니다. 위안원빈의 취미는 스쿠버다이빙과 작살사냥이었습니다. 스쿠버다이버 자격증도 보유했고, 집 안에 수중사냥용 작살을 보관하고 있었습니다. 작살 상자 옆에는 1세제곱미터 부피의 스티로폼 상자가 놓여 있는데 여기엔 오래된 신문과 잡지가 가득 들어 있었습니다. 가족의 증언에 따르면 신문 잡지는 피해자가 한가할 때 작살 쏘기를 연습하던 과녁 대체품이었다고 합니다."

"아닙니다. 뤄 독찰님, 그건 연습용이 아니에요."

위융이가 끼어들었다.

"연습용이 아니라고요? 왕 선생님께 듣기로는……."

"아뇨, 연습이라고 말한 적 없습니다." 탕 아저씨가 나서서 분명하게 말했다. "전 사장님이 평소 과녁으로 사용했던 거라고 했지, 연습했던 거라고는 말하지 않았습니다. 사장님은 몇 년 전 관절염을 앓은 뒤로 왼다리에 힘이 없어서 더 이상 잠수를 할 수 없게 됐습니다. 그래서 작살사냥을 못 하게 되자 저한테 집에서 과녁으로 쓸 것을 만들어달라고 하셨습니다. 서재에서 가끔 작살을 꺼내 보면서 예전을 그리워할 수 있도록 말입니다. 사실 스쿠버다이빙을 하는 사람이라면 지상에서 작살총을 장전해서는 안 된다는 걸 알고 있을 겁니다. 무척 위험한 행동이기 때문이죠."

"아, 제가 착각했군요. 어쨌든 이런 사정이라고 합니다, 사부."

"삐." 컴퓨터는 마치 노탐정이 고개를 끄덕이며 계속하라는 신호를 보내는 듯한 소리를 냈다.

"누군가 서재를 마구 뒤진 것 같은 모습이었습니다. 금고와 작살 상자에는 도구를 이용해 비틀어 열려고 시도한 흔적이 남아 있었는데, 금고는 열리지 않았고 작살 상자만 열려 있었습니다. 책장에 꽂혀 있던 책과 서류들이 바닥 가득 떨어져 있었고 책상 위의 컴퓨터 모니터는 파손된 상태였습니다. 서랍을 빼내 거꾸로 쏟은 듯 물건들이 바닥에 흩어져 있었습니다. 확인 결과, 서재에 있던 현금 20만 홍콩달러한화로 약 3,000만원가 없어진 것으로 밝혀졌습니다. 그러나 피해자가 끼고 있던 반지, 책상에 놓인 보석 박힌 편지칼 및 3천만 홍콩달러에 달하는 앤티크 도금 회중시계 등은 그대로 있었습니다. 범인은 단지 현금만을 강탈한 것입니다."

아성은 한쪽에서 상관의 사건 설명을 들으며 조사 첫날을 떠올렸다. 사라진 20만 홍콩달러는 놀랍게도 피해자가 서재에 두고 사용하던 '용돈'이라고 했다. 아성은 그날 자신과 상류사회가 얼마나 멀리 떨어져 있는지를 깨달았다.

"현장감식 요원은 방 안에서 발자국이나 지문을 발견하지 못했습니다. 아마도 범인은 범행 당시 장갑을 꼈을 것으로 보입니다." 뤄 독찰은 다시 수첩을 펼치고 한 번 훑어봤다. "이상, 사건 현장의 환경 정보를 말씀드렸습니다. 이어서 피해자가 살해당한 과정을 말씀드리겠습니다."

"삐."

"피해자 위안원빈은 아침 7시 40분 위융이에 의해 발견됐습니다. 검시관의 검시 결과에 따르면 사망시간은 2시에서 4시로 추정됩니다. 피해자는 사망 당시 책장 옆에 누운 상태였습니다. 후두부에 두 군데 타박상을 입었고 치명상은 작살총으로 발출한 작살에 적중된 복부의 상처이며 출혈과다로 인해 사망했습니다."

아버지의 배에 금속 작살이 박혀 있던 광경이 다시금 위융이의 눈앞에 떠올랐다.

"우선 흉기에 대해 상세히 설명하겠습니다." 뤄 독찰은 수첩을 몇 장 넘겨 작살총에 대해 기록한 부분을 찾았다. "피해자의 몸에서 발견된 작살은 115센티미터 길이의 강철제 작살로, 촉에서부터 3센티미터 부분에 미늘이 붙어 있습니다. 이 작살이 피해자의 간에 박혀 대량 출혈을 일으킨 것이 사인입니다. 서재 한가운데에 남아프리카 작살총회사인 롭앨런사에서 제조한 모델명 RGSH115의 카본 작살총이 떨어져 있었습니다. 총신은 115센티미터, 클로즈볼트 방식의 총머리에는 30센티미터의 고무줄이 달려 있습니다. 작살총에는 피해자의 지문만 남아 있었습니다."

뤄 독찰은 이 사건을 맡은 뒤 작살총에 관한 전문용어 때문에 골머리를 앓았고, 상당한 시간을 들여 관련 지식을 보충하고서야 겨우 이해할 수 있었다. 기본적으로 작살총은 고무줄의 탄성을 이용해 작살을 발사한다. 원리는 Y자 모양의 새총과 동일하다. 작살을 총신 손잡이의 발사기관에 꽂은 뒤 총머리에 연결된 고무줄을 뒤로 당겨 금속이나 끈으로 만든 갈고리로 작살 위에 건다. 방아쇠를 당기면 손잡이의 걸림쇠가 풀리면서 작살이 탄력에 의해 앞으로 쏘아진다. 클로즈볼트 방식의 총머리는 원통형 구멍의 총구가 달려 있어서 작살을 그 사이로 통과시켜 총신의 홈에 꽂는다. 또 다른 종류인 오픈볼트 방식 총머리에는 원통형 구멍이 없고 단지 V자형 거치대만 있는데 이건 작살을 얹는 용도다. 스쿠버다이빙을 좋아하는 동료의 말에 따르면, 대부분은 사격 시 목표물을 정확히 볼 수 있는 오픈볼트 방식을 좋아한다고 한다. 반면 클로즈볼트 방식의 총머리는 작살의 흔들림이 적어 명중률이 높은 것이 장점이었다.

"상자를 조사한 결과, 이 작살총은 피해자가 소장하고 있던 것이 분명합니다. 상자에는 수직으로 세 정의 작살총을 넣을 수 있는 칸이 있는데 총신 길이가 다른 RGSH075와 RGSH130만이 남아 있고 가운데가 비어 있었기 때문입니다. 상자에는 길이가 특히 긴 롭앨런 줄루형 작살총 RGZL160과 75센티미터 길이의 라비테크제 RB075형 알루미늄 합금 작살총도 있었지만, 분해되어 휴대용 상자에 담겨진 상태였습니다. 작살 상자에는 115에서 160센티미터에 이르는 강철 작살촉도 함께 들어 있었는데, 감식요원에 의하면 피해자의 몸에서 발견된 작살촉과 같은 것이라고 합니다."

"아버지는 그 줄루형 작살을 쓴 적이 없었지요." 위융이가 감개에 젖어 설명했다. "상어를 잡으려고 구입한 건데 결국 한 번도 사용하지 못한 채 더 이상 스쿠버다이빙을 하지 못하게 되었거든요."

뤄 독찰은 위융이에게 반응하지 않고 계속했다.

"작살 상자에는 수중사냥을 위한 장비도 함께 보관돼 있었습니다. 수중마스크, 후드, 공기탱크 조절기, 다이빙 장갑, 작살총 고무줄, 드라이버, 다용도 칼, 그리고 25센티미터 길이의 잠수용 칼 두 점 등입니다. 초동조사에 의하면 범인이 작살 상자를 비틀어 연 후 작살총을 꺼내 피해자를 쏜 것으로 보입니다."

아성은 침을 꿀꺽 삼켰다. 비록 지난 2년간 뤄 독찰의 부하로 일하면서 적잖은 시체를 봤지만, 미늘이 달린 긴 작살로 복부를 꿰뚫려 내장이 산산조각 났던 위안원빈의 시체를 생각하면 지금도 소름이 끼친다.

"복부의 치명상 외에도 피해자의 시신에는 후두부에 외상이 두 군데 있었습니다. 이 두 군데 타박상에는 의문점이 있습니다. 검시관의 보고서에 의하면 피해자는 첫 번째 공격 후 어느 정도 시간이 흐른 뒤 두 번째 공격을 받았습니다. 상의 옷깃에 남은 혈흔과 상처로 추론하자면 두 차례의 공격은 약 30분의 시간 차가 납니다. 당시 상황을 정확히 알 수는 없지만 감식요원이 타박상을 만든 흉기를 찾아냈습니다. 책상 옆에 세워져 있던 철제 화병입니다. 화병에는 아무런 지문도 남아 있지 않아 범인이 화병으로 가격한 후 그 표면을 꼼꼼히 닦아낸 듯합니다."

뤄 독찰은 다시 수첩에서 눈을 떼고 병실에 모인 사람들을 둘러봤다. 마지막으로 병상의 환자에 시선이 멈췄다.

"그러나 피해자가 사망한 상황은 오히려 제게 의혹을 불러일으킨 부분이었습니다." 뤄 독찰이 미간을 찌푸리며 계속 설명했다. "피해자가 쓰러져 있던 책장 옆, 다시 말해 시체 옆에 가족 사진첩이 떨어져 있었습니다. 감식요원은 사진첩 안에서 피 묻은 지문을 발견했고, 피해자가 죽기 직전 펼쳐본 것으로 여겨집니다. 바닥의 혈흔으로 미뤄볼 때 피해자는 치명상을 입은 후 책상에서 5미터 떨어진 책장까지 기어가 사진첩을 펼쳤습니다. 검시관은 피해자가 치명상을 입고 나서 20분이 지나서야 사망했다고 추정합니다. 전 처음에 피해자가 어떤 정보를 남기려 했을 거라고 추측했습니다. 자세한 조사를 거쳤으나, 사진첩에 남은 혈흔은 아무런 규칙성도 없었습니다. 피해자는 순수하게 옛 사진을 꺼내보려고 했던 듯합니다. 더욱 이상한 건 피해자의 손목과 정강이에 테이프로 묶였던 자국이 남아 있고 입에도 테이프가 붙여졌던 흔적이 있는데, 피해자가 발견됐을 때는 테이프가 이미 제거된 상태였고 떼어낸 테이프가 현장에서 발견되지 않았다는 점입니다."

아성은 며칠 전 이런 조사 결과가 나온 후 한 가지 추리를 내놨다. 테이프는 범인이 붙인 게 아닐지도 모른다. 어쩌면 피해자가 피학 성향이 있어서 정부와 즐기다가 남긴 흔적인지도 모른다. 이 추리 때문에 같은 조의 여자 동료는 그를 경멸의 눈초리로 바라봤다. 마치 변태를 보는 듯했다. 뤄 독찰은 아성을 경멸하듯 바라보지는 않았지만, 딱 한마디 말로 그를 비웃었다. "자넨 부자들은 전부 황음무도하고 숨기고 싶은 부끄러운 성적 기호가 있을 거라고 생각하나?"

"그런 몇 가지 이상한 현장 상황을 제외하고 단순히 환경 정보로만 추론해본다면 범인이 절도범이라고 예상할 수 있습니다. 범인은 한밤중에 유리창을 깨고 서재로 침입해 방을 뒤지다가 피해자를 맞닥뜨렸을 것입니다. 화병으로 상대를 가격하고 피해자가 기절하자 그를 묶어놓고 계속해서 방을 뒤졌습니다. 범인은 금고를 발견했으나 도구를 사용해도 열 수 없었고, 작살총으로 피해자를 위협해 금고 비밀번호를 요구했으나 피해자가 듣지 않자 결국 작살총을 발사해 살해했습니다. 그리고 20만 홍콩달러의 현금을 탈취해 도주했습니다."

"뚜뚜."

묵직한 알림음이 뤄 독찰의 설명을 중단시켰다. 커서가 NO를 가리키고 있다. 다섯 증인의 얼굴 하나하나에 의아함이 떠올랐다.

"사부, 범인이 외부 침입자가 아니라는 말입니까?"

"삐." 커서는 시원스럽게 YES로 이동했다.

뤄 독찰은 깜짝 놀라 말했다.

"저는 심층 조사 후에 범인이 일개 도둑이 아닐 가능성이 크다고 판단했습니다. 창 바깥쪽에서 기어오른 흔적을 발견하지 못했고, 창문 아래 있는 화단에도 발자국이 남아 있지 않았으니까요. 전 범인이 다른 경로로 침입한 게 아닐까도 생각했습니다. 밧줄을 내려서 지붕에서 타고 내려오는 방법이 있겠지만, 옥상 난간에는 아무 흔적도 없었습니다. 설마 범인이 헬리콥터를 이용했을까……."

"뚜뚜." 마치 노탐정이 자신의 제자가 간단하고 곧바로 알아챌 수 있는 사실을 놓친 채 의미 없는 부분만 파고드는 것을 비웃는 것 같았다.

"사부, 제가 방금 설명한 내용에서 범인이 외부 침입자가 아니라는 사실을 알아내셨습니까?"

"삐." 다시 한 번 시원스런 YES였다.

"제가 방금 설명한 내용이라면 유리창을 깬 방법 말입니까? 아니면 피해자가 작살총으로 살해당한 모습입니까? 아니면 방 안을 뒤진 흔적입니까?"

십자가는 묵묵히 화면 가운데 멈춰 있었다.

"책상입니까? 책장입니까? 화병? 바닥……."

"삐."

뤄 독찰이 '바닥'이라는 두 글자를 말하자 커서가 반응을 보였다.

"바닥? 바닥에는 아무것도 없었습니다. 지문도, 발자국도 없었어요. 무척 깨끗했습니다."

아성이 끼어들었다. 뤄 독찰이 갑자기 고개를 돌려 아성을 쳐다봤다가 다시 병상에 누운 사부를 바라봤다. 무언가 깨달음을 얻은 표정이었다.

"맞아! 바로 그거야."

뤄 독찰이 자기 이마를 쳤다.

"뭐가요?"

아성은 여전히 모르겠다는 얼굴이었다. 위씨 집안의 다섯 명도 똑같은 표정을 짓고 있었다.

"아성, 우리가 언제 이렇게 깨끗한 절도 현장을 본 적 있나? 지문이 없는 것은 이해할 수 있지. 지문은 기소하기 위한 확실한 증거가 되니까 절도범이 증거를 남기지 않기 위해 장갑을 끼는 건 당연해. 하지만 발자국은 그다지 영향력 있는 증거도 아닌 데다 일반적으로 범죄자들은 빈 방을 침입하면서 발자국을 없애는 데 신경 쓰지 않아. 미리 새 신을 한 켤레 사뒀다가 범행 후에 갈아 신은 다음 신고 있던 건 태워버리면 그만이거든."

"하지만 범인이 살인을 저지르고 범행을 감추기 위해서 일부러 바닥을 청소했을 가능성도 없는 건 아니잖습니까."

"만약 그렇다면 바닥에 서류나 이런저런 물건들이 떨어져 있었던 것을 설명할 수 없잖아. 우리는 범인이 화단의 진흙바닥을 지나 아무도 없는 방에 침입해 도둑질하려다 피해자를 우연히 마주쳤고, 그를 묶어놓고 계속 방을 뒤졌다고 생각했어. 위협하다가 뜻대로 되지 않아서 피해자를 살해했다고 말이야. 그런데 범인이 발자국을 없애려면 먼저 바닥에 떨어진 것들을 치워야 했을 거야. 그런데 아무 이유도 없이 바닥을 닦아낸 다음 다시 물건을 바닥에 흩어놓았어. 살인을 하고, 증거를 없애고, '방을 뒤진 흔적'을 다시 재현하다니? 얼른 도주하는 게 아니라? 그건 정말 말이 되지 않아."

위융이는 그들의 대화를 들으며 뤄 독찰이 왜 관 경관에게 도움을 청했는지 이해할 수 있었다. 단지 사건의 환경 정보를 서술했을 뿐인데, 혼수상태에 빠진 노인은 금세 뤄 독찰이 많은 인력과 물질을 투입하고서야 얻어낸 결론을 끌어냈다. 여기에 생각이 미치자 위융이는 갑작스런 한기를 느꼈다. 손가락 하나도 꼼짝하지 못하는 노탐정이 자신을 꿰뚫어보는 게 아닐까 하는 생각이 들었다. 그는 자신의 살인죄가 상대방의 예리한 눈을 피하지 못할까 봐 무서웠다.

4

"외부 침입자가 아니라면……."

옆에 앉아 있던 차이팅이 갑자기 입을 열자 위융이는 번뜩 정신을 차렸다.

"살인자는 저택에 있었던 다섯 사람 중 하나라는 뜻입니다."

뤄 독찰이 냉정하게 말했다.

순간 다섯 명의 증인—이제는 다섯 명의 용의자라고 해야 할—은 요 며칠간 뤄 독찰이 벌인 조사의 진정한 의미를 깨달았다.

사흘 전부터 뤄 독찰은 그들을 만날 때마다 가족 중 각각의 관계나 피해자의 과거에 대해 물었다. 그중 가장 이상한 질문은 바로 '만약 범인이 강도가 아니라면 누가 살인자일까요?'라는 것이었다.

"이 더러운! 전에 그런 질문을 한 건 우리를 떠봤던 거구먼?"

위융렌이 역겹다는 표정을 지으며 거칠게 소리쳤다. 이번에는 탕 아저씨도 말리지 않았다.

"위융렌 씨, 한 가지 명심하시길 바랍니다." 뤄 독찰이 그 사냥매 같은 눈빛으로 쏘아보며 한 글자 한 글자 분명히 말했다. "우리의 임무는 사건의 진상을 밝히고 피해자의 억울함을 풀어주는 겁니다. 당신들에게 잘 보일 필요는 없습니다. 경찰이란 피해자 편에 서서 침묵하고 있는 그들을 위해 목소리를 내는 사람입니다."

아성은 방금 뤄 독찰이 '당신들'이라는 단어를 특별히 강조한다고 느꼈다.

병실의 분위기가 삽시간에 얼어붙었다. 뤄 독찰은 다시 본래의 어조로 돌아가 말을 이었다.

"이번 주에 여러분에 대해 수집한 자료를 다시 한 번 서술하겠습니다. 말하고 싶은 내용이 있다면 직접 말씀하셔도 좋습니다."

"삐." 아무도 대답하지 않는 가운데 마치 노탐정이 제자에게 아무 문제 없다고 말하는 것처럼 컴퓨터 스피커에서 긍정의 알림음이 울렸다.

"먼저 피해자에 대해 말씀드리겠습니다." 뤄 독찰이 수첩을 펼쳤다. "위안원빈, 67세, 남성, 펑하이 그룹 총수. 증인의 진술 내용에 따르면 피해자는 재계에서 줄곧 냉혹한 사람으로 평가받았습니다. 작은 회사를 사들이고 라이벌을 공격하는 데 수단 방법을 가리지 않아 '펑하이의 상어'라는 별명으로 불렸다고 합니다. 그룹 창업자인 위펑의 경영방침과는 큰 차이가 있었지요. 1997년의 아시아 금융위기, 2008년의 전 세계적 금융위기에서 펑하이 그룹의 이윤은 감소하기는커녕 오히려 증가했습니다. 결과적으로 볼 때 위안원빈의 경영방식이 옳았는지도 모릅니다. 재계에서의 평판을 떼어놓고 본다면 회사의 관리직 임원들은 대부분 그를 실적에 엄격하지만 우호적인 상사로 여기고 있습니다."

아성은 부하직원들의 아첨일 거라고 생각했다. 사장님은 죽었지만, 후계자가 그 사장님의 아들이니 나쁜 소리를 했다가 미래의 사장님 귀에 들어가기라도 하면 자리를 보전하기 힘들 게 뻔하지 않은가. '우호적'이라는 말로 '상어'를 표현하다니 아성은 듣도 보도 못한 우스갯소리라고 생각했다.

"위안원빈은 원래 위평의 부하직원이었습니다. 평하이는 작은 플라스틱 제조공장으로 시작한 기업입니다. 1960년대 후반 부동산 투자회사로 발전했으며 위평은 기회를 잘 잡아서 홍콩 여러 증권교역소에 회사를 상장할 수 있었습니다. 당시 위평은 젊은 인재를 파격적으로 발탁하곤 했는데, 스물세 살의 위안원빈은 영리한 두뇌로 위평에게 깊은 인상을 남겨 말단 사무직원에서 사장의 개인비서로 승진했습니다. 그때 함께 발탁된 인재가 현재 예순넷, 당시 스무 살이었던 왕관탕으로 지금 용의자 중 한 명이자 위씨 가족의 비서입니다."

탕 아저씨는 뤄 독찰이 자신을 언급하자 저도 모르게 허리를 곧추세웠다.

"위씨 집안에 대해 잘 알고 있는 퇴직 고용인에 따르면, 당시에 위평이 개인비서가 아니라 사실은 '부마' 후보를 뽑았다는 소문이 돌았다고 합니다. 당시 예순의 나이였던 위평에게는 열여섯이 된 딸만 하나 있었습니다. 위평은 형제가 없었기 때문에 위씨 집안의 대가 끊길 것을 염려해 뛰어난 젊은이를 골라 데릴사위로 맞이하고 평하이 그룹의 경영을 맡길 생각이었던 겁니다. 어떤 이는 당시 위평의 딸 위첸러우는 둘 중 나이가 어린 왕관탕을 좋아했다고도 하는데, 결국 나이가 많은 쪽인 위안원빈과 결혼했습니다."

"뤄 독찰님, 그게 저의 살인 동기라고 말할 셈은 아니겠죠? 당시 남편감을 고른 건 큰사장님이 아니라 사모님 본인이었습니다. 게다가 제가 사모님과 친하긴 했지만 연애를 한 건 아니었습니다. 누가 40년이나 지나서 옛 '연적'을 살해하겠습니까? 제가 손을 쓰고 싶었다면 지금까지 기다릴 이유가 없었겠지요." 탕 아저씨가 말했다.

"저는 다만 사실관계를 진술하고 있습니다. 무언가를 암시하려는 것도 아닙니다. 사부가 알아서 분석하실 테니까요."

"그렇지." 지금까지 한 마디도 하지 않던 후씨 아주머니가 말했다. "탕 아저씨는 범인이 아니에요. 사장님과 아가씨에게 줄곧 잘했는걸요. 사장님과 아가씨는 1971년 4월에 결혼했지요. 당시 홍콩 금은증권교역소가 막 문을 열었을 때인데, 회사가 그 교역소에 상장됐어요. 탕 아저씨는 사장님과 아가씨가 신혼여행을 갈 수 있도록 두말없이 사장님 업무까지 다 맡아서 처리했답니다. 그리고 큰사장님께 사장님은 무척 바쁜 와중에 겨우 시간을 내어 신혼여행을 갔다고 두둔해주기까지 했어요. 두 사람은 친형제나 다름없어요. 그런 잔인한 일을 저지를 사람이 못 돼요."

후씨 아주머니가 말하는 '사장님'이란 위안원빈이고 '아가씨'는 위첸러우다. 위첸러우가 '사장 부인'이 되어도 후씨 아주머니는 줄곧 입에 익은 아가씨라는 호칭을 썼다.

뤄 독찰은 후씨 아주머니를 흘낏 보고는 수첩을 몇 장 넘겼다.

"맞습니다. 후진메이 여사님이 말씀하신 그대로입니다. 그럼 이어서 후 여사님의 자료를 말씀드리겠습니다."

후씨 아주머니는 뤄 독찰의 눈빛이 자기에게 향하자 저도 모르게 긴장이 되었다.

"후진메이 여사, 65세. 1965년 중국 대륙에서 홍콩으로 밀입국해 위평 부부를 만나 집안 고용인이 되었습니다. 당시 홍콩에선 하녀를 두는 게 법으로 금지됐지만, 부잣집에선 대부분 '언니'나 '누이'를 두고 지냈지요.* 열일곱 살이던 후진메이 여사는 위첸러우의 보모가 되었습니다. 1965년이면 당시 위첸러우는 열두 아니, 열세……."

"열한 살이에요."

후씨 아주머니가 손수건을 움켜쥐며 딱딱하게 말했다.

"네, 열한 살이었습니다." 뤄 독찰이 가볍게 고개를 끄덕였다. "그 후 후진메이 여사는 위첸러우의 시중을 드는 고용인으로서 줄곧 위씨 집안을 돌봤습니다. 40여 년이 흐른 지금까지 말이지요. 다른 증인의 진술에 따르면 후진메이 여사는 피해자 부부와 좋은 관계를 유지했다고 합니다."

후씨 아주머니는 비록 고용인이지만 위첸러우에게 있어서는 친언니와도 같았다. 어려서부터 위첸러우를 돌봐주었고, 고민과 비밀을 나눌 수 있는 사람이었다. 후씨 아주머니는 위첸러우에게 깊고 두터운 정이 있었다. 4개월 전 위첸러우가 병에 걸려 죽었을 때 후씨 아주머니가 흘린 눈물은 가족들 중 누구와 비교해도 적지 않았을 것이고, 잠들지 못한 밤도 가족들 중 누구보다도 많았다.

"위안원빈과 위첸러우가 결혼한 그해에 장자 위융리가 태어났습니다. 그러나 위융리는 1990년에 교통사고로 사망했으므로 더는 언급하지 않고……."

"뚜뚜."

알림음 소리에 모두들 소스라치게 놀랐다.

"사부, 위융리에 대한 설명을 하라는 뜻입니까?"

"삐."

뤄 독찰은 어찌할 바를 모르는 듯 머리카락을 흩뜨렸다.

* 홍콩에서는 집안일을 돌봐주는 여성 입주고용인을 언니 혹은 누이라고 불렀다.

"위융리, 1971년 출생. 1990년 큰 교통사고로 차와 함께 클리어워터베이 도로에서 떨어져 중상을 입고 혼수상태에 빠졌다가 병원으로 이송하던 중 숨졌습니다. 내가 자료를 전부 메모해두지 않은 것 같군. 아성, 위씨 집안사람들에 대해선 자네가 조사했지? 더 보충할 내용이 있나?"

아성은 미처 준비하지 못한 듯했다. 안절부절못하며 주머니에서 갈색 수첩을 꺼내 긴장한 채로 조사 내용을 기록한 페이지를 펼쳤다.

"에, 위, 위융리는 사망 당시 18세였습니다. 13세부터 17세까지 호주에서 유학했지만 성적이 좋지 않아 아버지 위안원빈이 강제로 홍콩으로 불러들여 세인트조지 고등학교의 예비학교에서 학업을 마치도록 했습니다. 외국에서 운전면허를 이미 땄기 때문에 위융리는 18세가 되자마자 시험 없이 홍콩의 운전면허를 갖게 됐고, 이후 자주 차를 몰고 놀러 나갔습니다. 기업 경영에 재능이 있었던 아버지와 달리 위융리는 놀기 좋아하고 세간의 평가가 나빴습니다. 여러 차례 문제를 일으켰고 부모와의 관계도 소원했습니다. 위융리의 출생일과 사망일도 공교로운 데가 있는데, 출생일은 추석날이었고 사망일은 4월 1일 만우절……."

"큼큼."

뤄 독찰이 일부러 마른기침을 두어 번 하며 아성의 말을 끊었다. 아성이 고개를 들자 위씨 가족들의 표정이 상당히 좋지 않아 보였다.

"제 부하의 경험이 부족해 표현이 거칠었습니다. 고인에 대해 불경한 점이 있었다면 양해해주시기 바랍니다."

뤄 독찰이 말했다. 아성도 당황하며 고개 숙여 사의를 표했다.

모두 별다른 말이 없는 것을 보고 뤄 독찰이 말을 이었다.

"그럼 제가 피해자의 차남 위융이에 대해 말씀드리겠습니다. 계속해도 되겠습니까, 사부?"

"삐."

"위융이, 올해 32세, 위안원빈과 위첸러우의 둘째 자녀. 형 위융리와 마찬가지로 세인트조지 고등학교에 다녔으며, 졸업 후 미국으로 유학해 경영학을 공부했습니다. 학업을 마치고 귀국해 평하이 그룹의 부총수로 취임해 피해자 위안원빈의 업무를 도왔습니다. 증인 진술에 따르면 음, 위융이는 형 위융리와는 달리 성실하고 업무 능력 역시 아버지나 외할아버지에 비교해도 손색이 없어 피해자의 기대가 컸으며 부자관계도 좋았다고 합니다."

칭찬을 들었음에도 위융이의 얼굴은 펴질 줄 몰랐다. 뤄 독찰은 방금 아성이 형에 대해 좋지 않은 평가를 언급한 것을 불쾌해한다고만 여겼지만, 사실 위융이는 자신의 악행이 드러날까 봐 두려워하고 있었다. 의도적으로 살인을 저지른 것은 아니었어도 역시 그 일이 너무도 괴롭고 후회스러웠다. 심지어 노탐정이 진상을 밝혀내 감옥에 갈 위기에 처하는 게 오히려 더 마음이 편할 거라는 생각까지 들었다.

"위융이는 지난해 차이팅과 결혼했습니다. 34세, 차이蔡전자의 설립자인 차이위안산의 막내딸입니다. 일반의학 전문의로 바이화柏華 의료센터에서 근무했고 결혼과 함께 사직했습니다." 뤄 독찰은 갑자기 위씨 집안의 며느리를 빤히 바라보며 말했다. "소문에는 차이팅이 위융이와 결혼한 건 차이전자가 최근 부채가 늘어 재단의 자금 투입이 필요……."

"뤄 독찰님, 모함하지 마세요." 얼굴이 붉어진 차이팅이 화를 누르며 말했다. "그 말대로라면 제가 돈 때문에 결혼한 것 같군요."

"저는 단지 정보를 전달하는 것뿐입니다. 게다가 미리 소문이라고 강조했고요." 뤄 독찰은 담담하게 말을 이었다. "결국 살해 동기로 말하자면 당신이 다섯 명 중 가장 유력합니다. 위안원빈이 죽으면 위융이와 위융렌은 유산을 물려받을 테니까요. 그들은 급하게 돈을 쓸 이유가 없는 반면, 당신 집안에서는 대규모 현금 운용이 필요하지요. 지난달에 차이전자의 올해 영업 손실이 1억 8천만 홍콩달러에 달한다는 보도도 있었군요. 만약 위융이가 그룹 총수에 취임한다면 당신이 자금을 움직일 수…….”

“마, 말도 안 돼! 그건 다 거짓말이에요! 나, 나는…….”

줄곧 정중했던 차이팅이 발작적으로 소리치며 소파에서 벌떡 일어섰다. 그녀는 분노가 가득한 시선으로 뤄 독찰을 노려봤다.

“뤄 독찰님, 그건 근거 없는 추측에 불과합니다.” 탕 아저씨가 차이팅의 팔을 가볍게 두드려 앉으라는 표시를 했다. “차이전자가 재무적인 곤란에 처해 있는 건 사실입니다. 그러나 사장님께선 차이전자의 잠재력을 잘 알고 계셨지요. 작은사모님이 시집오기 전부터 이미 자주 협력하며 자금 지원을 제공했었습니다. 융이 도련님도 이런 협력 관계를 통해 작은사모님을 알게 된 겁니다. 뤄 독찰님도 아까 사장님이 펑하이의 상어로 불린다고 말씀하셨는데, 절대로 손해 보는 장사를 하실 분이 아닙니다. 사장님께서 생전에 차이전자를 지원할 계획이 있었음을 증명할 자료는 수없이 많습니다. 작은사모님이 범인이라면 오히려 도끼로 제 발등을 찍는 격이 아니겠습니까?”

뤄 독찰은 아무 말 없이 차이팅에게서 수첩으로 시선을 돌릴 뿐이었다. 차이팅은 뤄 독찰의 이 동작이 그의 약세를 드러내는 것이 아님을 느꼈다. 뤄 독찰의 침묵은 탕 아저씨의 말에 동의한다는 뜻이 아니라 단지 자신의 생각을 거둬들인 것에 불과했다. 마치 비장의 패를 숨겨두는 노련한 도박사처럼 상대방이 그의 계획을 눈치채지 못하도록 패를 속이는 것이다.

“마지막으로 피해자의 삼남 위융렌입니다.” 뤄 독찰은 병상의 노탐정에게 말했다. "위융렌, 24세, 홍콩문화대학 공학과에 재학 중. 현재 휴학 상태입니다. 피해자와의 관계는 좋지 못한 편입니다. 반면 어머니에게는 효심이 깊어 위첸러우가 입원해 있는 동안 거의 매일 병원을 찾았을 정도입니다. 피해자는 위융렌이 학업을 마친 뒤 펑하이 그룹에 입사하길 바랐으나 위융렌은 사진작가가 되고 싶어 했고, 이 때문에 두 사람 사이에 갈등이 있었습니다."

뤄 독찰이 '강도가 아니라면 누가 살인자인지' 물었을 때 탕 아저씨는 위안원빈과 위융렌의 갈등에 대해 말했다. 물론 탕 아저씨는 위융렌은 범인이 아니라고 강조했다.

"흥."

위융렌은 형수인 차이팅처럼 흥분하지 않고 그저 우습다는 듯 콧방귀만 뀌었다.

"이상이 위씨 집안사람들에 대한 내용입니다. 이제 사건 발생 전후로 각자 저택에서……."

"뚜뚜." 커서가 NO를 가리켰다. 마치 뤄 독찰이 다음 설명으로 넘어가는 걸 막아서는 것 같았다.

"네?" 뤄 독찰은 상대방이 입을 열지 못한다는 사실을 잊은 것처럼 되물었다. "사부, 어떤 부분을 더 확인하라는 겁니까? 지금 얘기한 다섯 명의 자료에 대해서입니까?"

"뚜뚜." 컴퓨터 스피커에서 부정의 대답이 흘러나왔다.

"어? 그럼 사람에 관련된 문제입니까?"

"삐."

"남자입니까?"

모두들 그 질문을 듣자 뤄 독찰이 가장 빠른 이분법을 이용해 대답의 범위를 줄여가고 있음을 깨달았다.

"뚜뚜."

부정을 의미하는 알림음에 차이팅은 심장이 튀어나올 것처럼 깜짝 놀랐다.

"차이팅입니까?"

"뚜뚜."

후씨 아주머니가 얼어붙었다.

"후진메이입니까?"

"뚜뚜."

두 여자는 이어진 두 번의 NO에 의아함을 느꼈다. 차이팅이 막 발작하려는데 뤄 독찰의 다음 질문이 들렸다.

"그렇다면 위첸러우에 관한 일을 묻고 싶은 겁니까?"

"삐."

이 대답에 다섯 용의자는 모두 한숨을 돌렸지만 마음속에서 의혹이 떠올랐다. 이 노탐정은 왜 이미 죽은 사람에게 특히 신경을 쓰는 것인가? 처음에는 위윰리에 대해 묻더니 이제는 위첸러우에 대해 묻고 있다.

"사부, 위첸러우에 대해서는 특별히 말씀드릴 게 없습니다." 뤄 독찰은 할 말이 별로 없다고 하면서도 손으로는 수첩을 넘겼다. "위첸러우, 평하이 창립자 위평의 외동딸. 피해자 위안원빈의 아내로 세 아들을 뒀습니다. 이 내용은 아까 언급했군요. 음, 위첸러우는 올해 5월 췌장암으로 사망했고 향년 쉰아홉이었습니다. 굳이 언급하자면, 위첸러우는 결혼 후 1년 정도 산후우울증을 앓았던 것 같습니다. 그 밖에는 특별한 내용이 없군요. 사부, 위첸러우가 이 사건과 관련이 있다고 생각하십니까?"

십자가는 YES나 NO로 움직이지 않고 화면 중앙을 중심으로 위아래로 규칙적인 움직임을 보였다.

"'어쩌면'이라고 말씀하시는 겁니까?"

"삐."

"그렇다면 혹시 더 보충할 내용이 있으신 분 계십니까?"

뤄 독찰이 다섯 명을 둘러보며 물었다. 그들은 서로 시선을 주고받았지만 아무도 먼저 입을 열지 않았다.

"없으십니까?" 뤄 독찰이 재차 물었다.

"그게……." 후씨 아주머니가 조심스럽게 입을 뗐다. "그다지 특별한 건 아니지만, 사장님이 살해된 날은 아가씨의 백일제였어요. 그날 밤 아가씨 영전에서 지전紙錢을 태웠지요."

"아, 맞습니다. 저도 왕 선생님께 들은 기억이 납니다." 뤄 독찰이 말했다. "풍영소축과 똑같이 만든 모형 종이집을 자기가 특별히 주문했다고 하더군요."

"아가씨는 거의 평생을 그 집에서 사셨는데 지하에서 다른 집에 살게 되면 편치 못하실까 봐……."

주인 아가씨와 나눈 정을 떠올렸는지 후씨 아주머니의 눈시울이 붉어졌다.

아성은 그날 현장에 도착해 조사할 때 집 안에 향과 종이를 태운 냄새가 가득했던 것을 떠올렸다. 그때는 이 집안사람들이 경건한 불교나 도교 신자라 주말마다 제사를 지내나 보다 여겼다.

"저 영감탱이, 엄마가 돌아와서 아버질 죽였다고 말하려는 건 아니겠지?"

위융렌이 갑자기 말했다. 그의 조롱은 전혀 우습지 않았고, 탕 아저씨가 막 그를 나무라려는 찰나, 다들 모니터에 일어난 변화에 시선이 쏠렸다. 십자가 커서가 화면 중앙에서 규칙적으로 위아래로 오르락내리락하고 있었다.

'어쩌면'이라는 뜻이었다.

"하, 이게 무슨 귀신 씨나락 까먹는 소리람!"

위융렌이 웃으며 말했지만 모두들 그의 웃음이 억지로 끌어낸 것임을 알아차렸다.

"사부! 범인이 위첸러우라고요?"

커서는 움직이지 않고 화면 한가운데 멈춰 있었다. YES도 NO도 아니었다.

방 안에 침묵이 내려앉았다. 다들 노탐정이 대답하기를 거절한 이유를 이해하지 못하는 듯했다.

"음, 사부, 이미 단서는 찾았지만 증명하려면 더 많은 증거가 필요하다는 겁니까?"

"삐." 이번의 YES는 특히나 명확했다.

"그럼 계속해서 사건 상황을 설명하겠습니다. 그런 다음 저희에게 지시를 해주시겠습니까?"

"삐."

이 대화를 듣고 위융이는 마음속 불안을 필사적으로 감췄다. 매번 컴퓨터에서 높낮이가 없는 기계음이 울릴 때마다 가시에 찔리는 느낌이었다. 노탐정의 영혼이 그의 뒤에 서서 머릿속을 들여다보며 자신이 온 힘을 다해 숨겨온 비밀을 끄집어내는 것만 같았다.

그는 금방이라도 무너져 내릴 것 같은 심정이었다.

5

"이제 사건 발생 당일의 정황을 말씀드리겠습니다." 뤄 독찰은 침착한 목소리를 유지했다. "아까 말씀드린 것처럼 사건은 지난주 토요일 저녁에서 일요일 새벽에 일어났습니다. 개인별 진술에 따르면, 토요일 저녁에는 특별한 일이 없었다고 합니다. 다른 주말과 비슷하게 여섯 사람은 집에서 저녁식사를 했고, 굳이 그날 저녁의 조금 다른 점을 꼽자면, 저녁식사 후에 위첸러우의 제사를 준비한 겁니다. 그날 저녁은 약간 '음식 맛이 어떤지 알 수 없는' 식사였습니다."

이 말은 탕 아저씨가 뤄 독찰에게 한 말이다.

"저녁식사와 제사가 다 끝나고 밤 11시, 각자 자기 방으로 돌아갔습니다. 왕관탕과 후진메이의 방은 1층에 있고, 피해자의 서재와 침실은 2층에 나란히 붙어 있습니다. 위융롄과 위융이 부부의 방은 3층에 있습니다. 이 사건의 가장 까다로운 부분은 모두 알리바이가 없다는 점입니다. 위융이와 차이팅을 제외한 모든 사람이 사건 발생 시각 각자 방에 혼자 있었다고 진술했고, 어떤 이상한 낌새도 눈치채지 못했다고 합니다. 위융이와 차이팅은 서로 알리바이를 증언할 수 있지만, 둘 다 상대방이 자다 일어나 화장실에 다녀오는 습관이 있다고 했고, 잠에 취해 상대방이 침대를 빠져나갔는지, 침대를 비웠다면 얼마나 오래 비웠는지를 정확히 증언하지 못했습니다."

뤄 독찰은 잠시 멈췄다가 다시 말했다.

"다시 말해 범행을 저지르려고 했다면 다섯 명 모두 시간상의 모순은 없는 셈입니다."

풋내기인 아성조차도 뤄 독찰의 이 말을 듣고 병실에 모인 다섯 명이 모두 불쾌해한다는 것을 알아챘다.

"피해자의 침대 상태로 볼 때 그날 피해자는 잠자리에 들지 않고 줄곧 침실 옆 서재에 사망 시까지 머무른 듯합니다. 물론 피해자가 침실이나 방에 딸린 화장실에 있다가 우연히 서재에 들어가 물건을 뒤지던 범인과 마주쳤을 가능성도 배제할 수는 없습니다." 뤄 독찰이 아래턱을 쓰다듬었다. "피해자와 살인자가 서재에 들어간 순서와 상황에 대해서는 아직 합리적인 추리를 끌어내지 못했습니다. 서재에는 물건을 뒤지고 어지럽힌 흔적이 남아 있는데, 그 과정을 전부 재구성할 수 없기 때문입니다. 대신 범인이 열려다 실패한 금고 속 물품의 목록을 확인했습니다. 800만 홍콩달러에 달하는 다이아몬드 세공품과 골동품, 1200만 홍콩달러의 무기명 채권, 기업 네 곳의 주식증서, 피해자의 유언장 원본, 그리고 낡은 장부 한 권입니다. 그 낡은 장부는 40년 전 평하이 그룹의 장부로 표지에 피해자 서명이 남아 있습니다. 비서 왕관탕 선생의 설명에 의하면, 피해자가 위평의 개인비서를 맡아 처음으로 처리했던 장부라서 기념으로 간직하고 있었을 거라고 합니다."

모인 사람들의 표정에서 그들은 금고 안에 무엇이 있었는지 다 알고 있었음이 드러났다. 경찰의 해체 전문가가 금고를 열었을 때 아성과 뤄 독찰은 채권과 다이아몬드 세공품을 보고 깜짝 놀랐다. 이토록 비싼 물건을 자기 집에 그냥 두다니, 소문이라도 났다간 수많은 도둑들이 몰려들 것이다. 저택에 이렇게 큰 금품이 있는데, 보안수준은 은행의 안전금고나 평하이 그룹 사장실의 10분의 1에도 미치지 못했다.

"순수한 추측일 뿐이지만, 범인의 목표가 유언장이었을 수도 있습니다. 범인이 서재에 몰래 들어가 금고를 열려고 시도하던 중 예상치 못하게 피해자가 들어왔고, 두 사람이 마주친 후 범인은 화병으로 피해자를 가격해 기절시킵니다. 피해자를 결박한 후 작살총으로 위협하며 금고의 비밀번호를 요구합니다. 피해자가 저항하자 범인은 작살을 쏴 피해자를 살해합니다. 어쩌면 실수로 죽였을 수도 있지요. 그런 다음 강도의 소행으로 위장하기 위해 창문에 손을 쓰고 방 안을 어지럽히는 겁니다. 범인은 미리 발자국이 남지 않는 신을 준비하고, 지문을 남기지 않기 위해 장갑을 꼈을 겁니다. 경찰이 가족 구성원이 저지른 범행임을 밝혀내지 못하도록 말이지요. 어쩌면 범인은 몰래 목표한 물건만 훔칠 생각이었는데, 생각지 못하게 피해자와 마주친 바람에 이런 결말을 맺게 된 것일지도 모릅니다.”

뤄 독찰은 가볍게 ‘유언장’을 언급했지만 그 말은 위융이나 위융렌, 차이팅이 탕 아저씨나 후씨 아주머니보다 좀 더 혐의가 짙다는 것을 암시하는 듯했다. 그러나 세 사람은 바보스럽게 뤄 독찰의 말을 가로채거나 반박하지 않았다. 그들은 뤄 독찰이 자신들의 반응을 끌어내려 한다고 추측했다. 노탐정이 그 반응 속에서 어떤 단서를 찾아낼 수 있도록 말이다. 특히 위융이는 죄를 숨기려면 반드시 냉정을 유지해야 한다는 것을 잘 알고 있었다.

“뚜뚜.” 뤄 독찰이 자신의 추리 내용을 말하자마자 컴퓨터가 노탐정의 NO를 전달했다.

“아니라고요? 제가 방금 말한 것 중 어딘가가 잘못됐습니까?”

“삐, 삐, 삐.” 커서는 YES로 이동한 후 바로 화면 가운데로 돌아왔다가 다시 위쪽으로 올라가기를 반복했다. 노탐정이 이마를 찌푸리며 제자의 추리가 큰 오류를 범했다고 질책하는 것 같았다.

뤄 독찰은 캐물으려 하다가 잠시 생각에 잠겼다. 정확한 질문을 찾아내려는 듯했다.

“서재의 환경 정보가 조사 방향을 잘못된 길로 이끌었습니까?”

“삐.”

“그렇다면 우리는 어떤 점에 집중해야 합니까? 피해자입니까? 용의자의 알리바이입니까? 범행 수법입니까? 흉기…….”

“삐.”

“흉기라고요? 작살총?”

“삐.”

뤄 독찰이 조금 멍하게 말했다.

“작살총이라니…… 그렇지, 방금 제가 말하는 것을 잊었는데, 다섯 명 가운데 왕관탕과 위융이만 스쿠버다이빙과 수중사냥을 해본 경험이 있습니다. 피해자와 함께 바다에 가곤 했지요. 나머지 세 사람은 작살총 사용법이 익숙하지 않을 테니."

"잠깐! 이런 어린애 장난 같은 증거만으로 우리 중 한 사람이 범인이라는 겁니까?"

탕 아저씨가 말했다. 위융이는 이리저리 흔들리는 시선으로 두 사람이 나누는 대화를 지켜봤다.

"하지만 이건 중요한 사실 가운데 하나입니다." 뤄 독찰이 뭔가 깨달았다는 표정으로 말했다. "범인이 작살총을 꺼내 피해자를 살해했다는 건 그가 그 무기에 익숙하다는 뜻이 아닙니까? 작살 상자에는 잠수용 칼도 있었습니다. 칼이야 누구나 다 사용할 수 있는 무기인데, 왜 칼을 쓰지 않았겠습니까?"

"하, 하지만."

탕 아저씨는 조금 초조해 보였다.

"뚜뚜."

두 사람의 대치는 NO를 알리는 알림음에 멈췄다.

"사부, 뭔가 말씀하시고 싶은 게 있습니까?"

"삐."

"범인이 누구인지 지목하실 겁니까?"

"뚜뚜."

모두들 이 대답에 깜짝 놀랐다. 지금까지의 진행상황을 볼 때 노탐정이 범인이 누구인지 밝힐 것이라 생각했는데, 이 순간 뜻밖의 NO가 튀어나온 것이다.

뤄 독찰은 조금 난처해 보였다. 탕 아저씨는 속으로 이렇게 되면 수사가 쉽지 않겠다고 생각했다. 노탐정은 할 말이 있지만, 뤄 독찰은 그가 어떤 부분에 대해 말하고 싶어 하는지도 알지 못하는 상황이기 때문이었다. 조사를 따라가다가 추리 내용이 맞는지 틀린지를 지적하는 건 간단하지만 지금처럼 갑자기 '하고 싶은 말이 있다'고 하면 어떻게 손을 대야 할지 정말 알 수가 없는 것이다.

그러나 뤄 독찰은 금세 대화를 정상궤도로 돌려놓았다.

"사부, 제가 방금 말한 추리에 대해 말씀하시고 싶은 겁니까?"

"뚜뚜."

"피해자 위안원빈에 대한 겁니까?"

"뚜뚜."

"용의자 다섯 명에 대한 겁니까?"

"뚜뚜."

놀랍게도 이 질문마저 부정의 대답이 돌아왔다.

"그럼…… 위씨 집안에 대한?"

"삐."

"살인사건 현장에 대한 겁니까?"

"뚜뚜."

"펑하이 그룹에 대한 겁니까?"

"뚜뚜."

대화가 여기에 이르자 모두들 머리 위로 수많은 물음표가 떠오르는 듯했다. 위씨 집안의 일이라는 것 외에 다른 것은 모두 부정의 대답이 나왔다. 피해자도, 용의자도, 사건 현장도, 피해자의 업무도 아니라니. 용의자 다섯 명은 의아하기 짝이 없었다.

"위첸러우에 대한 건가요?"

아성이 끼어들었다.

"삐, 삐."

다들 어리둥절해서 서로 얼굴만 쳐다봤다. 놀랍게도 노탐정은 이미 병사한 안주인의 일을 다시 꺼낸 것이다.

"방금 YES를 두 번 울리셨는데, 위첸러우 외에 위융리에 대해서도 말씀하시고 싶은 겁니까?"

"삐." 커서가 순식간에 YES 글자 위로 뛰어올랐다. 뤄 독찰이 정답을 맞혀서 기쁜 것처럼 보였다.

"이 영감탱이가 왜 계속 죽은 사람을 물고 늘어지는 거야!"

위융롄이 내뱉었다.

뤄 독찰이 고개를 들어보니 모두의 얼굴에 그늘이 져 있었다. 아까 아성이 위융리를 언급했을 때는 말투가 거슬려 불쾌해하는 듯 보였지만, 지금은 누구라도 저 표정들의 진실을 알아볼 수 있었다. 그들은 위융리가 언급되는 걸 싫어했다. 건드리고 싶지 않은 더러운 물건인 것처럼.

그때 한 사람의 표정이 뤄 독찰의 주의를 끌었다.

후씨 아주머니의 눈에 눈물이 가득 고여 무척 괴로워하는 모습이었다.

"후진메이 여사님, 뭔가 말씀하시고 싶은 게 있다면 개의치 말고 말씀해주십시오. 여기서 말씀하시는 내용이 절대로 제삼자에게 누설되지 않는다고 제가 보장하겠습니다."

뤄 독찰은 이것이 위씨 집안의 비밀과 관련돼 있다고 추측했다. 그래서 그런 보장을 한 것이다. 후씨 아주머니는 나머지 가족 네 명을 둘러보고 그들이 반대하지 않자 숨을 깊이 들이마시고는 천천히 말했다.

"뤄 독찰님, 관 경관님도 이미 알아차리신 것 같으니 말씀드리도록 하겠습니다. 융리 도련님은 사장님의 친아들이 아니었어요."

"네?"

뤄 독찰이 놀라움의 소리를 냈다.

"이런 추잡한 일은 위씨 집안사람 외에는 아무도 모릅니다." 후씨 아주머니는 이를 꽉 물더니 말을 이었다. "아가씨는 그때 질이 나쁜 사람을 만나 애를 배고 말았지요."

"그냥 애를 밴 게 아니야! 그건 강간이었어!"

탕 아저씨가 꾸짖듯 소리쳤다. 몹시 화가 난 얼굴이었다.

후씨 아주머니는 눈썹을 찌푸리고 침울한 눈빛으로 탕 아저씨를 슬쩍 보더니 천천히 입을 열었다.

"그건 1970년 겨울의 일이었습니다. 아니지, 1971년 1월이 맞아요. 곧 설 명절을 지내려던 때였으니까요. 아가씨는 막 꽉 찬 열일곱 살이 된 참이었죠. 아가씨는 품행도 올바르고 공부도 잘했어요. 그런데 무슨 히피족이니 하는 유행을 타고 질 나쁜 친구들을 사귄 거예요. 전 큰주인님 부탁을 받고 아가씨한테서 눈을 떼지 않았는데, 어느 날 밤 아가씨는 저를 속이고 몰래 집을 빠져나갔지요. 그날 밤 집안 식구들이 몽땅 천지사방 헤매며 찾으러 다녔어요. 큰주인님은 잘 아는 경찰에게 아가씨를 찾아달라고 부탁까지 하셨죠. 결국 다음 날 아침 제가 아가씨가 건 전화를 받았어요. 카오룽피크에 있는 공중전화라더군요. 울면서, 큰주인님께는 말하지 말고 저 혼자 데리러 와달라고 했어요. 혼자서는 아가씨를 데리러 갈 방법이 없어서 어쩔 수 없이 위안원빈에게, 아니지, 그러니까 사장님께 사정을 설명했어요. 차로 절 카오룽피크까지 데려다 달라고 했지요. 그때 사장님은 밤새 아가씨를 찾느라 잠 한숨 못 자고 막 돌아온 참이었죠. 아유, 그날은 모두들 지쳐 쓰러질 지경이었어요. 탕 아저씨도 밤새 눈도 못 붙이고 아가씨를 찾아 카오룽 전체를 뒤지고 다녔죠."

후씨 아주머니가 여기까지 말했을 때 뤄 독찰과 아성, 심지어 애플까지도 그 뒤의 이야기를 짐작할 수 있었다.

"우리가 아가씨를 찾아냈을 땐 치마가 마구 찢겨진 채로 두 팔로 무릎을 감싸고 길가에 주저앉아 있더군요. 아이고, 그 모습이 얼마나 가슴 아프던지…… 아가씬 절 보자마자 품에 안겨서 울음을 터뜨렸어요. 우리는 아가씨를 차에 태우고 일단 좀 쉬게 했어요. 아가씨는 친구 몇 명과 함께 차 안에서 음악을 들으며 술을 마셨대요. 그러다가 한 사람이 잎담배 같은 걸 꺼내 피우더니 아가씨더러 피워보라고 꼬드겼대요. 그걸 몇 모금 피우고 나니 정신이 흐릿해졌고, 몽롱한 상태에서 누가 아가씨 옷을 벗겼대요. 정신이 들고 보니 카오룽피크에 있는 어느 주차장에 혼자 있더래요. 옷매무새가 흐트러져 있고…… 그 녀석들 젯값을 치를 거예요. 암, 치러야 하고 말고."

"그건 대마초였겠죠?"

아성이 말했다.

"아마 그렇겠지요." 후씨 아주머니는 눈물을 훔쳤다. "아가씨는 그렇게 얼굴도 모르는 놈에게 강간을 당한 거예요. 아가씨가 하도 울면서 아버지한테 말하지 말아달라는 통에 마음이 약해져서 그러겠다고 약속했어요. 집에 가서 새 옷을 가져다가 갈아입혔지요. 큰주인님은 아가씨가 밤새 놀다 들어온 줄만 알고 눈물이 쏙 빠지게 야단치고 넘어가셨어요. 그런데 두 달 후에 문제가 생긴 거죠. 아가씨가 나한테 그게 없다고 얘길 하더군요. 전 그제야 일이 얼마나 심각해졌는지 깨달았어요."

아성은 그 시절에는 성교육이 제대로 이뤄지지 않아 여러 사람을 고통스럽게 했다고 속으로 생각했다.

"그 일은 어떻게 해도 큰주인님을 속일 수 없었어요. 큰주인님이 노발대발하실 줄 알았는데, 그냥 사모님과 아가씨를 끌어안고 통곡을 하셨답니다. 큰주인님은 낙태를 시킬 생각으로 잘 아는 의사를 찾아가 검사를 해봤는데, 낙태를 하면 이후에 임신하는 데 영향이 있을지도 모른다는 거예요. 큰주인님은 자식이라고는 아가씨 하나뿐인 데다가, 주인님도 사모님도 이미 연세가 많으셔서 다시 자식을 낳기는 어려웠지요. 아가씨가 이후로 아이를 갖지 못한다면 위씨 집안은 대가 끊기는 거예요. 큰주인님은 당신이 딸만 하나 낳은 것 때문에 내내 근심이셨죠. 위씨 집안 조상님들께 얼굴을 들 수 없다는 거죠. 그렇지만 아가씨가 아이를 낳으면 적어도 위씨 집안 핏줄은 이어지는 거잖아요. 아이가 위씨 성을 따르면 된다고 생각하셨거든요. 그런데 하늘도 무심하시지, 그 희망마저 가져가버리셨으니……."

"그래서 위평이 위첸러우에게 아이를 낳게 했다는 겁니까?"

뤄 독찰이 물었다.

"큰주인님이 억지로 시킨 건 아니에요. 아가씨도 낳길 원했어요. 단지 상황에 떠밀린 감이 있었지요." 후씨 아주머니는 슬픔에 잠겨 느릿느릿 눈물을 닦았다. "그때 위씨 집안은 일이 잘 풀리기 시작한 지 얼마 되지 않았을 때였어요. 이런 추문이 알려지면 공적으로나 사적으로나 주인님 체면에 먹칠을 하게 되고, 결국 막 상장한 회사에도 영향을 미쳤을 거예요. 그 시절에는 지금처럼 개방적이지 않았잖아요. 큰주인님이 딸 하나도 제대로 못 키우는데 어떻게 회사를 잘 키우겠느냐고 생각했을 겁니다. 결국 아가씨를 가능한 한 빨리 결혼시켜야 했지요."

"그럼 위안원빈과 왕관탕은 정말로 위평이 고른 사윗감이었던 거군요?"

"아닙니다." 탕 아저씨가 대답했다. "큰사장님이 우리를 고용한 건 단지 젊은 비서가 필요했기 때문입니다. 그러나 자주 마주치다 보니 우리와 사모님, 그러니까 첸러우가 친해졌고, 그래서 큰사장님은 우리 중 하나가 아가씨와 결혼하라고 말씀하셨던 겁니다."

"그렇다면 당신도 위씨 집안의 주인이 될 기회가 있었던 거군요?"

뤄 독찰이 눈을 빛내며 탕 아저씨를 쏘아봤다.

"그렇게 말할 수도 있겠습니다만." 탕 아저씨가 씁쓸하게 웃었다.

"제가, 포기했지요. 그래요, 첸러우를 좋아했던 건 사실입니다. 그러나 그녀가 강간당했다는 사실을 받아들이지 못했습니다. 내 핏줄이 아닌 아이를 기르는 것도 원치 않았고요. 하지만 원빈 형님은, 사장님은 저보다 도량이 넓은 남자였습니다. 그분이 나서서 배 속의 생명은 죄가 없다고 말했지요. 어쩌면 위씨 집안 후계자라는 자리를 차지하기 위해 그랬을지도 모릅니다. 하지만 그 시절에 피가 섞이지 않은 아이와 순결을 잃은 아내를 받아들이기란 쉽지 않은 일이었습니다. 얼마나 첸러우를 사랑했는지 알 수 있지요. 그것만 해도 저로서는 결코 해내지 못할 일입니다."

"사장님은 아이에게 무척 잘해주셨어요." 후씨 아주머니가 말했다. "친아들이건 아니건 사장님은 모두 다 사랑하셨지요."

"그 일 때문에 큰사장님은 홍콩의 의료 수준이 매우 부족하다고 느꼈고, 몇 년 뒤에 허런 병원을 세우게 된 겁니다." 탕 아저씨가 말했다. "만약 당시에 더 안전하게 낙태수술이 가능했다면, 이후의 출산에 영향을 받지 않을 수 있었다면, 첸러우는 그런 고통을 겪지 않아도 됐을 겁니다. 또한 융리 도련님이 태어난 후 산후우울증도 앓지 않았겠지요."

"그럼 위융리의 나쁜 본성은 그 강간범한테서 물려받은 거로군요?"

아성이 남의 상처에 소금 뿌리는 듯한 말을 내뱉고 말았다. 그러나 이번에는 위씨 가족들이 그 말에 반박하지 않았다. 탕 아저씨는 오히려 씁쓸하게 웃기까지 했다.

"그래요, 융리 도련님의 나쁜 본성은, 정말로 친아버지에게서 물려받은 걸지도 모르지요."

탕 아저씨는 고개를 저으며 말했다.

"융리 도련님이 아무리 고집 세고 악질적이었더래도 지금은 이미 없는 사람인데 더는 나쁘게 말하지 마세요."

후씨 아주머니가 말했다. 그러나 그다지 강한 어조는 아니었다.

"관 경관님은 어떻게 이 일을 아신 거죠?" 차이팅이 갑자기 물었다. "방금 한 말만 듣고 어머님과 아주버님의 과거를 알아낸 건가요?"

"삐." 커서는 YES로 이동했다가 다시 화면 가운데서 이리저리 움직였다.

"이건 무슨 뜻이죠?"

"아마도 사건의 대부분을 추론해냈지만 구체적인 내용은 단지 추측이었다는 뜻일 겁니다."

뤄 독찰은 무언가 생각에 잠긴 듯 한동안 침묵을 지켰다. 그런 다음 말했다.

"맞아, 아까 아성이 위융리는 추석날 태어났고 만우절에 죽었다고 했죠? 후진메이 여사는 분명 위안원빈이 1971년 4월에 결혼해 같은 해 큰아들을 낳았다고 했습니다. 추석은 양력으로 9월 혹은 10월이니까, 결혼 후 7개월이 못 되었군요. 조산이라고 해도 말이 안 되고, 결혼 전 임신했다는 게 합리적이겠지요. 그런데 아이 아버지가 두 명의 '사위 후보' 중 하나였다면, 왕관탕일 가능성이 위안원빈보다 큽니다. 조사 결과에 따르면 위첸러우와 왕관탕이 좀 더 가까운 사이였다고 하니까요. 반면 위안원빈이 위첸러우를 강간해 임신시킨 거라면, 위펑이 그들을 억지로 결혼시켰더라도 평하이 그룹의 경영권까지 넘겨주었을 리 없습니다. 왕관탕에게 어린 위융리를 보좌하도록 해서 위융리를 후계자로 삼았겠지요. 그러니 아이 아버지는 제삼자라는 결론이 나옵니다."

"삐." 노탐정의 칭찬처럼 알림음이 울렸다.

"그래서 위융리는……."

뤄 독찰이 입을 여는데 갑자기 위융이가 벌떡 일어섰다. 그제야 다들 위융이의 얼굴이 창백하게 질려서는 눈코입이 전부 터질 듯 부들거리고 온통 땀범벅이라는 걸 알아챘다. 위융이의 정신은 마치 잔뜩 당겨져 끊어지기 직전의 고무줄 같았다.

"융이, 왜 그래요? 어디 아파요?"

차이팅이 남편에게 관심을 기울이며 조심스럽게 말했다.

"나, 나……."

위융이는 더듬거리며 '나'라고만 두 번 말할 뿐이었다.

"위융이 씨?"

"자, 자수하겠습니다. 제가 죽인 겁니다."

모인 사람들은 갑작스러운 고백에 경악했다.

위융이는 두 손을 부들부들 떨며 어찌할 바를 모르겠다는 듯 안경을 벗었다. 끊임없이 뒤쪽을 흘긋거리는 모습이 눈에 보이지 않는 누군가가 뒤에서 그를 노려보고 있는 듯했다.

"위융이 씨, 지금 뭐라고 했습니까?"

뤄 독찰은 그를 뚫어져라 쳐다보며 물었다.

"제가 죽였다고 말했습니다. 관 경관님이 계속 말하실 필요 없습니다. 제가 다 자백하겠습니다."

위융이는 머리를 부여잡고 마치 노탐정의 위협을 견딜 수 없다는 듯 굴었다. 갑자기 차오르는 공포를 참지 못해 자신의 범행을 인정한 것이었다.

"왜 자기 친아버지를……!" 후씨 아주머니가 눈물을 흘렸다. "두 분 사이도 늘 좋았는데! 일에서 뭐 불만이 있었나요? 빚 때문인가요? 응?"

"아니, 아닙니다. 저는 아버지가 아니라 형님을 죽인 겁니다."

위융이의 말에 폭탄이 떨어진 듯 모두가 얼어붙고 말았다.

6

"위융리? 위융리는 교통사고로 사망한 게 아닙니까? 게다가 그때 당신은 겨우 아홉 살이었습니다!"

갑작스러운 자백에 뤄 독찰이 본래의 침착함을 잃어버렸다.

"맞습니다. 제가 아홉 살 때 형님을 죽였습니다. 이 비밀을 전 20여 년간 감춰왔습니다."

위융이는 다시 소파에 앉아 두 손으로 얼굴을 감쌌다.

"아홉 살이었던 당신이 어떻게 위융리를 죽였다는 겁니까?"

"그, 그날은 만우절이었습니다."

"그래서요?"

"그날 나, 나는 못된 장난을 치려고 탕 아저씨께…… 깜짝 놀라게 만드는 장난감을 구해달라고 했습니다." 위융이는 떨리는 목소리로 말했다. "탄산음료 캔처럼 생긴 장난감이었습니다. 캔을 따면 밑바닥이 빠지면서 플라스틱으로 만든 벌레들이 떨어져 내리는 거였지요."

"아, 그거!"

후씨 아주머니가 말했다. 아마 그녀도 그 장난에 당한 적이 있었던 듯했다.

"나는 재미있다고 생각해서 그걸 형님 차에 넣어뒀지요." 위융이는 이를 악물고 있었다. 손가락으로는 머리가죽을 꼬집듯 눌러댔다. "형님이 사고를 당한 뒤 사람들이 하는 말을 들었습니다. 왜 그곳에서 추락했는지 모르겠다고 하더군요. 게다가 그 도로는 전혀 위험한 구간도 아니었습니다. 폭도 넓었고요. 마치 갑작스런 무언가 때문에 핸들을 잘못 꺾어서 의외의 사고가 발생한 것 같다고 말이지요."

"그러니까 당신 말은 위융리가 운전 중에 캔을 땄다가 플라스틱

벌레에 놀라서 차와 사람이 함께 떨어졌다는 거군요?"

위융이가 무력하게 고개를 끄덕였다.

뤄 독찰은 난처한 표정을 지었다. 갑자기 오래된 옛 사건이 튀어나올 거라고는 생각지 못했다.

"음, 위융이 씨, 우리는 지금 선친의 살인사건을 조사하고 있습니다. 위융리의 사고는 수사 범위가 아니라 제가 관여할 수 없습니다. 저는 판사가 아니니 당신이 유죄인지 무죄인지 말할 수는 없습니다만, 제 경험에 비춰볼 때 이런 경우는 대부분 사고로 처리됩니다. 기소도 되지 않을 거라고 믿습니다. 선친의 살인사건을 해결한 뒤 다시 이 일에 대해 논의하도록 하지요. 어떻습니까?"

위융이는 고개를 들고 마치 잘못을 저지른 아이 같은 눈빛으로 뤄 독찰을 바라봤다. 그는 고개를 살짝 끄덕였다.

"사부, 이 사건도 알고 계셨습니까?"

"삐." 커서는 망설이지 않고 YES 위로 뛰어올랐다.

"그럼, 이 사건이 위안원빈 살해와 관련이 있습니까?"

놀랍게도 커서는 아무런 반응도 보이지 않고 화면 중앙에 멈춰 있었다.

"사부? 위첸러우의 강간, 위융리의 출생과 의외의 죽음 모두 위안원빈 살인사건과 관련이 있는 건가요?"

커서는 다시 화면 중앙의 선 위에서 흔들거렸다. 이제는 모두 그것이 '아마도'라는 뜻임을 알고 있었다.

"아마도? 그렇다면 사건 세부사항에 나타난 허점과 모순 때문에 추리에 오류가 없는지 확인하기 위해 지적한 것입니까?"

"삐." 수수께끼를 해결하고 추리 능력을 뽐내고 싶은 탐정처럼 기계를 뚫고 긍정의 답이 뱉어졌다.

"제기랄! 겨우 그걸로 다른 사람의 상처를 후벼파?" 위융렌이 홍분해서 일어섰다. "퇴물 늙은이가, 자기 호기심을 만족시키려고 공개적으로 우리 어머니를 모욕했다고! 아무 상관도 없는 당신들 같은 치들이 뭘 안다고 우리 어머니한테 이러쿵저러쿵해?"

"위융렌 씨, 흥분을 가라앉히기 바랍니다." 뤄 독찰이 방 안을 둘러보며 말했다. "제가 사부를 대신해 사과드리지요. 양해해주십시오. 수사에서는 어떤 의문점도 빼놓을 수 없습니다. 그래서 그런 일들의 진실을 증명하려고 했던 겁니다. 위씨 집안 구성원 중 한 명이 범인이니 위씨 집안의 과거는 사건과도 관련이 있는 셈입니다. 사부는 아마도 모든 사건의 전후관계를 이미 이해했을 겁니다. 범인이 누구인지도."

"삐." 뤄 독찰이 말을 마치기도 전에 컴퓨터에서 긍정의 대답이 들려왔다.

"범인이 누구인지 아신다고요?"

입을 연 사람은 아성이었다.

"삐."

"그놈 이름을 말하라고 하세요!"

후씨 아주머니가 말했다.

"안 됩니다. 범인의 이름을 확인하기 전에 우리는 먼저 증거부터 확보해야 합니다." 뤄 독찰이 말했다. "충분한 증거가 확보되지 않으면 범인이 누구인지 지목해도 아무 소용 없습니다. 추측만으로는 범인이 교활하게 변명을 지어낼 수도 있기 때문입니다."

"삐."

노탐정은 제자의 말에 동의하는 듯했다. 뤄 독찰의 이런 자세는 관전뒤에게서 물려받은 것이었다. 관전뒤는 입버릇처럼 말하곤 했다. "범인을 지목하는 게 뭐가 어렵겠나? 어려운 것은 범인이 아무 말 못 하고 죄를 인정하도록 만드는 거라네."

"사부, 방금 말씀드린 자료 중에 범인이 남긴 허점이 있는 겁니까?"

"삐."

"허점이 있다고요?" 아성이 말했다. "제가 엄청나게 많은 단서들을 살펴봤는데 허점 같은 건 전혀 보지 못했는데요! 피해자도 다잉메시지 같은 건 남기지 않……."

"삐." 이번의 삐 소리는 특별히 더 맑게 울렸다.

"다잉메시지?"

뤄 독찰이 말했다.

"삐."

"다잉메시지가 있었다고요?" 뤄 독찰이 의아하다는 듯 말했다. 그는 수첩을 뒤적이며 말했다. "사진인가요? 하지만 우리는 사진첩에서 단서를 발견하지 못했는데."

"뚜뚜."

이번의 NO는 '피해자의 다잉메시지는 사진첩에 없다'는 것인지 '경찰이 사진첩에서 다잉메시지를 찾지 못했다는 것이 틀렸다'는 것인지 알 수 없었다.

"다잉메시지가 사진첩에 있었나요?"

"뚜뚜."

"피해자의 몸에 남은 흔적인가요?"

아성이 물었다.

"혈흔입니까?"

아성이 다시 물었다.

"뚜뚜."

"아성, 우리는 혈흔이 어떤지에 대해서는 언급조차 하지 않았어."

"그렇죠. 그럼 방 안의 물건인가요?"

"뚜뚜."

"방 안의 물건도 아니라니요?" 아성이 의아해했다. "그럼 방 바깥의 물건이란 말씀인가요?"

"아성, 그게 무슨 바보 같은 소리야? 방 안의 물건이 아니라면 당연히 방 바깥의……."

"뚜뚜." 컴퓨터에서 울리는 NO가 뤄 독찰의 말을 끊었다.

"에?"

모두들 당황한 표정을 드러냈다.

"말도 안 돼! 방 안과 바깥을 합치면 전부잖아! 방 안에도 방 바깥에도 없는 물건이 어딨어?"

위융롄이 말했다.

"방문 위에 있는 겁니까?"

탕 아저씨가 끼어들었다.

"뚜뚜." 이 소리는 마치 '참신하지만, 안타깝게도 틀렸소'라고 말하는 듯했다.

"어떤 물건도 방 안에 없으면서 방 바깥에도 없을 순 없어!"

위융롄이 소리쳤다.

"삐."

겨우 긍정의 대답이 모니터에 떠올랐다.

"없다?" 뤄 독찰은 깊은 생각에 빠지더니 잠시 후 입을 열었다. "사부, 피해자는 다잉메시지를 남기지 않았다고 말씀하고 싶은 건가요?"

"삐."

"영감탱이, 뇌가 썩었군! 방금 다잉메시지가 있다더니 지금은 없다고?"

위융롄이 조롱했다.

"아니요, 전 사부가 말한 의미를 알 것 같습니다." 뤄 독찰이 미소 지으며 말했다. "사부는 '피해자가 다잉메시지를 남기지 않은 것이 바로 가장 분명한 다잉메시지다'라고 말하고 싶은 겁니다."

모두들 이해할 수 없다는 듯 뤄 독찰을 응시했다.

"우리는 처음에 범인이 강도일 거라고 생각했습니다. 범인이 강도라면 피해자는 다잉메시지를 남길 수 없습니다. 범인이 누군지 모르기 때문에 어떤 정보를 남겨야 할지 모르는 것이죠. 그러나 조사를 거쳐 우리는 범인이 피해자의 가족이라는 걸 밝혀냈습니다. 그렇다면 피해자는 어떻게 간단하고 명확한 메시지를 남겨야 할지 알았을 게 분명합니다."

뤄 독찰은 침대에 누운 노탐정을 흘끗 바라보고 말을 이었다.

"다음으로는 객관적 조건이 있습니다. 먼저 피해자가 단 한 글자라도 남길 힘이 있었느냐 하는 것입니다. 피해자의 복부에 작살이 박히고 대량 출혈이 있었으니, 펜을 찾지 못했다고 해도 손가락에 피를 묻혀서 범인을 알려주는 실마리를 남길 수 있었을 겁니다. 비록 묶였던 흔적이 있긴 하지만 피해자가 발견됐을 당시에는 손발이 묶여 있지 않았으니까요. 피해자는 자유롭게 움직일 수 있었으니 그가 사망 전에 어떤 정보를 남길 능력이 있었음을 증명해주는 것입니다. 그다음으로 시간적으로 가능했느냐 하는 것입니다. 피해자의 상황을 볼 때 역시 메시지를 남길 충분한 시간이 있었음을 알 수 있습니다. 사진첩 안에 피 묻은 피해자의 지문이 가득 찍혀 있었으니 그가 사망 전에 사진첩을 펼쳐봤다는 걸 증명해줍니다. 그러나 그는 아무런 메시지를 남기지 않았습니다. 이것은 확실히 일반적이지 않습니다."

"그래서 메시지가 없는 메시지는 무엇을 의미하는 겁니까?"

탕 아저씨가 물었다.

"피해자는 메시지를 남길 수 있었지만 남기지 않았습니다. 그것은 피해자는 죽더라도 범인이 누구인지 알리고 싶지 않았다는 걸 의미합니다."

뤄 독찰의 이 추리는 병실에 모인 모든 사람을 아연하게 했다.

"그가 범인을 보호하려 했다는 말입니까?"

"삐."

줄곧 아무 소리 없던 컴퓨터가 탕 아저씨의 한마디에 부활했다.

"어쩌면 범인이 다잉메시지를 지워버린 건 아닐까요?"

차이팅이 물었다.

"음, 그건 아닙니다. 피해자는 중상을 입었는데도 문을 향해 기어가지 않고 오히려 책장 쪽으로 가서 사진첩을 꺼냈습니다. 이것은 구조를 포기했다는 뜻입니다. 그는 자신이 곧 죽으리란 걸 알고 범인을 보호하기 위해 한쪽 구석에서 강도에게 살해당한 것으로 위장할 생각이었던 것입니다."

뤄 독찰은 만면에 미소를 지었다. 마치 안개 속에서 헤매다 진상을 밝혀낸 듯한 모습이었다.

"이제 사건 초반의 상황을 이해할 것 같군요. 피해자는 범인과 서재에서 만났습니다. 범인은 모종의 일로 인해 크게 화가 났고, 철제 화병으로 피해자를 때려 기절시켰지요. 범인은 어쩌면 자신이 실수로 피해자를 죽였다고 여겼을지도 모릅니다. 강도가 들었던 것처럼 보이기 위해 도구를 사용해 작살 상자를 열고, 금고에도 흔적을 남긴 뒤 책장 위의 물건을 바닥에 흩어놓았습니다. 이때 피해자가 깨어나자 범인은 당황한 나머지 다시 한 번 화병으로 피해자를 때려 기절시켰습니다. 어쩌면 피해자가 자신을 고발할까 두려워서, 어쩌면 다른 이유로 인해서 범인은 이때 진심으로 살의를 품었을 겁니다. 그는 방수테이프를 사용해서…… 음, 아마도 작살 상자에서 꺼냈겠지요. 잠수용구가 들어 있는 상자이니 방수테이프가 있었다는 것도 합리적입니다. 방수테이프를 사용해서 피해자의 손발을 묶었습니다. 그러고는 창을 열고 유리창 바깥 면에 테이프를 붙여 외부에서 침입한 것처럼 위장했습니다. 그런 다음 작살총을 써서 처형한 것이죠."

뤄 독찰은 잠시 멈췄다가 다시 말했다.

"범인은 작살총으로 피해자를 쏜 뒤 피해자가 완전히 사망했다고 생각하고 손발을 묶은 테이프를 떼내고 현장을 떠났습니다. 범인은 몰랐지만 피해자는 당시 아직 사망하지 않았고, 그 후 피해자는 온 힘을 다해 책장 쪽으로 기어갔던 겁니다."

"잠깐만요, 범인은 왜 손발을 묶었던 테이프를 떼어낸 거죠?"

차이팅이 물었다.

"그건……."

"삐."

"사부, 하실 말씀이 있으십니까?"

"삐." 이 소리는 마치 '당연하지'라는 말처럼 들렸다.

"지금 차이팅이 제기한 문제에 대한 겁니까?"

"삐."

"그렇다면 범인은 일부러 테이프를 뗐다는 건가요?"

"삐."

"범인이 그렇게 한 이유는 시선을 돌리기 위해서인가요?"

"뚜뚜."

"피해자를 살해하기 위해서입니까?"

"뚜뚜."

"그럼 범인의 실수 때문에 어쩔 수 없이 테이프를 떼야 했나요?"

"삐."

뤄 독찰은 왼손으로 아래턱을 쓰다듬으며 깊은 생각에 잠긴 표정을 지었다. 위융이가 풀이 죽은 채 고개를 늘어뜨리고 있는 반면, 다른 네 사람의 용의자는 눈도 돌리지 못하고 그를 주시했다. 뤄 독찰이 노탐정의 생각을 해석해주기를 기대하는 것이었다. 한참 후에 뤄 독찰이 갑자기 고개를 들고 침대 위의 노인에게 물었다.

"사부, 제가 방금 말한 추리가 전혀 틀린 점이 없습니까? 순서까지 다 맞습니까?"

"삐."

뤄 독찰의 얼굴에 다시 미소가 떠올랐다. 그는 차이팅에게 말했다.

"범인은 매우 유치한 잘못을 하나 저질렀습니다. 그래서 어쩔 수 없이 그렇게 해야만 했던 겁니다."

"어떤 잘못요?"

"그는 순서를 틀렸습니다."

"순서라니요?"

"테이프를 유리창에 붙여 침입을 위장한 것과 피해자를 묶은 것의 순서입니다."

뤄 독찰이 만족스럽게 말했다. 이 말에 모두들 의문스럽다는 표정을 지었다. 그래도 형사인 아성이 먼저 알아챘다.

"그렇군요! 만약 외부 침입자였다면 먼저 창문을 깨고 실내로 들어와서 피해자를 묶었겠지요. 만약 반대로 진행했다면 감식요원이 증거를 수집할 때 문제점을 발견하게 될 겁니다. 그러니까, 유리창에 붙은 테이프 중에서 제일 위에 붙은 것이 피해자의 손발에 붙어 있는 테이프와 끝 부분이 일치하지 않을 거란 말이죠!"

만약 범인이 먼저 유리창에 테이프를 두 가닥 붙였다고 가정하고 이를 1번, 2번 테이프라고 하자. 다시 두 가닥을 떼어 피해자를 묶고 이를 3번, 4번 테이프라고 하자. 테이프를 뜯은 순서대로 1번과 2번의 끝부분은 잘린 부분이 일치할 것이다. 2번과 3번의 끝부분도, 3번과 4번의 끝부분도 잘린 부분이 들어맞아야 한다. 그렇지 않고 범인이 피해자를 먼저 묶은 다음 창에 누군가가 침입한 척 위장하려 했다면 이상한 상황이 펼쳐진다. 2번 테이프 아래에 붙은 1번 테이프의 끝부분이 3번 혹은 4번 테이프의 끝부분과 일치하는 것이다.

"테이프에서 증거를 수집하는 기술은 미국에서 이미 연구된 바가 있습니다. 저도 관련된 연구결과를 읽어본 적이 있고요." 뤄 독찰이 말했다. "범인은 범행 후에 자신이 이런 잘못을 저질렀다는 걸 알아챘을 겁니다. 그에게는 두 가지 선택지뿐이었지요. 하나는 피해자의 손발에 붙은 테이프를 떼어내는 것이고, 또 하나는 유리에 붙인 테이프를 떼어내는 것입니다. 전자가 후자보다 좀 더 합리적입니다. 후자는 테이프 외에 깨진 유리조각도 처리해야 하니까요."

"하지만 전자와 후자가 무슨 차이가 있는지 모르겠는데요. 유리조각 몇 개가 더 있는 것뿐인데?"

위융롄이 반박했다.

"테이프는 태워버릴 수 있지만 유리는 그럴 수 없지요."

"태워버린다고요?"

후씨 아주머니가 물었다.

"범인은 강도사건으로 위장하기 위해 현장에서 사소한 부분까지 철저하게 고려했을 겁니다. 장물의 처리까지도 포함해서 말이지요." 뤄 독찰이 손가락 하나를 세워 후씨 아주머니를 가리켰다. "당신이 범인을 크게 도와준 셈입니다."

"뭐라고요! 나, 나는 억울해요."

"단지 범인을 크게 도와준 셈이라고만 했지, 당신이 범인이라고 말한 게 아닙니다. 당신은 그날 저녁 위췐러우의 영전에 종이돈을 많이 태웠지요. 집 안과 정원까지 향 냄새와 종이 타는 냄새가 가득했을 겁니다."

"그게 어쨌다는…… 아!"

차이팅이 입을 열었다가 이내 닫았다.

"범인은 테이프를 불에 태운 겁니다. 태우고 남은 재와 잔여물은 아마도 화장실 변기에 넣고 물을 내렸겠지요. 덧붙여 말씀드리자면, 나는 그 20만 홍콩달러의 현금도 재가 되어 물에 쓸려갔을 거라고 생각합니다."

"세상에!"

"그런 이유로 범인은 반지나 시계 등은 놔둔 채 현금만 가져갔던 겁니다. 반지나 시계는 처리하기 너무 어렵지요. 몸에 지니고 있거나 자기 방에 숨겨두었다간 경찰에게 발견될 가능성이 높습니다. 게다가 범인은 돈 때문에 살인을 한 게 아니었습니다."

"그럼 누가 범인이란 말이에요?"

차이팅이 물었다.

"만약 피해자가 죽어서도 알리고 싶지 않았던 사람이 범인이라면, 역시 피해자의 두 아들이겠지요."

아성이 말했다.

위융롄은 다시 자리에서 벌떡 일어섰다. 그러나 위융이는 여전히 고개를 파묻은 채 아직 형을 '살해'했다는 생각에서 빠져나오지 못한 듯 보였다.

"적어도 고용인과 비서를 보호하려고 피해자가 죽음을 선택했을 것 같지는 않군요." 뤄 독찰이 말했다. 차이팅이 막 반박하려는데 그가 말을 이었다. "차이팅은 의사이니 기절한 것과 사망한 것을 분간하지 못했을 리 없습니다. 또한 피해자에게 작살총을 쏜 뒤 그가 아직 살아 있는지에 신경을 쓰지 않았을 리도 없지요. 위안원빈의 죽음은 일정 부분 그 자신이 구조를 포기했기 때문에 벌어진 일입니다. 범인은 그의 생명을 끊으려는 증오심을 품고 있었지만 절반만 성공했고, 그 자신은 살해가 완성됐다고 여겼습니다. 만약 차이팅이 범인이라면 피해자의 숨이 끊어졌는지를 확인한 다음 현장을 떠났을 것이고, 그랬다면 피해자가 상처를 입은 채 기어가서 사진첩을 꺼내보는 상황도 없었을 것입니다."

'그러니 범인은 위융이와 위융렌 중 한 사람…….'

모든 사람의 마음속에 이 말이 떠올랐다.

"범인은 위융이겠군요." 아성이 말했다. "두 형제 중 위융이만 작살총을 다룰 줄 아니까요."

"방아쇠를 당기는 정도는 어려운 일이 아니야."

"하지만 조장님도 아시다시피, 고무줄을 잡아당겨 작살을 장전하는 건 경험 없는 사람에게는 쉬운 일이 아니잖습니까. 조심하지 않으면 오히려 자기가 다칠 수도 있어요."

아성은 마치 작살총 전문가처럼 말했지만 사실 그도 뤄 독찰과 마찬가지로 요 일주일 사이에 배우고 익힌 지식일 뿐이었다. 배우자마자 써먹고 있는 셈이었다.

"삐." 한동안 조용했던 스피커에서 노탐정의 말이 전달됐다.

"작살총? 사부, 작살총에 대해 하실 말씀이 있으세요?"

"삐."

모두들 화제가 위첸러우와 위융리로 넘어가기 전 노탐정이 작살총에 대해 질문했던 것을 기억하고 있었다.

"우리가 명확한 증거를 놓치고 있는 게 있나요?"

"삐." 이번의 YES는 마치 '바보들 같으니, 다들 눈이 멀었나?'라고 말하는 듯했다.

뤄 독찰이 다시 수첩을 펼쳤다.

"작살총에 무슨 문제가 있는 겁니까? 피해자는 115센티미터의 강철 작살에 복부를 찔려 출혈과다로 사망에 이르렀습니다. 바닥에는 RGSH115 카본 작살총이 떨어져 있었습니다. 총신이 115센티미터이고 클로즈볼트 방식의 총머리에는 30센티미터의 고무줄이 달려 있는……."

"엇?"

모두들 위융이가 소리를 냈으리라고는 생각지 못했다. 그는 내내 풀 죽은 얼굴로 세상이 무너져내린 듯한 모습이었기 때문이다. 하지만 지금 이 순간 그는 경악한 표정으로 뤄 독찰을 바라보고 있었다.

"위융이 씨, 무슨 할 말이라도 있습니까?"

"다시 한 번 말씀해주실 수 있습니까?"

"방금 제가 한 말요? 피해자는 115센티미터의 강철 작살에 복부를 맞아 사망했고, 바닥에는 RGSH115 카본 작살총이 떨어져 있었습니다. 클로즈볼트 방식의 총머리에……."

"RGSH115는 그 작살을 발사시킬 수 없습니다."

위융이가 잘라 말했다.

"어째서 그렇습니까?"

"길이가 틀렸어요!"

"총신과 작살이 모두 115센티미터이니 딱 맞는 거 아닙니까?"

아성이 물었다.

"작살총의 총신은 반드시 작살보다 짧아야 합니다. 115센티미터의 작살은 75센티미터의 작살총에 장전해야 해요."

"맞아! 나도 방금 뭔가 이상하다고 생각했어. 그게 그렇게 된 거였군!"

탕 아저씨가 말했다.

"삐." 스피커에서 긍정의 대답이 들려왔다.

"115센티미터의 작살총으로 115센티미터의 작살을 쏘는 건 무조건 불가능하다는 겁니까?"

아성이 포기하지 않고 재우쳐 물었다.

"일반적인 경우, 억지로 쏘려고 들면 가능하기는 합니다. 하지만 RGSH115 작살총만큼은 불가능합니다." 지금 이 순간 위융이는 용의자가 아니라 탐정 같았다. "왜냐하면 그건 클로즈볼트 방식을 쓰는 총이니까요."

"그게 무슨 관계가 있습니까?"

"작살의 앞부분에 미늘이 달려 있을 때 오픈볼트 방식 총머리라면 어떻게든 발사할 수 있습니다. 그러나 클로즈볼트 방식의 총머리는 원통형 구조물이 있습니다. 만약 작살이 총신보다 길지 않다면 발사할 때 미늘이 총머리의 원통형 고리에 부딪히게 되겠지요. 작살총 총머리나 작살에 손상된 부분을 발견하셨습니까?"

"아뇨. 그렇다면 작살은 다른 작살총에서 발사됐다는 거군요?"

뤄 독찰이 고개를 저으며 물었다.

"맞습니다. 분명 75센티미터 길이의 RGSH075나 RB075 둘 중 하나에서 발사됐을 겁니다."

"삐."

삐 소리를 듣자 위융이는 갑자기 노탐정에게 형을 살해한 자신의 죄를 용서받은 듯한 착각이 들었다.

"그렇다면 범인은 작살총에 대해 모르는, 그러니까 115와 075 두 종류의 작살총을 헷갈린 사람…… 융롄?"

차이팅이 저도 모르게 고개를 돌려 옆에 앉은 시동생을 쳐다봤다.

"말도 안 돼." 위융롄은 화난 기색도 없이 업신여기는 태도로 말했다. "나는 작살총에 대해 알지도 못하는데 어떻게 장전을 하고 흉기로 썼겠어? 작살총을 잘 아는 사람이라도 두 종류의 작살총을 혼동할 수 있는 거고. 그렇게 따지자면 내가 가장 결백한 사람이지!"

뤄 독찰은 아무 말도 하지 않고 왼손으로 아래턱을 쓰다듬었다. 위융렌을 뚫어져라 바라보며 그 말 속의 허점에 대해 생각하는 듯했다.

"뚜뚜."

"사부, 아니라고요? 위융렌의 말에 반박하고 그가 범인이라고 말씀하시는 겁니까?"

"삐."

이번의 삐 소리는 마치 병상에서 벌떡 일어난 노탐정이 낮지만 강한 어조로 위융렌을 향해 이렇게 말하는 듯했다. "발뺌해도 소용없다. 네가 바로 범인이야."

위융렌은 갑작스런 삐 소리에 화들짝 놀랐지만 금세 원래의 태도로 돌아왔다.

"좋아, 곧 죽을 영감탱이한테 무슨 증거가 있나 보자고!"

"사부, 증거가 있습니까?"

"삐." 범인과 대질한 명탐정처럼 명쾌한 YES가 나타났다.

"그러나 위융렌이 한 말도 일리가 있지 않습니까? 그는 작살총에 대해 알지도 못하는데 어떻게 장전을 하고 살인을 저지를 수 있었죠?"

"뚜뚜, 삐."

"위융렌이 장전을 한 것은 아니지만 그걸로 살인을 저질렀다?"

"삐."

"그가 장전을 한 게 아니라면…… 아!" 뤄 독찰이 크게 소리쳤다. "피해자 위안원빈이 장전을 한 거군요! 왕관탕의 말에 따르면 위안원빈은 서재에서 놀이 삼아 작살을 과녁에 쏘곤 했으니 그날 밤에도 그렇게 하고 있었던 겁니다!"

"삐." 이번에 들린 소리는 '정답'이라고 말하는 듯했다.

"그렇다면 작살 상자에 남은 흔적도 위조된 거군요! 상자는 원래 잠겨 있지 않았을 테니 위융렌이 남겨둔 가짜 흔적인 겁니다! 방수 테이프와 장갑 등도 처음부터 꺼냈을 테고, 상자를 억지로 열려고 시도했던 도구도 작살 상자에서 꺼냈겠지! 칼을 쓰지 않은 건 피해자의 피가 튈까 봐 그랬던 거고, 게다가 자기는 다룰 줄 모르는 작살총으로 범행하면 혐의가 줄어들 것도 계산했을 테고 말이죠!"

"삐."

"다시 말해 피해자는 서재에서 옛 생각을 하며 작살총을 꺼내 보고 있었는데 위융렌이 들어왔습니다. 두 사람은 대화를 하던 중 다퉜고, 이어서 철제 화병으로 공격하고 강도로 위장한 다음 작살총으로 살해하게 된 겁니다. 범인은 왜 작살총을 바꿨을까요? 총을 쏠 때 이미 장갑을 끼고 있었을 텐데……."

"삐, 삐, 삐, 삐."

컴퓨터에서 연속으로 YES가 울렸다. 십자가 커서가 컴퓨터 게임 속 캐릭터처럼 화면의 중앙에서 위쪽으로 신속하게 튀어 올랐다. 연속적인 삐 소리가 의미하는 걸 모두가 알 수 있었다. 여기가 바로 이 사건의 수수께끼를 해결하는 키포인트라는 걸.

뤄 독찰은 돌연 고개를 쳐들고 위융렌을 가리켰다. 그는 다시 사냥매의 눈빛을 보이고 있었다.

"당신이 작살총을 바꾼 것은, 바꾸지 않을 수 없었기 때문이야! 진짜 흉기에 치명적인 증거를 남기고 말았기 때문이지!"

위융렌의 얼굴빛이 변했다. 그러나 여전히 몸을 버티고 서서 뤄 독찰의 손가락질을 마주 보고 있었다.

"당신은 RGSH075로 피해자를 쐈어. 하지만 작살총을 잘 다루지 못해서 피해자의 복부에 맞히고 말았지. 당신은 한 발 더 쏠 생각이었지만 문제는 장전 방법을 모른다는 거였어. 작살총에 달린 고무줄을 잡아당기는 데는 특별한 요령이 필요하지. 가슴에 작살총의 개머리판 부분을 받치고 두 손으로 고무줄을 잡고 동시에 당겨야 하는데, 방법을 잘 모르는 사람은 그러다가 작살총 부품에 손을 베이기 십상이지! 흉기에 DNA 증거를 남겼으니 감식요원에게 발견될 것이 걱정된 데다 피해자가 이미 죽었다고 생각해서 한 발을 더 쏘려던 걸 포기하고 눈앞에 닥친 위기를 해결하는 데 집중하기로 한 거야. 길이가 같은 RB075로 바꾸려고 했지만 그 작살총은 분해된 상태였고, 조립할 줄 몰랐던 당신은 RGSH115로 대신할 수밖에 없었어. 작살의 길이와 클로즈볼트 방식 총머리의 문제는 생각지도 못한 채 말이지. 감식과에서 사건과 무관한 물건을 조사할 일은 없지만, 이제 진짜 흉기가 밝혀졌으니 다시……."

바로 그때 위융렌은 범인이 할 법한 행동을 했다. 달아나려 했다. 그는 한달음에 옆에 앉은 형과 형수를 뛰어넘어 방문 손잡이로 손을 뻗었다. 그러나 손잡이는 돌아가지 않았고, 그 짧은 일 초 사이에 손 두 개가 그의 뒤에서 뻗어나왔다. 아성은 위융렌이 튀어나가는 순간 이미 반응했고, 그의 손을 결박한 채로 병실 바닥에 억눌렀다.

"내가 범인이 도주할 거란 생각도 못 하는 풋내기로 보였나? 벌써 아성에게 몰래 문을 잠그라고 일러뒀지."

뤄 독찰이 말했다.

모두들 문손잡이를 쳐다봤다. 손잡이에 달린 잠금쇠가 수평 방향을 향하고 있었다.

아성은 위융렌을 꼼짝 못하게 제압하고 수갑을 채웠다. 이제 위융이, 차이팅, 탕 아저씨는 일어서 있었고, 위융렌 혼자 소파에 앉았다. 후씨 아주머니는 위융렌에게 왜 아버지를 죽였느냐고 정말 묻고 싶었지만, 아가씨에게 저런 불효자식이 있다는 데 생각이 미치자 목이 메여 말이 나오지 않았다.

"위융렌, 왜 아버지를 죽였지?"

뤄 독찰이 물었다.

"흥."

위융렌은 대답하지 않았다.

"방금 도주를 시도한 건 자기가 범인임을 간접 인정한 셈이다. 감식과에서도 흉기에서 당신의 DNA를 찾아낼 거라고 생각한다. 당신은 묵비권을 행사할 수 있고, 당신이 말하는 모든 것은 법정에서 증거로 채택될 수 있다. 하지만 정확히 말해주지 않는다면 가족들은 당신이 왜 그런 짓을 했는지 이해할 수 없겠지."

"나, 나는 사진작가가 되고 싶었어."

위융렌이 툭 내뱉었다.

"그게 어쨌다고?"

"영감은 허락할 수 없다고 했지. 말다툼하다가 내가 때려눕혔어. 그다음은 아까 설명한 그대로야."

"단지 그런 이유로?"

후씨 아주머니가 참지 못하고 물었다.

"단지 그런 이유로. 영감이 죽으면 형이 총수가 될 거고, 그러면 나한테 회사에 들어오라는 둥 귀찮게 굴지 않을 거 아냐. 난 유산을 받아서 사진작가가 되는 데만 집중할 수 있잖아. 일거양득이지. 얼마나 좋아."

짝!

후씨 아주머니가 위융렌의 따귀를 때렸다.

"그, 그런 말도 안 되는 이유로, 아가씨가 지하에서라도 아신다면 너무 가슴 아파서 눈을 못 감으실 거다!"

"흥."

위융렌은 대답하지 않았다. 그는 고개를 숙인 채 후씨 아주머니의 시선을 피했다.

"마침내 사건의 전말이 모두 밝혀졌군요. 오늘 조사에 협조해주셔서 감사합니다. 사부님도 고생하셨습니다." 뤄 독찰이 침대 옆에 앉은 채 말했다. "아성, 비디오카메라 꺼. 애플, 너도 컴퓨터 정리해도 좋아."

"뚜뚜."

다들 모니터를 바라봤다. 십자가가 NO 위에 있었다.

"사부, 왜 그러십니까?"

"뚜뚜."

병실 안에 구름처럼 의문이 피어올랐다. 그 낮은 소리가 무언가를 말하려는 듯했다.

"사부, 설마, 사건이 아직 끝나지 않았다는 겁니까?"

"삐."

모인 사람들은 의혹 어린 눈으로 모니터를 바라봤다. 위융이는 얼어붙은 채 노탐정이 이제 자기가 형을 죽인 일에 대해 캐물을 거라고 생각했다.

뤄 독찰이 미간을 찌푸리며 말했다.

"아직 끝나지 않았다니, 어떤 부분에서 뭔가 놓친 게 있습니까?"

화면 위의 십자가는 움직이지 않았다.

"사부?"

컴퓨터 스피커는 여전히 침묵했다.

띵!

갑자기 팝업 창이 화면 아래쪽에서 튀어나왔다. 팝업 창에는 이렇게 쓰여 있었다.

ERROR :: Interface Linkage Exception / Address : 0x004D78F9

옆에는 빨간색 느낌표가 떠 있었고, 아래로는 다들 알아볼 수 없는 괴상한 부호들이 잔뜩 늘어서 있었다.

"어떻게 된 거야, 애플?"

"아이고, 버그예요." 애플은 다른 모니터 뒤로 고개를 처박고 있는 상태였다. "어떻게 해야 할지 좀 살펴볼게요."

"얼마나 걸릴 것 같아?"

"빠르면 30분, 늦으면 반나절은 걸릴 거예요. 아무래도 하드웨어 문제 같은데 집에 가서 예비용을 가져와야겠어요."

뤄 독찰은 난처한 모습으로 다른 사람들을 둘러보다 침대에 누운 사부를 쳐다봤다.

"그럼 오늘은 여기까지 하겠습니다. 곧 해도 질 것 같군요. 애플, 미안하지만 시스템을 수리해서 내일 아침 다시 한 번 와줘. 사부님께 더 하실 말씀이 있는지도 여쭤봐야겠어. 혹시 내일이라도 사부가 깨어나서 직접 설명해주실지도 모르고." 뤄 독찰이 위융이 등 네 사람을 향해 몸을 돌렸다. "만약 새로운 사실이 있으면 제가 다시 여러분께 연락드리겠습니다."

창밖으로 붉은 노을이 깔렸다. 푸르던 해안도 어느새 붉은색으로 바뀌어 있었다. 아성은 비디오카메라를 챙기고 위융렌을 붙든 채 한쪽 옆에 서 있었다. 애플은 컴퓨터 한 대만 챙기고 나머지 두 대와 바닥의 전선 다발을 그대로 둔 채 일어섰다. 위융이, 차이팅, 탕 아저씨, 후씨 아주머니는 병실 바깥에 서 있었다.

뤄 독찰이 침대 옆에 서서 경애의 눈빛으로 병상의 관전둬를 바라봤다. 그는 관전둬의 손을 쥐고 말했다.

"사부, 이만 가보겠습니다. 앞으로도 사부의 뜻을 이어받아서 사건을 해결하는 데 계속 노력하겠습니다."

관전둬의 입꼬리가 살짝 위로 올라가는 듯 보였다. 하지만 그것은 단지 석양에 비친 착각이란 걸 뤄 독찰은 알고 있었다.

7

다음 날 아침 9시, 뤄 독찰과 아성은 위씨 집안 저택 풍영소축 현관문 앞에 도착했다. 위씨 대저택의 정원을 둘러싸고 많은 기자들이 진을 치고 있었다. 위융렌이 체포됐다는 소식에 독점 특종 정보를 캐내려고 달려온 것이었다. 경찰 차량이 정원으로 들어가자 기자들이 자동식 차고 쪽으로 우르르 몰려들었다. 그러나 위씨 집안에서 임시로 고용한 보안요원이 곧 제지에 나섰다. 기자들은 저택 현관문 앞에 서 있는 뤄 독찰의 뒷모습만 담 너머로 바라봐야 했다.

"뤄 독찰님, 안녕하세요?"

후씨 아주머니가 문을 열었다. 지난밤 잠을 못 이루었는지 그녀의 두 눈은 온통 실핏줄이 서 있었다.

"안녕하십니까, 후진메이 여사님?"

뤄 독찰도 피곤하고 초췌한 얼굴이었다. 일에 치여 피로가 쌓인 듯했다.

"다른 분들도 계십니까?"

"다들 집 안에 계십니다."

바로 그때 위융이와 탕 아저씨가 현관에 모습을 드러냈다. 일요일이어서 두 사람 모두 출근할 필요가 없었다.

"그 불효자식 때문에 탕 아저씨가 어젯밤 내내 변호사들을 찾아다녔어요. 융이 도련님도 밤새 여기저기 전화를 하고. 다들 한잠도 자지 못했어요."

"아내는 방에 있습니다. 뤄 독찰님은 제 일 때문에 오신 겁니까?"

위융이가 물었다. 20년 동안이나 숨겨온 비밀을 어제 밝히고 나니, 집안에 큰 변고가 생긴 상황이지만 그는 오히려 마음이 놓이는 기분이었다. 평소보다도 훨씬 편안했다. 형을 죽였다는 생각은 그의 성격을 크게 바꿔놓았다. 아홉 살 때부터 줄곧 두려움에 떨며 조마조마한 삶을 살았기에 더 공부에 매달렸고 일에서도 지금껏 진지하고 성실한 태도를 유지하고 있었다.

"아닙니다. 그 사건은 나중에 다시 이야기하도록 하지요." 뤄 독찰은 탕 아저씨를 향해 몸을 돌리더니 엄숙하게 말했다. "왕관탕 씨, 경찰은 당신이 살인사건에 관련돼 있다고 의심하고 있습니다. 지금 정식으로 당신을 체포합니다. 저희와 함께 경찰서로 가서 조사에 협조해주시기 바랍니다. 당신은 묵비권을 행사할 수 있으며, 당신이 한 진술은 모두 기록되거나 법정에서 증거로 채택될 수 있습니다."

세 사람은 그만 얼어붙고 말았다. 위융이와 후씨 아주머니는 순간 고개를 돌려 탕 아저씨를 쳐다봤다.

"범, 범인이 융, 융렌이 아니라…… 탕 아저씨라고요?"

위융이가 겨우 한마디를 내뱉었다. 그러나 뤄 독찰은 대답하지 않았다.

탕 아저씨의 얼굴이 천천히, 의아해하던 빛을 거두고 무겁게 가라앉았다. 그는 보일 듯 말 듯 이마를 찡그리며 물었다.

"내가…… 외투를 입어도 되겠습니까?"

뤄 독찰은 현관 옆에 놓인 옷걸이에 눈길을 던지더니 고개를 끄덕였다. 탕 아저씨는 외투를 입고 뤄 독찰이 채우는 수갑을 찼다.

"융렌이 경찰서에서 허튼소리를 지껄였는지도 모르지. 공범으로 만들 작정으로. 너무 걱정하지들 마세요."

탕 아저씨는 떠나기 전 현관에 못박힌 듯 서 있는 후씨 아주머니와 위융이에게 말했다.

세 사람은 차에 타고 위씨 저택을 떠났다. 차가 자동 차고문을 빠져나오자 기자들의 카메라 플래시가 빠르게 터졌다. 차창을 사이에 두고 뒷좌석에 앉은 뤄 독찰과 탕 아저씨를 찍어대는 것이었다. 차는 도로를 따라 청콴오의 동카오룽 총구 경찰서를 향해 달렸다.

차에 탄 세 사람은 한 마디 말도 하지 않은 채 침묵을 지켰다. 아성은 백미러로 뤄 독찰과 탕 아저씨를 때때로 훔쳐봤지만, 두 사람은 포커페이스를 유지한 채 아무런 감정도 내비치지 않고 있었다. 탕 아저씨는 표정도 태도도 태연자약했고 전혀 초조해 보이지 않았다. 아까 현관문 앞에서 체포당하던 순간 의아해하던 표정은 모두 꾸며낸 것 같았다.

"당신이 위융렌을 부추겨 위안원빈을 살해하게 만든 거겠지요."

뤄 독찰이 먼저 침묵을 깼다.

"융렌이 그렇게 말하던가요?"

탕 아저씨는 고개도 돌리지 않았다. 시선은 여전히 정면을 바라본 채였다.

"아뇨, 그는 경찰서에서 입을 닫고 한 마디도 하지 않았습니다. 당신들이 고용한 변호사조차도 그의 입을 열지 못했지요."

뤄 독찰은 그가 다 알면서도 일부러 그렇게 물었다고 생각했다. 변호사들이 위씨 집안의 늙은 가신에게 그 사실을 보고하지 않았을 리 없기 때문이었다.

"그렇다면 왜 내가 융렌의 살인을 부추겼다 생각하는 겁니까?"

탕 아저씨가 여유롭게 물었다.

"위융렌이 스스로 말한 살해 동기는 전혀 설득력이 없습니다. 사진작가가 되기 위해 아버지를 살해했다? 너무 우스운 말 아닙니까. 만약 실수로 죽였다고 말했다면 오히려 가능성이 있지만, 화병으로 두 번이나 피해자를 가격하고, 다시 작살총을 쏴서 살해한 걸 보면 절대 충동적으로 저지른 일은 아닙니다."

"융렌이 범인이 아니라고 생각합니까?"

"아닙니다. 그가 살해한 것은 맞습니다. DNA 감정결과도 이미 나왔고, 진짜 흉기에서 그의 피가 발견됐습니다. 위융렌은 작살총 장전 방법을 잘 몰라서 고무줄에 달린 V자형 갈고리에 왼쪽 손목을 다쳤고, 피 한 방울이 작살총 측면에 묻었습니다. 그는 작살총을 깨끗이 닦아냈을 테지만, 육안으로 보이지 않는다고 해서 경찰이 증거를 채취하지 못하는 건 아니니까요."

"그렇다면 역시 융렌이 저지른 짓이로군요."

"정말 진로 문제로 말다툼하다가 충동적으로 때려눕혔다면 살인사건으로 발전할 이유가 없습니다. 일시적 충동으로 아버지를 기절시켰는데 상대방이 죽었다고 오해해서 강도가 들어와 살인을 저지른 것처럼 꾸미는 건 아무런 문제도 없습니다. 그러나 위융렌은 아버지가 정신을 차린 것을 보고 다시 한 번 가격했고, 심지어 작살총으로 살해하기에 이릅니다. 분명히 과한 반응이라고 할 수 있지요. 이 사건은 미리 계획된 살인이 아니고, 그는 강도극으로 위장하는 과정에서 여러 가지 허점을 보였습니다. 그러나 그가 피해자를 공격한 수법을 보면 매우 악랄해서 마치 반드시 죽이지 않으면 안 되는 것처럼 보입니다. 범인이 피해자에게 극도의 증오를 품고 있었지만 줄곧 드러내지 않았다가 어떤 일로 인해 범인의 분노에 불이 붙은 거라고 생각됩니다. 그래서 일이 터지자 돌이킬 수 없었던 거지요."

"어쨌든 모두 융렌의 문제가 아닙니까. 나와 무슨 상관이 있단 말입니까?"

"내가 가장 이해할 수 없는 게 그 점입니다. 스물네 살 청년이 자기 아버지에게 그렇게 깊은 증오와 원한을 품을 수 있는 걸까요? 일반적으로 부모를 살해하는 사건은, 통상 범인이 오랫동안 피해자에게 악감정을 품었던 경우가 많고, 더욱 중요한 건 범인이 어렸을 때부터 가정의 온기를 느끼지 못한 경우입니다. 위융롄이 이런 범죄자들과 가장 다른 점은 어머니와 사이가 좋았다는 것입니다. 이는 그의 언행에서 증명되는 점이지요. 설령 그가 아버지에게 강렬한 원망과 분노를 품었다 하더라도 충동적으로 아버지를 살해하는 청소년처럼 손을 쓴다는 건 불가능합니다. 사실상 적잖은 직계존속 살해사건에서 가장 큰 원인은 빈곤입니다. 예를 들어 일정한 직업이 없는 아들이 아버지에게 돈을 요구했다가 받아들여지지 않자, 말다툼으로 시작했다가 폭력을 휘두르고 결국에는 살인까지 하게 되는 경우입니다. 하지만 위융롄은 돈 문제는 없어 보이더군요. 게다가 위안원빈은 그가 대학에 다닐 수 있도록 학비도 전부 대줬으니, 그들 부자 사이에 위융롄이 살의를 느낄 정도로 쌓인 원한이 있다고 보기는 어렵습니다."

"위안원빈은 자식들에게 금전적인 책임만 다했을 뿐 한 번도 좋은 아버지였던 적이 없습니다. 그는 재물, 권력, 명예, 지위에만 신경 썼습니다. 그가 융이를 마음에 들어 했던 것도 그저 융이에게 재계에서 성공할 만한 자질이 있어서였습니다."

뤄 독찰은 탕 아저씨가 위안원빈을 더 이상 사장님이라 부르지 않고 이름으로만 지칭하는 것을 듣고 처음부터 죽은 이를 좋게 보지 않았음을 알았다.

"비록 위안원빈의 태도가 냉정했다고 하더라도 위융롄이 그것 때문에 살인을 했을 거라고는 믿기 어렵군요. 이런 사건이 일어나게 된 데는 더 깊은 원인이 숨겨져 있기 마련입니다."

"그건 혼수상태에 빠진 관 경관이 추리해낸 건가요?"

"아닙니다. 이건 저 자신의 추론입니다."

뤄 독찰은 살짝 미소 지었지만 피곤에 물든 그의 두 눈과는 어울리지 않았다.

"당신은 내가 바로 그 '더 깊은 원인'이라고 생각하는가 보군요?"

"맞습니다."

"뭐 독찰, 나를 너무 과대평가하는군요." 탕 아저씨는 웃으며 말했다. 그러나 그의 웃는 얼굴은 진심이 느껴지지 않는 가면 같았다. "나는 그저 하찮은 비서일 뿐인데 말이지요."

"그러나 당신은 위씨 집안과 매우 오래 함께해왔습니다."

"그래서요?"

"그래서 나는 당신이 이 사건의 핵심인물이라는 점을 직감했습니다. 당신도 지난주 경찰서에 와서 진술서를 작성했을 때를 기억할 겁니다. 내가 이렇게 물었지요. 만약 범인이 강도가 아니라면 당신은 살인자가 누구일 거라고 생각합니까?"

"맞습니다. 기억합니다."

"당신은 그때 위씨 집안에서 피해자와 사이가 가장 나쁜 사람은 위융롄이지만 자신의 아버지를 죽이지는 않을 거라고 대답했습니다."

"내가 사람을 잘못 봤던 거죠."

탕 아저씨는 어깨를 으쓱했다.

"다른 사람들은 어떻게 대답했는지 압니까?"

"뭐라고 했죠?"

"위융롄은 모르겠다고 했고, 나머지 세 사람은 각각 다른 이름을 말했습니다. 모두 평하이 그룹에 악의를 품은 합병된 회사의 관계자들이었지요."

"어?"

탕 아저씨는 조금 얼빠진 듯한 표정을 지었다.

"내 질문은 다시 말해 '위안원빈에게 해코지를 할 만한 사람이 누구냐'는 것이었고, 다들 피해자와 업무상 원한이 있는 사람을 떠올렸습니다. '평하이의 상어'에게 적이 없을 리가 있겠습니까. 위안원빈의 강압적인 경영방식을 생각하면, 재계의 많은 인사들이 그가 사라지길 바랐을 겁니다." 뤄 독찰은 평온한 어조로 말을 이었다. "그러나, 위안원빈의 비서라는 위치에 있는 당신은 그런 이름들을 대지 않았을 뿐 아니라 오히려 내게 위융렌이 범인이 아닐 거라고 설명했습니다. 그것이 단순한 말실수이거나 혹은 순간적으로 떠오르지 않아서라고는 생각할 수 없군요. 그때 당신은 내 질문의 범위를 위씨 집안 구성원으로 한정해서 생각했습니다. 그렇게 생각할 수 있다는 것은, 당신이 범인 혹은 주모자가 아니라 할지라도 숨겨진 더 많은 사정을 알고 있거나 심지어 관여했다는 것을 의미합니다."

"정말로 흥미로운 구상입니다." 탕 아저씨가 여유를 되찾았다. "그러나 그건 당신 혼자만의 생각일 뿐 어떤 증거도 없습니다."

"맞습니다. 증거는 없습니다." 뤄 독찰이 씁쓸하게 웃었다. "단지 제 직감일 뿐입니다. 직감으로만 말한다면, 나는 더 대담한 추측도 할 수 있습니다."

"어떤 추측입니까?"

"위융렌이 위안원빈의 아들이 아니라 당신 아들이라는 것이지요."

"하!" 탕 아저씨가 크게 웃음소리를 터뜨렸다. "그 생각은 정말 신선하군요. 계속해보시죠."

"만약 위융렌이 당신과 위첸러우의 불륜으로 태어난 자식이라면, 의문의 절반이 해결됩니다. 왜 위융렌은 위안원빈과 사이가 좋지 않았나? 왜 그렇게 위안원빈을 증오했나? 왜 사진작가가 되는 걸 반대해서 죽였다는 따위의 믿기 힘든 말을 지어냈나? 여기다 '서로 사랑했던 부모가 위안원빈에 의해 헤어졌고, 어머니는 우울해하다 세상을 떠났기 때문에 아버지와 아들이 복수를 하기로 마음먹었다'라고 한다면 좀 더 합리적인 이유가 되지요."

"그런 가설은 너무 상투적이고 천박하지 않습니까? 마치 아침 드라마의 쓰레기 대본 같군요."

"현실은 종종 이렇게 상투적이고 천박하지 않습니까? 몇몇 증거도 있습니다. 우선 당신이 위씨 집안의 두 형제를 대하는 태도가 달랐습니다. 당신은 위융이에게 매우 공손하게 대하고 호칭도 '융이 도련님'이라고 합니다. 그러나 위융렌에게는 대놓고 이름을 부르지요. 심지어 외부인 앞이라는 것도 개의치 않고 그의 잘못을 지적할 정도입니다. 게다가 안하무인에, 형에게조차 대거리하던 위융렌은 당신이 나무라자 곧바로 조용해졌습니다. 분명히 이상한 점입니다. 당신은 아버지 밑에서 일하는 개인비서에 불과한데 왜 그가 특별히 당신을 존중하는 걸까요? 당신이 위씨 집안을 위해 오랫동안 일해왔고 가족 중 어른이기는 하지만, 위융렌 같은 성격의 청년이 얌전히 말을 들을 거라고 보기는 어렵습니다."

"꽤나 말이 되는 것 같군요. 하지만 근거가 상당히 부족해요." 탕 아저씨가 웃으며 말했다. "시험 삼아 생각해봅시다. 내가 위첸러우와 혼외관계를 맺고 융렌을 낳았고, 평생 위안원빈을 속이며 친아들로 키우게 했다. 그것으로 이미 복수를 한 게 아니겠습니까? 그를 죽이는 건 부질없는 짓이죠."

"그건……."

뤄 독찰은 난처한 기색으로 반박할 말을 찾지 못했다.

"뤄 독찰, 당신의 가설은 터무니없군요." 탕 아저씨는 돌연 웃음을 거뒀다. "나라면 당신의 황당무계한 추론을 바탕으로 더욱 멋진 가설을 세울 수 있을 것 같군요. 물론 이건 그저 허구이자 증거가 뒷받침되지 않는 가설일 뿐입니다. 당신이 이 대화를 녹음하더라도 변호사는 '순수한 억측'이라는 이유로 녹음을 법정에 증거로 제출할 수 없도록 만들 겁니다. 한번 들어보겠습니까?"

"말씀하시죠."
"우선 내가 주모자라면 융렌에게 살인하라고 지시하지 않을 겁니다." 탕 아저씨의 표정은 침착하고 무겁게 바뀌어 있었다. "직접적으로 타인을 조종해 범죄를 저지르게 한다는 건 가장 어리석은 방법입니다. 최고의 방법은 증오심을 주입하는 거지요. 알맞은 조건을 만들고 증오심을 천천히 숙성시킵니다. 그러다 어떤 순간이 오면 증오심은 살의로 변합니다. 그렇게 우연한 계기로 보통 사람도 살인자로 변하는 겁니다. 물론 이것은 그저 내가 아무렇게나 말해본 의견에 불과합니다."
"그래요, 그저 가설이지요. 계속하시죠."
"다음은 그 증오심의 성질에 대한 겁니다. 내가 주모자라면 그런 증오심을 음, 자기 아들에게 부어넣을 더욱 합리적인 이유가 있어야 합니다. 융렌이 위안원빈의 아들이 아니라 내 아들이라는 이유만으로는 살인까지 이어지지 않습니다. 위융렌이 살인하도록 만들 수 있었던 증오의 유래에 대해 잘 생각해봐야 할 겁니다."
탕 아저씨는 말을 잠깐 멈췄다. 그의 눈은 마치 보이지 않는 지평선이라도 응시하는 듯 아득했다.
"예를 들어, 그 증오가 사랑하는 사람을 상처 입혔기 때문에 시작됐다면 어떨까요. 절대 회복될 수 없는 상처라면. 뭐 독찰, 그거 압니까? 증오와 사랑은 두 얼굴을 가진 한 사람입니다. 한 사람이 누군가를 미치도록 증오하게 만드는 가장 간단한 방법은 그가 깊이 사랑하는 사람이 그 누군가에게 상처 입었다는 사실을 알게 하는 겁니다."
"깊이 사랑하는 사람?"
"가령 어머니 같은."
"어떤 상처를 말하는 겁니까?"

"말하자면, 위융리가 위안원빈의 친아들인 경우지요."

"친아들? 하지만……."

"첸러우를 성폭행한 사람이 바로 위안원빈이라면?"

차 안의 공기가 순간 무겁게 내려앉았다.

"가설, 순수한 가설일 뿐입니다." 탕 아저씨는 수갑을 찬 손으로 숱이 적은 백발을 쓸어 넘겼다. "위안원빈은 젊은 동료와 사장의 금지옥엽이 가깝게 지내는 것을 시기합니다. 눈앞에서 '부마'가 될 기회를 놓쳐버리게 생긴 그는 비열한 음모를 세웁니다. 그는 회사의 공금을 빼돌려 불량배 몇 놈을 매수했습니다. 그러고는 그놈들이 첸러우에게 접근할 기회를 만들어주었습니다. 어느 날 밤 파티에서 그놈들은 첸러우를 대마초와 술에 취하게 만들었고, 위안원빈은 제정신이 아닌 그녀를 강간하고 임신시켰습니다. 그는 겁이 많은 첸러우가 부모님에게 그 일을 말하지 못할 걸 알고, 단순한 후진메이를 부추겨 일을 숨기면 하늘도 모르게 처리할 수 있다고 생각했겠지요. 가장 좋은 상황은 첸러우가 임신을 하는 것입니다. 위펑은 어쩔 수 없이 그녀를 결혼시켜야 할 테고, 내가 근본도 모르는 아이를 키울 결심을 하지 못하고 망설이는 틈을 타서 순조롭게 펑하이 그룹의 미래를 손에 넣는 겁니다. 그보다 조금 나쁜 상황이라면 첸러우가 낙태를 하는 것인데, 그럴 경우에도 그녀가 힘든 일을 겪는 동안 다정한 척 돌봐주면서 나와 좀 더 쉽게 경쟁할 수 있을 겁니다. 가장 나쁜 상황은 첸러우가 임신하지 않고 나 혹은 다른 남자와 결혼하는 것입니다. 그렇다 해도 위안원빈은 손해 볼 것이 없습니다. 아무튼 자신의 더러운 욕구를 채우는 것으로 불만을 표출할 수 있었으니까 말입니다."

뤄 독찰은 헉 하고 숨을 들이켰다.

"이건, 확실히 합리적인 가설입니다. 그러나 이 가설에서 당신은 위안원빈이 위첸러우를 강간한 사실을 알지 못할 게 아닙니까?"

"알 수도 있지요. 예를 들어 업무 관계로 저는 몇몇 조직폭력배와 안면이 있는데, 그들에게서 10년 전 폭력배들 사이에서 떠돌던 소문을 얻어듣는다거나." 탕 아저씨는 쓴웃음을 지었다. "펑하이의 상어는 기업 경영에서 수단과 방법을 가리지 않습니다. 어떨 때는 상대의 불법에 우리도 불법으로 대응해야 하기도 하지요. 비서인 나도 자연히 그런 사람들과 만날 기회가 있습니다. 그러고 보면 세상이 참 좁습니다. 당시 위안원빈이 첸러우를 강간하는 걸 도왔던 어린 불량배가 뒷골목에서 10년을 구르더니 '형님'이 되어 어느 날 나와 함께 술을 마시게 된 겁니다. 그는 아마 내가 위안원빈의 심복이라고 생각했는지 당시의 일을 입 밖에 흘렸지요."

"당신이 아들을 조종해 위안원빈을 죽인 건 결국 빼앗긴 권력과 지위에 대한 복수로군요?"

"뤄 독찰, 내가 이미 말했다시피 이건 가설입니다, 그냥 가설. 내 복수의 이유가 빼앗긴 권력과 지위 때문이라 해도 좋고, 사랑하는 사람이 비열한 수단에 더럽혀졌기 때문이라 해도 상관없습니다. 이제 와서 그게 중요하겠습니까? 아니면 단순히 형제나 다름없다고 믿었던 사람이 나를 배신하고 10년이나 갖고 놀았다는 데 분노해서 복수를 결심했다면 좀 더 멋있을까요?"

탕 아저씨의 눈에 괴이한 빛이 한순간 스쳐갔다. 짧은 순간이었지만 뤄 독찰은 그것을 분명히 보았다. 분노와 원한 같으면서도 어딘지 모르게 애수를 띤 눈빛이었다.

"이 복수는 너무 늦었군요. 40년이나 흘렀으니……."

"하, 이 가설에서 복수는 훨씬 일찍 시작됐습니다. 한 사람에게 복수할 때 반드시 그를 죽여야 하는 건 아니니까요. 그를 죽고 싶을 정도로 고통스럽게 만드는 게 더욱 통쾌하지 않을까요?"

뤄 독찰은 탕 아저씨를 뚫어져라 쳐다봤다. 그는 탕 아저씨가 말하는 '가설'이 사실상 '자백'임을 알고 있었다. 그러나 탕 아저씨가 이 모든 사실을 털어놓는 것은 한 가지 사실을 말해주는 것이었다. 그는 뤄 독찰이 절대로 실질적인 증거를 찾지 못할 거라고 확신하는 것이다. 지금 말하는 모든 것이 가설이 아님을 증명할 증거를.

"예를 들면?"

"예를 들면 그 더러운 잡종을 죽여버리는 것이지요."

뤄 독찰은 위융리를 떠올렸다.

"그건 교통사고가 아닙니까?"

"교통사고는 사람이 만들어낼 수도 있는 겁니다. 핸들, 액셀, 브레이크를 조금만 손봐도 스릴을 좇아 과속을 즐기는 청년에게는 치명적이지요. 안타깝게도 차량은 이미 폐기됐고 사건은 예상치 못한 사고로 처리됐으니 그저 가설에 불과하겠지만요."

"위첸러우가 마음 아파할 게 걱정되지는 않았습니까?"

"그녀는 마음 아파하지 않을 겁니다. 그녀에게 있어서 위안원빈은 그녀의 과거를 포용하는 좋은 남편이지만 위융리는 강간범이 억지로 낳게 만든 자식일 뿐이었지요. 위안원빈이 죽었다면 그녀는 가슴 아파했겠지만, 위융리의 죽음은 그저 사실을 알고 있는 위안원빈만이 고통스러워했지요. 게다가 그는 다른 사람에게 자신이 위융리의 친아버지라는 사실을 알릴 수도 없었기 때문에 가족들 앞에서는 자식을 잃은 슬픔을 드러내지도 못했습니다. 하하, 꼴좋게 됐지요."

"왜 위융리가 스무 살 가까이 될 때까지 기다렸다 손을 쓴 겁니까? 방금 말한 가설에 의하면 당신은 사건이 일어난 지 10년 후에 조직폭력배를 통해 진상을 알게 됐다고 했는데요?"

"나는 바보가 아닙니다. 뒷골목을 구르며 사는 낯선 사람이 하는 말을 무조건 믿을 수는 없지요. 나는 내 눈으로 본 것만 믿습니다.

하늘이 무심치 않으셨는지 1990년에 내게 선물을 하나 주셨지요."

"어떤 선물입니까?"

"허런 병원의 DNA 검사센터 말입니다."

뤄 독찰은 허런 병원이 홍콩 최초로 DNA 검사 RFLP 기술을 도입한 병원이며, RFLP 기술은 유전병 DNA를 찾는 것 외에 혈연관계를 검증하는 데도 쓰이는 기술이라는 점을 떠올렸다.

"그룹 총재의 가족 비서인 만큼 가족들의 신체검사를 접수하는 건 어려운 일이 아니었습니다. 혈액 샘플을 조금 추출해 사장 이름을 대고 산하 병원에서 사적으로 몇 가지 검사를 하는 건 아주 쉬웠지요."

뤄 독찰은 이 사람이 평범한 사람이 아님을 다시 한 번 깨달았다. 게다가 그는 필사적으로 위안원빈을 상대했던 것이다.

"위안원빈의 둘째아들인 위융이에게는 왜 아무 짓도 하지 않은 겁니까?"

"아무 짓도 하지 않았다고, 누가 그러던가요?"

뤄 독찰은 의아한 눈빛으로 그를 쳐다봤다.

"위융이가 형을 죽였다고 생각하도록 만든 게 누구일까요?"

탕 아저씨는 평온한 어조로 말했다. 그러나 뤄 독찰은 그가 웃음을 겨우 참고 있음을 느낄 수 있었다.

어제 위융이는 만우절 장난에 사용할 깡통을 탕 아저씨가 줬다고 말했다. 어쩌면 당시 탕 아저씨는 형의 차에 깡통을 넣으라고 위융이를 꼬드겼을지도 모른다. 사고가 난 뒤에는 '도련님, 걱정하지 마세요. 도련님이 그 깡통을 차에 넣었다는 건 아무에게도 말하지 않을 테니까요' 따위의 말을 하며 어린아이의 판단력에 영향을 미쳤을 것이다. 아홉 살짜리 꼬마의 생각을 조종하는 것쯤이야 치밀하고 교활한 그에게 식은 죽 먹기였을 게 분명했다.

"그럼 위융롄은……."

"그에게 내가 친아버지라고 말한 적은 한 번도 없습니다. 그저 조용히 그에게 관심을 쏟았지요. 그는 어려서부터 위안원빈을 좋아하지 않았습니다. 그것만큼은 절 닮았죠. 그에게 '진상'을 말해주지 않았는데도 무의식중에 나와 같은 생각을 하게 됐고, 나와 마찬가지로 위안원빈을 뼛속 깊이 증오하게 됐지요. 첸러우가 죽은 후 그는 우연히 '누가 남겨둔 것인지 모를' 두 건의 DNA 검사 결과를 보게 됩니다. 그게 바로 '낙타를 쓰러뜨린 마지막 볏짚'낙타에게 짐을 자꾸 싣다가 어느 순간 낙타가 쓰러져버렸다는 이솝우화입니다. 나는 '어쩔 수 없이' 위안원빈이 어떻게 그가 아끼고 사랑하는 어머니를 속이고 더럽혔는지 과거의 사건을 이야기해줄 수밖에 없었던 겁니다."

뤄 독찰은 탕 아저씨가 말한 '두 건의 검사 결과'가 하나는 위안원빈과 위융리의 혈연관계를, 다른 하나는 그 자신과 위융롄의 혈연관계를 밝히는 거라고 짐작했다.

"위융롄은 어머니 백일제 날 더는 참지 못하고 위안원빈을 찾아가 따져 물은 거군요. 그에게 직접 어머니 위첸러우를 강간한 것이 사실이냐고 물었겠지요. 그러다가 충동적으로 철제 화병으로 위안원빈을 때려 기절시켰고, 이대로 이 원수를 해치워버릴 것인지 번민했을 테지요. 두 번째로 위안원빈을 때려눕힌 뒤 그는 스스로 사형집행인이 되기로 결심합니다. 그다음은 어제 추리해낸 과정 그대로겠지요."

뤄 독찰은 혼잣말처럼 중얼거렸다.

"어머니의 복수를 위해 그는 살인을 했습니다. 위융롄은 자신의 출생에 대해 말하지 않았겠지요? 그래요, 어머니의 부정을 밝히진 않았을 겁니다. 그만큼 어머니를 존경하고 사랑했기에 원수 앞에서 어머니의 명예를 떨어뜨리고 싶지 않았겠지요. 위안원빈은 죽는 한이 있더라도 위융롄의 범행이 드러나지 않기를 바랐을 겁니다. 자신의 아들이 어머니의 복수를 위해 자신을 죽인다고 여겼을 테니까요. 그가 죽기 직전에 특별히 옛 사진을 찾아보려 한 것은 자신이 과거에 위첸러우에게 저지른 죄에 대한 참회였을지도……."

"틀렸어!"

탕 아저씨가 발작하듯 소리 질렀다.

"그 작자는 참회 같은 건 하지 않았어! 그는 그저 고가도로에서 떨어져 죽은 잡종놈을 추억했던 거요! 죽기 전까지도 영광스런 과거에 집착했던 거지! 그 인간쓰레기는 40년 전 불량배를 매수하느라 공금을 횡령했던 장부를 여전히 보관하고 있었거든. 난 그놈이 범죄 증거를 감추려고 그랬던 게 아니라는 걸 확신해요. 그 장부는 그놈에게는 일종의 트로피 같은 거였어요. 자신이 성공가도에 첫발을 내딛은 것을 추억하는 기념품!"

"어쨌든 위융롄은 당신이 시켜서가 아니라 독립적으로 살인사건을 저지른 셈이군요."

"가설에 따르면 그런 거지요."

"당신은 자기 아들을 살인자로 만들었습니다. 그러고도 마음이 편안하단 말입니까?"

"내게 무슨 아들이 있단 말입니까?"

"위융롄이 바로……."

뤄 독찰은 당황했다.

"내가 말했잖아요! 이건 그저 가설일 뿐이라고. 나에게 아들이 있다니?" 탕 아저씨는 교활하게 웃어 보였다. "경찰에서 나와 위융롄의 DNA를 검사해봐도 좋습니다. 혈연적으로 무관하다는 결과가 나올 게 뻔하죠. 그리고 아까의 가설에 따르면, 가장 철저한 복수란 원수의 아들이 직접 원수를 죽이도록 만드는 게 아니겠어요?"

뤄 독찰은 눈을 크게 뜬 채 말을 잇지 못했다. 이것까지는 생각지 못했던 것이다.

탕 아저씨는 아무렇지 않게 말을 계속했다.

"먼저 막내아들이 태어날 때를 노려 큰아들을 죽입니다. 그렇게 해서 아버지의 정신을 혼란스럽게 만든 다음 태어난 아이가 가족들에게 불행을 가져온다는 둥의 소문을 퍼뜨리는 겁니다. 그러면 자기도 모르는 사이에 막내아들에게 소홀해지게 되지요. 이때 주모자는 아직 어린 그 아이를 심혈을 기울여 보살핍니다. 그 아이가 자신을 통해 부정을 느낄 수 있도록 말입니다. 거기다가 위조된 DNA 검사 결과가 더해지면 20년의 계획이 완성되는 겁니다. 주모자와 막내아들 사이에 혈연관계가 없기 때문에, 그 아이가 참지 못하고 사건의 진상을 자백한다고 해도 이 허구의 이야기를 증명할 증거가 없는 거지요. 게다가 주모자는 실제로 살인 자체에는 전혀 관여하지 않았으니, 아무도 믿지 않는 터무니없는 이야기로 치부될 게 뻔합니다. 물론 나는 그 아이가 굳게 입을 다물고 '친아버지'에게 불리한 증언은 일언반구도 하지 않으리라 믿습니다. '아버지가 사진작가가 되려는 꿈을 반대해서'라는 어쭙잖은 살해동기를 설명하면서 혼자 죄를 뒤집어쓸 겁니다."

그래서 탕 아저씨는 이렇게 당당하고 차분하게 모든 것을 말할 수 있었다. 뤄 독찰은 그의 자신감이 어디서 왔는지 이해했다. 확실히 그랬다. 방금 그가 말한 일련의 '가설'에 따르면, 탕 아저씨의 죄를 밝힐 방법이 없었다. 모든 증거는 이미 사라졌을 것이다. 남은 것은 증인뿐인데, 그것 역시 증명할 길이 없어 보였다. 탕 아저씨가 결연하게 범행을 부인한다면, 위융렌이 모든 것을 밝힌다 해도 일방적인 진술에 불과할 뿐이다.

탕 아저씨가 이 모든 것을 말한 것 역시 그가 계획한 복수극의 마지막 단계였다. 뤄 독찰을 복수의 관객으로 삼는 것이다.

뤄 독찰은 오싹해졌다. 무서울 정도로 계획적인 이 악마를 지금 막아내지 못한다면 앞으로 또 얼마나 많은 사람이 피해를 입게 될 것인가? 위안원빈은 죽어도 할 말이 없다 쳐도, 위씨 집안의 세 아들은 아무 잘못도 저지르지 않았다. 위융롄의 경우, 검찰에서 계획적 살인으로 기소할 가능성은 적지만 우발적 살인 정도는 인정될 것이다. 게다가 위융이는 20년간 실체도 없는 죄책감에 짓눌려 살았다. 위융리가 '예상치 못한' 사고로 사망한 것을 제외하고서라도 그들의 삶은 이 악당에 의해 완전히 우롱당한 것이다.

차는 이제 경찰 총부 빌딩의 주차장으로 들어섰다.

"뤄 독찰, 지금까지 즐거운 대화였습니다. 하지만 내 생각에 당신이 나를 48시간 동안 구류한다고 해도 여전히 증거를 찾을 순 없을 것 같군요. 위안원빈의 죽음은 나와 전혀 관계가 없으니까."

"48시간이나 필요하지도 않을 겁니다. 당신은 내일이 되기 전에 바로 법정에 서서 정식으로 기소될 테니까요."

"하, 어떻게? 내가 아까 말한 것은 다 가설이고 거짓말입니다. 당신은 위안원빈의 살인사건과 나의 관련성을 전혀……."

"위안원빈이라니? 당신은 어젯밤 허런 병원에서 은퇴한 고급경사 관전둬를 살해한 혐의로 체포된 겁니다."

탕 아저씨는 그대로 모든 움직임을 멈췄다.

"뭐? 당신, 당신은 증거가 없을 텐데."

탕 아저씨는 뤄 독찰에게 '관 경관이 죽었다고요?'라고 되묻지 않았다. 엉뚱한 소리 하지 말라고 반박하지도 않았다. 그저 강경하게 자신을 변호하는 말만 내뱉었다.

"있습니다."

뤄 독찰이 스마트폰을 꺼내 화면을 켰다. 탕 아저씨는 스마트폰 화면을 보자마자 기절할 듯 놀랐다. 화면에 보이는 것은 관전둬의 병실이었다. 한 남자가 살금살금 들어와 방울방울 떨어지고 있는 주사액 약포를 바꿔 달고 있었다.

그 남자는 바로 탕 아저씨였다.

"그럴 리 없어. 어제 분명히 비디오카메라를 챙겨서 갔는데. 나도 전혀 발견하지 못했어……."

탕 아저씨는 혼란에 빠졌다.

뤄 독찰은 탕 아저씨의 반응을 무시하고 말했다.

"위안원빈의 사건이 어떻게 되는지에 관계없이 당신이 관전뒤를 계획적으로 살해했다는 증거는 모두 확보하고 있습니다. 약포에서 허용량을 초과한 모르핀이 발견됐고, 당신이 범행 후 버린 장갑과 약포도 모두 하나하나 찾아내서 확보했습니다. 오늘 검시관이 부검을 진행했고 이 영상까지 있으니 당신이 법망을 빠져나갈 방법은 전혀 없을 겁니다."

"아니야, 말도 안 돼! 절대 들킬 리 없어. 말기 간암 환자의 사인을 의심할 의사가 어디 있다고. 아!"

탕 아저씨가 소리 질렀다. 미친 듯 고함을 쳤다.

"네가! 네가 함정을 판 거군! 이건 음모야! 너!"

아성이 차 문을 열자 경찰관 몇 명이 탕 아저씨를 붙잡았다. 그는 여전히 소리를 질러댔다. 뤄 독찰이 말했다.

"구류실에 가둬놔. 나중에 처리하러 갈 테니."

아성이 버둥거리는 탕 아저씨를 꽉 붙든 채 멀어지는 것을 보며 뤄 독찰은 차 안에 그대로 앉아 있었다. 그는 한참 동안이나 움직이지 않았다.

"사부, 제가 멋지게 해냈죠?"

뤄 독찰이 중얼거렸다.

뤄 독찰은 지난주 작살총을 조사할 때부터 뭔가 앞뒤가 맞지 않는다는 것을 알아차렸다. 115센티미터의 작살총으로는 115센티미터의 작살을 쏠 수 없다. 감식과에서는 곧바로 진짜 흉기를 찾아냈고, 거기서 범인의 DNA까지 확보했다. 일반적인 절차에 따르면, 뤄 독찰은 위씨 가족들을 소환해 각자의 DNA 샘플을 제공받아 대조하기만 하면 된다. 그러면 용의자를 확정할 수 있다. 그러나 뤄 독찰은 어쩐지 이상하다는 생각이 들었다.

후두부 두 군데의 찰과상, 치밀하지 못한 살인방식, 죽음을 목전에 두고도 구조를 요청하지 않고 사진첩이나 들여다본 피해자. 모든 것이 이상하기만 했다.

그래서 그는 사부인 관전둬가 그랬던 것처럼 상궤에서 벗어난 수사방법을 동원했다.

먼저 다섯 명의 용의자를 소환해 경찰서에서 진술서를 받았다. 그들을 슬쩍 떠보는 한편, 눈치채지 못하게 DNA 샘플을 채취하기 위해서였다. 뤄 독찰은 용의자들이 진술서를 작성하는 동안 준비해 둔 음료수를 마시도록 유도했고, 그들이 사용한 컵을 조심스럽게 회수해 감식과로 보냈다.

DNA 대조를 통해 그는 흉기에 묻은 피가 위융롄의 것임을 알게 되었다.

범인이 누구인지 알게 되었지만 사건은 더욱 모호해졌다. 범행과정, 동기, 피해자의 반응까지 완벽하게 합리적인 해석을 찾을 수 없었다. 뤄 독찰은 범인 뒤에 또 다른 주모자나 범인이 살인을 저지르도록 조종한 사람이 있다고 직감했다.

그리고 탕 아저씨가 '위융롄은 범인이 아니다'라고 강조한 것이 그의 직감에 확신을 주었다.

왕관탕은 일류 도박사였다.

관전둬를 따라 오랫동안 사건을 수사하면서 뤄 독찰은 뛰어난 적수를 수없이 만났다. 그러면서 점차 사소한 움직임 하나하나에서 그들의 뭔가 다른 분위기를 감지할 수 있게 됐다. 탕 아저씨는 바로 그런 느낌을 주는 사람이었다. 아무런 증거도 없었지만 뤄 독찰은 그가 이 사건의 핵심인물임을 직감했다. 문제는 관료조직에서 '직감'은 상급자가 받아들일 수 있는 근거가 되지 못한다는 점이었다.

위안원빈은 재계의 거물로, 정계와 재계가 복잡한 관계를 맺고 있는 오늘날 위안원빈의 살인사건은 단순한 형사사건이 아니라 정부, 경찰, 재계와 사회 여론이 얽힌 복잡한 사건이었다.

— 이봐, 당신과 당신네 사람들이 우리를 며칠째 들볶고 있다고. 사건을 해결하지 못할 것 같으니까 괜히 전시용 수사나 벌이는 것 아냐?

경찰을 비꼰 위융렌의 말은 어느 정도 사실이었다. 뤄 독찰은 총구 지휘관의 지시를 받았다. 가능한 한 신속하게 사건을 해결하고 여론을 잠잠하게 만들어야 한다는 것이었다. 경찰이 시민들에게 무능하다는 인상을 주지 않기 위해서였다.

뤄 독찰은 직감에 따라 '왕관탕이 위융렌의 친부다'라고 추측했다. 위융렌이 모든 죄를 뒤집어쓴 채 상부에서 그대로 수사를 종결할까 봐 걱정스러웠다. 범인이 죄를 인정했으니 더 수사할 필요가 없다고 여길 게 뻔했다.

'일을 적게 하는 것이 많이 하는 것보다 낫다.' 요즘 경찰 고위층은 결과를 보고하고 공을 세우는 것만 생각한다. 그들은 진실에 아무 관심도 없다.

그러나 뤄 독찰에게 있어서는 진정한 범인을 붙잡아 법의 심판대에 세우는 것이야말로 경찰의 사명이었다. 그는 악행을 저지른 자가 법망을 유유히 빠져나가는 것을 용납할 수 없었다. 뤄 독찰이 충성을 다해야 할 대상은 바로 홍콩 시민이기 때문이다.

진퇴양난에 빠진 그에게 얼마 전 다시 혼수상태에 빠진 사부가 떠올랐다.

"샤오밍, 나를 보내주게."

몇 차례나 혼수상태에 빠졌다 다시 깨어나기를 거듭하던 관전둬는 제자에게 부탁했다. 위안원빈이 살해당하기 며칠 전이었다.

"사부, 그런 말씀 마세요. 시대를 풍미한 천재 탐정이신데 사신에게 굴복하면 안 되잖습니까."

뤄샤오밍은 관전둬의 손을 꼭 쥐고 말했다.

"아니, 굴복이 아닐세."

관전둬는 숨을 몰아쉬며 힘겹게 한마디 한마디를 뱉어냈다.

"난 더 이상 구차하게 삶을 연장하고 싶지 않은 거야. 기계와 약물에 의존해 연명하는 게 무슨 의미가 있겠나. 내 뇌는, 뇌는 이미 엉망진창이 됐고 몸도 무척 고단하군. 이 생애의 임무는 이미 끝낸 것 같아. 이제 갈 때가 됐어."

"사부!"

"하, 하지만 샤오밍, 생명이란 귀한 것일세. 쉽게 낭비해버려서는 안 되지. 샤오밍, 내 생명을 자네에게 주겠네. 날 위해 유용하게 써 주게."

"사부, 지금 무슨 말씀을 하시는 겁니까?"

"내 남은 생명을 준다는 거야. 내가 예전에 했던 것처럼 수단에 구애되지 말게. 내가 쓸모도 없이 죽지 않도록."

뤄샤오밍은 숨이 막혔다. 그는 사부가 원하는 게 무엇인지 이해했다. 그는 규율에 얽매인 융통성 없는 형사는 아니었지만 관전둬의 이 유언에는 쉽게 대답할 수 없었다.

뤄샤오밍은 사부의 얼굴에서 이미 예전과 같은 '사건해결 기계'의 풍모를 볼 수 없었다. 관전둬는 은퇴 후에도 경찰의 고문으로 10년간 일했다. 진정으로 일선에서 물러난 것은 5년 전의 일이다. 그 5년간 관전뒤의 건강은 하루가 다르게 나빠졌다. 암 진단을 받은 후에는 더욱 급격히 쇠약해졌다. 뤄샤오밍은 심지어 사부가 경찰로서의 책임에서 벗어났기 때문에 건강이 나빠진 게 아닐까 의심하기도 했다.

"샤오밍!"

"네, 알겠습니다."

한참 만에야 뤄샤오밍이 대답했다. 그는 쓴웃음을 지으며 말했다.

"역시 알뜰한 '도숙'이시네요."

"하, 이제 좀 더 빨리 아내를 만나러 갈 수 있겠군그래. 분명 날 목이 빠져라 기다리고 있을걸. 샤오밍, 몸조심하고 경찰의 사명을 잊지 말게."

그 순간 뤄샤오밍은 사부의 느슨해진 눈동자에서 예전처럼 날카로운 기색을 본 것 같았다. 다음 날 관전뒤는 다시 전혈암모니아 수치가 높아져 혼수상태에 빠졌다. 의사는 장기부전의 정도로 미뤄볼 때 이번에는 관전뒤가 깨어나지 못할 거라고 말했다. 암세포도 이미 다른 장기로 전이됐다고 했다.

뤄 독찰이 사부의 유언을 어떻게 지킬 것인지 고민하고 있을 때 위씨 집안의 사건을 만난 것이다. 뤄 독찰은 수사를 진행할수록 정상적인 방법으로는 진실을 밝혀낼 수 없다고 느꼈다. 그는 이미 칩을 다 썼고, 마지막 카드 역시 승산이 거의 없는 낮은 패였다.

마치 운명처럼 관전뒤는 이 도박판에 가장 적절한 비장의 수가 되었다.

수동적인 처지였던 뤄 독찰은 반대로 공격적인 함정을 설치했다. 사부의 생명을 담보로 범인을 탐색해본 것이다. 범인이 미끼를 문다면 모든 것은 사부의 뜻대로 된다. 결과적으로 노경찰은 자신의 생명마저도 '전혀 낭비하지 않고' 다 쓰고 떠났다.

뇌파측정기는 진짜였다. 용의자들이 혼수상태에 빠진 탐정이 사건을 해결할 수 있다고 진심으로 믿게 만들기 위해서였다. 그러나 차이팅이 말한 것처럼 그렇게 자유자재로 정신 상태를 통제할 수 있는 사람은 없다. 관전뒤가 보였던 모든 반응은 사실 뤄 독찰이 혼자서 연기하고 연출한 것이었다. 그는 예전에 관전뒤를 도운 적이 있는 애플에게 뇌파측정기를 만들어달라고 부탁한 뒤 바닥에 페달 두 개를 설치했다. 뤄 독찰이 왼발을 누르면 커서가 YES로 이동하고, 오른발을 누르면 NO 쪽으로 튀어나가는 것이다. 침대에 가려져서 애플과 아성 외에 다른 사람들은 그의 발이 그렇게 움직이고 있다는 것을 눈치채지 못했다.

뤄 독찰이 갑작스럽게 윈도 오류 팝업 창을 띄우는 기능을 추가해달라고 해서 애플은 병실에 와서 프로그램 코드를 고쳐야만 했다. 다행히 시간에 맞게 완성되어 뇌파측정기 쪽으로는 모든 것이 순조로웠다. 애플은 뤄 독찰이 혼자서 그렇게 생동감 있게 진짜처럼 연기할 거라고는 예상하지 못했다. 그는 스스로 묻고 답하면서 병실에 모인 용의자들을 완전히 몰입하게 만들었다. 그들은 관전뒤가 혼수상태에 빠져 있으면서도 사건을 해결해낼 수 있는 천재 탐정이라고 굳게 믿었다.

뤄 독찰은 탕 아저씨가 위융렌을 조종한 배후의 그림자일 가능성이 가장 높다고 예상하고 일부러 그에게 뇌파측정기를 시험해보게끔 했다. 관전뒤가 혼수상태에서도 의견을 표시할 수 있다는 걸 확신하도록 해야 했다. 뤄 독찰은 이미 대량의 환경 정보를 확보해 범인이 살인을 저지른 과정을 다 추론해냈지만 아무것도 모르는 척 '사부'의 이름을 빌려 갖가지 허점을 지적했다. 진짜 살인자가 병상에 누워 있는 환자가 모든 진상을 꿰뚫어보고 있다고 생각하게 만들기 위해서였다. 관전뒤는 적을 엉뚱한 방향으로 이끄는 것은 매우 효과적인 방법이라고 가르쳤다. 타인의 심리를 가지고 노는 사기꾼 영매처럼 이도 저도 아닌 애매모호한 말로 상대방이 나를 신통한 능력이 있는 사람처럼 여기도록 만들라는 것이었다.

뤄 독찰은 위첸러우와 위융리의 옛 사건에 대해서는 거의 아무것도 몰랐다. 그는 단지 수사과정에서 위씨 집안사람들이 이미 죽은 위융리에 대한 언급을 꺼린다는 것을 눈치챘다. 그리고 피해자가 결혼하고 위융리가 태어나기까지의 기간이 짧다는 점을 알게 됐다. 거기다 위씨 집안의 구심점 역할을 하던 위첸러우가 얼마 전 사망한 것과 더불어 생각할 때 위씨 집안에 어떤 비밀이 있지 않을까 의심하게 됐다. 그래서 일부러 '연극'에서 막 범인을 폭로할 것 같은 순간마다 모인 사람들의 궁금증을 자극했다. 무언가 신묘한 것이 있는 것처럼 허세를 부리며 이미 죽은 두 사람 쪽으로 화제를 돌렸다. 그렇게 외부인은 절대 알지 못할 가족의 비밀을 끌어내고, '혼수상태의 명탐정'이라는 신화적인 이미지를 활용해 사부가 현장에서 진술한 내용으로 이런 사실들을 추리해냈다는 거짓말을 추가해서 진정한 살인자가 '비장의 수'를 잘못 판단하도록 만든 것이다.

뤄 독찰도 '결혼 전에 임신했다는 사실에서 아이 아버지가 다른 사람임을 추리해낸다'는 게 궤변에 불과하다는 걸 알았다. 그러나 그 분위기에서는 누구라도 객관적이고 냉정하게 그런 의문을 떠올릴 수 없다.

'관전뤄'가 놀라운 능력을 선보이면 탕 아저씨는 자신이 오랫동안 준비해온 복수에 뭔가 실수가 없었는지 의심하게 된다. 위융롄을 체포한 직후 일어난 시스템 오류는 뤄 독찰이 마지막으로 던진 미끼였다.

'도대체 저 명탐정이 마지막으로 하려던 말이 무엇일까? 내가 알지 못하는 허점을 집어내려던 것일까?'

이런 의혹이 탕 아저씨의 머릿속 깊은 곳에서 싹을 틔웠다. 뤄 독찰은 자신과 애플이 다음 날 병실을 다시 찾아올 거라는 말을 일부러 모두 들을 수 있게 말했다. 이렇게 해서 살인자의 머릿속에 어떤 시간제한을 더해준 것이다. 뤄 독찰은 시간이 부족할 때 사람들이 잘못된 판단을 내리기 쉽다는 점을 잘 알았다. 그럴 때는 아무리 영리한 범죄자라도 멍청한 결정을 내릴 가능성이 있었다.

결과적으로 탕 아저씨는 위험에서 벗어나려다가 오히려 자신의 목에 올가미를 건 꼴이 되었다.

위첸러우는 췌장암을 앓았다. 묵묵히 그녀를 사랑해온 탕 아저씨는 위융롄과 함께 매일 병원으로 그녀를 만나러 오곤 했다. 또한 그는 병원의 운영방식도 매우 잘 알고 있었다. 약품을 어디에 두는지, 면회시간은 언제 끝나는지, 환자에게 몰래 모르핀을 주사하려면 어떻게 해야 하는지…… 그는 손바닥 들여다보듯 알고 있었다. 그는 모르핀이 인체에 미치는 영향에 대해서도 잘 알았고, 그래서 모르핀을 이용해 관전둬를 죽이면 되겠다는 데 생각이 미쳤다. 모르핀을 과다하게 주사하면 호흡 순환을 억제시켜 환자가 질식해 사망에 이르게 된다. 암 환자가 이로 인해 사망하는 경우도 드물지 않아, 이와 같이 '자연 사망'한 환자에 대해 부검을 실시할 병원은 없다. 기본적으로 이 살인 수법은 거의 완벽했다. 만약 아무도 이 살인을 예측하지 못했다면 말이다.

탕 아저씨는 잘못 보지 않았다. 병실에는 확실히 비디오카메라가 없었다. 그러나 그는 애플이 병실에 놔두고 간 두 대의 컴퓨터에 적외선 카메라 렌즈가 부착돼 있다는 것을 몰랐다. 모든 상황이 랜선을 타고 뤄 독찰과 애플의 눈앞에 전송됐다. 그들은 밤새 병원 근처의 주차장에서 감시했고, 병실 안의 상황에 신경을 집중했다. 드디어 탕 아저씨가 손을 쓰는 순간, 뤄 독찰은 가슴이 욱신거리는 기분을 느꼈다. 그러면서도 사부가 더 이상 고통받지 않아도 된다는 사실에 안심하고 기뻐했다.

뇌파측정기의 기능은 가짜가 아니었다. 위씨 가족들도 혼수상태에 빠진 관전둬가 '수사를 도왔다'는 것을 증명해줄 것이다. 뤄 독찰은 법정에서 애플이 병실에 있는 컴퓨터의 촬영기능을 끄는 것을 깜빡 잊었다고 강하게 주장하기만 하면 된다. 증인과 물증이 모두 갖춰졌으니 탕 아저씨는 빠져나갈 곳이 없다. 다만 탕 아저씨가 위안원빈의 살인사건에 대한 책임을 끝까지 부인할 가능성이 있다. 뤄 독찰은 신경 쓰지 않겠다고 결정했다. "그런 사소한 건 검찰에서 알아서 처리하라고 해."

똑똑. 차창을 가볍게 두 번 두드리는 소리가 들렸다. 뤄 독찰이 고개를 들어보니 아성이 혼자 차 옆에 서 있었다.

"조장님, 너무 마음 아파하지 마세요."

아성이 차 문을 열고 고개를 들이밀며 말했다.

"아성, 만약에 내가 언젠가 병에 걸려 혼수상태에 빠진다면 말이야."

아성은 뤄 독찰의 두 눈을 응시하며 결연하게 고개를 끄덕였다.

뤄 독찰이 쓰게 웃었다. 그도 이런 식의 수사가 회색지대에 발을 들인 것과 같다는 걸 잘 알았다. 꼬투리를 잡히지 않는다 해도 사실 이런 방식은 탕 아저씨가 사용했던 '절대 체포되지 않는' 범죄수법과 별다를 게 없었다. 원칙을 어긴 정당하지 않은 방법이라는 데 의심의 여지가 없다. 그러나 뤄 독찰은 사부가 했던 말을 마음에 새기고 있었다.

—기억해야 해. 경찰의 진정한 임무는 시민을 보호하는 일이라는 것. 무고한 시민에게 제도가 피해를 입히거나 정의를 표방하지 못한다면, 우리는 분명한 근거를 내세워 경직된 제도에 대항해야 하네.

경찰이 되면 선서의식을 치른다. 선서의 말은 경찰 조직의 개편과 홍콩 주권 반환 등으로 인해 계속 수정됐지만, 대부분 같거나 비슷한 표현으로 마무리를 짓는다. "상사의 합법적 명령에 의심 없이 절대 복종할 것이다." 관전둬의 주장은 저 신성한 맹세에 명백히 위배된다. 그러나 뤄 독찰은 사부의 고충을 이해했다.

다른 사람들이 평온하게 백색의 세계에서 살아가도록 하기 위해 관전둬는 계속 흑과 백의 경계를 떠돌았다. 뤄 독찰은 알고 있었다. 경찰이 비록 진부하고 관료적이고 권력자와 결탁하고 정치적 임무를 우선으로 집행하는 조직으로 변한다 해도 사부만큼은 변함없이 신념을 굳게 지키리라는 걸. 그리고 온몸의 힘을 쏟아 바쳐 자신이 인정하는 공공의 정의를 지켜낼 것임을. 경찰의 사명은 진실을 밝히고 범죄자를 체포함으로써 무고한 시민을 보호하는 것이다. 그러나 제도가 악당을 법으로 다스리지 못하고 진실을 덮으려 한다면 관전둬는 자기 자신을 시커먼 늪에 던져 넣는 한이 있더라도 그들의 방식 그대로 그들을 상대할 것이다.

어쩌면 관전둬의 방식은 검은색일지 모른다. 그러나 그의 목적은 흰색이다.

흑과 백 사이에서 정의를 찾아라. 이것이 바로 뤄샤오밍이 관전둬에게서 이어받은 사명이다.

2장

죄수의 도의

1

"사부, 전 정말 안 될 것 같아요."

"걱정 마, 샤오밍. 이번 작전에서 중안조는 협조만 한 거니까 자네가 억울할 일은 없을 거야."

"하지만 이건 제가 처음으로 맡은 임무잖습니까. 사부도 아시다시피 제 기록은 엉망이라, 어렵사리 분대 지휘관이 되었는데 개똥을 밟고 넘어지다니. 으으, 전 아무래도 책임자에 어울리지 않는 것 같아요."

"이번 일은 정말 별거 아니야. 이런 작은 실수도 극복하지 못한대서야 정말로 지휘관을 맡을 수 없다고."

"하지만……."

몽콕 맥퍼슨스타디움의 스탠드에서 뤄샤오밍은 맥주를 들이부으며 사부 관전둬에게 하소연을 쏟아냈다. 시간은 밤 10시를 넘어가고 있었다. 인파로 북적이는 몽콕에서 맥퍼슨스타디움은 보기 드문 조용한 장소였다. 탐사등이 켜진 축구경기장 옆 관중석에는 고양이 서너 마리만 오갔다. 그야 이렇게 추운 날씨에 경기장에서 살을 에는 듯한 서북풍을 들이마시고 싶은 사람이 있을 리 없었다. 여름이라면 몰려온 사람들로 스타디움 자리가 30에서 50퍼센트쯤 들어찼을 것이다. 떠들어대는 젊은이들, 사랑을 속삭이는 연인들, 벤치에 누워 시원한 바람을 쐬며 꾸벅꾸벅 조는 부랑자들까지 말이다.

하지만 관전둬와 뤄샤오밍 사제는 종종 이곳을 찾아와 얼음처럼 찬 맥주를 마시곤 했다. 광활한 경기장 관중석을 바라보면서 말이다. 일과 관계된 비교적 민감한 정보에 대해 이야기할 때 주변 사람이 엿들을까 염려할 필요 없어서 좋고, 술집에서 맥주를 마시는 건 매우 비경제적이라고 관전둬가 주장하기 때문이었다. 아무튼 그들은 술을 마시며 이야기를 하고 싶을 뿐이었다. "술집에서 맥주 한 잔 마실 돈이면 슈퍼마켓에서 맥주 세 캔은 살 수 있는데 왜 남의 돈을 쉽게 벌어다 주느냔 말이야. 땅콩 먹고 싶으면 그것도 한 봉지 사자고." 뤄샤오밍이 관전둬에게 술집에 가서 한잔하자고 청하면 사부는 늘 이렇게 대답했다.

오늘 밤 뤄샤오밍이 사부에게 만나달라고 요청한 것은 자신의 운수 나쁜 일을 털어놓기 위해서였다. 뤄샤오밍의 2002년은 매우 순조로웠다. 일에서도 가정에서도 좋은 일이 생겼다. 결혼한 지 2년째, 아내가 임신을 했고 연말에는 견습독찰에서 독찰로 승진 통지도 받았다. 서카오룽 야우침야우마테이와 침사추이 지역 분구 중안조의 제2대 대장으로 부임한 것이다.

뤄샤오밍은 열일곱 살에 경찰학교를 졸업한 후 열일곱 번의 여름과 겨울을 경찰로 살아왔다. 그는 머리가 좋고 일에서도 적극적이었지만 운이 좋지 못했다. 계속 나쁜 일이 생기는 데다 무리와 잘 어울리지 못하는 성격 탓에 경찰 개인기록에 좋지 못한 평가가 붙곤 했다. 경찰 조직에서 승진하려면 승급시험도 통과해야 하지만 개인기록이 충분히 '깨끗'한지가 더욱 중요했다. 일처리가 원만하지 못하면 승진의 꿈은 버려야 했다. 그래서 샤오밍은 1999년 견습독찰로 발탁됐다는 소식을 듣고 기뻐 날뛰었다. 그리고 기록이 초라한 자신이 3년 후 분구 중안조의 분대장이 될 거라고도 예상하지 못했다.

또한 분대장이 된 후 첫 작전이 실패로 끝나리라는 것도 예상하지 못했다. 2003년의 시작은 이렇게 형편없었다.

2003년 1월 5일 일요일 새벽, 야우침 경찰분구는 '산살무사'라는 암호가 붙여진 대규모 마약사범 검거 프로젝트를 진행했다. 동시에 관할구역 내 여남은 곳의 가라오케, 디스코텍, 술집 등을 수색했다. 야우마테이와 침사추이에 있는 마약 밀매업자를 소탕하는 게 목표였다. 작전은 서카오룽 총구의 형사부가 주도했다. 속칭 '반흑조反黑組'라고 불리는 총구의 반삼합회행동조反三合會行動組, 특별직무대特別職務隊* 및 각 분구 중안조가 협력해 출동 인원이 200여 명에 달하는 대형 작전이었다. 이렇게 여러 부서가 협력해 인원이 대거 동원된 작전은 대부분 성과를 거두기 마련이었다. 범죄 조직과 마약 밀매업자들을 효과적으로 저지함으로써 범죄자들이 몇 달간 몸을 사리게 만들곤 했다. 그러나 산살무사 작전은 이상할 정도로 크게 실패했다.

작전 전체를 통틀어 경찰은 일명 '스페셜K'라 부르는 케타민염산염 100그램 미만과 수십 그램의 필로폰, 소량의 대마초를 압수하는 데 그쳤다. 열다섯 명 정도를 체포했지만 결국 기소가 결정된 것은 아홉 명뿐이었다. 경제 용어로 표현하면 경찰이 이번 작전에 투입한 비용은 수익을 대대적으로 초과했다. 다시 말해 엄청나게 손해 보는 장사를 한 셈이었다.

'손해 보는 장사'라면 일이 끝난 후 누군가 책임 추궁을 당할 수밖

* 특별직무대는 특정 범죄를 담당하는 전문 경찰 조직으로 마약, 매춘, 불법도박 등을 전담한다. 총구와 분구에 각각 설치되며 총구의 특별직무대를 RSDS(Regional Special Duty Squad), 분구의 특별직무대를 SDS(Special Duty Squad)라고 약칭한다. 총구 특별직무대는 인력과 지원이 풍족한 편이나, 분구 특별직무대는 작전 규모가 비교적 작다.

에 없다. 빈손으로 돌아온 것은 아니었으니 작전에 대해 잘 알지 못하는 기자들은 오히려 별 성토가 없었다. 그러나 뤄샤오밍은 경찰 내부의 사후 검토회의에서 스산하기까지 한 분위기에 간담이 서늘해졌다.

"이처럼 소량의 마약만 압수된 것을 보면 정보조가 제공한 정보에 오류가 있었다고 봅니다."

총구 특별직무대 지휘관 어우양歐陽 독찰이 먼저 포문을 열었다.

"정보에는 오류가 없었다고 확신합니다. RSDS에서 누군가 정보를 누설했는지 어쨌는지 그건 하늘만이 알겠지요. 괜히 놈들의 경계심만 높여준 꼴이 됐습니다."

서카오룽 총구 정보조* 조장 마馬 독찰이 느긋하고도 단호하게 반박했다.

"지금 우리 특별직무대에 스파이가 있다고 암시하는 거요? 난 내 부하들을 완전히 신뢰합니다!"

어우양 독찰이 마 독찰을 노기등등하게 쳐다봤다.

"어우양 독찰, 마 독찰, 열 좀 식혀."

회의를 주관하는 서카오룽 총구의 부지휘관 류리순劉禮舜 고급독찰이 말했다.

"서로 책임을 전가하는 건 아무 도움도 안 되네. 먼저 인력 배치에 구멍은 없었는지 살펴보자고."

류 독찰은 서카오룽 총구 형사부를 관장하는 사람으로, 회의 참석자들 중 최고 고위간부였다. 또한 마 독찰의 상사이기도 했다. 그가 나서자 두 사람은 아무 말도 하지 못했다. 뤄샤오밍은 분위기가

* 총구 정보조는 Regional Intelligence Unit라고 부르며, 총부의 형사정보과(CIB)와 비슷한 직무를 수행한다. 다만 각 총구의 형사부에 예속되어 관할구역 내에서 정보를 수집하는 역할이다.

조금 풀린 틈을 타서 참았던 숨을 내쉬었다. 그러나 곧이어 더욱 껄끄러운 문제를 맞닥뜨렸다.

"먼저 프랫가의 술집 '라이온스 펍'부터 시작하지." 류 경사가 말했다. "정보조는 홍의련洪義聯의 탁가拆家*인 '뚱보'가 거기서 활동한다고 했네. 당일 파파라치**도 그가 건물로 들어가는 걸 목격했지. 그러나 우리가 현장에 진입했을 땐 그자가 없었네. 라이온스 펍을 담당했던 야우침 중안조 제2대 뤄 독찰, 여기에 대해 설명할 수 있나?"

회의실에 모인 여남은 명이 모두 뤄샤오밍을 쳐다봤다. 칼로 찌르는 듯한 눈빛에 뤄샤오밍은 입도 제대로 떼지 못했다. 그는 그날의 상황에 대해 더듬더듬 보고했다. 뚱보가 한발 먼저 건물 옥상을 통해 빠져나간 것으로 보인다는 것과 더불어 현장의 인력 배치에 대해 설명했다. 뤄샤오밍은 분명히 술집의 모든 출입구에 부하들을 배치시켰다. 뚱보는 작전이 시작되기 전에 눈치를 채고 사라진 것이고, 자신과 부하들의 책임은 아니라고 말하고 싶었다. 그러나 그렇게 말했다간 정보조를 향해 창끝을 들이대는 것과 같았다. 정보조의 마 독찰은 계급상 총독찰이니 뤄샤오밍이 그렇게 말하면 결국 하극상이 된다.

그런데 뤄샤오밍이 거둬들인 창끝이 결국 그에게 겨눠졌다.

"왜 옥상에 부하들을 보내 감시하지 않았나?"

"만약 용의자가 옥상을 통해 도주했다면 양옆 건물 두 곳의 출구도 막았더라면 아무 문제도 없었을 거 아닌가."

"혹시 뚱보가 거들먹거리면서 정문을 통해 나갔는데 자네 부하들

* 마약 유통경로 중 소매업자를 일컫는 말.

** 정보조에서 미행 업무를 담당하는 팀을 가리키는 은어.

이 부주의하게 놓쳐버린 거 아닌가?"

그때 그들이 바랐던 것은 희생양이었을 것이다. 뤄샤오밍은 그렇게 생각했다.

"사부, 저는 작전 계획에 따라 충분한 인력을 배치했습니다. 확실히 개미 새끼 한 마리 빠져나가지 못했을 겁니다. 뚱보가 평소와 달리 술집에 머물러 있지 않은 것까지 제가 통제할 순 없잖습니까?"

스타디움의 관중석에 앉은 뤄샤오밍은 그날의 회의를 떠올리며 맥주를 크게 한 모금 삼켰다. 그는 술기운을 빌려 넋두리를 해댔다.

"괜찮을 거야. 그날 체포하지 못한 용의자가 뚱보 하나인 것도 아니고, 작전 전체에서 피라미 몇 놈 붙잡는 데 그쳤으니 샤오류친한 사이에서는 성 앞에 '샤오'를 붙인다 그 친구도 자넬 특별히 질책하진 않을 거야."

관전뤄도 맥주를 한 모금 마셨다. 샤오류, 즉 류리순 경사는 예전에 관전뤄의 직속 부하였다. 관전뤄가 정보 분석을 책임지는 형사정보과 B조를 맡고 있을 때였다.

"하지만……."

"하지만은 무슨 하지만이야." 관전뤄가 아래턱에 난 짧은 회색 수염을 만지작거리며 웃었다. "알잖아? 형사부의 목표는 뚱보가 아니라는 거. 그들이 노리는 건 대왕바리라고."

뤄샤오밍도 사부가 말하는 '대왕바리'가 누구인지 당연히 알고 있었다. 뚱보는 홍콩 삼합회 홍의련의 중간 간부이고, 피라미인 그의 위에 있는 대왕바리가 바로 홍의련의 야우침 지역 두목인 쭤한창左漢強이었다. 홍의련의 거물급 인사 쭤한창은 올해 마흔아홉 살이었다. 경찰에서는 그가 여러 범죄활동에 관련돼 있다고 확신한다. 그러나 경찰은 그에게 속수무책으로 당하고 있었다.

쭤한창은 보통 은밀하게 움직이는 다른 삼합회 두목들과 달리 기업가 신분으로 상류사회와 교류를 맺고 정계와 재계에 넓은 인맥을 자랑했다. 그는 1980년대 초 홍콩의 경제호황을 틈타 여러 곳의 술집과 디스코텍을 매입했다. 그런 합법적 사업체로 불법적인 사업들을 은폐하고 검은돈을 세탁했다. 그가 운영하는 유흥업소는 점점 더 고급화됐고 점차 가수, 음반 제작자들까지 드나들게 됐다. 쩌한창은 연예계야말로 오랫동안 갈망했던 사회적 신분을 얻을 지름길임을 깨달았다. 1991년 즈음 그는 '성야星夜 엔터테인먼트'라는 연예기획사를 설립하고 매니지먼트 사업을 시작했다. 지금 이 회사에는 수십 명의 가수와 모델이 소속돼 있다. 최근에는 영화계로 손을 뻗쳐 중국 대륙의 영화제작사와 합작하는 등 여러 분야로 크게 세력을 넓히고 있었다.

"쩌한창이 그렇게 쉽게 꼬투리를 잡히겠어요?" 뤄샤오밍이 한숨을 쉬었다. "쩌한창을 위해서라면 목숨도 바칠 부하들이 잔뜩 있는데요. 아무리 구슬려도 그놈들은 자기 '사장'에게 불리한 증언은 한마디도 하지 않을걸요."

쩌한창은 당근과 채찍을 적절히 사용해 심복들이 자기를 믿고 따르도록 만들었다. 그의 부하들은 사장님을 팔아넘겼다간 세상 끝까지 도망쳐도 결국 죽임을 당하지만, 반대로 얌전히 사장님의 죄를 덮어쓰면 가족들도 돌봐주고 출소 후의 생활까지 보장된다는 걸 잘 알았다.

이런 상황이 길어지자 반흑조와 특별직무대는 모두 쩌한창의 기소를 거의 불가능한 일처럼 여기게 됐다. 다만 그의 '불법 사업'을 최대한 공격해 세력이 확장되는 것을 저지하고 있을 뿐이었다.

야우침 지역에서 홍의련은 세력이 가장 큰 범죄 조직이었다. 쩌한창은 디스코텍과 룸살롱 등 유흥업소에서 거래되는 마약의 80퍼센트를 장악하고 있었다. 나머지 20퍼센트는 또 다른 범죄 조직 홍충화興忠禾가 통제했다. 그러나 홍충화의 시장점유율은 나날이 떨어지는 추세였다. 반년 후에는 홍충화가 홍의련에 10퍼센트를 더 빼앗길 것으로 경찰은 내다보고 있었다.

홍충화는 사실 홍의련에서 갈라져 나간 조직이었다. 5년 전 홍의련은 카오룽 일대를 제패하고 있었는데, 당시 야우침 지역의 두목이 갑작스런 죽음을 맞이했다. 이론적으로 후계자는 사망한 두목의 오른팔이었던 런더러任德樂, 즉 '러 형님'이어야 했다. 그러나 술수에 능한 쭤한창은 다른 지역의 두목들을 몰래 회유해 런더러를 실각시켰다. 런더러는 그때 이미 예순의 나이였지만 조직을 갈라 나가기로 결정했다. 당시 홍의련 내에 적잖은 지지자가 있었고 쭤한창에 반대하는 파벌도 형성돼 있었던 것이다. 그렇게 세워진 새 조직이 바로 홍충화였다.

런더러와 쭤한창의 가장 큰 차이점은, 런더러는 옛 세대의 삼합회 두목다운 '조직의 도의道義'를 지키는 사람이라는 점이다. 만약 쭤한창이 몰래 술수를 부리지 않고 정정당당히 두목이 되었다면 런더러는 이인자 자리를 받아들이고 홍의련에 남았을 것이다. 그러나 쭤한창은 비겁한 수단을 써서 야우침 지역의 두목이 되었고, 런더러는 조직의 내분을 막기 위해 불만이 있는 사람들을 데리고 조직을 이탈한 것이다. 그 덕분에 홍의련 조직의 내분과 서로 죽고 죽이는 싸움은 일어나지 않았다.

하지만 승냥이에게 자비를 베푸는 건 자신을 해치는 것과 같다.

홍충화 성립 초기 쭤한창은 상대를 존중하겠다는 뜻을 표시했다. 번지르르하게 말하기도 했다. "홍충화는 홍의련에서 갈라져 나간 조직이니 한 식구라고 할 수 있다. 러 형님께서 몇몇 사업을 계속하실 수 있도록 하겠다. 우리로서는 일거양득이다." 그러나 1년 후부터 쭤한창은 온갖 수단과 방법을 가리지 않고 홍충화의 거점을 하나씩 집어삼켰다. 짧은 5년 사이에 양측의 세력은 5대 5에서 8대 2

의 형세로 바뀌었다.

경찰은 런더러가 홍의련에서 오랫동안 중요한 위치에 있었으니 엄청난 범죄 정보를 확보하고 있으리라 여겼다. 호랑이를 막다른 곳으로 몰면 담장을 뛰어넘는다는 말이 있다. 홍충화가 홍의련에 완전히 합병되기 직전까지 몰리면 런더러가 반대로 쭤한창을 물어뜯을지도 모른다. 물론 런더러와 같은 옛 세대 두목이 경찰을 끌어들일 리는 없다. 다만 삼합회 내부의 인맥을 활용해 쭤한창을 견제하려 할 가능성에 기대를 걸고 있었다. 쭤한창은 현재 야우침 지역을 거의 독식하다시피 하고 있어서 다른 두목의 세력권에 위협이 되었다. 런더러는 비록 세력이 약해졌지만 아직 삼합회 안에서는 어느 정도 영향력을 발휘할 수 있으니, 다른 지역 두목들과 손을 잡는다면 쭤한창이라고 해도 약간 거리낄 수밖에 없었다.

그러나 경찰의 반흑조가 잘못 판단한 것이 하나 있었다. 세월이 사람에게 미치는 영향을 과소평가한 것이다.

런더러는 암흑가 생활에 점점 더 피로감을 느꼈다. 그도 어느새 예순다섯의 노인이었다. 지난 몇 년간 투지도 모두 닳아버렸다. 홍충화의 '동생'들도 하루가 다르게 줄어들고 있었다. 홍의련에 투항하는 놈, 아예 손을 씻는 놈이 적지 않은데 런더러는 부하들이 조직을 떠나는 것을 거의 묵인했다. 현재 런더러 밑에 남아 있는 사람은 오랜 세월 그를 따라온 간부들, 두목에 대한 충성심이 깊고 쭤한창의 횡포를 멸시하는 젊은 동생들뿐이었다.

홍의련 야우침 지역의 전 두목이 취임*해 있을 때 경찰은 그 지역을 효과적으로 통제할 수 있었다. 그러나 쭤한창이 등장한 후로 경찰은 골머리를 앓았다. 쭤한창은 뛰어난 계략가였다. 영화 프리미

* 홍콩 삼합회의 은어로, 조직을 통솔하는 자리에 선다는 의미다.

어, 연예계 행사, 자선 파티 등에 참석한 그는 만면에 미소를 띤 완벽한 신사의 모습이었다. 그러나 뒤에서 부리는 술수는 비열하고 악독하기 짝이 없었다. 연예계는 온갖 가십이 떠도는 곳이다. 한번은 어느 신인감독이 자신의 영화에서 쥐한창이 적극적으로 밀고 있던 여성 모델을 부정적으로 묘사하며 비꼰 적이 있었다. 결국 그 감독은 술집에서 신원불명의 괴한에게 흠씬 두들겨 맞았고, 그 후 쥐한창에게 사죄하고 나서야 겨우 상황이 수습됐다는 소문이 돌았다. 감독을 폭행한 범인이 붙잡혔지만, 그들은 경찰 조사에서 하나같이 쥐한창과는 일면식도 없으며 죗값을 치르겠다고 말했다.

그 밖에도 여자 연예인을 감금했다느니, 텔레비전 프로그램 진행자를 협박했다느니 하는 소문이 시시때때로 들려왔지만, 당연하게도 사건은 모두 쥐한창과 관련 없는 것으로 결론 났다. 한번은 어느 잡지에서 이런 사건들의 배후로 쥐한창을 지목한 특집기사를 실은 적이 있었다. 쥐한창은 오히려 그 잡지를 명예훼손죄로 고소했고, 결국 잡지사는 사과 기사를 게재했을 뿐 아니라 상당액의 배상금까지 물어야 했다.

그러나 표면에 드러난 것은 빙산의 일각에 불과했다. 경찰과 삼합회 내부에서 파악하고 있는 쥐한창은 보통 사람보다 열 배는 수단이 악랄했다.

쥐한창이 두목이 된 후 수많은 경찰 정보원들이 사고로 사망했다. 교통사고도 있었고 실종도 있었지만, 치사량의 마약 복용으로 인한 약물중독이 가장 많았다. 정보원들은 대부분 마약중독자로, 스페셜K, 코카인, 헤로인, 필로폰 등등은 그들의 필수품이나 다름없다. 마약 살 돈을 마련하기 위해 경찰에 정보를 제공하며 '주변인'으로 살아가는 것을 선택한 것이다. 이런 정보원들이 쥐한창이 두목이 된 후 약속이나 한 듯 '부주의하게 약물을 과다복용'해 사망했다. 정보과에서는 여기에 분명 뭔가 냄새가 난다고 여겼다. 그러나 증거가 없어 조사를 진전시키지 못하고 있었다.

쭤한창이 눈엣가시였지만, 경찰은 어쩔 수 없이 실체는 건드리지 못하고 표면만 건드리는 격이었다. 그러나 뤄샤오밍은 산살무사 작전 같은 '표면만 건드리는' 방법마저 실패할 줄은 꿈에도 몰랐다.

"사부, 세상이란 선이 악을 이겨야 하는 거 아닙니까? 쭤한창같이 멀쩡한 사업가의 껍데기를 쓰고 있는 인간쓰레기도 언젠가는 정체가 드러나서 법정에 서겠죠?"

뤄샤오밍은 들고 있던 맥주를 마지막까지 쭉 들이켜고 말했다.

"그런 놈은 거의 꼬투리를 잡히지 않아." 관전둬가 담담하게 말했다. "증거를 남길 만큼 어리석지 않거든. 설령 증거가 있다고 해도 부하들을 시켜 자기를 대신하게 하거나 수단 방법을 가리지 않고 증인의 입을 막겠지. 악명 떨치는 쭤 사장에게 찍힐 위험을 무릅쓰고 증언대에 설 사람은 없을 거야. 쭤한창이 폭력조직 두목이 된 건 이 사회의 불행이라고밖에 할 말이 없군."

"하지만 우리는 법을 집행하는 사람들입니다. 여러 건의 범죄에 연루됐다는 것을 분명히 알고 있는데도 왜 놈을 잡아다가 속 시원하게 심문하지 못하는 거죠? 그놈의 죄를 다스릴 방법이 없다지만, 적어도 그를 위협해볼 수는 있는 거 아닙니까? 경찰이 체면을 봐주지 않을 거라는 걸 알려줘야죠."

"아무 성과도 없을 걸 알면서 그냥 쭤한창을 잡아와서 어쩌려고? 그게 무슨 소용이 있나? 게다가 범죄의 증거가 불충분한 상황에서 괜히 쭤한창 같은 자를 들쑤셨다간 감찰회*의 주목을 받는 결과만 낳을 뿐이야. 그렇게 되면 개인기록에 좋지 않은 평가를 한 줄 더 쓰

* 경찰 민원과 내부조사를 위한 독립된 정부기관인 '경찰독립감찰위원회'의 약칭이다.

게 되겠지. 쬒한창은 법률을 방패로 삼는 데 아주 뛰어나. 승산도 없는 도박에 뛰어들 정도로 멍청한 경찰 동료도 없을 거고."

"사부까지 그렇게 말씀하시다니…… 정말 그놈을 잡을 방법이 없는 겁니까? 무슨 놈의 산살무사 작전이람. 지금 와서 생각하니 괜히 건드려서 깊이 숨어들게 만들기만 했네요. 혹시 쬒한창이 우리가 그를 목표로 하고 있다는 걸 미리 알았다면, 지금은 우리가 그를 잡아넣을 능력이 없다는 것도 알겠군요. 이번 판은 너무 처참하게 패배했습니다. 다음 판의 패까지 다 들켜버렸으니 전 정말 앞으로 어떻게 해야 할지 모르겠다고요."

뤄샤오밍은 야우침 중안조로 옮겨오자마자 이런 뜨거운 감자 같은 일을 맡게 될 거라곤 생각지 못했다. 특별직무대는 쬒한창의 마약 밀매 증거를 찾아내지 못했고, 반흑조가 가진 증거도 쬒한창의 죄를 증명할 수 없는 것뿐이었다. 중안조는 그저 약물 과용으로 사망한 정보원과 괴한에게 린치당한 연예인에 대해 조사하고 있을 뿐이었다. 쬒한창의 심복 혹은 홍의련 내부 사정에 밝은 간부급 인물이 증언을 하지 않는 이상, 쬒한창은 계속해서 야우침 암흑가의 황제로 군림하며 제멋대로 횡포를 부릴 것이다.

"조급해하지 마. 이제 막 작은 분대 지휘관이 된 것뿐이잖아. 천천히 배우고 적응하면 돼. 부하들에게 자네가 힘들어하는 걸 보여줘선 안 돼. 윗사람조차 믿음이 없으면 부하들은 어찌할 바를 모르게 되거든." 관전뤄는 제자의 어깨를 두드렸다. "게다가 대어를 낚으려면 인내심이 있어야 해. 지금은 미끼를 물 기미가 보이지 않겠지만 묵묵히 수면의 변화를 주시하며 기다리는 거야. 순식간에 사라져버리는 기회를 잡아채기 위해서."

"정말 그런 기회가 온다면 좋겠습니다." 뤄샤오밍은 씁쓸하게 웃었다. "참, 계속 제 얘기만 했네요. 사부, 요즘 일은 어떠세요?"

"비슷하지 뭐. 총부의 CIB, O기記,* 마약조사과 등등 여기저기 돕고 있네."

관전둬는 1997년 은퇴한 후 특수고문 신분으로 경찰 조직을 돕고 있었다. 명목상 형사정보과에 예속돼 있지만, 다른 부서나 분구에서 도움을 요청하면 어디든 달려가곤 한다. 55세 이상이 되면 활동 계약을 갱신할 수 없는 게 원칙이지만, 관전둬의 분석력과 사건 해결 능력이 워낙 특출하기 때문에 상급자들은 그가 이와 같은 신분으로 계속해서 협조해주기를 바라고 있었다.

"총부의 마약조사과도 사부를 찾아가나요? 무슨 정보 주실 거 없습니까?"

여러 구에 걸쳐 있거나 해외에 관련된 강력사건 혹은 분구 경찰서에서 효과적인 수사를 진행하기 어려울 경우, 총부의 부서들이 개입하게 된다. 뤄샤오밍과 경찰 총부의 사이는 서카오룽 총구와 야우침 분구에 가로막혀 있었다. 만약 사부라고 하는 '스파이'가 없었다면, 뤄샤오밍은 아예 총부의 '고위층 인사'들과 함께 무언가를 한다는 상상조차 하지 못할 것이다. 사실 뤄샤오밍도 총부 정보과에서 말단 형사일지언정 3년이나 일했는데도, 단지 지시에 따라 움직였을 뿐이라 알고 있는 것은 매우 사소한 부분에 불과했다.

"샤오밍, 규칙이 어떤지 잘 알잖아. 수사에 도움이 될 거라고 판단되는 것 외에 다른 부서의 정보를 말해줄 수는 없어."

관전둬는 머리 위에 얹힌 검은색 야구모자를 벗었다. 가장자리가 이미 해지고 모자챙 오른쪽에 회색으로 조그만 로고가 새겨진 모자였다. 그는 손가락으로 잿빛을 띠기 시작한 머리를 빗어 넘기며 웃었다.

* 조직범죄 및 삼합회 조사과(Organized Crime and Triad Bureau)의 약칭이다.

"내가 자네의 불평을 샤오류에게 누설하기를 바라진 않을 테지?"

뤄샤오밍은 민망한 듯 씩 웃었다. 류 경사는 서카오룽 총구의 형사부 지휘관으로 뤄샤오밍의 직속 상사의 상사였다. 아주 조그만 문제라도 뤄샤오밍으로서는 감당하기 힘든 결과가 나올 수 있었다.

"아이고, 역시 이만 돌아가야겠군." 관전둬는 몸을 쭉 펴더니 왼쪽 주먹으로 허리를 두어 번 두들겼다. "늦게 들어가면 자네 사모가 잔소리를 해댈 거라고. 물론 일찍 들어가도 관절염 있는데 술 마셨다고 똑같이 잔소리하겠지만. 샤오밍, 너무 깊게 생각하지 마. 다 때가 올 거야."

"예, 사부."

뤄샤오밍은 별수 없이 고개를 끄덕였다.

지난해부터 그는 사부가 정말로 늙었다는 걸 느끼기 시작했다. 머리가 잿빛으로 변한 것은 물론 몸이 안 좋다는 한탄까지 종종 하는 것이었다. 전에는 사부의 입에서 한 번도 들어본 적 없는 말이었다. 경찰이 일반인보다 빨리 퇴직하는 것은 업무 스트레스가 보통 직장인에 비할 바가 아니기 때문이었다. 정신적으로든 신체적으로든 말이다. 거의 매일 삶과 죽음을 맞닥뜨리고 언제나 신체를 잘 벼린 강철처럼 유지해야 하는 생활은 사오십 대에게 거의 고문일지 모른다.

관전둬는 프린스에드워드 서로西路에 살고 있었다. 맥퍼슨스타디움에서 10분이면 걸어갈 수 있는 거리였다. 반면에 홍콩섬에 사는 뤄샤오밍은 소형 버스를 타고 가야 했다.

"또 보자고."

관전둬는 모자를 다시 쓰고 지팡이를 짚으며 아가일가 방향으로 천천히 걸어갔다.

뤄샤오밍은 네이슨로 쪽으로 걸어가 산둥가山東街 부근에서 길가에 정차된 홍콩섬 샤우케이완행行 소형 버스에 올랐다. 버스에는 승객이 세 명뿐이었다. 버스기사는 운전석에서 잡지를 보고 있었다. 열여섯 개의 좌석이 모두 찬 다음에야 버스가 출발했다. 차내 스피커에서 라디오 방송이 흘러나왔다. 라디오 DJ들의 신변잡기와 농담이 음악과 뒤섞였다.

뤄샤오밍은 차창을 통해 거리를 바라봤다.

몽콕의 밤은 언제나처럼 번쩍거렸다. 현란한 색채의 네온사인, 색색의 쇼윈도, 서로 어깨를 딱 붙이고 걸어야 할 만큼 거리를 빽빽이 메운 행인들. 완연한 불야성의 도시였다. 이 번화한 모습이 바로 홍콩의 축소판이었다. 이 도시의 생명은 경제와 소비에 기대어 지탱되고 있었다. 그러나 그 버팀목은 사람들이 생각하는 것처럼 그리 튼튼하지 않았다. 최근 몇 년 사이 실업률은 점점 높아졌고 경제는 침체되기만 했다. 정부 시책은 실패를 거듭했다. 이런 현상은 번영이라는 이름의 포장지를 뚫고 폭로되고 있었다. 몽콕은 절대 작동을 멈추지 않는 엔진이었다. 낮의 연료도 돈이고 밤의 연료 역시 돈이다. 합법적인 연료가 모두 소모되고 나면 불법적인 연료가 너무 쉽게 빈틈을 헤집고 들어온다.

쬒한창은 야우침 지역의 모든 거점을 집어삼킨 다음 몽콕을 오염시켜나갈 것이다. 몽콕 암흑가는 이미 세력 균형이 깨졌다. 쬒한창은 더욱 악랄한 수법을 쓸 것이다. 라이벌을 제거하고 모든 마약 밀매 시장을 빼앗아…….

"……그럼 먼저 신곡을 들어보죠! 탕링唐穎, 캔디의 새 노래입니다! 〈베이비 베이비 베이비〉! 음반은 이번 달 30일에 발매된다죠."

이 말을 듣고 뤄샤오밍은 혐오감이 치밀어 올랐다. 스피커에서 경쾌한 댄스곡이 흘러나오고 가수의 목소리도 달콤했지만 그는 욕지기를 느낄 뿐이었다.

탕링이라는 여가수는 쭤한창의 성야 엔터테인먼트 소속이었다. 탕링의 노랫소리가 반짝거리는 백설탕처럼 시커멓고 구더기가 득실대는 썩은 고기를 덮어 가리고 있었다.

2

산살무사 작전 이후 일주일 넘게 흘렀다. 뤄샤오밍은 사후보고서를 작성해서 류 경사에게 올렸다. 관전둬가 말했듯이 검토회의 이후로 아무런 처분도 없었다. 비록 뤄샤오밍은 보고서에 실패 원인을 뭐라고 써야 할지 수없이 자문해야 했지만, 적어도 그의 제2대는 어떤 질책도 받지 않았다. 그동안 뤄샤오밍은 부하들 앞에서는 낙심한 표정을 전혀 드러내지 않았다. 오히려 '이번 작전은 단지 운이 나빴을 뿐이다. 다음에 더 잘하면 된다'고 자주 격려했다. 그 덕분에 분대의 구성원들은 젊은 신임 대장에게 조금 더 신뢰감을 갖게 되었다.

중안조는 주로 살인, 중증상해, 납치, 강간, 특수강도 같은 사건을 다루었다. 범죄 조직을 소탕하는 것은 반흑조의 일이고, 마약 밀매 조직을 조사하는 것은 특별직무대의 임무였다. 그래서 뤄샤오밍은 쭤한창과 홍의련 등의 일을 일단 내려놓고 눈앞에 닥친 일에 집중했다. 중안조에는 수사가 종결되지 않은 사건이 잔뜩 쌓여 있었고, 문서작업 일도 한가득이었다. 중안조 사람들은 자주 야근을 했다. 설령 비교적 경미한 사건은 형사정집대刑事偵緝隊가 담당하고 중안조까지 넘어오지 않는다고 해도 인구밀집도가 높은 이 도시에서 경찰 업무는 해도 해도 끝이 없었다.

아침 8시, 뤄샤오밍이 중안조 사무실에 들어서자 부하 아제阿吉가 손에 든 신문을 내려놓으며 물었다.

"대장, 그 소문 들으셨어요?"

"무슨 소문?"

뤄샤오밍은 자기 방으로 들어가 가방을 내려놓았다.

"양원하이楊文海가 어젯밤 그랜빌로 어느 클럽에서 구타당했답니다."

아제가 문 옆에 서서 말했다.

"양원하이? 누구야?"

뤄샤오밍은 그 이름을 떠올리려고 애썼지만 어느 사건에서 이런 이름이 나왔는지 생각나지 않았다.

"양원하이요, 최근 인기 끄는 영화배우잖아요."

뤄샤오밍은 어리둥절해서 잠시 이러지도 저러지도 못하는 표정으로 아제를 쳐다봤다. '내가 연예기자도 아니고, 양원하이가 누군지 어떻게 알아?'라는 표정이었다.

"양원하이가 누군지 모르는 건 상관없는데 이 사건, 우리가 맡게 될 것 같아서요."

"어, 그랜빌로라면 우리 관할구역에 있고 피해자도 공인이니 우리가 맡게 되겠지. 연예인이 구타를 당했으니 귀찮은 기자들이 몰려와서 이것저것 물어대겠군. 그 작자들이 묻는 질문은 정말 수준이……."

"아뇨. 대장, 양원하이는 경찰에 신고하지 않았어요. 단지 소문일 뿐이라 구타당한 게 사실인지 아닌지 저도 몰라요."

뤄샤오밍은 다시 한 번 아제를 쳐다봤다. 무슨 소리인지 전혀 이해할 수 없었다.

"단지 소문? 연예인이 술에 취해 난동을 피우는 게 뭐 특별한 일이라고. 게다가 신고한 사람도 없으면 우리 중안조가 출동할 이유도 없는 거 아냐?"

"술에 취해서 난동을 부린 게 아니라 몇 명이 숨어 있다가 덤벼들어서 구타했대요. 딱 조직 놈들 방식이라고요."

그제야 뤄샤오밍은 아제가 말을 꺼낸 이유를 이해했다.

"쿼한창?"

"아마도요." 아제가 입을 삐죽거리며 말했다. "2주 전에 양원하이가 캔톤로에 있는 디스코텍 '제이즈 디스코'에서 열린 연말 나이트 파티에 참석했다가 가수 탕링을 만났대요. 열일곱 살 먹은 탕링은 쿼……."

"쿼한창의 '성야' 소속 가수지. 그건 나도 알아."

"예, 양원하이가 탕링을 만났는데 아마 그날 밤 술을 좀 많이 마셨던지 술기운에 치근덕거렸나 보더군요. 여자가 밀쳐내니까 '창녀 같은 년, 쿼 사장의 노리개' 어쩌고 하면서 욕을 했답니다. 탕링은 급하게 자리를 떴고요. 그게 지난주 『팔주간八週刊』 잡지에 사진과 같이 독점 보도로 실렸는데, 과장이 얼마나 섞였을지는 알 수 없죠."

『팔주간』은 주로 연예계를 다루는 가십 잡지로, 대중의 값싼 관심을 받는 보도 내용을 주로 다뤘다. 남녀 연예인이 같이 식사한 것을 마치 무슨 밀회라도 즐기는 불륜 남녀처럼 묘사하는데, 조미료를 치고 가공하는 솜씨가 상당했다.

"탕링의 베갯머리 송사로 쿼한창이 남자를 혼쭐냈다는 건가?"

소문에는 독신인 쿼한창이 소속 여자 연예인이나 모델들과 거의 관계를 맺고 있다고 했다. 소속사 사장이 적극적으로 밀어주기를 바란다면 먼저 그에게 몸을 상납해야 한다는 것이다.

"그런 거겠죠."

"양원하이가 탕링을 희롱한 게 2주 전이라면 왜 쿼한창이 이제야 손을 쓴 거지?"

"양원하이가 영화 촬영 때문에 상하이에 갔었거든요. 그제 홍콩에 돌아왔죠."

"그렇군." 뤄샤오밍은 자리에 앉아 팔짱을 꼈다. "양원하이는 많이 다쳤나?"

"심하지는 않다고 합니다. 잘생긴 얼굴에 시퍼런 멍이 들고 몸을 몇 대 맞은 정도라니까요."

"병원에 갔대?"

"아뇨."

"신고도 하지 않았다면 왜 맞았는지 자기도 대강 알고 있다는 거군?"

"대강은요."

"그럼 우리가 할 게 없잖아."

뤄샤오밍이 픽 웃으며 손을 뗀다는 시늉을 했다.

"양원하이가 맞아 죽은 게 아니라면 우리가 개입해서 조사할 수는 없겠는걸. 여론에 밀려 우리가 나서도 지금까지의 전례를 보면 범인은 홍의련의 고혹자古惑仔*일 테고 그들이 모든 걸 뒤집어쓰겠지. 쩌한창은 계속 아무것도 모르는 척하며 뒤로 양원하이를 협박해서 같이 식사하는 '화해 사진' 한 장을 연예잡지에 실을 거고 말이야. 자기하고는 아무 상관도 없는 일인 것처럼 꾸미겠지."

"아뇨, 이번에는 좀 다릅니다. 아마 좀 귀찮은 일이 생길 가능성이 큽니다." 아제의 이마가 잔뜩 구겨졌다. "이것도 사실이라고 밝혀진 건 아닙니다. 양원하이가 얻어맞은 뒤 흘러나오기 시작한 소문이거든요. 하지만 만약 사실이라면 일이 전처럼 쉽게 가라앉지 못할 겁니다." 아제가 잠시 말을 멈췄다가 다시 입을 뗐다. "양원하

* 홍콩의 속어로 삼합회 말단 조직원이나 건달 등을 가리킨다.

이는 사생아인데 친아버지 성이 런씨랍니다."

뤄샤오밍은 멍하니 굳어서 아제를 쳐다봤다.

"런더러? 러 형님이라고?"

아제가 고개를 끄덕였다.

뤄샤오밍은 오른손으로 이마를 두드리며 의자 등받이에 등을 기댔다. 이건 확실히 일이 복잡했다. 런더러는 쭤한창과 이미 악감정이 쌓여 있는데, 아들까지 얻어맞았으니 까딱했다간 본때를 보여주려고 할지도 모른다.

"훙충화 쪽 움직임은 어때?"

"지금은 별거 없습니다. 하지만 정보조에 무슨 소식이 있으면 바로 우리 쪽에 알려달라고 말해뒀습니다." 아제가 뺨을 긁적이며 말했다. "예방이 치료보다 낫다고 하잖습니까? 가능하면 양쪽이 붙기 전에 막아야지요. 혹은 둘이 충돌하는 순간 덮쳐서 몽땅 체포하는 게 제일 좋은 방법이겠죠."

뤄샤오밍은 고개를 끄덕였다. 아제는 야우침 중안조에서 오랫동안 일해 경험이 풍부하고 일처리가 주도면밀했다. 뜨거운 감자를 손에 쥐고 있는 듯한 이곳에서 아제 같은 부하가 있다는 게 그나마 위로가 되는 부분이었다.

"사실……." 아제가 뭔가 생각하는 게 있는 듯 말을 이었다. "런더러의 성격을 생각하면 직접적으로 쭤한창과 충돌할 가능성은 높지 않은 것 같습니다. 그는 최근 암흑가를 떠날 생각도 있는 것 같고요. 게다가 훙충화의 조직원들이 끊임없이 빠져나가고 있는데 일단 맞붙으면 홍의련이 이길 게 뻔합니다."

"하지만 아들이 린치당했는데 그냥 참고 넘어갈까?"

"딱 잘라 말하긴 어렵죠. 쭤한창에게 축출당했을 때도 '큰일을 생각해 굴욕을 참고 중임을 맡는다'고 했던 사람이니까요." 아제는 뤄샤오밍의 사무실 벽 게시판에 붙은 런더러의 사진을 가리켰다.
"이 영감님은 예전 세대의 진짜 건달이죠. 쥐한창처럼 과격하지 않아요."
"런더러는 참는다고 해도 부하들이 개인적으로 나서지 않는다는 보장은 없지."
뤄샤오밍이 런더러의 사진 아래에 있는 몇 개의 이름을 가리켰다.
"그럴 가능성도 있죠. 그렇다면 양측이 거리에서 직접적으로 싸움을 벌이는 것보다 더 예방하기 어렵겠죠. 다만……."
"다만 누군가 달려들어 쥐한창을 공격했을 때 무고한 시민이 연루되는 게 걱정이지."
뤄샤오밍이 아제의 말을 받았다.
"맞아요." 아제가 고개를 끄덕였다. "성공하든 실패하든 그들이 공공장소에서 손을 쓴다면 분명히 말썽이 일어날 겁니다. 쥐한창이 연예기획사 사장이라는 겉옷을 입고 있는 한, 공공연히 공격을 받으면 대중은 경찰이 무능하다고 생각할 거고, 조직범죄는 더욱 기승을 부리게 되겠죠."
"내가 정보조 쪽에 정식으로 얘기해두지. 자넨 이 사건을 문서화해서 서류철로 만들어둬. 마리한테 말해서 두 사람이 함께 홍의련과 홍충화 양쪽에 이상 징후가 있는지 살펴봐. 그리고 지금 얘기한 구타 사건이 진짜인지도 확인해보고. 이번에는 우리가 선수를 쳐서 주도권을 잡자고."
"예, 대장."
아제가 몸을 바로 세웠다. 정식으로 명령을 받았다는 뜻이다.
"그런데……." 나가려던 아제가 무언가 생각이 떠오른 듯 뤄샤오밍을 돌아보며 말했다. "어쩌면 홍충화 쪽 사람들이 먼저 손을 쓰게 놔두는 게 우리에게는 더 유리할지도 모릅니다. 아무튼 우리는 쥐한창을 상대할 방법이 없는 상황이니까요. 조직폭력배로 조직폭력배를 잡는다. 그러면 우린 주인 없는 물건을 줍는 거죠."

"나도 쿼한창의 껍질을 벗기고 뼈를 분질러 버리고 싶을 정도지만 범죄자로 범죄자를 제거한다면 우리 경찰이 존재할 의미가 없잖아. 게다가 만약 양쪽이 시가지에서 총격전을 벌여 지나가던 아이가 다치기라도 한다면, 나는 평생 그 죄책감에서 벗어날 수 없을 거야."

"……맞아요, 대장. 그 말씀이 맞습니다."

아제가 다시 자세를 바로하며 뤄샤오밍에게 경례를 붙이곤 방을 나갔다.

사실 뤄샤오밍 역시 아제가 말한 방법을 생각해본 적이 있었다. 범죄자로 범죄자를 제거한다. 경찰은 아무런 에너지 손실 없이 어부지리를 얻을 수 있다. 이보다 더 좋은 일은 없을 것이다. 그러나 삼합회의 얽히고설킨 원한관계가 사회의 표면으로 떠오르게 된다면 경찰이 얻는 것보다 잃는 것이 더 많은 방법이기도 했다.

연못 바닥에 더러운 진흙이 잔뜩 쌓여 있더라도 마구 휘젓지 않는다면 연못물은 여전히 맑게 유지된다. 진흙을 퍼내고 싶다면 조심스럽게 조금씩 걷어내야 한다. 한꺼번에 너무 많이 퍼내려 하면 물이 혼탁해지기 쉽다. 연못의 생태계를 자칫 다 망가뜨릴 수도 있다.

다음 날 정보조에서 명확한 정보를 전해왔다. 양원하이가 2주 전 디스코텍에서 탕링을 성희롱한 것도, 그가 기습 구타를 당한 것도 사실이었다. 그리고 가장 중요한 문제인, 양원하이가 런더러의 사생아라는 것도 사실로 밝혀졌다.

뤄샤오밍은 아제에게 좀 더 상세하게 기술된 양원하이의 신상보고서를 건네받았다. 양원하이는 올해 스물두 살로 런더러가 마흔셋에 양씨 성을 가진 술집 마담과의 사이에서 낳은 아들이었다. 양원하이는 어머니의 손에서 자랐고 친아버지와는 자주 만나지 못했다.

런더러 역시 자신의 암흑가 인맥을 동원해 아들이 연예계에서 두각을 나타내도록 도움을 준 적이 없었다. 그래서 두 사람의 관계는 지금까지 전혀 알려지지 않았던 것이다. 양원하이는 지난해 비중이 큰 조연으로 출연한 영화를 통해 인기를 얻었고 후속작 출연 계약이 끊이지 않았다. 단 네 편의 영화에 출연했을 뿐이지만 그는 최고의 신인배우로 각광받고 있었다.

양원하이가 폭행당한 후 홍의련과 홍충화는 아무런 이상 징후도 보이지 않았다. 정보원도 특별한 정보를 전해오지 않았다. 다만 런더러가 부하들에게 아들의 일에 나서지 말라고 명령했다는 말이 돌았다. 아들과 쭤한창의 원한은 자신이 직접 처리할 거라고 말했다는 것이다. 이럴 때 부하들이 먼저 손을 쓰면 형님 체면을 깎는 짓이 된다. 아제가 말한 것처럼 런더러는 인내할 줄 아는 두목이었다.

뤄샤오밍은 또 다른 사건 파일을 펼쳤다. 탕링에 대한 조사보고서였다. 탕링은 3년 전 성야 엔터테인먼트와 계약했다. 지난해 중반부터 소속사에서 적극 밀어주고 있는데, 달콤한 목소리와 예쁜 얼굴로 '소년 킬러'라는 별명을 얻었다.

그녀와 쭤한창의 관계에 대해서는 파일에 쓰여 있지 않았지만, 뤄샤오밍의 눈에 이 어린 아가씨는 삼합회의 말단 조직원과 큰 차이가 없어 보였다. 어린 조직원은 조직을 위해 목숨도 건다. 마약 운반, 폭행, 매춘 호객 등 무슨 일이든지 한다. 목적은 암흑가에서 위로 올라가는 것뿐이다. 그러나 그들은 스스로 착취당하고 이용당한다는 사실을 알지 못한다. 탕링이 쭤한창에게 몸과 청춘을 바치는 것 역시 연예계에서 더욱 빛나는 별이 되기 위해서다. 그러나 자신이 쭤한창 수중의 돈줄로 전락했다는 것을 깨닫지 못한다. 과정은 다르지만 수단과 결말은 모두 같다.

양원하이가 폭행당한 지 나흘째인 1월 20일까지 정보조는 이렇다 할 새 소식을 얻지 못했다. 그러나 연예잡지에서는 자질구레한 보도를 통해 양원하이가 폭행당했으며 그 배후에 쩌한창이 있다고 공격했다. 물론 앞서의 본보기가 있으니만큼 잡지에서는 쩌한창의 이름을 밝히지 않았고, 양원하이가 '아마도' 연예계 '모 실력자'의 심기를 건드린 것으로 보인다면서 자업자득이라고 떠들었다. 뤄샤오밍은 이런 잡지 보도를 보며 깜짝 놀라는 한편 속으로 다행스럽게 여겼는데, 그들이 가장 큰 문제를 일으킬 수 있는 내용, 즉 양원하이의 출생에 대해서는 아무런 언급도 없었기 때문이었다.

비록 두 범죄 조직 모두 아무런 움직임도 보이지 않고 있지만, 뤄샤오밍은 안심할 수 없었다. 그는 사부에게 전화를 걸어 슬쩍 떠보기로 했다. 혹시 어떤 정보를 얻어들을 수 있을지도 모른다.

"오, 샤오밍 아닌가. 요즘 좀 한가한가? 바쁘지 않아?"

전화 저편에서 관전뒤의 목소리가 들렸다.

"조금요." 뤄샤오밍이 일부러 가볍게 대꾸했다. "안부인사 겸해서 전화했어요. 혹시 다음 주에 시간 되시면 식사나 같이 할까 해서요."

"난 요즘 완차이의 매춘 조직 일로 바쁘다네. 대륙 쪽의 인신매매 일당과 손잡고 도시에서 일자리를 소개해준다며 여자들을 속이고 데려와서 억지로 매춘을 하게 만드는 거야. 다음 주에는 아마 시간이 안 될 것 같군. 자네도 런더러 아들 폭행사건으로 바쁜 거 아닌가?"

뤄샤오밍은 깜짝 놀랐다. 사부가 자신의 속셈을 꿰뚫어보고 있을 줄은 몰랐다. 기왕 사부가 말을 꺼냈으니 뤄샤오밍은 실마리를 캐보기로 결심하고 단도직입으로 질문했다.

"맞습니다. 사부, 뭐 좀 들은 거 없으세요? 누가 한 짓인지?"

"십중팔구 쩌한창의 부하들 짓이겠지."

관전뒤가 시원스럽게 결론을 입에 올렸다.

"제 생각도 그래요. 그렇지만 지금 문제는 양쪽이 전쟁이라도 벌이지 않을까 하는 겁니다. 저는 우리 관할구역에서 살인사건이나 집단폭행 사건이 일어나는 걸 바라지 않거든요."

"조직 전쟁 같은 건 걱정할 거 없어. 5년 전이라면 모를까, 지금의 런더러는 쉽게 움직이지 않을 거야. 아들을 위해 부하들을 죽음으로 내몰 리 없거든. 호루라기를 분다면* 홍충화는 열 배나 되는 적을 상대해야 해. 어떤 조직 두목도 그런 어리석은 짓은 하지 않아."

"따로 사람을 보내서 쿼한창만 공격하지는 않을까요?"

"암흑가에서나 경찰에서나 쿼한창 조직을 뿌리째 뽑아낼 자신이 있는 게 아니라면 누가 감히 쿼한창의 털끝 하나라도 건드리려 하겠어?"

"사부, 사실 한 가지 의문점이 있어요. 쿼한창은 혹시 양원하이가 런더러의 사생아라는 걸 이미 알고 있었던 게 아닐까요?"

"런더러 쪽 사람이라는 걸 알고 일부러 그를 폭행했을 거라고?"

"예."

"그건 아닐 걸세. 쿼한창은 타인의 가족관계에 대해서는 늘 관대한 편이었지. 이런 사소한 부분에는 신경을 쓰지 않았을 거야. 게다가 상대방이 적대 조직의 두목 아들이라는 걸 알고 있는데 왜 특별히 손을 썼겠나?"

"그들의 기세를 꺾기 위해서? 상대의 위신을 떨어뜨리기 위해서?"

"양원하이가 홍충화의 조직 간부도 아닌데 그를 좀 때려준다고 해서 홍의련에는 아무런 도움도 안 돼. 게다가 이번에는 양원하이

* 홍콩 속어로 동원할 수 있는 인력과 물자를 모두 끌어모은다는 뜻이다. 자신의 세력을 과시해 무력충돌로 이어지기 쉽다.

가 탕링에게 무례하게 군 게 먼저이니 때려죽여도 할 말이 없는 상황이야. 런더러가 아무 움직임도 보이지 않는 건 그래서가 아닐까? 이건 쩌 사장이 늘 그랬듯 자신을 거스른 연예계 사람에게 교훈을 준 일과 같아. 이상할 게 전혀 없어."

뤄샤오밍은 사부의 말이 일리 있다고 생각했다. 그러나 그는 여전히 이 상황이 불안했다.

"그럼 사부는 이 사건이 곧 일단락될 것 같다는 말씀이죠?"

"그건…… 좋아, 다 말해주지. 총부 마약조사과에서 지금 한창 런더러를 조사하고 있네. 그들은 런더러를 잡아들일 증거를 확보했을 거야." 뚜- 뚜- "아, 전화가 오는군. 우선 여기까지 이야기하세. 식사하는 건 나중에 다시 연락하자고."

"사……."

뤄샤오밍이 말을 잇기도 전에 사부는 전화를 끊었다.

관전둬의 마지막 말은 뤄샤오밍을 약간 곤혹스럽게 했다. 마약조사과에서 런더러를 상대한다고? 훙충화가 훙의련의 압박을 받는 것을 틈타 선수를 쳐서 경찰의 위신을 세우려는 걸까? 그러나 훙충화가 와해되면 어부지리를 얻는 건 분명히 쩌한창이 아닌가.

뤄샤오밍은 고개를 흔들어 머릿속 생각을 날려버렸다. 중안조는 특별직무대도, 반흑조도 아니다. 중안조의 임무는 강력사건을 상대하고 치안을 유지하는 것이었다. 훙충화가 사라지든 사라지지 않든 중안조는 범죄가 격화되지 않도록 막고 시민들의 안전한 일상을 지키는 일을 할 것이다. 마약범을 소탕하고 범죄 조직 두목의 횡포에 맞서는 것은 다른 동료들이 할 일이다. 경찰 조직에서는 반드시 동료들을 믿어야 한다.

1월 22일, 양원하이가 폭행당한 지 엿새째 날 뤄샤오밍의 불안은 현실이 되었다. 새로운 사건이 일어났다. 범죄 조직 간의 전쟁이 발발한 것은 아니었다.

아침 일찍 중안조는 보낸 사람이 적혀 있지 않은 CD 한 장을 받았다. CD 케이스에는 이렇게 쓰여 있었다.

나는 일개 기자일 뿐이라 화를 입을까 봐 겁이 나서 보냅니다.

CD에는 3분 28초 길이의 영상이 담겨 있었다. 이 짧은 3분 28초는 어떤 사람이 습격당하는 과정의 기록이었다. 그 사람은 쮜한창이 아니라 탕링이었다.

3

"대장, 의심스러운 편지가 한 통 왔습니다."

아제가 닫혀 있지 않은 뤄샤오밍의 방문을 노크했다.

"의심스러운 편지?"

뤄샤오밍은 막 자료를 읽고 있다가 고개를 들었다.

"예, 직접 보셔야 할 것 같습니다."

사무실에서는 뤄샤오밍의 부하들이 아제의 책상을 둘러싸고 서 있었다. 책상에는 한 무더기의 우편물이 쌓여 있었는데, 가장 위에 A5 크기로 보이는 황토색 서류봉투가 놓여 있었다. 봉투 겉면에는 '야우침 중안조 뤄 독찰 앞'이라고 쓰여 있었다. 글씨는 삐뚤빼뚤했고 검정 마카펜으로 쓴 것이었다.

"소인이 없어요. 우편으로 온 게 아닙니다."

내력이 불명확한 우편물에 중안조 사람들은 경계심을 품었다. 그러나 우편물의 크기나 두께로 볼 때 폭발물 같지는 않았다.

뤄샤오밍은 조심스럽게 봉투를 집어 들었다. 만져지는 느낌으로는 CD 한 장 같았다. 신중하게 풀칠한 봉투 입구를 뜯었다. 속에서 칼 조각이나 탄저균 가루 같은 유해물질이 떨어지지 않도록 조심했다.

편지봉투 안에서 종이케이스에 담긴 CD가 나왔다. 다른 의심스러운 물품은 없었다. 종이케이스 위에는 편지봉투와 같은 필적으로 다급하게 휘갈겨 쓴 메시지가 남아 있었다.

'나는 일개 기자일 뿐이라 화를 입을까 봐 겁이 나서 보냅니다.'

"익명 고발일까요?"

마리가 고개를 들이밀며 종이케이스 위의 글자를 읽었다.

"아마도 그렇겠지."

뤄샤오밍은 CD를 꺼내 앞뒷면을 꼼꼼히 살폈다. 읽고 쓰기가 가능한 콤팩트디스크로 평범한 시판용 제품이었다. 윗면에는 아무런 상표도 쓰여 있지 않았고, 아랫면에도 지문이 전혀 남아 있지 않았다.

"아제, 컴퓨터 잘 다루지?"

뤄샤오밍이 아제에게 CD를 건네줬다. 아제는 CD를 받아 컴퓨터에 넣었다.

"파일이 하나 있네요. 딱 하나 있어요."

아제가 컴퓨터 모니터를 가리켰다. 윈도탐색기에는 movie.avi라는 이름의 파일 하나만 나타나 있었다. 파일이 만들어진 날짜와 시간은 오늘 아침 6시 30분이었다.

"열어봐."

아제가 재생 프로그램을 열고 파일을 드래그해서 넣었다. 프로그램 창 아래쪽에 동영상 길이가 3분 28초라고 표시됐다.

영상의 처음은 새카만 화면이었다. 2초가 지난 뒤 어떤 거리가 나타났다. 시간은 밤중으로 거리 양쪽은 꽤나 황량한 모습이었다. 공사장 가림막과 가로등 몇 개뿐이었다. 도로에는 차가 한 대도 다니지 않았고 인도에도 단 한 사람의 뒷모습만 보였다.

"저기는 분명 조던로에 가까운 페리가 일대 같은데요. 앞쪽이 바로 매립지역이에요."

마리가 화면의 한쪽 구석을 가리키며 말했다. 조던로의 서쪽은 서카오룽 매립 계획이 진행되고 있는 곳이었다. 서구의 해저터널, 지하철 동총선 카오룽역 등과 연계돼 있어 적잖은 건축 프로젝트가 한창 진행 중이었다. 아마도 장래 카오룽 서부 지역의 번화가로 변모할 것이다. 매립지역의 전신은 조던로 항구로, 카오룽에서 가장 바쁘고 번화했던 교통 허브 중 하나였다.

"아제, 소리는 없는 건가?"

"화면만 나오는 영상이에요."

아제가 '파일 정보'를 눌렀다. 파일 정보에 사운드트랙에 대한 정보는 없었다.

촬영한 사람은 몰래 뒤를 밟는 중인 듯 인도를 걸어가는 사람의 뒤쪽에 있었다. 헐렁한 코트를 입고 어깨에 커다란 토트백을 멘 여자였다. 머리에는 털모자를 쓰고 있었다. 그 여자는 검고 긴 생머리를 늘어뜨렸고 키는 크지 않은 편이었다. 그녀는 천천히 앞쪽을 향해 걸어가고 있었다. 가로등 불빛은 노란색이 강해서 뤄샤오밍은 그녀가 입은 옷 색깔을 정확히 알아볼 수 없었다.

"무슨 몰래카메라 포르노 같은 건가?"

뤄샤오밍의 부하 중 나이가 어린 샤오장小張이 웃으며 말했다.

뤄샤오밍이 샤오장을 두어 마디 꾸짖으려는 찰나, 화면 속 여자가 갑자기 걸음을 멈췄다. 그녀는 긴장한 모습으로 고개를 돌려 왼쪽을 바라봤다. 아마도 무슨 소리를 듣고 놀란 것 같았다.

뤄샤오밍은 그녀의 옆얼굴을 보고 피가 머리로 확 몰리는 느낌을 받았다. 그는 앞으로 무엇을 보게 될지 예감할 수 있을 것만 같았다.

"탕링입니다!"

아제가 외쳤다. 그 역시 화면 속 여자가 누군지 알아본 것이다.

화면 속의 탕링은 갑자기 뛰기 시작했고 인도 끝에서 오른쪽으로 사라졌다. 촬영자는 당황한 듯했다. 카메라 앵글이 몇 차례 흔들리더니 왼쪽 앞으로 이동했다. 그곳에는 마스크와 야구모자를 쓰고 공사용 목장갑을 낀 손에 쇠파이프와 날이 기다란 조리칼을 든 남자 네 명이 보였다. 그들은 살기등등하게 탕링의 뒤를 쫓아 화면의 왼쪽에서 오른쪽으로 달려갔다. 카메라 렌즈는 일 초가량 멈췄다가 다시 한동안 격렬하게 흔들리더니 길 끝에 도착해 그 오른쪽을 계속해서 찍었다.

화면은 남자들이 모퉁이를 도는 것을 따라 그들이 탕링을 뒤쫓는 것을 보여주고 있었다. 그중 쇠파이프를 들고 있는 키 작은 남자의 속도가 가장 빨랐다. 가장 먼저 탕링을 따라잡은 그 남자는 손을 뻗어 그녀의 옷깃을 잡아챘다. 탕링을 바닥에 쓰러뜨리려 한 것 같았는데, 놀랍게도 탕링이 팔꿈치로 남자의 얼굴을 세게 가격했다. 키 작은 남자는 탕링의 공격에 깜짝 놀란 듯 왼손으로 입과 코를 움켜쥔 채 비틀거리다가 바닥에 나자빠졌다. 탕링은 추격자를 성공적으로 떨쳐냈지만 그러는 사이에 그녀의 속도가 늦어져 나머지 세 명이 거의 몇 미터 뒤까지 쫓아왔다.

화면 속 거리에는 여전히 다른 사람이 전혀 나타나지 않았다. 길 끝은 막혀 있었고, 그 왼쪽으로 육교가 보였다. 탕링은 육교 계단을 뛰어 올라갔다. 촬영자는 그들과 상당히 떨어져 있었지만 각도가 절묘해서 탕링의 모습이 확실하게 보였다. 그녀는 거의 네발로 기다시피 하며 육교를 올랐다. 놀람과 공포로 일그러진 얼굴은 죽음을 눈앞에 둔 사람 같았다. 육교를 오르는 그녀는 몇 번이나 거의 고꾸라질 뻔했다. 그러나 탕링은 계단 난간을 겨우 붙잡고 버티면서도 속도를 줄이지 않고 계속해서 뛰어 올라가고 있었다. 그녀의 어깨에 멨던 가방은 어느새 사라지고 없었다. 뤄샤오밍은 모퉁이를 돌 때 떨어뜨렸을 거라고 추측했다. 그러나 그는 그런 사소한 사실에 더 신경 쓸 겨를이 없었다. 몇 초 만에 그 남자들은 탕링을 따라잡아 육교 계단을 올라가기 시작했다. 이제 곧 자기를 지킬 힘도 없는 여자의 뒷덜미를 잡아챌 것 같았다.

다섯 명은 모두 육교 위로 올라갔다. 육교 기둥에 가려 잘 보이지 않았다. 영상은 소리가 없었기 때문에 뤄샤오밍과 중안조 사람들은 초조하게 화면을 바라보며 촬영자가 육교 위로 뒤따라 올라가기만을 기다렸다. 그러나 카메라는 육교 계단 앞에서 멈춘 채 쫓아 올라가지 않았다.

"왜 계속 따라가지 않는 거죠?"

마리가 긴장한 채 물었다.

"아마도 촬영자가 다른 데 정신이 팔린 것 같은데?"

아제가 화면에서 눈을 떼지 않은 채 대답했다.

촬영자는 육교 위로 올라가지 않고 오히려 카메라 렌즈를 옆쪽으로 움직였다. 화면에 나타난 모습에 모두 경악했다.

육교 옆 인도 끝부분에 어떤 물체가 엎어져 있었다. 화면을 뚫어져라 바라보면서도 사람들은 그 물체가 무엇인지 잠시 인식하지 못했다. 긴 코트에 덮여 있었는데도 뤄샤오밍과 중안조 사람들은 그 물체에서 '탕링'을 연상할 수 없었다. 너무나 괴상한 모양으로 지면에 엎어져 있었기 때문이었다. 두 손은 불가능한 각도로 꺾여 있었고, 한쪽 다리는 허리 옆으로 구부러져 있었다. 야구모자 아래 흩어진 긴 머리카락과 얼굴은 한쪽으로 비뚜름하게 꺾여 있었다. 짙은

색 액체가 느릿느릿 새어나와 바닥으로 천천히 퍼져나갔다.

중안조 사무실에 모인 사람들은 팔다리가 괴이하게 꺾이고 구부러진 신체가 몇 차례 퍼덕이다가 어느 순간 움직임을 멈추자 얼음을 뒤집어쓴 듯 굳어버리고 말았다.

"떨어져, 떨어졌어요?"

샤오장이 놀라서 물었다.

"아마도, 누가 밀었겠지."

아제가 불안감을 억누르며 천천히 대답했다.

그 육교는 약 3층 건물 높이였다. 만약 머리부터 떨어진 거라면 상반신이 지면에 먼저 닿게 된다. 그럴 경우 끔찍한 모습으로 변할 가능성이 높다. 게다가 머리가 딱딱한 지면에 강하게 부딪혀서 90퍼센트 이상 즉사한다.

뤄샤오밍은 이 영상을 촬영하던 사람이 큰 소리를 듣고 놀라서 멈춰 섰을 거라고 추측했다. 탕링이 추락해 땅바닥에 부딪히는 소리 말이다.

카메라 렌즈는 이제 위쪽으로 이동했다. 뤄샤오밍은 육교 위에서 기둥 옆으로 두 사람이 몸을 내밀고 있는 것을 볼 수 있었다. 그중 한 명은 여전히 쇠파이프를 든 채였다. 다음 순간, 중안조 사람들이 예상하지 못한 상황이 또 벌어졌다. 몸을 내밀고 육교 아래에 떨어진 피해자를 살피던 두 사람 중 하나가 고개를 돌려 카메라를 정면으로 쳐다본 것이다. 그는 그 후 곧바로 육교 기둥 뒤로 몸을 숨겼다.

"망했군."

아제가 저도 모르게 내뱉었다.

카메라 앵글이 격렬하게 흔들렸다. 하늘, 땅바닥, 가로등, 육교. 주변 풍경이 빠르게 바뀌고 화면은 불분명해서 거의 알아볼 수 없었다. 뤄샤오밍은 촬영자가 살인자들에게 발견되자 카메라를 끄지도 못한 채 급히 달아나는 중임을 알아챘다. 약 30초 후 화면에 자동차 내부가 비쳤다. 화면 한구석에 찍힌 차창을 통해 촬영자가 자기 자동차로 도망쳐서 위기를 피했다는 것을 알 수 있었다.

딱.

화면이 새까매졌다. 영상이 3분 28초의 맨 끝에 멈췄다.

"탕링이 살해……당하다니?"

마리가 더듬더듬 말했다.

"아제, 순경대에 연락해서 조던로와 린청로가 만나는 지점의 육교를 봉쇄하고 감식과를 현장 출동시키라고 해. 마리는 사무실에 남아서 연락을 맡아줘. 나머지는 날 따라서 지금 출발한다."

뤄샤오밍이 명령했다. 그는 분노를 겨우 억누르고 부하들에게 냉정하게 지시를 내렸다. 그는 정말 오랜만에 크게 분노하고 있었다. 탕링을 싫어했지만 그 네 명의 남자들은 아무런 거리낌 없이 살인을 저질렀고, 그건 무엇으로도 용서할 수 없는 짓이었다.

침사추이 경찰서가 현장에서 가장 가까웠다. 차로 몇 분이면 도착할 수 있는 거리다. 차 안에서 뤄샤오밍은 머릿속에 들끓는 수천수만 가지 생각들을 다스리려 노력했다.

"촬영한 사람은 분명 연예잡지사의 파파라치일 거야." 뤄샤오밍이 말했다. "그는 양원하이 사건을 캐내려고 사건의 여주인공인 탕링을 미행한 거지. 특종을 잡으려고……."

"파파라치가 부주의하게 조직폭력배의 살인현장을 카메라에 담았고 화를 당할까 두려워서 영상을 우리에게 넘겼다?"

아제가 대장의 말을 받았다.

"그럴 가능성이 크군." 뤄샤오밍은 눈썹을 모았다. "영상에는 소리가 없는데, 그걸 보면 잡지 쪽 기자일 것 같군. 영상에서 돈이 될 만한 장면을 몇 개 잘라서 실을 생각이었겠지."

뤄샤오밍은 적잖은 연예가십지가 '양원하이가 얻어맞아서 탕링이 의기양양해하다' 혹은 '탕링과 쮜 사장의 밀회' 같은 것으로 표지를 꾸며 판매량을 자극하고 싶어 할 거라고 추측했다.

"마리가 알아봤는데, 중앙홀에 있는 안내데스크 직원은 언제 이 CD가 우편물 더미에 섞여들어 왔는지 모르겠다고 했답니다."

마리의 전화를 받은 샤오장이 뤄샤오밍에게 보고했다. CD가 들어 있던 봉투에는 우편 소인이 찍혀 있지 않았으니 누군가 직접 경찰서에 가지고 왔다는 뜻이었다.

"이걸 가지고 온 사람은 경찰서를 자주 드나드는 경력 있는 기자일 겁니다. 몰래 CD를 놓고 갈 수 있을 만큼요. 아마도 연예기자는 경찰서를 잘 모를 테니 사회부 기자에게 부탁했거나 사회부에서 연예부로 옮긴……."

"그건 나중에 다시 조사하도록 하지. 촬영한 사람을 찾아내는 게 이 사건의 중요한 부분은 아니야."

"사건 발생 후 지금까지 육교에서 누가 떨어졌다는 신고가 없었습니다. 그놈들이 시체를 옮겼을까요?"

"알 수 없지. 그러나 만약 시체를 훼손해 증거를 없앴다면 수사는 더 어려워질 거야."

뤄샤오밍은 영상 속의 탕링을 본 순간 불길한 예감이 들었다. 런더러는 부하들에게 함부로 나서지 말라고 명령을 내렸다. 자기가 직접 움직이기 위해서였다. 지금 이 사건은 그 생각에 따라 벌어진 것일 터였다. 쮜한창이 내 아들을 건드렸으니 나는 네 '딸'에게 손을 쓰겠다는 거다. 탕링을 혼쭐내는 것으로 런더러는 체면을 지키면서도 쮜한창과 심각한 충돌을 일으키지 않을 수 있다. 억지스럽기는 해도 이 정도에서 양측이 비긴 셈으로 치고 문제를 끝낼 수 있는 것이다.

그러나 살인은 다른 문제다.

실수로 일이 커진 건가? 원래는 상대방 휘하의 사람을 공격하는 걸로 모욕을 주는 정도였던 계획이 탕링이 겁을 먹고 육교에서 뛰어내리는 바람에 문제가 커진 건가? 뤄샤오밍은 머릿속으로 생각을 거듭했다.

중안조가 사건 현장에 도착했다. 한창 개발 중인 구역이라 부근에는 주택이 없고 상점도 없었다. 경찰차 한 대와 순경 여덟 명이 현장을 경비하고 있었지만 사실 이 주변에는 애당초 사람이 없었다. 순경들은 영문을 모르겠다는 표정이었다. 아무런 문제도 없어 보이는 육교를 왜 철통같이 봉쇄하고 있는지 짐작이 되지 않았다.

뤄샤오밍이 손목에 찬 시계를 흘낏 쳐다봤다. 아침 9시 53분. CD에 기록된 제작시각은 아침 6시 반이었다. 사건이 한밤중에 발생했다고 가정하면 사건 발생 시각에서 최대 아홉 시간 정도 지났을 뿐이다. 현장에는 분명 적잖은 증거가 남아 있을 터였다.

그는 아제와 함께 육교 아래 시체가 누워 있던 장소로 걸어갔다. 지면에 눈에 띄는 혈흔은 없었다. 북풍이 불고 있으니, 만약 누군가 물로 씻어냈다면 물을 부은 흔적조차 몇 시간 만에 다 말라버렸을 것이다. 그는 감식요원들에게 현장을 조사하라고 지시한 후 계단을 따라 육교로 올라갔다. 계단과 육교 상부에도 아무런 특이사항을 발견할 수 없었다. 뤄샤오밍과 아제 두 사람은 탕링이 떨어졌을 것으로 예상되는 위치에 섰다. 난간 위에 핏자국이나 다른 흔적이 없는지 살펴봤다.

"범인들은 모두 장갑을 꼈으니 지문은 남아 있지 않을 겁니다."

"그래도 확실히 조사해야 해."

뤄샤오밍이 쪼그리고 앉아 고개를 쳐들고 난간의 밑부분을 살펴보며 말했다.

"탕링은 장갑을 끼지 않았으니 난간에서 탕링의 지문을 찾아낸다면 타인이 의도적으로 그녀를 밀었는지, 겁에 질린 탕링이 자의로 난간을 넘었는지 알 수 있을 거야. 이건 이 사건이 살인인지 과실치사인지 가려내는 중요한 부분이지."

뤄샤오밍은 난간 주변에 표지판을 세워두고는 계속해서 육교의 다른 쪽 끝으로 걸어갔다. 육교에는 어떠한 특별한 점도 발견되지 않았다. 그는 탕링이 급한 마음에 난간을 뛰어넘는 모험을 할 이유를 떠올릴 수 없었다. 단 하나, 그녀를 뒤쫓아온 네 명 외에 다른 패거리가 나타나 육교 위에서 에워싸인 상황이 아니라면 말이다. 어쨌든 육교 아래의 인도도 이미 막다른 길이었고, 쫓기는 사람은 육교 위로 올라갈 수밖에 없었다. 만약 범행을 저지른 놈들이 먼저 육교 쪽에 사람을 보내 지키고 있었다면 탕링을 붙잡는 것은 식은 죽 먹기였을 것이다.

"대장님! 뭔가 발견했습니다!"

육교 아래서 감식요원이 뤄샤오밍을 향해 외쳤다.

뤄샤오밍과 아제는 육교 아래로 내려가 임시로 설치한 장막 안에 들어갔다. 감식요원이 지면을 가리켰다.

"혈흔반응이 있습니다. 심지어 아주 넓어요."

감식요원은 루미놀 시약을 지면에 분사했다. 가로세로가 50센티미터, 30센티미터 정도 되는 불규칙한 모양의 형광색이 나타났다. 그 위치는 영상에서 피해자의 머리 부분에서 흘러나온 혈액이 고여 있던 곳과 일치했다.

"이 정도 출혈량이면 부상 정도가 가볍지 않을 겁니다. 만약 위에서 추락했다면 아무래도 생존하기 힘들 겁니다."

감식요원이 보충설명했다.

"다른 혈흔도 있는지 잘 살펴보게. 피해자가 그다음에 어디로 옮겨졌는지 알아내야 하네. 살았건 죽었건 말이지."

"대장님." 샤오장이 급히 다가와 말했다. "탕링이 쫓기던 길에서 발견한 게 있습니다."

뤄샤오밍은 샤오장과 함께 길 한구석으로 걸어갔다. 그곳은 영상 촬영자가 처음 탕링의 뒤를 밟기 시작한 장소였다. 길옆은 건축현장으로, 도로정비공사가 진행 중이라 바리케이드와 강철 플레이트가 무더기로 쌓여 있었다.

"여깁니다."

샤오장이 길가에 1미터 깊이로 파인 구덩이를 가리켰다. 구덩이 한쪽 구석에 수도관과 전선, 파이프라인 등을 덮어둔 천 옆으로 갈색 핸드백이 떨어져 있었다. 핸드백 모양은 영상 속 탕링이 들고 있던 것과 똑같았다.

뤄샤오밍은 부하에게 사진을 찍고 증거를 보존하도록 지시한 뒤 손을 뻗어 핸드백의 손잡이를 쥐고 구덩이에서 꺼냈다. 핸드백 속에는 화장품, 군것질거리, 수첩, 옷, 핸드폰, 가죽지갑이 들어 있었다. 지갑을 열어보니 탕링의 사진과 이름이 인쇄된 신분증이 꽂혀 있었다.

"범인들이 뒤쫓으면서 탕링이 여기 가방을 떨어뜨린 걸 보지 못했나 보군요." 아제가 입을 열었다. "밤이라 빛이 부족했던 데다 이 구덩이는 더 컴컴하니까요. 탕링이 모퉁이를 돌면서 떨어뜨렸지만 뒤에서 쫓아오고 있어서 줍지 못한 거예요."

"어쩌면 잽싸게 도망치느라 탕링이 일부러 가방을 던져버린 걸지도 모릅니다."

샤오장이 끼어들었다.

"뭐가 됐든 이걸로 우리는 피해자의 신분을 확인하게 되었군."

뤄샤오밍은 가죽지갑을 다시 핸드백에 집어넣고 핸드폰을 꺼냈다. 마지막 통화는 밤 10시 20분이었다. 발신처는 '회사'였고 통화 시간은 1분 12초였다. 그전의 통화도 모두 매니저 아니면 회사였다. 뤄샤오밍은 통화기록을 눌러봤다. 그 속에는 매니저와 회사 두 개의 이름만 보였다. 게다가 핸드폰은 저장된 문자 메시지가 하나도 없었다.

"아제, 통신사에 연락해서 통화기록을 대조해봐."

뤄샤오밍이 핸드폰을 아제에게 건네줬다.

"전화가 회사에서 걸려온 거라면 성야 엔터테인먼트로 바로 가는 게 더 빠르지 않을까요?"

"만약 탕링이 통화기록을 삭제했다면?"

"예? 대장님 생각에는……."

"그냥 보험용으로 조사해보는 거야."

뤄샤오밍은 한 가지 문제가 계속 마음에 걸렸다. 왜 탕링이 한밤중에 혼자서 여기까지 왔느냐 하는 것이었다. 조던로 매립지역은 현재 개발 중인 곳이라 주변에는 밤에 영업하는 술집 같은 것도 없었고, 제대로 연결되는 대중교통 노선도 없는 상태였다. 탕링은 얼굴이 알려진 공인인 데다 어떤 장소에 가려면 택시를 타거나 매니저가 운전하는 차를 타면 될 텐데도 굳이 혼자 걸어서 이런 으슥한 곳까지 왔다. 뤄샤오밍은 탕링이 누군가와 약속을 했고 몰래 약속 장소에 나온 거라고 직감했다. 그렇다면 그녀는 미리 전화를 받았을 게 틀림없다.

핸드폰의 통화기록이 온통 회사와 매니저뿐이라니, 만약 탕링이 심각한 외골수가 아니라면 통화기록을 삭제하는 습관이 있는 것일 터다. 적잖은 연예기자들이 온갖 수단을 동원해 연예인의 핸드폰을 훔쳐내려고 한다. 통화기록과 문자 메시지는 기자들에게 보물섬이었다. 누구 누구가 연애를 하거나, 누가 누구에게 또 다른 누군가의 험담을 하는 것은 연예계의 톱기사가 될 수 있었다. 신중한 연예인이라면 핸드폰의 내용을 수시로 정리하는 습관이 있다고 해도 이상하지 않다.

누가 탕링을 한밤중에 몰래 빠져나오게 한 걸까? 게다가 그것은 함정이었다. 탕링은 약속장소에 도착해서 숨어 있던 남자들의 공격을 받았다.

이름 하나가 뤄샤오밍의 머릿속에 떠올랐다. 양원하이.

그러나 양원하이가 탕링에게 단둘이 만나자고 했다면 그녀가 약속장소에 나갔을까? 상대방은 자기 회사 사장이 보낸 사람들에게 잔뜩 얻어맞았는데, 탕링은 양원하이를 경계해서 안 나갔을 게 분명하다.

'약속장소에 나갈 수밖에 없는 협박을 받은 게 아니라면 말이지.'

뤄샤오밍은 고개를 저어 이런 생각을 털어버렸다. 자기 생각이 너무 멀리 나갔다고 여겼다. 지금은 정보가 제한적이니 철저하게 분석해야 합리적인 추론을 끌어낼 수 있다.

현장조사를 일단락 짓고 중안조 형사들은 사무실로 돌아갔다. 몇몇 사람은 관련 인물을 찾아가 조사를 계속했고 조던로를 중심으로 바깥쪽을 향해 목격자가 있는지 탐문해나갔다. 뤄샤오밍은 직접 성야 엔터테인먼트를 찾아갔다. 매니저는 탕링이 오늘 연락이 되지 않는다며 아마 집에서 쉬고 있을 거라고 말했다. 그러나 매니저는 탕링의 집에서 아무도 전화를 받지 않는 데다 핸드백이 탕링의 것임을 알아보고는 당황하기 시작했다. 뤄샤오밍은 쿤통에 위치한 탕링의 아파트에서도 아무런 단서를 찾지 못했다. 탕링은 혼자서 원룸식 아파트에 살았다. 집은 방 안의 가구 배치가 한눈에 들어올 정도로 작았다. 뤄샤오밍은 이상한 점을 발견하지 못했다. 침대 시트나 쓰레기통의 상태를 볼 때 탕링은 어젯밤 집에 돌아오지 않은 것 같았다. 그러나 매니저는 자신이 어젯밤 11시에 차로 탕링을 집에 데려다 주었다고 했다.

"탕링이 건물 안으로 들어가는 것까지 봤습니까?"

"그건 아닙니다. 전 주차장에 차를 세웠다가 바로 떠났어요. 저는 정말 몰라요."

매니저는 미간을 구기고 곤혹스러워했다. 뤄샤오밍은 눈앞의 이 남자가 탕링을 걱정하기보다 사장에게 이 사실을 어떻게 보고해야 하나 골치 아파한다는 것을 눈치챘다.

뤄샤오밍은 아파트 관리실에서 건물 정문과 엘리베이터에 설치된 감시카메라 영상을 확인했다. 빠르게 넘겨본 결과, 탕링의 모습은 보이지 않았다. 매니저가 거짓말을 한 게 아니라면 탕링은 차에서 내린 뒤 집으로 들어가지 않고 곧장 조던로의 습격 장소로 갔을 것이다.

'일부러 매니저를 속인 뒤에 약속 장소로 나갔다?'

매니저는 탕링이 실종되기 전—뤄샤오밍은 아직 그 영상에 대해 이야기하지 않았다—평소와 다름없었다고 말했다. 탕링은 항상 말수가 적고 감정을 드러내지 않는 편이라고 했다. 묵묵히 성실하게 일하는 연예인이라는 것이다.

"탕링은 스타의 꿈에 빠져 있는 또래 여자애들과는 달라요. 아주 착실한 아이죠."

"탕링의 가족들은요?"

"아마 없을 겁니다."

매니저가 얼버무렸다.

"없다고요?"

"탕링은 가족 얘기는 전혀 꺼낸 적이 없어요. 그냥 '가족이 없다'고만 말했죠."

"그렇다면 누가 탕링의 후견인입니까? 3년 전 성야 엔터테인먼트와 계약할 때 탕링은 열네 살밖에 되지 않았으니 누군가 후견인의 동의가 있어야 연예활동을 할 수 있었을 텐데요."

"전 모릅니다. 형사님, 저는 일개 직원일 뿐이에요. 그냥 사장님이 탕링에게 매니저로 붙여주신 거라 제가 이것저것 물어볼 입장은 아니라고요."

'역시 그랬군.' 뤄샤오밍은 이 남자가 곤란해하는 이유를 이해했다. 탕링은 아마도 가출 소녀였을 것이다. 우연히 연예기획사에 발굴되었고, 쩌한창의 사업방식을 생각할 때 후견인이니 하는 복잡한 문제 따위에는 신경도 쓰지 않았을 터였다.

뤄샤오밍은 탕링의 집에서도 쓸 만한 단서를 찾아내지 못한 채 경찰서로 돌아왔다. 경찰에서는 탕링이 습격받았다는 사실을 공표하지 않았다. 대외적으로는 간밤에 조던로의 육교에서 추락사건이 발생했고, 조직폭력배들의 싸움과 관련돼 있어 현재 수사 중이라고만 밝혔다. 감식과에서 보내온 보고서에 따르면 육교 난간 위에는 탕링의 지문이 없었다. 즉 범인들이 탕링과 몸싸움을 하다 그녀를 육교 아래로 밀어 떨어뜨렸다고 봐야 했다. 그리고 지면의 혈흔을 조사해보니 피가 도로변까지 이어진 뒤 사라졌는데, 범인들이 시체 혹은 빈사 상태의 탕링을 자동차에 실은 뒤 이동했음을 추측할 수 있다.

"왜 시체를 실어간 거죠?" 마리가 물었다. "삼합회 놈들은 과시용으로 살인을 저지르곤 하는데 이런 수법은 보기 드물어요."

"그건 놈들이 과시할 생각이 없었다는 뜻이겠죠?" 샤오장이 말했다. "두목은 혼쭐을 내주라고 했을 뿐인데 실수로 죽여버려서 일이 커진 거지요."

"설사 실수로 죽인 게 맞는다고 해도 왜 시체를 가져갔는지는 설명이 안 돼."

마리는 의문스러운 표정이었다.

"그놈들도 문제가 생겼다는 걸 알았기 때문이겠지." 아제가 말을 받았다. "탕링은 쭤한창의 애인이야. 런더러가 보복을 한다고 해도 가둬놓고 누드 사진이나 찍는 거였겠지. 탕링을 죽여버리면 돌이킬 수가 없어. 암흑가의 규칙상 실수로 사람을 죽였다면 목숨으로 갚는 수밖에 없거든. 죽는 게 두려웠겠지. 시체를 숨기고 탕링이 실종된 것처럼 만든 다음 끝까지 오리발을 내밀면 홍의련에서도 흥충화 쪽에 계속 따질 수가 없을 테니까."

"그런데 범행의 과정이 낱낱이 찍혔고……."

마리가 중얼거리며 꼼꼼하게 사건의 이해관계를 따졌다.

"어쨌든 성가시게 됐어."

아제가 말했다.

뤄샤오밍은 묵묵히 부하들의 토론을 듣고 있었다. 비록 아제의 추리가 매우 합리적이지만, 그는 직감적으로 뭔가가 이상하다고 생각했다.

"대장, 큰일 났습니다!"

다음 날 오전, 뤄샤오밍이 게시판에 붙여놓은 사진들과 인물관계도를 보며 사건에 대해 고민하고 있을 때였다. 아제가 급하게 뤄샤오밍의 방으로 들어오더니 사무실을 가리키며 문제가 생겼다는 손짓을 했다.

사무실의 중안조 형사들은 또다시 아제의 책상을 둘러싸고 탕링이 습격당하는 영상을 보며 웅성대고 있었다.

"왜 그러나? 영상에서 뭔가 새로운 거라도 발견했어?"

"아뇨." 아제가 인상을 쓰며 모니터를 가리켰다. "이건 우리가 받은 CD를 재생한 게 아닙니다. 오늘 인터넷에 올라온 겁니다. 누군가 이 영상을 유포했어요."

4

탕링이 습격당하는 영상은 순식간에 큰 반향을 몰고 왔다.

처음 영상이 올라온 사이트는 홍콩의 어느 익명게시판이었다. 글 제목은 '이런 동영상을 받았다'였고, 내용은 인터넷 주소 링크 하나뿐이었다. 링크된 주소를 누르면 무료 네트워크 공간으로 연결되고, 거기에 탕링의 영상이 있었다.

최초의 반응은 대부분 '이건 무슨 영화 홍보냐' '탕링인 것 같다' '이상하고 역겨운 영상이다' 정도였다. 그러나 누군가 '오늘 탕링이 출연하기로 한 라디오 프로그램이 취소됐다'고 하자, 사람들은 점차 영상의 내용이 실제 상황임을 알아채기 시작했다. 회의적인 사람들은 여전히 영화제작사 혹은 방송국에서 무언가를 홍보하기 위해 뿌린 영상이라고 주장했지만 곧 누군가가 반박했다.

"탕링의 연기는 늘 엉망이었다. 〈가을연가〉에서 보여준 연기는 세 살짜리보다도 못했다. 탕링이 이렇게 실감나는 연기를 할 수 있었다면 작년에 이미 신인상을 탔을 것이다!"

이 주장은 적잖은 공감을 끌어냈다. 영상 속의 여자는 미친 듯 도망치고 있다. 온 힘을 다해 남자들을 떨쳐내려는 모습은 절대 꾸며진 것이 아니었다. 또 누군가 지난 주말 탕링이 영상에서와 똑같은 외투와 모자 차림으로 행사장에 나타난 것을 봤다고 언급했다. 이제 사람들은 '영상 속 여자가 탕링이냐'를 놓고 토론하던 데서 '탕링이 정말로 습격당했는가'에 대해 떠들기 시작했다. 게시판에는 걱정에 휩싸인 팬들의 글이 넘쳤다. 게다가 사람들이 영상이 실제로 일어난 범죄임을 확신하게 된 것은 게시판 관리자가 그 글을 삭제했기 때문이었다. 게시판 관리자는 이 글이 불안감을 조장한다는 이유로 글과 댓글을 전부 삭제했다. 글을 삭제했다고 해서 영상이 실제 상황이라고는 할 수 없지만 영화 홍보의 가능성은 크게 낮아진 셈이었다. 사람들은 이것이 보통 일이 아니라고 단정했다. 처음 올라온 영상 링크는 삭제됐지만 수많은 사람들이 다시 주소 링크를 올렸고, 심지어 영상을 다른 곳으로 퍼 나르기 시작했다.

뤄샤오밍이 오전 11시에 이 사실을 알게 됐을 때는 열네 건의 사건 신고가 들어와 있었다. 모두 영상을 본 시민의 신고였다. 뤄샤오밍은 어제 언론에 아무런 정보도 주지 않았다. 범인들이 데려간 것은 '사망한 탕링'이 아니라 '중상을 입은 탕링'일지도 몰랐다. 피해자의 생사가 불분명하다면 생환의 가능성이 적다고 해도 여전히 한 줄기 희망은 있는 셈이었다. 사건을 일찍 공개하는 것은 피해자에게 오히려 위험할 수도 있었다. 그러나 지금 영상이 세상에 알려진 이상 시민들의 우려를 불식시키려면 경찰이 명확하게 입장을 밝혀야만 했다.

"경찰은 17세 여성 한 명이 실종되었음을 확인했습니다. 또한 경찰은 출처가 밝혀지지 않은 영상을 통해 이 여성이 조던로 육교에서 네 명의 범인에게 습격당했다고 보고 있습니다. 현재 이 여성은 행방불명 상태입니다. 경찰은 본 사건에 수사력을 집중하고 있으며, 이미 중안조에서 수사에 착수했습니다. 사건이 현재 수사 중이므로 경찰에서는 더 이상의 정보는 공개할 수 없습니다. 다만 이달 21일 저녁부터 22일 새벽 사이, 도보 혹은 차를 운전해 조던로에서 린청로 일대를 지나간 시민 가운데 이상 상황을 목격하신 분이 있다면 빨리 경찰에 제보해주시기 바랍니다. 그 밖에 경찰에서는 이 영상을 촬영한 사람을 급히 찾고 있습니다. 경찰에서 촬영자의 안전을 보장할 것입니다. 촬영자, 혹은 촬영자를 아시는 분은 경찰로 연락해주십시오."

뤄샤오밍은 기자회견에서 이렇게 말했다.

"피해 여성은 가수 탕링입니까?"

한 기자가 질문했다.

"현재 수사 중입니다."

"어제 경찰이 현장을 통제하고 증거를 수집했다고 하던데, 그때 사건에 대해 알고 있었습니까?"

"신고가 들어왔다는 것만 말씀드리겠습니다. 자세한 상황은 밝힐 수 없습니다."

"범인이 누구인지 밝혀졌습니까?"

"밝힐 수 없습니다."

뤄샤오밍은 언론의 질문에 가능한 한 답변을 회피했다. 특히 피해자의 신분, 사건의 세부사항, 경찰 수사의 진척 상황 등과 관련된 질문에는 모두 '밝힐 수 없다'는 말로 대응했다.

"뤄 형사님, 이 사건이 폭력조직인 홍의련과 홍충화 사이의 원한 관계와 관련이 있습니까?"

가느다란 눈매가 여우를 연상시키는 기자 한 명이 손을 들고 질문했다.

"경찰에서는 범행이 폭력조직에 의해 저질러졌을 가능성을 배제하지 않고 있습니다."

뤄샤오밍은 슬쩍 피해갔다.

"제 말은, 탕링의 살해와 양원하이가 홍충화 두목인 런더러의 사생아라는 사실이 관계가 있느냐는 뜻입니다."

제길! 뤄샤오밍은 속으로 욕을 퍼부었다. 종이에 불씨를 담을 수는 없는 법이다. 뤄샤오밍이 언론에 가장 숨기고 싶었던 정보가 후각이 발달한 개떼와 다름없는 기자들에게 벌써 퍼져나간 모양이었다.

"그 부분에 대해선 밝힐 수 없습니다."

뤄샤오밍은 무표정을 유지한 채 쓸데없는 말은 일절 하지 않았다. 그러나 기자들은 이미 이 사실에 대해 수군대고 있었다. 기자회견이 끝나면 처음 언급한 업계 동료를 둘러싸고 질문을 퍼부을 것이 분명했다.

"죽겠군."

뤄샤오밍은 중안조 사무실로 돌아와 넥타이를 느슨하게 했다.

"상어 떼처럼 피 냄새에 몰려들 거야. 수사에 적잖이 방해될 것 같군."

"대장, 탕링의 핸드폰 통화기록을 대조해봤습니다." 아제가 보고했다. "마지막 통화는 회사에서 걸려온 것이 맞고, 다른 통화내역은 없습니다."

"없다고?"

뤄샤오밍은 의아했다.

"예, 없습니다. 그러니 탕링이 통화기록을 삭제한 건 아닙니다. 어쩌면 핸드폰을 두 대 쓰는지도 모르죠. 이건 회사용 핸드폰일 겁니다."

그럴 가능성도 있지. 뤄샤오밍은 그렇게 생각했다. 그렇다면 다른 핸드폰은 탕링의 옷 안에 있었을 터였다. 시체와 함께—탕링이 이미 사망했다는 가정하에—범인들 손에 처리됐을 것이다.

"그 밖에 오늘 아침 인터넷에 올라온 영상의 출처를 조사해봤습니다." 아제가 수첩을 펼치고 말을 이었다. "첫 글이 올라온 익명게시판과 영상이 게시된 네트워크 서비스 회사에 연락해서 업로드한 컴퓨터의 IP를 확보했는데, 두 곳 전부 홍콩이 아닙니다. 게시판에 글을 올린 IP는 스위스 바젤대학교이고, 영상을 올린 IP는 멕시코

수도인 멕시코시티입니다."

"스위스와 멕시코?"

쉬샤오밍은 탕링이 통화기록을 삭제하지 않았다는 사실보다 이게 더 의아했다.

"해킹 기술을 사용한 거겠죠. IP 우회를 통해 진짜 IP를 감추는 겁니다. 알아내는 건 가능하지만 시간이 오래 걸립니다. 게다가 몇 곳이나 우회했을지 알 수 없으니까요. 온 지구를 뱅뱅 돌면서 대여섯 곳을 우회했다면 진짜 IP를 찾기까지 몇 주는 걸릴 겁니다."

"하아, 잠시 그쪽은 보류해두자고."

기자들의 인맥은 매우 넓다. 쉬샤오밍은 촬영자가 알고 지내는 해커의 도움을 받아 이런 복잡한 방식으로 정보를 흘렸으리라 생각했다. 만약 그 사람이 범죄 조직의 보복을 두려워하지 않았다면 그 영상을 꽤나 큰 금액을 받고 방송사에 팔았을 거라고 쉬샤오밍은 속으로 생각했다.

"그리고 마리가 탕링의 가족관계를 조사했습니다." 아제는 들고 있던 수첩을 몇 장 넘겼다. "탕링의 부모는 결혼식을 올리지 않았습니다. 어머니인 덩페이페이鄧佩佩는 10년 전에 사망했고 아버지 탕시즈唐希志도 5년 전에 사망했습니다. 탕시즈가 사망하기 전에는 삼수이포에 살았습니다. 탕링이 매니저에게 가족이 없다고 말한 건 사실이었던 겁니다."

"부모는 어떤 일을 했었나?"

쉬샤오밍은 별 생각 없이 물었다. 그는 사실 탕링의 부모가 이미 사망했으니 경찰이 가족에게 '생사불명'이라는 소식을 전할 필요가 없어서 다행이라고 생각한 참이었다.

"야우마테이 일대의 술집에서 일했습니다." 아제가 수첩에서 눈을 떼고 대답했다. "마리가 탕링이 살던 집 근처에서 이웃들에게 탐문했는데, 탕링의 부모는 꽤 어린 부부였고 둘 다 술집에서 일했으니 '올바른 사람'은 아니었다고 했답니다."

뤄샤오밍은 그 이웃들은 나이 많은 노인들이었을 거라고 추측했다. 저녁에 출근하고 새벽에 퇴근하는 사람에 대해서 편견에 빠질 만했다.

"이제 탕링의 아파트 주변에서 그날 밤 탕링의 행적에 대해 조사해볼까요?"

"아냐, 마리를 대신 보내도록 해. 자넨 나와 함께 더 중요한 일을 해야 해."

"더 중요한……?"

"런더러를 '모셔와서' 수사에 협조를 좀 받아보려고."

"하지만, 대장! 우린 지금 아무런 증거도 없는데요."

아제가 난처한 표정을 지었다.

"나도 알아." 뤄샤오밍이 아제의 말을 잘랐다. "런더러와 관계있다는 증거는 없지만 그의 반응을 보고 싶거든."

탕링 사건을 런더러와 관련짓는 것은 순전히 추측일 뿐이다. 경찰이 사건 관련 인물을 조사할 권리가 있다고는 해도 상대방이 삼합회 두목쯤 되면 이런 행동은 경솔하다고밖에 할 수 없다. 그가 사건의 배후라면 증거를 찾아내기도 전에 경계심을 높여주는 꼴이 된다. 만약 해외로 도피하기라도 하면 일이 더 복잡해진다. 사건과 아무 관련이 없다면 해당 조직에서 경찰에 보복하는 상황까지 생길 수 있다. 예전에 삼합회 두목을 경찰서로 소환 조사했을 때는 분구 경찰서 문 밖에서 백여 명의 조직원이 집결해 세력을 과시하며 경찰을 압박했다.

사실 처음부터 런더러를 건드려볼 생각은 아니었다. 범인은 경찰이 범행을 고발하는 CD를 받았다는 사실을 몰랐을 테고, 알았다 해도 영상에 사건이 어디까지 찍혔는지 알 수 없다. 어제까지만 해도 주도권이 뤄샤오밍에게 있었던 셈이다. 그러나 이제는 영상이 공개됐으니 모험을 해보기로 한 것이다. 복잡한 지금 상황을 경찰에 유리하게 바꾸고 선제공격으로 상대를 교란시킬 수 있을지 살펴보기 위해서였다.

하지만 '수사에 협조'하는 것이지 '체포'하는 게 아니니 뤄샤오밍은 일이 생각처럼 순조롭지 않을까 봐 조금 걱정스러웠다. 만일 런더러가 거칠게 나온다면 싸움이 벌어질 수도 있고 예상치 못한 문제가 발생할지도 몰랐다.

뤄샤오밍의 예상은 완전히 빗나갔다.

아제와 함께 '적의 본진'—홍충화의 합법적 겉모습인 홍락재무공사—으로 들어가려고 하자 험상궂은 인상에 살기등등한 '회사 직원'들이 거칠게 그들을 막아섰다. 그러나 '사장님' 런더러는 오히려 예의 없이 구는 직원들이 못마땅한 듯 보였다. 심지어 뤄샤오밍을 따라 경찰서로 가는 것도 수락했다.

"여기는 사람도 많고 말도 많으니 당신들 사무실로 가서 얘기하는 게 제일 좋겠소."

뤄샤오밍은 런더러를 처음 만났다. 그를 단지 사진과 자료로만 파악했을 때는 음침한 폭력조직 두목이라고 생각했다. 실제의 그는 놀랍게도 평범한 노인이었다. 눈빛에서 날카로움이 느껴진다는 게 딱 하나 보통 사람과 다른 점이었다. 비록 미소를 띠고 있지만 노인의 두 눈은 웃음기 한 점도 드러내지 않았다.

런더러와 검정색 양복을 입은 측근 한 명이 뤄샤오밍의 차를 타고 침사추이 경찰서에 도착했다. 경찰서 사람들은 홍충화의 두목이 온 걸 보고 깜짝 놀라 다들 눈짓을 주고받았다.

"런 선생님, 들어오십시오."

뤄샤오밍이 경찰서 3층의 접견실 문을 열며 안내했다.

"아화, 자넨 여기서 기다리지."

런더러가 검정색 양복을 입은 남자에게 말했다.

"형님, 하지만!"

"사장님이라고 부르라니까." 런더러가 얼굴을 굳혔다가 금세 평소의 표정으로 돌아갔다. "나 혼자 여기 두 형사님과 잠깐 얘기를 나누면 돼. 여기가 경찰서인데 이분들이 문 잠그고 나쁜 짓이라도 할 것 같나?"

뤄샤오밍은 눈앞의 노인이 호락호락한 인물이 아니라고 느꼈다. 몇 마디 말로 상황을 바꿔 자신이 주도권을 잡았고, 경찰에게 쓸데없는 짓 하지 말라고 암시하기도 했다. 경험이 부족한 경찰관이라면 분명히 그에게 질질 끌려다니게 될 것이다.

뤄샤오밍과 아제가 탁자 한쪽에 앉았고 런더러가 그 맞은편에 앉았다.

"런 선생님, 이렇게 모시게 된 건 조던로의……."

뤄샤오밍이 입을 열었다.

"탕링이 살해당한 그 일 말이죠?"

"탕링이 죽었다는 걸 어떻게 아십니까?"

뤄샤오밍이 상대방을 떠봤다.

"내 부하들이 오늘 아침 영상을 보여주더군요. 그런 모양새로 떨어졌다면 죽지 않았겠소."

런더러는 자신에게 불리한 말은 전혀 하지 않았다.

"그 사람이 탕링이라고 어떻게 확신하십니까? 영상에 나온 사람은 단지 닮은 사람일지도 모릅니다."

"나도 처음부터 확신한 것은 아닙니다. 그러나 당신이 날 찾아온 걸 보고 분명히……." 런더러는 마른기침을 했다. "모자란 아들놈이 얻어맞은 걸로 내가 그 여자아이에게 보복을 했다고 의심하는 거라고 짐작했지요."

"양원하이는 정말로 선생님의 아들입니까?"

"이보시오, 형사님. 그렇게 빙빙 둘러갈 거 없소." 런더러는 호의적이지 않은 미소를 띠며 말했다. "경찰은 이미 원하이 녀석과 내 관계를 다 조사했을 거 아니오. 그 여자아이가 아들놈을 먼저 유혹하고선 갑자기 태도를 바꾸더니 줘한창에게 고자질을 한 거요. 그래서 원하이가 얻어맞았지만, 한 가지는 확실하게 말씀드릴 수 있소. 나는 그 여자아이를 혼내주려고 사람을 보낸 적이 없다오. 당신이 묻고 싶은 건 바로 이거겠지."

뤄샤오밍은 눈앞의 노인이 경찰의 추론을 다 예상하고 있을 줄은 몰랐다.

"선생님이 말하는 혼내준다는 건 위협입니까, 아니면 살해입니까?"

뤄샤오밍은 '살해'를 말할 때 일부러 강세를 주어 발음했다.

"뭐가 됐건 나는 탕링에게 어떠한 짓도 하지 않았소. 그 여자와 나는 아무런 상관도 없다오."

런더러의 얼굴빛은 조금도 달라지지 않았다.

"방금 탕링이 양원하이를 먼저 유혹했다고 하셨는데, 누가 그러던가요?"

뤄샤오밍이 물었다.

"원하이가 그러더군요. 형사님은 믿지 못할지 모르지만, 나는 아들놈이 이런 작은 일로 거짓말할 거라고는 생각하지 않소."

"하지만 그때 양원하이는 술에 취해 있었잖습니까?"

아제가 끼어들었다.

"오, 좋습니다. 어쩌면 그 여자가 아들놈을 유혹한 게 아닐지도 모르지요. 그렇지만 세간에 떠도는 말이 전부 사실은 아닐 거라고 믿소. 원하이가 좀 급하게 나갔던 것도 있겠지만, 남자란 가끔 여자를 강하게 밀어붙일 때도 있는 거요. 그래야 여자가 따라오거든."

뤄샤오밍과 아제는 지금 마리가 이 자리에 없는 것을 다행스럽게 여겼다. 남녀평등을 강하게 주장하는 그녀가 함께 있었다면 당장 이 삼합회 두목에게 잔뜩 욕을 퍼부었을 것이다.

"탕링에게 보복하지 않았다고 하셨는데, 양원하이가 구타당했을 때 화가 나지 않으셨나요?"

"분노하지 않았다고 말하면 믿지 않겠지요. 이보시오, 형사님." 런더러가 평온한 어조로 말했다. "아들이 얻어맞았는데 어느 아버지가 마음 아프지 않겠소? 그렇지만 일시적인 충동에 맹목적으로 일을 벌이면 더 큰 문제를 일으키는 거라오."

"더 큰 문제라면 어떤 걸 말씀하시는지?"

"형사님, 우리 그냥 딱 까놓고 얘길 합시다. 당신은 중안조 독찰이니 이 구역의 세력 균형에 대해 모르지 않을 거요. 우리 조직은 지금 압박을 받고 있는 중이오. 동생들은 분분히 상대편으로 넘어가거나, 그렇지 않으면 손을 씻고 법을 준수하는 시민으로 돌아가고 있소. 길어야 2년이면 홍충화라는 이름은 사라지게 될 거요. 나 역시 끝없이 이어지는 조직의 세계에 진력이 났고, 지금까지 지은 죄에 대한 대가를 치르게 된대도 아무런 원망도 하지 않을 거요. 아마 '붉은 기둥과 돌 담벼락'* 으로 지어진 집에서 여생을 보내게 될 테지. 그러나 나는 부하들까지 연루시키고 싶지는 않소. 더구나 아들놈은 내가 살아온 인생과는 다르게 살게 하고 싶다오." 런더러는 잠

* 고도의 방범설비를 갖춘 홍콩의 적주(赤柱)감옥과 석벽(石壁)감옥의 이름을 따서 감옥을 비유한 것.

시 말을 멈췄다. "연예계도 복잡한 세계라지만, 적어도 불법적인 일은 아니지. 내가 탕링의 머리카락 하나라도 건드렸다면, 나중에 그 일이 밝혀졌을 때 원하이의 앞길에 영향을 미치지 않겠소?"

뤄샤오밍은 이 말을 듣고 당황했다. 런더러가 말한 '큰 문제'가 양원하이의 연예활동에 대한 것일 줄은 정말 생각지 못했던 것이다.

"런 선생님, 지금 제 앞에서 스스로 '조직 사람'이라고 인정하셨는데 이걸로 기소당하는 게 두렵지 않으신가요?"

홍콩에서는 자신을 범죄 조직 삼합회의 일원이라고 밝히는 것 자체가 형사적 범죄행위다.

"하핫! 당신은 지금 탕링의 사건을 수사하고 있을 텐데! 나를 잡아서 무슨 소용이 있단 말이오?" 런더러는 이가 보일 정도로 크게 웃었다. "게다가 그 장蔣씨가 이미 당신네 마약조사과의 손아귀에 있으니 나를 상대하는 건 여기 분구의 손까지 빌릴 것도 없을 거요."

뤄샤오밍은 관전둬가 준 정보를 떠올렸다. 총부 마약조사과에서 런더러를 기소할 증거를 확보했다고 했다. '장씨'는 아마 증인일 것이다. 뤄샤오밍은 구체적인 내용은 몰랐지만 대략의 흐름은 추측할 수 있었다. 런더러는 이미 감옥에 갈 마음의 준비를 마친 듯했다. 런더러의 태도에서 뤄샤오밍은 아무런 허점도 찾을 수 없었다. 그가 노회한 거물급 범죄자라 잘 숨긴 것이 아니라면, 전부 사실을 말했기 때문일 것이다.

"런 선생님, 다시 한 번 묻겠습니다." 뤄샤오밍이 런더러의 눈을 직시하며 말했다. "사람을 보내 탕링을 습격했습니까? 혹시 당신의 부하들이 실수로 살인을 저지른 것이라면 빨리 자수하는 편이 좋습니다. 검찰이 과실치사로 구형할 가능성이 커지기 때문입니다. 살인과 과실치사는 형량에서 큰 차이가 난다는 걸 잘 아시겠죠?"

"나는 부하들에게 탕링에게 해를 가하라는 명령을 내린 적이 없소." 런더러는 웃음을 거두고 진지하게 답했다. "내가 방금 말한 것처럼 나는 내 아들의 앞길에 방해가 될 바보짓은 절대로 하지 않소."

"그렇다면 런 선생님께서는 부하들이 당신을 속인 채 당신 아들을 위해 복수했을 거라고는 생각해보지 않으셨습니까? 그러니까 탕링을 혼내주는 것으로 말입니다."

런더러는 잠시 침묵했다. 아주 짧은 순간이었지만 뤄샤오밍은 그의 미간이 살짝 찌푸려지는 것에 주목했다. 뤄샤오밍은 런더러가 영상을 보고 자신과 같은 결론을 내렸다는 걸 알아챘다. 범인은 삼합회 조직원이다. 전형적인 조직의 복수 수법이었다. 잠시 후 런더러가 천천히 입을 열었다.

"나는 부하들을 믿소. 그들은 오랫동안 내 명령에 충실했소. 한 번도 제멋대로 나선 적이 없다오."

"어쩌면 형님이 곧 책에 들어간다*고 생각해서 당신을 위해 뭔가 하고 싶었을지도 모르잖습니까?"

"말도 안 되오. 내 부하들 중에 그런 멍청한 놈은 없소. 탕링은 조직 사람도 아니거니와, '여자와 아이는 건드리지 않는다'는 원칙에도 어긋나지. 홍충화라는 이름 아래엔 그런 도의를 저버린 쓰레기 따위 없어."

런더러의 말투는 강경했지만 뤄샤오밍과 아제는 그의 동요를 읽어낼 수 있었다. 사람의 마음이란 뱃가죽 안에 깊이 숨겨져 있다. 아무리 수족 같은 부하라고 해도 반드시 자신의 명령대로만 움직이리라고 확신할 수는 없다.

뤄샤오밍은 오늘 런더러의 입에서 어떤 이름도 나오지 않으리란 걸 알았다. 그를 돌려보내면서 다음에 다시 수사 협조를 요청하겠

* '책에 들어간다'는 홍콩 속어로 감옥에 간다는 뜻.

다는 뜻을 밝혔다. 아제는 런더러가 옛 시대의 삼합회 인물이니 절대로 다른 사람을 팔아넘기지 않을 거라고 말했다. 그러니 그가 의심스러운 부하의 이름을 댄다는 것은 더욱 말도 안 되는 일이었다. 다만 뤄샤오밍은 이번의 만남이 분명한 메시지가 될 수 있기를 바랐다. 만약 범인이 훙충화 조직원이고 실수로 탕링을 죽인 거라면 경찰에 자수하는 편이 가장 좋은 방법임을 보여주려는 것이다. 훙의련에게 탕링의 살해가 의도하지 않은 사고임을 보여주고 두 조직의 싸움을 막을 수 있다. 법정에서 과실치사를 주장하며 감형을 요구할 수도 있다. 게다가 쩌한창의 부하가 보복하지 않을까 불안해하며 사는 것보다는 범행 사실을 자수하는 게 나을 것이다.

그러나 뤄샤오밍은 노회한 두목에게만 희망을 걸고 있을 정도로 순진하지 않았다. 그는 정보조에 사건 발생 당일의 훙충화 조직원의 동향과 사건 발생 이후 사라진 조직원이 없는지 등에 대해 정보를 수집해달라고 요청했다. 적잖은 말단 조직원들이 정보조에 정보를 팔고자 한다. 물론 그들과 접촉하면 경찰의 동태를 누출시킬 수 있는 위험이 따르지만, 가장 직접적으로 정보를 장악할 수 있는 방법이기도 하다. 범행을 저지른 자들은 최소 네 명이다. 이렇게 여러 사람이 참여한 일은 소문이 나지 않을 수 없다. 범행 후 그 과정을 자랑하듯 떠벌리거나 혹은 제 발 저린 듯 동료에게 털어놓는 것이다. 이렇게 몇 사람을 거치면 정보원의 귀에 들어올 수밖에 없다.

그러나 나흘이 지나도록 아무런 정보도 들어오지 않았다. 삼합회 쪽에서는 훙의련의 어린 조직원들이 훙충화가 조직 외의 일로 살인이라는 방법을 쓴 것에 대해 불만을 품고 복수를 해야 한다고 주장했지만, 전부 개별적인 의견이었고 중간급 이상 간부들에게서는 아무런 움직임도 없었다. 게다가 범행장소에서는 목격자를 전혀 찾을 수가 없었다. 심지어 탕링이 어떤 교통수단으로 쿤통에서 조던로까지 갔는지도 밝혀지지 않았다. 매일 밤 범행장소 주변의 도로를 지나가는 심야버스가 30분에 한 대씩 있지만 버스기사들도 하나같이 그날 밤 이상한 상황을 보지 못했다고 했다. 추격전, 습격, 시체 운반, 혈흔 세척 같은 일인데도 말이다. 뤄샤오밍은 만약 버스기사들의 증언이 사실이라면 범인들은 사전에 버스 시간표와 경찰의 방범 순찰 노선 등을 다 파악했을 것이고, 또한 짧은 시간 안에 일을 마쳐야만 했으리라고 추측했다.

연예계에서는 탕링의 사건을 두고 의견이 분분했다. 탕링을 동정하는 목소리와 범인을 성토하는 목소리도 있었고, 탕링의 자업자득이라는 의견도 보였다. 기자들은 성야 엔터테인먼트의 사장 쩌한창을 인터뷰하고 싶어 했지만, 회사의 홍보담당자는 쩌 사장이 현재 중요한 일로 국외에 나가 있으며 며칠 지나야 귀국한다고 했다.

"대장, 캐슬피크베이에서 여자 시체가 발견됐답니다."

경찰이 사건을 공표한 지 닷새째 정오 무렵, 아제는 전화 한 통을 받더니 급히 뤄샤오밍에게 보고했다.

"탕링이야?"

뤄샤오밍이 긴장했다.

"모르겠습니다. 시체는 해경이 건져 올렸답니다. 이미 한동안 물에 잠겨 있었는지 얼굴 부분이 많이 훼손됐다고 합니다. 15세에서 25세 사이의 머리카락이 긴 여성입니다."

"옷차림은?"

"나체랍니다. 제가 가서 확인해볼까요?"

"아냐, 내가 직접 가지."

뤄샤오밍은 의자 등받이에 걸려 있던 외투를 집어 들었다.

뤄샤오밍과 아제가 훙홈의 카오룽 공공시체보관소에 도착했을 때 시체는 아직 이송되지 않은 상태였다. 기다리는 동안 두 사람의 마음은 불안하게 두근거렸다. 마음 한쪽에서는 시체가 탕링이기를 바랐다. 그녀의 시체에서 더 많은 단서를 찾아낼 수 있을 것이기 때문이다. 또 한편으로는 탕링이 아직 생존해 있을지 모른다는 희망을 버리고 싶지 않았다. 어쨌든 범인들이 아니라면 누구라도 한 사람의 죽음에 기쁨을 느낄 사람은 없을 터였다.

"시체가 도착했습니다."

보관소 직원이 알렸다. 뤄샤오밍과 아제는 시체실로 들어갔다.

아제가 말한 것처럼 시체의 상태는 상당히 좋지 못했다. 물속에 며칠이나 잠겨 있어서 얼굴이 부어올랐고 신체 여러 곳에도 각각 다른 손상이 있었다. 물고기에게 뜯어 먹혔는지 아니면 선박의 스크루 등에 부딪혔는지도 모른다. 다행히도 양쪽 손끝은 상태가 비교적 괜찮아서 잘하면 지문으로 신분을 증명할 수 있을 듯했다.

뤄샤오밍이 시체를 조사하는 동안 검시관이 도착했다. 그는 경찰이 자신보다 먼저 나타난 것에 조금 놀랐다. 그리고 그는 뤄샤오밍이 탕링 사건의 책임자라는 걸 알고 그의 고충을 이해할 수 있었다.

"상세한 부검 결과는 시간이 좀 걸릴 겁니다. 먼저 기본적인 검시부터 하도록 하죠."

검시관의 말에 따르면, 시체는 익사한 것이 아니며 신체 여러 곳이 골절돼 있었고 머리에 여러 군데 상처가 선명하게 남아 있다고 했다. 역시 사망하기 전에 생긴 것이다. 비록 시체가 탕링인지 아닌지가 완전히 밝혀진 것은 아니지만 탕링의 사건과 상황이 부합되는 셈이다.

"먼저 피해자의 지문부터 보여드리겠습니다. 신분확인을 해야 할 테니까요."

검시관이 시체의 오른손을 쥐고 조심스럽게 약 20분이나 들여서 손끝의 피부를 깨끗하게 한 다음 먹물을 찍어 지문을 떴다. 검시관은 사인과 시체의 상태에 대한 조사를 책임질 뿐, 신분확인은 경찰의 감식과에 맡겨야 한다.

뤄샤오밍은 검시관에게 인사를 하고 지문을 찍은 자료를 들고 시체실을 떠났다.

"대장, 저 시체가 탕링일까요?"

뤄샤오밍이 막 대답을 하려는데 안치소 문 앞에서 익숙한 사람을 마주쳤다.

"사부?"

관전둬가 안치소의 안내데스크에서 직원과 대화를 하고 있었다.

"어, 샤오밍 아니야? 사건 수사차 온 건가?"

"네, 캐슬피크베이에서 발견된 사체가 있어서 혹시 탕링이 아닌지 확인하러 왔습니다."

"그래, 어떤가?"

"아직 모르겠어요. 바다에 오래 잠겨 있어서 얼굴을 알아보기 어렵네요." 뤄샤오밍이 서류가방을 툭툭 치며 말했다. "하지만 검시관이 지문을 떠줬습니다. 감식과에 넘기면 확실해지겠죠. 사부는 무슨 일로 오셨어요?"

"자네와 같은 건이야. 캐슬피크베이에서 발견된 시체."

"예?"

"완차이의 인신매매단 사건 말일세. 증인이 말한 것 중에 세 명의 매춘부를 구타해서 죽인 사건이 있었어. 그 시체 중 하나가 발견되지 않았는데 캐슬피크베이에서 시체가 발견됐다기에 와봤네."

정식 경찰보다 특수고문 위치에 있는 관전둬의 움직임이 더 빨랐다.

"그럼 우리 각자 저 시체가 자기 사건과 관련 있기를 바라야겠군요. 휴우."

뤄샤오밍이 한숨을 쉬었다.

"다른 사람의 불행을 마주하는 게 우리들 형사의 일이니까." 관전둬가 씁쓸하게 웃었다. "더 시간 뺏지 않겠네. 나도 안치소에 가서 검시관과 얘기를 나눠야 하고."

뤄샤오밍은 사부와 작별인사를 나눴다. 그가 막 몇 걸음 떼어놓았을 때 뒤에서 관전둬가 불러세웠다.

"아차, 잊을 뻔했군. 이번 주에는 시간이 있으니 자네가 편할 때 우리 집으로 오라고. 저녁 시간 이후라면 언제든지 집에 있을 테니까."

차로 돌아와 침사추이 경찰서로 가는 길에 아제가 물었다.

"대장, 야구모자를 쓰고 있던 그 선배님은 누구십니까?"

"내가 총부 정보과에 있을 때 상사지. 관전둬 경사님."

"천리안 관전둬요?" 아제가 깜짝 놀라 외쳤다. "한 번 본 것은 절대 잊지 않고, 발자국만 봐도 범인을 알아낸다는 천재 탐정요?"

뤄샤오밍은 속으로 웃었다. 사부의 이런 별명은 경찰들 사이에 널리 알려져 있었다. 뤄샤오밍의 눈에 비친 사부는 확실히 대단한 사람이었다. 그러나 '천리안'이라느니 하는 별명은 너무 신격화된 게 아닌가 생각하곤 했다.

경찰서로 돌아온 뤄샤오밍은 지문을 감식과에 보냈다. 결과는 오후 5시가 넘어서 나왔다. 중안조 사람들은 지문 확인 결과에 울적해졌다. 그런 한편 사건 수사에는 또 한 번의 진전이 생긴 셈이라고 안위했다.

감식과는 시체의 지문이 탕링의 기록과 일치한다고 보고했다.

탕링의 시체가 발견됐다는 소식이 알려지자 홍콩 전체가 들썩였다. 탕링이 살해당한 사건은 사회적인 주목을 받았지만 중안조는 속수무책이었다. 중안조 사람들은 총부에서 조만간 개입할 거라고 추측했다. 무엇보다도 사건이 범죄 조직 간의 원한과 복수에 관련

돼 있으니 O기에서 끼어드는 것도 당연했다. 그러나 어떤 경찰관도 현재 수사 중인 사건을 다른 사람 손에 넘기고 싶어 하지 않는다. 어쨌거나 그런 일은 자신의 가치를 부정당하는 것과 같았고, 지금까지 쏟아온 노력이 모두 물거품이 되기 때문이다.

다음 날 중안조의 사기는 엉망이었다. 수사에 진전이 없어 뤄샤오밍도 무기력함을 느꼈다. 경찰 조직에서 오래 일했고 수사방법을 숙지하고 있다고는 해도 이 사건은 그가 처음으로 주도하는 수사였으니 스트레스가 상당히 컸다. 그는 마음이 급할수록 생각도 혼란스러워진다고 느꼈다. 책상 위에 놓아둔 관전둬와 함께 찍은 사진을 바라보며 오늘은 머리를 쉬게 하기로 결심했다.

"여보세요? 사부? 저 지금 네이슨로에 있습니다. 사부 댁으로 가는 중인데……."

퇴근 후 뤄샤오밍은 차를 몰고 몽콕으로 향했다. 가는 길에 사부에게 전화를 걸었다.

"저런, 공교롭게 됐군! 오늘은 좀 늦게 들어갈 거야. 우리 집에서 조금 기다리게! 아내가 집에 있으니까. 7시에 친구 집에 놀러 간다고 했는데 전화해서 잠시 기다리라고 해두지."

뤄샤오밍은 주차를 하고 나서 오랫동안 사모를 만나지 못했다는 걸 떠올렸다. 그래서 케이크 가게에 가서 과일이 예쁘게 올려진 타르트를 반 다스 선물로 샀다. 그리고 사모가 특히 밤을 넣은 케이크를 좋아했던 게 생각나 한 상자 추가했다. 사모는 뤄샤오밍을 반갑게 맞아주었다. 뤄샤오밍이 승진하기 얼마 전 관전둬의 집에서 함께 식사한 뒤로 한 달 만의 만남이었다. 그녀는 상자를 열더니 친구들과 식사 후 디저트로 먹으면 좋겠다며 무척 기뻐했다. 뤄샤오밍이 알기로, 사모는 달콤한 디저트를 잘 먹는 편이 아니었다. 그녀의 기쁨은 자기 부부를 살뜰히 챙겨주는 아들뻘 후배가 있다는 걸 이

웃의 나이 든 부인들에게 자랑할 수 있다는 데 있었다. 관전뒤 부부는 슬하에 자녀가 없어 뤄샤오밍을 친아들처럼 대했다. 뤄샤오밍 역시 예전부터 그들을 부모처럼 따랐다.

사모가 집을 나선 뒤 뤄샤오밍은 혼자서 관전뒤를 기다렸다. 비록 관전뒤가 퇴직한 경사라고는 하지만 그의 알뜰한 성격에 부부는 여전히 50제곱미터도 안 되는 작은 집에 살고 있었다. 뤄샤오밍은 여러 차례 사부에게 좀 더 큰 아파트로 이사하라고 권했지만 관전뒤는 이렇게 대답했다.

"집이 작아야 건사하기도 쉬울 거 아닌가. 힘도 덜 들고, 시간도 덜 들고, 전기세도 적게 나와."

뤄샤오밍은 당당한 퇴직 경사의 아내임에도 이처럼 평범하고 검소한 삶을 즐긴다는 데서 사모에게도 늘 감탄한다. 만약 사모가 현실을 모르고 이상만 좇는 사람이었다면 사부가 그녀와 결혼하지 않았을 것이다. 뤄샤오밍은 그렇게 생각했다.

뤄샤오밍은 거실 소파에 앉아 있었다. 그러나 머릿속에는 탕링 사건이 가득했다. 생각하면 할수록 마음이 조급해졌다. 지금 자신이 이렇게 앉아 있는 게 시간 낭비처럼 느껴졌다. 그는 일어나서 거실을 걷기 시작했다. 몇 바퀴나 빙글빙글 돌다가 관전뒤의 서재로 들어갔다. 관전뒤의 집은 방 두 칸과 거실로 이뤄져 있다. 노부부의 침실을 제외하면 자그마한 서재가 있을 뿐이다. 서재에는 책상 하나와 팔걸이 의자 두 개, 몇 개의 책장과 컴퓨터 한 대가 있었다. 관전뒤는 여기서 경찰 각 부서에서 보내온 자료를 읽거나 단서를 정리하고 추리 내용을 다듬어 결론을 내리곤 한다. 뤄샤오밍은 무의식적으로 책장에 꽂힌 크고 작은 서류철을 뒤적이다가 다시 사부의 의자에 앉았다. 서재의 벽에는 액자에 담긴 사진들이 가득 걸려 있었다. 그중 적잖은 수가 이미 갈색으로 빛이 바랬고 몇 장은 흑백사진이었다. 창문 옆에 걸린 사진이 가장 오래되었다. 사진 속 관전뤄는 스물 몇 살 정도로 보였다. 1970년 사부가 영국에서 훈련받을 때 찍은 사진이라는 걸 뤄샤오밍도 알고 있었다. 관전뤄는 1967년 폭동 때 눈에 띄는 활약을 보여 당시 서양인이었던 상사에게 격찬을 받았고, 그때부터 '천재 탐정'으로서의 화려한 전설이 시작됐다고들 한다. 그러나 뤄샤오밍은 사부가 그 사건을 언급하는 걸 한 번도 듣지 못했다. 그가 몇 번이나 먼저 물어보기도 했지만 사부는 대답하지 않았다. 사부는 아마 자랑스레 떠벌리는 걸 싫어하는 게 아닐까 싶었다. 폭동이 일어난 상황이니 경찰이 여럿 순직했고 일반 시민들도 수없이 죽고 다쳤다. 그 시대를 직접 겪은 사람으로서는 다시 떠올리고 싶지 않을 것이다. 관전뤄의 책상에는 온갖 잡동사니가 잔뜩 널려 있었다. 서류, 메모 등이 책상 위에 가득했다. 거실은 언제나 질서 있게 정리돼 있었지만, 관전뤄의 책상은 10년을 하루같이 언제나 엉망으로 어질러져 있었다. 사모의 말을 들으면, 사부는 자기 책상을 건드리지도 못하게 한다고 했다. 사모 역시 남편의 수사에 방해될까 봐 몇 년째 저 정신없이 쌓인 '단서들의 산'을 원래 모습 그대로 놔두고 있다고 했다.

책상의 잡동사니들은 보통 사람의 상상을 훨씬 뛰어넘는다. 서류나 메모 외에 붓펜, 약병, 사진, 슬라이드, 책상 스탠드, 돋보기, 현미경, 화학시약, 만능열쇠, 지문검사 분말, 초소형 카메라렌즈, 볼펜형 녹음기, 열쇠를 복제하는 고무판…… 이런 물건을 구비하고 있는 사부는 경찰의 고문보다 사설탐정이나 스파이에 더 어울릴지도 모른다. 그러나 뤄샤오밍은 사부의 평범하지 않은 수사방법을 매우 잘 알고 있어서 이런 물건들을 봐도 그다지 이상하게 여겨지지 않았다.

뤄샤오밍은 의자에 앉아 다리를 꼬고 평소 사부가 생각에 잠긴 모습을 흉내 냈다. 5센티미터 정도 높이의 유리병을 손에 쥐고 가볍게 흔들었다. 유리병 속에는 총알이 하나 들어 있었다. 관전둬가 예전에 수사했던 사건의 기념품이다. 사실 총알은 소지가 금지된 품목으로 이런 식으로 보관해서는 안 되지만, 규율 준수에는 관심 없는 관전둬에게 이 정도는 신경 쓸 가치도 없는 작은 일에 불과했다.

뤄샤오밍은 천천히 유리병을 흔들었다. 총알이 병 안에서 이리저리 부딪히는 맑은 소리가 울렸다. 그 소리를 들으며 이런저런 잡동사니가 널려 있는 책상을 구경했다. 그러다가 우연히 노란색 서류철 위에 쓰여 있는 이름을 발견하고는 정신이 번쩍 들었다.

런더러.

관전둬의 책상에 런더러의 개인기록이 있었다.

사부의 서류를 멋대로 펼쳐보거나 움직이면 분명 야단맞을 테지만, 뤄샤오밍은 깊이 생각할 틈도 없이 서류를 펼쳐 한 장 한 장 주의 깊게 읽어내렸다. 몇 분 지나지 않아 그는 실망해서 서류철을 덮었다. 그 서류는 런더러의 개인기록 사본일 뿐이었다. 그의 가죽 서류가방에도 똑같은 서류가 들어 있었다. 내용이 한 글자도 다르지 않았다.

그는 런더러의 자료를 밀어놓고 다시 의자에 등을 댔다. 그때 여섯 개의 붉은색 글자가 그의 주의를 끌었다.

런더러의 서류 아래 '기밀 : 내부문건'이라는 도장이 찍힌 공문서 봉투가 깔려 있었다.

그는 손을 뻗어 봉투를 집어 들었다. 밀봉돼 있지 않았다. 그는 호기심을 이기지 못하고 봉투를 열어 속에 든 종이를 꺼냈다.

뤄샤오밍은 혹시 이것이 런더러의 개인 기밀자료가 아닐까 생각했다. 그러나 그것은 전혀 관계없는 자료였다. 어떤 증인의 신변보호 프로그램에 대한 문서로, 경찰의 증인보호조와 국경사무소가 주고받은 이메일을 출력한 것이었다. 뤄샤오밍은 민감한 내용임을 알아채고 다시 봉투에 서류를 넣으려고 했다. 그때 그의 눈에 중요한 단어가 보였다.

장푸蔣福.

처음 듣는 이름이다. 그러나 '장'이라는 성씨가 뤄샤오밍에게 런더러의 말을 생각나게 했다.

— 게다가 그 장씨가 이미 당신네 마약조사과의 손아귀에 있으니 나를 상대하는 건 여기 분구의 손까지 빌릴 것도 없을 거요.

이 서류가 런더러의 개인기록과 같이 놓여 있는 것은 단지 우연만은 아닐 거라고 뤄샤오밍은 생각했다. 그는 다시 서류를 꺼내 빠르게 읽어 내려갔다. 이메일에는 장푸라는 사람이 증인보호 프로그램에 참여한다는 설명과 함께 국경사무소에서 새로운 신분을 제시해야 한다는 것, 그리고 경무처장 및 행정장관의 비준을 받아야 한다는 내용이 있었다. 그중 국경사무소에서 보낸 듯한 답장에는 첨부된 파일도 나와 있었다. 그 위에는 다섯 개의 이름이 쓰여 있었는데, 이름 뒤에는 각각 중국어, 영어로 표기된 새로운 이름이 나와 있었다. 다섯 개의 이름 중 네 개는 장씨였고, 하나는 린林씨였다. 뤄샤오밍은 증인의 가족까지 모두 함께 신분을 바꾸는 보호 프로그램이라는 걸 알았다.

"장푸는 장위. 린즈는 자오취이. 장궈쉔, 장리밍, 장리니는 각각 장지창, 장샤오이, 장샤오링."

뤄샤오밍은 서류에 적힌 이름들을 조그맣게 중얼거렸다.

찰칵.

현관문에서 열쇠 돌아가는 소리가 들렸다. 뤄샤오밍은 사부에게 들키지 않도록 급히 서류를 공문봉투 속에 집어넣었다.

"샤오밍, 오래 기다렸지."

관전둬가 현관문을 열고 들어오며 말했다.

"아, 아니에요."

뤄샤오밍이 서재에서 급히 걸어나왔다.

"음……." 관전뤄는 제자를 흘깃 보더니 모자와 지팡이를 현관에 있는 못에 걸었다. 그러고는 신을 벗으며 말했다. "내 책상 위 서류들 봐도 괜찮아. 다른 데다 말하지만 않으면 돼."

뤄샤오밍은 깜짝 놀랐다. 자신이 서류를 봤다는 걸 어떻게 해서 들킨 것인지 알 수 없었다.

"아직 저녁 안 먹었지? 어디 가서 먹을까? 길 입구에 밍지 레스토랑에서 특가로 거위구이 정식을 팔고 있다네. 아니면 배달시켜 먹을까? 난 서양식 고기전병을 그다지 좋아하진 않지만 피자 할인권이 있거든. 이번 주까지 사용해야 하니 쓰지 않으면 아깝잖아."

사부는 가볍게 말했다.

"사부도 런더러를 조사하세요?"

뤄샤오밍은 관전뤄의 물음에 답하지 않고 다른 화제를 던졌다.

"내가 말했잖아. 총부 마약조사과에서 런더러를 잡을 거라고. 런더러는 십수 년 혹은 20년 동안 조직에서 대량으로 마약 밀매를 해왔어. 마약조사과에서는 줄곧 증거가 없었는데 작년에 드디어 증언하겠다는 사람을 찾았지. 발이 닳도록 찾아다닌 끝에 얻은 성과야……."

"그 장푸라는 사람이죠?"

뤄샤오밍은 '기밀문건' 속 이름을 떠올렸다. 관전뤄가 한쪽 눈썹을 들어 올리며 말했다.

"그래. 그는 베트남 화교인데 동남아의 마약상들과 관계가 있어. 지금은 사면을 대가로 증언을 하기로 한 상태야. 만약 베트남 쪽 마약상이 그의 변절을 알게 된다면 그는 단 며칠도 살아남지 못할 걸세. 그래서 그와 가족들이 홍콩에 와서 새로운 신분으로 생활하기로 한 거지. 다른 구체적인 부분은 더 말하기 어렵군. 사실상 자네에게 이런 얘기를 하는 것도 규칙 위반이야."

"런더러를 잡는 데 이렇게 많은 노력이 필요합니까? 그냥 내버려둬도 홍충화는 홍의련에 흡수될 텐데요?" 뤄샤오밍은 잠시 말을 멈췄다. "아니면 그 증인이 홍의련, 쬐한창의 마약 밀매도 증언할 수 있는 건가요?"

"아니야, 장푸의 증언은 홍콩에서는 런더러의 죄에만 해당이 되네. 그의 증언으로 기소할 수 있는 다른 보스들은 이미 다 죽었지."

뤄샤오밍은 마약조사과에서 런더러를 체포하는 걸 비판하고 싶었다. 그것은 보여주기식 수사일 뿐이다. 시민은 경찰이 열심히 일하고 있다고 여기겠지만, 실제로 야우침 지역의 마약 문제는 전혀 개선되지 않는다. 그러나 사부의 면전에서 그런 말을 꺼내지는 못했다. 총부 마약조사과의 책임자는 관전둬의 오랜 친구였다. 두 사람은 1970년대에 카오룽구 형사정집부에서 함께 일했다고 한다.

"사부, 탕링을 죽인 범인은 런더러의 부하입니까?"

뤄샤오밍은 더 이상 장푸와 증언에 대해 캐묻지 못하고 다른 질문을 던졌다.

"자네 이미 런더러를 심문했잖아? 어떻게 생각하지?"

관전둬가 소파에 앉아 여유롭게 반문했다.

"저는 그가 범행의 배후가 아닌 것 같습니다. 하지만 그에게 멍청한 부하들이 없다고 확신할 수는 없지요. 독단으로 두목의 복수를 하러 나섰다가 예상치 못하게 탕링을 죽였을지도 모릅니다."

"일반적으로 말하면 그 생각이 합리적이지." 관전둬가 웃으며 말했다. "그러나 지금 알고 있는 사실에만 근거하고 있어. 현재 아는 걸 바탕으로 해서 새로운 사실을 찾아내지 못한다면 공부를 충분히 한 게 아니야."

"제가 뭔가 놓친 게 있나요?"

"자네 홍충화가 홍의련에서 갈라져 나온 건 알고 있겠지?"

"그럼요."

"홍충화 세력은 최근 끊임없이 홍의련에 잠식당하고 있어. 많은 수의 조직원들이 쭤 사장 밑으로 들어갔지. 그렇지 않나?"

"맞습니다."

"런더러는 아들이 폭행당하자 부하들에게 홍의련 조직원과 충돌하지 말라고 명령을 내렸어. 알고 있나?"

"정보조에서 들었습니다."

"지금까지 얘기한 세 가지 점을 종합해보고도, 홍충화에 두목의 명령을 듣지 않고 멋대로 행동하는 놈들이 있다고 생각한다는 거야? 우선 젊은 급진파들은 애초에 런더러를 따라 조직에서 나오지 않았을 거야. 그런 놈들은 '더러운 수단도 마다하지 않는' 쭤한창을 따르지. 그리고 살인 같은 짓을 해치울 정도로 '쓸모 있는' 조직원들은 가장 먼저 홍의련에서 빼내갔을 거야. 남아 있는 건 두목 런더러의 모든 지시를 충실하게 이행하는 자들뿐이지. 런더러에게 정말로 그만큼 정신 나간 부하가 있다고 해도 그자가 죽이려고 할 사람은 쭤한창이지, 아무런 위협도 되지 않는 탕링이 아닐 걸세. 탕링을 뒤쫓아가서 죽이는 건 조직과 두목에게 골칫거리만 안겨주는 일이고 득 될 게 없거든."

"탕링의 죽음이 실수로 벌어진 사고일 가능성이 있잖습니까? 원래 살인까지 할 계획은 아니었는데."

"길쭉한 조리칼을 들고 뭘 하려던 거겠어? 수박이라도 자르려고?"

뤄샤오밍은 영상 속에서 무기를 휘두르던 남자들을 떠올렸다.

"영상에 근거해볼 때 이건 처음부터 생명을 빼앗을 계획으로 시작된 일이야."

관전뒤가 담담하게 말했다.

"그렇다면 사부는 범인이 홍충화 조직원이 아니라고 생각합니까?"

"샤오밍, 난 오늘 무척 피곤해. 그리고 탕링 사건에는 추리가 필요한 부분이 별로 없어. 유용한 정보를 찾아내고, 증인이 증언할 수 있게 하고, 그런 다음 범인을 체포하면 끝이야. 조직범죄의 경우 진짜 주모자는 언제나 사건 바깥에 존재하지. 실질적인 물증은 거의 잡아낼 수 없어. 유일한 방법은 증인을 찾아 증언을 확보하는 것만이 해결책이야. 인내심을 가지라고."

"하지만 사부……."

"자넨 지금 중안조 분대장일세. 어떤 일은 자네 혼자 해결해야지. 항상 이 늙은이에게 의존해선 안 돼." 관전뒤가 웃으며 말했다. "자기 자신을 믿어야 해. 상부에서 자네를 발탁한 건 자네 재능을 신뢰하기 때문이야. 만약 자네 자신조차 스스로 의심한다면 어떻게 부하들을 이끌 수 있겠어?"

뤄샤오밍은 뭔가 말을 하려다 말고 입을 다물었다. 사부가 이렇게까지 말하니 더 물을 수가 없었다.

이날 밤 뤄샤오밍은 아무런 수확도 없었다. 관전뒤는 탕링의 사건에 흥미가 없는 듯했다. 사건에 관련된 것은 일체 언급하지 않았다. 두 사람은 골목 입구 구이집에 가서 저녁을 먹었고, 관전뒤는 내내 사건에 관련된 화제를 피했다. 마약조사과가 런더러를 잡으려고 하는 상황에서 증인의 소재지 등 주요 정보가 흘러나갈까 우려하는 거라고 뤄샤오밍은 짐작했다.

집에서 임신을 한 아내가 기다리고 있었으므로 뤄샤오밍은 늦게까지 머무를 수 없었다. 10시 반 정도에 일어섰다. 예전에는 사부와 함께 이야기를 나누며 새벽 한두 시까지 머무르곤 했다. 관전뒤의 집을 막 나서려는데 관전뒤가 뤄샤오밍의 어깨를 두드리며 말했다.

"샤오밍, 마음 편하게 먹게. 퇴근 후에도 계속 사건만 생각하지 말고 음악을 듣거나 텔레비전이라도 봐. 그래야 일도 잘 풀리는 거라고."

사부가 이렇게 충고했지만 집으로 돌아가는 길에도 뤄샤오밍의 머릿속은 온통 탕링, 런더러, 양원하이 등의 이름으로 가득했다.

"어, 아직 안 잤어?"

뤄샤오밍이 집에 돌아왔을 때는 11시가 넘어 있었다. 아내 메이메이美美는 침대에 기대앉아 텔레비전을 켜둔 채로 가십 잡지를 읽고 있었다.

"당신 기다렸지."

메이메이가 남편에게 애교를 부렸다.

"임신부가 밤 새우면 안 좋아."

뤄샤오밍이 아내에게 입을 맞췄다.

"이제 11시 좀 넘은걸. 밤샘은 아닌데."

메이메이가 토라진 척하며 말했다. 아내가 임신한 이후로 뤄샤오밍은 그녀가 앉고 서고 먹고 마시는 모든 부분에 긴장하고 있었다.

"따뜻한 우유 마실래? 내가 갖다 줄게."

"벌써 마셨지." 메이메이가 부드럽게 말했다. "하루 종일 바쁘게 일했으니 푹 쉬어. 내가 따뜻한 목욕물도 받아놨어."

뤄샤오밍은 외투를 벗고 아내 옆에 놓인 잡지를 흘낏 쳐다봤다. 『팔주간』 최신호였다. 표지는 양원하이였고, 탕링의 과거 사진이 함께 실려 있었다.

"이런 영양가 없는 잡지는 보지 마. 태교에 안 좋아."

"친구들이 다 이 얘기만 하는걸. 잡지를 안 보면 대화에 낄 수가 없어.” 메이메이가 입을 삐죽이며 반박했다. “말이 나와서 말인데, 이 여자 정말 안됐지 뭐야. 막 해외활동도 시작하려던 참이었는데 마른하늘에 날벼락처럼 갑자기 살해되다니.”

“탕링은…… 뭐? 해외활동을 할 예정이었다고?”

뤄샤오밍은 탕링이 살해당한 것은 자업자득인 면이 있다고 말하려다 새로운 정보를 듣고는 눈이 번쩍 뜨였다.

“내 친구의 지인의 친척이 연예기자인데, 일본 대형 연예기획사에서 탕링을 마음에 들어 해서 특별히 높은 계약금으로 데려가기로 했대. 아시아 전체의 아이돌 스타로 만들 거라고.”

“탕링은 성야와 계약돼 있잖아? 옮길 수 있나?”

“응? 그건 나도 모르겠네.”

메이메이가 고개를 갸웃거렸다.

뤄샤오밍은 욕조 속으로 몸을 깊이 담그며 아내의 말을 곰곰이 생각했다. 별 관계없는 소문에 불과한데도 어째서인지 뤄샤오밍은 탕링이 벗어날 기회가 있었다는 그 점에 계속 신경이 쓰였다.

욕실을 나와 침실로 갔을 때 아내는 이미 잠들어 있었다. 뤄샤오밍은 아내가 들고 있던 잡지를 조심스럽게 빼내고 손을 뻗어 텔레비전 리모컨을 집어 들었다. 막 전원 버튼을 눌러 끄려던 찰나, 텔레비전 화면에 나타난 장면이 그의 가슴을 덜컥 내려앉게 했다. 그는 순간 옆에 잠들어 있는 아내도 잊고 텔레비전 음량을 높였다.

“……저는 탕링이 이런 일을 당한 것에 큰 아픔과 분노를 느낍니다. 우리는 더할 수 없이 가능성이 높은 가수를 잃었습니다. 성야 엔터테인먼트의 손실일 뿐 아니라 홍콩 가요계의 손실입니다.”

텔레비전 화면에 여남은 개의 마이크에 둘러싸여 몸에 딱 맞는 양복을 갖춰 입고 엄숙한 표정을 지은 남자가 보였다. 쩌한창이었다. 화면 위쪽에 나타난 제목을 보니 연예 뉴스 프로그램이었다. 화면 아래쪽에는 '성야의 쿼 사장이 홍콩에 돌아오자마자 탕링 사건에 대해 입을 열다'라는 자막이 떠 있었다. 뤄샤오밍은 이것이 한두 시간 전의 일일 거라고 추측했다.

"성야 엔터테인먼트는 범인의 폭력적 행위를 비난합니다. 이러한 범죄는 사람들을 분노하게 합니다. 범인을 찾아내는 데 모든 힘을 다해줄 것을 경찰에 촉구합니다. 또한 탕링과 양원하이 씨의 사이에 있었던 불미스러운 사건에 대한 소문들은 저 자신은 전혀 아는 바가 없습니다. 그러나 탕링은 착하고 순수한 소녀입니다. 저는 그녀에게 책임이 있으리라고 생각할 수 없습니다."

쿼한창은 당당하고 차분한 태도로 말을 이었다. 더할 나위 없이 기업가다운 모습이었다.

"2주 전 양원하이가 구타당한 사건을 알고 있습니까?"

"기자 친구를 통해 들었습니다. 최근 이런 폭력사건이 연속적으로 발생하고 있는데, 저희 성야 엔터테인먼트에서는 홍콩 시민들과 같은 생각입니다. 범인들이 빨리 법의 처벌을 받아야 한다는 것입니다."

젠장할, 마치 자신과는 아무런 관계도 없는 일처럼 말하고 있군 그래. 뤄샤오밍이 속으로 욕설을 퍼부었다.

"탕링의 앨범은 예정대로 발매되나요?"

"이번 앨범은 탕링이 심혈을 기울여 작업한 것입니다. 범인들은 팬들이 탕링의 목소리를 들을 수 없도록 만들었습니다. 우리는 그들의 뜻대로 되게 놔두지 않을 것입니다. 앨범은 예정대로 이번 주에 발매됩니다." 쿼한창은 숙연하게 말했다. "앨범 발매와 동시에 진행할 예정이었던 쇼케이스는 취소되겠지만, 대신 탕링을 추모하기 위한 촛불콘서트를 준비하고 있습니다. 여러 가수들이 참석해 공연할 예정이며 다음 달 중순에 거행될 것으로……."

그때 뤄샤오밍의 귓가에 사부의 충고가 홀연히 울렸다.

— 퇴근 후에도 계속 사건만 생각하지 말고 음악을 듣거나 텔레비전이라도 봐. 그래야 일도 잘 풀리는 거라고.

그건 '충고'가 아니라 '암시'였다.

뤄샤오밍은 자신이 지금까지 잘못된 방향으로 조사해왔다는 걸 깨달았다.

— 게다가 대어를 낚으려면 인내심이 있어야 해. 지금은 미끼를 물 기미가 보이지 않겠지만 묵묵히 수면의 변화를 주시하며 기다리는 거야. 순식간에 사라져버리는 기회를 잡아채기 위해서.

뤄샤오밍은 텔레비전 화면을 응시하고 있었지만 쭤한창이 뭐라고 말하는지는 더 이상 신경 쓰지 않았다.

그의 마음은 온통 어떻게 해야 순식간에 사라져버리는 기회를 붙들 수 있을지에 쏠려 있었다.

쭤한창을 '살인 공모 및 교사'로 기소할 수 있는 기회 말이다.

5

평소 다른 사람의 말투나 안색에 신경 쓰지 않는 샤오장조차도 오늘 대장에게 고민이 많다는 것을 알았다.

아침부터 뤄샤오밍이 사무실에 들어오자마자 대원들은 그의 기분이 평소와 다르다는 걸 눈치챘다. 뤄샤오밍의 얼굴은 퉁퉁 부어 있었다. 앞서 '산살무사 작전'의 실패로 상급자들에게 둘러싸여 공격당한 후의 표정도 지금처럼 심각하지는 않았다.

"대장." 아제가 조장실 문을 두드렸다. "훙충화 말단 조직원의 파일을 살펴봤습니다. 영상 속 네 명의 범인들과 신체조건을 비교해

보면 일곱 명이 의심스러운데…….”

“조사할 필요 없어. 거기서 범인을 찾지 못할 테니.” 뤄샤오밍이 한숨을 내쉬며 잠시 말을 멈췄다. “아제, 내가 대장 자리를 잘 해내고 있는 것 같아?”

아제는 뤄샤오밍이 이런 질문을 하는 이유를 몰라 순간적으로 대답하지 못했다.

“음, 전 대장과 같이 일한 시간이 짧아서 정말로 뭐라고 대답해야 할지 모르겠습니다. 하지만, 대장은 저희에게 잘해주시죠. 지난번 작전에서 실수가 있었는데도 전혀 질책하지 않았고요. 저흰 대장을 믿습니다.”

뤄샤오밍이 미소를 지었다. 마치 아제의 대답에 무척 만족한 듯했다.

“그렇게 말해주니, 내가 그만두게 되더라도 아쉬울 건 없겠어.”

“엇, 대장?”

아제가 뤄샤오밍의 대답에 깜짝 놀랐다.

“오늘 일은 전부 내가 책임을 질 거야. 어떤 추궁을 받더라도 모두 내가 떠맡을 테니까.” 뤄샤오밍이 일어섰다. “아제, 같이 가서 탕링을 살해한 주모자를 잡자고!”

“그게 누구죠?”

“쩌한창.”

아제는 경악했다. 그는 급히 되물었다.

“쩌한창? 그가 왜 탕링을 죽이죠? 아니지, 그것보단…… 증거가 있습니까?”

“없어.”

뤄샤오밍이 담담하게 말했다.

“그러면…….”

그 순간 아제는 뤄샤오밍이 모든 일을 책임진다는 말을 왜 했는지 알았다. 증거도 없이 쭤 사장을 건드렸다간 골치 아픈 일이 끝도 없이 일어날 것이 뻔했다. 무엇보다도 그를 건드린 사람이 일개 분구 중안조의 대장이라면 더 그랬다.

"대장, 쭤한창이 자백하도록 유도할 셈이에요?"

"아니." 뤄샤오밍이 씁쓸하게 웃었다. "이런 악어 같은 놈은 자기에게 불리한 말은 절대 하지 않을걸. 단지 저런 놈들이 법을 어기는데도 가만히 보고만 있는 건 내 신념에 어긋나기 때문에 이렇게 하려는 거지. 그놈을 법정에 세우지 못해도 좋아. 대신 쭤한창에게 꼭 알려줄 거다. 내가 있는 한 야우침 지역에서 하고 싶은 대로 다 할 수는 없다고."

아제는 지금 다시 아까 같은 질문을 받는다면 반드시 '당신은 최고로 멋진 대장입니다'라고 대답할 것이다. 경찰이라는 거대한 조직 속에서 매일 관료주의에 깎이고 갈려나가지만 좋은 경찰의 마음속에는 악당을 원수 보듯 미워하는 뜨거운 피가 여전히 흐르고 있다.

뤄샤오밍과 아제는 쭤한창에게 수사 협조를 요청하고 경찰서로 소환하기 위해 성야 엔터테인먼트로 갔다. 성야 엔터테인먼트의 커다란 정문 바깥에는 아침 일찍부터 뉴스거리를 놓치지 않으려는 기자들이 진을 치고 있었다. 그들은 뤄샤오밍을 보자마자 탕링 사건의 책임자라는 걸 곧바로 알아보았다.

"뤄 독찰님, 쭤 사장을 찾아온 건 탕링 사건에 대해 조사하기 위해섭니까?"

"뤄 독찰님, 범인이 누군지 알아냈습니까?"

"소문에 의하면, 경찰에서는 먼저 양원하이의 친부인 런더러를 체포한다고 하는데요. 양원하이는 사건에 개입하지 않았습니까?"

뤄 독찰 앞에 질문들이 끝도 없이 쌓였다. 그는 일절 대답하지 않왔다. 뤄샤오밍은 안내데스크의 여직원에게 방문 목적을 명확하게 전달했다. 경찰이 쬒한창을 찾는다고.

“경관님들, 제게 탕링의 자료를 요구하시는 겁니까? 저는 단지 행정적 사무를 담당할 뿐입니다. 아마 도움이 되기 어려울 텐데.”

쬒한창은 명품 양복을 걸치고 머리카락 한 올 흐트러지지 않게 정리한 모습이었다. 그의 모습에서 범죄자의 느낌은 한 톨도 찾을 수 없었다. 겉으로 보기에 그는 법을 준수하는 건실한 사업가였다.

“쬒한창 씨.” 뤄샤오밍이 평온한 어조를 유지하며 말했다. “저는 야우침 중안조의 뤄샤오밍 독찰입니다. 현재 당신은 살인사건에 관련되었다는 혐의를 받고 있습니다. 저희와 함께 경찰서로 가서 조사에 협조해주셔야겠습니다.”

쬒한창이 믿을 수 없다는 표정을 드러냈다. 그러나 다음 순간 그는 다시 사업가의 얼굴로 돌아가 미소를 지었다.

“그렇군요. 그럼 제 법률고문과 동행하고 싶은데, 괜찮습니까?”

“그러십시오.”

뤄샤오밍은 아무 말 없이 쬒한창에게 변호사에게 연락해도 좋다는 표시를 했다.

쬒한창은 전화기에 대고 두어 마디 하더니 곧장 뤄샤오밍과 아제 두 사람을 따라 나섰다. 정문 앞에서 기자들이 이 모습을 보고는 크게 놀랐다. 쬒한창이 경찰을 따라갈 이유가 없기 때문이었다. 많은 사람들이 일이 이상하게 돌아간다고 느꼈다.

“별일 아닙니다. 경찰에 협조해 단서를 제공하는 것뿐이니까요.”

쬒한창은 여전히 가볍고 편안한 태도를 보였다. 그러나 기자들은 이런 기회를 놓치지 않고 카메라를 들어 올려 맹렬히 찍어댔다.

쬒한창의 표정은 태연자약했지만, 뤄샤오밍은 지금 이 순간 그의 속마음은 너무도 불쾌하리라 생각했다.

세 사람은 야우침 분구 경찰서로 돌아왔다. 쿼한창의 변호사는 이미 도착해 있었다. 경찰서에서도 위아래 할 것 없이 뤄샤오밍의 행동에 경악했다. 며칠 전에는 훙충화의 두목을 데리고 오더니 오늘은 심지어 '아무도 건드릴 수 없는' 훙의련 야우침 조직의 어둠 속 지배자, 쿼한창마저 경찰서에 모습을 드러낸 것이다.

"앉으시지요."

접견실 안에서 뤄샤오밍은 쿼한창과 그의 변호사를 탁자 한쪽에 앉혔다. 이 방은 바로 얼마 전 뤄샤오밍이 런더러를 심문했던 곳이었다.

"뤄 독찰님, 왜 내 의뢰인이 시간을 낭비하며 경찰서에 와서 조사에 협조해야 하는지 이유를 모르겠군요." 변호사가 먼저 입을 열었다. "증언을 듣는 거라면 의뢰인 사무실에서도 가능할 텐데요."

"나는 쿼한창 씨가 살인 공모 혹은 교사를 했다고 믿습니다."

뤄샤오밍은 에두르지 않고 단도직입적으로 말했다. 곧바로 결론을 꺼내놓은 것이다. 쿼한창은 눈썹을 추켜올렸다. 그러나 그는 아무 말도 하지 않았는데, 변호사가 곧바로 손을 들어 쿼한창을 막았기 때문이다.

"피해자는 누구입니까?"

변호사가 물었다.

"성야 엔터테인먼트에 소속된 가수, 탕링."

"뤄 독찰님, 무슨 황당한 말입니까?" 변호사가 웃으며 말했다. "성야 사장이 왜 자기 회사에서 발전 가능성도 가장 높고 수입도 많은 가수를 해친단 말입니까?"

"당신 말대로라면 범인은 성야 혹은 쿼한창 씨에게 적대적인 인물이겠군요. 사업에 피해를 입히려는 목적으로 탕링을 해치는 거죠."

"그걸 어떻게 알겠습니까. 우리는 사건의 피해자입니다. 범인을 잡는 건 당신들 경찰의 책임이죠, 우리가 아니라."

변호사는 차가운 눈빛으로 뤄샤오밍과 아제를 훑어봤다.

"배우 양원하이가 구타당한 사건에 대해 쿼한창 씨는 어떤 정보를 주실 수 있습니까?"

뤄샤오밍이 갑자기 화제를 바꿨다.

"저는 기자에게 그 사건에 대해 전해 들었을 뿐입니다. 사실 그런 일이 있었는지도 몰랐습니다."

쿼한창의 답변은 어제 기자회견에서 한 말과 한 치도 다르지 않았다.

"그렇다면 쿼한창 씨는 거기에 대해 아무런 의견도 없으십니까? 예를 들면 양원하이가 왜 구타당했는지에 대해서라든가."

변호사가 말을 막 가로채려는데 쿼한창이 손을 들어 제지했다.

"평범한 시민 입장에서 말씀드리자면 평소의 행동이 좀 경솔했던 탓이 아닐까요? 누군가와 원한을 맺어서 보복당한 걸지도 모르죠. 양원하이의 친아버지가 삼합회 인물인 런더러라고들 하던데, 그렇다면 삼합회와 관련된 문제일 수도 있겠죠. 뭐, 경찰이 저 같은 보통 시민보다 훨씬 잘 알고 있겠지만요."

빌어먹을 자식. 뤄샤오밍은 속으로 쿼한창을 욕했다.

"그렇다면 영화감독 량궈룽, 여배우 천쉐스, 아나운서 딩잔메이 등은 아는 사이입니까?"

"그 사람들은 공인이 아닙니까. 저도 이름을 들어본 적이 있습니다. 어쩌면 어느 곳에서 만난 적 있을지도 모르죠. 하지만 기억나지는 않는군요."

"량궈룽은 3년 전 따귀를 맞았고, 천쉐스와 딩잔메이는 지난해 각각 따로 납치되어 어느 캠핑차에 갇힌 채 다섯 시간 동안 여섯 명의 남자들에게 협박을 당했습니다. 이 사건들은 모두 그들이 쿼한창 씨와 성야 소속 연예인에 대해 공개적인 비난 발언을 한 이후에 벌어졌습니다. 여기에 대해 어떻게 생각하십니까?"

"그 일은 우리와 관련이 없습니다." 변호사가 쩌한창을 대신해 대답했다. "딩잔메이는 납치당하기 직전 라디오 프로그램에서 홍콩 정부를 비판했는데, 이와 관련해 경찰이 행정장관주권 반환 이후 홍콩의 행정부 수반을 소환해 심문한 적이 있는지 모르겠군요."

"물론, 팬들이 어떤 발언에 의해 자신의 우상이 상처 입었다고 생각해서 그런 위법 행위를 했을 수도 있습니다. 나 자신도 유감스럽게 생각합니다."

쩌한창이 미소를 지으며 덧붙였다.

뤄샤오밍은 쩌한창은 근본적으로 변호사와 동석할 필요가 없는 사람임을 깨달았다. 그는 혼자서도 모든 일을 깔끔하게 해결할 수 있었다. 단지 하고 싶은 말을 마음대로 할 수 있도록 지원사격을 하고 기회가 되면 경찰을 신랄하게 풍자해주는 역할을 맡을 사람이 필요했던 것이다. 경찰서로 소환해 심문 중이지만 공격과 수비의 위치가 역전돼 있었다.

"방금 양원하이의 구타 사건이 친아버지가 삼합회 인물인 점과 관련 있을 거라 하셨는데, 지금은 또 팬들이 그런 위법행위를 했을지도 모른다고 하는군요. 모순되지 않습니까?"

"각각의 가능성일 뿐입니다. 나도 그냥 추측해본 것에 불과하고요." 쩌한창이 다시 미소 지으며 말했다. "게다가 우리 회사 연예인은 다양한 계층의 시민들에게 인기가 있습니다. 삼합회 조직원이 팬일 수도 있지요. 그런 것까지 사장인 제가 통제할 수는 없는 거잖습니까."

"뤄 독찰님." 변호사는 쩌한창과 완벽한 호흡을 자랑했다. "지금까지 언급한 일은 전부 제 의뢰인과 무관합니다. 나는 당신이 무슨 증거로 탕링 사건과 연관시키는지 상상도 할 수가 없군요. 계속 이런 식으로 나온다면 내부조사과에 정식으로 이 일을 알리겠습니다. 당신이 증거도 없이 쥐한창 선생을 괴롭혔다고 말입니다. 아까 고압적인 태도로 쥐 선생을 경찰서로 데려왔는데, 내일이면 대대적으로 언론매체에 보도될 겁니다. 이건 성야 엔터테인먼트의 회사 이미지에 큰 타격입니다. 우리는 법률적인 경로로 이 사실을 추궁할 권리가 있습니다."

뤄샤오밍이 생각했던 대로 쥐한창의 입은 단단히 다물려 있었으며 자신에게 불리한 말은 한 마디도 하지 않았다. 그는 고개를 절레절레 흔들고는 더 강하게 나가기로 결심했다.

"처음엔 탕링이 훙충화 부하들 손에 살해당했을 거라고 생각했습니다."

갑작스럽게 터져나온 말에 쥐한창과 변호사, 아제까지 모두 뤄샤오밍의 의도를 이해하지 못했다.

"그렇다면……."

뤄샤오밍은 손을 뻗어 변호사의 발언을 막았다.

"탕링은 양원하이에게 성희롱을 당했고, 그 직후 삼합회 조직원으로 보이는 사람들이 양원하이를 구타해 보복했습니다. 양원하이의 친아버지가 훙충화 보스인 런더러라는 사실을 몰랐던 거겠지요. 이런 추리에 따르면 런더러 혹은 그의 부하가 탕링에게 보복하려고 한다는 것은 매우 명확한 동기가 있는 셈입니다."

"그러면 당신은 가서 그 런 누구인가 하는 자를 체포하면 되는 거겠군요."

쥐한창이 말했다. 그의 눈빛에는 웃음기가 가득했다.

"그런데 여러 정보나 사건정황을 볼 때 런더러가 그 일을 명령한 게 아니라고 판단했습니다. 범행을 저지른 건 삼합회 조직원이 맞지만, 훙충화는 아닙니다. 그러면 훙의련일 텐데, 다시 말해 쭤한창 씨 당신 부하들이라는 얘기죠."

"뤄 독찰님! 당신 발언은 내 의뢰인의 명예를 심각하게 훼손하고 있습니다."

변호사가 두 손으로 탁자를 짚고 벌떡 일어나며 위협하듯 말했다.

"기다려요. 계속 들어보죠."

쭤한창이 제지했다. 아제는 변호사가 당황하며 의문스러운 눈길로 쭤한창을 바라보는 걸 분명히 봤다.

"먼저, 탕링이 습격당한 그날 밤의 과정에 대해 말씀드리겠습니다."

뤄샤오밍이 느리지도 빠르지도 않게 말했다.

"탕링은 22일 밤 매니저의 차로 아파트 외부까지는 갔습니다. 그러나 집에 들어가지는 않았죠. 그건 쭤한창 씨가 비밀리에 만나자고 요구했기 때문입니다. 당신의 구실이 뭐였는지는 분명하지 않지만, 소속사 사장이라는 점이나 앞서 탕링을 대신해서 양원하이에게 복수해준 것을 생각하면 탕링이 만남을 거절할 이유는 없었지요. 그러나 그건 탕링을 함정으로 유인하는 수단이었을 뿐입니다. 당신은 처음부터 모습을 드러낼 생각이 없었고, 그 장소에서 기다리고 있던 것은 훙의련 두목 쭤한창이 보낸 말단 조직원들이었죠."

변호사는 몇 차례나 항의하려 했다. 그때마다 아무런 의사표시도 하지 않는 쭤한창을 힐끗 보고는 입을 다물었다.

"사건 현장은 몸을 숨기기에 좋은 곳이었습니다. 행인이 적고 인가도, 상점도 없습니다. 더욱 중요한 것은 포위된 사람이 도망칠 곳이 없다는 것이지요. 육교 위로 올라가는 것 외에는." 뤄샤오밍은 이렇게 말하면서 쭤한창의 두 눈을 노려보았다. "누군가 육교 위를 지키고 있으면 됩니다. 사냥감이 제 발로 그물에 뛰어드는 셈이죠."

"하하하! 이봐요, 뤄 독찰." 쿼한창이 갑자기 웃으며 말했다. "제정신입니까? 당신이 지금 한 말은 아무런 논리도 없소. 만약 당신이 말한 것처럼 내가 삼합회 조직의 두목이라 쳐도, 왜 자기 회사에서 가장 돈을 잘 벌어다주는 가수를 죽인단 말입니까? 이것부터가 이해하기 어렵군요. 게다가 이렇게 복잡한 방법을 써서 탕링을 불러내고 부하들에게 습격하게 하는 건 쓸데없는 짓 아닐까요? 그냥 탕링을 차에 태우기만 하면 되는 것을요. 탕링을 내가 지정한 차에 태울 수 있는 방법은 아주 많습니다. 그런 다음에는 내가 원하는 대로 쉽게 요리할 수 있겠죠. 동기부터 범행수법까지 허점이 많아요. 사건 수사에 문외한인 나조차 모순을 지적할 수 있을 정도군요."

"먼저 동기부터 말씀드리죠." 뤄샤오밍이 표정도 바꾸지 않고 말을 이었다. "탕링이 성야에서 가장 높은 수입을 올리는 가수인 것은 맞습니다. 그러나 그건 '현재'에 국한된 사실입니다. 얼마 지나지 않아 그녀는 성야의 다른 가수들을 방해하는 적이 될 겁니다. 왜냐하면 그녀는 곧 성야를 나갈 예정이니까요. 그녀가 다른 연예기획사로 옮기면 성야에 아무런 가치가 없는 존재가 될 뿐 아니라, 이제까지 그녀에게 투자한 게 모두 물거품이 되고 같은 업계 라이벌의 자산이 되는 겁니다."

쿼한창은 늘 '시장점유율'을 중요하게 여겼다. 뤄샤오밍은 홍의련이 홍충화의 세력을 빼앗기 위해 갖은 수단을 동원한 걸 보면서 이 남자가 시장 독점에 이상할 정도로 집착한다는 걸 눈치챘다.

"뤄 독찰, 당신이 어디서 그런 믿을 수 없는 소문을 얻어 들었는지는 모르겠습니다만, 탕링은 성야와 10년 계약을 맺었습니다. 계약 종료까지는 아직 7년이나 남아 있습니다."

변호사가 반박했다.

"만약 그 계약이 법률적 효력이 없다면요?"

뤄샤오밍이 냉정하게 내뱉었다. 변호사와 쭤한창의 표정에서 뤄샤오밍은 정곡을 찔렀음을 확신했다.

"홍콩법률에는 15세 이하 미성년이 근로해야 할 필요가 있을 경우 반드시 부모나 후견인의 동의가 있어야 한다고 규정하고 있습니다. 탕링은 14세에 성야와 계약했는데, 법률상 인정될 수 없는 계약입니다. 탕링에게 관심을 보이는 일본 기획사는 이런 허점을 이용해 합법적으로 탕링을 빼내올 수 있을 겁니다. 당신들이 이 사실을 알게 됐을 때는 이미 늦었을 테고, 탕링도 더욱 크고 힘이 있는 회사로 옮길 수 있다는 사실을 알고는 성야를 떠나 새로운 회사와 계약 맺기를 원했을 겁니다."

"일본 기획사가 탕링과 계약했다는 건 소문일 뿐입니다. 사실이라는 근거가 없어요." 변호사가 말했다. "설령 그게 사실이라고 해도 그것만으로 내 의뢰인을 살인자로 몰아가는 건 너무 어이없는 일 아닙니까."

"이건 동기 중 하나일 뿐입니다. 두 번째, 세 번째 동기가 또 있지요." 뤄샤오밍이 계속 말했다. "탕링이라는 '황금알을 낳는 거위'를 잃는 것이 기정사실이라면, 남에게 빼앗기는 것보다는 아예 죽여 없애는 게 손실을 최소화하는 방법일 겁니다. 그러나 쭤한창 씨는 무척 계산에 무척 밝은 분이라, 죽어버린 거위도 깃털 하나 고기 한 점까지 이용해먹으려 합니다. 스타의 죽음이란 언제나 가장 놀라운 홍보효과를 내지요. 회사가 유작의 발행권을 갖고 있다면 오히려 수십 배, 심지어 수백 배의 이윤을 얻을 수도 있습니다. 중요한 것은 이때 죽음의 연출이 세간의 주목을 끌어야 한다는 것과 홍보 선전과 맞물려 죽은 이를 '요절한 대스타'로 포장해야 한다는 것입니다. 그래야만 작품이 엄청나게 팔려나갈 테니까요."

뤄샤오밍은 어제 쭤한창이 기자회견에서 탕링의 새 앨범이 예정대로 발매된다고 한 말을 듣고 그 뒤에 숨겨진 이해관계를 알게 되었다.

"그래서 당신은 탕링이 공공장소에서 습격당하도록 일을 꾸몄고, 한편으로는 몰래 가십 잡지의 파파라치에게 연락해 탕링의 뒤를 밟게 했지요. 탕링이 습격당하는 장면이 영상으로 남은 것도 당신이 특별히 준비한 것이겠지요. 당신은 그 피비린내 나는 습격이 잡지 표지를 장식하기를 바랐겠지만, 연예기자들이 당신처럼 양심이 썩어버리지는 않았던지, 그런 장면을 찍고 나서는 곧장 경찰 수중에 들어가게 됐습니다."

사부가 '범인들이 칼을 들고 탕링을 습격한 것은 살해하려는 의도였다는 증거'라고 지적해준 뒤 뤄샤오밍은 '흥충화 조직원이 실수로 살인을 저질렀다'는 처음의 추리가 틀렸음을 알게 됐다.

"그리고 이 '쇼'는 일석이조의 좋은 방법이기도 했지요." 뤄샤오밍은 변호사가 항의할 틈도 없이 계속했다. "당신은 이미 소문을 들었을지도 모르겠지만, 경찰은 런더러를 주시하고 있습니다. 흥충화를 완전히 집어삼키기에 최고의 기회죠. 그런데 런더러가 물러나기 전에 후계자에게 자리를 물려준다면 상황이 달라집니다. 탕링이 살해당하면, 양원하이와 런더러의 관계를 아는 사람이라면 누구나 흥충화의 조직원을 범인으로 의심할 게 뻔합니다. 런더러가 직접 지시한 것이든 의도적으로 살해했든, 죽일 생각은 없었는데 실수로 죽인 것이든, 도의적 책임은 전부 흥충화에 있는 겁니다. 쭤 두목님은 이것을 구실로 이후에 흥충화와 대치할 때 정당한 명분을 얻게 되는 겁니다. 그땐 다른 구역의 조직도 끼어들 수 없겠지요. 당신에게 늘 부족했던 건 단지 '전쟁을 시작할' 구실 하나뿐이었던 겁니다."

"내 의뢰인은 당신의 억측에 어떠한 답도 하지 않을 겁니다." 변호사가 눈썹을 잔뜩 찌푸리고 말했다. "당신의 말은 전부 터무니없는 내용입니다. 만약 충분한 증거가 있다면 내놔 보시죠."

"제게 증거가 없는 것은 맞습니다. 그러나 당신 부하는 실수를 저질렀죠." 뤄샤오밍이 평온한 어조로 말했다. "나는 줄곧 홍충화 조직원이 범행 후 시체를 가져간 것은 실수로 살인을 했기 때문에 순간 당황한 탓이라고 추측했습니다. 탕링이 '증발'해버리면 홍의련의 보복을 피할 수 있으리라 생각해서라고요. 그러나 나는 탕링의 시체가 옷 없이 발견된 후 그 이유를 알게 되었습니다. 범인이 가져가려 했던 것은 '시체'가 아니라 '시체에 입혀진 옷'이었던 겁니다. 쩌한창 씨, 탕링이 습격당하는 영상을 보셨겠죠?"

"봤습니다만, 그게 어쨌다는 겁니까?"

"아무도 작고 연약한 탕링이 위급한 상황에서 범인을 가격할 거라고는 상상도 못 했을 겁니다. 팔꿈치로 범인을 공격한 강도는 상당히 위력이 있었고, 그놈은 정면으로 한 대 얻어맞았죠. 영상에 정확히 찍히지는 않았지만 저는 그놈은 코나 입을 제대로 맞았을 거라 확신합니다. 비록 마스크를 쓰고 있기는 했지만 아마 코피를 흘렸거나 앞니가 부러졌을 겁니다."

영상에서 키 작은 남자는 손으로 코와 입 부근을 움켜쥐었다.

"탕링이 죽은 후 범인은 자기 얼굴이 피범벅임을 알았고, 그 순간 자기가 흘린 피가 탕링의 옷에 튀었을 가능성을 깨달았습니다. 문제는 탕링은 육교에서 추락해 숨졌기 때문에 온몸이 그녀의 피에 젖어 있었다는 겁니다. 범인은 몸싸움을 벌이는 과정에서 자기 피가 탕링에게 묻지 않았으리라고 확신할 수는 없었죠. 일반적으로 삼합회 조직원이 복수를 할 때는 명분을 따지기 때문에 신분이 노출되는 데 크게 신경 쓰지 않습니다. 그러나 이번은 달랐죠. 특히 범인이 누구인지보다 어느 조직의 일원인지를 반드시 감춰야 했습니다. 만약 경찰이 범행을 저지른 사람을 붙잡아 혈액의 DNA 증거를 통해 그가 범인임을 증명한다면, 그리고 그 범인이 훙충화가 아니라 훙의련 소속이라면 쿼 두목의 큰일을 망치게 되는 셈이죠. 범인들은 현장에서 탕링의 옷을 벗겨낼 시간이 없어서 아예 시체를 가져간 후 나중에 처리하기로 한 겁니다."

"만약 사건이 당신 말대로 진행된 거라면, 역시 아무런 증거가 없다는 뜻 아닙니까?"

쿼한창이 냉랭하게 말을 받았다. 그의 표정은 꽤나 일그러져 있었다.

"옷은 없습니다. 그러나 범인의 혈액이 옷에만 있는 것은 아니지요."

뤄샤오밍은 각각 다른 각도에서 찍은 몇 장의 사진을 꺼냈다. 맨 위의 사진에는 범행현장의 육교 계단이 찍혀 있었다.

"감식과에서 힘들게 몇 차례나 조사한 끝에 계단 난간에서 찾아낸 핏방울입니다. 핏방울이 발견된 지점은 영상에서 탕링에게 얻어맞은 키 작은 남자가 손으로 만진 딱 그 위치였죠. 그 영상은 모든 범행의 과정이 담겨 있습니다. 절대 뒤집히지 않을 강력한 증거죠. 현재 우리는 그 핏방울의 주인을 찾는 일만 남겨놓았습니다. 맞습니다. 내 수중에는 쿼 선생이 살인을 교사했다는 증거가 없습니다. 그러나 그 키 작은 남자의 증언이면 충분할 것 같군요."

"당신이 이미 그 남자를 잡았다는 거요?"

쿼한창이 낮은 목소리로 물었다. 그는 여전히 몸에 잘 맞는 양복을 빼입은 모습 그대로였지만, 그의 태도는 이제 정정당당한 사업가의 모습이라고 볼 수 없었다.

"우리는 지금 사람을 보내 뒤를 밟고 있습니다. 내일이 되기 전에 체포할 겁니다."

뤄샤오밍이 의미심장한 미소를 지었다.

"그럼 현재까지는 여전히 아무런 증거도 없는 거로군? 당신이 말한 건 단지 추측에 불과해. 존, 뤄 독찰님께서 방금 말씀하신 내용이면 비방죄에 해당될 만하지 않나?"

쩌한창의 물음에 변호사는 잠깐 머뭇거렸다. 쩌한창이 이 대목에서 자신을 부를 거라고는 예상하지 못한 듯했다.

"네, 네. 이 내용이 공개되면 기소 가능합니다."

"뤄 독찰, 나와 한번 놀아보시려오? 끝까지 가봅시다." 쩌한창이 음험하게 웃어 보였다. "당신은 나를 48시간 동안 억류할 수 있을 뿐이오. 그사이 당신이 아무런 수확도 못 거둔다면 그 후로 수없이 많은 소송의 물결을 맞이하게 될 거요."

"당신을 억류할 생각은 없습니다. 내일 이 시간에 당신은 정식으로 체포될 테니까. 내가 오늘 당신을 부른 건 중요한 사실을 하나 알려주기 위해서요." 뤄샤오밍은 몸을 일으켰다. "나는 당신이 삼합회 두목이든 상류층 사업가든 상관하지 않아요. 어쨌거나 당신 체면을 봐줄 생각이 없으니까. 다른 경찰들은 감히 당신을 경찰서로 소환하지 못할지 몰라도 난 달라. 언제까지나 손바닥으로 하늘을 가릴 수 있을 거란 착각은 그만두시오."

뤄샤오밍은 접견실 문을 열어 쩌한창과 변호사에게 나가도 좋다는 뜻을 전했다. 쩌한창은 이런 치욕을 겪어본 적이 없었다. 그는 말없이 걸어 나갔다. 변호사는 그의 뒤를 따라 나가다 말고 뤄샤오밍을 한 번 노려봤다.

그들이 돌아간 뒤 함께 복도를 걸어가던 아제가 물었다.

"대장, 난간에 핏방울이 있었습니까? 보고서에서 본 적이 없는데요?"

"없어. 그 사진은 가짜야."

"예?"

"아제, 우리 애들하고 정보조에 연락해서 오늘 밤 홍의련의 움직임을 주시하라고 해. 특히 조직의 행동대원들을 주의 깊게 살피라고. 내가 방금 미끼를 던졌으니 이젠 쭤한창이 무느냐 마느냐야."

"미끼를 물어요? 아! 쭤한창이 오늘 밤 탕링을 죽인 부하들을 처리해버릴지 모른다는 거군요?"

아제가 손뼉을 쳤다.

"맞아. 쭤한창의 성격을 봐서는 그 네 명을 죽여서 증거를 없애려고 할 거야. 내가 시간제한을 뒀으니 마음이 조급하겠지. 내일이 되기 전에 전부 해결하려 들 거야. 어떻게든 한 명은 꼭 살려서 쭤한창에 대해 증언하게 만들어야 해."

뤄샤오밍은 사부의 말을 떠올렸다.

— 조직범죄의 경우 진짜 주모자는 언제나 사건 바깥에 존재하지. 실질적인 물증은 거의 잡아낼 수 없어. 유일한 방법은 증인을 찾아 증언을 확보하는 것만이 해결책이야.

"알겠습니다, 대장. 지금 바로 가서 처리하겠습니다."

아제는 고개를 끄덕인 다음 중안조 사무실로 달려갔다.

뤄샤오밍은 지금까지 절대 지지 않을 것처럼 행동했지만, 사실상 그는 겉으로 보이는 것처럼 그리 강하지 않았다. 그는 직위와 앞날을 걸고 도박을 했다. 승산은 절반뿐이라는 것을 잘 알고 있었다.

"아주 잘 해냈는걸."

뤄샤오밍은 누군가 뒤에 서 있다는 것을 모르고 있었다. 하지만 그 목소리는 그를 놀라게 하지 않았다. 뒤돌아보니 짤막한 지팡이를 쥔 관전둬가 서 있었다.

"사부? 어떻게…… 아니, 잘 해냈다니 쭤한창 일 말씀이세요?"

뤄샤오밍은 사부에게 어떻게 경찰서에 왔느냐고 물으려 했다.

"그럼." 관전둬는 접견실 옆방의 문을 가리켰다. 그곳에는 접견실을 감시할 수 있는 설비가 있었다. “아까 줄곧 보고 있었지.”

“하지만 쭤한창이 허점을 드러낼지는 아직 미지수예요.”

뤄샤오밍이 한숨을 쉬었다.

“가세. 샤오밍, 우리 밖에 나가서 좀 걷자고. 남은 일은 자네 부하들에게 맡기고 이제 신경 쓰지 않아도 돼.”

“밖에요? 어디로요?”

“사건을 해결하러.”

관전뒤는 신비로운 미소를 지었다.

6

뤄샤오밍은 사부를 따라 경찰서 주차장으로 향했다.

“차 열쇠를 주게. 내가 운전할 테니.”

관전뒤가 샤오밍에게 말했다. 그는 운전면허는 있지만 차가 없었고, 늘 홍콩에서 자동차를 타고 다니는 것은 비용이 너무 많이 든다고 주장했다. 비싼 기름값 외에도 주차 장소를 빌려야 하는 등, 홍콩의 대중교통이 매우 편리하게 돼 있는데 차를 모는 것은 합리적이지 않다는 것이다. 그러면서도 관전뒤는 늘 동료나 부하의 차를 얻어 탔다. 덕분에 샤오밍은 늘 그의 개인 운전사 역할을 하곤 했다.

“예?”

뤄샤오밍은 차 열쇠를 건네주면서도 의아했다.

“어차피 내가 길을 알려줘야 할 텐데, 그럴 바엔 내가 운전하는 게 나아.”

관전뒤가 차 문을 열고 운전석에 앉았다.

차는 침사추이 경찰서를 벗어나 홍홈 해저터널을 향해 달렸다.

"어디로 가는 거예요?"

샤오밍이 물었다.

"셩완." 관전둬는 핸들을 쥐고 백미러를 통해 뤄샤오밍을 슬쩍 쳐다봤다. "자네, 내일부터 유명해질 거야. 부임한 지 한 달밖에 안 됐는데 런더러와 쭤한창을 경찰서로 소환해 수사 협조를 요구하다니. 허허, 삼합회나 경찰이나 다 날수신탐辣手神探, 일처리가 매섭고 추리력이 뛰어난 탐정 뤄샤오밍의 이름을 알게 될걸."

"만약 오늘 밤 쭤한창을 체포할 증거를 찾지 못한다면 날수신탐은 저수지 경비*나 하러 가게 되겠지만요."

"샤오밍, 사실 자넨 쭤한창을 너무 얕잡아봤어."

뤄샤오밍은 바늘로 찔린 듯 움찔했다. 그는 긴장한 얼굴로 사부를 쳐다봤다.

"제가 쭤한창을 얕잡아봤다고요?"

"그래. 자넨 10년간 날 따라 다니면서 몇 가지 수사 기술을 배웠지. 이번에 쓴 방식은 일반적인 범죄자들에겐 효과적이지만, 머리가 좋은 쭤한창 같은 놈에겐 쉽게 간파당하거든."

"그럼 쭤한창이 오늘 아무 움직임도 보이지 않을 거란 말씀이세요? 탕링을 죽인 부하들에게 손을 쓰지 않는다고요?"

"쭤한창은 다른 삼합회 두목들과 달라. 그는 멀리 내다보고 움직이는 사람이야." 관전둬는 해저터널 안으로 차를 몰았다. "생각해보게. 그는 홍의련의 권좌를 빼앗은 다음, 5년이라는 시간을 들여서 런더러의 세력을 파먹었어. 쭤한창은 겉으로는 잔인하고 난폭해 보이지만 실제로는 그 속에 섬세함을 숨기고 있지. 자네가 방금 쓴 계

* 홍콩의 저수지는 인적이 드문 교외 지역에 위치한다. '저수지를 경비한다'는 말은 한직으로 좌천된다는 뜻이다.

략에는 빈틈이 하나 있어. 상대가 쭤한창이니 분명히 알아챌 거야."
"빈틈요?"
"오늘 이렇게 강압적으로 그를 경찰서로 부른 이유를 설명할 수 없잖아." 관전둬가 웃으며 말했다. "경찰이 정말로 자네 말처럼 범인의 혈액이라는 중요한 증거를 확보했다고 가정해보세. 게다가 이미 용의자까지 주시하고 있는 상황이라면, 자넨 이 모든 걸 쭤한창이라는 배후의 조종자에게 말해줄 건가? 자기 추리를 말하고 싶어서 안달 난 풋내기 탐정처럼?"
뤄샤오밍은 고개를 숙이고 찬찬히 따져봤다.
"제가 애송이 대장이라서, 위세를 부리고 싶어서 그랬다고 생각하지 않을까요?"
"자네가 정말 그렇게 부족한 경찰관이라면 사건의 구체적인 부분까지 다 추리해낼 수도 없었겠지. 자네의 추리 때문에 쭤한창은 자네를 무척 뛰어난 도박사라고 생각할 거야. 그런데 자네는 손에 쥔 패도 다 사용하지 않았으면서 먼저 적의 경계심을 키워줬단 말이야. 이건 자네의 패가 허장성세였다는 걸 증명하는 거지."
뤄샤오밍은 쭤한창이 속아 넘어갈 가능성을 설명해보려 했지만, 곧 입을 닫고 말았다. 사부의 말이 맞는다는 것을 알기 때문이었다.
"샤오밍, 탕링 사건은 자네가 해결할 수 없어. 상대가 지독히 나쁜 놈이거든."
차가 터널에서 빠져나오자 오후의 햇살이 차 안으로 짓쳐들었다. 그러나 뤄샤오밍은 눈앞이 깜깜해지는 기분이었다. 관전둬의 그 말은 뤄샤오밍에게 판사가 판결을 내리고 의사봉을 두드리는 소리처럼 들렸다. 뤄샤오밍은 자신의 직업적 앞날이 아니라 진정한 악당이 법망 바깥을 유유히 돌아다닌다는 사실에 더 크게 낙심했다. 그 자신도 눈치채지 못했지만 말이다.

한동안 침묵이 이어졌다. 샤오밍은 갑자기 말했다.
"사부는 쩌한창을 체포할 방법이 있는 거죠?"
"있고말고." 관전둬가 웃으며 말했다. "그렇지 않다면 내가 왜 자넬 데리고 나왔겠어?"
"셩완에 가서 뭘 할 건가요? 쩌한창의 세력은 홍콩섬 지역에는 미치지 못할 텐데요?"
샤오밍은 차창 너머를 쳐다봤다. 그들은 막 퀸스로에 진입했다.
"우린 장蔣씨 성의 사람을 만날 거야. 아, 아니지. 이젠 발음이 같지만 다른 '장江씨'가 된 사람이지."
"예?"
사부의 대답은 샤오밍의 예상을 완전히 빗나갔다. 장씨에서 다른 장씨로, 발음은 같지만 글자는 다른 성으로 바뀐 사람이라면 런더러를 기소하는 데 협력한 증인일 것이다.
"장푸의 증언으로는 쩌한창을 체포할 수 없다고 하지 않으셨어요?"
"그랬지. 그는 런더러의 마약 밀매 사건에 대해 증언할 거야."
뤄샤오밍은 사부가 뭘 하려는지 전혀 이해하지 못했으나 또 멍청한 소리를 할까 봐 입을 다물고 속으로만 여러 가지 가능성에 대해 생각해봤다. 얼마 지나지 않아 관전둬는 길가에 차를 세웠다.
"다 왔군."
샤오밍은 차에서 내려 주변을 둘러봤다. 셩완 브리지가 부근이 분명했다. 이 지역은 번화한 센트럴 근처이긴 해도 오래된 당루唐樓* 가 적잖게 자리 잡고 있었다. 얼마 지나지 않아 이곳은 철거와 재건축이 시작될 것이다.

* 홍콩의 오래된 중국식 건축물을 부르는 말.

"이쪽이야."

관전둬가 앞으로 걸어갔다. 두 사람은 웡리가에 위치한 외벽이 다 낡아빠진 5층짜리 중국식 건물 앞에 도착했다. 뤄샤오밍은 증인을 보호하는 안전가옥 중 하나이리라 짐작했다. 확실히 이렇게 보잘것없는 건물은 번화가의 고층아파트보다 일을 벌이기 쉽지 않다.

두 사람은 계단으로 3층 입구까지 올라갔다. 이 건물은 층마다 한 가구만 살고 있었고, 각층의 대문 바깥에 허술한 자동개폐식 창살문이 설치돼 있었다. 관전둬가 초인종을 눌렀지만 벨소리가 들리지 않았다. 샤오밍이 고장 난 게 아니냐고 물으려 할 때 창살문 안쪽의 나무 문이 열렸다. 창살문 너머에 마흔 남짓한 중년 여성이 서 있었다. 뚱뚱한 몸집에 만화 캐릭터가 인쇄된 오렌지색 티셔츠를 입은 모습이 증인 보호 중인 경찰로는 보이지 않았다.

그녀는 관전둬를 보고도 아무런 표정 변화가 없었다. 마치 초인종을 누른 게 관전둬라는 걸 미리 알고 있었던 듯했다. 그녀는 창살문을 열고 두 사람을 들였다.

"실례가 많습니다, 구古 아가씨."

관전둬가 중년 여성에게 인사를 건넸다. 샤오밍은 '구 아가씨'라는 호칭이 신기했으나, 다시 생각해보니 사부가 그녀를 만난 지 10여 년 혹은 20년 정도 된 거라면 그때는 '아가씨'였을 거라는 데 생각이 미쳤다.

"관 형사님, 오늘은 제가 바쁜 일이 있어요. 편하게 용건 보세요."

구 아가씨는 이렇게 말하고 거실 오른쪽 방으로 들어가서 방문을 닫았다.

집 안의 배치는 뤄샤오밍이 상상했던 것과 전혀 달랐다. 그는 실내 역시 1960~70년대의 옛 홍콩식 인테리어일 거라고 생각했다. 그러나 거실은 매우 현대적으로 꾸며져 있었다. 반짝이는 나무 바닥과 유선형 탁자와 의자, 가죽소파 앞에는 50인치는 돼 보이는 평면 텔레비전이 놓여 있었고, 천장에는 정교하게 만들어진 등이 달려 있었다. 화려한 가구들도 저절로 감탄사를 내뱉게 만들 정도였다. 경찰이 안전가옥에 이렇게 큰돈을 쓸 거라고는 생각지 못했다.

"여긴 안전가옥이 아니야." 관전뒤가 샤오밍의 표정에서 그의 생각을 눈치챈 듯 미소를 지으며 말했다. "여긴 구 아가씨 집이지."

"저 구 아가씨란 분은 누굽니까? 경찰은 아니죠?"

"당연히 아니지. 경찰과는 거리가 가장 먼 사람이야. 범죄자라고 하는 게 맞겠지."

관전뒤는 아무렇지 않은 표정으로 대답했다.

"범죄자라고요?"

뤄샤오밍은 놀란 목소리로 되물었다. 그럼 저 구 아가씨도 사면을 받기 위해 증언하기로 한 증인인가?

관전뒤는 이를 드러내며 크게 웃고는 아무 대답도 하지 않았다. 그는 익숙하게 거실 왼쪽의 방문 앞으로 걸어갔다. 문을 두드리자 방문이 곧 철컥 하는 소리와 함께 열렸다.

"관 경관님, 안녕하세요."

포니테일로 머리를 묶고 안경을 낀 소녀였다. 관전뒤를 대하는 태도가 무척 공손했다.

"샤오밍, 소개할게. 장샤오링江小玲이야."

뤄샤오밍은 오른손을 내밀었다. 장샤오링은 잠시 머뭇거리더니 곧 손을 내밀어 마주 잡았다. 샤오밍은 장샤오링의 진짜 이름이 장리니蔣麗妮였던 것이 기억났다. 런더러 안건의 증인인 장푸의 딸 중 하나였다.

"장푸는 없나요?"

샤오밍이 실내를 이리저리 둘러보며 물었다. 방은 무척 넓었지만 다른 사람은 없었다. 장샤오링은 샤오밍이 묻는 말을 듣더니 이해하기 힘들다는 표정을 지었다.

"당연히 없지."

관전둬가 대답했다.

"우리는 장푸를 만나러 온 게 아닌가요?"

"아니. 우린 장리니를 만나러 온 거야."

"이 아가씨요?"

"그럼."

"왜요?"

"장푸와 아내 린즈, 그리고 두 아들딸까지 네 식구는 홍콩경찰의 증인 보호 프로그램 대상자네."

관전둬가 질문에 대한 답이 아닌 엉뚱한 대답을 내놨다.

"그건 저도 다 알고 있습니다. 그 문서를 봤잖아요."

"내 말을 정확히 들어야지. 나는 '네 식구'라고 말했네."

순간 샤오밍은 뭔가 이상함을 느꼈다.

"장푸는 자녀가 세 명이 아닌가요? 여기 있는 장리니와 장리밍, 장궈쉔……."

관전둬는 대답하지 않고 장샤오링, 즉 장리니에게 그녀의 머리카락을 가리켜 보였다. 장샤오링은 묶었던 머리를 풀고 안경을 벗었다. 그녀는 긴 머리카락을 한쪽으로 넘긴 다음 고개를 들었다.

샤오밍은 그녀가 뭘 하는 건지 짐작도 못 했다. 막 물어보려는데, 갑자기 그녀의 눈빛이 익숙하다는 생각이 들었다. 기억났다. 샤오밍은 벼락에 얻어맞은 듯했다.

"어, 어, 탕링이잖아요?"

샤오밍은 더듬더듬 물었다.

장샤오링은 고개를 끄덕이며 부끄러운 듯 어색하게 웃었다.

샤오밍은 전혀 알아보지 못했다. 화장기 하나 없는 얼굴에 소박한 외모의 소녀가 탕링이라니. 그녀는 연예잡지에서 보던 애교 있고 화려한 모습과는 완전히 다른 사람이었다.

"탕링이 어떻게 여기 있는 거죠? 아니, 그녀는 죽은 게 아니었나요? 우리가 찾은 게 그녀의 시체가 아니었어요?"

뤄샤오밍은 한꺼번에 수많은 질문을 던졌다. 탕링이 살아 있다니, 그가 사건에 대해 알고 있던 모든 생각이 전부 뒤집히고 말았다. 그의 머릿속은 온통 모순점으로 가득 찼다.

"샤오밍, 이 사건은 자네 생각보다 열 배는 더 복잡해." 관전둬가 샤오밍의 어깨를 두드리며 말했다. "우리 일단 앉아서 천천히 얘기하자고."

샤오밍은 사부를 따라 소파에 앉았다. 탕링이 뜨거운 차 두 잔을 가지고 와서 옆에 있는 의자에 앉았다. 그녀가 찻잔을 내려놓을 때 샤오밍은 그녀가 정말로 진짜 탕링인지 아닌지를 알아내려는 듯 그 얼굴을 뚫어져라 쳐다봤다.

"샤오밍." 관전둬가 뜨거운 차를 한 모금 마시고 말했다. "자네가 맡은 사건은 탕링의 살인사건이지. 그러나 사실상 그 사건은 애초에 존재하지 않았어. 그 사건은 어떤 대규모 작전의 한 부분이었다네."

"무슨 작전입니까?"

"대왕바리를 낚아 올리는 작전이지."

"쩌한창을요?"

"맞아."

"그러니까 탕링이 살해당한 건 존재하지 않는 사건이고, 조작된 것이란 말이군요. 법정에서 쩌한창이 허구의 살인사건으로 기소되도록 하기 위한?"

"탕링이 살해당한 것이 존재하지 않는 사건이라는 건 맞아. 하지만 이런 일은 올바르지 못한 행동이지. 지금이 1970년대도 아니고, 증거를 날조하는 이런 하찮은 수단이 통할 거라고 생각하나?" 관전뒤가 웃었다. "다시 말하지만 탕링 사건은 작전의 한 부분일 뿐이야. 이 일은 자네가 생각하는 것보다 훨씬 일찍 시작됐지."

"양원하이의 구타 사건에서 시작된 겁니까?"

"아니야. 산살무사 작전을 준비할 때 시작된 거지."

샤오밍은 대답을 듣고 저도 모르게 소리를 질렀다.

"그 작전은 작년 11월부터 준비됐던 건데요!"

"바로 그 작전의 한 부분이지." 관전뒤가 빙그레 웃었다. "작전의 실패 역시."

뤄샤오밍은 전혀 알아들을 수 없었다. 그는 여전히 뭐가 뭔지 모르고 있었다.

"처음부터 설명하지." 관전뒤가 다리를 꼬며 말했다. "샤오밍, 자네도 기억할 거야. 내가 쭤한창처럼 심계가 깊은 악당을 붙잡으려면 증인의 증언에 기대는 수밖에 없다고 말한 거 말이야. 그러나 쭤한창의 부하들은 감히 두목을 고발하지 못하지. 자질구레한 정보를 제공하던 정보원들도 대부분 없앤 마당에 쭤한창 밑에서는 아주 조그만 틈도 생기기 힘들어."

"그래서 아무도 증언을 하려고 하지 않는 거잖아요."

"자넨 두 가지 사실을 헷갈려하고 있는 거야." 관전뒤가 집게손가락을 치켜들고 흔들었다. "쭤한창 부하들은 증언하지 '못하는' 것이지 증언하지 '않는' 게 아니야. 반면 훙의련 바깥에는 오히려 반대의 인물이 있지. 그 사람은 증언하지 '못하는' 게 아니라 증언하지 '않는' 거라네."

뤄샤오밍은 혼란스러웠다. 그러나 조용히 사부가 말하는 사람이 누굴까 생각했다.

"런더러?"

샤오밍은 미심쩍어하며 그 이름을 언급했다.

"맞아." 관전둬는 제자의 대답에 무척 만족한 듯 고개를 끄덕였다. "런더러는 홍의련에서 40년 이상 보냈지. 그는 쭤한창이 조직에 처음 들어오는 것도 보았어. 이런 조직이 어떤 식으로 돌아가는지 구체적인 부분까지 아주 잘 아는 사람이지. 문제는 '공동의 적'인 경찰과 손을 잡을 삼합회 두목은 없다는 거야. 게다가 런더러처럼 조직의 도의를 생명보다 중시하는 옛 시대의 건달은 절대로 남을 팔아넘기지 않아. 샤오밍, '죄수의 딜레마'라는 거 알지?"

"알죠. 유명한 게임 이론이잖아요."

'죄수의 딜레마'에서는 경찰이 두 명의 용의자를 체포한 뒤 그들 각자가 서로 범죄사실을 숨기면 두 사람 모두 한 달을 복역하지만, 두 사람 모두 범죄사실을 자백하면 1년을 복역한다. 둘 중 한 사람만 자백할 경우, 동료를 팔아넘긴 쪽은 증인으로 바뀌어 즉시 석방되고 남은 사람은 10년을 복역하게 된다. 두 명의 용의자가 격리돼 있는 상황에서 반드시 '침묵'과 '배신' 중 하나를 선택해야 한다. 우스운 사실은 둘 다 침묵을 지킬 경우의 형량이 가장 적은데도 그들은 상대방이 자신을 배신하지 않을 거라는 확신이 없기 때문에 형량을 줄이기 위해 모두 자백을 하고, 결국 두 사람 모두 1년을 복역하게 된다는 것이다. '죄수의 딜레마'는 합리적인 이기주의가 단체의 최대 이익에 도달하지 못하게 한다는 것을 보여준다.

"쭤한창과 런더러 사이에서 '죄수의 딜레마'가 완전히 붕괴됐어." 관전둬가 말했다. "런더러는 자신이 배신당할 가능성이 있다는 걸 알면서도 침묵을 지키는 사람이었지. 쭤한창은 그 가장 큰 수혜자이고. 현실과 이론이 다른 점은 쭤한창이 런더러가 절대 배신하지 않으리란 걸 완벽히 알고 있다는 거였어. 런더러는 쭤한창이 아니라 자신이 신봉하는 도의를 위해서 그러는 거지만 말이야. 쭤한창은 그런 사실을 일찍부터 알고 있었고, 그 덕분에 5년 전 홍의련의 두목 자리를 빼앗을 수 있었지. 그 이후로도 차례차례 홍충화의 세력을 빼앗았고."

관전뒤는 고개를 끄덕였다. 그런 다음 다시 말을 이었다.

"쭤한창을 상대하는 가장 간단한 방법은 바로 런더러가 신봉하는 도의를 부숴버리는 것이지. 런더러가 더 이상 그의 신념을 고수하지 않게 되면, 두 사람 사이의 균형은 사라지고 쭤한창의 방어선도 무너지고 마는 거야. 런더러가 증언을 하면 쭤한창 부하들에게 쭤한창이 곧 끝장날 거라고 착각하게 만들 수 있어. 그들이 자신의 이익을 지키려고 먼저 나서서 런더러의 뒤를 이어 '배신'을 하게 될 거고. 전 세계의 조직범죄란 대개 비슷하다네. 특히 이익을 노리고 따르던 자들은 두목을 위해 목숨을 걸지 않아. 쭤한창을 잡기 위한 이번 작전은 인위적으로 만들어낸 '죄수의 딜레마'라고 할 수 있지."

"인위적인 '죄수의 딜레마'라니요?"

"격리된 용의자들이 전부 자기가 배신당할 수 있다고 생각할 경우, 그들은 배신해야만 가장 큰 이익을 얻는다고 생각하지."

"하지만 전 아직도 그게 어떻게 탕링의 위장 살인사건과 관련 있는지 이해가 안 됩니다."

샤오밍은 고개를 돌려 탕링을 바라보며 말했다.

"게다가 탕링은 도대체 누구길래 사부의 이런 계획에 동참한 거죠? 위장 잠입한 경찰인가요? 그렇다기에는 탕링의 나이가 너무 어린데요."

"작년 1월에 인터폴 쪽에서 정보가 들어왔어. 동남아에서 마약 밀매를 관장하는 남자 하나가 변절을 하기로 했다는 거였지."

관전뒤는 샤오밍의 질문에는 대답하지 않고 자기 말만 계속했다.

"장푸?"

"맞아. 하지만 총부 마약조사과는 장푸에게 있는 증거나 증언 내용이 런더러를 치죄하는 데 그친다는 걸 알게 됐어. 홍충화는 언젠가 야우침 지역에서 사라질 거고, 런더러를 감옥에 집어넣는 건 쩌 한창을 도와주는 일이 될 뿐이야. 그래서 그들은 움직이지 않았어. 10월에 샤오류가 탕링을 찾아낸 뒤에야 작전을 시작한 거지."

"류 경사님?"

뤄샤오밍은 여기서 자기 상사의 상사 이름이 튀어나올 줄은 생각지 못했다.

"그래, 서카오룽 총구 형사부 지휘관 말일세. 자네도 그가 이전에 어느 부서에서 일했는지 알지 않나?"

"총부 형사정보과 A조잖아요? 그때 저는 B조였고, 사부 밑에서 일했었죠."

"샤오밍, A조는 어떤 걸 담당하지?"

"감청과 정보원 관리지요."

"탕링의 아버지가 바로 경찰측 정보원이었네. 홍의련의 마약 관련 정보를 제공하는 사람이었지."

관전둬가 탕링을 바라보며 담담하게 말했다.

"예?"

뤄샤오밍은 그런 생각은 전혀 하지 못했다. 그러나 그는 아제가 탕링의 아버지인 탕시즈가 야우마테이의 술집에서 종업원으로 일했다고 말했던 게 기억났다. 그곳은 홍의련의 세력권과 겹친다. 게다가 술집 종업원의 인맥은 넓어서 전해 듣는 정보도 상당히 풍부했을 것이다. 경찰의 정보원 노릇을 했다고 해도 이상할 것은 없다.

"그 탕시즈……."

샤오밍은 탕링을 쳐다보고는 그녀에게 아버지의 일을 묻고 싶었지만 어디서부터 물어야 할지 알 수 없었다. 탕링은 아버지의 이름을 듣더니 자기도 모르게 몸을 떨었다. 그녀는 뤄샤오밍의 눈을 마주 보다가 곧 고개를 돌렸다. 뤄샤오밍의 질문을 피하고 싶어 하는 듯했다. 그때 관전둬가 그녀를 향해 가볍게 고개를 끄덕였고, 그녀는 그제야 용기를 내 다시 뤄샤오밍을 바라봤다. 그녀는 몇 년 동안 거의 언급하지 않았던 속 이야기를 털어놨다.

"……저희 아빠는 5년 전에 살해당하셨어요."

탕링은 분노가 담긴 목소리로 천천히 이야기를 시작했다.

"살해?"

샤오밍은 의아하게 물었다.

"병원에서는 스페셜K를 과다 복용했다고 했지만…… 아빠는 마약중독자가 아니에요. 아빤 마약에 손댄 적이 없어요."

"경찰이 조사하지 않았어?"

"전혀요! 경찰은 의심스러운 점이 없다고 했어요! 다들 편견이 있었던 거죠! 아빠가 마약이 거래되는 술집에서 일했으니까 당연히 그 나쁜 놈들이랑 한통속이라고……."

그녀는 격분했다. 뤄샤오밍의 말이 탕링의 아픈 상처를 건드렸다.

"사실 의심스러운 부분이 없었던 게 아니야. 당시 분구 경찰서에서 상황을 제대로 알지 못했던 거지." 관전둬가 말했다. "당시 쩌한창은 막 훙의련의 '권좌'에 앉았는데, 얼마 지나지 않아 샤오류가 파악하고 있던 훙의련에 관련된 정보원 중 80퍼센트가 사망했어. CIB의 누구라도 이상하다고 생각했을 거야. 정보원의 신분은 굉장히 민감한 부분이라서 정보과에서 자료를 분구 경찰서로 넘기지 않았으니, 각자 따로 조사해야 했어. 범인은 아주 영리한 놈이었어. 살해 증거는 전혀 나타나지 않았다네. 그들은 자기 차나 집, 혹은 일터에서 죽었지."

"아빠는 억지로 마약을 복용한 거예요. 그날 내가 학교에서 돌아오는데 길에서 아빠가 다섯 명의 남자들에게 둘러싸여서 어떤 차에 올라타는 것을 봤다고요."

탕링은 이야기할수록 눈시울이 붉어졌다.

"경찰에 이야기했어?"

샤오밍이 물었다.

"그들은 저를 믿지 않았어요. 전 그때 겨우 열두 살이었고 아빠는 일하던 술집 휴게실에서 숨졌거든요. 경찰들은 의심스럽지 않다고만 했어요."

"그 다섯 남자들은 쮜한창 부하들이었을 거야. 그리고 그들은 술집 주인을 구워삶아서 탕시즈가 마약을 과다복용한 것처럼 꾸몄지."

관전둬가 대신 답했다.

"나는 아빠를 죽인 개자식들을 용서할 수 없었어요." 탕링은 손끝으로 빨개진 눈가를 닦으며 이를 악물고 말했다. "나중에 아빠의 일기장을 보고 아빠가 경찰 정보원으로 일했다는 걸 알게 됐어요. 그리고 수많은 사람 이름도. 하지만 더 이상 경찰에게 부탁하지 않았어요. 경찰은 아빠를 쓰다 버린 장기 말처럼 취급했죠. 나는 직접 복수하기로 결심했어요."

뤄샤오밍은 탕링의 태도에 의아함을 느꼈지만, 사건의 맥락은 어느 정도 이해하게 되었다.

"그럼 너는 성야 엔터테인먼트에 들어가서 쮜한창을 죽일 생각이었던 거야?"

탕링은 고개를 저었다.

"그 쓰레기 같은 놈을 죽여도 아빠를 다시 살릴 수는 없어요. 나는 그놈의 죄를 만천하에 공개해서 아빠의 누명을 벗기고 싶었어요."

"넌 그저 어린 여자애일 뿐인데 어떻게 쮜한창의 죄를 폭로할 생각이었어?"

샤오밍이 물었다. 그는 이 여자아이가 너무 순진했다고 생각했다.

"쭤한창이 여자를 좋아한다는 소문을 들었어요. 그 사람이랑 자게 된다면 범죄 증거를 찾아낼 수 있을 정도로 접근할 기회가 있을 거라고 생각했죠."

샤오밍은 놀라서 굳어버렸다. 눈앞에 있는 소녀는 이제 열일곱 살인데 몇 년 전에 벌써 이런 각오를 했다는 것이나, 자기 몸을 던져서 얻으려는 게 이익이 아니라 복수였다는 것도 너무 놀라웠다.

"그래서 증거를 찾았어?"

"전 그 사람 얼굴도 보기 힘들었는데 유혹하는 건 더 말이 안 되죠." 탕링은 풀 죽어 대답했다. "내가 성야에 들어가서 첫 2년 동안은 늘 매니저가 가져오는 작은 일들을 했어요. 그러다가 3년째에 쭤한창과 만날 기회가 처음으로 생겼어요. 매니저 말로는 사장이 저를 밀어주기로 했다고 하더군요. 나는 쭤한창이 제 몸에 관심 있는 거라고 생각하고 만족했는데, 결과적으로 그는 저를 만날 때마다 늘 일 얘기만 했어요. 저는 그와 개인적으로 만난 적이 한 번도 없어요."

"탕링도 쭤한창을 과소평가한 거야." 관전둬가 끼어들었다. "쭤한창은 소문처럼 호색한이 아닐뿐더러 그런 소문도 그가 일부러 퍼뜨린 거지."

"일부러?"

"내가 여러 차례 말했잖아. 쭤한창은 계략가라고. 자기 적들을 잘못된 방향으로 유도하기 위해서 그가 마련한 가짜 소문은 하나둘이 아니야."

관전둬가 웃으며 말했다.

"진짜 약점을 숨기기 위해 특별히 가짜 약점을 만드는 거지. 샤오밍, 생각해봐. 만약 지금 새롭게 부상하고 있는 삼합회의 세력이 쭤한창의 여자를 짓밟는 걸로 그를 공격한다거나, 쭤한창과 깊은 관계라고 소문난 여자 스타들을 통해 경찰이 정보를 얻으려 한다면 그게 쭤한창에게 어떤 영향을 줄 것 같나?"

"아무 영향도 주지 않겠군요?"

샤오밍은 이제 그런 거짓 소문의 목적을 알 것 같았다. 그런 여자 스타들에게 어떤 일이 벌어지든 쭤한창은 아프지도 가렵지도 않을 것이었다. 경찰이 그들을 매수하려 한다면 증거를 얻지도 못하면서 잘못된 방향으로 힘만 낭비하는 꼴이 된다. 게다가 이렇게 하는 것은 보호막 효과도 있었다. 쭤한창은 이런 여자 스타들이 평소와 다른 모습을 보이는지 주의 깊게 살펴보는 것만으로도 자신의 적들이 움직이고 있다는 것을 알아챌 수 있었다.

"어떤 시스템의 강도는 가장 강한 부분이 아니라 가장 약한 부분으로 결정되는 걸세. 쭤한창은 이런 이치를 매우 잘 알았지. 그래서 그는 자신의 시스템 중에서 가장 약한 부분을 허위로 만들어내서 적을 교란시킨 거야. 이런 연막작전을 유지하기 위해 그는 실언을 한 연예인이나 영화감독 등을 혼내준 거지. 자기와 가까운 여자 스타에 대해 좋지 못한 발언을 하면 꼭 보복한다는 걸 보여주기 위해서 말이야. 이렇게 하면 좋은 점이 세 가지 있어. 첫째, 거짓 약점을 더욱 진짜처럼 보이게 할 수 있고, 둘째, 자신을 성격 급하고 무모한 범죄자로 오해하게 만들 수 있고, 셋째로 조직원들이 자기를 더욱 경외하게 만들 수 있지. 그는 성욕보다는 권력욕이 더 큰 사람이야. 이런 자들은 노련한 도박꾼과 같지. 그가 좋은 패를 가졌는지, 아니면 허세를 부리고 있는지 다른 사람들은 전혀 눈치채지 못하거든."

"그렇다면 쭤한창은 한 번도 자기나 여자 연예인들의 이미지가 훼손되는 것에 신경 쓴 적이 없다는 거군요?"

"그렇지. 비록 강압적인 수단을 써서 자기가 삼합회 두목이라는 것은 공개적인 비밀이 되었지만, 그는 이걸 빌미로 '법률도 자기 편이다' '경찰도 나를 어쩌지 못한다'라는 식의 신화를 만들었어. 경찰이 그를 소환하는 것을 꺼릴수록 그는 부하들을 관리하기 쉬워지고, 그렇게 해서 자기 자신은 위법행위에서 벗어나는 거지. 이런 방식으로 오늘 새로 부임한 '날수신탐' 형사님께서 아무런 증거도 없는 상황에서 겁도 없이 호랑이 수염을 잡아뽑듯이 그 '신화'를 부숴버릴 때까지 계속된 거라네."

샤오밍은 사부가 자신을 칭찬하는 건지 놀리는 건지 알 수 없었다.

"샤오류는 CIB에서 서카오룽 총구 형사부 지휘관으로 옮겨갔지. 여러 목적이 있었지만 그중 하나는 쭤한창이라는 악당을 뿌리 뽑기 위해서였네." 관전둬는 천천히 이야기를 계속했다. "그러나 그는 쭤한창의 빈틈을 계속 찾지 못하고 있었어. 그러다 작년에 성야의 신인 가수 탕링이 죽은 정보원의 딸 같다는 사실을 눈치챘지. 자세히 조사해보니 탕링은 정말로 탕시즈의 딸이었어. 어쩌면 단지 우연일지도 모르지만 혹시 탕링이 어떤 목적을 가지고 쭤한창에게 접근했을까 봐 그 친구가 엄청 걱정했어. 결국 그의 추측은 들어맞았지. 정보원들이 한꺼번에 사망한 일 때문에 그는 줄곧 마음 아파했어. 탕링이 위험에 뛰어드는 걸 막고 싶었지. 어쨌거나 쭤한창은 냉혹하고 악랄한 자니까."

"류 경사님이 저를 찾아오셨을 때 저는 일부러 모르는 척했어요." 탕링이 말했다. "제 계획에 다른 사람이 끼어드는 걸 원치 않았거든요. 게다가 경찰은 아무도 믿을 수가 없었고요."

"그래서 나에게 도움을 청한 거야."

관전둬가 차를 한 모금 마셨다.

"사부에게 도움을 청했다고요?" 샤오밍이 물었다. "그래서, 그럼 사부가 이 작전의 지휘관인 거군요?"

"지휘관은 무슨! 나는 그저 고문일 뿐이야, 고문." 관전뤄가 큰 소리로 웃으며 말했다. "고문이기 때문에 이렇게 말도 안 되는 짓을 벌이고 자네들은 감히 쓰지 못하는 수단도 쓰는 거지."

샤오밍은 사부가 어떤 사람인지 잘 알고 있었다. 사부가 말하는 '말도 안 되는 짓'이란 그가 게임의 규칙을 무시하고 법률에 저촉되는 온갖 방법을 동원해 사건을 해결하는 것을 의미한다.

"나는 탕링을 찾아가 그녀가 하려는 행동이 아무런 성과도 없는 일이라는 걸 설득했지. 게다가 만일 그녀가 쥐한창에게 접근하게 된다면 그놈은 분명 탕링의 동기를 의심했을 거야. 쥐한창이 타인의 가족관계를 소홀히 여긴다고 말한 적 있지? 하지만 너무 눈에 띄게 행동한다면 그도 분명히 신경을 쓰게 될 거란 말이야."

사부가 전에 쥐한창이 다른 사람의 가족관계에 부주의하다고 말한 것은 런더러의 아들 양원하이를 지칭한 게 아니라 탕시즈의 딸 탕링을 지칭한 것이었다.

"관 경관님이 그러셨죠. 자기를 도와 계획에 참여한다면 철저하게 쥐한창을 무너뜨려 주겠다고요."

탕링은 의연한 표정을 지었다. 그녀의 눈빛은 열일곱 살 소녀의 눈빛이 아니었다.

"게다가 관 경관님은 제가 계획에 참여하는 정도가 아니라 가장 중요한 역할을 맡게 될 거라고 하셨어요. 저는 그런 거라면 제 손으로 복수를 하는 것과 다름이 없다고 생각했어요."

샤오밍은 사부를 바라보았다. 그는 옅은 미소를 띠고 있었다. 샤오밍은 사부가 놀라운 언변과 통찰력으로 타인의 심리적 약점을 알아맞히곤 했던 것을 떠올렸다. 탕링은 복수를 하고 싶었다. 그것도 자신의 힘으로 하려 했다. 그래서 사부는 이런 방법으로 탕링과 류경사의 부탁을 들어준 것이다.

"맨 처음에 말했듯이 런더러를 증인석에 세우기만 하면 쭤한창의 방어선은 붕괴돼. 그것이 바로 작전의 목적이고." 관전뤄가 말했다. "장푸는 런더러를 제약하는 첫 번째 조건이야. 경찰이 장푸의 증언을 확보하면 런더러는 자신이 곧 자유를 잃게 된다는 걸 알고 있지. 그다음에는 런더러가 오랫동안 지켜온 '조직의 도의'라는 걸 버리게 만들어야 해. 그 첫 걸음은 산살무사 작전이야."

"산살무사 작전은 실패했잖아요?"

"산살무사 작전은 실패하기 위해 계획된 거야."

"실패하기 위해서?"

샤오밍은 눈을 크게 뜨고 말을 잇지 못했다. 그러다가 얼른 다시 물었다.

"그렇다면 서카오룽 총구가 200명을 동원했는데 처음부터 실패할 예정이었다는 겁니까?"

"그렇지. 하지만 다들 작전의 진짜 목적을 몰랐고, 샤오류와 나만 알고 있었지." 관전뤄가 입꼬리를 살짝 올리며 말했다. "자넨 뚱보 같은 중간 마약상들이 왜 평소와 달리 일찍 현장을 빠져나갔다고 생각하나? 당연히 누군가 정보를 흘렸기 때문이지. 다만 정보를 누출한 사람이 바로 작전지휘관이라는 걸 아무도 몰랐을 뿐."

샤오밍은 벌떡 일어나 사부를 원망하고 싶었다. 그때의 검토회의에서 그는 노회한 상사들에게 둘러싸여 공격을 당하느라 뼈도 못 추리지 않았는가. 그러나 다시 생각하니 류 경사가 자신을 딱히 질책하지 않았다는 것도 기억났다. 사실 그것도 예상하지 못한 일이었다.

"왜 실패할 작전을 계획한 거죠?"

샤오밍은 화제를 다시 산살무사 작전으로 돌렸다.

"그건 런더러에게 보여주기 위한 연극이었네. 그가 경찰도 쭤한창의 세력을 막지 못한다고 생각하도록 만드는 거지. 삼합회 두목들은 경찰이 일정한 시간 간격으로 '소탕작전'을 벌인다는 걸 잘 알고 있네. 마치 계절이 바뀌는 것처럼 피할 수 없는 과정이지. 그런데 이번의 대형 마약 단속 작전은 쩌한창을 털끝 하나 건드리지 못했어. 런더러는 경찰조차 쩌한창에 대해 속수무책이라는 인상을 받았을 거야. 쩌한창 역시 특별히 의심하지 않을 거고. 어쨌든 그의 부하들은 '물건'을 지켰다는 것만으로도 논공행상을 할 테니까."

관전뒤가 탕링을 한 번 쳐다보더니 말했다.

"그리고 작전의 실패와 동시에 나는 탕링에게 몇 가지 일을 지시했지. 복선을 깐 거야."

"몇 가지 일요?"

"먼저 연예기자들에게 일본 기획사와 계약하게 될지도 모른다고 말을 흘리는 거야." 관전뒤가 말했다. "그건 사실 거짓말인데, 연예계는 물 끓는 소리*가 만연한 곳이라 소문이 사실인지 아닌지는 상관없어. 그저 소문이 퍼지면 되지. 그다음으로는 탕링이 양원하이를 약올리는 거야."

샤오밍은 이제 모든 일들의 흐름을 알 수 있었다.

"쩌한창과 런더러 사이의 갈등을 키우는 거군요?"

"그래. 경찰은 일찍부터 양원하이와 런더러의 관계를 알았지만, 양원하이는 삼합회 쪽 사람도 아니고 런더러가 주요 목표물도 아니었기 때문에 그다지 신경 쓰지 않았던 것뿐이야. 그런데 내 계획에서 양원하이는 사건을 일으키는 발화선이지. 나는 탕링에게 파티에서 양원하이를 만나 호감을 표시하라고 했어. 그러다 그가 적극적으로 나오는 순간 언제 그랬느냐는 듯이 굴라고 했지. 쩌한창이 자기 회사 연예인들과 갈등이 있는 사람을 혼내주는 걸 연막으로 삼

* '물 끓는 소리'란 홍콩 연예계에서 근거가 확실하지 않은 소식을 가리키는 속어다.

는다는 걸 알고 내가 그의 계략을 역이용한 셈이지. 쿼한창이 양원하이에게 손을 쓰도록 상황을 유도한 거야."

"그렇지만 그날 파티에서 있었던 일이 어떻게 쿼한창 귀에 들어가게 된 거죠?"

"샤오밍, 『팔주간』 같은 잡지 기자가 그 장소에 있었던 게 우연이었겠나? 그건 개인이 주최한 파티였어. 그러니 『팔주간』에서 그 사건을 독점 보도할 수 있었던 건 누군가 기자를 데리고 파티장으로 들어갔기 때문이지."

관전둬는 그렇게 말하며 탕링 쪽을 흘낏 쳐다봤다. 샤오밍은 그제야 탕링이 그날의 상황을 전부 꾸몄다는 것을 깨달았다.

"하지만 그다음엔 저도 관 경관님께 속았는걸요."

탕링이 씁쓸하게 웃으며 말했다.

"속았다니?"

"관 경관님이 양원하이가 구타당하면 런더러와 쿼한창 사이에 악감정이 쌓일 거라고 했었죠. 그런데 알고 보니 그건 발단에 불과했어요." 탕링이 말했다. "전 제가 한 번 죽어야 한다는 걸 몰랐거든요."

샤오밍이 의아하게 두 사람을 쳐다봤다.

"적을 속이려면 내 편을 먼저 속여야 하는 법이지." 관전둬가 어깨를 으쓱하며 말했다. "아들이 구타당한 정도로 런더러가 '다른 사람을 팔아넘기지 않는다'는 신념을 버리지는 않을 거야. 그가 오랫동안 두목의 자리에 있을 수 있었던 건 그만큼 일의 경중을 따질 줄 알았기 때문이거든. 양원하이가 구타당한 건 서문 정도에 불과해. 탕링이 살해당하는 이야기의 서문."

"탕링을 습격한 사람들은 그럼 사부가 보낸 거였습니까?"

"맞아. 다들 내 친구들이지. 그들도 역시 이 집 주인인 구 아가씨처럼 그다지 광명정대한 일에 종사하는 건 아니지만. 물론 그들은 입이 무거운 사람들이네. 절대로 경찰에든 흑사회에든 한 마디도 흘러나가지 않을 거야."

"그날 관 경관님이 저한테 밤에 혼자서 조던로로 오라고 했고, 조던로에서 다시 걸어서 린청로까지 오라고 하셨죠. 전 그 이유도 몰랐어요." 탕링이 샤오밍에게 말했다. "제가 절반쯤 걸어갔을 때 갑자기 마스크로 얼굴을 가린 남자 넷이 다가오는 거예요. 저는 쭤한창이 제 계획을 눈치챘거나 양원하이의 아버지가 나선 줄 알았어요. 저는 급히 뛰어서 육교 위로 올라갔는데, 거기서 관 경관님을 만난 거죠. 절 보더니 '잘했다'고 하셨어요. 그러고는 절 데리고 육교 반대쪽 끝으로 갔죠. 나중에야 어떻게 된 일인지 설명해주셨는데, 저는 이런 일까지 해야 하는 줄은 생각도 못 했어요."

"그 영상은 사부가 특별히 준비한 일이고, 내용은 모두 위조된 거란 말이군요?"

"그건 자네가 위조라는 말을 어떻게 정의하느냐에 달렸지." 관전둬가 빙그레 웃었다. "탕링이 살해당한 것이야 물론 가짜지. 육교 아래의 '시체'는 다른 사람이 분장한 채 연기한 거고. 우리는 사전에 탕링이 그날 어떤 옷을 입었는지 확인한 다음 그 사람을 똑같이 입혔지. 촬영한 사람은 육교 아래의 사각에 도착한 뒤 길에 엎드려서 빈사 상태의 탕링을 연기하는 사람을 찍었어. 영상에 소리가 없는 것도 그래서야. 현장에서 뭔가가 추락해 바닥에 부딪히는 소리가 애초에 없었기 때문이지. 그러나 영상 촬영자가 갑작스럽게 움직임을 멈추는 것으로 다른 사람들은 쉽게 연상할 수 있지."

"그렇다면 탕링에게 팔꿈치로 얻어맞은 키 작은 남자……."

"우리도 그런 일이 생길 거라곤 생각지 못했다네. 그 사람 코는 일주일이나 퍼렇게 멍들어서 부어 있었지." 관전둬가 웃었다. "그러나 그래서 더 잘 됐어. 영상이 훨씬 진짜처럼 보여서 사람들이 의심하지 않았잖아."

"사부, 이런 연극을 꾸민 건 너무 위험하지 않나요? 만약 누군가 그 장면을 보기라도 했다면 어쩔 뻔했습니까?"

"샤오밍, 자네 지금 원인과 결과를 반대로 생각하고 있어. 아무도 목격한 사람이 없기 때문에 우리는 이 계획을 계속한 거야. 게다가 자네는 탕링이 어떻게 아파트에서 사건 현장까지 왔는지도 알아내지 못했잖아?"

"사부가 차로 데려가신 건가요? 아니지, 그게 아닌데. 아까 탕링이 육교 위에 가서야 사부를 만났다고 했으니까……."

"저는 버스를 타고 가서 네이슨로에서 내렸어요. 그다음에는 걸어서 현장까지 갔고요."

탕링이 끼어들었다.

"하지만 탕링이 살해당했다는 소식에 홍콩이 들썩거렸는데 그 버스 기사가 왜 아무 말도 하지 않은 거지? 혹시 그것도 사부가 따로 준비한 건가요?"

"쯧쯧. 샤오밍, 자네 아직도 이해를 다 못 했구먼. 이보다 더 간단할 수 없는데. 자네가 22일 아침에 영상을 받았다고 해서 영상이 21일 밤에서 22일 새벽에 촬영됐다는 뜻은 아니잖아. 그 영상은 양원하이가 구타당한 지 이튿째 날, 즉 18일에 촬영한 거야."

"에?"

샤오밍은 믿을 수 없다는 표정으로 사부를 쳐다봤다.

"탕링이 '살해'당한 건 18일이지. 그리고 그녀는 계획에 대해 설명을 들은 다음 19일에도 평소와 다름없이 생활했네. 그녀는 21일에 18일에 입었던 옷과 동일한 차림을 했고, 매니저와 헤어진 뒤 '실종'된 거야. 22일 새벽, 우리는 사건 현장에 가서 아주 간단한 일 두 가지만 했다네. 먼저 영상에서 '시체'가 엎드려 있던 위치에 영상과 동일한 형태로 피를 뿌리고, 이어서 도로 쪽으로 이어지는 핏자국을 만들었어. 그런 다음 물로 깨끗이 씻어낸 거지. 다른 하나는 길가의 구덩이에 탕링의 핸드백을 떨어뜨리는 것이고. 두 가지 일을 마치는 데는 2분도 안 걸렸네. 18일 밤의 연극에 비하면 아주 쉬웠지."

샤오밍은 너무 놀라 웃지도 못했다. 탕링이 피해자가 아니라 계획의 공모자가 되고 보니, 사건에 대한 증거와 시간 순서가 모두 믿을 수 없는 것으로 바뀌어 버렸다. 그는 불현듯 사부가 차에서 한 말이 떠올라 쓰게 웃고 말았다.

— 샤오밍, 탕링 사건은 자네가 해결할 수 없어. 상대가 지독히 나쁜 놈이거든.

사부가 말한 '상대'란 쭤한창이 아니라 바로 관전둬 자신이었다.

"22일 아침 CD를 경찰서에 가지고 온 사람도 사부였나요?"

샤오밍이 퉁명스럽게 물었다.

"아냐, 그건 샤오류였어. 봉투 글씨도 그가 썼지."

샤오밍은 사부가 하는 말에 더는 놀라지 않을 거라고 생각했지만, 역시 총구 형사부 지휘관이 직접 그런 일을 했다는 것에는 놀라지 않을 수 없었다.

"그 시체는요? 캐슬피크베이에서 발견된 시체는 탕링으로 밝혀지지 않았나요?"

"그 시체는 내가 언급했던 홍콩섬 인신매매단 사건에서 살해당한 대륙 출신 매춘부였네."

"그렇지만 지문이……."

"내가 바꿔치기했지." 관전둬가 두 손을 슬쩍 들어 보였다. "자네가 내게 말했잖아. 검시관이 자네에게 지문 자료를 줬다고. 그래서 나는 곧바로 감식과로 가서 자네가 전달한 자료를 바꿔치기했지. 자네도 알다시피 그런 일쯤은 내게 별거 아니거든."

샤오밍은 자기 이마를 탁 쳤다.

“난 원래 다른 경로를 통해 시체를 위조할 작정이었는데, 공교롭게도 실제 살인사건이 발생해서 일이 쉬워졌지. 시체는 화장을 했고, 내가 나중에 기록을 제대로 돌려놓으면 아무도 의심하지 않을 거야. 어쨌든 그 시체는 이름도 알 수 없고 서류를 위조해서 국경을 넘어온 매춘부라 아마 몇 년이 지나야 진짜 신분이 밝혀질 거야. 그렇게 되면 중국에 있는 가족에게도 연락이 갈 수 있겠지.”

“좋아요, 이제 저도 탕링 살해사건의 대략적인 흐름은 이해했어요. 하지만 전 아직도 이렇게까지 해야 하는 목적을 모르겠어요.”

“자네가 등장해야 하기 때문이지.”

“저요?”

“그래. 이 작전에서 탕링을 제외하면 자네가 그다음으로 중요한 인물이라네.” 관전둬가 뤄샤오밍을 가리키며 말했다. “자네보다 이 역할에 어울리는 사람은 없지.”

“어떤 역할 말씀이세요?”

“권력에 굴하지 않고 고집스러우며 뜨거운 열정을 지닌 ‘날수신탐’ 말이야!”

샤오밍은 머릿속이 새하얘졌다.

“탕링이 살해당하면 누구나 런더러가 아들의 복수를 했다고 생각할 거야. 그러나 런더러만큼은 자신이 한 일이 아니라는 걸 알고 있지. 이때 어떤 형사가 쿼한창이 진짜 범인이라고 지목한다면, 설득력이 좀 떨어진다고 해도 런더러에게 어떤 의심을 불러일으키는 데는 충분하지. 일본 기획사가 탕링을 빼내가려고 한다는 것, 범인들이 칼을 가지고 있었던 것, 쿼한창이 탕링의 죽음에도 냉정하게 대처한 것 등등 모두 자네가 쿼한창이 사건 주모자라고 결론 내리도록 안배하고 유도한 거지. 하지만 자네는 실제 증거는 찾아낼 수 없었어. 사실상 증거 자체가 존재하지 않으니까. 쿼한창은 탕링을 죽이지 않았거든. 쿼한창은 그걸 잘 알고 있어. 그러니 쓸데없는 일을 하지도 않을 테고, 자네가 자기 꾀에 빠져서 수모를 당하는 걸 지켜보면 되는 거야. 나는 바로 그 점을 역이용할 거야. 쿼한창이 훙충화를 완전히 빼앗기 위해 자기 회사의 연약한 여자아이까지 죽인다고 런더러가 확신하게 만드는 거지. 자네가 오늘 쿼한창에게 한 말이 런더러에게 전해지면 그는 자기가 지금까지 믿어왔던 '조직의 도의'라는 게 정말 옳은 것인지 깊이 의심하게 될 거야."

샤오밍은 자신의 추리를 되짚어봤다. 쿼한창이 탕링을 살해하면 일석삼조다. 우선 탕링이 다른 회사와 계약하는 것을 막을 수 있고, 다음으로는 유작 앨범의 판매량을 높여 큰 수익을 올리고, 더욱 중요한 것은 이 사건을 훙충화의 짓으로 뒤집어씌워 런더러가 조직 세계 바깥의 연약한 여자를 함부로 죽였다는 걸 명분으로 그의 세력을 집어삼킬 수 있다.

"만약 런더러가 자네의 추리가 사실이라고 생각한다면, 그는 쿼한창에게 넘어간 부하들이 앞으로 어떤 꼴을 당할지 걱정하게 될 거야. 쿼한창은 양원하이에게도 손을 뻗칠지 몰라. '죄수의 딜레마'에서 한 사람이 자기가 배신당할 거라고 믿게 되면 자기가 먼저 배신하는 걸 선택하게 돼. 특히 런더러와 같은 옛날 건달들은 자기 자신보다 형제나 아이들의 안위를 더 중요하게 생각하지. 그러니 내가 증세에 딱 맞는 약을 처방한 셈이 아니고 뭐겠어?"

"……왜 저에게 이 역할을 하게 한 거죠? 제가 사부의 제자라서?"

샤오밍은 한동안 침묵했다가 물었다.

"아니야. 자네가 두 가지 특징을 동시에 지녔기 때문일세. 용감하고 추리 능력이 뛰어나거든. 이 계획은 사실을 아는 사람이 적을수록 좋아. 그래야 쿼한창과 런더러라는 노회한 악당들을 다 속일 수 있으니까. 추리 능력이 부족하면 내가 설정해둔 작은 단서를 통해 쥐한창이 탕링을 살해했다는 '진실'을 밝혀낼 수 없지. 담력이 약하면 쥐한창을 경찰서로 데려와 마주하지 못할 거고. 이런 인물은 찾기 어려워. 지금 경찰에는 겁쟁이나 자기밖에 모르는 인간들뿐이야. 자네처럼 용감하게 하고 싶은 대로 하는 멍청이는 아마 앞으로 적잖이 고생을 하겠지……."

샤오밍은 다시 한 번 사부가 자신을 칭찬하는 건지 놀리는 건지 알 수 없었다.

"자네가 오늘 쥐한창과 충돌한 것은 오늘 밤이면 런더러에게 전해질 거야." 관전둬가 미소를 지었다. "내일 쥐한창이 체포됐다는 소식이 들리지 않으면 런더러는 쥐한창이 어떤 방법을 써서 다시 한 번 법망을 피해갔다고 여길 걸세. 그러면 설득에 능한 누군가가 나타나서 런더러에게 이 상황의 이해득실에 대해 분석을 해줄 거고, 그는 이제 '배신을 하는 죄수'가 되는 거라네."

샤오밍은 설득에 능한 사람이 누구냐고 물어보려 했다. 그런데 다시 생각해보니 이 일은 사부가 하는 것이 당연하게 느껴졌다. 사부가 나서면 승률은 9할이다.

"그전에 제가 쥐한창을 경찰서로 데려가서, 쥐한창이 혹시……."

"혹시 경찰에서 증거를 위조해 자기가 살인을 교사했다고 인정하게 만들 셈이라고 생각할지도 모른다는 거지?"

관전둬가 샤오밍의 말을 받아서 완성했다.

"그는 탕링을 죽인 것이 홍충화의 조직원이라고 생각할 걸세. 혹은 자신과 원한이 있는 다른 삼합회의 소속이거나. 어쩌면 정말로 자기 부하들이 손을 썼을지도 모른다고 의심하겠지. 자네가 말했던 것과 같은 이유로, 홍의련이 홍충화를 칠 명분을 얻기 위해서 말이야. 심지어는 부하들이 자신을 모함하고 자리를 빼앗으려고 꾸민 짓이라고 여길 수도 있네. 자네와 접견실에 있을 때 쿼한창이 점점 냉정을 잃고 조급해했던 건 그 부분에 생각이 미쳤기 때문이겠지. 그는 자신이 한 짓이 아니라는 걸 알고 있지만 제시한 조건들은 또 딱 맞아떨어지거든. 그는 아마 심복들이 자기를 속여 이런 계획을 진행했을지 모른다고 추측했을 거야. 영리한 쿼 사장은 이런 생각을 입 밖에 내지 않고 아무렇지 않은 얼굴로 돌아가서는 하나씩 조사해보겠지. 그러나 내가 방금 말한 것처럼 그는 금세 자네의 허장성세를 꿰뚫어보고 며칠간은 조용히 있을 거야."

샤오밍은 쓰게 웃으며 고개를 저었다. 자신의 추리 내용까지도 사부의 계획에 포함돼 있었다니, 사부 앞에서 자신은 마치 중학생 같았다.

"아, 어떻게 탕링이 장푸의 딸로 바뀐 겁니까?"

샤오밍이 생각난 듯 물었다.

"사실 탕링은 '추락'한 이후에 두 가지 선택지가 있었어. 하나는 사람들에게 탕링이 실종됐다고 믿게 하는 거야. 범인들에게 납치됐다가 쿼한창이 마약 밀매, 정보원 살해 등등의 죄목으로 재판을 받은 후 '기적처럼' 구출되는 거지. 다른 하나는 지금과 같은 상황이야. 철저하게 사라지는 것."

"제가 후자를 선택했어요. 저는 이 신분에 그다지 미련이 없어요. 복수만 할 수 있다면 뭐든지 버릴 수 있죠. 게다가 전 연예계를 혐오했거든요."

"탕링의 살해사건을 위조한 일은 역시 보고할 수 없는 부분이야. 그렇게 되었으니 탕링은 새로운 신분으로 부활하는 게 좋겠지."

관전둬는 헛기침을 했다. 사부는 탕링의 그 각오에 감탄하는 듯했다.

"장푸는 런더러를 견제하기 위한 포석이야. 또한 런더러가 쿼한창에 대해 증언하도록 하게 하려는 첫 단계였고. 장푸의 가족들을 위해 새로운 신분을 신청할 때 내가 탕링을 슬쩍 끼워 넣었어. '장리니'는 처음에는 존재하지 않았던 사람이야. 장푸도 이 일은 몰라. 하지만 나는 탕링이 합법적인 새 신분 '장샤오링'을 얻을 수 있도록 해줬어. 게다가 이중으로 허구인 신분이라면 탕링의 '실종'을 완벽하게 가려주지 않겠나."

"사부, 저 한 가지 확실히 알고 싶은 게 있는데요." 샤오밍이 미간을 찌푸리며 물었다. "영상을 인터넷에 올린 것도 사부가 계획한 거죠?"

"그럼 당연하지. 그 사건이 공개되지 않으면 계획이 진행되지 않는걸. 게다가 영상은 언어보다 파급력이 크다네. 린더러도 영상을 통해 그 과정을 다 봤기 때문에 더 쉽게 동요한 거야."

"그럼 왜 하루 먼저 CD를 제게 보내셨어요?"

"샤오밍, 자넨 내 제자잖아."

관전뤄가 친절하게 대답했다.

뤄샤오밍은 이 순간 사부가 자신에게 마음을 써주고 있다는 것을 느꼈다. 사부는 영상을 곧바로 공개할 수도 있었다. 그랬다면 뤄샤오밍과 중안조는 언론매체의 추궁을 감당하면서 사건 수사, 증거 수집을 동시에 해야 했을 것이다. 샤오밍이 먼저 영상을 손에 넣었기 때문에 중안조는 사건 과정을 조사하고 정리할 하루라는 시간을 벌 수 있었다. 그렇지 않았다면 바빠서 허둥거렸을 것이다.

"아, 정말! 완전히 졌습니다. 전 계속 사부 손바닥 안에 있었던 거네요." 샤오밍이 한숨을 쉬더니 다시 웃으면서 말했다. "참, 어디서 해커를 알게 되신 거예요? 그 영상은 스위스와 멕시코에서 업로드된 거더라고요."

관전뤄가 몸을 살짝 돌리더니 등 뒤의 방문을 향해 턱짓을 했다.

"자네, 지금 엉덩이로 깔고 앉은 이탈리아제 소파를 무슨 돈으로 산 건지까지도 물을 기세군."

관전둬는 제자를 향해 윙크를 날렸다.

* * *

"사부, 이제 뭘 하면 되죠?"

구 아가씨의 집을 나와 차로 돌아온 뤄샤오밍이 관전둬에게 물었다. 그들은 경찰서로 가는 중이었다.

"자네 부하들이 쮜한창의 조직을 물 샐 틈 없이 감시하고 있겠지? 그걸 계속하면 돼." 조수석에 앉은 관전둬가 말했다. "나는 내일 런더러를 찾아갈 걸세. 재료는 이미 다 준비됐으니, 이제 요리사인 내 솜씨만 남았지."

"사부, 사실 다른 방법으로도 런더러를 설득할 수 있지 않나요? 왜 이렇게 수습하기 힘든 연극을 꾸민 겁니까? 신인 여가수가 살해당했는데 결국 사건은 미해결 사건으로 남게 됐어요. 경찰 입장에선 이것도 타격이 될 텐데요."

쮜한창이 마약 밀매, 범죄 조직 운영, 정보원 살해 등으로 감옥에 가긴 하겠지만, 탕링의 살해사건은 아무래도 쮜한창의 죄로 결론 내려지지 않으리란 걸 샤오밍은 알고 있었다.

"하루라도 빨리 탕링을 쮜한창 옆에서 떼어내야 했거든." 관전둬가 담담하게 말했다. "탕링이 성야 엔터테인먼트에 머무르는 날이 길어질수록 쮜한창에게 그녀의 동기가 발각될 가능성이 커져. 현재 가장 높은 수입을 올리는 가수고 열일곱 살밖에 안 된 소녀라도 쮜한창은 봐주지 않을 테니까. 이 작전은 쮜한창을 법으로 징치하는 것 외에도 일종의 구조 활동이라고도 할 수 있지. 경찰의 임무는 시민을 보호하는 거야. 그 시민이 죽음을 전혀 두려워하지 않는다고 해도 한 소녀가 억울하게 희생되는 걸 그냥 두고 봐선 안 되잖아. 법률이나 규칙이 어떻든 생명이란 가장 가치 있고 절대 낭비되어선 안 되는 거야."

뤄샤오밍은 사부의 대답에 의문이 풀렸다. 그의 사부는 모든 것을 무시하고 온갖 비열한 수단을 동원해서라도 목적을 완수하려 하지만, 단 하나 사람의 생명만큼은 무엇보다 중요하게 여겼다. 평생 한 번도 만난 적 없고, 아무런 도움도 안 되는 열일곱 살 소녀라도 말이다.

이후의 일은 관전뤄가 계획한 대로 흘러갔다. 런더러는 이틀 뒤 홍의련에 대한 대량의 정보를 제공하겠다고 경찰에 알려왔다. 쭤한창의 마약 밀매에 관련한 증거도 포함돼 있었다. 그리고 쭤한창 부하들 중 주요 간부들도 자신의 안전을 위해 쭤한창의 범죄를 밝힐 증거를 앞다퉈 제공했다. 비록 몇몇 혐의에 대해서는 증거가 부족했지만 나머지는 검찰이 기소하기에 충분할 정도였다. 경찰 역시 이번 일로 상당한 성과를 올렸다. 쭤한창 외에도 홍의련의 여러 간부들을 체포했고, 지난 산살무사 작전 때 뤄샤오밍의 눈앞에서 빠져나간 마약상 뚱보도 붙잡았다.

탕링의 사건은 증거 불충분으로 기소할 수 없었지만 세간에서는 모두 쭤한창이 사건의 배후라고 여겼다. 그 사건에 대해서만은 쭤한창이 억울한 입장이란 걸 뤄샤오밍은 알고 있었지만 지금의 결과가 비교적 만족스러웠다. 아직도 옛 정보원들의 살해사건 중 여러 건이 증거 불충분으로 기소 불가 상태였던 것이다.

"어쨌든 그놈이 자기가 죽인 사람 여럿에 대한 책임을 피해갔으니, 자기가 죽이지 않은 사람에 대한 책임이라도 져야지."

뤄샤오밍은 그렇게 생각했다.

두 달 후 뤄샤오밍은 사부와 함께 구 아가씨의 집으로 탕링을 만나러 갔다. 구 아가씨는 문 밖에 초소형 카메라를 설치해놓았다. 초인종을 누르면 문 안의 화면에 방문객의 모습이 나타났다. 뤄샤오밍은 사부에게 그 말을 듣고서 해커란 역시 신중하다고 생각했다. 어쩌면 그녀의 방에는 자폭 장치라도 설치돼 있어서 버튼만 누르면 컴퓨터 안의 모든 자료가 삭제될지도 모른다.

"어? 탕링이야?"

뤄샤오밍은 또 한 번 탕링을 알아보지 못했다. 그녀는 머리를 짧게 자르고 새까맣던 머리도 갈색으로 염색했다.

"뤄 독찰님, 저는 '장샤오링'인데요."

탕링이 샤오밍의 실수를 정정해줬다.

"어, 그렇지. 장샤오링, 장샤오링."

샤오밍이 상대방의 이름을 두어 번 반복했다.

"샤오링, 이제는 그냥 '샤오밍'이라고 불러. 샤오링과 샤오밍, 아주 재미있는 조합이 되겠는걸."

관전뒤가 웃으며 말했다.

"아니, 적어도 샤오밍 오빠라고는 해야죠. 내가 몇 년만 더 일찍 태어났으면 샤오링 아빠라고 해도 될……."

뤄샤오밍은 입 밖으로 나오려던 말을 도로 집어넣었다.

"괜찮아요. 아빠의 죽음을 다시 수사하는 것만으로도 저는 두 분께 정말 감사드리는걸요. 샤오밍 오빠도 그리 신경 쓰지 마세요."

탕링이 말했다.

"앞으로는 어떻게 할 계획이니?"

샤오밍이 물었다.

"글쎄요. 전 지금 쩌한창이 심판받는 순간을 기다리고 있어요. 그 다음은 나중에 생각할래요. 뉴턴 언니가 정말 잘해줘요. 공짜로 여기 살게 해주었잖아요. 저도 언니를 도와서 집안일도 하고 가끔 조수 노릇도 하고 있어요."

"뉴턴 언니?"

"구 아가씨 말일세. 그녀의 온라인 아이디가 '뉴턴'이거든. 멋있지 않나?"

관전뤄가 말했다.

뤄샤오밍은 잠깐 멍해졌다. 그는 원래 탕링을 만나면 구 아가씨와 너무 가까이 지내지 말라고 충고할 작정이었다. 어쨌든 해커가 하는 일이란 대부분이 불법적인 일이 아닌가. 그러나 구 아가씨가 지금 자신들의 대화를 도청하고 있을까 걱정되어 입 밖으로 나오려던 말을 다시 한 번 집어삼켰다.

"지금 치명적인 전염병2002년 말 중국 광둥성과 홍콩을 거쳐 세계로 확산된 중증 급성호흡기증후군(SARS) 때문에 정부에서는 가능한 한 집 밖으로 나가지 말라고 하는데, 그래도 우리는 근처 어딘가에 가서 맛있는 것 좀 사 먹자고. 샤오링도 평소엔 밖에 나갈 일이 거의 없잖아?"

관전뤄가 말했다.

탕링이 기쁜 듯이 고개를 끄덕거렸다. 샤오밍이 보기에 지금처럼 솔직하고 활달한 모습이 탕링의 본래 성격일 것 같았다.

"사부, 다른 사람들이 알아보면 어떡합니까?"

샤오밍이 탕링을 위아래로 살펴보며 말했다. 탕링은 헤어스타일도 바꾸고 안경을 썼으며 얼굴에는 화장도 전혀 하지 않았다. 촌스러운 스웨터를 입은 그녀의 모습은 사람들의 주의를 전혀 끌 것 같지 않았지만, 샤오밍은 괜히 걱정이 되었다.

"모자를 써서 가리면 괜찮아."

관전뤄가 쓰고 있던 검은색 야구모자를 벗어서 탕링의 머리에 씌웠다. 탕링은 야구모자의 챙을 누르면서 수줍게 웃었다.

현관에서 탕링은 슬리퍼를 벗고 양말도 신지 않은 맨발에 운동화를 신었다. 샤오밍은 이상한 것을 발견했다.

"샤오링, 왜 발톱 세 개에만 페디큐어를 발랐어? 게다가 검은색으로?"

"아빠의 사건이 수사 재개된 뒤 조사 결과에 따르면 아빠를 데려갔던 다섯 남자와 술집 주인, 쿼한창 외에도 마약상 둘과 술집 종업원 한 명이 더 있다고 했어요." 탕링은 운동화를 신으며 담담하게 말했다. "지금 쿼한창과 마약상 두 명은 붙잡혔지만 나머지 일곱 명은 아직 체포되지 않았잖아요. 검은색 페디큐어로 아직 복수가 끝나지 않았다는 걸 나 자신에게 계속 상기시키는 거예요. 한 명이 법으로 처벌받을 때마다 하나씩 검은색 페디큐어를 바를 거예요."

뤄샤오밍은 탕링의 눈빛을 보고 알아챘다. 그녀의 복수는 지금 막 시작됐다는 것을. 뤄샤오밍은 남은 범인들을 속히 체포하리라고 다짐했다. 그래야 탕링이 이 전쟁에서 해방될 수 있다.

죄악에 대항해야 하는 것은 경찰이지 피해자의 가족이 아니다.

뤄샤오밍은 탕링을 바라보며 약속했다. 입 밖으로 꺼내진 않았지만 말이다.

정의란 입으로 지켜지는 게 아니라는 것을 그는 너무도 잘 알았다.

3장 가장 긴 하루

1

대부분의 홍콩 사람들에게 1997년 6월 6일은 평온하고 별일 없는 하루였다. 이틀 전 큰 비가 내렸고 기상대에서는 폭우경보를 발령했다. 배수설비가 부족한 거리는 부분적인 침수가 발생했다. 그러나 오늘은 모든 것이 이미 정상을 회복한 상태였다. 날씨는 여전히 무더웠다. 아침부터 안개가 잔뜩 낀 흐린 하늘로 시작해 하루에도 몇 번씩 지나가듯 호우가 쏟아졌지만, 기온은 여전히 내려갈 줄 몰랐다. 비록 새벽에는 홍콩섬 웨스트포인트 근처의 아파트에서 화재가 발생했고 출근시간에 센트럴 드보예로 중앙에서 화학원료를 실은 화물차가 전복되어 심각한 교통체증이 있었지만, 일반적인 사람들에게 6월 6일은 그저 평범한 금요일이었다.

그러나 관전뤄에게 오늘은 전혀 평범하지 않았다. 오늘은 그가 경찰로 일하는 마지막 날이었다.

경찰로 32년을 일하고 50세가 된 관전뤄 고급경사는 내일부터 직무를 떠나 빛나는 은퇴생활을 시작하게 될 것이다. 그의 퇴직일자는 원래 7월 중순이었다. 그러나 쓰지 않은 휴가가 많이 쌓인 바람에 한 달 이상 퇴직일이 앞당겨졌다. 경찰수칙에 따라 퇴직 전에 남은 휴가일을 다 사용해야 하기 때문이다.

관전뤄는 잘됐다고 생각했다. 그가 7월 1일 이후에 퇴직한다면 경찰에서 그를 위해 새로운 신분증과 제복, 경장警章 등을 준비해야 한다. 1997년 7월 1일 홍콩의 주권이 반환되면 '왕립홍콩경찰'은 '홍콩경찰'로 바뀌고 경찰 마크도 왕관에서 자형화紫荊花로 바뀌게 된다. 왕립이라는 칭호에 특별히 애착이 있는 것은 아니었다. 다만 새로운 신분증을 한 달도 못 쓰고 녹여버리는 게 낭비라고 관전둬는 생각했다.

지난 8년간 관전둬는 형사정보과 B조 조장을 맡았다. B조의 업무는 정보 분석으로, 대량의 감시카메라 영상에서 용의자의 실루엣을 집어내거나, 수개월 누적된 감청기록 중에서 범죄의 증거가 될 일분을 찾아내는 일이었다. B조 조원들은 다른 경찰관들에 비해 업무상 위험이 적은 편이었다. 그들은 D조처럼 치명적 무기를 지닌 악당을 근거리에서 추적 혹은 감시하지도 않았고, A조처럼 목표지점에서 밤새 잠복하거나 적인지 아군인지 알 수 없는 정보원들과 어울려 지내지 않아도 되었다. 또한 정보과 초기에 성립된 '돌격대'처럼 체포 임무를 직접 수행할 필요도 없었다. 그러나 B조 구성원들은 정신적 스트레스가 다른 조에 비해 심했다. 그들이 분석해내는 정보가 작전의 성공을 좌우하기 때문이었다. 정보가 잘못되어 범인이 지닌 무기의 화력을 과소평가했다가 최전선에 있던 경찰관이 순직한 일도 있었다.

B조 사람들은 특히 생명의 가치를 잘 이해해야 했다. 조금만 경솔해도, 설령 가장 보잘것없는 세부사항이라도 소홀히 넘겼다간 심각한 결과를 불러올 수 있었다. 최전선의 경찰은 상황에 따라 임기응변을 하거나 아주 급박할 경우에는 자신이 최종 결정을 내리기도 했다. 그러나 B조 경찰들은 단지 사전에 선택하고 사후에 오류를 검토할 수 있을 뿐이었다. 그리고 이 오류는 왕왕 되돌릴 수 없는 것이기도 했다.

관전둬는 정보과 B조에 '애증'이 있었다. 정보과는 그의 장점을 충분히 발휘하게 해주는 부서이고 경찰 조직에서 정보의 핵심이었다. 관전둬는 홍콩에서 일어나는 모든 사건의 정보를 장악하고 있었다. 그의 통찰력은 다른 부서에 더욱 정확한 자료를 제공했고, 작전 실패의 위험을 크게 줄였으며, 일선 경찰관의 안전을 보장했다.

한편 관전둬는 이 일을 별로 좋아하지 않기도 했는데 다른 사람 손에서 자료를 얻어야 하기 때문이었다. 정보과로 옮겨오기 전 그는 분구 형사정집부나 총구의 중안조 등에서 일했다. 그곳에서는 자기 발로 뛰면서 직접 수사했다. 사건 현장에서 정보를 수집하고 증인과 용의자를 심문하고 가장 먼저 증언과 증거를 손에 넣을 수 있었다. 그러나 정보과에서 보낸 8년간 그는 시시때때로 다른 부서에서 보내오는 진술기록에 의혹을 느꼈다. 조서를 꾸민 경찰관이 왜 이 부분에 대해 더 묻지 않았지? 왜 현장에서 이 부분을 확인하지 않았지?

'나는 현장조사에 더 맞는 게 아닐까?'

관전둬는 가끔 이렇게 생각했다. 그러나 그건 자기 혼자만의 생각이었다. 게다가 마흔다섯이 넘으면서 몸이 예전처럼 민첩하지 않다는 걸 느꼈다. 일선에서 일하는 형사들은 범죄자들과 대치할 가능성이 컸다. 자신은 더 이상 그런 패기가 없음을 관전둬는 잘 알고 있었다.

직급 역시 그가 일선에 나가는 것을 용납하지 않았다. 어떤 작전을 수행할 때 현장은 독찰급과 원좌급 경찰들이 맡고, 현위급인 경사나 더 높은 직급은 작전 계획과 지휘 등의 통솔 임무를 맡는다.

관전둬는 정보과 B조에서 자신이 너무 많은 일에 관여한다는 걸 알았다. 최근 몇 년간은 가급적 부하들이 알아서 하게 놔두고 필요한 순간에만 나서서 부하들의 분석에 어떤 허점이 있는지 지적해줬다. 그의 눈에는 수많은 단서들이 쉽게 보였지만 부하들은 그가 이유를 설명해줄 때까지 의아한 표정을 짓곤 했다. 혹은 작전 수행 후 그의 '예언'이 딱 들어맞으면 그제야 깊이 감탄하고 진심으로 명령을 따르기도 했다.

이것 역시 관전둬가 쉰에 은퇴하기로 결심한 이유 중 하나였다.

이 부서에서 5년을 더 머무르고 쉰다섯이 되어 퇴직할 수도 있었다. 그러나 자신이 정보과에 더 머물렀다간 부하들의 성장을 방해할 뿐이라고 그는 생각했다. 정보과는 경찰 조직의 핵심이었다. 만약 B조 구성원들이 독립적으로 홀로서기를 하지 못한다면 경찰 조직 전체에 오히려 해가 될 수 있었다.

"……이상, 세관에서 올라온 보고입니다."

아침 9시 반, B조 제1대 차이蔡 독찰이 관전둬의 사무실에서 보고를 올리는 중이었다.

B조는 네 개 분대로 구성돼 있는데 각각 독찰 한 명이 대장을 맡고 있었다. 관전둬는 각 대에 임무를 분배했다. 오늘 제2대는 휴가이고, 제3대는 경제범죄조사과와 협조해 내부거래 안건을 조사하고 있었다. 제4대는 삼합회조사과와 협력해 서카오룽의 삼합회가 학교에 스며든 것을 소탕하기 위한 잠입 작전을 준비 중이었다. 제1대는 일찍부터 세관과 함께 밀수단 한 곳을 뒤쫓고 있었고, 그 작전이 이틀 전 막 끝난 참이었다.

"좋네."

관전둬가 만족스럽게 고개를 끄덕였다.

차이진강蔡錦剛 총독찰은 B조에서 연차가 가장 오래된 대장으로 관전둬의 은퇴 후 뒤를 이어 B조를 관장할 것이다. 관전둬는 차이 독찰이 조장 자리에 매우 적합하다고 생각했다. 그는 인사관리가 능하고 일처리도 명확해서 다른 부서와 협조하는 수완이 좋았다.

"제1대는 현재 나흘 전 불법 입국한 다취안大圈* 두 명을 뒤쫓고 있습니다."

차이 독찰이 또 다른 서류철을 건넸다. 그 안에는 흐릿한 사진 두 장이 있었다.

"그놈들이 권총을 숨기고 있다고 제보한 정보원이 있습니다. 아마 주권 반환 시기에 경찰인력이 바쁜 틈을 타서 범행할 것 같습니다. 정보에 의하면 무장강도 전과가 있다고 하니 목표는 보석상이나 시계점일 것으로 보입니다."

"인원수가 좀 이상해 보이는군."

관전뤄가 말했다.

"예, 두 명은 너무 적습니다. 그래서 주모자는 홍콩의 범죄집단이 아닐까 추측하고 있습니다. 다취안 두 명은 용병인 거죠. 경찰이 이미 자신들을 주시하고 있다는 건 모를 겁니다."

"그들의 거점에 대한 정보가 있나?"

"네, 차이완** 입니다. 화물을 하역하는 부두 인근의 공단입니다."

"정확한 지점은 아직 찾지 못했나?"

"예, 그쪽에는 비어 있는 업체도 많아서 좀 복잡합니다. 의심스러운 지점을 걸러내는 데 시간이 걸립니다."

관전뤄가 턱을 쓰다듬었다.

"좀 더 빨리 진행하도록 해. 그들이 이달 말까지 기다리지 않을 것 같으니."

"그들이 일이 주 사이에 일을 저지를까요? 7월 1일이 지나야 관광객이 몰리는 성수기인데 그때가 되면 점포마다 현금 보유량이 지

* 중국 대륙에서 건너온 범죄자를 부르는 말.
** 홍콩 동북부 지역.

금보다 훨씬 풍족할 텐데요."

"인원수가 영 마음에 걸리는군. 둘 중 하나가 주모자라면 한 명만 데리고 홍콩으로 건너오지는 않았을 거야. 적어도 차를 몰 운전사 하나와 조수 둘은 있어야 해. 대륙의 강도들이 홍콩에 들어와서 새로 부하를 찾지는 않을 테니. 만약 그들이 용병이라면 주모자가 홍콩인이라는 뜻인데, 그러면 범행 준비를 다 마친 다음에 다춰안 두 명을 불러들였겠지. 그들이 모습을 드러냈다면 놈들의 범행이 임박했다는 뜻이야."

"음, 조장님 말씀이 일리가 있네요." 차이 독찰이 곰곰이 생각해 보더니 대답했다. "그럼 제가 D조와 연락해서 조를 나눠 차이완에 가서 감시를 하라고 하겠습니다."

"다른 사건이 더 있나?"

"없습니다. 아, 얼마 전의 부식액 투척사건이 있습니다. 하지만 장시간 새로운 단서가 없어서 범인이 다시 일을 벌여야 수사도 재개할 수 있을 것 같습니다."

차이 독찰은 한숨을 쉬었다.

"그건 그래. 이런 사건이 가장 해결하기 힘들지."

반년 전 몽콕 퉁초이가의 높은 곳에서 부식성 액체가 든 병을 던진 사건이 발생했다. 퉁초이가는 옷, 장식품, 일용품 등을 파는 노천 상점이 대량으로 몰려 있는 시장 거리였다. 여인가女人街라고도 부르며 관광객이 많이 찾는 곳이었다. 도로 양편에는 오래된 건물들이 빽빽이 늘어서 있어서 홍콩의 특색이 짙었다. 그런 오래된 건물은 보안설비가 허술해서 대부분의 건물에 보안용 창살문조차 달려 있지 않았다. 누구나 자유롭게 드나들 수 있으니 범인도 쉽게 기회를 잡았을 것이다.

누군가 밤 9시에 5, 6층 정도 되는 건물 옥상에서 하수관 용해제

병을 던졌다. 뚜껑이 열려 있어서 부식액이 사방으로 튀었다. 마침 주말로 야시장이 한창 북적일 때라 상인들과 쇼핑객이 여러 명 부상을 입었다. 두 달 후의 토요일 저녁, 같은 거리의 다른 쪽에서 동일한 사건이 또다시 발생했다. 전과 동일한 브랜드의 하수관 용해제를 이번에는 두 병 던졌다. 부상자 수도 첫 번째 때보다 많았고, 그중에는 머리에 부식액을 맞아 눈에 화상을 입고 실명할 뻔한 사람도 있었다.

서카오룽 총구 중안조는 조사에 착수했으나 용의자를 압축해내지 못했다. 부근 건물에는 수많은 점포가 입점해 있었고 옥상끼리 서로 연결돼 있었다. 범인은 부식액을 투척한 후 옥상을 건너 사건 현장에서 멀리 떨어진 건물을 통해 빠져나갔을 가능성이 컸다. 첫 번째 사건이 발생한 후 경찰은 시민들에게 보안에 신경 쓸 것을 강조했다. 그러나 낡은 건물에 워낙 많은 점포가 입주해 있어 의견 모으기가 쉽지 않았고, 상인들도 소 잃고 외양간 고치기라 생각해 계속 미루고만 있었다. 결국 두 달 만에 동일한 사건이 발생하고 말았다.

형사정보과는 서카오룽 총구 지휘관의 요청을 받아 현장 부근 백여 곳 상점과 수십 개 노변 감시카메라의 영상을 조사해 의심스런 인물을 찾아냈다. 대량의 교차 비교와 소거를 거쳐 두 번의 사건 전후로 키가 160센티미터 정도인 뚱뚱한 남자가 동일한 검정색 야구모자로 얼굴을 가린 채 영상에 나타난 것을 발견했다. 그러나 그 남자가 사건과 관련 있다는 것을 확인할 방법이 없었다. 경찰은 이 남자를 찾는다는 공고를 냈지만—용의자가 아닌 증인을 찾는다는 명목으로—아무런 수확이 없었다.

다행인 점은 그 후로 넉 달 동안은 같은 사건이 발생하지 않았다는 것이다. 혹여라도 그 모자를 쓴 남자가 범인이라면 자신의 행적이 폭로됐기 때문에 범행을 포기했을지도 모른다. 아니면 여러 건물에서 업주들이 드디어 돈을 모아 안전문을 설치하고 경비원을 고용했기 때문인지도 모른다. 어쨌거나 퉁초이가에는 더 이상 부식액이 투척되는 일이 없었고, 무고한 시민이 부상을 입는 일도 일어나지 않았다. 다만 그 때문에 정보과에서는 수사를 계속할 수가 없었다.

"다취안 사건에 집중하게."

관전뤄가 서류철을 덮으며 차이 독찰에게 말했다.

"알겠습니다." 차이 독찰이 의자에서 일어나 말투를 바꿔 입을 열었다. "조장님, 이게 마지막 보고가 되겠네요."

"그렇군. 다음 주면 자네가 이 자리에 앉아서 보고를 받게 될 테니."

관전뤄가 웃으며 말했다.

"지난 몇 년간 조장님의 지도를 받을 수 있었던 것에 저희들이 얼마나 감사드리는지 모르실 겁니다. 저희가 배운 게 참 많습니다."

차이 독찰이 말했다. 그러더니 사무실 문을 열고 바깥을 향해 손짓했다.

"저희들 마음을 표현하기 위해 준비했습니다."

관전뤄는 제1대 대원들이 모두 사무실 밖에 서 있는 것을 보고 깜짝 놀랐다. 그들 중 한 명이 '퇴직을 축하드립니다'라고 쓴 케이크를 들고 웃으며 들어왔다. 나머지 사람들은 박수를 쳤다. 케이크를 받쳐 드는 임무는 올해 초 B조에 합류한 뤄샤오밍이 맡았다. 그는 발령을 받은 이후 관전뤄를 자주 수행했다. 마치 조장의 개인비서 같았기 때문에 동료들이 그에게 케이크 보이의 임무를 맡긴 것이다.

"하하하, 자네들 괜히 돈 쓴 거 아냐?" 관전뤄가 미소를 지으며 말했다. "다음 주에 우리 조 전부 회식하려고 예약해뒀거든. 이 케이크는 살 필요가 없었는데."

"조장님, 걱정 마십쇼! 저희들이 크림 한 점 안 남기고 다 먹을 테니까요. 절대 낭비하지 않겠습니다!"

차이 독찰이 의기양양하게 말했다. 그는 상사의 근검절약 정신을 누구보다 잘 알았다. 그래서 일부러 케이크도 크지 않은 것으로 샀다.

"오늘은 조장님이 은퇴하시는 영광스런 날인데, 다른 분대들은 임무 수행 중이라 축하해드리지 못하잖습니까. 저희가 아무것도 하지 않으면 안 되지요!"

"하하하, 좋아, 좋아. 그럼 감사히 받지." 관전뒤가 고개를 끄덕였다. "그런데 이제 겨우 10시가 지났는데 다들 먹을 수 있겠어?"

"저는 아침을 안 먹었습니다!"

부하 한 명이 소리쳤다.

"보고가 끝난 직후가 아니면 오후엔 바빠서 전부 모이지 못하잖아요."

차이 독찰이 보충 설명했다.

"조장님, 은퇴를 축하드립니다!"

"조장님, 자주 놀러 오실 거죠?"

"얼른 케이크 잘라서 조장님 드려!"

"오, 무슨 일인데 이렇게 시끌벅적해?"

이 목소리에 관전뒤를 제외한 나머지 사람들은 모두 몸이 굳어버렸다. 그들 뒤에 서 있는 사람은 말끔한 양복 차림에 머리카락 한 올 흐트러짐 없이 단정하게 빗어 넘기고 위엄 어린 표정을 짓고 있는 차오쿤曹坤 총경사였다. 관전뒤보다 네 살 연상으로 형사정보과의 총지휘관인 그는 말수가 적고 하루에 23시간 미간을 찌푸리고 있다는 소문의 사나이였다. 정보과의 형사들은 그 앞에서 대부분 기가 죽곤 했다. 최고 상사가 갑자기 B조 사무실에 나타날 거라고는 생각지 못했던 차이 독찰과 부하들은 얼른 자세를 바로 했다. 뤄샤오밍이 가장 낭패한 기색이었는데, 상사에게 경례하기 위해 케이크를 내려놓아야 할지 계속 들고 있어야 할지 몰라서 허둥댔다.

"차오 경사님, 무슨 일로 오셨습니까?" 관전둬가 여유롭게 물었다. "부하들이 케이크로 제 은퇴를 축하해주는 중이었습니다."

"그렇군…… 내가 조금 이따 다시 올까?"

차오 경사가 몸을 돌려 뒤쪽을 가리켰다.

"아, 아닙니다!" 차이 독찰이 급히 외쳤다. "저희가 나가보겠습니다. 먼저 말씀 나누십시오."

차오 경사는 당연하다는 듯 고개를 끄덕였다. 제1대 사람들은 관전둬의 사무실을 빠져나갈 수 있는 기회를 놓치지 않았다. 마지막 사람이 조심스러운 손길로 사무실 문을 닫았다. 문 닫히는 소리조차 들리지 않을 정도였다.

부하들이 나간 뒤 관전둬가 웃으며 말했다.

"형님, 애들이 잔뜩 놀랐습니다."

"녀석들 담이 작은 거지."

차오 경사가 어깨를 으쓱하며 책상 앞에 앉았다. 차오쿤은 관전둬와 오랫동안 알고 지낸 사이였다. 언제나 냉정한 표정이라고 해서 오랜 동료 앞에서까지 그렇게 각을 잡고 있지는 않았다. 설령 자신이 상대방의 상사라고 할지라도 말이다.

"특별히 절 찾아오신 걸 보니 무슨 할 말이라도 있으신가 보네요?"

형사정보과에는 매주 각 조 조장이 지휘관과 부지휘관에게 보고하는 시간이 있었다. 늘 회의실에서 진행되기 때문에 차오쿤이 B조 사무실에 들어오는 일은 드물었다.

"오늘 자네가 은퇴하는 날 아닌가. 내가 와봐야지."

차오 경사는 상의 안쪽 주머니에서 작은 상자를 하나 꺼냈다. 관전둬가 열어보니 은백색으로 반짝이는 만년필이 들어 있었다.

"우리같이 나이 먹은 사람들은 아직도 펜으로 글 쓰는 게 편하잖아? 지금은 다들 컴퓨터로 보고서를 쓰지만 말일세."

"아, 고맙습니다."

관전둬는 감사히 선물을 받았다. 물론 펜은 잘 써지기만 하면 된다고 생각했고, 정교하게 세공된 만년필을 쓰는 건 좀 낭비라고 여겼지만 말이다.

"이제 은퇴하면 펜을 쓸 일도 별로 없을 텐데, 저더러 회고록이라도 쓰라는 말씀이신가 봅니다?"

관전둬가 웃으면서 말했다.

"자네에게 선물을 주려는 것도 있지만, 사실 자네 뜻을 한 번 더 확인하려고 온 거야."

차오 경사가 몸을 똑바로 세우고 관전둬의 두 눈을 응시했다.

"형님, 제가 이미 마음을 굳힌 거 아시잖습니까. 여러 번 말씀하셔도 달라질 게 없어요."

관전둬가 슬쩍 웃으며 고개를 저었다.

"정말로 다시 고려해보지 않을 텐가? 지금 우리 부서에서 경력, 능력, 인맥 어느 걸로 봐도 자네가 가장 뛰어나. 내가 내년에 떠나면 CIB에는 더 이상 실력 있는 지휘관이 없는 셈이야. 전둬, 자넨 아직 젊으네. 번엄翻閹을 하고 5년만 내 자리에 앉아 있으라고. 1호*도 자넬 꼭 잡고 싶어 하셔."

홍콩의 경찰관은 은퇴 후에도 계약 형식으로 계속해서 경찰 조직에서 근무할 수 있었다. 그것을 속칭 '번엄'이라고 불렀다. 계약 갱신은 네 번 가능한데 매 계약기간이 2년 반이었다. 계약기간을 다 채우면 계약완료금을 추가로 받을 수 있었다. 비록 번엄을 하더라

* 홍콩경찰 최고위직인 경무처장의 속칭. 경무처장의 업무차량 번호판이 1번인 데서 유래했다.

도 일반 경찰관은 55세가 넘으면 더 이상 계약할 수 없지만 헌위급 이상의 고급 경찰관은 관례를 깨고 계속 계약할 수 있었다. 그들의 경험은 쉽게 대체할 수 없기 때문이다.

차오 경사는 내년에 퇴직 예정이었다. 차오쿤의 가족은 이미 영국으로 이민을 갔고, 그 역시 일찍이 영국시민권을 얻은 상태였다. 수많은 홍콩 사람들이 주권 반환 후의 사회 환경에 의문을 품고 외국으로 이민 가는 것을 선택했다. 영국 정부는 홍콩의 수백만 시민 모두에게 영국 국적을 주는 방안은 부결시켰지만, 공무원들이 대량으로 빠져나가 정부 기능이 약화되는 것을 막기 위해 특별히 영국 시민권 계획을 실시했다. 자격을 갖춘 홍콩 공무원이라면 영국시민권을 신청할 수 있게 해서 그들이 안심하고 홍콩에서 근무할 수 있게끔 한 것이다. 이런 공무원의 가족은 먼저 영국이나 기타 영연방 국가로 이민을 갔고, 그들의 자녀들은 일찍부터 외국에서 유학하면서 그곳에서 뿌리내리는 삶을 살고 있었다.

"아뇨. 다른 사람에게 기회를 넘겨주렵니다. 류리순 경사도 잘 해낼 겁니다. 게다가 그는 저보다 젊어요. 제가 5년간 번엄을 하면 결국 그때 가서 다시 세대교체의 공백기가 생기지 않겠습니까. 그렇다면 조금 일찍 문제를 해결하는 게 좋죠. 젊은 친구들이 일하면서 배울 수 있도록 해주는 게 낫지 않겠어요?"

"물론 괜찮은 친구지만 감정적으로 일처리를 하는 경향이 있어."

류리순은 정보과 A조 조장이었다.

"전뤄, 자네도 알다시피 정보과 지휘관은 냉정한 머리로 넓게 보고 다양하게 들어야 해. 류 경사는 사실 현장에서 일하는 게 더 어울리는 편이지."

"형님, 더 말씀하실 거 없습니다. 저 역시 추리하고 분석하는 일을 좋아할 뿐이지, 저더러 작전 계획을 짜는 일만 하라고 하시면 아마 못 견딜걸요. 형님도 잘 아시잖습니까? 제가 고급경사로 승진한 뒤에도 똑같이 조장을 맡았던 거, 그것도 형님 생각이었고요."

정보과에서 일반적으로 조장은 경사급 임원이 맡는다. 고급경사면 부지휘관 정도는 돼야 한다. 몇 년 전 관전둬가 고급경사로 승진했을 때 조장의 직무를 유지한 것은 차오쿤이 각 임원의 능력을 고려해 특수하게 안배한 것이기도 했다.

"휴, 자네한테는 못 이기겠구먼." 차오 경사가 버릇처럼 미간을 찌푸렸다. "그럼 자네, 플랜B를 들어보겠나?"

"플랜B라뇨?"

"번엄은 하되 내 자리를 잇지 않는 것으로."

"그럼 차이 독찰은 어쩌고요? 지금 제 직무를 이어받을 준비를 하고 있는데……."

"아닐세. 자네더러 B조 조장을 계속하라는 게 아니야." 차오 경사가 천천히 말했다. "나도 훙 처장과 논의를 해봤다네. 자네에게 특수고문 신분을 주면 어떨까 하고 말이야. 명의상으로는 정보과에 소속되는 거지만 자네는 자유롭게 어떤 사건이든 수사에 협조할 수 있지. 물론 사건을 맡은 부서에서 의뢰를 하는 경우에만 자네가 참여할 수 있지만. 우리로서도 각 지역 관할서의 내부적인 일에 간섭하고 싶지는 않거든. 사기도 떨어질 테고."

"예?"

아무리 추리 능력이 비범한 관전둬라도 이런 파격적인 제안을 받으리라곤 전혀 예상치 못했다. 차오 경사가 언급한 훙 처장이란 바로 훙자청洪家成 고급조리처장으로 홍콩경찰의 '형사 및 보안처'를 주관하는 사람이었다. 형사정보과, 마약조사과 등이 모두 그의 휘하에 있는 조직이었다. 훙자청은 마흔하나밖에 되지 않았는데, 대학 학사 학위를 받고 경찰에 들어와 처음부터 독찰로 시작한 엘리트였다. 차오쿤이나 관전둬처럼 말단 경찰에서 시작한 사람들과는 달랐다.

"이건 우리가 생각해낼 수 있는 가장 좋은 방법일세. 나도 자네에게 강제하고 싶지는 않아. 그러나 긍정적으로 고려해주게. 1997년 이후 다들 어떤 도전에 맞닥뜨리게 될지 알 수 없지 않나. 그럴 때 자네의 경험이 분명히 도움이 될 걸세."

관전둬는 침묵을 지켰다. 이 제안은 그에게 묘한 끌림을 주었다. 그는 경찰 조직을 떠나기로 이미 마음먹었고, 갑자기 결정을 번복하기는 어려웠다. 그러나 일선 현장으로 돌아가 수사를 할 수 있는 데다 체력적인 부담을 고려할 필요도 없다는 것은 어쩌면 가장 완벽한 방법일지 몰랐다. 그렇다 해도 관전둬는 주도면밀하게 생각하는 사람이라 뭐든지 쉽게 결론을 내리는 법이 없었다.

"그럼, 제가 좀 생각해보지요. 언제까지 답을 드리면 되겠습니까?"

"7월 중순까지. 천천히 생각해보게." 차오 경사가 일어섰다. "자네 은퇴 날짜는 원래 다음 달 중순이잖아. 그전에만 답을 해주게."

관전둬는 차오 경사를 사무실 문 앞까지 배웅했다.

"전둬, 자네가 이 제안을 받아들이든 그러지 않든 이 말은 꼭 해야겠지. 은퇴를 축하하네. 자네나 나나 잘 알다시피 경찰에서 무사히 은퇴한다는 게 얼마나 축하할 일인가."

"예, 형님 말씀이 맞습니다. 감사합니다."

관전둬는 차오 경사와 악수를 하고 사무실 문을 열었다.

B조 사무실 사람들은 각자 제자리에서 일에 집중하고 있었다. 누군가는 진지하게 전화통화를 했고, 누군가는 열심히 서류를 넘기고 있었다. 차오 경사가 B조 사무실을 떠났다. 관전둬는 부하들이 온 정신을 집중해 일하던 척하던 행동을 멈출 거라고 생각했다. 그런데 뭔가 이상했다. 그 긴장된 분위기는 상사에게 보여주기 위해 만

들어진 게 아니었다.

"조장님, 사건이 터졌습니다."

차오 경사가 나가자마자 차이 독찰이 급히 다가와 보고했다.

"홍콩섬 총구에서 막 전해온 소식입니다. 부식액 투척사건이 다시 발생했습니다. 현재 홍콩섬 중안조 제1대가 현장으로 출동했습니다. 어휴, 방금 단서가 없어서 수사할 수 없다고 했더니 말이 끝나기도 전에 이렇게……."

"홍콩섬?" 관전둬가 미간을 찌푸렸다. "몽콕이 아니라?"

"이번에는 바로 근처입니다. 센트럴 그레이엄가 시장요. 현재는 몽콕 사건의 범인인지 단순한 모방범인지 알 수 없습니다. 사람을 보내 사건 정황을 알아보고 있습니다. 부하들은 지난 자료를 정리하고 있고, 새로운 증거가 도착하면 교차 분석을 하려고 합니다."

"좋아, 진전이 있거든 다시 보고해주게. 만약 동일범의 소행으로 압축되면 곧바로 서카오룽 중안조 쪽으로 연락하고."

관전둬가 차이 독찰의 어깨를 한 번 두드려주고는 자기 사무실로 돌아갔다. 그는 의자에 앉아서 이 사건이 어떻게 진행되든 샤오차이 혼자 맡아서 진행하도록 해야겠다고 생각했다. 어쨌든 내일이면 자신은 여기 없을 테고 더 이상 어떤 지시도 내려줄 수 없기 때문이었다.

관여하지 않기로 결정했지만 관전둬는 사무실 문을 닫지 않고 마지막으로 진행했던 작전의 보고서를 검토하면서 제1대 대원들의 움직임을 주시했다. 전화통화 소리, 말소리 등이 커졌다 작아졌다 하는 사이 그는 사건의 기초적인 정보를 알게 됐다. 네 병의 하수관 용해제가 오전 10시 5분에 오래된 건물 옥상에서 던져졌고, 그레이엄가와 웰링턴가 일대의 노천상점 위로 뿌려졌다. 그레이엄가 시장은 홍콩에서 역사가 가장 오래된 노천시장으로, 신선한 식재료와 생활잡화 등을 파는 가게가 몰려 있었다. 부근의 주택지에서 많이 찾는 시장이자 잘 알려진 관광명소이기도 했다. 아침나절 시민들이 식료품을 사러 나오는 바쁜 시간대라 이번 사건으로 서른두 명이 부상을 입었다. 그중 세 명의 부상이 심각했는데 얼굴과 머리 부분에 화상을 입었다. 관전둬는 서른두 명이 정확한 인원이 아니라는 걸 알고 있었다. 어떤 사건이든 초기에는 사상자 숫자에 오차가 있었다. 피해자 명단을 병원과 경찰에서 대조해 확인한 다음에야 정확한 숫자가 나온다. 지금 보고된 피해자 서른두 명은 결국 사십여 명으로 늘어날 것이다.

30분 후 차이 독찰이 미간에 깊은 주름을 새긴 채 관전둬의 방문을 두드렸다.

"왜 그러나? 사망자가 나왔어?"

관전둬가 물었다.

"아뇨, 아뇨. 조장님, 방금 새로 들어온 사건인데 좀 귀찮게 됐습니다. 죄수 하나가 병원에서 진료받던 중 탈출을 했다는데요?"

"어디서? 퀸메리 병원?"

퀸메리 병원은 홍콩섬 폭푸람에 위치한 병원으로, 감옥에 수감된 죄수들이 이송되는 공립병원이었다.

"네, 네. 퀸메리 병원입니다." 차이 독찰이 더듬더듬 말했다. "그런데 문제는 '어디'가 아니라 '누구'입니다. 도망친 죄수가 바로 스번텐石本添이에요."

관전둬는 그 이름을 듣자 자신도 모르게 표정을 굳혔다. 8년 전 정보과로 발령받은 첫날 관전둬는 스번텐, 스번성石本勝 형제의 체포작전 자리에 함께했었다. 이 형제는 당시 현상수배 명단에서 1, 2위를 다투던 흉악범이었다. 형인 스번텐은 교활하고 음험한 데가 있는 머리 좋은 범죄자였고, 동생 스번성은 살인을 하고도 눈 하나 깜빡하지 않는 잔인한 놈이었다. 스번성은 8년 전의 작전에서 사살됐고, 스번텐은 어디론가 사라졌다. 한 달 후 경찰은 스번텐이 숨은 곳을 찾아내 그를 체포하는 데 성공했다. 어지럽게 흩어져 있는 산발적인 정보를 통해 스번텐의 꼬리를 잡아낸 사람이 바로 관전둬였다.

2

차이 독찰이 스번텐이 탈출했다는 보고를 한 후 한 시간 동안 형사정보과 B조의 마음은 롤러코스터를 탄 듯 오르락내리락했다.

처음 B조가 사건에 대해 알게 된 것은 우연이었다. 부식액 투척 사건 때문에 차이 독찰이 속칭 '방송국'으로 불리는 지휘통제본부에 사건 신고를 열람하러 부하를 보냈다가 마침 징교서懲教署*에서 스번텐이 퀸메리 병원에서 탈출했으니 급히 지원을 요청한다는 연락을 들은 것이었다. '방송국'의 주관 경찰관은 매우 긴장했고 모든 돌격대, 기경騎警, 모터사이클을 타는 경찰, 순경 등에게 통지해 스번텐이 시민들 틈으로 숨어들지 못하도록 검문을 강화했다. 그러나 이 조치는 성공했으면서도 또한 실패하고 말았다.

사건 보고서에 따르면 스번텐은 퀸메리 병원 응급실 건물에서 멀지 않은 곳에 세워진 흰색 혼다 시빅 차량에 뛰어들었으며, 그 즉시 차가 출발해 병원 도로에 설치된 유명무실한 난간을 들이받고 튀어나가 폭푸람로를 타고 북쪽으로 나는 듯 달렸다. 웨스트포인트에서 발생한 화재, 센트럴에서 일어난 교통사고 등으로 도로 상황이 좋

* 감옥과 갱생원 등을 관리하고 죄수 교화를 관할하는 정부기관.

지 못해 순찰차들이 빠르게 출동하는 데 장애가 많았다. 지휘통제 본부에서는 순찰차 배치에 모든 노력을 쏟았으나 역부족이었다.

차이 독찰이 받은 첫 보고, 다시 말해 그가 11시에 관전뤄에게 설명한 내용은 이상과 같았다. 그가 몰랐던 것은 같은 시각 돌격대 제2호차가 웨스트 미드레벨에서 목표 차량을 발견했다는 사실이었다. 2호차는 '방송국'의 지시를 받아 폭푸람로와 힐로의 교차지점에서 검문소를 설치하고 차량을 조사하고 있었다. 다만 경찰관이 아직 완전히 배치되지 않았기 때문에 목표 차량이 검문을 무시하고 달려와 검문 고지판을 들이받아 산산조각 내는 것을 눈 뜨고 지켜볼 수밖에 없었다. 2호차는 급히 차를 추격했고, 두 대의 차가 폭푸람로를 따라 본함로 쪽으로 꺾어 들어가는 동안 끊임없이 위급상황이 발생했다. 그러나 목표 차량이 호니턴로 부근까지 이르렀을 때 마주 오던 화물차를 피하느라 가로등을 들이받았고 돌격대가 그 뒤를 바짝 따라붙을 수 있었다.

가로등을 들이받은 것은 문제의 시발점에 불과했다. 경찰차에 탄 다섯 명은 추격 중인 범인들이 중화기로 무장했으리라곤 전혀 예상하지 못했다. 경찰들은 차에서 내리기도 전에 이미 집중적인 사격을 받았다. 돌격대를 이끌던 경장은 급히 차에 실린 MP5 기관총과 레밍턴 산탄총으로 범인들과 교전을 벌였다. 과거에 돌격대는 기본적인 리볼버 권총을 갖췄을 뿐이었지만, 악당들이 창궐하고 걸핏하면 자동 연발총 따위의 무기를 사용하는 지금에 와서는 화력에서 밀리게 되었다. 1990년대 초 돌격대는 MP5, 레밍턴, 방탄조끼 등을 구비해 위급 시의 필요에 대비하게 됐다.

순식간에 거리는 총알이 어지럽게 날아다니는 전쟁터로 변했다. 경찰과 범인들이 진퇴양난에 빠진 상황이었다. 다만 경찰 측은 행운의 여신이 돌봐주었는지 또 다른 돌격대가 적시에 도착해 앞뒤로 합공하게 됐다. 맹렬한 포위 공격으로 세 명의 범인은 모두 사살됐고 경찰은 그들의 탈출극을 저지할 수 있었다. 이 사건으로 부상을 입은 시민과 경찰이 다섯 명뿐인 것은 불행 중 다행이라 할 정도였다. 15분 후 형사과가 현장에 도착해서야 경악할 만한 사실이 밝혀졌다.

사살된 범인 가운데 스번텐이 없었다.

총격전을 벌인 돌격대는 교전 중 혼란을 틈타 스번텐이 차에서 내려 도망갔다고 확신하지 못했다. 물론 총을 쏘는 범인들에게 집중돼 있는 틈을 타 시민으로 위장해 반대쪽으로 달아났을 가능성이 컸다. 하지만 차가 가로등을 들이받았을 때 이미 차에 없었는지도 모른다. 한발 앞서 차를 바꿔 탔거나 대중교통을 이용해 대담하게 사람들로 북적대는 시가지에 스며들었을 수도 있다.

"스번텐의 탈주사건은 O기에서 정식으로 접수했습니다. 우리는 막 정보 분석을 요청받은 상태입니다."

정오, 차이 독찰은 정식으로 간이보고를 위한 간단한 회의를 소집했다. 지난 한 시간 동안 스번텐의 탈주가 알려졌고, 다음으로 그 일당과 돌격대의 총격전 및 전원 사살의 소식이 들어왔다. 이어 스번텐이 사살자 명단에 포함되지 않았다는 사실이 밝혀졌다. 정보과에서는 정확한 정보를 확보하는 게 무엇보다도 중요했다. 어쨌든 일선의 경찰관들이 단편적인 부분밖에 보지 못하더라도 핵심에 있는 CIB의 눈은 사건 전체를 살펴야 한다. CIB는 반드시 짧은 시간 안에 각 부서에서 전달되는 정보를 종합해 각각의 단서를 도출하고 사건의 원형을 판단해야 한다. 이번 사건을 예로 든다면 일 분 지연될 때마다 스번텐은 일 분만큼 도주의 시간을 벌 수 있고 수색 범위는 100미터씩 늘어나는 셈이다.

회의실에는 B조 외에 D조의 제2대 대장과 O기의 형사가 참석했다. 연합작전 중에 B조는 정보 분석을 담당하므로 각 부서와의 협력이 더욱 중요했다. 관전뤄는 차이 독찰 옆에 앉았다. 그가 관여하지 않고 차이 독찰에게 전권을 맡긴 상태였지만 그래도 오늘까지 그는 B조 조장이니 회의에 빠질 수 없었다.

사실상 B조 사람들은 모두 관전뤄가 수사에 의견을 제시해주길 바랐다. 그는 뛰어난 수사능력을 갖춘 것 외에도 현재 유일하게 스번톈과 겨뤄본 경찰관이기도 했다. 관전뤄는 정식으로 스번톈과 얼굴을 마주한 적은 없지만 그에 대해서는 속속들이 알고 있었다.

"스번톈, 42세, 8년 전 여러 건의 강도 및 납치 사건으로 20년형을 언도받고 복역 중입니다."

차이 독찰이 영사기의 버튼을 눌러 스번톈의 사진을 띄웠다.

"1985년에서 89년 사이, 그는 동생 스번성과 함께 가장 중요한 현상수배범이었습니다. 범행을 행동에 옮기는 스번성과 달리 스번톈은 전략가 역할을 하는 편이었습니다. 범행의 세부사항을 계획하고 범행 시기와 지점, 목표 등을 결정하는 것입니다. 1988년 기업가 리위룽 납치사건에서 리위룽의 가족들과 몰래 협상해 몸값을 4억 홍콩달러나 받아낸 것도 스번톈이었습니다. 이자는 칼이나 총을 사용하는 강도가 아니라 머리와 언변을 사용하는 악당입니다."

그래서 이런 놈이 가장 상대하기 어려운 거지. 관전뤄가 속으로 생각했다. 화면에 나타난 사진은 징교서에서 제공한 것으로 지난달에 찍은 최근 사진이었다.

관전뤄의 기억 속 스번톈은 8년 전의 모습이었지만 눈앞의 남자와 인상은 크게 다르지 않았다. 똑같은 네모난 얼굴, 얇은 입술, 좁은 미간, 검은색 뿔테 안경이었다. 가장 큰 차이는 이전보다 야위었고 눈가에 주름이 생겼으며 짧게 깎은 머리카락이 희끗희끗해진 것이었다. 감옥 생활이 그를 빨리 늙게 만든 듯했다.

"오늘 아침 9시, 적주감옥에서 복역 중인 스번텐이 복통을 호소해 감옥 주치의가 진통제를 주사했으나 한 시간이 지나도 통증이 가라앉지 않아 징교서에서 스번텐을 퀸메리 병원으로 보내 상세한 진료를 받도록 했습니다."

차이 독찰이 회의실에 모인 사람들을 둘러보며 말을 이었다.

"스번텐은 복역기간 중 모범수로 복역했기 때문에 징교서에서는 일반적인 죄수이송 절차에 따라 두 명의 징교원이 그를 따라가도록 조치했습니다. 스번텐의 몸에는 수갑 하나만 채워져 있었습니다."

차이 독찰이 말하지 않은 내용까지 사람들은 모두 알아들었다. 스번텐 형제는 경찰이 몇 년 동안이나 애를 먹은 사회악이었다. 경찰 조직에서는 누구나 그와 같은 인간쓰레기가 교화될 거라고는 믿지 않았다. 복역 태도가 양호하다고 해서 마음을 놓았다는 것은 분명 징교서의 책임이다. 홍콩경찰은 줄곧 징교서와 협조해 흉악범의 이송을 맡아왔는데, 징교서에서 요청했다면 경찰은 필요한 인원을 파견해 호송이 완벽하게 진행되도록 했을 것이다. 다시 말해 스번텐이 탈주할 기회는 아예 없었을 것이다.

"징교원과 스번텐은 10시 35분 퀸메리 병원에 도착했습니다. 약 20분 후 스번텐은 요의를 표시했고, 1층 응급실이 오늘 아침 웨스트포인트의 화재, 센트럴의 부식액 투척사건 부상자 및 기타 응급환자들로 붐비는 통에 두 명의 징교원은 스번텐을 2층 화장실로 데리고 갔습니다. 스번텐은 징교원이 잠시 부주의한 틈을 타 창밖으로 뛰어내려 도주했습니다. 일당이 미리 준비한 차량을 타고 병원 정문의 전동 바를 들이받은 뒤 폭푸람로를 타고 서쪽으로 이동했습니다."

차이 독찰이 포인터로 영사기 화면 한쪽에 떠 있는 지도를 가리켰다.

"11시 1분, EU* 2호차가 힐로 교차로에서 목표 차량을 포획했습니다."

차이 독찰은 포인터를 지도 위쪽으로 이동했다.

"차량은 멈추지 않았으나 본함로 근처 영황서원英皇書院 부근에서 사고가 발생했습니다. 2호차 대원들과 목표 차량은 총격전을 벌였고, 같은 시간 6호차가 서쪽에서 현장에 도착해 범인 세 명을 모두 사살, 현장에서 즉사했습니다."

차이 독찰이 버튼을 누르자 화면이 세 장의 사진으로 바뀌었다.

"유감스럽게도 사살된 범인 셋 가운데 스번텐은 없었으며 그는 여전히 도주 중입니다. 사살된 세 명의 신원은 확인 중입니다. 첫 번째 사진 속 인물은 일명 시웨이, 본명 주다웨이朱達威로 스번텐의 옛 부하입니다. 10년 전 상해죄로 수감되어 5년 전 출소했습니다. 나머지 두 명은 얼마 전 입국한 다취안으로 이들이 범행을 준비 중이라는 정보가 일찍부터 들어와 있었습니다. 그런데 그 정보가 너무 적어 사전에 본 사건의 발생을 저지할 수 없었습니다."

화면에 두 장의 사진이 나타났다. 아침에 차이 독찰이 관전뤄에게 보고한 그 사진들이다. 관전뤄가 예언한 것처럼 그들은 월말까지 기다리지 않고 범행을 시작한 것이다.

"범인의 몸에서는 스콜피온 기관단총 1정, 54식 흑성권총 2정, 백발에 달하는 총알이 나왔습니다. 이 정도의 화력이 단지 스번텐의 도주 사건에만 쓰이진 않을 거라 생각합니다. 두 명의 다취안과 스번텐의 이전 범죄를 생각하면 탈옥 후 다시 대형 강도사건을 계획 중임이 분명합니다. 이 사고로 그들 일당과 계획을 조사할 적잖은 시간을 얻게 되었습니다. 그러나 현재 가장 큰 문제는 주모자인 스

* 돌격대의 영문 명인 Emergency Unit의 약칭.

번텐이 어디에 있는지 전혀 알지 못한다는 점입니다."

화면은 다시 몇 장의 현장 사진으로 바뀌었다. 흰색 차량에 총알 자국과 혈흔이 가득했다. 총격전이 얼마나 격렬했는지를 보여주었다.

"시웨이의 몸에서 또 다른 차 열쇠를 발견했습니다. 그들은 차량을 교환할 계획이었으나 차를 바꿔 타기 전 예상치 못한 사고가 난 것으로 보입니다. 그 밖에 차 뒷좌석에서 번호표가 뜯어진 죄수복 및 낡은 검은색 뿔테 안경을 발견했습니다. 스번텐이 현재 죄수복을 벗고 안경 대신 콘택트렌즈 등을 끼고 있다고 생각됩니다."

차이 독찰이 지도 앞으로 걸어갔다.

"EU는 스번텐이 총격전 중에 사라졌는지, 그 이전에 사라졌는지 확신하지 못합니다. 만약 총격전 중에 인파 속으로 사라진 거라면 그는 현재 여전히 사이잉푼 일대에 있을 가능성이 높습니다."

차이 독찰은 포인터로 총격전이 있었던 지점에 동그라미를 그렸다.

"서구 경찰서에서는 현재 물 샐 틈 없는 수색을 벌이며 현장에 있던 사람들의 진술을 받고 있습니다. 지금까지는 결과가 나오지 않았습니다."

그는 다시 포인터를 아래로 움직였다.

"만약 스번텐이 총격전 이전에 도주했다면 상황이 복잡해집니다. 차량이 병원을 벗어나 2호차에 의해 힐로에서 발견될 때까지 약 5, 6분 정도의 공백기가 있었습니다. 이때 스번텐이 다른 일당과 접선했을지도 모르지만 우리로서는 알 길이 없습니다. 기록에 따르면 스번텐은 교활한 범죄자로, 일반적으로 탈옥한 후에는 일당과 함께 도주하기 마련인데, 그는 반대로 일당을 미끼로 내놓고 자신에게 더 많은 시간을 확보했을 가능성이 높습니다. 만약 그렇다면 그는 스미스필드로에서 내려 웨스트포인트 끄트머리 일대에서 인파 속으로 사라졌을 가능성이 가장 큽니다. 스번텐의 사진은 이미 각 분구 경찰서에 보내놓았고 모든 순경이 그의 모습에 주의를 기울일 것입니다. 그 밖에 관련 사진을 언론 매체에 공개해 시민들의 제보를 촉구하고 있습니다."

관전둬는 시민들에게서 쓸모 있는 정보를 제보받기란 거의 불가능하다는 걸 알고 있었다. 스번텐은 일반적인 탈옥수가 아니다. 그가 정말로 총격전 전에 도주한 것이라면 그는 이미 사람들이 자신을 알아보지 못할 정도로 위장했을 것이다.

"원래 우리의 처지는 상당히 수동적인 상태였습니다만, 다행히도 먼저 확보한 어떤 정보에 의해 우리가 주동적으로 스번텐을 상대할 수 있게 되었습니다."

차이 독찰이 화면 앞으로 돌아가 두 명의 다취안 사진을 가리켰다.

"우리가 얻은 정보에 따르면, 이 다취안은 차이완 하역부두 부근 공단에 몸을 숨기고 있었다고 합니다. 스번텐의 목적지도 그곳이라고 생각합니다. 스번텐은 시웨이와 다취안이 경찰에게 사살당하리란 걸 예측하지 못했을 것이므로 이 사고는 우리에게 상당히 유리한 조건이 된 셈입니다. 시웨이는 접선을 맡았으니 그가 스번텐 탈옥을 계획한 주요 인물일 것입니다. 현재 그와 다취안이 사살됐으므로 스번텐은 매우 당황하고 있을 것입니다. 스번텐은 감옥에 오랫동안 수감돼 있었기 때문에 외부 환경에 익숙하지 않을 것이 분명하고, 조급히 움직이기보다 은신처에 조용히 칩거하며 위험이 지나가기를 기다릴 것입니다. D조가 차이완을 전천후 24시간 감시하고 풍입가, 순온가 일대를 특히 주의 깊게 살펴보았으면 합니다."

D조의 잠복 담당 대장이 고개를 끄덕였다.

"O기에서는 사살된 범인을 중심으로 그들의 휴대물품, 차량에 남겨진 유류증거 등을 통해 조사 범위를 축소시켜주시기 바랍니다."

차이 독찰이 O기의 형사를 향해 말했다. 그런 다음 자신의 부하들을 돌아봤다.

"아하오阿豪, O기가 증거 수집하는 데 따라가게. 광자이光仔와 엘리스Elise는 보안기록 분석과 총격전에 참여한 경관의 진술을 정리하도록 하고. 보수波叔가 A조와의 연락을 담당해주게. 정보원들에게서 내막을 알아낼 수 있는지도 살펴보고. 나머지는 나와 함께 폭푸람로와 본함로 일대의 모든 감시카메라 영상을 검토한다. 그 5분간의 공백기에 스번톈이 정말로 차에서 내려 도주했는지 알아내야 해. 질문 있나?"

아무도 질문하지 않았다.

"오케이, 바로 움직인다. 해산!"

차이 독찰의 말이 떨어지자마자 부하들은 각자 맡은 일을 하러 흩어졌다. 광자이 등 특별한 임무를 맡은 사람들은 급히 문을 박차고 달려 나갔다. D조 대장은 차이 독찰과 몇 마디 의논하더니 곧바로 서류철을 들고 회의실을 떠났다. O기의 형사도 세부사항을 보고하고는 굳은 표정으로 일어섰다. 홍콩 주권 반환을 앞두고 O기는 범죄 발생을 예방하고 저지하는 일 때문에 과중한 업무에 시달리고 있었다. 지금 징교서에서 문제가 발생해 동료들의 업무량이 더욱 늘어나게 생겼으니 자연히 기분이 좋을 리 없었다.

"조장님, 어떻게 생각하십니까?"

회의실에는 차이 독찰과 관전둬 두 사람만 남았다.

"생각이라, 지금은 별거 없네." 관전둬가 어깨를 으쓱했다. "의견이라면 하나 있지만."

"어떤 의견입니까?"

"자네는 지금 점심을 먹는 게 좋겠어. 30분만 지나면 진술기록과 감시카메라 영상이 도착할 테니 그때가 되면 몸이 두 개라도 모자랄걸. 저녁까지 정신없이 바쁠 걸세."

관전뤄가 슬쩍 웃으며 차이 독찰의 어깨를 두드렸다. 차이 독찰은 씁쓸하게 웃으면서 관전뤄의 의견대로 도시락을 사러 구내식당으로 갔다. 관전뤄는 편안한 표정으로 차이 독찰의 뒷모습을 바라봤다. 그러나 사실상 그의 마음속은 만감이 교차하고 있었다.

8년 전 스번텐의 동생 스번성은 어떤 총격전 도중 사살됐다. 그 사건에서 수많은 무고한 인질이 사망했다. 그 사건은 관전뤄가 떠올리고 싶지 않은 옛일이기도 했다.

지금 스번텐이 탈옥해 도주하면서 또 다른 총격전이 발생했다. 관전뤄가 CIB에서 일한 8년간이 하나의 총격전으로 시작해 또 다른 총격전으로 마무리되는 듯했다. 너무 공교로워 우스울 정도였다.

어쩌면 세상일이란 전부 정해진 운명에 의해 결정되는 게 아닐까. 시작과 끝이 모두 보통 사람은 꿰뚫어볼 수 없는 우연의 일치로 이뤄진다면, 시간의 도도한 물줄기 속에서 인간은 작디작은 모래알과 같은 존재로 무력하게 시대의 흐름을 따라 흘러갈 뿐이다. 다만 8년 전의 관전뤄는 자신의 손으로 사건을 해결할 수 있었고, 그물을 빠져나갔던 스번텐의 목덜미를 붙잡았다. 그러나 오늘의 그는 시간이 없다.

"인력으론 불가능한 일도 있게 마련이지."

관전뤄는 혼잣말을 중얼거렸다. 이 사건은 그가 관여할 수 없다. 책임자는 차이 독찰이다. 그러나 만약 차오 경사의 제의를 받아들인다면 특수고문 신분으로 스번텐의 체포에 계속 참여할 수 있을지도 모른다. 순간적으로 관전뤄의 머릿속에 떠오른 생각이었다.

'아니, 아니야. 이렇게 결정하는 건 경솔한 짓이야.'

오후 1시, 정보과 B조 사무실은 혼란의 도가니였다. 각자의 책상 위에는 보안기록과 증인의 진술 서류가 가득 쌓여 있었고, 사무실 게시판에는 총격전 현장 사진이 빽빽이 붙었으며, 각 지역의 지도에는 수많은 선들이 잔뜩 그려져 있었다. B조 대부분이 화면에 집중한 채 감시카메라 영상을 한 단락 한 단락씩 검사하고 있었다. 범위는 병원 남쪽의 즈푸 화원과 와푸촌 일대까지 확대됐다. 스번텐이 차에 타자마자 곧바로 다른 차로 바꿔 탄 후 반대 방향으로 도주했을 수도 있기 때문이었다. 차이 독찰은 부하들에게 그 경로의 교통 감시카메라 기록을 조사하라고 지시했다. 그러나 스번텐이 차를 바꿔 탄다는 것도 단지 가설일 뿐이기에 형사들은 어떤 점에 유의해서 영상을 조사해야 할지 갈피를 잡지 못했다. 그들은 목표물의 냄새를 알지 못하는 사냥개들 같았다. 맹목적으로 여기저기 킁킁거리며 사소한 증거라도 찾기 위해 애썼다.

스번텐으로 의심되는 사람이 웨스트포인트의 공공아파트 단지인 관룽루觀龍樓에 숨어 있다는 제보가 들어왔다. 극도로 긴장된 분위기가 사무실을 휘감았다. 12시 30분, 행적이 의심스러운 남자가 관룽루 C동 근처에 나타났다는 신고였다. 서구 경찰서는 완전무장한 경찰대를 황급히 파견해 일대를 수색했다. 관룽루는 2천여 세대, 1만여 명의 주민이 사는 곳이었다. 철저하게 수색하기가 쉽지 않은데다, 시웨이 등 세 명이 무기를 갖고 있었으니 스번텐도 총기류를 소지했을 가능성이 커 경찰은 더욱 신중할 수밖에 없었다. 스번텐이 실전형의 악당은 아니라고 해도 경솔하게 움직일 수는 없었다.

수색을 시작한 지 한 시간이 넘었지만 조사는 아무런 진전이 없었다.

"관룽루의 소식은 아무래도 오보인 것 같다. 좀 더 정신을 바짝 차리고 계속해서 그놈의 종적을 찾는 데 주력하기 바란다."

차이 독찰이 독려했다.

형사들은 포크필드로 부근의 주유소 감시카메라에서 그 흰색 시빅을 발견했다. 그러나 퀸메리 병원에서 포크필드로까지의 3분간은 여전히 공백으로 남아 있었다. 스번텐이 그사이에 달아나지 않았다고 확신할 수 없었다. 총격전 현장에서도 유력한 정보라곤 나오지 않았다. 차량이 예상치 못하게 충돌했을 때 차 안에 세 명이 있었는지 네 명이 있었는지 알 수 없었던 것이다.

제길, 장기전이 될 것 같은데. 차이 독찰은 속으로 욕설을 뱉었다. 그는 증인의 진술 내용을 분석하고 있는 부하들이 뭔가 발견한 게 없는지 살펴보려고 했다. 바로 그때 관전둬가 게시판 앞에 서 있는 것을 보았다. 그는 커피잔을 들고 총격전 현장 사진 몇 장을 유심히 들여다보고 있었다.

"이놈……." 관전둬가 가슴에 총상을 입은 범인을 가리켰다. "이놈 머리 모양이 전의 사진과 다른데."

차이 독찰이 쳐다보니 아침에 관전둬에게 보고했던 두 장의 다취안 사진 중 하나였다.

"음, 동일인인 것은 확실합니다. 여기 보시면 머리 모양 외에 이목구비와 몸, 심지어 왼쪽 뺨의 상처까지 일치합니다."

차이 독찰이 사진 두 장의 얼굴 부분을 가리키며 말했다. 그 범인은 며칠 전 사진에서는 삼 대 칠 가르마였는데, 총격전 후의 사진에서는 이마를 드러낸 스포츠 스타일이었다.

"맞아. 쌍둥이라고 해도 얼굴에 동일한 상처가 있지는 않겠지."

관전둬가 커피를 홀짝이며 말했다.

차이 독찰은 곤혹스러운 표정으로 관전둬를 쳐다봤다. 그가 무슨 말을 하고 싶은지 파악이 되지 않았다. 막 질문을 하려는데 샤오밍이 서류를 잔뜩 들고 두 사람 앞으로 걸어왔다.

"보스, 방금 O기에서 스번텐을 호송했던 징교원의 진술기록을 보내왔습니다."

샤오밍이 말했다. 부하들은 차이 독찰을 보스라고 불렀다. 이런 칭호는 부서의 각 분대에서 흔히 쓰였다.

"오케이, 그런데 아하오에게 O기의 증거 수집을 맡기지 않았나?"

"아하오 형은 몸을 뺄 시간이 없어서 제가 심부름 좀 했습니다."

"샤오밍, 자네도 이제는 어깨에 장작을 달았는데 아하오가 시키는 대로 할 필요 없네."

차이 독찰이 쓰게 웃으며 말했다.

뤄샤오밍은 지난달 승급시험에 통과해 경장이 되었다. 경장 제복의 견장에는 V자 모양의 선이 세 개 그려져 있는데 그 문양을 속칭 '장작'이라 했고, 경장은 '장작 세 개'였다. 샤오밍은 아하오보다 직급이 높아졌지만 CIB에 발령받은 지 반년밖에 되지 않았고 나이도 아하오보다 열 살이나 어렸다. 게다가 틈날 때 동료들과 함께 유흥업소 등에 가서 어울리지도 않아서 아하오는 나이를 앞세워, 무리에 끼지 않는 상급자를 얕잡아보고 있었다.

"그 징교원 두 사람이 얼마나 부주의했으면 스번톈을 놓쳤는지 좀 알고 싶군."

관전뤄가 갑자기 말했다.

"조장님, 그게 중요한 부분입니까?" 차이 독찰이 질문했다. "지금은 책임 소재를 추궁할 때가 아니잖습니까? 게다가 징교서 쪽에서 알아서 징계를 할 테고."

"난 그저 호기심이 좀 생겼을 뿐이야."

관전뤄가 샤오밍의 손에 얹힌 자료를 넘겨보며 말했다.

"조장님……." 샤오밍이 잠시 말을 멈췄다. 차이 독찰이 있는데 그를 거치지 않고 관전뤄에게 직접 보고하는 게 적절한지 생각해보는 듯했다. 그가 다시 말을 이었다. "문자기록 외에 O기에서 징교원을 심문하는 장면을 찍은 영상이 있습니다. 비디오테이프가 제 책상 위에 있는데 조장님이 보고 싶으시다면……."

"오, 영상이 있으면 더 좋지."

관전둬가 서류를 덮고 샤오밍에게 비디오테이프를 가져오라고 눈짓했다. 차이 독찰은 관전둬의 반응을 보더니 어조를 바꿔 신중하게 물었다.

"조장님, 스번텐이 탈주한 과정이 중요한 단서라고 생각하시는 겁니까? 어쨌든 우리는 이미 대략적인 상황을 파악했고, 현재는 수색이 더 급한 것 같은데요."

"단서는, 있을 수도 없을 수도 있지." 관전둬가 어깨를 으쓱했다. "그러나 내가 확신하는 건 스번텐처럼 용의주도하고 계획적인 범죄자는 어떤 세부사항도 쉽게 흘려보내지 않는다는 거야."

차이 독찰은 관전둬의 시선을 따라 게시판에 붙어 있는 스번텐의 사진을 쳐다봤다.

"물론……." 관전둬가 계속해서 말했다. "이건 자네에게 전권이 있는 사건이고 나는 관여하지 않을 걸세. 만약 자네가 따로 인원을 빼서 스번텐이 병원에서 도주한 그 순간의 세부사항을 자세히 살펴보는 게 인력 낭비라고 생각한다면 나도 아무런 이의가 없어."

샤오밍이 비디오테이프를 들고 두 사람에게 다시 돌아왔다.

차이 독찰은 사무실을 둘러보고 화면과 서류더미 앞에서 눈코 뜰 새 없이 바쁜 부하들을 살펴봤다.

"오케이, 좋습니다. 조장님 말씀에도 일리가 있습니다. 하지만 다들 저렇게 바쁘니 이건 우리가 직접 보기로 하죠."

관전둬의 입꼬리가 살짝 올라갔다. 그는 몸을 돌려 자기 사무실을 가리켰다. 차이 독찰과 샤오밍에게 같이 사무실로 들어가 비디오테이프를 보자는 의미였다.

사실 차이 독찰은 관전둬가 단지 실수를 저지른 징교원의 모습을 보고 싶어 하는 게 아닐까 의심스러웠다. 관전둬는 스번텐을 체포했던 막후 공신이었다. 그는 어떤 바보 멍청이가 자신이 은퇴하기 직전에 이런 유감스러운 일을 저질렀나 알고 싶은 것이리라.

3

—이름, 나이, 직급과 근무부서를 말씀해주십시오.

이름은 우팡吳方이고, 42세, 1급 징교보좌관입니다. 징교서 호송 지원조에서 근무합니다.

—오늘 1997년 6월 6일 금요일 아침의 업무상황에 대해 말씀해주십시오.

오늘 아침 10시쯤 남성 수감자 한 명을 퀸메리 병원으로 호송해 진료받도록 하라는 지시를 받았습니다. 그 수감자는 죄수번호 241138, 성명은 스번텐이고 적주감옥에서 복역 중이었습니다. 저와 2급 징교보좌관 스융캉施永康이 호송 관리를 맡았습니다. 구급차는 10시 5분에 출발했고 10시 35분에 퀸메리 병원에 도착했습니다.

—징교원 두 명만이 호송을 책임졌습니까?

그렇습니다.

—스번텐의 범죄기록으로 볼 때 그는 위험인물입니다. 왜 경찰의 협조를 요청하지 않았습니까?

241138호는 수감생활 내내 모범수였습니다. 몇 년 동안 아무런 문제를 일으킨 기록도 없었습니다. 적극적으로 교화활동에도 참여해 여러 차례 표창도 받았습니다. 당직 징교주임은 그를 일반 수감자와 같은 절차로 처리해도 괜찮다고 판단했습니다.

—퀸메리 병원에서는 어떤 일이 있었습니까?

241138호는 응급실로 이송된 후 기본적인 진단을 받고 비응급환자로 분류되어 로비 왼쪽에서 기다리게 되었습니다. 저와 스융캉이 옆에서 함께 대기했습니다. 진료를 기다리는 동안 그는 끊임없이 복통을 호소했고 10시 50분쯤에는 화장실에 가고 싶다고 말했습니다. 저와 스융캉은 논의 후에 그를 2층 화장실로 데려가기로 했습니다.

—왜 1층 로비의 화장실로 가지 않았습니까?

오늘 아침 응급실에는 긴급한 환자가 무척 많았고 화장실에도 사용자가 계속 출입하고 있었습니다. 우리는 다른 시민들에게 영향을 주지 않으려고 2층 화장실을 선택했습니다. 수감자가 진료 대기시간 중 일반 시민과 접촉하지 않도록 하기 위해 우리는 엄격하게 호송 관리를 합니다. 수감자가 화장실에 갈 때는 화장실 전체를 비워두고 실내에 다른 사람이 없다는 것과 수감자가 무기로 활용할 만한 물건이 없음을 확인한 후에 이용하도록 합니다.

—2층에 도착한 후 화장실을 확인했습니까?

그렇습니다. 2층은 의무사회복지부 사무실이고 사람이 적어서 2층의 동편 계단에 있는 화장실을 선택했습니다. 그 화장실은 세 칸뿐이었는데 제가 들어가 하나씩 확인했습니다. 그동안 스융캉은 241138호를 바깥에서 감시했습니다. 화장실 안에는 유리병 두 개와 대걸레가 하나 있었는데, 무기로 쓰일 수 있겠다 싶어 다른 곳으로 옮겨놓았습니다. 세 칸 모두 사람이 없었습니다. 입구 가까운 쪽 칸은 문이 닫혀 있고 '수리 중'이라는 종이가 붙어 있었습니다. 문을 밀어보니 안에는 아무도 없고 의심스러운 물건도 없었습니다.

—창은요? 당시 수감자가 창으로 도주할 가능성에 대해서는 고려해보지 않았습니까?

음, 저도 그런 가능성을 고려했습니다. 그래서 그럴 경우를 대비한 예방책까지 준비해놓았었는데 그 조치는 효력을 발휘하지 못했습니다.

—어떤 조치였습니까?

화장실에 아무도 없다는 걸 확인한 후 스융캉이 수감자를 데리고 들어왔습니다. 당시 저는 닫혀 있는 창문 앞에 서 있었고 스융캉은 수감자 뒤에 서 있었으니 저희를 피해서 창으로 도주할 순 없었습니다. 수감자가 수갑을 찬 채로는 배변 처리가 힘들다고 해서 스융캉이 수감자의 왼손 수갑을 풀어 변기 옆 손잡이에 채웠습니다. 행동이 불편한 환자를 위해 설치된 안전손잡이 말입니다. 수감자가 화장실 칸의 문을 반쯤 닫는 것까지만 허용한 채 저는 칸 밖에 서서 경계를 했고, 스융캉은 화장실 입구 앞에서 다른 사람이 들어오지 못하도록 지키고 있었습니다.

—그럼 스번톈은 어떻게 탈주한 겁니까?

수감자가 화장실 칸 안으로 들어간 지 일 분쯤 지났을 때 밖에서 항의조의 고함소리가 들렸습니다. 옥신각신하는 소리가 계속 이어지자 저는 수감자가 안전손잡이에 묶여 있는 걸 확인한 후 밖으로 나가봤습니다. 머리를 길게 기른 남자가 스융캉과 다투고 있더군요. 그는 우리에게 무슨 권리로 화장실 사용을 막느냐며 억지로 밀고 들어오려 했습니다. 저는 그에게 공무집행 중임을 고지한 다음 당신의 행동이 공무집행방해죄가 된다고 경고했습니다. 그는 그제야 단념하고 욕설을 퍼부으며 계단을 내려갔습니다. 그때까지 걸린 시간은 일 분도 채 안 됐죠. 그런데 제가 다시 화장실로 들어가 봤더니 241138호가 이미 수갑을 풀고 현장을 탈주한 뒤였습니다.

—좀 더 상세히 설명해주십시오.

제가 화장실로 돌아갔을 때 칸의 문이 활짝 열려 있고 안은 텅 비어 있었습니다. 그다음 저는 창이 열려 있는 걸 보았고, 창문 밑에 수갑이 떨어져 있었습니다. 창문 쪽으로 급히 달려가 내다봤더니 수감자가 멀찍이 주차된 흰색 차량을 향해 뛰어가고 있더군요. 창밖에 대고 목청껏 경비원을 불렀지만 근처에 경비원이나 경찰은 없었습니다. 제가 고함치는 소리를 듣고 스융캉이 화장실로 뛰어 들어왔죠. 그는 상황을 파악하고는 곧바로 창틀을 잡고 올라가 밖으로 뛰어내렸습니다. 저한테는 계단으로 나가 수감자를 뒤쫓으라고 하면서요. 저는 곧 계단을 뛰어 내려와 로비 바깥으로 나왔지만, 차량은 이미 출발한 뒤였습니다. 스융캉도 수감자를 따라잡지 못한 채 멀리 도로 위에 서 있었고요.

—그 후에는 어떻게 했습니까?

저는 급히 무전기로 상사에게 보고하고 병원 입구의 경비원에게 차량 번호판을 봤는지 확인했습니다.

— 왜 스번텐을 감시하던 위치에서 벗어나 그에게 도주할 기회를 준 겁니까?

저는…… 순간 방심했던 겁니다. 그가 수갑에 묶여 있는 걸 확인했고, 호송 전 몸수색을 했을 때도 수갑을 풀 만한 도구는 전혀 없었죠. 제가 자리를 비운 건 일 분도 안 됐는데, 그사이에 그가 수갑을 풀고 창밖으로 뛰어내릴 만큼 판단력과 체력이 뛰어날 거라고는 생각지 못했습니다.

— 이 머리핀은 현장에서 발견된 것입니다. 스번텐은 이걸 이용해 수갑을 풀었을 가능성이 높습니다. 머리핀을 본 기억이 있습니까?

아뇨, 전혀 본 적 없습니다. 저는 그가 이런 물건을 갖고 있지 않았다고 확신합니다. 호송 전에 그의 입속까지 다 검사했습니다.

—그렇다면 이 머리핀은 그가 화장실 칸 안에서 주웠겠군요?

저도 잘 모르겠습니다. 제가 그 칸을 확인했을 때는 아무런 이상한 점을 발견하지 못했습니다.

— 호송 중 스번톈에게서 의심스러운 부분은 보이지 않았습니까?

지금 돌이켜보니 그의 복통은 가짜였을 겁니다. 그렇다면 그의 행동이 줄곧 의심스럽습니다. 이 점만 제외한다면 저는 오늘 아침의 호송 임무에서 아무런 특이점을 발견하지 못했습니다. 진료 대기 중에 수감자에게 접근하거나 눈을 마주치거나 하는 사람도 없었습니다.

* * *

— 이름, 나이, 직급과 근무부서를 말씀해주십시오.

저, 저는 스융캉, 올해 스물다섯이고, 호송지원조에서…….

— 직급은요?

2급 징교보좌관입니다.

— 1997년 6월 6일 금요일인 오늘 아침의 업무 상황을 말씀해주십시오.

네, 네. 오늘 아침 저와 팡 형님은 지시를 받고 그 스번톈이라고 하는 수감자를 퀸메리 병원으로 호송했습니다. 우리는 10시 좀 지나서 출발했고 차에서 스번톈은 계속 아프다고 난리였어요. 배가 많이 아픈 것 같았죠.

— 팡 형님은 1급 징교보좌관 우팡을 말씀하시는 건가요?

그, 그렇습니다.

— 두 분은 몇 시에 병원에 도착했습니까?

어, 잊어버렸어요. 10시 반 정도였을 겁니다.

— 그 후에 어떤 일이 있었습니까?

스번톈이 배가 아프다고 소리를 질러댔어요. 대변을 보고 싶다고요. 그런데 응급실에 사람들이 꽉 차서 우리는 그를 2층 남자 화장실로 데려갔죠. 응급실이 얼마나 난리였던지 화재로 연기를 마신 환자들도 있었고 부식성 액체를 뒤집어쓴 사람도 있다고 했고요. 사람이 말도 못하게 많았어요.

—2층 남자 화장실에서 무슨 일이 있었습니까?

팡 형님이 화장실을 조사했어요. 아무도 없고 무기가 될 만한 물건도 없다는 걸 확인한 다음 스번톈을 데리고 들어갔죠. 제가 스번톈의 수갑 한쪽을 풀어서 손잡이에 묶었어요. 두 손이 다 수갑에 채워져 있으면 일을 볼 수 없으니까요.

—수갑을 제대로 채웠다고 확신합니까?

그, 그럼요. 팡 형님한테 물어보세요.

—이어서 당신과 우팡이 화장실에서 스번톈을 감시했나요?

팡 형님은 화장실 안에 있었고, 저는 입구를 지켰어요. 그런데 잠시 후 검은 장발머리에 빨간 티셔츠를 입은 남자가 걸어오더니 화장실에 들어가려고 하더라고요.

—그 사람을 저지했습니까?

물론이죠. 우리는 수감자가 다른 사람과 접촉하지 못하도록 해야 합니다. 그런데 그 남자가 화를 내면서 자기도 화장실을 쓸 권리가 있다고, 저더러 직권남용이라나요. 제가 좋게 말해서 돌려보내려고 했는데 전혀 듣질 않았어요. 그래서 우리는 말다툼을 했고, 제가 몇 마디 하고 나서 팡 형님이 화장실에서 나오셨어요. 형님은 징교서에서 오래 일하셨거든요. 이런 귀찮은 일을 어떻게 처리해야 하는지 잘 아시죠. 제가 전에 수감자를 병원으로 호송해왔을 때는 이런 일이 한 번도 없었는데…….

—그래서 그 남자는 우팡이 돌려보냈습니까?

네. 팡 형님이 경찰을 불러서 체포할 수도 있다고 하니까 그 사람이 코를 만지작거리더니 불쾌한 표정을 지으면서 가버렸어요.

—그다음에 당신들은 스번톈이 창문으로 도망친 것을 발견했습니까?

음, 팡 형님이 화장실로 되돌아간 뒤에 몇 초 지나지도 않았는데 고함소리가 들렸어요. '거기 서!' 하고요. 전 얼른 형님을 도우러 화장실로 뛰어들었죠. 형님이 창문 앞에서 바깥을 가리키고 있었어요. 제가 형님 뒤로 다가가서 보니까 갈색 죄수복을 입은 스번톈이 흰색 차를 향해 막 뛰어가고 있었어요. 팡 형님더러 계단으로 내려가서 뒤쫓으라고 하고 저는 그대로 창문을 넘어서 따라갔죠.

—하지만 따라잡지는 못했군요.

네. 못 잡았어요. 창문을 넘어가는 게 너무 늦었던 거 같아요! 제가 차도로 뛰어갔을 때 스번톈은 이미 차에 올라탄 뒤였어요. 제가 아무리 열심히 뛰어갔다고 해도…… 에휴.

—당신과 우팡은 그다음에 징교서에 연락을 했습니까?

맞습니다. 휴, 정말 큰일 났어요. 하지만 제가 책임질 건 없겠죠? 전 잘못한 게 없는데요. 전 규칙을 전부 지켜서 임무수행을 했다고요. 팡 형님이야 베테랑이니까 확실히 별일 없겠지만, 저는 징교서에서 일한 지 몇 년도 안 됐어요. 경찰관님, 징교서에 잘 좀 설명해 주세요.

—스융캉 씨, 우리는 단지 수사를 맡고 있을 뿐입니다. 징교서 내부의 일에는 경찰에서 관여할 권리가 없습니다.

예, 하지만 징교서에서 경찰의 조사보고를 참고하겠죠? 부탁입니다, 절 희생양으로 만들지 말아주세요. 전 잘리기 싫어요.

—사건으로 돌아갑시다. 창문을 넘어 뒤쫓아 나갔을 때 수갑이 바닥에 떨어져 있는 것을 봤습니까?

네? 아, 그런 것 같아요. 잘 기억이 안 나는데요.

—우리는 현장에서 이 머리핀을 발견했습니다. 스번톈이 이걸로 수갑을 풀었을 거라고 생각합니까?

그, 그렇겠죠? 전 잘 모르겠습니다. 전 그저 열쇠는 저한테 있었다는 것만 확신합니다. 징교서에서 쓰는 수갑은 특별한 게 아니니까 스번텐이 머리핀으로 여는 방법을 알고 있었다고 해도 이상하지는 않지요.

— 이 머리핀은 스번텐이 사전에 숨기고 있었을 가능성은 없습니까?

그럴 리가 없어요. 팡 형님이 몸수색을 다 했거든요.

* * *

영상 두 개를 다 본 뒤 차이 독찰이 일어섰다.

"간이보고 전에 알고 있던 것과 큰 차이는 없군요."

"아주 큰 차이가 있지."

관전둬가 툭 내뱉었다. 차이 독찰과 샤오밍은 의자에 앉아 손가락을 깍지 끼고 여유로운 표정을 짓고 있는 관전둬를 바라봤다.

"큰 차이가 있다고요?"

차이 독찰이 물었다.

"그들의 진술은 명확한 사건해결 방향을 제공하고 있네."

"어떤 방향 말입니까?"

"빨간색 티셔츠의 장발 남자. 그놈이 공범이야."

관전둬가 태연자약하게 대답했다.

"공범? 그 남자는 그냥 보통 시민이……."

차이 독찰이 반박했다.

"자넨 스번텐이 우연한 기회를 틈타 탈주했다고 말하고 싶겠지. 하지만 장발 남자가 순전히 우연하게 스번텐에게 탈주할 기회를 제공했다고 하기엔 두 가지 점에서 이상해. 첫째, 그 소동이 일어난 시간은 총 2분 정도였고, 우팡이 화장실을 벗어난 건 일 분이 안 됐는데 일 분 안에 계획하고 결정하고 행동에 옮기는 건 말이 안 돼. 스벤텐 같은 계략형 범죄자는 우연이라는 불안정한 기회를 이용하지 않아. 만일 실패하게 되면 그는 '징교서가 나를 경계할 필요 없는 죄수라고 여긴다'라는 대단히 유리한 패를 잃어버리게 되지. 그건 그가 탈주 계획에서 가장 유용하게 이용한 패거든."

관전둬는 차이 독찰과 샤오밍의 눈을 한 번씩 쳐다봤다. 의문을 제기하지 않는 두 사람을 보고 그는 설명을 계속했다.

"둘째, 그 남자의 행동도 이상하지 않은가? 샤오밍, 자네가 볼일이 급한데 화장실 입구에 누군가 막고 서 있다면 어떻게 할 텐가?"

"얼른 다른 화장실을 찾아가서 해결해야죠."

"그렇지. 하지만 그 남자는 반대로 제복 입은 징교원들을 2분간 물고 늘어졌네. 상식적인 사람이라면 설령 공무집행 방해가 죄가 된다는 걸 모르더라도 제복 차림을 보면 으레 조심스럽게 행동하게 마련이지. 만약 일상복 입은 일반인이 입구를 지키고 있었다면 문제가 다르겠지만, 분명히 공무집행 중임을 알 수 있는 상황에서 공격적으로 나왔다는 건 그 장발 남자에게 어떤 의심점이 있다는 거야. 그 남자는 응급실에서부터 기회를 엿보고 있다가 스벤텐이 신호를 주자 그런 방법으로 우팡을 끌어낸 거야. 스벤텐에게 일 분이라는 탈주의 기회를 만들어주려고 말이지."

"하지만 그 남자는 꼭 화장실이 급했던 건 아닐 수도 있잖아요. 그냥 손만 씻으려고 했다던가, 아니면 2층에서 일하는 직원인데 낯선 징교원이 하는 행동에 불만을 품고……."

샤오밍이 이의를 제기했다.

"만약 그가 응급실에서 진료를 기다리는 환자나 보호자라면 그는 2층에 와서 화장실을 쓸 수 있지. 1층에 사람이 많았으니까 어쩔 수 없이 2층으로 왔을 거야. 그렇다면 그는 더욱 징교원을 상대로 시간을 낭비하지 않아. 응급실로 빨리 돌아가서 간호사의 호명을 기다리거나 보호자로서 환자 곁을 지켜야 하니까. 그리고 그가 응급실 직원이라면 더더욱 그런 행동을 할 리 없지. 2층은 의무사회복지부 사무실이야. 그 남자가 의료진은 아니어도 환자와 보호자들에게 심리적인 도움을 제공하는 등의 일을 할 거야. 거기서 그런 일 하는 직원이 특별한 이유도 없이 화장실 같은 문제로 충돌을 일으킬 것 같나?"

"그렇다면……."

차이 독찰은 원래 '스번톈이 우연한 기회를 용케 잡아 탈주했다'는 가설에 기울어 있었다. 하지만 관전둬의 설명을 들어보니 순전히 계획적인 탈주였다고 판단할 수밖에 없었다.

"병원의 모든 감시카메라 영상을 확인해서 그 장발 남자의 종적을 찾아야 해. 그는 아마 변장을 했을 테니 그 긴 머리도 가발일지 몰라. 하지만 시간으로 선별하면 범위를 축소시킬 수 있을 거야."

"그 징교원들을 찾아 몽타주를 받을 필요가 있을까요? 그들이 그 남자 얼굴을 기억할 것 같은데……."

"나이 많은 우팡이라는 징교원만 만나도 될 거야." 관전둬가 말했다. "그 2급 징교보좌관은 애송이야. 그 녀석한테 괜히 시간 낭비할 거 없어. 몽타주가 완성되면 차이완의 잠복조에 보내서 스번톈 외에 그 남자에 대해서도 유의하라고 하게."

차이 독찰이 막 관전둬의 사무실을 나가려는데 두 명의 형사가 문을 두드렸다. 차이 독찰에게 보고를 하기 위해서였다.

"보스, O기에서 새로운 발견이 있답니다." 둘 중 하나가 먼저 말했다. "O기가 범죄 차량에서 영수증을 하나 발견했는데 본함로와 파크로가 만나는 지역의 편의점에서 발행한 겁니다. 시간은 오늘 아침 6시고요. O기에서는 그 편의점 부근을 조사했고 시웨이의 몸에서 나온 차 열쇠와 일치하는 두 번째 접선 차량을 발견했습니다. 검정색 소형 화물차로, 바빙턴로 노변의 주정차 자리에 세워져 있었습니다."

"접선 차량이 미드레벨에 있었다고? 나는 그들이 원래 힐로를 따라가다가 사이잉푼에서 차를 바꿔 타려고 했는데 EU 때문에 어쩔 수 없이 그 길로 갔다고 생각했는데. 원래 그들은 처음부터 미드레벨로 가려고 했던 거였어."

차이 독찰이 이마 모서리를 긁적이며 다음 조사 방향을 생각했다.

"그들이 왜 쉬운 길을 두고 어려운 길을 선택한 거죠?" 샤오밍이 끼어들었다. "미드레벨의 바빙턴로보다는 사이잉푼에 세워두는 게 더 편할 텐데요? 드보에로나 코노트로를 따라가면 쉽게 홍콩섬 동구의 도로를 타고 곧장 차이완으로 갈 수 있잖아요. 만약 어떤 문제가 생긴다고 해도 쉽게 해저터널을 타고 카오룽으로 도주할 수 있고요. 하지만 미드레벨의 길은 좁고 갈림길도 적어서 경찰이 길을 막으면 그들은 달아나기가 무척 어려울 텐데요."

"드보에로에서 오늘 아침 차 사고가 있었잖아. 센트럴은 교통대란이었다고. 미드레벨이 오히려 더 쉽게 도주할 수 있을걸."

보고한 형사가 말했다.

"부하들에게 부근의 감시카메라 영상을 확보하라고 해. 특히 편의점 영상을 말이야." 차이 독찰이 그들의 대화를 끊고 말했다. "시웨이와 다취안 두 명이 오늘 아침에 뭘 했는지 안다면 그들의 은신처가 어딘지 알 수 있을 텐데."

"이미 우리 쪽에서 따라붙었습니다."

"좋아." 차이 독찰이 고개를 끄덕였다. 그리고 다른 쪽 형사를 쳐다봤다. "자넨 무슨 새로운 발견이 있었나?"

"아뇨, 보스." 다른 한 사람은 표정이 약간 곤란해 보였다. "저는 홍콩섬 중안조에서 전화가 왔다는 말씀을 드리려고 왔습니다. 몽콕의 부식액 투척사건 관련 자료를 요구하고 있습니다. 그리고 오늘 아침 그레이엄가에서 발생한 같은 종류의 사건에 대한 분석도요."

홍콩섬 중안조에는 이전에 몽콕에서 발생한 두 건의 사건에 대한 자료가 없었다. 그래서 정보과에서 중점적인 정보를 추려 다시 정리한 다음 보내주어야 한다.

차이 독찰은 미간을 찌푸리면서 어떡하느냐는 듯 두 손을 펼쳤다.

"현상수배 1위의 악당이 탈옥을 했으면 순서가 자연히 그게 먼저지! 그쪽에 우리가 지금 일손을 뺄 수가 없으니 양해해달라고 하게."

"하지만 전화하신 분이 홍콩섬 중안조의 황 독찰이신데……."

그 형사의 눈빛을 따라 모두들 관전둬의 책상에 놓인 전화를 바라봤다. 3번 내선 버튼 옆에 빨간 불이 반짝거리고 있었다. 전화 저쪽이 아직 끊지 않고 답을 기다리고 있다는 뜻이었다.

차이 독찰이 한숨을 쉬며 어떻게 상대방을 구슬릴지 고민할 때 관전둬가 갑자기 수화기를 들더니 3번 내선 버튼을 눌렀다.

"CIB의 관전둬 고급경사일세."

그의 행동에 거기 있던 사람들도 놀랐다. 하지만 속으로 전화 저편의 황 독찰은 그들보다 훨씬 더 놀랐을 거라고 생각했다. 방금 전화는 일개 형사가 받았는데 갑자기 경사급 경찰관이 응대하니 말이다.

"그래그래, B조는 지금 눈코 뜰 새 없이 바쁘다네. 스번텐 사건을 처리하느라 말이야. 미안하군." 관전둬가 빙그레 웃었다. 차이 독찰은 상대방이 조장에게 죄송하다고 말하고 있을 거라 추측했다. "B조의 각 소대도 모두 중요한 임무를 처리하고 있네. 제2대는 막 큰 사건 하나를 해결하고 휴가를 받았어. 긴급소집을 하더라도 오늘 저녁이나 돼야 협조할 수 있을 것 같군. 게다가 몽콕의 부식액 투척 사건을 맡았던 건 제1대인데, 그들은 지금 전력으로 스번텐의 뒤를 쫓고 있다네. 아, 자네가 양해를 해준다면 더 이상 좋을 수 없지."

모두들 관전뤄가 이렇게 말하는 것을 듣고 상대방이 이미 양보했을 게 분명하다고 생각했다. 물론 고급경사를 상대하고 있으니 총구 중안조의 독찰이라고 해도 무조건 승낙할 수밖에 없다.

그러나 그들이 한숨을 돌리는 순간 관전뤄가 이어서 말했다.

"그래서 내가 한 명, 아니지, 두 명의 형사를 잠깐 부식액 투척사건을 맡도록 조치하겠네. 큰 도움은 되지 않겠지만 우리가 갖고 있는 몽콕 사건의 정보를 파악하고 있으니 그 두 사람이 도움이 될 거라고 믿네. 그래그래, 아니야, 고마워할 거 없네. 모두들 경찰 식구 아닌가. 서로 도와야지. 그럼 나중에 CIB가 자네들이 제공하는 정보에 의존할 때도 있지 않겠나. 그때 잘 부탁하네. 그럼 다음에 보세나."

관전뤄가 수화기를 내려놓고 고개를 들어 둘러선 사람들의 의아한 얼굴을 바라봤다.

"조장님, 부식액 투척사건을 처리하러 갈 인력을 빼야 합니까?" 차이 독찰이 긴장한 듯 물었다. "그 장발 남자를 찾는 것과 접선 차량 관련된 영상을 확인하는 데만도 이미 업무량이 엄청나게 늘었는데요."

"걱정 말게. 어쨌든 지금 샤오밍이 단순히 연락책 노릇을 하고 있으니 이 친구 하나 빠진다고 해도 자네들에게 큰 영향은 없을 거야."

"그럼 샤오밍을 보내신다고요? 하지만 샤오밍은……." 샤오밍은 아직 신입이라 그가 발령받아 왔을 때는 몽콕의 첫 번째 부식액 투척사건이 이미 발생한 뒤였다. 그는 조사에는 참여한 적이 없었다.

"내가 차가 없잖아."

관전뤄가 이렇게 말하며 몸을 일으켰다.

"예……?" 차이 독찰은 이제야 관전뤄의 뜻을 알아챘다. "조장님,

부식액 투척사건을 직접 처리하러 가신다고요?"

"스번텐 쪽의 단서는 이미 충분해. 자네들은 계속해서 수사해나가면 언젠가는 차이완의 근거지 위치를 파악하게 될 거야. 그러면 바로 일망타진할 수 있네. 반면 부식액 투척사건은 바닷속에 빠진 바늘 찾기와 같아. 지금 이 순간을 제대로 활용하지 못하면 수사가 또 몇 개월 지연될지도 모르네." 관전둬는 책상에서 몇 가지 서류철을 집어 들고 서랍에서 총집과 리볼버 권총을 꺼냈다. "게다가 나도 이번 기회에 내가 다시 일선에서 수사활동을 할 수 있을지 검증을 해봐야지. 실험이라고 해도 좋고."

차이 독찰과 세 명의 부하는 관전둬의 말을 전혀 이해하지 못했다. 그들은 오늘 아침 차오 경사의 건의를 모르기 때문이었다.

관전둬는 서류철로 샤오밍의 정수리를 툭 쳤다.

"뭘 하고 섰나? 나는 몇 시간 후면 은퇴한다고. 시간을 아껴야지."

4

뤄샤오밍은 관전둬를 따라 정보과 사무실을 나섰다. 두 사람은 경찰서 정문에 도착했다.

"조장님? 제 차는 저쪽에."

샤오밍이 주차장이 있는 왼쪽으로 꺾으려는데 관전둬가 곧장 정문을 향해 걸어갔다.

"그레이엄가면 걸어서 10분이면 도착하니 걸어가는 게 더 편해."

"하지만 아까 저더러 운전하라고……."

"그거야 구실이지." 관전둬가 아무렇지 않은 얼굴로 샤오밍을 힐끗 쳐다봤다. "아니면 사무실에서 심부름꾼이나 하고 있을 건가?"

"아, 아뇨! 조장님 조수를 하는 게 당연히 더 좋죠!"

샤오밍이 얼른 발걸음을 빨리해 관전뤄 옆에 붙었다. 지난 반년간 그는 자주 관전뤄에 의해 여기저기 파견되었지만 아무런 불평도 하지 않았다. 사실상 경찰 세계에서 최고의 두뇌라고 불리는 사람 옆에서 사건 수사과정을 지켜보고 설명을 듣는다는 것은 이쪽 일을 하는 형사로서는 꿈에서라도 얻고 싶은 기회였다. 샤오밍은 왜 관전뤄가 자기를 마음에 들어 하는지는 몰랐다. 어쩌면 단순히 조장을 수행하는 역할의 형사가 다른 곳으로 발령 나면서 공교롭게 자기가 그 빈자리를 채우게 된 것인지도 모른다. 그래서 순리에 따라 자신이 이 역할을 물려받게 된 것일 터다.

센트럴에 있는 경찰 총부에서 그레이엄가 시장은 거리 몇 개만 지나면 된다. 관전뤄와 샤오밍은 금세 현장에 도착했다. 사건 발생 지점에 가까워질수록 길가에 세워진 언론매체의 인터뷰 차량이 많아졌다. 샤오밍은 기자들이 이 사건을 얼마나 중요하게 생각하는지를 알게 됐다. 적어도 서西미드레벨에서 총격전이 발생한 것 때문에 벌집을 쑤신 듯 그쪽으로 달려가 특종을 취재하느라고 이쪽을 내버려두진 않은 듯했다.

"황 독찰은 이 부근에 있겠지."

관전뤄가 말했다.

"예?" 샤오밍이 의아해하며 물었다. "현장에 있다고요?"

"아까 통화할 때 주변 잡음이 들렸으니까 분명히 경찰서에 있지 않은 거야." 관전뤄가 여기저기 둘러보며 말했다. "게다가 그가 분구의 정보조를 거치지 않고 직접 전화해 독촉할 정도면 얼마나 조급해하는지도 알 수 있지. 그 사람을 탓할 것도 없어. 사건이 발생하고 이미 네 시간이나 지났는데 그가 기자들에게 아무런 내용도 발표하지 않으면 그 무관의 황제들이 폭동이라도 일으킬걸. 황 독찰은 자기 손에 아무 자료도 없어서 계속 '현재 수사 중'이라는 말로 미루고 있어야 하니까. 오, 저기 있군."

샤오밍이 조장의 시선을 따라가 보니 폴리스라인 안에 회색 양복을 입고 정수리가 반쯤 벗어진 남자가 보였다. 눈살을 찌푸린 채 부하에게 뭔가 말하고 있는 남자가 바로 홍콩섬 총구 중안조 제3대 대장 황이쥔黃奕駿 고급독찰이었다.

"황 독찰, 오랜만에 보는군."

관전둬가 이렇게 말하며 신분증을 꺼냈다. 폴리스라인을 지키는 순경에게 자신과 샤오밍을 들여보내라는 의미였다. 황 독찰이 고개를 돌리더니 2초쯤 멍하니 서 있다가 관전둬 쪽으로 허둥지둥 걸어왔다.

"관 경사님, 어떻게 제가……."

황 독찰이 의아해하며 입을 열었다.

"제1대가 너무 바빠서 내가 직접 왔네." 관전둬가 서류철을 건네며 말했다. "게다가 팩스로 보내느니 직접 갖다주는 게 낫겠다 싶어서. 어쨌든 중안조로 보냈더라도 자네는 없었을 테니."

황 독찰은 원래 자기가 현장에 있는 걸 어떻게 알았느냐고 물어볼 참이었다. 그러나 곧 눈앞의 남자가 CIB의 '천리안' 관전둬라는 것에 생각이 미쳤다.

"경사님이 직접 오시게 해서 정말 죄송합니다." 황 독찰이 부하에게 가서 할 일을 하라고 손짓하며 말했다. "스번톈 사건이 매우 중요하다는 것을 저도 잘 알고 있습니다. 하지만 이쪽 일도 소홀히 여길 수는 없었습니다. 몽콕에서 일어난 두 번의 사건과 비교하면 이번은 심각성이 큽니다. 범인은 부식액을 네 병이나 던졌고 현재까지 사망자가 없는 게 불행 중 다행일 정도입니다."

하수관 용해제의 성분은 주요하게는 고농도의 수산화나트륨 용액으로 피부에 닿으면 심각한 화학적 화상을 입는다. 만약 화상 범위가 크고 적시에 치료받지 못하면 피부조직이 괴사하게 되어 여러 합병증을 유발하며 심하면 사망에 이르기도 한다.

"몽콕과 동일한 500밀리리터 '나이트표 용해제'인가?"

"예, 완전히 동일합니다. 그러나 현재로서는 동일범인지 모방범인지 확정할 수 없습니다. 이 경우는 CIB에서 확인을 해주셔야……."

"우리가 얘기해주지 않으면 자네들이 경솔하게 기자에게 말할 순 없겠지."

"음, 그렇습니다."

황 독찰은 약간 어색해했다.

관전둬는 경찰 부서 사이의 이런 숨은 규칙을 잘 알고 있었다. 사건이 다른 분구의 강력사건과 관계가 있을 때 CIB의 의견이 있기 전에 황 독찰이 어떠한 공개적인 발언을 한다면 이후의 책임은 홍콩섬 중안조가 져야 한다. 만약 황 독찰의 판단에 오류가 있었다면 그와 부하들이 상사의 질책을 받게 된다. 반면 이래도 좋고 저래도 좋다는 식의 의견을 내세우면 '경찰은 무능하다'는 비판을 받기 쉽다. 이 역시 중안조의 사기와 위신을 떨어뜨린다. 그러나 CIB가 등 뒤에 있으면 발언의 옳고 그름과 상관없이 황 독찰은 책임을 질 부담에서 벗어난다. CIB는 경찰 조직의 중앙정보부서이고 중안조는 CIB가 제공한 보고에 의거해 결론을 도출한다. 만약 오류가 있었더라도 크게 비난받지 않는다.

"범인이 부식액을 던진 위치가 확정됐나?"

"대략적으로는 결론이 났습니다. 이쪽으로 오십시오."

황 독찰이 관전둬와 샤오밍에게 함께 앞으로 가자는 뜻을 표시했다. 세 사람이 웰링턴가와 그레이엄가가 만나는 지점의 당루 앞에 도착했다.

"부식액 두 병이 여기서 그레이엄가의 노점 위로 던져졌습니다."

황 독찰이 건물 꼭대기층을 가리켰다가 형사들이 여전히 증거를 수집하고 있는 그레이엄가를 다시 가리켰다.

"그런 다음 사람들이 이리저리 도망칠 때 다시 부식액 두 병이 웰링턴가를 향해 던져졌습니다."

황 독찰이 그의 왼쪽을 가리켰다.

"이 옥상에서 던진 건가?"

관전둬가 고개를 들어 5층 높이의 건물을 바라보며 물었다.

"그렇다고 믿습니다."

"우리도 올라가서 살펴보도록 하지."

세 사람은 계단을 따라 황토색 벽의 당루 꼭대기로 올라갔다. 이 건물은 2년 전부터 빈 상태였다. 예전에는 공동주택으로 1층은 유명한 상점가였다. 2년 동안 방치한 것은 부동산업자가 이웃한 양쪽의 낡은 건물을 사들이지 못했기 때문이었다. 개발업자는 원래 세 건물을 모두 철거하고 30층 높이의 신식 빌딩을 세울 계획이었다.

관전둬는 옥상의 가장자리에 서서 고개를 내밀어 양쪽 거리를 내려다봤다. 그런 다음 반대쪽으로 가서 이웃한 건물 옥상을 살폈다. 그는 몇 차례 왔다 갔다 하고, 증거를 수집 중인 감식요원과 몇 마디 나누더니 그들이 바닥에 놓아둔 표지판을 세심히 살폈다. 그러고는 한 마디도 하지 않고 천천히 황 독찰에게 걸어갔다.

"관 경사님, 어떻습니까?"

"완전히 일치하네."

관전둬가 분명하게 대답했다. 하지만 대답할 때의 표정이 미묘하게 변하는 걸 샤오밍은 놓치지 않았다.

"몽콕의 범인이 확실합니까?"

"칠할, 아니 팔할은 확실하네." 관전뤄가 주변을 둘러보더니 말했다. "몽콕의 두 사건은 모두 발생지점이 이런 식으로 옥상이 연결되는 당루였네. 모두 경비원이 없고 건물 대문이 잠겨 있지 않았지. 몽콕의 두 번째 사건에서 이번 사건과 동일하게 범인은 거리 끝에 위치한 건물 꼭대기에서 부식액을 던졌어. 마찬가지로 먼저 한쪽에 부식액을 던지고 혼란을 일으킨 다음 다른 쪽에 던졌어. 언론은 '부식액 두 병이 하늘에서 떨어졌다'는 데만 집중해서 보도했을 뿐, 던지는 순서나 방향, 거리 등의 세부사항은 보도한 적이 없어. 그런데 이번 사건이 앞서의 사건과 '우연히' 똑같은 거지."

관전뤄는 거리의 노점상 중 명확하게 하수관 용해제에 의해 부식된 차양을 가리켰다.

"범인은 전에도 이런 수법을 썼지. 뚜껑을 연 병을 차양을 향해 던져서 차양의 반탄력으로 부식액이 더 많이 튀게 하는 방법으로 피해를 키우는 거지."

"그렇다면 바로 그놈이 홍콩섬에 들어와서 범행을 저지른 거군요." 황 독찰이 한숨을 쉬며 말했다. "아마 몽콕 여인가의 주민들이 경계를 강화해서 범인이 범행 장소를 바꿨나 봅니다."

"방금 내가 준 서류 속에 영상에서 뽑아낸 사진이 있네." 관전뤄가 말했다. "자네도 혹시 알지 모르겠네만 우리는 몽콕 사건 중에서 체구가 뚱뚱한 남자를 용의자로 추려냈었네. 외부에는 증인이라고 공표했지만 그 뚱보가 범인일 가능성이 높아. CIB는 지금 인력을 차출할 여력이 없으니 자네들이 오늘 아침의 감시카메라 영상을 직접 확인해서 그 남자가 나타나지 않았는지 살펴보는 게 좋겠어."

"알겠습니다, 관 경사님."

황 독찰이 서류철을 훌훌 넘기며 몇 번 눈길을 던졌다.

"지금 확인된 부상자 수는 얼마나 되나?"

"서른네 명입니다. 그중 세 명이 부상 정도가 가장 심각합니다. 한 사람은 집중치료실에 남아 치료 중이고, 다른 두 사람도 아직 병원에 있습니다. 아마 수술을 받을 가능성이 큽니다. 나머지 서른한 명은 모두 피부를 다친 정도이고 대부분 부식액에 손과 발이 닿은 것으로 약을 바른 후 집으로 돌아갔습니다. 다만 몸에 난 상처는 치료하면 되지만 정신적인 상처는 오래 남을 겁니다. 평온하던 아침에 갑자기 그런 악의적인 공격을 받았으니."

"중상자 세 명은 어떤 사람들인가?"

"아, 그들은……." 황 독찰은 부상자 명단을 꺼냈다. "집중치료실에 있는 사람은 리펑李風이라고 하는 60세 남성입니다. 부근의 필가에서 혼자 사는데 오늘 아침 장을 보러 나왔다가 부식성 액체를 머리에 뒤집어썼습니다. 부상 정도가 심각합니다. 실명할 가능성도 크고, 원래 고혈압과 당뇨병이 있어서 예후가 낙관적이지 못합니다." 황 독찰은 다음 장으로 넘기고 이어서 말했다. "나머지 두 사람은 시장의 상인인데 둘 다 남성입니다. 한 사람은 39세, 중화성鍾華盛이라고 하며, 시장 사람들은 그를 '화 형님'이라고 부릅니다. 조그만 수도전기 설비점을 10년째 운영 중이라고 합니다. 또 한 사람은 46세, 저우샹광周祥光이라고 하며, 슬리퍼 상점을 운영 중입니다. 두 사람 모두 리펑과 비슷하게 부식액을 뒤집어써서 머리와 목, 어깨를 다쳤습니다. 관 경사님, 이런 자료가 무슨 쓸데가 있다는 겁니까?"

"어쩌면 있고, 어쩌면 없겠지." 관전둬가 씩 웃었다. "사건의 세부사항 중 90퍼센트는 쓸모없는 것이지. 하지만 나머지 10퍼센트를 지나쳐버려서 사건을 해결하지 못하는 경우가 종종 있거든."

"그건 정보과의 신념인가요?"

황 독찰도 미소로 답했다.

"아니, 내 신념일세." 관전둬가 웃으며 아래턱을 만지작거렸다.

"주변을 좀 돌아보고 싶은데, 괜찮겠나? 자네 부하들 업무에 방해가 되진 않을 걸세."

"편하실 대로 하십시오." 대선배를 앞에 두고 황 독찰은 당연히 아무런 제지도 하지 않았다. "저는 기자들에게 브리핑할 준비를 해야겠습니다. CIB에서는 몽콕 사건과 같은, 동일범의 소행일 가능성이 크다고 생각한단 말씀이시죠?"

"그렇다네."

"예, 그럼 실례하겠습니다."

황 독찰은 관전뤄에게 재차 확인을 받은 후 머릿속으로 기자들에게 공개할 내용을 정리하기 시작했다.

관전뤄는 몸을 돌려 다른 곳으로 걸어갔다. 샤오밍은 곧바로 관전뤄 뒤를 따랐다. 두 사람은 다시 도로 위에 섰다.

경찰은 그레이엄가와 웰링턴가를 각각 약 30미터씩 봉쇄하고 있었다. 현장에는 증거 수집과 기록을 맡은 경찰관 외에 정적만이 내려앉아 있었다. 뒤집힌 노점 판매대, 여기저기 떨어져 있는 사탕들, 사람들 발에 밟혀 엉망이 된 채소들, 부식액에 시커멓게 타들어간 길바닥……. 샤오밍은 몇 시간 전의 아수라장이 눈앞에 보이는 듯했다. 사건이 발생하고 어느 정도 시간이 흘렀지만 공기 중에는 하수관 용해제 특유의 냄새가 여전히 남아 있었다. 그 화학물질은 범인의 악의를 품은 채 공기 중을 떠돌며 사람의 기분을 역하게 만들었다.

샤오밍은 관전뤄가 각 노점의 피해 정도를 자세히 살펴볼 거라고 생각했다. 그런데 놀랍게도 관전뤄는 그쪽으로는 고개도 돌리지 않고 폴리스라인 바깥으로 걸어 나갔다.

"조장님, 현장을 둘러보신다고 하셨잖습니까?"

"아까 위에서 볼 건 다 봤네. 내가 찾는 건 증거가 아니라 정보원이야."

관전뒤가 걸으면서 대답했다.

"정보원요?"

관전뒤는 폴리스라인을 벗어나 주변을 둘러봤다.

"저기 있군."

관전뒤의 시선을 따라가 보니 싸구려 옷가지를 파는 노점상이 있었다. 유행 지난 여성 의류가 판매대 위에 가득 쌓여 있었다. 왼쪽에는 형형색색의 모자들을 잔뜩 걸어놓은 판매대도 보였다. 판매대 앞에 세 명의 여자가 접이식 의자에 앉아서 수다를 떨고 있었다. 그중 허리에 검은색 작은 전대를 찬 여자가 주인이리라. 나이는 아직 쉰이 넘지 않은 듯했다.

"안녕하십니까." 관전뒤가 세 여자에게 다가가며 인사했다. "경찰인데, 몇 가지 질문 좀 해도 되겠습니까?"

두 여자는 확실히 당황한 눈치였지만, 허리에 전대를 찬 여자는 아무렇지 않은 듯 대꾸했다.

"형사님, 아까 다른 분이 다 물어봤는데요! 의심스러운 낯선 사람 보지 못했느냐고 물으시려는 거죠? 몇 번이나 대답했는지 모르겠네. 여기는 관광객이 많아요. 낯선 사람이 오가는 건 당연한 거라고요."

"아닙니다. 저는 의심스러운 낯익은 사람 보지 못했느냐고 물을 참이었습니다."

관전뒤의 대답에 여자는 잠시 멍했다가 폭소를 터뜨렸다.

"아이고, 형사님! 지금 진지하신 거예요, 농담하시는 거예요?"

"사실 전 부상자와 아는 사이인지 물으려고 했던 겁니다. 세 사람이 특히 부상이 심각하다던데 그중 두 명은 여기 시장에서 장사하는 분이고, 한 명은 부근에 사는 주민이라고 하더군요. 그래서 이 주변에서 그들을 아는 사람이 있나 알아보는 중입니다."

"아, 그런 거라면 잘 짚으신 거예요. 전 여기서 노점상만 20년을 했거든요. 골목 끝에서 돼지고기 파는 집 아들이 어느 중학교에 합격했는지도 다 안다고요. 병원에 남아 있는 사람은 리씨 아저씨랑 화 형님, 슬리퍼 파는 저우 사장이라고 하던데요. 천벌받을 놈들 같으니! 아침에 멀쩡하던 사람들이 지금은 병원에 드러누워 있다니. 어이구."

단번에 부상이 심한 세 사람의 이름을 줄줄 읊는 걸 보니 확실히 '정보원'이라고 할 만하군. 샤오밍은 속으로 생각했다. 이런 시장에는 꼭 수다쟁이가 있기 마련이었다. 그들은 아침부터 저녁까지 같은 자리에서 가게를 지키며 단골손님과 주변 상인들에게 이런저런 이야기를 하는 것이 낙이리라.

"그럼 그들을 다 안단 말이군요? 아, 그렇지. 성함이 어떻게 되십니까?"

관전둬가 예의 차리지 않고 옆에서 의자 하나를 끌어다 그 여자 옆에 턱 앉았다.

"그냥 순 아줌마라고 부르세요."

순 아줌마가 판매대 위 촌스런 옷과 모자 사이로 '순기성의順記成衣, 순씨 기성복'라고 쓰인 간판을 가리켰다.

"리 아저씨와 화 형님은 십수 년 함께 지낸 이웃이죠. 그 저우 사장은 몇 개월 전에 알게 됐고요. 슬리퍼 가게 하던 사람이 캐나다로 이민 가면서 내놓은 걸 저우 사장이 맡은 지 몇 개월도 안 됐어요."

"리 아저씨는 올해 예순 살인 리펑이죠?"

관전둬가 확인차 물었다.

"맞아요. 필가에 사는 리 아저씨. 파지發記네서 야채 사던 중에 부식액 폭탄에 머리를 맞았다네요. 정말 끔찍한 일이죠."

"흠, 다친 사람 흉을 보자는 건 아니지만요." 순 아줌마 옆의 여자가 끼어들었다. "그래도 리 아저씨가 그렇게 밝히는 사람만 아니었다면, 날마다 파지가 없는 틈을 타 파지 마누라에게 수작을 걸지도 않았을 테고, 부식액을 뒤집어쓰지도 않았을 거예요!"

"아이고, 언니는 경찰관님 앞에서 그런 소릴 왜 해요. 리 아저씨가 좀 그렇긴 하지만 그렇게 말하면 파지 마누라랑 뭐라도 있는 거 같잖수."

순 아줌마는 못마땅한 기색으로 반쯤 웃으며 나무랐다. 리펑은 아무래도 좀 '밝히는' 노인네로 시장에 와서 젊은 여자들에게 수작을 거는 게 낙이었던 모양이다. 리펑의 평판이 좋지는 않은 모양이라고 샤오밍은 생각했다.

"리펑은 이 근처에 오래 살았죠? 매일 채소를 사러 옵니까?"

"네. 날이 좋든 궂든 매일 아침 와요. 우리가 리 아저씨랑 알게 된 지 10년이 된걸요."

또 다른 여자가 대답했다.

"혹시 리펑에게 나쁜 습관이 있지는 않았습니까? 혹은 누군가와 돈 문제나 원한관계가 있었다거나?"

관전둬가 물었다.

"그런 건 들은 게 없는데……." 순 아줌마가 고개를 갸웃거리며 생각에 잠겼다. "리 아저씨는 오래전에 이혼하고 자식도 없어요. 겉보기엔 궁상맞아 보이지만 사실은 건물 여러 채를 갖고 있어서 임대료만으로도 먹고살 만했어요. 원한관계는…… 파지 마누라한테 자꾸 수작을 걸어서 파지가 리 아저씨를 무척 싫어하긴 했지만 그걸 원한이라고까지 할 건 아니고."

"중화성도 다들 아는 사입니까?"

"중화성은 여기 거리 끝에 수도전기 설비점 하는 화 형님이죠." 순 아줌마가 폴리스라인으로 둘러진 사건 현장 쪽을 가리켰다. "그 사람은 평소엔 거의 가게에 없어요. 대부분 고객 집에서 수리를 하죠. 오늘은 어쩌다 가게에 있었는데 그 부식액 정신병자를 만난 거예요. 하늘도 무심하시지."

"화 형님은 참 좋은 사람인데! 빨리 퇴원했으면 좋겠어요. 아내하고 아들이 얼마나 마음이 아플까."

아까 리펑이 호색한이라고 흉봤던 여자가 말했다.

"알고 지낸 지 오래됐나 봐요?"

"그렇다고 할 수 있죠. 화 형님은 그레이엄가에 가게를 낸 지 10년이 넘었거든요. 실력도 좋고 수리비도 싸서 이 주변에서 수도관 교체나 열수기 설치, 텔레비전 안테나 수리 같은 작은 공사는 다 화 형님에게 맡겨요. 아마 완차이에 사는 것 같던데. 아내는 마트에서 일하고 막 중학교에 들어간 아들이 있죠."

순 아줌마가 말했다.

"말씀을 들으니 화 형님은 평판이 꽤 좋은가 봅니다."

"그렇죠. 리 아저씨가 다쳤다고 했을 땐 사람들이 별 반응 없었는데, 화 형님이 입원했다니까 다들 걱정했어요."

"그렇다면 화 형님은 모범시민이라 다른 사람한테 밝히지 못할 비밀 같은 건 없겠군요?"

"아마…… 없겠죠?"

순 아줌마가 머뭇거리더니 옆의 여자와 눈빛을 주고받았다.

"오! 뭔데요?"

관전뤄가 궁금하다는 표정을 지으며 순 아줌마를 부추겼다.

"그게, 경찰관님. 이건 그냥 소문일 뿐이에요. 그냥 흘려들으세요." 순 아줌마가 한숨을 쉬며 말했다. "화 형님이 사람이 참 좋기는 한데, 감옥에 갔다 왔다는 소문이 있어요. 예전에 삼합회에 몸을 담았는데 아버지가 위독해지자 손을 씻었대요."

"제가 전에 화 형님에게 에어컨 수리를 맡긴 적이 있는데요." 순 아줌마 옆의 여자가 말했다. "그날 34도인가 35도인가 그랬거든요. 너무 더워서 화 형님이 윗옷을 벗고 땀을 닦는데 등에 발톱이 무시무시한 청룡이 그려져 있는 거예요. 얼마나 놀랐다고요."

"그러면 화 형님은 다른 사람 눈에 문신이 노출되는 걸 별로 신경 쓰지 않았군요?"

"음, 그건 뭐 그렇죠."

순 아줌마가 말꼬리를 흐렸다.

화 형님은 남들이 자기 과거를 알든 말든 개의치 않았는데 오히려 이런 아줌마들이 색안경을 끼고 보는 거라고 샤오밍은 생각했다.

"그럼 마지막으로 저우샹광은?"

"저우 사장 이름이 저우샹광이었어?"

또 다른 여자가 물었다.

"아마도요. 내 기억에 저우 무슨 광이었던 거 같은데."

순 아줌마가 대답했다.

"저우 사장이란 분은 잘 모르나 봐요?"

"알고 지낸 시간이 짧다고 잘 모른다곤 할 수 없죠."

순 아줌마가 대꾸했다. 이 순 아줌마에게는 수다가 주업이고 옷 판매는 부업일지도 모른다.

"저우 사장의 슬리퍼 노점은 바로 옆이에요."

순 아줌마가 몸을 일으키며 왼쪽을 가리켰다.

관전뤄와 샤오밍은 그녀가 가리키는 방향을 바라봤다. 각양각색 슬리퍼들이 잔뜩 걸려 있는 작은 판매대가 보였다.

"그레이엄가에서 저우 사장을 제일 잘 아는 사람을 찾는다면 저야말로 둘째가라면 섭섭하다우."

관전뤄는 웃음을 참으며 물었다.

"저우 사장은 여기서 가게를 낸 지 몇 개월밖에 안 됐다고 했죠?"

"네, 분명히⋯⋯ 올 3월에 시작했어요. 저우 사장은 좀 외골수예요. 평소에 간단한 인사밖에 하지 않거든요. 우리와 거의 얘기를 하지 않아요."

"내가 저우 사장한테서 슬리퍼를 산 적이 있는데 한 치수 작은 건 없냐니까 저더러 직접 찾아보라고 하더라고요." 순 아줌마 옆의 여자가 거들었다. "차라리 점원인 아우阿武가 더 사장 같아요. 저우 사장 친척이라는데 지금 다른 직장을 구하지 못해서 저우 사장을 도와주고 있다나 봐요."

"아우라는 사람은 이제 막 학교를 졸업했나요?"

"겉으로 보기엔 아닌 것 같아요. 키는 좀 작지만 스물 몇, 어쩌면 서른 살쯤 되어 보여요. 제 생각엔 전 직장에서 해고당해서 친척 가게에서 잠시 일하는 게 아닐까 싶어요."

"저우 사장은 자주 가게를 비우나요?"

"그건 아니에요. 거의 매일 나와 있는데, 가게를 열고 닫는 건 항상 아우가 하지요. 저우 사장은 매일 두세 시간 정도 얼굴만 비춰요. 아우가 나오지 않는 날은 아예 판매대를 펼치지도 않더라고요."

"제가 보기엔 저우 사장도 리 아저씨처럼 건물주가 아닐까 싶어요. 슬리퍼 노점은 시간이나 때우는 소일거리인 거죠."

"그 사람은 경마 있는 날이면 꼭 사라져요!" 순 아줌마 옆의 여자가 입을 삐죽이며 못마땅한 듯 말했다. "도박에 푹 빠져 있는 거겠죠! 경마 있는 전날에는 하루 종일 경마 정보지만 들여다보면서 손님이 와도 본 척 만 척하고요."

"킥킥, 경마가 없어도 그 사람은 손님한테 관심이 없는데 뭘."

순 아줌마가 비웃었다.

"잠시만요." 샤오밍이 다급히 물었다. "저우 사장은 어쩌다 다친 거죠? 그의 노점은 이쪽에 있고, 범인은 부식액을 시장 저쪽에 뿌렸잖아요."

"그 사람은 아우랑 같이 물건을 나르고 있었어요. 화물차가 시장 거리에는 들어오지 못해서 상인들이 도로까지 나가서 물건들을 옮겨와야 하거든요. 화물차는 웰링턴가나 할리우드로에 서요." 순 아줌마가 노점상의 양쪽을 가리켰다. "오늘 아침에도 저우 사장이랑 아우를 보고 인사했는데, 두 사람이 물건 가지러 간다고 말했는데, 눈 깜짝할 사이에 사고를 당할 줄이야."

"아우는 아직 돌아오지 않았나요?"

관전둬는 아무도 돌보지 않는 슬리퍼 노점을 흘끗 보며 물었다.

"여기 화花 언니가 저우 사장이랑 아우가 같이 구급차 타는 걸 봤대요. 그래서 가게를 정리할 틈이 없었던 거죠. 같이 장사하는 처지라 내가 봐주고는 있지만 사실 이런 작은 노점엔 훔쳐갈 것도 없어요."

"오, 사건을 직접 목격하셨군요?"

관전둬가 순 아줌마 옆의 '화 언니'에게 고개를 돌리며 물었다.

"그렇다고 볼 수 있죠. 모퉁이에 있는 잡화점에서 주인과 수다 떨고 있는데 갑자기 밖에서 커다란 소리가 두 번 울리는 거예요. 그러더니 사람들이 비명을 질러대고 부식액이 어쩌고 하는 소리도 들렸어요. 그때 사람들이 급히 가게로 뛰어 들어와서 씻을 물을 달라고 하더라고요. 우린 얼른 물을 갖다 줬죠. 그 사람들은 손이랑 발에 부식액을 맞았고 옷도 여기저기 타 들어가서 구멍이 숭숭 뚫려 있었어요. 거리가 좀 조용해지자 용기를 내서 나가 봤는데 리 아저씨가 길가에 누워 있고 파지 마누라가 그 사람 얼굴에 물을 붓고 있었어요."

"화 형님과 저우 사장도 봤습니까?"

"그럼요. 모퉁이를 도니까 상황이 한눈에 보이더군요. 화 형님은 시장 사람들과 함께 양초 가게로 피신해 있었어요. 조금 걸어가자 아우가 저우 사장을 부축하고 반대편에서 걸어오고 있었어요. 도와달라고 막 외치면서요. 저우 사장과 화 형님은 상태가 무척 안 좋았어요. 그때 주변에서 다들 울부짖고 소리 지르고, 지옥이 따로 없었죠."

화 언니는 손짓 발짓을 동원해 당시 보고 들은 것을 설명했다.

"그랬군요."

관전뤄가 무겁게 중얼거렸다.

"형사님, 이제 저우 사장이 누구랑 원한관계는 없었느냐고 물으실 거죠?" 순 아줌마가 한쪽 눈썹을 추켜올리며 물었다. "제가 보기엔 없어요. 하지만 그 사람에게 나쁜 취미가 있었느냐고 물으신다면 전 정말 대답을 못 해드리겠네요. 그 사람들 상황을 물으시는 건 뭔가 이유가 있어서겠죠? 누군가 그들을 노리고 이런 일을 저질렀다고 생각하시는 건가요? 전 입이 아주 무거워요. 저한테 말씀해주셔도 절대로 어디 가서 말 옮기지 않을 거예요."

관전뤄는 웃음을 참으며 입 앞에 검지를 세워 비밀이라는 표시를 했다.

"여러분이 주신 정보에 감사드립니다. 우리는 가서 계속 수사해야겠군요."

관전뤄와 샤오밍이 그 자리를 뜨자 세 여자는 자기들끼리 다시 수다를 떨기 시작했다.

"입이 무겁다고? 하하, 그 아줌마는 벙어리가 되지 않는 한 이번 생에는 입이 무겁다는 말과는 거리가 멀 것 같은데. 아니, 말을 못하게 되면 글을 써서라도 수다를 떨걸."

폴리스라인 안으로 돌아온 관전뤄는 웃음을 터뜨렸다.

"조장님, 왜 부상이 심한 세 사람에 대해 조사하신 겁니까? 의심스러운 인물에 대해 물어봤어야 하는 거 아닌가요?"

샤오밍이 물었다.

"그 부상자들이 사건해결의 열쇠야. 샤오밍, 경찰서로 가서 차를 갖고 와. 나는 퀸스로 중앙에서 기다릴 테니."

"예? 어디로 가시게요?"

"퀸메리 병원. 이 부식액 투척사건을 해결하려면 부상자들에서 시작해야 해."

"어째서 그렇습니까? 이건 특정한 목표가 없는 악의적 범죄사건이 아닌가요?"

"특정한 목표가 없다고? 그럴 리가."

관전둬는 범인이 부식액을 던진 건물 꼭대기를 응시했다.

"이건 세심한 계획하에 특정 목표를 달성하기 위해 일으킨 사건이야."

5

샤오밍은 경찰서로 돌아와 그의 파란색 마쯔다일본 자동차 브랜드 121을 몰고 그레이엄가와 퀸스로 중간이 만나는 지점으로 갔다. 관전둬는 보라색 비닐봉지를 손목에 끼고 샤오밍을 향해 손을 흔들었다. 샤오밍이 차를 세우자 관전둬가 조수석에 탔다. "퀸메리 병원으로." 관전둬가 목적지를 반복했다. 샤오밍이 엑셀을 밟자 차가 퀸스로 중앙에서 서쪽으로 달려갔다. 관전둬는 안전벨트를 매면서 말했다.

"방금 황 독찰에게 잠깐 들렀는데 그가 막 명령을 받았다면서 오늘 아침 웨스트포인트에서 발생한 화재사건도 조사해야 한다네. 서구 형사정보과에서 화재 원인이 의심스럽다고 해서 홍콩섬 중안조가 수사를 맡았대. 20여 명의 시민이 그 일로 병원에 입원해 있다는

데, 중안조 형사가 퀸메리 병원에서 그레이엄가 사건의 부상자들에게 진술을 다 받은 참이니 그대로 화재사건의 부상자들에게 진술을 받으면 되겠지. 두 번 가지 않아도 되니 잘됐지 뭔가. 이봐, 샤오밍. 듣고 있나?"

샤오밍은 꿈에서 깨어난 듯 급히 조장의 질문에 답했다.

"아, 아, 죄송합니다. 조금 전에 조장님이 하신 말씀이 생각나서요. 부식액 투척 범인이 세심한 계획하에 특정 목표를 위해 범행했다고 하셨던 거요."

"그렇지."

"왜 그렇습니까?"

"처음에는 나도 모방범일 거라고 생각했네."

관전둬가 동문서답했다. 샤오밍은 의아한 표정으로 백미러로 조장의 얼굴을 훔쳐봤다.

"모방범요?"

"그레이엄가 사건은 본질적으로 몽콕 사건과 완전히 달라. 그래서 현장에 도착하기 전에는 모방범이라고 거의 확신했었네."

조금 전 관전둬가 황 독찰에게 '완전히 일치'하다고 대답할 때의 미묘한 표정은 환경 증거와 예측이 일치하지 않았기 때문임을 샤오밍은 비로소 깨달았다.

"어떤 부분이 다릅니까? 옛날식 당루 꼭대기에서 하수관 용해제를 노천 시장으로 던져서 무고한 시민이 대거 다친 것까지 다 비슷한데……."

"몽콕 사건은 주말 밤에 일어났고 이번 사건은 금요일 아침에 일어났지." 관전둬가 샤오밍의 말을 끊었다. "백주대낮에 범행하면 좀 더 큰 위험을 무릅써야 해. 예를 들면 주변 건물의 입주자가 목격할 수도 있지. 꼭대기에 머무르는 시간도 짧아야 하는데 현장을 떠날 때 행인들에게 목격되지 않는다고 해도 부근의 감시카메라에 잡힐 수 있어. 빛이 충분한 낮에는 범인의 외모가 드러날 가능성도 훨씬 커지지."

동일한 부식액 투척이라는 점 때문에 누구나 사건의 동일한 요소를 고려할 뿐 상이한 부분에 대해선 깊이 생각하지 않는다는 걸 샤오밍은 깨달았다.

"그 밖에도 말이지." 관전뒤가 계속해서 말했다. "주말과 금요일도 달라. 금요일 아침의 그레이엄가 시장이 아무리 바빠도 주말 저녁의 몽콕 여인가처럼 북적대진 않아. 범인이 정신병자라고 가정해보자고. 순수하게 사람들을 다치게 만드는 데서 즐거움을 느끼는 거라면 범행 지점과 시간이 맞지 않아. 주말에 범행을 했다면 훨씬 많은 사냥감이 있었을 테고 더 큰 혼란이 벌어졌을 거란 말이야. 게다가 범인은 당루가 더 많고 더 쉽게 도주할 수 있는 코즈웨이베이의 자딘스크레센트 시장이나 완차이의 타이위엔가 시장을 선택할 수도 있었어."

"그럼 이 사건은 다른 놈이 저지른 겁니까?"

"아니야. 현장의 환경을 보고 나니 범인은 동일인, 혹은 같은 일당이야. 이 모순점에서 범인의 동기가 나타난 거지."

"어떤 동기입니까?"

"샤오밍, 연쇄살인범이 나오는 추리소설 읽어본 적 있나? 만일 범인이 살인을 즐기는 변태가 아니라면 여러 차례 살인을 저지르는 이유가 뭘 것 같나?"

"……진정한 살인 목표를 숨기기 위해서?"

샤오밍은 대답을 떠올린 순간 등줄기가 오싹해졌다.

"맞아. 나는 부식액 투척사건도 비슷한 상황이라고 생각해. 범인이 몽콕에서 범행을 한 목적은 두 가지야. 하나는 '나뭇잎을 숲속에 숨기는 것'이지. 말하자면 동일한 사건을 만들어서 그레이엄가 사건의 진정한 목표를 숨기는 것. 다른 하나는 예행연습이지. 몽콕에서 하수관 용해제 병을 던져서 일어날 수 있는 부상의 정도를 살펴보고, 던지는 과정을 실습해보고, 경찰 측의 대응 수법 등을 알아보는 등등. 모방범의 소행이라고 생각했을 땐 몽콕의 범인만큼 치밀하게 생각하지 못해서 자기에게 불리한 범행 장소와 시간을 골랐다고 추측했네. 그러나 수법이 완전히 일치하는 걸 보니 범인은 동일인일 가능성이 커. 그렇다면 몽콕의 사건은 예행연습이었다는 거지."

"그레이엄가 사건도 예행연습일 수 있지 않습니까?"

"아니야. 위험이 너무 커. 만약 예행연습이었다면 장소는 센트럴 그레이엄가를 고르더라도 시간은 주말을 택했을 거야. 사람이 많을수록 혼란도 커지고 도주하기도 쉬우니까. 이것이 '정식 범행'이니 가장 심각하게 다친 사람을 조사할 필요가 있어."

샤오밍은 그제야 다 이해했다는 듯 고개를 끄덕였다. 조장이 순 아줌마에게 부상자 세 명의 상세한 사정을 질문한 이유도 비로소 이해했다. 범인은 몽콕에서 지나가던 사람 아무나 목표로 삼고 부식액 병을 던져서 목표가 얼마나 다치는지 실험했으리라. 첫 번째는 실패했을 것이다. 그래서 두 번째는 두 병을 던졌다. 한 병은 실험의 목표 대상에게 던졌고, 또 한 병은 혼란한 분위기를 만들기 위해 던졌다. 범인은 이 방법으로 목적을 이룰 수 있다고 확신했다. 그래서 오늘 아침 진정한 목표에게 손을 쓴 것이다. 아침이었기에 네 병을 던져서 더 큰 혼란을 일으켰다. 리펑, 중화성, 저우샹광 중 한 사람은 범인이 중상을 입히고 싶었던 원수일 것이다.

그렇다면 세 사람 중 누가 목표일까?

범인은 그레이엄가에 나타나는 원수를 공격하기 위해 반년 전에 몽콕에서 예행연습을 했다. 그렇다면 3개월 전에 그레이엄가에 가게를 낸 저우샹광은 목표가 아닐 것이다. 중화성은 시장 상인들에게 평판이 아주 좋지만 젊은 시절에는 삼합회에 몸담은 적이 있다. 시장에서 가게를 한 지 10년이 넘었다는 것은 그가 손을 씻은 지도 최소한 10년은 됐다는 얘기다. 예전에 맺은 원한관계라 해도 10년이나 기다렸다가 복수할 필요가 있을까?

부상이 제일 심한 리펑이 목표일 가능성이 높다. 이 사건으로 리펑은 결국 생사의 경계를 넘나들고 있다. 범인이 그를 목표로 부식액 병을 던졌기 때문에 그가 그렇게 중상을 입은 것인지 모른다. 시장 거리에서 리펑은 '호색한 늙은이'라는 평판을 받고 있다. 어쩌면 질투에 눈이 먼 남편이 그 늙은이를 혼내주려고 했는지도 모른다. 하지만 이런 이유로 반년이나 범행을 준비하는 건 쓸데없이 일을 크게 벌이는 게 아닐까?

"어이, 운전 조심해!"

관전둬의 목소리에 샤오밍은 현실로 돌아왔다. 그는 추리에 푹 빠져 자신이 지금 운전대를 잡고 있다는 것도 잊었다.

"네, 네."

샤오밍은 생각을 떨쳐내고 운전에 집중했다. 차는 홍콩대학 황커징관을 막 지나고 있었다. 몇 분만 있으면 퀸메리 병원에 도착한다.

"조장님, 그 비닐봉지엔 뭐가 들었습니까?"

빨간색 신호등 앞에 멈춰 선 샤오밍이 관전둬에게 물었다. 그는 관전둬의 손에 들린 보라색 비닐봉지가 처음부터 궁금했던 터였다.

"아, 이거. 그레이엄가에서 순 아줌마한테 샀지."

관전둬가 봉지에서 최신 유행하는 야구모자를 꺼내 썼다.

"30홍콩달런데 20홍콩달러로 깎아서 샀어. 괜찮지 않나? 은퇴하고 교외로 다닐 때 이런 모자가 있으면 햇살 가리는 데 좋을 거야."

"근데 검정색은 빛을 흡수하잖아요. 더운 날 이 모자를 쓰면 더 힘들 것 같은데요."

샤오밍은 검은 모자를 흘끗 쳐다봤다. 재질이 조악해 보였다. 앞부분에는 아무런 무늬가 없었고 모자 챙의 오른쪽에 동전 크기만 한 회색 로고가 새겨져 있었다. 어떤 명품 브랜드의 최신 디자인을 모방하려 한 것 같지만 어떻게 봐도 모방에 실패한 제품이었다.

"더운 날 말이지…… 그도 그렇겠군."

관전둬가 모자를 비닐봉지에 다시 넣었다.

샤오밍은 관전둬가 왜 이런 바쁜 와중에 한가롭게 모자를 샀는지 이해할 수 없었다. 하지만 지난 반년간 조장님이 늘 자기만의 이유로 행동하는 모습을 봐왔기 때문에 이제는 그러려니 하게 되었다.

몇 분 뒤 퀸메리 병원 입구에 도착했다. 퀸메리 병원은 홍콩에서 가장 큰 공립병원으로 건립된 지 반세기가 되어간다. 응급실과 각종 의료분과는 물론 정신치료 분야까지 갖춘 종합병원인 동시에 홍콩대학 의과대학의 실습병원이기도 했다. 병원 건물은 모두 열네 동으로 거의 작은 아파트단지만 했다.

"S동으로 가게."

막 차를 세우려는데 관전둬가 말했다.

"예?" 샤오밍은 응급실이 있는 J동을 지나치고 있었다. "응급실 직원에게 물어봐야 하는 거 아닙니까?"

"정형외과 및 외상외과는 S동에 있네. 화학물에 의한 화상 사고는 모두 거기서 처리하지. 그곳 접수처로 직접 가면 돼."

정형외과 및 외상외과 접수처에서 관전둬는 당직 간호사에게 경찰신분증을 내보이고 세 부상자의 상황을 질문했다. 간호사는 마지못한 듯 대답했다.

"형사님, 이미 다른 분께 다 말씀드렸어요. 의사선생님께서 환자들이 얼마 동안은 진술하기가 힘들 거라고 하셨다고요."

젊은 간호사가 뚱하니 내뱉었다.

"미안합니다. 우리는 다른 부서에서 나왔거든요." 관전뒤가 부드럽게 대답했다. "환자들 상황이 아주 나쁜가요?"

"집중치료실의 리펑 씨가 가장 심각해요. 하지만 생명의 위험은 없습니다." 간호사는 관전뒤가 경찰이라고 고압적인 자세로 나오지 않자 말투가 훨씬 부드러워졌다. "중화성, 저우상광 환자는 얼굴에 부식액으로 화상을 입어서 지금 억지로 말하게 했다간 피부가 아무는 데 나쁜 영향을 미칠 수 있어요. 그리고 감정적으로 동요하면 회복이 더 더뎌지고요."

"아, 그렇군요. 그럼 의사선생님을 찾아가 몇 가지 질문해도 되겠습니까?"

간호사는 전화를 걸고 싶어 하지 않는 기색으로 수화기에 대고 몇 마디 말했다. 얼마 지나지 않아 서른 살쯤 된 키 크고 잘생긴 남자가 흰 가운 차림으로 복도 저편에서 걸어왔다.

"펑馮 선생님, 형사님들이 부식액을 뒤집어쓴 환자 세 분에 대해 질문할 게 있다고 합니다."

간호사는 말을 마치고 자기가 하던 일로 돌아갔다.

"저는 관전뒤라고 합니다." 관전뒤가 펑 의사에게 악수를 청했다. "경찰이 환자에게 직접 질문하면 안 되나요?"

"그렇습니다. 의사 입장에서 판단할 때 여러분이 환자의 감정 상태를 악화시킬 일을 하지 않도록 해야 합니다. 양해해주십시오."

"그건 괜찮습니다. 펑 선생님께 질문하면 되니까요."

관전뒤가 미소를 지었다. 펑 의사는 상대가 이렇게 반응할 줄은 몰랐던 듯했다.

"만약 제가 도울 수 있다면 뭐든지 돕겠습니다. 말씀하시죠."

"리펑 환자의 상태가 심각한가요? 두 눈이 실명할 가능성도 있다고 들었습니다만."

"그렇습니다. 부식액이 눈에 들어갔어요. 일단 상황이 안정되면 안과와 협력진료를 할 예정입니다." 펑 의사는 고개를 흔들었다. "왼쪽 눈 상태가 더 심해서 아마 회복하기 힘들 겁니다. 오른쪽 눈은 60퍼센트 정도 시력을 회복할 가능성이 있습니다."

"중화성과 저우샹광은 어떻습니까? 그들도 눈을 다쳤나요?"

"아닙니다. 불행 중 다행이랄까요. 중화성은 부식액이 어깨에 떨어졌고, 얼굴 아래쪽으로 튀었습니다. 목과 입, 코의 상처가 심합니다. 저우샹광은 얼굴 정면을 부식액에 맞았는데 다행히 선글라스를 끼고 있어서 눈에는 들어가지 않았습니다."

"그들의 손과 발은 다치지 않았습니까?"

"아뇨, 다만 얼굴 부위의 부상이 심각하고 손과 발은 경도 화상만 입었습니다. 중화성의 왼쪽 팔과 오른쪽 발이 화상을 입었고, 저우샹광은 두 손에 화상을 입었습니다. 아마 부식액이 얼굴로 튀자 급한 마음에 손으로 닦아내려다가 두 손도 화상을 입은 듯합니다."

펑 의사는 자신이 예측한 대로 두 손으로 얼굴을 비비는 동작을 해 보였다.

"오래 입원해야 할까요?"

"지금은 뭐라고 말씀드리기 어렵습니다만 2주 정도 보면 될 것 같습니다." 펑 의사가 접수처 벽에 걸린 달력을 바라보더니 다시 말했다. "게다가 세 사람은 내일모레면 피부 이식 수술을 해야 할 것 같습니다. 저우샹광이 가장 먼저 수술을 받게 될 겁니다. 그의 응급처치가 가장 부족해서 화상 범위는 다른 두 사람에 비해 좁은데 화상 정도는 가장 심하거든요."

"응급처치가 부족했다니요?"

"부식액을 맞은 뒤 곧바로 씻어내고, 구급대원이 피부에 남은 부식액을 충분히 중화하고, 붕대를 감아 상처 부위의 세균감염을 방지하고, 등등의 처치가 부족했다는 겁니다. 응급실 동료 말로는 검사할 때가 돼서야 상황이 심각하다는 걸 알았다고 하더군요. 응급환자 분류센터에선 뭘 했기에 이런 환자를 먼저 치료하지 않았느냐고요. 하지만 오늘 아침 응급실은 너무 많은 일이 있었으니 그들을 나무랄 일만도 아닙니다. 처음에는 화재사건이 나더니 그다음엔 부식액 투척사건에 흉악범 탈주까지, 허둥지둥할 만도 했죠."

"정말 정신없었겠군요."

관전뤄가 고개를 끄덕이며 말했다.

"우리 과도 비슷했습니다." 펑 의사가 씁쓸하게 웃었다. "웨스트 포인트 화재로 화상환자를 몇 명 치료 중인데 곧바로 부식액에 화상 입은 환자가 잔뜩 들이닥쳤거든요. 다행히 오전 8시, 화학원료를 실은 화물차 사고에선 사상자 보고가 없었으니 망정이지, 안 그랬으면 아직까지 환자들 처치가 끝나지 않았을 겁니다."

"오늘 아침의 드보에로 중앙의 교통사고 말씀입니까?"

"네, 알고 지내는 경찰에게 들었거든요. 센트럴의 교통사고에서 화물차가 인체에 무해한 유화제를 싣고 있었으니 망정이지, 부식성 액체라도 싣고 있었으면 오늘 병원은 미어터졌을 거라고 하더군요. 하지만 지금도 거의 미어터질 지경인걸요. 교통사고로 센트럴에서 교통체증이 심하지 않았다면 서른 명이 넘는 부식액 화상환자 중 몇 명은 완차이에 있는 덩자오젠鄧肇堅 병원으로 이송됐을 테고, 우리 응급실이 이렇게 복잡하지도 않았을 거예요."

"한 가지 묻고 싶은 게 있습니다. 그 세 환자를 위해서 입원수속을 밟은 사람은 누굽니까?" 관전뤄가 화제를 다시 이 사건 쪽으로 돌렸다. "우리가 환자와 직접 대화할 수 없다면 그들 가족과 이야기를 나누고 싶은데요."

"그 문제를 말씀하시니, 확실히 그게 어렵게 됐습니다." 펑 의사는 곤혹스러운 표정을 지었다. "리펑 환자는 가족이 없습니다. 현재 저희는 그의 친척 중 누구와도 연락이 되지 않는 상태예요. 여러 가지 서류가 서명 대기 상태로 있답니다."

"중화성과 저우샹광은요?"

"이런, 시간이 어긋나고 말았군요. 중화성의 아내는 아침부터 병원에 있었고, 저우샹광은 가게를 돕는 친척이 함께 있었는데 지금은 면회시간이 아니라 다들 병실에 없습니다. 제 생각에 그들은 6시가 돼야 다시 올 것 같습니다. 6시에 저녁 면회시간이 시작되거든요."

"그럼 여기서 좀 기다리지요."

관전뤄가 말했다. 샤오밍이 손목시계를 보니 지금은 오후 3시 반이었다. 6시까지는 두 시간 반이나 남았다.

"그럼 전 회진을 가야 해서 이만 실례하겠습니다."

펑 의사가 두 사람에게 고개를 숙였다.

"아차, 한 가지만 더 물어보겠습니다. 중화성과 저우샹광의 병실은 어디입니까?"

"6호실입니다. 앞쪽으로 왼편 세 번째 병실이죠. 두 사람은 같은 병실에 있습니다."

펑 의사가 떠난 후 샤오밍이 낮은 목소리로 관전뤄에게 속삭였다.

"조장님, 지금 아무도 보지 않는 틈에 슬쩍 병실로 들어가 보실 건가요?"

"들어간들 그들이 우리에게 대답해주지 않으려 할걸." 관전뤄가 상쾌하게 대답했다. "우리 여기서 좀 기다리지. 두 시간은 금방 지나갈 거야."

관전뤄는 접수처 옆 소파로 가서 앉았다. 남겨진 샤오밍은 우두커니 서 있었다. 늘 규칙에 상관없이 행동하던 조장이 이번에는 얌전히 원칙을 지키려고 할 줄이야.

샤오밍도 어쩔 수 없이 관전둬 옆에 앉았다. 어떻게 세 환자에게서 범인을 찾아낼 단서를 얻어낼 것인지 물으려는 찰나, 관전둬가 화학적 화상에 대한 지식을 이야기하기 시작했다. 그는 응급처치에서 시작해 항생제와 비非스테로이드 소염제의 약물 치료, 피부이식술과 인공피부가 상처 회복에 미치는 효과까지 일사천리로 늘어놓았다. 다른 사람이 보면 관전둬는 전문의이고 자기는 치료 절차에 대해 설명을 듣는 환자 가족처럼 보이겠다고 샤오밍은 생각했다.

"조장님, 저 화장실 좀 다녀오겠습니다."

관전둬가 화상환자의 피부는 수분 유실을 막을 수 없다는 대목을 이야기하며 왜 수분을 보충해줘야 하는지 설명할 때쯤 샤오밍은 조장의 장광설을 끊고 화장실을 핑계로 자리를 피했다.

"조장님은 왜 저런 쓸데없는 지식까지 갖추고 있담……."

샤오밍이 화장실로 가면서 투덜거렸다. 그는 모퉁이를 두 번 꺾어서 표지판이 가리키는 대로 화장실을 찾아갔다. 볼일을 보고는 거울 앞에서 세수도 했다. 화장실을 나오면서 다시 접수처로 돌아가려던 찰나 샤오밍은 하나의 표지판을 발견했다.

J동 방향.

퀸메리 병원은 건물 여러 곳에 연결 통로가 이어져 있어서 각 건물을 한데 묶고 있었다. 의료진과 환자가 이동하는 시간을 줄이기 위해서였다. J동 1층이 바로 응급실이다. 샤오밍은 응급실에는 당연히 관심이 없었다. 그가 관심 있는 것은 J동 2층 동편의 화장실이었다.

스번텐이 창으로 탈주한 그 화장실 말이다.

비록 그가 조장을 따라 병원에 와서 부식액 투척사건을 조사하고 있지만, 그도 일선의 형사인지라 다른 사건에 관심이 있었다. 샤오밍은 지난 몇 년간 몇몇 분구의 형사부에서 일하며 적잖은 사건에 참여했다. 물론 그는 보잘것없는 역할을 담당했지만 자신의 몸에 형사의 피가 흐르고 있다는 걸 너무나 잘 알았다. 스번톈은 대형 현상수배범이었고 경찰과 시민의 공적이었다. 샤오밍에게 만약 선택권이 주어진다면 그는 부식액 투척사건이 아니라 스번톈을 뒤쫓을 것이다.

"어쨌든 시간이 생긴 거니 한번 가볼까?"

샤오밍은 손목시계를 본 뒤 결심을 굳히고 J동으로 걸어갔다.

계단에는 각층의 부서를 설명하는 표지판이 있었다. 그가 징교원의 진술 영상에서 본 것처럼 J동 2층은 의무사회복지부이고 1층은 응급실이다. J동 9층에는 징교서 관할의 장기입원 수감자를 위한 병동이 있었다.

"만약 징교서 직원들이 좀 더 신중하게 스번톈을 9층 화장실로 데려갔다면 절대 탈주할 수 없었을 텐데."

샤오밍은 2층의 사건 현장을 찾아갔다. 화장실은 동편 건물 계단이 꺾이는 모퉁이에 있었다. 부근에는 사무실이나 병실이 없어 조용했다. 샤오밍은 징교원이 스번톈을 이 화장실로 데려온 것도 이상하지 않다고 생각했다. 화장실을 지키는 경찰도 없었는데, 경찰은 증거를 수집한 뒤 현장을 개방했으리라. 어쨌든 화장실을 봉쇄해두어도 스번톈을 체포하는 데 도움이 되지 않기 때문이다.

화장실은 생각보다 조금 컸고 한쪽으로 세 칸이 자리 잡고 있었다. 그 맞은편에는 소변기가 일렬로 늘어서 있었다. 소변기 옆에는 기다란 세면대가 있었다. 화장실 입구에는 문이 없는 대신 입구의 벽을 꺾어서 안쪽이 보이지 않도록 설계돼 있었다. 입구는 약간 큰 창문과 정확히 마주 보고 있었다.

샤오밍은 화장실의 세 칸을 순서대로 조사하며 혹시 놓친 단서가 없는지 자세히 살폈다. 세 칸 중 수리 중이라는 종이가 붙은 나무 문만 닫혀 있었다. 문을 밀어 열자 변기 덮개가 떼어져 옆에 놓여 있고 레버에 연결된 물통 속 체인도 끊어져 있었다. 그 밖에 다른 부분은 나머지 두 칸과 차이가 없었다. 각각의 칸 안에는 움직임이 불편한 환자가 사용할 수 있도록 벽에 안전손잡이가 설치돼 있었다. 10분간 유심히 살펴봤지만 징교원이 스번텐의 수갑 한쪽을 채웠던 곳이 두 번째 칸인지 세 번째 칸인지 알 수 없었다. 스번텐이 급히 수갑을 풀면서 금속 손잡이에 긁힌 자국이 남았을 거라 생각했지만 그런 자국도 보이지 않았다.

화장실 칸에서 아무 수확도 얻지 못한 샤오밍은 창문 앞으로 가서 조사를 계속했다. 창 앞에 서니 J동 건물 바깥의 도로를 확실히 볼 수 있었다. 스번텐 일당이 차를 세워둔 위치는 30미터쯤 떨어진 곳인 듯했다. 고개를 내밀고 창밖으로 아래쪽을 관찰했다. 창틀은 지면에서 4~5미터 정도 높이에 있고, 창문 바로 아래에 좁은 창턱이 있었다. 왼쪽에는 수도 파이프 몇 개가 붙어 있어 조심스럽게 움직일 경우 어른이라면 누구라도 쉽게 아래쪽으로 기어 내려갈 수 있을 듯했다. 만약 몸놀림이 좋은 사람이라면 곧바로 뛰어내려도 전혀 다치지 않을 만했다.

샤오밍은 화장실에서 20분 정도를 머물렀다. 하지만 쓸 만한 단서는 발견하지 못했다. 그는 실망하여 화장실을 나와 계단을 따라 S동으로 돌아가려고 했다. 그때 문득 조장의 말이 떠올랐다.

— 병원의 모든 감시카메라 영상을 확인해서 그 장발 남자의 종적을 찾아야 해.

왜 그 장발 남자가 함께 도망치지 않은 거지?

샤오밍은 계단을 내려가다가 1층과 2층 사이 계단참에서 창문을 발견했다. 화장실 창밖과 같은 풍경이 보였다. 창문은 금속 창틀에 둘러싸여 있고 손으로 밀어보니 전혀 움직이지 않았다. 창 위에는 먼지가 잔뜩 쌓여 있었다. 그는 계단을 지나 1층 복도를 통과해 화장실 창문 아래까지 걸어가 봤다. 약 30초 정도가 걸렸다.

'만약 내가 공범이라면 왜 함께 차를 타고 떠나지 않았을까?'

샤오밍은 곰곰이 생각했다.

'물론 공범이 계단참의 창문으로 빠져나가지 못하더라도 전력으로 달리면 밖에서 30미터 거리를 더한다 해도 최대 20초면 가능한 일인데. 그는 병원 경찰이 저지할까 봐 시간을 최대한 줄이려 했던 걸까? 그러나 그들에게는 기관단총도 있었다. 경찰이 막아섰다고 해도 병원에서 총격전을 벌여서라도 스번톈을 구할 수 있었을 텐데.'

샤오밍은 장발 남자의 행방에 의혹을 느꼈다. 죄수가 탈옥할 때 가장 어려운 부분이 수갑을 풀고 호송인원을 벗어나는 것이다. 스번톈은 창을 넘었을 때 이미 이 두 가지 조건이 충족되었다. 그 장발 남자가 공범이라면 그의 임무는 이미 완성됐는데 계속해서 위장할 필요가 있을까? 바로 도주해도 될 텐데 말이다.

아니야, 아니야. 샤오밍은 사건이 뭔가 이상하다고 느꼈다.

스번톈은 유명한 강도이고 계략가다. 그의 부하들은 모두 목숨 아까운 줄 모르는 범죄자들이다. 도주하는 과정에서 의외의 사고를 만나자 망설임 없이 경찰과 총격전을 벌였다. 그것만 봐도 그들이 아무것도 두려워하지 않는 무법자임을 알 수 있다. 그렇다면 스번톈이 도망치는 가장 쉬운 방법은 장발 남자에게 총으로 징교원 둘을 쏴 죽이게 한 다음 함께 도주하는 것이다.

그런데 왜 스번톈은 그런 복잡한 방법을 써서 도망친 것일까? 그가 이제 더 이상 살인을 하지 않기로 마음먹은 걸까? 아니면 처음 계획을 세울 때 완전무장한 호송인원의 감시하에 있을 테니 총기 사용이 오히려 실패할 확률이 높다고 판단한 걸까?

샤오밍은 생각을 정리하려고 노력했지만 더 이상 합리적인 결론을 찾을 수 없었다.

차도 위에서 구급차 한 대가 샤오밍 옆을 지나쳐 갔다. 그는 깊은 생각에서 다시 현실로 돌아왔다. 손목시계를 보니 혼자 이렇게 빠져나온 지 거의 30분이 지나 있었다. 그는 발걸음을 재촉해 정형외과 및 외상외과 접수처로 향했다. 뛰어가면서 조장에게 자신의 생각을 어떻게 설명할지 생각했다. 한편으론 혼자 마음대로 직무를 이탈해 여기저기 들쑤시고 다녔다고 질책할까 봐 걱정도 들었다.

S동으로 돌아왔을 때 눈에 보인 장면은 예상과 크게 달랐다. 관전뤄가 접수처 데스크에 기대선 채 조금 전 정색을 하고 대응했던 간호사와 웃으면서 대화하고 있었다. 얼굴 가득 미소를 띤 간호사의 얼굴이 전혀 다른 사람처럼 보였다.

"아, 샤오밍! 화장실 가서 얼마나 오래 있었던 거야?" 관전뤄가 다시 간호사에게 몸을 돌려 말했다. "더는 방해하지 않겠습니다. 다음에 또 이야기하죠."

"조장님, 무슨 이야기 하셨어요?"

소파에 돌아와 앉아서 샤오밍은 의아하게 물었다.

"별거 아니야. 이런저런 잡담을 좀 한 거지. 건강상식 같은 거." 관전뤄가 빙그레 웃다가 목소리를 낮춰 말했다. "그리고 펑 의사에 대한 이야기도 좀 하고. 그 사람의 취미나 관심사에 대해서 말이야."

"펑 의사요? 뭔가 의심스러운 부분이라도 있나요?"

샤오밍이 긴장해서 물었다.

"당연히 없지. 그저 나는 아까 그의 손목시계와 왼손 손가락의 굳은살, 구두, 셔츠 주머니에 꽂힌 펜 등을 보고 그가 스쿠버다이빙과 기타 연주를 좋아하고 어떤 영국 브랜드의 열렬한 추종자라는 걸 알았거든. 그리고 아주 검소한 사람이란 것도. 그걸로 간호사와 이야기 좀 한 거야."

샤오밍은 이해할 수 없다는 표정을 지었다.

"하하하, 아직도 이해 못하겠어?" 관전둬가 웃으며 말했다. "그 간호사가 펑 의사에게 마음이 있잖아."

"예?"

"샤오밍, 다른 사람들 반응에 대해 좀 더 자세히 관찰하는 방법을 익히도록 해. 모든 사람들의 일거수일투족이 자기도 모르는 사이에 수많은 사실을 알려주거든. 아까 그 간호사가 펑 의사에게 전화로 우리가 왔다고 알려줄 때, 그리고 펑 의사와 대면하고 이야기할 때 그녀의 표정은 확실히 다르지 않았나."

"그렇다면, 그 간호사에게 의심스러운 점이……."

"아니, 그저 시간 때우기야." 관전둬는 샤오밍의 둔함에 웃음을 그치지 못했다. "모든 일이 다 사건과 관계있는 건 아니지."

샤오밍은 머리를 긁적였다. 관전둬의 행동을 이해할 수 없었다. 그들은 현재 해결하기 어려운 사건 한 무더기를 앞에 놓고 있는데 관전둬는 이러쿵저러쿵 수다를 떨 정신이 있다니. 샤오밍은 어쩌면 이 '천재 탐정'에게는 그를 곤란하게 만들 일이란 단 한 번도 없었던 게 아닐까 생각했다.

"조장님, 제가 방금 어떤 생각을 떠올렸습니다."

"부식액 투척사건인가, 아니면 스번텐 사건인가?"

그 말에 샤오밍은 조장이 자신이 30분간 '실종'됐던 이유를 이미 짐작하고 있다는 걸 알았다.

"어, 스번텐 사건입니다."

"우선 좀 들어보지."

샤오밍은 조장에게 다른 데 정신을 판다고 꾸중 들을 거라 생각했다가 그가 흔쾌히 들어보자고 하자 조금 놀랐다. 그는 아까 떠올렸던 의문점을 하나하나 설명했다.

"그 장발 남자의 행동이 정말로 말이 되지 않습니다."

"음, 좋아. 자네 의문이 아주 합리적이야."

관전둬가 흡족한 듯 미소를 지었다.

"그럼 조장님 생각은 어떠십니까?"

"나? 나는 지금 부식액 투척사건을 조사하고 있잖아. 스번톈의 일은 일단 내버려둬야지."

관전둬가 두 손을 펼쳐 들고 어깨를 으쓱했다.

"예? 조장님?"

"이쪽을 해결한 다음 다시 저쪽을 처리하자고. 손에 들어온 새 한 마리가 숲속에 있는 새 두 마리보다 낫다는 말 못 들어봤나? 두 마리 토끼 잡으려다 한 마리도 못 잡는다는 말은? 하지만 이렇게 기다리는 시간에 더 깊이 생각해보면 자네가 어떤 결론을 생각해낼 수도 있겠지."

샤오밍은 여전히 조장을 이해할 수 없었지만 그가 이렇게까지 말하는데 부하로서 더 이상 캐묻기가 곤란했다.

'천재란 역시 이해하기 어렵단 말이야.'

남은 한 시간 동안 관전둬는 더 이상 샤오밍에게 화학적 화상에 대한 지식을 늘어놓거나 간호사와 잡담을 나누지 않았다. 소파에 앉아 침묵을 지키며 지나가는 사람들을 바라볼 뿐이었다. 샤오밍은 턱을 괸 채 스번톈의 탈주 상황에 대해 계속해서 파고들었다. 그러나 조장의 주문에 걸리기라도 한 듯, 장발 남자의 행적을 생각할 때마다 순 아줌마에게 들은 세 중상자의 상황이 저도 모르게 떠올랐다. 그는 마치 난처한 사냥개처럼 이러지도 저러지도 못했다. 왼쪽에 있는 숲속으로 뛰어들어 스번톈이라는 이름의 여우를 추격해야 할지, 아니면 오른쪽의 수풀에서 사람들을 제멋대로 다치게 만든 멧돼지를 찾아야 할지 알 수 없었다.

벽시계의 시침이 6을 향했다. 사람이 별로 없던 복도가 시끌시끌해졌다. 어떤 사람은 수심이 가득한 얼굴로 총총히 걸어가는가 하면, 또 적잖은 사람들이 평온한 얼굴로 관전둬와 샤오밍 앞을 느긋하게 지나가기도 했다.

"병실 문 앞에서 중화성의 아내와 그 아우라는 사람을 기다릴까요?"

"조급해할 거 없어. 좀 더 앉아 있자고."

병실을 방문한 사람들이 하나둘씩 그들 앞을 걸어갔다. 5분 후 관전둬가 일어섰다.

"이제 들어가도 되겠어."

샤오밍은 조장의 지시대로 그의 뒤를 따라 들어갔다. 그때 샤오밍은 관전둬의 손에 보라색 비닐봉지가 들려 있지 않다는 걸 알아챘다. 고개를 돌려 소파를 쳐다봤지만 그곳에도 남아 있는 건 없었다.

그는 조장을 불러 세워 새로 산 모자를 잃어버린 것 아니냐고 물어보려 했다. 하지만 이내 단념했다. 중요한 일도 아닌데, 뭐. 이쪽에 신경 써야지.

두 사람이 6호 병실로 들어서자 병상 네 개가 놓여 있었다. 왼쪽으로 문 가까이에 놓인 침대에 왼쪽 다리가 없는 노인이 누워 있었고 다른 한 침대는 비어 있었다. 오른쪽에는 팔에 링거를 꽂고 머리에 붕대를 감아 미라처럼 보이는 환자 두 명이 있었다. 문에서 가까운 쪽 침대의 환자는 얼굴 외 두 손에도 붕대가 감겨 있었다. 샤오밍은 이 사람이 슬리퍼 노점상의 저우 사장일 거라고 추측했다. 그 침대 옆에는 보통 체격에 짙은 파란색 점퍼를 입고 갈색 크로스백을 멘 청년이 앉아서 환자에게 귓속말로 이야기하고 있었다. 그가 아우라는 청년인 듯했다. 창 쪽의 침대 옆에는 서른 몇 살쯤 된 부인과 교복 입은 남학생이 있었다. 남학생은 침대에 누운 환자의 오른손을 꼭 쥐고 있었다. 중화성의 가족인 모양이었다.

"당신이 아우입니까?"

관전뤄와 샤오밍이 파란 재킷을 입은 남자에게 다가가자 그의 표정이 살짝 의혹을 띠었다. 샤오밍은 그가 아까 그들 앞을 급한 걸음으로 총총히 지나간 사람 중 한 명임을 알아봤다.

"우린 경찰입니다." 관전뤄가 신분증을 보여주었다. "저우샹광 씨의 친척, 아우가 맞습니까?"

"네, 맞습니다." 아우는 신분증을 보더니 정신을 가다듬고 대답했다. "오늘 아침 상황을 물어보려고 오셨습니까? 다른 형사님께 다 말씀드렸는데요."

"아, 오늘 아침 일은 말할 필요 없습니다. 나도 이미 다 알고 있으니까요." 관전뤄가 미소를 지으며 말했다. "실제로 보니 영상에서보다 무척 말랐군. 아니지, 단기간에 살을 빼느라 쉽지 않았겠다고 해야 하나."

조장님이 대체 무슨 소릴 하는 거지? 아우의 왼쪽 뒤에 선 샤오밍은 관전뤄의 말을 전혀 이해하지 못했다.

"형사님, 무슨 말씀이십니까?"

아우도 샤오밍과 마찬가지로 의아한 표정을 지었다.

"모르는 척하지 마. 우리는 증거도 모두 갖고 있어."

관전뤄가 옷 속에서 투명한 비닐팩을 하나 꺼냈다. 비닐팩 안에는 검정색 야구모자가 들어 있었다.

"세 번 범행을 저지를 때마다 이 모자를 썼지? 이 모자를 그 건물 꼭대기에서 잃어버렸을 거야. 감식과에서 찾아냈지."

"말도 안 돼!"

아우는 안색이 확 바뀌더니 손을 뻗어 자기 가방을 더듬었다.

"아하, 원래 가방 안에 있었나 보군?"

관전둬의 말이 떨어지기도 전에 아우가 잽싸게 몸을 돌려 뛰쳐나가려 했다. 그러나 바로 뒤에 서 있던 샤오밍의 손에 단단히 붙들린 채 한 걸음도 도망치지 못했다. 병실의 다른 사람들은 돌발상황에 놀라 몸이 굳고 말았다.

"조장님, 이 사람……."

샤오밍이 격렬하게 몸부림치는 아우를 바닥에 내리눌렀다. 그가 무기를 갖고 있지 않은지 재빨리 확인한 다음 수갑을 채웠다.

"그 녀석이 바로 반년 전, 4개월 전, 그리고 오늘 아침까지 세 번에 걸쳐 부식액을 투척한 범인이야."

관전둬가 어깨를 으쓱했다.

"어째서…… 아니, 조장님은 어떻게 그걸 아셨습니까?"

"내가 말하지 않았나. 모든 사람의 일거수일투족은 많은 사실을 알려준다고." 관전둬가 웃으며 말했다. "사람마다 자세에 독특한 점이 있어. 아까 복도에서 그가 걸어가는 모습을 보면서 몽콕의 부식액 투척사건에서 감시카메라에 찍혔던 뚱뚱한 남자라는 걸 알아차렸지. 그 사건들의 영상을 수백 번 봤으니 거리에서 마주쳤어도 알아봤을 거야."

샤오밍은 멍청하게 서서 조장을 쳐다봤다. 걷는 자세가 같다고 해서 범인이라고 특정하다니! 전혀 예상치 못한 대답이었다. 너무 독단적인 판단 아닐까? 하지만 아우의 행동은 관전둬의 판단이 정확하다는 걸 증명해주었다. 샤오밍은 이 모든 게 불가사의하게 느껴졌다.

"무슨 일입니까?" 접수처의 여간호사가 남간호사 한 명과 함께 뛰어 들어왔다.

"왕립홍콩경찰입니다. 용의자를 체포한 것입니다."

관전둬가 경찰 신분증을 들고 냉정하게 대답했다. 간호사는 이 상황에 무척 당황했다.

"미안하지만 병원에 머무르는 경찰에게 협조 연락을 부탁합니다."

간호사는 어찌할 바를 모르고 허둥대더니 급히 접수처로 가서 전화를 걸었다.

"좋아. 샤오밍, 이제 이쪽 일이 일단락됐으니 그럼 다른 사건 수사에 착수하도록 하지."

관전둬가 고개를 돌리더니 병상의 환자에게 말을 걸었다.

"우리가 드디어 만나게 됐군요, 저우샹광…… 아니, 스번텐 씨."

6

샤오밍은 자신이 잘못 들은 줄 알았다. 병상에 누운 사람이 바로 스번텐이라고? 샤오밍은 아우를 여전히 바닥에 짓누른 채 신경은 온통 병상 위 남자에게 쏠려 있었다. 얼굴에 붕대를 칭칭 감고 눈과 콧구멍, 입만 드러낸, 공포영화의 괴인처럼 보이는 남자에게로.

"조, 조장님! 지금…… 이 사람이 스번텐이라고요?"

샤오밍이 더듬거리며 물었다.

"그래. 그가 바로 탈주범 스번텐이지."

관전둬가 여유롭게 말했다. 침대에 누운 환자는 아무런 반응도 없이 두 눈만 데구루루 좌우로 움직였다. 마치 샤오밍과 마찬가지로 무슨 영문인지 전혀 이해가 안 된다는 듯이.

샤오밍은 캐묻지 않고 일단은 아우를 일으켜 세워 병상 옆 의자에 눌러 앉혔다. 그러고는 저우샹광인지 스번텐인지 알 수 없는 그 남자를 자세히 살펴봤다. 남자가 미미하게 입을 벌렸다. 뭐라고 말하려는 듯한데 아무 소리도 내지 못했다.

"내가 틀렸다고 말하는 건가?" 관전둬가 그 남자에게 물었다. "스번텐 씨, 당신의 신분을 확인하려면 경찰은 여러 가지 방법을 쓸 수 있소. 채혈을 해서 DNA 검사를 할 수도 있고 치아 기록을 대조할 수도 있지. 법정에서도 인정될 거요. 그러나 나는 당신이 법정에 서는 그날까지 버틸 수 있을지 의심스럽군요. 만약 내가 당신의 계획을 폭로하지 않으면 당신은 내일 살아 있을지도 장담할 수 없으니까."

남자는 눈을 크게 뜨고 관전둬를 바라봤다. 눈빛에 의혹이 가득했다.

"당신의 계획은 아주 재미있었소. 그러나 전문적인 의학 지식은 부족한 것 같군. 이건 치명적인 문제라고 할 수 있소. 내 말은, '죽음에 이른다'는 문자 그대로의 의미에서 '치명적'이라고 말하는 거요."

관전둬는 태연자약하게 설명했다.

"환자가 응급실에 왔을 때 응급환자 분류센터에서 먼저 검사를 하는데, 왜 그러는지 압니까? 환자의 위급한 정도를 판단하고 치료 순서를 결정하는 것 외에도, 환자가 어떤 약물에 과민반응은 없는지, 이전에는 어떤 치료를 받았는지 등을 확인하는 목적이 있죠. 그 절차를 건너뛰었을 때의 결과는 당신 생각보다 심각하오. 당신은 오늘 아침 감옥에서 복통을 호소해 진통제를 맞았겠죠? 그건 아스피린 주사제요. 그런데 지금 당신 팔뚝에 꽂힌 정맥주사는 '케토프로펜'이라는 비스테로이드 소염제의 일종이오. 만약 의사가 오늘 아침 당신이 아스피린 주사를 맞았다는 걸 알았다면 절대로 케토프로펜을 처방하지 않았을 거요. 아스피린의 약효가 간의 대사기능을 방해해서 간과 신장이 케토프로펜에 의해 손상을 입을 수 있기 때문이오. 열두 시간 안에 치료받지 않으면 간부전과 신부전에 이르죠. 환자가 복부의 불편감을 느끼게 되면 간이 이미 80퍼센트까지 손상됐다는 의미로 간 이식을 받아야만 목숨을 부지할 수 있소."

관전뒤가 설명을 끝내기도 전에 병상의 남자가 벌떡 일어나 앉더니 손을 뻗어 팔에 꽂힌 링거 줄을 붙잡으려고 했다. 그러나 두 손이 붕대에 감겨 있어서 손가락을 사용할 수 없었다. 당황한 그는 몇 차례 더 링거 줄을 잡으려고 애쓰다가 겨우 주삿바늘을 빼냈다. 샤오밍은 그 남자의 눈빛이 더 이상 주저하지 않는다는 걸 알아챘다. 단지 공포와 적의가 뒤섞인 눈빛으로 관전뒤와 샤오밍 두 사람을 초조하게 응시할 뿐이었다.

샤오밍은 그 남자의 몸에서 아까와는 다른 기색을 느꼈다. 남자의 눈빛은 상처 입은 야수를 떠올리게 했다. 패배감과 동시에 교활함과 승복하지 못하는 오기가 드러났다. 병실에서 누구도 입을 열지 않았다. 모든 사람들이 비현실적인 공간으로 떨어진 것 같았다. 그때 급박한 발소리가 이 돌발적인 침묵을 깨뜨렸다. 무장경찰 두 명이 간호사를 따라 들어왔다.

"CIB의 관전뒤 경사일세." 관전뒤가 그들에게 신분증을 내보이며 말했다. "이 사람은 뤄 경장이오."

무장경찰은 자기들보다 직급이 높은 경찰들을 대하자 자세를 얼른 가다듬고 자세한 사정을 물었다.

"이자는 오늘 아침 센트럴에서 벌어진 부식액 투척사건의 용의자요." 관전뒤가 아우를 가리키며 말했다. 그리고 병상에 낭패한 꼬락서니로 앉아 있는 스번톈을 가리켰다. "그리고 이자는 현상수배 중인 탈주범 스번톈이오. 우선 이들을 장기입원 수감자 병동으로 호송해야겠소. 그 사이에 내가 관련 부서 경찰관들이 이리로 오도록 조치하겠소."

관전뒤의 말을 듣고 무장경찰 두 사람은 아무 말도 못 한 채 우두커니 서 있었다. 샤오밍은 아우를 떠밀어 그중 한 사람 앞으로 데려갔다. 그제야 반응을 보인 경찰들 중 나머지 한 명이 몸을 돌려 병원에 환자 이송을 요청하고 곧바로 두 개의 수갑으로 스번톈을 침대에 묶었다. 환자 이송을 담당하는 사람이 3분 후 병실에 도착해 스번톈을 이동식 침대로 옮겼다. 간호사 한 명이 그의 팔에서 링거 바늘이 빠져 있는 걸 보고 다시 꽂아주려 했다. 그러자 스번톈이 급히 몸을 뒤틀었다.

"안, 안 돼……."

스번톈이 쥐어짜내듯 조그맣게 말했다.

관전둬가 침대 곁으로 다가가 수갑을 찬 스번톈의 오른손을 붙잡아 누르고 간호사에게 고개를 끄덕여 주삿바늘을 꽂도록 했다.

"스번톈 씨, 내가 아까 말한 건 다 거짓말이오. 당신은 절대 죽지 않을 거요. 지금 당신 팔에 주사되고 있는 건 탈수 방지용 영양제이고, 케토프로펜은 이미 다 주사됐거든. 그리고 아스피린과 케토프로펜은 둘 다 비스테로이드 소염진통제라 두 가지를 함께 쓴다고 해서 간부전을 유발하진 않소. 제일 심각한 상황이라야 경미한 위궤양 정도일까. 물론 채혈이나 치아 기록 대조로도 신분을 확인할 수 있지만, 난 당신이 직접 인정하는 꼴을 봐야만 만족하겠단 말이지."

스번톈은 경악과 분노로 두 눈을 부릅뜬 채 관전둬를 응시했다. 그러나 그는 오래 노려보지도 못하고 병원 직원들이 미는 대로 병실을 떠나야 했다.

관전둬는 아직도 상황을 제대로 이해하지 못한 중화성의 가족에게 간단히 인사한 뒤 샤오밍과 함께 J동 9층의 장기입원 수감자 병동을 향해 걸어갔다. 수감자 병동의 책임자는 스번톈이 체포됐다는 데 너무나 놀랐다. 무엇보다도 탈주범이 병원 안에, 그것도 수감자 병동 바로 옆 건물에 숨어 있었다는 사실을 믿을 수 없어 했다. 아우는 빈 병실로 호송되어 병원 경비원의 감시를 받는 중이었다.

샤오밍은 관전뒤가 곧바로 연락을 넣어 반 대머리인 중안조 황 독찰에 알리거나 O기와 정보과에 스번톈 수색을 멈추라고 지시할 줄 알았다. 그러나 관전뒤는 아우가 구금된 병실로 들어갔다.

"저 두 사람이 격리돼 있으니 먼저 할 일이 있어."

관전뒤가 샤오밍을 향해 말했다.

아우는 낙담한 채 의자에 앉아 있었다. 두 손은 등 뒤로 수갑이 채워졌고 몸은 앞으로 숙여져 있었다. 관전뒤와 샤오밍이 들어와도 그는 눈길을 한 번 줬을 뿐 다시 고개를 숙이고 바닥만 내려다봤다.

"너희들 은신처 주소를 알아야겠어."

관전뒤가 명령조로 말했다.

아우는 아무런 반응도 없었다.

"잘 생각해. 억지로 자백을 받아낼 수도 있으니. 나는 그저 네가 이 상황을 제대로 이해하길 바랄 뿐이야. 너희 두목은 다시 감옥으로 돌아갈 운명이고, 시웨이와 대륙에서 건너온 총잡이는 이미 죽었지. 너희 일당은 다 끝장났어. 그에 비하면 너는 운이 좋아. 부식액 투척사건은 중상자가 있기는 하지만 아직 사망자가 없고, 의사 얘기로는 부상이 제일 심각한 리펑도 목숨에는 지장이 없다고 하니까. 네 형량은 많아도 십수 년일 거야. 아마 스번톈보다 일찍 출소할 거다. 하지만 너희 일당이 그 불쌍한 인간을 죽여버리면 너도 살인죄에 엮여 들어가는 거야. 감옥에서 죽을 때까지 썩게 될걸. 너는 서른도 안 됐겠지? 십 몇 년 콩밥을 먹고 나와도 마흔 살 정도인데 네 수명이 여든 살이라면 그래도 삼사십 년은 자유롭게 살 수 있는 거 아냐? 하지만 무기징역이 구형되면 미래의 50년 넘는 시간을 이 병실만 한 감방에서 하루하루 죽는 날만 기다리며 살아야 하지."

아우는 이 말에 반응을 보였다. 대답을 하지는 않았지만 복잡한 표정으로 고개를 들고 관전뒤를 바라봤다.

"우리 잠복조가 벌써 차이완을 감시하고 있어. 언젠가는 너희들 아지트를 찾아내겠지. 난 그때 시체를 찾아내고 싶지도 않고, 진짜 살인을 저지른 놈은 멀쩡히 홍콩을 돌아다니고 네가 죄를 다 뒤집어쓰게 되는 것도 싫어."

"나……."

아우는 말을 하려다가 다시 멈추더니 미간을 찌푸렸다.

"그 세계에서 의리를 중시한다는 건 나도 알아. 난 너한테 형제들을 배신하라는 게 아니라 무고한 생명을 하나 구하자는 것뿐이야. 너도 네가 저지르지도 않은 죄를 책임질 필요는 없잖아. 심지어 살인이라는 큰 죄를 말이야. 게다가 넌 그 불쌍한 사람하고 그렇게 오래 같이 지낸 데다 그 사람을 죽일 이유가 전혀 없다고 생각하고 있잖아?"

"……차이완 풍입가 인룽恩榮 센터 412호."

아우는 주소를 툭 내뱉고 나서 곧바로 다시 고개를 숙이고 더는 말이 없었다.

관전둬는 고개를 끄덕이더니 샤오밍과 함께 병실을 나섰다. 그는 먼저 차이 독찰에게 전화를 걸어 스번텐이 체포됐다는 사실과 그 일당이 숨어 있는 아지트 주소를 알렸다. 황 독찰에게도 연락해 부식액 투척사건의 용의자를 체포했음을 통지했다.

"조장님, 목숨을 구한다는 건 누구를 말씀하시는 겁니까?"

수감자 병실 바깥에서 샤오밍은 관전둬에게 질문했다.

"그야 진짜 저우샹광이지."

관전둬가 간단히 대답했다.

"저우샹광은 왜 생명이 위험하다는……? 아니, 제가 여쭤보고 싶은 건 저 안에 있는 사람이 정말 스번텐이 맞습니까? 저우샹광은 또 누구죠?"

"우리 어디 좀 앉아서 천천히 얘기하자고."

관전뒤가 말했다.

그는 수감자 병동 책임자에게 건물 1층에서 O기를 기다리겠다고 말했다. 더불어 범인들을 신중하게 감시하라고 덧붙였다. 샤오밍은 왜 9층에 머무르지 않는지 이해할 수 없었지만 지금은 얼른 진상을 이해하고 싶어서 조장의 결정에 묵묵히 따랐다.

두 사람은 엘리베이터를 타고 1층에 내려왔다. 관전뒤는 건물을 벗어나 점점 가라앉는 하늘빛을 바라봤다. 엘리베이터가 있는 로비와 응급실은 J동의 양 끝에 있었다. 번잡하고 바쁜 응급실에 비하면 이쪽은 고요하고 평온한 분위기가 마치 현실이 아닌 것 같았다. 관전뒤는 화단 옆 돌 받침대에 걸터앉더니 샤오밍에게 옆에 앉으라고 눈짓했다.

"어디서부터 얘기해야 하나." 관전뒤가 아래턱을 쓰다듬었다. "음, 먼저 그 다취안 두 명의 사진부터 얘기하자고."

"다취안의 사진요?"

샤오밍이 의아하게 반문했다. 그는 그 사진에 무슨 이상한 점이 있는지 알 수가 없었다.

"점심때의 간이보고 후에는, 사실대로 말해서 나도 아무런 단서가 없었어. 그때 차이 독찰은 스번톈이 총격전 중에 인파 속으로 사라졌을 가능성에 무게를 두고 있었지. 혹은 병원에서부터 EU가 차량을 발견하기까지의 5분간의 공백기에 차를 바꿔 타고 달아났거나. 나는 개인적으로는 후자가 더 가능성이 크다고 생각했어. 스번톈은 그런 수단을 쓸 법한 악당이야. 모든 사람이 그가 북쪽으로 도망갔다고 생각할 때 그놈은 남쪽으로 숨어들지. 그래서 그놈이 반대로 움직여 홍콩섬 남구로 내려가거나 배를 이용해 홍콩 근처의 작은 섬에 숨어도 이상할 게 없다고 생각했어. 그러다가 총격전 현장 사진을 봤을 때 첫 단서를 발견하게 된 거야."

"총격전 현장 사진에서요?"

"그 다취안 두 명이 사살된 사진 말이야." 관전둬가 자신의 머리를 가리켰다. "둘 중 하나의 머리 모양이 바뀌었더군. 며칠 전에 찍힌 사진과 달랐지."

"그게 왜 이상한 겁니까? 범죄자들이 변장을 하거나 겉모습을 바꾸는 건 흔한 일이잖아요."

"그게 아니야. 정확하게 생각해야지. '범행을 저지른 후' 겉모습을 바꾸는 건 흔하지만 '범행을 저지르기 전' 외모를 바꾸는 건 일반적이지가 않아."

관전둬가 웃으며 말을 이었다.

"범인이 범행 후에 머리 모양을 바꾸는 건 당연하지. 어떤 목격자가 자기 모습을 기억할 수도 있으니까 누군가 알아보는 것을 피하기 위해 머리 모양을 바꾸곤 해. 범행을 저지를 때 변장을 하는 것도 가능성이 있지. 가발을 쓰면 그 후에는 평소 모습 그대로 활동할 수 있으니까. 문제는 이 다취안이 범행을 하기도 전에 삼 대 칠 가르마에서 짧은 스포츠머리로 짧게 밀어버린 거지."

샤오밍은 게시판 앞에서 관전둬가 그 두 장의 사진을 보던 것이 떠올랐다. 관전둬는 계속 말했다.

"범인은 그들이 이미 정보조의 주목을 받고 있다는 걸 몰랐어. 사실상 우리가 가진 정보가 매우 적었지. 그러니 머리를 짧게 자를 필요가 없다네. 만약 범행 시 변장할 생각이라면 반대로 했어야 해. 스번텐을 구해낸 다음 머리를 잘랐어야 하지. 삼 대 칠 가르마에서 스포츠머리로 바꾸는 건 가능하지만 스포츠머리에서 삼 대 칠 가르마로 바꾸는 건 힘드니까. 사진을 본 순간 사살된 사람이 그 다취안이 아니라 다른 사람인가 의심스러웠어. 외모가 동일하기는 하지만 겉

모습 때문에 잘못된 방향으로 생각하고 있는 게 아닌가 했지. 하지만 사살된 사람의 왼쪽 뺨에 난 상처가 사진 속 사람에게도 똑같이 있으니 '같은 상처가 있는 쌍둥이 형제'라고 추측하는 건 비현실적이지. 그러니 문제는 하나야. 왜 구출작전을 시작하기 전에 스포츠머리로 바꿨는가."

"혹시 날씨가 너무 더워서는 아닐까요?"

샤오밍이 말했다. 하지만 자신조차 그 이유가 억지스럽다고 생각했다.

"그럴 수도 있지. 하지만 내가 그때 생각한 건 다른 거였어. 그의 스포츠머리는 확실히 변장용이라는 거지."

"하지만 조장님이 방금 범죄자들이 범행 전에 머리 모양을 바꿔 체포를 피할 이유가 없다고……."

"그래서 그가 머리 모양을 바꾼 건 체포를 피하기 위해서가 아닌 거지." 관전둬가 웃으면서 말했다. "샤오밍, 어떤 사람이 스포츠머리를 가장 많이 하나?"

"말단 경찰관이나 군인, 아, 죄수!"

샤오밍이 답을 떠올리고 소리쳤다.

"맞아. 그 점에 착안하자 우리가 다른 의미로 겉모습에 속아 잘못된 방향으로 생각하고 있다는 추측을 하게 됐지. 병원에서 달아나 차에 올라탄 사람은 스번톈이 아니고 그 다춰안인 거야. 갑작스럽게 일어난 일이라 스포츠머리에 검은 뿔테 안경을 끼고 갈색 죄수복을 입은 남자가 달려가자 모든 목격자가 그 사람이 사라진 스번톈일 거라고 생각한 거지."

샤오밍은 간이보고에서 본 스번톈의 사진을 떠올렸다. 스번톈의 머리 모양은 매우 짧고 숱이 적었다. 그렇게 말하고 보니 머리 모양이 죽은 다춰안과 비슷했다.

"총격전 후 O기가 도주 차량에서 찾은 죄수번호가 뜯어진 죄수복도 신경이 쓰였지. 죄수가 탈옥 후 죄수복을 갈아입는 건 매우 자연스럽지만 왜 번호표를 뜯어냈을까? 만약 행적이 폭로될까 봐 그랬다면 번호표를 가지고 갈 필요는 없지. 어쨌든 오늘 탈주한 죄수는 스번텐 한 명뿐이니 죄수복을 찾았을 때 번호표가 없어도 모두들 스번텐의 옷이라고 생각하게 될 거야. 그래서 만약 그 죄수복이 '스번텐이 입고 있던 241138호 죄수복'이 아니라 '스번텐으로 위장하기 위해 다취안이 입었던 죄수복'이라고 한다면 그것도 말이 되지."

"그래서 조장님이 스번텐이 화장실에서 탈주한 상세한 과정을 알고 싶어 하셨군요."

샤오밍은 서류철을 들고 차이 독찰에게 보고하러 갔던 상황을 떠올렸다.

"맞아." 관전둬가 고개를 끄덕였다. "방금 이야기한 것은 일종의 가능성이었는데, 징교원의 진술은 이 추론을 사실로 확인시켜준 것이나 다름없었지."

"그 장발 남자 말씀인가요?"

"그것은 무척 중요한 단서이긴 해. 하지만 더 분명한 증거가 있지. 단지 당시 나는 아직 완전히 생각을 정리한 상황이 아니어서 차이 독찰이나 다른 사람들을 혼란에 빠뜨리지 않으려고 했어. 그래서 그들에게 가장 확실하고 실제적으로 가능성 높은 행동을 지시한 걸세. 바로 그 장발 남자를 찾는 일이지."

"더 분명한 증거라니, 그게 뭔가요?"

샤오밍이 의아하게 물었다.

"분명하기 짝이 없지."

관전둬가 낭랑하게 웃음을 터뜨렸다. 그러더니 고개를 절레절레 저으며 말을 이었다.

"샤오밍 자네도, 차이 독찰도, 징교원의 진술을 받은 경찰도, 그 밖에 그들의 진술 기록을 본 모든 사람들까지 다들 그 증거를 지나쳐버렸다니 난 정말로 걱정이 되네. 수사가 막다른 골목에 빠지면 다시 모든 증언을 검토할 테고 그때가 되면 발견할지도 모르지. 창문 앞에 떨어져 있었다는 수갑이 이상하지 않은가?"

"어디가 이상한 겁니까?"

"스번톈은 원래 두 손이 모두 수갑에 채워져 있었는데, 징교원이 한쪽을 풀어서 안전손잡이에 채워뒀지. 만약 그가 탈주하려 한다면 그는 그중 한쪽만 풀면 돼. 손목에 채워진 것을 풀면 수갑은 손잡이에 남아 있었을 거야. 혹은 손잡이에 채워진 것을 풀면 수갑을 매단 채 달아나면 돼. 그런데 그는 촌각을 다투는 중에도 양쪽 수갑을 다 푸는 번거로운 행동을 하고 수갑을 창문 앞에 버려놓고 도망갔어. 세상 어디에 그런 멍청한 탈옥수가 있겠나!"

샤오밍은 그제야 그 사실을 깨닫고는 자기 머리를 때릴 수밖에 없었다.

"그러니까 그때 스번톈은 달아나지 않았다는 거군요?"

"그렇지. 그는 수갑으로 징교원을 창밖으로 유인한 거야. 그런 다음 자신으로 위장한 다취안이 창밖에서 차를 향해 뛰어가는 모습을 통해 스번톈이 창문을 뛰어넘어 도망쳤다는 가짜 사실을 만들어낸 거지. 당시 스번톈은 수리 중인 화장실 칸 안에 숨어 있었을 거야. 징교원 우팡이 말한 대로 그가 그 칸의 문을 열어 확인한 다음 원래대로 자연스럽게 닫아놓은 것은 보통 사람들이 무의식적으로 하는 행동이지. 그건 스번톈에게는 아주 좋은 맹점이 돼주었지."

"조장님, 그럼 스번톈은 문이 단지 닫혀 있기만 한 첫 번째 칸 안에 숨어서 징교원 두 명이 자기를 뒤쫓아가는 과정을 다 듣고 있었다는 거군요? 그런 방식은 위험이 크지 않나요?"

"그렇지 않아. 특히나 징교원 두 명 중 한 명이 한통속일 때는 더."

"예?"

"징교서에 내통자가 있어."

관전둬가 목소리를 낮춰 말했다.

샤오밍은 믿을 수 없다는 표정으로 관전둬를 바라봤다.

"그, 그럼 1급 징교보좌관 우팡입니까?"

샤오밍은 작은 목소리로 물었다. 그는 관전둬가 수감자 병동을 벗어난 이유를 알았다. 이런 말을 징교서 직원들이 듣지 못하게 하기 위해서였다.

"아니야. 젊은 쪽이지. 스융캉."

"하지만 스융캉은 단지 화장실 바깥을 지키고 있었는데요."

"그게 바로 이 계획의 뛰어난 점이지." 관전둬가 진지하게 말했다. "이 내통자는 자신의 직권을 직접 이용해서 스번텐을 탈주하게 해서는 안 돼. 다만 스번텐에게 유리한 조건을 하나씩 하나씩 만들어주는 거지. 그래야 자신이 의심받지 않으면서 책임 추궁도 덜 받으니까. 나는 이런 놀라운 계략을 생각해낸 게 스융캉이 아니라 스번텐이라고 생각해. 나는 그자를 물론 혐오하지만 그래도 대단하다고 말하지 않을 수 없군."

"유리한 조건이라면 어떤 겁니까?"

"내가 사건 상황을 재구성해보지. 완전히 정확하지는 않겠지만 적어도 90퍼센트는 사실일 거야. 스융캉은 처음부터 계획을 알고 있었네. 그래서 스번텐이 화장실에 가겠다고 했을 때 2층 화장실로 가자고 제안했을 거야. 그는 애송이니 화장실을 검사하는 임무는 연륜이 있는 우팡이 맡겠지. 이때 그는 스번텐과 단둘이 있는 기회가 생기는 거야. 그는 아마도 스번텐에게 머리핀 하나를 주고 바지나 옷소매에 감출 수 있게 해줬을 거야. 그 머리핀이 바로 감식요원이 나중에 찾아낸 거지."

"스번텐은 그 머리핀으로 수갑을 푼 걸까요?"

"아니야. 그건 아닐 거라 생각해. 그건 연막이지." 관전뒤가 고개를 저었다. "우팡이 검사를 마친 뒤 스융캉이 스번텐을 화장실로 데리고 들어왔지. 스융캉은 왼손의 수갑을 풀고 스번텐의 오른손을 안전손잡이에 묶었어. 이때 스융캉은 열쇠를 몰래 스번텐의 오른손에 쥐여주고 열쇠를 자기 주머니에 집어넣는 척했을 거야. 병원의 화장실 칸은 일반적인 경우보다 큰 편이지만 스융캉은 쉽게 자기 몸으로 우팡의 시선을 가릴 수 있었을 테고, 우팡은 단지 수갑이 제대로 묶여 있는지, 수감자가 탈주할 가능성이 있는지 살피고 있었을 거야. 수갑을 채우는 데는 열쇠가 필요 없으니 우팡은 열쇠가 이미 스번텐의 손에 들어간 것을 몰랐지."

샤오밍은 조장의 설명이 잘 믿기지 않았다. 속으로는 이 추론이 거의 공상으로 이루어져 있다고 생각했다.

"이건 단지 추측이야. 그러나 내가 스번텐이라면 아마 이렇게 계획했을 거야." 관전뒤가 샤오밍의 생각을 읽은 듯 그에게 설명했다. "만약 우팡이 수리 중인 칸을 검사하고 나오는 길에 문을 닫지 않았다면 이때 스융캉이 어떤 핑계를 대서 그 화장실 칸을 조사했을 거야. 예를 들어 위험한 물건이 있는 걸로 잘못 봤다거나 하면서 말이야. 그러면서 자연스럽게 문을 닫았겠지. 그다음, 우팡은 화장실에서 스번텐을 감시했어. 스융캉은 입구 앞에서 그 장발의 공범과 연극을 할 준비를 했겠지. 그 공범이 나타나고, 두 사람은 실랑이를 하는 척 연기해서 우팡을 밖으로 끌어냈어. 우팡이 나오자 스번텐은 열쇠로 수갑을 풀고 창을 연 다음, 열쇠는 창밖으로 던지고 수갑은 창문 앞에 떨어뜨렸지. 그러고는 얼른 수리 중인 화장실 안으로 들어갔을 거야. 내가 열쇠로 수갑을 열었으리라 추측하는 이유는 주어진 시간이 짧으니 반드시 가장 효율적인 수단을 선택했을 거라는 생각 때문일세. 스번텐은 스융캉과 장발 남자가 오래 끌어봐야 일 분이라는 것을 잘 알았고, 시간상 쓸데없는 일을 하는 건 불가능했지. 장발 남자가 떠나고 어떤 방법으로 건물 밖에서 대기 중인 시웨이 일당에게 신호를 주면 창 아래서 스번텐으로 위장하고 있던 다취안이 전력으로 달리기 시작하는 거야."

샤오밍은 계단참에서 봤던 창을 떠올렸다. 그 창은 비록 쇠창살이 끼워져 있었지만 바깥에 있는 사람에게 수신호를 보내는 것은 아주 쉬울 것이다. 장발 남자는 화장실 입구에서 물러나 계단참으로 내려간 뒤 차에서 기다리는 사람에게 신호를 보내지 않았을까? 차에 있던 시웨이가 그 신호를 보고는 창 아래서 대기 중인 스번텐의 대역에게 손을 흔들었고, 대역은 죄수복 위에 걸치고 있던 겉옷을 벗어 죄수복 속에 구겨 넣은 다음 차를 향해 곧장 달려가는 것이다.

"이 놀라운 계획의 가장 대담한 부분은 바로 여기지." 관전둬가 생각에 잠긴 샤오밍을 슬쩍 훔쳐봤다. "당시 스번텐은 나무 문이 닫혀 있는 화장실 칸 속에 숨어 있었지. 우팡이 조금만 더 냉정했다면 그는 현장을 이탈하지 않았을 거야. 그러나 스융캉의 행동 때문에 우팡은 정확한 판단을 하지 못한 거야. 스융캉이 창문 밖으로 뛰어내려 스번텐을 추격한 것 말일세. 동료가 혼자서 탈주범을 뒤쫓는 걸 보니 자기도 당연히 전심전력으로 지원해야 했지. 이것은 어떤 조직에서나 통용되는 상식이자 심지어는 일종의 본능적 반응이라고도 할 수 있네. 우팡은 당시 동료를 지원해야 한다는 생각밖에는 없었어. 그래서 평상시의 관찰력과 주의력을 잃어버린 채 현장을 떠났고, 스번텐이 쉽게 그의 눈을 피해 달아날 수 있었던 거야."

"스번텐이 열쇠를 창밖으로 던진 건, 스융캉이 창밖으로 뛰어내린 다음 열쇠를 회수하기 위한 거군요?"

"그렇지. 하지만 이건 단지 합리적인 추론일 뿐일세." 관전둬가 고개를 끄덕였다. "스융캉이 열쇠를 복사해서 한 벌 더 갖고 있었을 가능성도 있지만, 하나의 열쇠를 사용하는 게 더 간단하지 않나. 스융캉은 괜히 여벌 열쇠를 복사하는 시간을 들일 필요도 없고 의심을 살 위험도 피할 수 있지. 스융캉은 그저 창문 아래서 열쇠를 주워 들고 나서 절대로 따라잡을 수 없는 차를 뒤따라 달리면 돼. 그러면 '직분을 다하기 위해 온 힘을 다한 호송직원'이라는 역할을 철저하게 해내게 되는 거야."

샤오밍은 관전둬가 차이 독찰에게 우팡에게만 장발 남자의 몽타주를 받으라고 지시했던 것을 떠올렸다. 이제야 관전둬가 스융캉에게 가지 못하게 한 것이 장발 남자가 경찰의 주목을 받고 있다는 정보가 새어나가지 못하게 하려는 의도임을 알았다.

"조장님, 그렇지만 이런 내통은 매우 어리석은 짓 아닐까요? 자기가 호송 중이던 죄수가 탈주하면 바로 자기에게 책임이 돌아올 텐데요? 그리고 왜 스융캉이 내통자라고 생각하신 겁니까? 사건이 방금 설명하신 대로 진행됐다면 우팡이 내통했다고 해도 가능하지 않나요?"

"그래서 스번텐의 계획이 대단하다는 거야. 그는 스융캉의 책임이 우팡보다 적어지게 한 거지. 자기에게 큰 피해가 온다면 스융캉이 계획에 끼려고 하지 않았을 게 아닌가. 두 사람의 징교원이 모두 책임이 있다면 누구나 생각할 거야. 임무를 제대로 수행하지 못한 건 우팡이지 스융캉이 아니라고 말이야. 우팡은 죄수를 혼자 놔뒀지만 스융캉은 규정에 따라 임무를 수행한 데다 심지어 자기 몸을 돌보지 않고 죄수를 체포하러 추격하기까지 했거든." 관전둬가 조롱하는 투로 말했다. "내가 왜 스융캉이 내통자라고 생각했는지는 그와 우팡의 진술영상에 다 나와 있지."

"그들의 진술에 무슨 허점이라도 있습니까?"

"아니. 하지만 태도는 확실한 차이가 있지."

"스융캉이 겁을 먹고 자기가 책임 추궁을 당할지를 캐물었던 것 말씀이세요?"

"아냐, 스번텐에 대한 호칭이었어. 우팡은 줄곧 '수감자'라는 말로 스번텐을 불렀는데, 스융캉은 직접적으로 이름을 언급했지. 우팡에게 스번텐은 매일 직업적으로 만나는 평범한 수감자일 뿐이지만, 스융캉에게는 특정한 이름의 인물로 비쳤던 거야. 이런 태도의 차이는 다른 현장 증거와 더해져서 스융캉이 내통자라는 걸 확신하게 했지."

샤오밍은 진술영상을 떠올려보며 관전둬의 말이 모두 맞는다는 걸 깨달았다.

"그럼 스번텐은 우팡이 계단으로 뒤쫓아간 후 탈주한 건가요?"

샤오밍이 물었다.

"탈주라기보다는 홀가분하게 떠났다고 해야겠지." 관전둬가 쓰게 웃었다. "그는 먼저 자기가 어떻게 수갑을 풀었는지를 설명해줄 머리핀을 바닥에 떨어뜨린 뒤 기다리고 있던 사람들과 함께 떠났지."

"기다리고 있던 사람들이라면 그 장발 남자요?"

"장발 남자와 아우, 그리고 저우샹광이지."

샤오밍은 의아하게 관전둬를 쳐다보며 그의 설명을 기다렸다.

"내가 우팡의 진술 영상에서 수갑이 창 앞에 떨어져 있다는 것을 알게 된 후 나는 처음의 추측이 전부 틀렸다는 것을 알았어."

관전둬가 이어서 말했다.

"처음에는 스번텐이 성동격서의 수법으로 일당을 미끼로 내세워 자기는 남구 쪽으로 갔다고 생각했어. 그런데 창 앞에서 발견된 수갑이 한 가지 사실을 알려줬지. 스번텐이 당시 창을 뛰어넘지 않았다는 거였어. 그가 정말로 창을 뛰어넘어 탈주했다면 양손의 수갑을 다 풀 필요가 없지. 여기서 이상한 모순이 생기네. 스번톈은 왜 창을 넘어 탈주하지 않았지? 만약 그가 일행이 추격자를 잘못된 방향으로 유인할 생각이었다면 그가 간단히 창을 넘어 도주한 다음 그 사이에 차를 바꿔 타고 남쪽으로 갈 수 있지. 그러나 그는 일부러 수고를 들여 대역을 써서 소동을 일으켰어. 이렇게 쉬운 길을 버리고 어려운 길을 선택하는 행동에는 뭔가 그럴만한 곡절이 있는 거야. 샤오밍 자네가 한 시간 전에 제기한 의문처럼 그들은 왜 무력을 쓰지 않았을까? 직접적으로 총을 쏴서 스번톈을 구출할 수도 있었을 텐데. 스번톈은 다른 사람들이 그가 떠났다고 여기게 만들고 싶은 거야. 하지만 그는 사실 여전히 병원에 있었어. 왜 탈옥수가 기회를 잡아 멀리 달아나지 않고 여전히 처음 탈주한 지점에 머물러 있었을까?"

"그건, 저우샹광으로 위장하기 위해?"

샤오밍은 결과에서 원인을 도출해냈다. 비록 그 사이의 맥락은 전혀 이해할 수 없었지만 말이다.

"바로 그거야." 관전둬가 고개를 끄덕였다. "하지만 영상을 다 본 다음 나는 여기까지는 생각하지 못했고, O기가 두 번째 접선 차량을 바빙턴로에서 발견하면서 새로운 추리를 할 수 있었어."

"그 차는 어떤 점이 의심스러운 거죠?"

"O기는 첫 번째 차에서 찾아낸 편의점 영수증으로 범위를 축소해 결과적으로는 서미드레벨의 바빙턴로에서 두 번째 차를 찾아냈지."

"예."

"당시 자네는 아주 좋은 의문을 제기했어." 관전둬가 칭찬하는 눈빛으로 샤오밍을 바라봤다. "자네는 접선 차량이 미드레벨에 세워져 있으면 쉬운 길을 버리고 어려운 길을 선택하는 거라고 했지. 사이잉푼에 세워두는 게 도주하는 데는 더 유리하다면서.

"아, 맞습니다. 하지만 당시 전 사건을 해결하지 못했죠. 오늘 아침 8시에서 9시 사이 출근 러시아워에 드보예로 중간에서 교통사고가 났고, 센트럴은 교통이 혼란스러워서 목적지가 차이완이면 미드레벨을 지나는 노선이 더 오래 걸렸을 거예요."

"O기는 편의점 영수증을 찾아냈는데, 영수증에 찍힌 시간은 아침 6시, 당시에는 센트럴에서는 교통사고가 발생하지 않았을 때야."

"예?"

샤오밍은 문제가 어디에 있는지 깨달았다.

"정말 이상한 일이야. 시웨이 일당은 마치 센트럴에서 교통사고가 일어날 것을 예상하기라도 한 것처럼 두 번째 접선 차량을 미드레벨에 세워뒀단 말이야. 어쩌면 이건 단지 우연의 일치일 수도 있지만 스벤톈은 아주 정밀하게 계획하는 범죄자야. 그가 좁고 포위되기 쉬운 도주노선을 선택했을 때는 거기에 모종의 의미가 숨겨져 있다는 것을 뜻해. 당시 나는 센트럴의 교통사고가 스벤톈이 계획적으로 일으킨 게 아닐까 생각했지. 모든 계획의 일부분이 아닐까 하고 말이야."

"하지만 드보예로 중간에서 교통사고를 일으킨 건 무슨 목적에서일까요? 경찰이 시간 내에 시웨이 일당을 포위하고 체포하지 못하도록 하려는 걸까요?"

"아냐. 그런 목적이라면 그들이 센트럴의 교통요지에서 사고를 일으켜서는 효과가 크지 않지. 서구 경찰서에서도 인력이 배치될 수 있으니 스벤톈이 경찰의 행동을 늦추려고 했다면 교통사고 지점을 사이잉푼에 뒀을 거야. 시간도 더 늦었어야 하고. 교통사고와 스벤톈의 탈주 사이에 두 시간 넘게 간격이 있잖아."

"맞아요. 센트럴에서 교통사고를 내는 건 근본적으로 도움이 안 되지요."

"그건 잘못된 말이야. 센트럴에서 교통사고를 내는 건 '도주'에는 도움이 안 되지." 관전뤄가 도주라는 두 글자를 특별히 강조했다. "우리는 두 번째 차량을 미드레벨에서 발견했어. 놈들이 센트럴의 도로를 돌아서 갈 예정이었던 걸 알지. 그래서 '교통사고'와 '도주'의 직접적인 관계를 찾기 쉽지만 그건 오류야. 내 머릿속에는 다른 키워드가 떠오르더군. '도주'가 아닌."

"뭐였나요?"

"병원."

"병원?"

"자네, 내가 수갑의 문제를 이야기하면서 스번톈이 병원에 머물러 있을 거라고 추리한 걸 잊었나? '병원'과 '센트럴 교통마비'를 함께 생각해보면 좀 더 분명하게 보일 걸세. 홍콩섬에는 24시간 응급실이 운영되는 병원이 세 곳 있지. 서구의 퀸메리 병원, 완차이의 덩자오젠 병원, 그리고 동구의 파멜라유드 네더솔 이스턴 병원*이야. 서구와 센트럴에서 사고가 발생하면 부상자들은 모두 퀸메리 병원으로 이송될 거고 퀸메리 병원의 환자가 너무 많아 응급실 환자가 포화 상태가 되면 구급차는 완차이의 덩자오젠 병원으로 환자를 보내지. 그런데 만약 센트럴의 주요 간선도로에서 화학물질에 관련된 교통사고가 발생한다면 관련 부서에서 도로를 봉쇄하고 정리를 해야 해. 평소에도 이미 물 샐 틈 하나 없는 센트럴의 교통상황은 거의 마비 상태가 될 거야. 환자를 제시간에 응급실로 이송하기 힘들기 때문에 구급대원은 어쩔 수 없이 계속해서 퀸메리 병원으로 환자를

* 이중 완차이 덩자오젠 병원 응급실은 2002년부터 운영을 멈췄고, 인접한 루톤지 병원에서 이 서비스를 이어가고 있다.

이송하겠지."

샤오밍은 펑 의사가 아침에, 교통 관계로 부식액 투척사건의 부상자가 덩자오젠 병원으로 이송되지 못해 결국 퀸메리 병원 응급실이 아침부터 지금까지 정신없이 바쁘고 환자 처치에 눈코 뜰 새도 없다고 했던 말이 생각났다. 거기에 생각이 미치자 샤오밍은 전기에 맞은 듯 돌연히 관전둬가 수사에 개입하게 된 이유를 깨달았다.

"조장님. 그럼, 새벽에 웨스트포인트에서 발생한 화재도 스번톈이 사주한 거라고 생각하십니까?"

"그래." 관전둬의 입꼬리가 살짝 올라갔다. 샤오밍이 그의 추리를 잘 따라오자 무척 흡족한 듯했다. "화물차 사고가 퀸메리 병원 응급실을 마비시키기 위한 것이었다면 웨스트포인트의 화재도 단순한 사고로 볼 수 없지. 웨스트포인트의 화재, 센트럴의 화물차 전복, 그레이엄가 부식액 투척, 전부 스번톈이 계획한 거지."

샤오밍은 황 독찰이 웨스트포인트 화재의 원인이 의심스러워 중안조가 수사에 착수할 거라고 했던 말이 떠올랐다. 그렇다면 방화자는 아마도 시웨이 일당일 것이다.

"시웨이와 다취안 두 명은 우선 5시에 방화를 하고 차를 몰아서 차량 두 대로 미드레벨의 바빙턴로에 도착한 뒤 편의점에서 식료품을 샀습니다. 그러고는 10시가 되기를 기다렸다가 병원에서 도주극을 펼쳤군요?"

샤오밍이 생각을 정리하며 말했다.

"거의 그랬을 거야." 관전둬는 열 손가락을 깍지 끼고 무릎에 얹으며 고개를 끄덕였다. "그러나 이 추리는 실질적인 증거로 뒷받침할 수가 없어. 단지 합리적인 추론일 뿐이지. 그래서 나는 차이 독찰에게 설명하지 않고 직접 그레이엄가로 가서 부식액 투척사건 현장을 둘러보기로 한 거야."

"조장님, 원래 그레이엄가의 범인이 모방범일 거라고 생각하셨다고 했는데 이런 추리 때문이었군요?"

"그렇지. 당시 스번텐이 다른 목적이 있어서 몽콕의 사건을 모방하도록 부하에게 시켰다고 생각했지. 혼란을 일으켜서 그가 병원에서 진행할 모종의 계획이 더 쉬워지도록. 그러나 내가 그레이엄가에서 사건이 몽콕과 일치한다는 것을 발견한 뒤 나는 이게 우연이나 간단한 계략이 아니라는 것도 알게 됐어. 반년 넘게 준비하고 세심하게 계획된 범죄일 가능성이 커졌지."

관전둬는 마른기침을 하곤 다시 말을 이었다.

"만약 그레이엄가의 사건이 단지 모방이었다면 그건 순수하게 스번텐이 응급실을 복잡하게 만들기 위해 더 많은 환자들을 병원에 보내기 위한 것이었겠지만, 만약 동기가 그렇게 단순했다면 그는 그레이엄가의 범인에게 몽콕에서 먼저 실행하라고 할 필요가 없어. 그것도 두 번이나 말이야. 몽콕의 사건은 분명히 모종의 이유가 있어서 저질러진 거야. 그래서 나는 '몽콕 사건은 예행연습'이라는 추리를 했던 거지."

"조장님, 범인은 원수를 숨어서 공격하려고 몽콕에서 예행연습을 했다고 하셨잖습니까?"

샤오밍은 아까 차에서 나눈 대화를 떠올렸다.

"원수를 숨어서 공격하다니?"

관전둬는 황당해했다.

"연쇄살인범 사건의 추리소설을 예로 드셨잖아요. 전 그때 '진짜 죽이고 싶은 목표를 감추기 위해서'라고 대답했고요."

"아니, 자넨 왜 글자 그대로의 의미만 생각하나!" 관전둬가 실소했다. "핵심은 '감춘다'는 거지 '죽인다'가 아니야. 그럼 자넨 내가 중상자 세 명을 조사하는 게 그들 중 누가 살해 목표인지를 찾기 위해서라고 생각하고 있었단 말인가? 내가 찾으려 한 건 피해자가 아니라 공범일세."

샤오밍은 이마를 탁 치며 속으로 자신이 아예 다른 방향으로 생각한 것을 자책했다.

"조장님은 어떻게 중상자 중에 공범이 있다고 생각하셨어요?"

"스번톈이 고의로 경찰의 눈을 따돌리고 병원에 남았다는 것, 응급실에 환자가 몰려 혼란스러웠다는 것, 그리고 반년간 부식액을 사용한 대량 상해사건이 있었다는 것을 나란히 놓고 생각하면 가장 합리적인 답안은 '혼란을 틈타 다른 사람으로 위장한다'는 것이지. 한 사람을 입원시킨 다음 스번톈과 바꿔치기를 하면 그다음에는 스번톈이 그 사람 신분으로 광명정대하게 살아갈 수가 있는 거야. 경찰은 영원히 사라져버린 '스번톈'을 찾을 수 없겠지. 이런 방향으로 추리해보면 중상자 중에 반드시 스번톈의 장기 말이 있어야 해. 그 장기 말은 바로 슬리퍼 노점의 저우 사장이지."

"잠깐만요! 그렇다면 저우샹광은 가짜로 부상을 입은 채 입원한 겁니까?"

"아니야, 당연히 진짜 부상을 입었지. 구급대원을 속일 수 있을 리가 있나."

"예? 하지만 조장님 말씀처럼 스번톈이 사건을 계획한 거라면 부상자도 공범일 텐데……."

"그러니 일부러 부식액으로 얼굴을 상하게 한 거지."

샤오밍은 그 말에 놀라 관전둬를 빤히 바라봤다.

"그러니까 조장님 말씀은 저우샹광이 부식액을 자기 얼굴에 뿌렸다고요?"

"실제로 얼굴에 뿌린 건 저우샹광이 아니라 아우겠지." 관전둬가 잠시 멈췄다 다시 말했다. "하지만 저우샹광은 자기가 원해서 했을 거야.”

“원했다니요?”

“짐작건대 저우샹광은 빚 때문에 장기 말을 자처했을 걸세. 스번텐의 부하—아마 시웨이거나 아우, 아니면 장발 남자겠지—가 몸집과 나이가 스번텐과 비슷하면서도 고리대를 많이 쓴 사람을 물색해서 빚으로 위협하고 구슬려 계획에 동참시킨 거야. 그런 채무자들은 돈 때문에 위험도 감수하는 경우가 많지. 반년 전 그들은 저우샹광을 찾아냈고 스번텐의 지시에 따라 스번텐을 저우샹광으로 바꾸는 계획을 준비했어. 아우는 몽콕에서 부식액 투척사건을 저질렀고 저우샹광을 ‘합법적으로’ 그레이엄가 시장에서 일하도록 한 거야.”

샤오밍은 이 순간 관전둬가 순 아줌마에게 세 명의 중상자가 금전 혹은 원한문제가 없었는지 등을 물었던 의도를 깨달았다. 문제는 그들이 누군가와 원한을 맺었는지가 아니라 그들이 다른 사람에게 약점을 잡혀 이용당할 가능성이 있는지였다.

“오늘 아침, 아우는 계획대로 저우샹광과 함께 물건을 나른다는 핑계로 함께 그레이엄가와 웰링턴가가 만나는 위치의 폐쇄된 당루로 들어갔어. 저우샹광은 계단에서 기다리고 있었을 거고, 어쩌면 당루 문 앞에서 물건을 나르는 척하면서 망을 봤을지도 모르지. 꼭대기층에서 부식액을 던진 건 아우 혼자였을 거야. 아우는 그런 다음 계단통에서 중요하고도 대담한 부분을 진행했어. 부식액을 저우샹광의 얼굴과 두 손에 뿌리는 것이지. 이 병의 부식액은 농도가 좀 옅었을 거야. 그래도 화학적 화상을 2도 이상 입을 정도는 되었겠지만. 아우는 물 한 병을 준비했다가 저우샹광의 얼굴이 화상으로 손상되는 것을 확인한 후 물로 씻어냈을 거야. 어쨌든 저우샹광은 그렇게 자처해서 얼굴을 다치게 된 거지.”

샤오밍은 당시의 모습을 상상해봤다. 저도 모르게 침이 마르는 기분이었다.

"그리고 구급대원이 도착해서 저우샹광에게 소독하고 붕대를 감아준 다음 아우는 그와 함께 구급차를 타고 퀸메리 병원으로 간 거지. 그렇게 1막이 완성된 거야."

"조장님, 저우샹광이 바꿔치기를 위한 대역이라는 걸 언제 알아차리신 겁니까? 리펑과 중화성도 가능성이 있잖아요?"

샤오밍이 물었다.

"순 아줌마와 이야기한 뒤 80, 90퍼센트는 확신했지."

"그때 바로 아셨다고요?"

"먼저 리펑은 나이가 너무 많아서 바꿔치기에 부적합해. 그가 눈을 다쳤다고 했으니 그건 정말로 의외의 부상인 거야. 남은 건 중화성과 저우샹광인데 두 사람 다 혐의가 있지. 하지만 중화성일 가능성은 적어. 왜냐하면 그의 몸에는 문신이 있는데, 바꿔치기를 한 다음에 누군가에게 발각될 위험이 크지. 저우샹광이 가장 의심스러웠어. 그레이엄가 시장에서 일한 기간이 가장 짧고 시장에서의 행동도 전혀 시장상인답지 않았다는 게 이상했지. 그리고 그가 눈을 다치지 않았다는 것도."

"눈을 다치지 않았다는 건 이유가 되지 않는 것 같은데요?" 샤오밍이 끼어들었다. "그가 선글라스를 끼고 있어서 부식액이 눈에 들어가지 않은 거라고 의사가 말했잖습니까."

"그게 틀렸다는 거야. 펑 의사의 말에서 나는 저우샹광이 공범이라고 확신했거든. 폭우가 쏟아진 후로 지난 며칠간 날씨가 흐렸는데 선글라스를 낄 필요가 왜 있었겠어?"

샤오밍이 찬찬히 생각해보니 요 며칠은 확실히 햇빛이 나지 않았다.

"부상자가 병원에 이송돼 오는 동시에 스번톈도 복통을 호소하면서 병원에 도착했지. 이어서 탈주극이 벌어지는 거야."

관전뤄는 응급실 방향으로 고개를 돌려 그쪽을 응시했다.

"부상 정도가 리펑이나 중화성보다 심하지 않은 저우샹광은 응급환자 분류센터에서 검사를 받은 후 그들의 뒤에 치료받을 예정이었을 거야. 하지만 사실상 환자가 너무 많아서 응급실은 혼란스러웠고 저우샹광은 쉽게 사람들 눈을 피해 원래 위치에서 벗어나 바꿔치기를 할 수 있었겠지. 아까 스번톈과 스융캉, 장발 남자가 어떻게 2층 화장실에서 계획을 진행했는지 얘기했고 동시에 아우는 저우샹광을 부축해서 부근에서 기다리고 있었겠지. 아마 3층의 화장실이거나 2층의 비품실이었을 거야. 징교원 두 사람이 떠난 다음 장발 남자는 곧바로 2층 화장실로 들어가 스번톈을 데리고 저우샹광이 있는 지점으로 갔어."

"스번톈과 저우샹광이 옷을 바꿔 입기 위해서요?"

"아니, 아니야. 옷이 아닐세. 저우샹광은 부식액에 부상당했으니 옷은 이미 벗어버렸을 거야. 그는 그때 점퍼만 입었거나 아니면 상체는 옷을 입고 있지 않았을 거야. 바꿔치기를 하기 위해서 그전에 해야 할 절차가 있지. 바로 부식액으로 스번톈의 얼굴과 두 손을 훼손하는 거야."

샤오밍은 찬물을 뒤집어쓴 것 같았다.

"조장님, 그럼 스번톈은 탈주하기 위해서 자기도 부식액을 뿌리는 극통을 참았단 말입니까?"

"그래, 그러지 않으면 의료진을 속일 수 없잖아."

관전뤄는 담담한 어조를 유지하며 극단적인 방법에 아무런 놀라움도 표시하지 않았다.

"스번톈이 얼굴을 망가뜨리고 물로 씻어낸 다음 구급대원의 수법과 비슷하게 붕대를 감고서 아우와 함께 원래 저우샹광이 치료를 기다리던 자리로 돌아오는 거야. 저우샹광은 옷을 갈아입고—아마 모자가 달린 점퍼가 아닐까—고통을 참으면서 장발 남자를 따라 병원을 나섰겠지. 당시 병원은 스번톈이 탈주한 것 때문에 난리가 났지만 그들은 이 단계를 쉽게 진행했지. 저우샹광이 붕대를 감고 있어 미라처럼 보였겠지만 병원에서 붕대를 감은 채 퇴원하는 사람이 아주 희귀하지야 않을 테니. 장발 남자는 이미 차를 준비해뒀을 거고 두 사람은 쉽게 현장을 떠나 차이완에 있는 아지트로 아무런 문제없이 편안히 들어갔겠지. 그리고 시웨이 일당이 합류하기를 기다리는 걸세."

"펑 의사가 '저우샹광'의 응급처치가 부족했다는 것도 당연하겠군요. 분류센터에서 실수한 게 아니라 '그 사람'은 원래 정식으로 응급처치를 받지 않았을 테니까요!"

샤오밍은 깨달음을 얻은 것 같았다.

"스번톈의 계획은 여기까지 순조로웠어. 하지만 그가 아무리 똑똑해도 그 사고까지 예상할 수는 없었지." 관전둬가 풍자적으로, 그리고 어쩔 수 없다는 듯이 말했다. "시웨이 일당이 가로등을 들이받고, 총격전이 벌어지고, 세 사람 모두 사망했지. 장발 남자와 아우는 그 사실을 알고 무척 초조했을 거야. 하지만 계획을 주재해야 하는 스번톈은 병원에 머물러 있을 수밖에 없었어. 그들을 더욱 속수무책으로 만든 건 아우가 스번톈의 다음 지시를 받을 수도 없었다는 거였지. 저녁 6시가 되기 전에는 병원에서 면회를 금지하니까. 그들은 어찌할 바를 모르고 진짜 저우샹광을 살해하는 단계도 미뤄둔 거야."

"저우샹광을 살해한다고요?"

"아우는 표면적으로는 슬리퍼 노점의 종업원이지만 사실상 감시자였지. 시장에서 같이 일한 것은 저우샹광을 다른 사람이 의심하지 않을 만한 노점상 주인으로 만들기 위해서였어. 저우샹광은 자기 얼굴이 망가지고 신분도 다른 사람에게 빼앗긴다는 걸 알면서도 돈 때문에 계획대로 따르는 수밖에 없었지. 내가 생각하기에 아우는 저우샹광에게 바꿔치기 한 후에 스번톈이 불법의사를 찾아서 치료해주고 대륙이나 동남아로 가서 살게 해준다고 했을 거야. 하지만 스번톈은 정말로 그렇게 해줄 생각은 전혀 없었겠지. 이용가치가 없는 장기 말은 쓰고 난 다음 버리는 게 당연해. 깔끔하고 빠르지."

"그래서 조장님이 아우에게 은신처의 주소를 물어보셨군요."

샤오밍은 턱을 만지작거리며 고개를 끄덕였다.

"저우샹광이 보잘것없는 인물이지만 그래도 인명은 인명이니 그가 무고하게 죽임을 당하게 놔둘 순 없잖아."

"조장님, 정말로 아우의 자세에서 몽콕 사건의 범인이라는 걸 알아보셨어요?"

"당연히 알아보지. 그러나 단지 그것만으로 범인을 찾아낸 건 아니야. 그건 내 추리가 맞는지 검증하기 위한 거였지. 펑 의사와 이야기한 후 객관적인 증거가 모두 동일한 결론을 가리키고 있었기 때문에 나는 저우샹광이 바로 스번톈이고 아우가 부식액 투척 범인이란 걸 거의 확신하고 있었어. 그 추론에 오류가 없는지 확인할 필요가 있었을 뿐이지. 나는 그레이엄가 거리에서 자네가 차를 몰고 오는 동안 아우를 압박할 방법을 생각해냈네. 그래서 검은색 야구모자를 샀던 거야. 그다음 몽콕 사건의 뚱뚱한 남자와 걷는 모습이 같은 사람이 지나가는지 지켜본 거고. 만약 그런 사람이 나타나서 6호 병실로 가서 '저우 사장'을 만나면 내 추리를 완전히 확신할 수 있는 거지. 내가 예상하지 못했던 것은 아우가 그 사이에 저렇게 살을 뺐을 줄은 몰랐던 거야. 그러니 경찰이 몇 개월이나 자료를 배포했는데도 그를 찾지 못했지."

관전둬는 투명한 비닐백에서 모자를 꺼냈다.

"아우가 이번에도 범행할 때 모자를 썼다는 건 어떻게 아셨어요?"

"안 쓸 이유가 없지. 빛이 훤한 낮에 모자조차 쓰지 않으면 근처 건물 주민이 목격했을 때 누군지 금방 알아봤을 거야. 나는 아마 겉옷도 걸치고 마스크도 썼을 거라 생각하네. 게다가 그는 자기가 모자 쓴 모습이 알려졌고 경찰이 찾고 있다는 걸 알고 있어. 그러니 더욱 모자를 쓰고 범행을 해야지. 그러면 목격되더라도 그레이엄가 사건과 몽콕 사건이 더 순조롭게 연결될 테니까."

"왜 그 두 사건이 연결돼야 합니까? 모방범이 저지른 걸로 보이면 더 좋지 않나요?"

샤오밍이 이상하다는 듯 물었다.

"샤오밍, 자네의 질문을 그대로 돌려주지. 스번톈이 왜 무력을 쓰지 않고 병원에 숨어들었을까?"

"음, 또 다른 문제가 생길까 봐서요?"

"징교원 중에 내통자도 있었는데 언제든지 탈주하는 건 식은 죽 먹기였을 거야."

관전둬가 웃었다.

"어, 스번톈이 양심이 생겨서 사람들을 다치게 하고 싶지 않아서?"

"태양이 서쪽에서 뜨는 게 더 빠르겠군."

"정말 모르겠습니다. 왜 이런 복잡한 방법으로 탈주하려고 한 거죠?"

샤오밍이 고개를 내저으며 포기했다는 표시를 했다.

"샤오밍, 탈옥 역시 살인과 똑같아. 사실은 아주 간단한 거지." 관전뤄가 천천히 말을 이었다. "누군가를 죽이려면 총알 하나만 쏘거나 칼로 가볍게 베기만 해도 돼. 탈옥도 마찬가지지. 인력과 물자가 충분하다면 아무리 삼엄한 감옥이라도 감옥 벽에 구멍을 뚫어서 죄수를 데리고 나갈 수도 있어. 이런 범죄의 어려운 부분은 '과정'이 아니라 '끝'이지. 사람을 죽인 뒤 어떻게 경찰의 눈을 피할 것인가? 탈옥 후 어떻게 경찰의 추적을 피할 것인가? 이것이 살인과 탈옥이 어려운 원인이야."

샤오밍은 묵묵히 조장의 설명을 들었다. 마치 스승의 가르침을 경청하는 제자 같았다.

"스번텐이 탈옥하는 것은 쉬워. 그러나 그는 탈옥 후 계속 어둠 속에서 살아가야 해. 모든 홍콩 사람이 최고의 현상수배범이었던 강도가 탈옥해서 자신들 근처에서 살아가고 있다는 걸 알고 있고, 경찰도 끊임없이 수색을 할 거야. 그러면 작은 감옥을 나와서 좀 더 큰 다른 감옥으로 들어가는 것밖에 더 되겠어? 스번텐은 바보가 아니고, 오히려 철저한 승리를 추구하는 사람일세. 그래서 그는 이런 계획을 세우게 된 거지. 홍콩이라는 도시에서 새로운 신분을 얻는 건 정말 어려운 일이야. 증인보호 프로그램에 참여해 홍콩총독의 비준—이제 곧 행정장관의 비준이겠지만—을 받고 모든 기록과 서류를 바꾸는 게 아니라면 거의 불가능한 일이지. 그래서 스번텐은 보통 사람은 생각해낼 수 없는 방법으로 자신과 다른 한 사람의 얼굴과 지문을 훼손해 자기가 그 사람이 되려고 한 거야. 그렇게 하면 그는 새로운 인생을 얻게 되는 거지."

"하지만 그는 사실 독립적인 사건 하나만 실행해도 됐잖습니까? 예를 들면 아우가 직접 저우샹광에게 부식액을 뿌리면 되니까요. 왜 이런 연속적으로 수십 명을 다치게 하는 부식액 투척사건을 벌인 걸까요?"

"만약 독립된 사건이라면 부상자와 가해자가 모두 경찰의 주목을 받을 거야. 바꿔치기에 성공한다고 해도 조사과정에서 드러날 위험이 더욱 크지. 그건 불안요소를 증가시키는 거야. 비교하자면 연속된 악의적 범죄사건이 가장 유리해. 그렇게 하면 진정한 목표, 스번텐이 신분을 바꾼다는 사실이 발각되기 어려워지거든. 경찰은 저우샹광을 사건의 일개 피해자라고 여길 것이고, 가장 좋은 것은 만일 범인이 붙잡히더라도 스번텐과 관련되지 않고 모든 사람들이 단지 세상에 불만을 품은 정신병자라고 생각할 거라는 점이지. 그래서 스번텐은 반대로 경찰이 그레이엄가의 사건이 몽콕과 같은 범인이 저질렀다고 생각하길 바랄 거야. 그래서 아우는 세 사건이 연결되도록 하기 위해 모자를 쓴 거지."

샤오밍은 관전둬와 스번텐은 마치 자기와는 급수가 다른 프로 바둑기사 같다고 생각했다. 그들은 모든 수를 계산하고 상대방의 의도, 책략을 추측한다. 그러나 자신은 단지 눈앞의 한 수만 볼 뿐이다. 관전둬의 설명으로 샤오밍은 점점 당시에는 이해하지 못했던 모든 세부적인 부분들을 이해할 수 있게 되었다. 예를 들어 관전둬가 순 아줌마에게 농담처럼 던진 말 '의심스러운, 잘 아는 사람을 못 봤냐'던 것은 범인이 일찌감치 시장으로 숨어들어왔을 테니 낯선 사람이 아니라는 뜻이다. 스번텐이 아우에게 그레이엄가에서 범행을 하게 하고 완차이나 코즈웨이베이의 시장거리를 선택하지 않은 것은 부상자들이 이스턴 병원이 아니라 퀸메리 병원으로 이송되어야 하기 때문이었다. 적주감옥의 수감자들은 모두 퀸메리 병원으로 옮겨지기 때문이다. 병원 J동 2층은 의무사회복지부로, 화재와 부식액 사건으로 대량의 부상자가 생기면 복지부 근무자들이 모두 응급실과 각 병동에서 부상자와 보호자를 안내해야 하니 2층이 텅 비게 되고, 계획을 실행하는 중에 사람들과 마주칠 가능성을 줄일 수 있다.

만약 스번톈의 계획이 순조롭게 진행된다면 피부이식수술 후에는 얼굴이 완전히 달라지고 원래의 모습이 다 사라질 테니 저우샹광의 신분으로 합법적으로 살아갈 수 있다. 동시에 어둠 속에서는 새로운 범죄활동을 계획할 것이다. 샤오밍은 스번톈의 계획이 성공했다면 저우 사장이라는 신분으로 그레이엄가에 돌아가지 않았을 거라고 생각했다. 아우가 상인들에게 사장님이 부상이 심해 집에서 요양해야 한다고 말하면 된다. 그리고 얼마 후 노점을 내놓고 조용히 사라지면 끝이다. 가장 우스운 것은 공립병원이 뛰어난 성형수술을 제공하고 정부에서 수술비도 보조할 것이라는 점이다. 만약 관전둬가 스번톈의 계략을 모두 알아내지 못했다면 그는 완전한 승리를 거뒀을 것이다.

"이 비닐백은 아까 접수처에 있던 간호사에게서 얻은 거야. 증거품 백을 갖고 있지 않았으니까." 관전둬가 웃으면서 비닐백에서 꺼냈던 야구모자를 머리에 썼다.

"조장님, 아까 왜 스번톈에 겁을 준 겁니까? 무슨 약물에 위험이 있어서 죽을 수도 있다고 속이셨죠?"

관전둬가 코웃음을 쳤다.

"스번톈은 인간쓰레기야. 동생인 스번성은 도주 중에 눈 하나 깜빡 하지 않고 다섯 명의 인질을 총으로 쏴 죽였지. 하지만 악독하기로 따지자면 형 앞에서는 어린애 수준에 불과해. 스번톈은 모든 것을 무시하고 자신의 아주 작은 목적을 달성하기 위해 타인의 생명을 이용할 수 있는 놈이지. 그에게 아파트를 불태우고 부식액을 뿌려서 수십 명 심지어 수백 명의 무고한 사람들을 다치게 하는 것쯤 별것도 아니야. 나는 평생 이런 이기적이고 남을 생각하지 않는 악당을 증오해왔네. 스번톈은 이번에 실패했지만 감옥에 돌아가서도 절대 후회하지 않을 거야. 내가 스번텐을 속인 건 단지 작은 징벌이지. 그에게 이 세상에 누군가 한 사람은 그의 일거수일투족을 꿰뚫어볼 수 있다는 걸 알려주려는 거였어. 그는 범죄의 천재가 아니라 단지 늙은 경찰에게도 진 비루먹은 개에 불과하다고 말이야."

샤오밍은 드물게 조장의 눈빛에서 분노를 발견했다. 그러나 관전뒤의 분노는 금방 사그라들었다. 홍콩섬 중안조 황 독찰과 스번텐 체포를 담당하는 O기의 형사가 동시에 차를 타고 도착했던 것이다.

"관 경사님, 저희는 경사님께서 알려주신 주소지에서 두 명의 용의자를 체포했습니다. 그중 한 명은 심각한 화학적 화상을 입은 상태라 지금 이스턴 병원에서 치료 중입니다." O기의 형사가 관전뒤에게 보고했다. "저희는 그곳에서 AK47 돌격소총 2정, 권총 여러 정과 대량의 총알을 발견했습니다. 다행히 적시에 심각한 무장강도 사건을 저지할 수 있었던 것으로 보입니다."

관전뒤가 만족스럽게 고개를 끄덕였다. 샤오밍은 이 모든 것이 조장이 예측한 그대로였음을 알아차렸다.

대략적인 사건 내용을 설명한 관전뒤는 절차에 따라 수감자 병동에 가둬둔 두 명의 범죄자를 황 독찰과 O기가 처리하도록 넘겨주었다. 샤오밍이 관전뒤와 함께 주차장으로 돌아갔을 때는 하늘빛이 완전히 어두워질 무렵이었다. 시간은 저녁 7시가 다 되었다.

"조장님, 이제 댁으로 귀가하십니까?"

샤오밍이 물었다. 그는 관전뒤를 몽콕에 있는 집까지 여러 차례 태우고 간 적이 있었다.

"아니야, 총부로 가야지."

"급하게 보고서를 완성하고 편안한 마음으로 은퇴하시려고요?"

"그건 아니고." 관전뒤가 웃었다. "사건이 해결됐으니 다들 퇴근할 거 아닌가. 사람들 퇴근하기 전에 사무실에 가서 케이크를 먹어야지! 그걸 안 먹으면 얼마나 낭비냔 말이야."

* * *

다음 날 아침, 샤오밍은 형사정보과 B조 사무실로 출근했다. 제1대는 어제 바쁜 하루를 보냈으니 차이 독찰이 대원들에게 휴가를 줬다. 어쨌든 남은 것은 몇 가지 문서 작업뿐이다. 샤오밍도 사실 출근할 필요가 없지만, 그는 주말 오전을 이용해 사무실에서 정리를 좀 하고 점심에는 여자친구와 교외로 바람 쐬러 나갈 예정이었다.

"어, 조장님! 출근하셨어요?"

관전둬는 자기 사무실에서 개인 물건을 정리하고 있었다.

"여, 샤오밍 아니야?"

여전히 야구모자를 쓰고 있는 관전둬는 살짝 고개를 들고 한번 슥 보더니 계속 정리를 했다.

"며칠 늦게 정리해도 되지만, 역시 차이 독찰에게 방을 빨리 비워주는 게 좋을 것 같아서 말이야. 이제 승진해서 조장이 될 테니까."

"하지만 어제의 조사보고서를 쓰셔야 하는 거 아니에요?"

샤오밍은 사건이 그렇게 복잡한데 관전둬 외에 누가 조리 있게 보고서를 완성할 수 있을까 싶었다.

"보고서는 집에 가서 천천히 쓰면 돼."

관전둬가 웃으며 말했다.

"아, 맞아." 샤오밍이 갑자기 어떤 일을 떠올렸다. "어제 O기의 형사가 차이완에서 두 사람을 체포했다는데 그건 장발 남자와 진짜 저우샹광이죠? 그럼 징교서의 스융캉은 어떻게 되는 겁니까? 그 사람이 체포됐다는 소식은 못 들었는데요?"

"맞아. 체포되지 않았지."

"체포되지 않았다고요? 하지만 그 사람도 죄가 있는데……."

샤오밍은 조금 당황했다.

"그건 샤오류가 알아서 처리할 거야."

"류 경사님이요? A조의 류리순 경사님?"

"그래. 내가 샤오류에게 스융캉에게 접근해서 정보원 노릇을 하도록 압박하라고 했지."

샤오밍은 의아하게 관전둬를 쳐다봤다. 그는 자신이 이미 이 사건에 대해 다 이해했다고 생각했다. 하지만 왜 내통자에게 그런 너그러운 조치를 취하는지를 또 이해할 수가 없었다.

관전둬는 샤오밍의 표정을 보더니 말을 이었다.

"스융캉은 분명히 내통자야. 하지만 징교서에 있는 내통자가 단지 한 사람뿐인 것은 아니지. 스융캉만 잡아들여서는 안 돼."

"한 사람이 아니라고요?"

샤오밍이 이 돌발적인 정보에 경악했다.

"스융캉은 호송지원조에서 일하고 평소에는 스번텐과 거의 접촉할 기회가 없어. 스번텐의 계획은 반드시 충분한 소통이 이뤄진 후에 진행되어야 하는데, 스번텐 옆에 분명히 다른 장기 말이 더 있을 거야. 샤오밍, 내가 어떻게 징교서 안에 내통이 있다고 추측했는지 알겠어?"

"스융캉의 진술 영상을 보고 그러신 거 아닙니까?"

"단지 그것만은 아니야. 시간 때문이지."

"시간이오?"

"부식액 투척사건은 10시 5분에 발생했네. 공교롭게도 우팡이 스번텐을 병원으로 호송하라는 지시를 받은 직후야. 두 가지 일의 시간이 딱 들어맞아. 감옥에서 스벤텐을 병원에 보내준다는 보장도 없고 병원에 가는 시간도 확정적이지 않은데 말이야. 그러니 내통자가 스번텐이 병원에 간다는 것이 확정된 다음 아우에게 행동을 시작하라고 연락해줬겠지. 그래야 부상자들이 스번텐과 비슷한 시간에 병원에 도착할 테니까. 만일 예상치 못한 상황이 생겼다면 부식액 투척사건은 일어나지 않았을 거야. 다음에 다시 시도했겠지. 웨스트포인트의 화재와 센트럴의 교통사고는 스번텐에게는 다시 쉽게 준비할 수 있는 세부사항이니까. 부식액 투척만큼은 경솔하게 진행할 수 없지만 말일세."

"아."

샤오밍은 머릿속으로 사건을 시간 순서대로 정리해봤다.

"사실상, 병원 2층 화장실의 그 수리 중이라는 칸도 의심스러워. 그 칸이 없으면 스번텐의 계획은 불가능했을 테니까. 그러나 화장실이 수리 중이라는 것이 위장이었다면 경찰이 조사하면 바로 이상한 점을 발견하게 될 거야. 바꿔 말해 '수리 중'이 진짜라면 화장실을 정말로 수리하도록 하기 위해서는 누군가 미리 화장실을 고장 내야 하는 거지. 병원에서 화장실을 고장 내는 것이야 어렵지 않지만 정확한 시간에 고장 내고 의심받지 않게 하기는 어려워. 그러니 병원에도 내통자가 있을 게 분명해. 적당한 시간에 화장실을 고장 낸 뒤 총무부에 연락해 수리 중이라는 걸 사실로 만드는 거지."

"병원에도 내통자가 있는 거군요? 의료진이 매수됐을까요?"

샤오밍이 화들짝 놀랐다.

"병원에는 의료진 외에도 많은 사람이 있어. J동에만도 징교원이 상주하고 있지 않나."

"아! 수감자 병동!"

"스번텐이 지난 몇 년간 언변으로 몇몇 징교원을 매수했을 거라고 생각하고 있네." 관전뒤는 여전히 물건을 정리하면서 계속 말을 이었다. "감옥은 세상과 격리돼 있는 또 다른 세계야. 징교원은 쉽게 죄수와 미묘한 관계가 될 수 있어. 스번톈 같은 악마 앞에서 젊은 애송이들은 쉽게 심리적인 올가미에 걸려들어 그와 한패가 되기 십상이야. 스융캉은 아마 그중 하나에 불과할 거야. 어쩌면 호송지원조에 다른 내통자가 있을지도 몰라. 어쨌든 누가 죄수를 호송할지도 책임자에 의해 그때그때 다르게 결정되는데 스번톈은 스융캉 한 사람만 믿고 있을 수는 없지. 스융캉을 기소하는 건 쉽지만 스번톈이 감옥으로 돌아간 다음 또 다른 계획을 세울지 몰라. 스번톈이 스파이를 끼워 넣는 걸 좋아하니 우리가 반대로 스번톈 옆에 스파이를 넣는 거지."

"그렇군요."

샤오밍이 낮게 중얼거렸다. 그는 정보과로 발령난 지 반년밖에 되지 않았다. 물론 A조가 정보원에게서 정보를 수집하고 있다는 것은 알았지만, 그런 과정이 이렇게 중요하다는 것을 이제야 느끼고 있었다.

"조장님, 제가 모셔다 드릴까요? 몽콕까지 모셔다 드리고 갈 수 있습니다. 점심때 여자친구하고 사이쿵에 가서 바람 좀 쐬기로 했거든요."

샤오밍이 관전둬 앞에 놓인 종이 상자를 가리켰다.

"아, 그래주면 고맙지. 원래는 지하철을 탈 생각이었거든." 관전둬가 말했다. "앞으로도 가는 길에 나를 좀 태워줄 수 있겠나?"

"앞으로요? 조장님 은퇴하시잖아요?"

"은퇴하긴 하는데 특수고문의 신분으로 경찰에 도움을 주기로 했네. 경찰서에 자주 드나들게 될 거야."

"와아!"

샤오밍은 앞으로도 관전둬에게서 사건 수사의 기술을 배울 수 있다는 생각에 무척 기뻤다.

"당, 당연하죠! 조장님 분부시면 언제든지요!"

"이제는 자네 조장이 아닌걸."

관전둬가 웃으며 말했다.

"아, 그렇죠. 관 경사님? 에, 아니면 관전둬 전 경사님?"

샤오밍은 이런 호칭이 너무 어색하다고 생각했다.

관전둬가 샤오밍이 고민하는 꼴을 보더니 자기도 모르게 팍 하고 웃음을 터뜨렸다.

"자네만 괜찮다면 앞으로는 '사부'라고 부르게. 나도 자넬 제자로 생각할 테니."

4장 테미스의 천칭

0

관전둬는 엘리베이터에서 내려 어두컴컴한 복도로 들어섰다. 먼지가 하얗게 내려앉은 전구가 천장에 매달려 있었다. 부서진 벽돌 바닥, 기원을 알 수 없는 얼룩이며 낙서로 가득한 흰 벽. 전구가 그것들을 깜빡깜빡 비추고 있다. 복도의 이쪽 끝은 창문이 없이 막다른 벽이다. 경찰의 발소리, 무전기의 말소리가 벽에 부딪혀 웅웅대며 되돌아와 이명이 울리는 듯한 착각을 불러일으켰다. 구불구불 꺾인 복도에는 생기 없는 문들이 주르르 늘어서 있고, 문마다 얼음처럼 차갑고 소름 끼치는 창살문이 한 겹 더 설치돼 있다. 이 건물의 치안이 얼마나 나쁜지 창살문이 말해주는 것 같았다. 이런 삼엄한 방범설비를 갖추지 않은 문이 있다면 곧바로 강도가 들이칠 것만 같다. 그리고 실제로 그랬다.

이곳 입주자들은 몇 분 전 질서 있게 분산되어 경찰의 안내를 받으며 계단을 통해 건물 밖으로 대피한 상태다. 사실 가장 위험한 상황은 지나갔고 이제 와서 입주자를 대피시키는 건 소 잃고 외양간 고치는 격이었다. 그러나 지휘관은 임무수행 원칙에 따라 모든 절차를 실시해야 한다. 만일 현재 발견되지 않은 위험물품이 있어서 갑자기 폭발해 무고한 시민이 다치기라도 한다면 경찰은 지금보다 훨씬 엄혹한 비난에 직면할 것이다.

만약 내가 지휘관이라도 똑같은 지시를 내렸겠지. 관전뒤는 그렇게 생각했다.

물론 관전뒤는 현장에서 직급이 가장 높은 경찰관이지만 작전지휘관은 아니었다. 그는 단지 우연히 지나가다가 사건과 맞닥뜨린 부외자였다.

관전뒤는 작전지휘본부에 남아 있거나 차오 형과 함께 경찰 총부로 돌아가도 됐지만 현장을 둘러보기로 했다. 그는 자신이 이 건물로 들어가는 게 일선 현장에서 20여 년을 보낸 형사로서의 본능일 따름이 아닌가 하고 생각했다.

관전뒤는 자신의 역할을 잘 알고 있었다. 지휘관보다 직급이 높기 때문에 자신이 의견을 제시하면 상대는 그대로 따를 게 분명했다. 하지만 그렇게 하면 분구의 작전과 수사의 독립성에 간섭하는 것이 되므로 방관자로서 아무런 행동도 하지 않을 생각이었다. 그는 단지 사람을 질식시키는 듯한 그 공간에 가서 자신의 옛 부하가 바로 몇 분 전에 마주했던 광경을 직접 느껴보고 싶을 뿐이었다.

몇 분 전 관전뒤는 1층에서 오랫동안 만나지 못했던 옛 부하를 보았다. 그는 관전뒤가 계획한 체포작전을 지원하러 다른 부서에서 파견된 애송이 형사일 뿐이었지만, 몇 차례의 작전을 통해 남다른 용맹함과 정확한 판단력으로 깊은 인상을 남겼다. 그러나 과감하고 굳세었던 그 녀석은 방금 멍하니 들것에 누운 채 구급대원의 응급처치를 받고 있었다.

관전뒤가 녀석의 곁을 지나갈 때 두 사람의 눈이 마주쳤다. 부하는 의아한 표정을 지었다. 과거의 상사이자 누차 큰 사건을 해결한 천재 탐정 관전뒤가 지금 이 순간 제 눈앞에 나타난 것에 놀란 모양이었다. 관전뒤는 잘했다고 칭찬해주려 했다. 그러나 결과적으로 볼 때 그 칭찬은 반대로 조롱이 될지도 몰랐다. 관전뒤는 칭찬의 말을 삼키고 그 대신 부하에게 손을 뻗어 다치지 않은 쪽 어깨를 툭툭 두드리며 고개를 살짝 끄덕였다. 그러고는 한 마디 말도 하지 않고 엘리베이터 쪽으로 걸어갔다.

엘리베이터에서 나와 복도에 발을 딛자 바로 조금 전까지 생과 사의 경계를 오갔던 현장의 분위기가 느껴졌다. 벽을 따라 돌아서 계단통으로 통하는 나무 문을 지나자 벽에 가득한 총알 자국이 보였다. 두 명의 형사가 한창 증거를 수집하고 있었다. 정신을 집중해 탄흔 하나하나를 검사하고 기록하느라 관전둬가 뒤에서 걸어오는 것도 알지 못했다.

관전둬는 앞으로 계속 걸어가 전등불이 밝게 켜진 사건 현장에 도착했다.

이곳에는 복도처럼 어지럽게 깜빡거리는 전등도 없었지만 주변 환경의 모든 것이 사람을 더욱 불편하게 만들었다. 공기 중에는 화약 냄새가 뒤섞인 피비린내가 가득했고, 바닥과 벽과 가구는 점점이 피가 튄 흔적과 총알구멍으로 엉망이었다.

가장 불안하게 만드는 것은 바닥에 드러누운 시체들이었다. 머리가 반쯤 터져나간 시체 옆에는 회백색 뇌 조각이 피와 뒤섞여 괴이한 분홍빛을 띠고 바닥에 널려 있었다. 시체에서 흘러나온 피는 검붉은 피 웅덩이를 이루었다. 시체는 한 구가 아니었다. 그리 크지 않은 공간에서 조사원들은 참혹하게 살해된 시체를 둘러싸고 한 구 또 한 구씩 세부사항을 검사하고 기록했다.

그들은 시체의 얼굴을 제대로 쳐다보지 못했다. 시체의 모습이 흉해서이기도 했지만 단지 그것 때문만은 아니었다. 그들이 감히 시체를 마주 보지 못하는 것은 양심의 가책 때문이었다.

총알에 얼굴이 박살나고 몸이 뚫린 시체들은 왕립홍콩경찰이 얼마나 무능한지 성토하고 있는 것 같았다. 형사들은 다들 알고 있었다. 여기 누워 있는 시체들 중 죽어 마땅한 사람은 단 한 명이었다.

1

"가오, 이쪽은 형사정보과 B조 조장에 새로 부임한 관전둬 경사일세."

가오랑산高朗山 총독찰은 차오 경사가 갑자기 방문할 줄도 몰랐지만 그 유명한 관전둬와 함께 올 거라고는 상상도 못 했다. 작전지휘관은 자기보다 직급이 높은 경찰이 지휘본부에 오는 것을 원하지 않았다. 군대를 이끌고 나간 장군이 국왕이나 재상이 전선에 오는 것을 싫어하듯 말이다. 일선 경찰관에게 있어서 상사란 '문젯거리'의 다른 이름이었다. 가오랑산은 관전둬와 악수하며 자신의 그런 생각을 숨기려고 노력했다. 그러나 상대의 얼굴에서 속마음까지 예민하게 감지해내는 눈앞의 천재 탐정이 벌써 자기 마음을 꿰뚫어보지 않았을까 의심스러웠다. 관전둬는 단지 예의상 미소를 띠고 있는지도 모른다.

"관 경사님, 반갑습니다."

가오랑산이 인사했다. 지난 몇 년간 관전둬는 홍콩섬 총구 중안조를 주관하면서 큰 사건들을 연이어 해결했다. 수사 성공률이 어찌나 높은지 다른 총구의 형사들이 부러워하면서도 시기할 정도였다. 가오랑산이 서카오룽 총구의 중안조 조장을 맡은 후 여러 동료들이 뒤에서 그와 관전둬를 비교하곤 했다. 여러 마약 제조공장을 찾아내고 수많은 사기단을 해체시키는 등 가오랑산의 성과도 대단했지만, 관전둬라는 괴물 앞에서는 언제나 이인자였다. 가오랑산은 관전둬보다 세 살 어릴 뿐이었지만 앞에 서 있는 선배가 닿을 수도,

따라잡을 수도 없는 목표처럼 보였다.

시작부터 지고 들어간 게임이지, 라고 가오랑산은 생각했다. 관전뒤는 능력이 뛰어난 것 외에도 초기 경찰 조직에서는 보기 드문 홍콩 현지인 엘리트였다. 관전뒤는 1960년대에 경찰시험에 합격했다. 당시 고위 경찰간부는 일률적으로 영국인이었고 홍콩 현지인은 단지 말단 업무만 맡았다. 그러나 관전뒤는 특별히 발탁되어 영국에서 2년간 연수를 받고 돌아온 소수의 홍콩인 경찰관이었다. 관전뒤는 1972년 홍콩에 돌아왔는데 마침 경찰 조직이 새롭게 내부 구조를 만들어가던 시기와 맞아떨어져 곧바로 독찰로 승진했다. 그 후로 놀라운 공로를 세우며 빠르게 위로 올라갔다. 그 시절에는 '영국에서 연수를 받았다'는 것은 승진통지서와 동일한 것이었다. 황제에게서 노란색 마고자를 하사받은 것처럼 조직 내에서의 특수한 지위를 상징했다. 가오랑산에겐 그런 기회가 없었다. 관전뒤는 1967년 폭동 때 모종의 사건을 해결해 당시 어느 영국인 독찰의 눈에 들었다고 했다. 그 이후는 순풍에 돛 단 배나 다름없었다. 가오랑산은 자기가 몇 년 늦게 경찰에 들어온 탓에 그런 격동의 시기에 실력을 발휘할 기회를 잡지 못했다고 남몰래 원통하게 여겼다.

"관 경사는 자네들이 작전을 벌인다는 소식을 듣고 특별히 인사를 하러 왔네. 앞으로 잘 협력해나가길 바라네."

차오 경사는 여전히 냉정한 어조로 가오랑산에게 말했다. 차오쿤 고급경사는 형사정보과 부지휘관으로 엄격한 성격에 일처리가 노련해 경찰 내부에서는 그가 정보과의 다음 지휘관이 될 거라고들 생각했다.

"알겠습니다. 스씨 형제에겐 대량의 범죄 조직 정보가 있을 테니 CIB에겐 금광이나 마찬가지겠죠?"

가오랑산이 여유로운 척 말을 받았다.

"그렇지. 그들한테서 자백을 받아내면 불법무기 유통경로를 적어도 네 군데는 차단할 수 있을 테니까."

관전둬가 고개를 끄덕였다.

스번텐, 스번성 형제는 경찰의 현상수배범 명단에서 1, 2위를 다투는 악당이었다. 4년 전, 즉 1985년부터 그들은 여러 건의 강력범죄를 저질렀다. 1985년의 네이슨로에서 네 곳의 보석점을 연쇄적으로 턴 강도사건을 비롯해 1986년 현금호송 차량 강도사건, 1988년의 사업가 리위룽 납치사건 등이었다. 지금 이 두 형제는 여전히 도주 중이었다. 경찰은 그들이 중국과 홍콩 양쪽에서 여러 범죄집단과 연계해 여러 경로로 중화력 무기를 입수하고 목숨도 아까워하지 않는 용병을 고용하는 한편, 장물을 현금화한 뒤 다른 나라로 밀입국해 잠시 위험을 피하려 할 거라고 확신했다. 경찰은 여러 차례 체포작전을 펼쳤으나 모두 실패했고 그들의 일당 몇 명을 붙잡는 데 그쳤다.

그러나 며칠 전 우연히 이 위험인물들의 행적이 발견되었다.

몽콕의 범죄율이 상승하자 몽콕 분구의 중안조에서는 숨은 범죄자들을 소탕하는 작전을 여러 차례 실시했다. 범죄자로 의심되는 인물이 어느 건물에 숨어 있다는 제보를 받으면 형사들이 정확한 은신 위치와 인원을 파악하는 한편, 위험성을 판단한 뒤 곧바로 들이닥쳐 체포하는 식이었다. 형사들이 맞닥뜨리는 범죄자들은 마약상, 강도, 살인범, 조직폭력단 간부 등 다양했다. 분구 경찰서의 형사들은 상황 정탐 외에도 범죄자들과 직접 격투를 벌여야 할 때도 있었다. 심지어 총으로 무장한 악당에게 반격을 당하기도 했다. 분구는 인력이 충분하지 못하기 때문에 일선 형사들이 상황에 따라 자체적으로 대처해야 하는 면이 있었다. 그야말로 '위험을 무릅쓰고' 범죄자를 체포하는 것이다.

이렇게 하루 또 하루 형사들이 실효성과 관계없이 관례대로 소탕 작전을 진행하던 중 몽콕 분구 중안조 제3대가 어느 날 평소와는 다른 상황을 접하게 된다. 1989년 4월 29일, 즉 지난주 토요일이었다. 제3대는 레클러메이션가 자후이루嘉輝樓 건물에서 범죄자 한 명을 체포할 계획을 세웠다. 제3대가 받은 제보는 차량 절도사건에 관련된 용의자가 자후이루 16층 7호실에 숨어 있다는 것이었다. 제3대 대장은 곧바로 감시를 시작했고 정보의 진위를 조사했다. 제3대 대원들은 용의자가 신분이 불분명한 남자 한 명과 같이 목표지점에 출현한 것을 확인하고 다음 날 체포하기로 했다. 그렇게 30일 저녁 무렵 형사들은 대장의 지휘 아래 자후이루 앞에서 돌격할 준비를 하고 있었다. 그런데 갑자기 모든 작전을 중지하라는 지시가 하달됐다. 몽콕 분구 지휘관이 직접 내린 명령으로 사건이 서카오룽 총구 중안조로 넘어간다는 것이었다. 몽콕 중안조 제3대는 작전을 지원하는 것으로 변경됐다.

원인은 신분이 불분명한 그 남자였다.

"몽콕 중안조가 체포하려고 했던 건 '재규어'라는 별명의 차량 절도범이었습니다." 가오량산이 게시판 앞에서 사진 한 장을 가리켰다. "나중에 합류한 남자가 다른 사건에 연루된 게 있는지 확인하기 위해 정보과에 사진을 보냈더니 바로 '덩치'라고 불리는 선뱌오沈標, 스번성의 오른팔이었습니다."

관전뤄가 말을 받았다.

"이미 보고서를 읽어봤네."

가오량산은 살짝 어색하게 고개를 끄덕이곤 말을 이었다.

"작년 연말의 은행 강도사건에는 스씨 형제 외에 이 덩치라는 놈도 끼어 있었을 거라고 확신합니다. 덩치와 스씨 형제는 함께 사라졌는데 지금 모습을 드러낸 걸 보면 그들이 현재 또 다른 '큰 벌이'

를 준비 중일 가능성이 높습니다. 자후이루 16층 7호실은 지난달에 임대됐다고 합니다. 그곳이 그들의 은신처일 거라고 짐작됩니다. 계속 감시하다가 기회가 왔을 때 나머지 두 놈도 잡아들여야지요."

"그렇다면 지난 닷새간 뭔가 수확이 있었나?"

"그렇습니다." 가오랑산이 승리의 미소를 지었다. "동생인 스번성이 모습을 드러냈습니다."

관전둬가 한쪽 눈썹을 추켜올렸다.

가오랑산은 스번성이 나타났다는 소식을 총부에 보고하지 않았다. 말이 새어나갈까 걱정했을 가능성 외에도 자신의 공을 높이려는 의도가 있을 게 뻔하다. 총부에 최고 현상수배범이 나타났다는 소식을 보고했다가는 곧바로 O기가 개입할 것이다. 그렇게 되면 공로를 빼앗길 뿐 아니라 일선 형사들의 사기가 떨어진다. 총부, 총구, 분구의 구분이 명확한 만큼 총구 혹은 분구의 형사들은 외부인의 개입을 달가워하지 않는다. 작전이 여전히 진행 중이니 작전 실패를 방지하기 위해서라도 가오랑산은 스번성의 출현을 공개하지 않을 충분한 이유가 있었던 셈이다. 그런데 지금 가오랑산이 총부 CIB의 고위직 두 명에게 이런 사실을 설명하는 걸 보면 그의 마음속에 이미 계획이 섰다는 뜻이었다.

"그제 우리는 재규어가 빡빡머리 남자 하나를 차에 태워 돌아온 것을 봤습니다."

가오랑산이 빛이 부족한 사진 한 장을 가리켰다. 사진 속 두 남자는 막 자후이루의 여러 출입구 중 하나로 들어서고 있었다.

"저희는 자세한 감정을 거쳐 외모의 변화가 있기는 하지만 그가 스번성이라는 사실을 알아냈습니다."

"왼쪽 손등의 상처로 알게 된 거군. 4년 전 총격전에서 생긴 거지."

가오랑산은 얼음을 뒤집어쓴 기분이었다. 이 단서는 그와 부하들이 몇 시간을 허비하고서야 겨우 발견했는데 관전둬는 그저 한 번 보고서 쉽게 알아낸 것이다.

“지난 사건들을 생각해보면 스번텐은 동생이 혼자 범행을 저지르도록 놔두지는 않을 겁니다. 게다가 지금 은신처에는 세 명만 있는데 세 명으로는 큰 규모의 사건을 벌이기에 부족하지요.”

가오랑산은 다시 사건에 신경을 집중했다.

“스번텐이 내일 나타날 거라는 정보를 얻었습니다. 그는 아마도 두세 명의 다취안을 고용해 범행을 할 것으로 보입니다. 스번텐이 나타나면 그때 체포작전을 시작할 계획입니다.”

“정보는 어디서 얻었나?”

가오랑산은 속으로 웃으며 이번에야말로 놀라게 해주겠다고 생각했다.

“재규어의 호출기 중 몇 대의 번호를 알고 있습니다.”

“뭐?”

“이 작전에 앞서 도사* 한 명을 체포했는데 그가 재규어를 대신해서 호출기 다섯 대를 신청했다고 하더군요. 재규어가 스씨 형제 일당이니 그 호출기들을 스번텐 등이 지금 사용하고 있을 겁니다.”

가오랑산이 웃으며 말했다.

홍콩에서 호출기 서비스를 신청하려면 신분을 증명하는 서류가 필요하다. 영리한 범죄자라면 행적을 노출시킬 짓을 하지 않는다. 그래서 보통은 말단 조직원이나 마약중독자를 이용해 그들의 이름으로 여러 대의 호출기를 신청한 다음 일당들과 연락하는 용도로 사용한다.

“그리고 어제 이런 메시지를 받았습니다.”

* 마약중독자를 가리키는 은어.

가오랑산이 모니터 옆으로 가더니 컴퓨터를 조작하는 부하에게 그 메시지를 띄우라고 눈짓했다.

042.623.7.0505.

시커먼 모니터 화면에 초록색 숫자들이 나타났다.

"통신회사에서는 내키지 않아했지만 법원 명령에 따라 어쩔 수 없이 통신기록을 제공해야 했습니다. 이 숫자들이 의미하는 것은……."

"스번텐이 5월 5일 나타난다는 뜻이군."

관전뒤가 말했다.

"아, 맞습니다. 하긴 이 암호는 정보과에서 해독했으니 관 경사님이 당연히 아시겠군요."

가오랑산은 씁쓸하게 웃으면서도 좋은 말로 상대의 말을 받았다.

홍콩은 일찍이 1970년대에 이미 호출기가 등장했지만 1980년대 중반에야 널리 보급됐다. 초기에는 알람 소리와 함께 불빛이 반짝거리면 호출기 주인이 통신회사 서비스센터에 전화해 메시지를 확인해야 했다. 그러나 지금 호출기는 액정화면이 달린 '디지털 기기'였다. 비록 화면에 문자를 나타내지는 못하지만 이 기능도 몇 년 안에 실현될 것으로 예상된다. 사실 화면에 숫자를 나타내는 것만으로도 서비스센터에 전화를 거는 수고와 시간을 대폭 감소시켰다. 통신회사의 효율과 비용 절감에서도 일대 진보였다.

통신회사는 호출기를 사는 고객에게 조그만 숫자암호 책자를 제공한다. 자주 사용하는 메시지를 숫자와 대응시킨 것으로 이 소책자를 갖고 있으면 숫자로 된 메시지를 쉽게 해독할 수 있다. 예를 들어 성이 천陳씨임을 의미하는 숫자는 004이고, '지금 가고 있다'는 610, '교통체증'은 611, '날짜'는 7, '시간'은 8이다. 그러므로 004.610.611.8.1715는 천씨 성의 남자 혹은 여자가 교통체증으로 오후 5시 15분에 도착한다는 말이 된다. 숫자암호 책자에는 센트럴, 조던로, 프린스에드워드로, 중상청, 하이양센터, 뉴타운플라자 등 주요 지명이나 랜드마크가 되는 건물의 암호도 실려 있다. 그 밖에도 식당, 술집, 호텔, 공원 등 일상 단어들이 포함돼 있어서 대부분의 메시지를 숫자로 대체할 수 있다.

사실 가장 일반적인 호출기 사용방식은 자신의 성과 전화번호만 남기는 것이었다. 호출기 주인은 004.3256188라는 메시지를 보고서 3256188번으로 천씨 성의 인물에게 전화를 걸면 된다. 서비스센터에 먼저 전화해 전화번호를 확인한 다음 전화할 필요가 없어진 것만으로도 훨씬 편리해졌다. 게다가 상세한 암호 대조표는 호출한 사람에게 전화를 거는 것마저도 생략할 수 있게 해줬다. 물론 복잡한 내용은 '서비스센터로 연락 요망'이라는 암호를 남겨서 호출기 주인이 예전의 방식대로 메시지를 확인해야 하지만 말이다.

지난 몇 차례의 스씨 형제 체포작전을 통해 경찰은 그들 일당이 흘린 호출기를 우연히 습득했다. 그런데 호출기의 통신기록을 조사해도 내용은 아무런 의미도 없는 것들뿐이었다. 스씨 형제가 통신회사가 제공하는 원래의 숫자암호를 다른 의미로 대체해서 사용하는 것으로 짐작됐다. 정보과에서는 획득한 통신기록을 범행과정과 대조해 그들만의 암호를 몇 가지 추론해냈다. 예를 들어 원래 '마작하다'를 뜻하는 623은 '집결', '식사'의 625는 '행동 개시', '약속 취소'의 616은 '도주'의 의미로 사용하는 듯했다. 이렇게 추론한 암호들 중 린씨 성을 뜻하는 042가 스씨 형제 중 형인 스번텐을 가리키는 전용 암호라는 것만은 확실하다고 정보과는 전했다.

따라서 스번텐이 서비스센터에 '나는 린씨라고 하는데 5월 5일 마작을 하자고 전달해주시오'라고 말하면, 호출기에 '042.623.7.0505'라는 메시지가 뜬다. 실제 내용은 '두목이 5월 5일 집결하라고 하신

다'라는 뜻이다.

호출기를 습득함으로써 경찰은 확실히 우위를 점했다. 혹시라도 스번톈이 암호를 바꾸는 걸 방지하기 위해 이 암호에 관련해서는 독찰급 이상과 CIB 소속 경찰관만이 접근할 수 있도록 했다. 그러나 가오량산은 스번톈이 만만치 않은 인물임을 알고 있었다. 스번톈은 암호가 알려질 것에 대비한 방법을 이미 사용하고 있었다. 요며칠간 가오량산이 받아본 메시지는 매우 적었다. 적어도 재규어가 스번성을 자후이루로 데려온다는 소식은 받지 못했다. 그들은 각자 여러 대의 호출기를 돌려가며 사용하는 것 같았다. 그러면 일부 메시지가 유출되더라도 경찰이 전반적인 상황까지는 파악하지 못하기 때문이었다.

관전뒤와 차오쿤은 042.623.7.0505라는 메시지가 얼마나 중요한 의미인지 알고 있었다. 지금까지 경찰은 사건이 발생한 후에 현장을 수습하다가 이런 암호나 메시지를 얻었다. 사전에 정보를 입수한 것은 처음 있는 일이었다. 이것은 스번톈 일당을 체포할 구체적인 준비를 할 시간이 충분하다는 뜻이었다.

"병력은 충분한가?"

차오쿤이 물었다.

스번톈 형제는 극악무도한 강도단으로 지난 여러 차례 범행에서 상당한 화력의 총기를 사용해 적잖은 사상자가 발생했다.

"지금은 조금 빠빡한 편이지만 이미 비호대飛虎隊* 에 연락해 스번톈이 예정보다 일찍 나타나더라도 곧바로 출동할 수 있도록 조치해 두었습니다. 30분 안에 현장에 도착할 수 있습니다."

* 특별임무련(特別任務連, Special Duties Unit)의 별칭으로 줄여서 SDU라고도 부른다. 홍콩경찰의 특수부대로 위험성이 높은 범죄사건, 대 테러 진압, 인질 구조 등의 임무를 맡는다.

"하지만 그들은 현장에서 대기하고 있지 않으니 돌발사건이 발생한다면 그때는 여기 제군들만으로 해결해야겠군."

관전둬가 지휘본부를 둘러보며 말했다.

지휘본부라고는 해도 자후이루 옆의 오래된 건물 2층의 방 하나다. 40제곱미터도 못 되는 공간에 지휘관인 가오랑산 총독찰 외에 세 명의 형사가 있을 뿐이었다. 한 명은 호출기 신호를 감시하고, 한 명은 외부에서 잠복 중인 동료와의 무전을, 나머지 한 명은 그 밖의 연락 업무를 맡고 있었다. 지휘본부의 창은 자후이루 남쪽 측문을 마주 보고 있지만 자후이루의 구조상 인력 배치가 쉽지 않았다.

자후이루는 1950년대에 지어진 18층 높이의 건물로 각층이 30세대로 이루어졌다. 예전에는 몽콕과 야우마테이 지역의 유명한 주거용 건물로 중산층 가정이 주로 살았다. 1970년대 말 지역 발전의 중심지가 이동한 것에 더해 건물 자체도 낡아서 자후이루는 더 이상 과거의 영광을 지속할 수 없었다. 점차 잡다한 목적의 주상복합 빌딩으로 변해갔다. 이제 자후이루는 약 30퍼센트의 세대가 비주거용으로 사용되고 있었다. 양복점, 한의원, 미용실, 수입잡화점부터 양로원이나 심지어 절도 있었다. 그 외에도 치안에 나쁜 영향을 미치는 안마소, 클럽, 소형 여관, 일루일봉一樓一鳳* 가게 등도 상당수 있었다.

이런 건물은 경찰에게는 악몽과도 같았다.

대형 주거단지다 보니 자후이루에는 대로로 통하는 출입구가 남

* 홍콩 특유의 윤락업소. 홍콩 법률에서는 어떤 장소에서든 두 명 이상이 매춘을 목적으로 공간을 임대하거나 관리할 경우 이를 위법으로 규정한다. 즉 매춘부가 혼자서 영업할 경우에는 기소할 수 없다. 이 때문에 주거용 공간에 매춘부 한 명만 있는 윤락업소가 생겨났다. 광둥어로 매춘부를 낮춰 부를 때 '雞(닭)'이라고 하는데, 이것이 '鳳(봉황)'으로 의미가 파생되어 '일루일봉(한 집에 봉황새 하나)'이라는 명칭을 얻게 됐다.

쪽, 중앙, 북쪽에 각각 하나씩 세 개나 있었다. 건물 전체에 엘리베이터 여섯 대와 계단이 세 군데 있었고, 각층 복도는 미로처럼 굽이굽이 꺾여 있는 데다 창문은 적고 통로는 많았다. 그 때문에 범죄자들이 몸을 숨기는 온상이 되었다. 수많은 점포가 들어와 있다 보니 이런 건물의 보안은 극도로 취약했다. 건물을 드나드는 낯선 사람은 셀 수도 없이 많았고, 경비원도 방문객이 누구든 신경 쓰지 않았다. 건물에 숨어 있는 악당들은 이런 조건을 이용해 경찰을 쉽게 따돌릴 수 있다. 세 군데 출입구를 통하지 않고 2층에서 창밖으로 뛰어내려 도주할 수도 있었다. 자후이루 남쪽 끝에서 북쪽 끝까지는 백 미터쯤 되어서 경찰이 체포작전을 시행하려면 대규모 인원을 동원해 포위해야 한다. 그렇지 않으면 너무 힘든 작전이 되고 만다.

"바깥에 열두 명이 더 있습니다. 정면충돌이 아니라면 충분한 숫자입니다." 가오랑산이 엄지손가락으로 창밖을 가리켰다. "일반적인 빌딩이었다면 이 정도 인원으로 충분히 목표지점을 덮칠 수 있을 텐데 하필이면 자후이루라서요."

"세 팀으로 나누어 출입구 세 곳을 막는 건가?"

차오쿤이 물었다.

"기본적으로 그렇습니다. 그리고 한 팀이 맞은편의 원창센터 꼭대기에 더 잠복해 있습니다. 거기서 목표지점인 16층 7호실 바깥의 복도가 보입니다. 조금 아쉽긴 하지만 창 너머로 감시하고 있습니다."

가오랑산이 게시판의 지도를 가리켰다. 그는 스번텐이 특별히 그 방을 은신처로 선택한 데는 주변 건물이 높지 않아서 실내가 직접적으로 들여다보이지 않는 환경이라는 점이 작용했을 거라고 추측했다. 경찰은 어쩔 수 없이 원창센터에 자리 잡은 채 멀리서 감시해야만 했다. 게다가 보이는 곳도 복도의 일부분뿐이었다. 가오랑산은 목표지점 주변을 주기적으로 순찰할까도 생각했으나 상대가 스씨 형제임을 감안할 때 그 방법은 위험부담이 컸다. 괜히 놈들의 경계심만 높이거나 심각한 경우 부하들의 생명이 위험할 수도 있었다.

"총구 중안조에서 두 개 분대의 인력을 배치한 건가?"

관전뤄가 물었다. 바깥에 열두 명, 지휘본부에 네 명이 있으니 CIB 잠복조 혹은 총구 작전부의 지원을 받지 않았다면 이 인원수는 정확히 두 개 분대에 해당했다.

"아닙니다. 서카오룽 중안조는 제1대뿐입니다. 다른 중안조 분대는 처리해야 할 사건이 있어서요. 나머지 한 개 분대는 몽콕 분구 중안조 제3대입니다."

"원래 재규어를 체포하려던 그 분대 말이로군."

"예, 맞습니다."

"서로 손발은 잘 맞는 편인가?"

"그거야 문제 없습니다."

가오랑산은 관전뤄가 이렇게 직접적으로 물어볼 줄은 몰랐다.

"몽콕 중안조 제3대 대장이 그 TT지?"

관전뤄가 웃으며 말했다.

가오랑산은 관전뤄의 미소를 보고는 그가 자신을 곤란하게 할 의도가 없다는 걸 눈치챘다. 가오랑산은 한숨 돌리며 말을 받았다.

"관 경사님도 덩팅鄧霆 녀석을 아십니까?"

"그 친구 5년 전에 완차이 중안조에서 일했지. 그때 몇 번 작전을 같이 하면서 만난 적이 있네." 관전뤄가 웃으며 말했다. "머리도 좋고 몸도 날랜데 성격이 좀 모난 게 흠이지. 그 친구를 고깝게 보는 동료가 한둘이 아니야."

덩팅은 올해 서른두 살로 몽콕 중안조 제3대 대장이었다. 별명이

TT인데, 이는 그의 이름을 광둥식으로 발음한 탕팅Tang Ting의 머리글자인 한편, 완차이에서 형사로 일할 때 총기류에 해박한 대장이 놀리듯 한 말에서 유래한 것이었다.

"덩팅, 자네 이름값을 하는군. 꼭 TT 권총 같다니까."

TT 권총의 정식 명칭은 '7.62밀리미터 토카레프 권총 1930년형'이다. 소련에서 개발한 반자동 권총으로 위력이 강한 대신 쉽게 오발되는 것이 특징이었다. TT 권총은 일반적인 권총에 반드시 있어야 할 안전장치가 없었다. 덩팅은 행동방식이 매우 효율적이지만 통제가 어려운 면이 있어 TT 권총 같다고 비꼰 것이다. 덩팅은 이 별명에 전혀 반감이 없었다. 오히려 멋있다고 생각했다. 그는 경찰 내부에서 실시한 사격대회에서 몇 년 연속 우승을 차지한 명사수였고, 그래서 권총 이름을 딴 별명도 무척 좋아했다. 그래서 상사나 동료나 그를 TT라고 부르는 게 습관이 되었고, 몇몇 사람은 그의 본명이 무엇인지 잊을 정도였다.

"방금 나머지 한 분대가 서카오룽 중안조 제1대라고 하니 대장이 펑위안런馮遠仁 독찰인 게 생각났네. 그와 TT 사이의 소문이 당시 완차이 경찰서를 들썩거리게 했었지. 그래서 그렇게 물어본 걸세."

관전둬가 해명했다.

가오량산은 관전둬를 속이기란 정말 쉽지 않다고 생각했다.

"맞습니다. 그와 TT는 경찰학교 졸업 동기죠. 둘 사이에 무슨 일이 있었는지는 모릅니다만 사이가 좋지 않은 건 사실입니다. 하지만 둘 다 전문성 있는 경찰관으로서 개인적인 감정을 일에 끌어들이진 않을 겁니다. 간이보고, 인력 배치, 작전 수행 모든 면에서 둘 다 자기 본분을 다하고 있죠. 저는 두 사람을 신임합니다."

관전둬는 가볍게 웃으며 더는 묻지 않았다. 가오량산이 한 말은 단지 상투적인 말에 불과했다. 펑위안런 고급독찰은 계급상 TT보다 반 급수가 높고* 총구 중안조의 분대장이었다. 두 사람 사이에 반감이 있다면 이런 차이는 오히려 불에 기름을 붓는 격이기 십상이다. 사실 가오랑산은 두 사람이 협조를 잘 이루지 못할 것이 걱정돼 TT는 북쪽 출구를, 평위안런은 남쪽 출구를 담당하도록 배치했다.

"그러나 그 TT도 이제 좀 달라지겠지. 곧 결혼한다고 하더군. 결혼하고 나면 남자들은 가정을 돌봐야 하기 때문에 지금처럼 겁 없이 덤비지는 않을 걸세."

차오쿤이 말했다. 상사들은 TT에게 일처리가 너무 충동적이라고 늘 지적했다. TT는 자신의 사격술을 믿고 지원이 부족한 상황에서도 단신으로 뛰어들어 범죄자들과 격투를 벌이곤 했던 것이다.

"TT가 결혼을 합니까?"

관전뤄는 이 소식을 몰랐던 듯했다.

"그렇다네. 신부는 조리처장 딸인 홍보부의 엘렌Ellen이지."

차오쿤이 슬쩍 웃음을 흘렸다. 마치 TT가 이 결혼으로 고속 승진을 하고 상급자들의 눈에 들게 될 것임을 암시하는 듯했다.

관전뤄는 가타부타 말없이 가오랑산을 흘낏 쳐다봤다. 가오랑산은 대화에 끼고 싶지 않아 보였고 마치 화제를 얼른 바꿨으면 하는 것 같았다.

"스번텐, 스번성은 자네한테 맡기겠네, 가오 독찰." 관전뤄가 말했다. "생포하기만 하면 그들의 정보를 얻어낼 자신이 있네."

"걱정 마십시오. 이번 작전에 자신이 있습니다. 스씨 형제는 이번엔 빠져나가지 못할 겁니다."

가오랑산이 다시 한 번 관전뤄에게 악수를 청하며 말했다.

"만약 CIB의 지원이 필요하면 언제든지 말하게."

* 고급독찰은 독찰에 비해 급여가 높지만, 실제 직급상으로는 동일하다.

차오쿤이 말했다.

"물론입니다."

차오쿤과 관전둬가 막 지휘본부를 나서려는데 책상 위의 무전기에서 갑자기 말소리가 들려왔다.

"여긴 물탱크, 곳간 응답하라. 여긴 물탱크, 곳간 응답하라. 참새와 까마귀가 지금 둥지를 떠났다. 참새와 까마귀가 지금 둥지를 떠났다. 오버."

'물탱크'란 원창센터 꼭대기에 잠복한 팀의 암호이고, '곳간'은 가오랑산이 있는 지휘본부를 의미한다. '참새와 까마귀가 둥지를 떠났다'는 말은 재규어와 덩치가 은신처를 나섰다는 뜻이다. 이번 작전에서 경찰은 스번톈은 '부엉이', 스번성은 '독수리'로 부르고 참새와 까마귀는 각각 재규어와 덩치를 의미했다.

"각 잠복조 주의, 각 잠복조 주의. 참새와 까마귀가 둥지를 떠났다. 반복한다, 참새와 까마귀가 둥지를 떠났다. 정신 바짝 차릴 것. 오버."

연락을 맡은 형사가 가오랑산의 지시에 따라 무전기를 통해 잠복 중인 형사들에게 연락을 취했다. 그들이 건물을 벗어난다면 몇 명이 그 뒤를 따라붙고 나머지 형사들은 배치를 바꿔 감시에 구멍이 생기지 않도록 해야 했다.

"요 며칠간 재규어만 바깥으로 움직이고 덩치는 전혀 나오지 않았습니다."

가오랑산이 신중하게 관전둬와 차오쿤에게 보고했다.

갑작스런 소식에 차오쿤과 관전둬는 지휘본부를 떠나지 못했다. 그들은 그 자리에 그대로 서서 상황이 어떻게 발전할지 지켜보고 있었다.

가오랑산이 가장 걱정하는 것은 스번톈이 예정보다 일찍 나타나고 비호대가 도착하기 전에 일당이 곧바로 범행을 시작하는 것이었다. 그렇게 되면 현장에 있는 인원만으로 그들을 지연시켜야 했다.

자신을 포함해 열여섯 명의 형사로 임기응변을 해야 하는 것이다.

2

오후 12시 55분, 뤄샤오밍은 손목시계를 봤다. 시간이 느리게 흘러갔다. 그는 지금껏 동경했던 형사과 업무가 이렇게 지루한 것인 줄 몰랐다. 경찰학교 졸업 후 3년간 순경으로 지내며 뤄샤오밍은 얼른 형사과로 전임되기를 희망했다. 수많은 선배들이 형사과나 중안조 일은 지독히 힘들다며 밤 12시 넘어 퇴근하거나 퇴근을 아예 못 하기도 한다고 떠들어댔다. 그러나 뤄샤오밍은 자신이 그런 힘든 일을 즐긴다고 여겼고, 젊을 때 일찌감치 갈고 닦아놓아야 나중에 기회가 왔을 때 한몫 제대로 해내는 경찰관이 될 수 있다고 생각했다.

그러나 중안조의 업무는 힘든 것이 아니라 지루했다. 이제 갓 스무 살이 된 청년에게 지루한 업무는 눈코 뜰 새 없이 바쁜 것보다 더 견디기 힘들었다.

성실하고 적극적이며 경찰학교 성적도 괜찮았던 뤄샤오밍은 상사의 눈에 들어 형사과로 발령이 났고 3년을 입었던 순경 제복과 작별하게 됐다. 마침 몽콕 분구 중안조에 결원이 생겨 생각보다 빨리 소원을 이룬 셈이었다. 그는 중안조에 들어와 두 달간 중안조의 여러 가지 수사방법을 경험했는데 체포작전 역시 상상하던 것과는 거리가 멀었다. 문제는 작전에서 '체포'가 차지하는 비중이 너무 작다는 것이었다. 그는 대부분의 시간을 동료들과 함께 범인이 나타나기를 기다리거나, 확실히 존재하는지도 모르는 증거를 찾아 물 샐 틈 없이 수색하거나, 수백 명에게 그들이 전혀 알지도 못하는 사건 정황에 대해 심문하며 시간을 보냈다. 체포하는 데는 일 분밖에 걸리지 않지만 사전 잠복이나 사후 심문에는 며칠씩 걸렸다.

지금 이 순간 그는 그런 지루한 업무를 하는 중이었다.

"대장은 왜 이렇게 안 오는 거야!"

샤오밍 옆에 앉아 있던 샤페이가 외쳤다. '샤페이'는 판스다範士達의 별명으로 그는 샤오밍보다 다섯 살 많고 몽콕 중안조에 온 지 3년이 되었다. 샤오밍은 샤페이와 금세 친해졌다. 둘 모두 별로 친화적인 편이 아니었지만 둘이서는 오히려 잘 맞았다.

"아, 대장 왔네요."

샤오밍이 샤페이에게 동의해야 할지 반박해야 할지 갈피를 잡지 못하고 있는데, 마침 TT가 중앙 로비 쪽에서 걸어오는 게 보였다.

샤오밍과 샤페이, TT는 가오랑산의 배치에 따라 자후이루 북쪽의 포장음식점에서 잠복 중이었다. 자후이루 1층 중앙에는 많은 점포가 몰려 있었고 어떤 상점은 대로를 향해 있는 반면 또 어떤 곳은 건물 내부를 향해 있기도 했다. 어떤 점포는 구석에 위치해 거리와 건물 안을 동시에 볼 수 있는 곳도 있었다. 이 포장음식점이 바로 복도가 꺾이는 지점에 위치해 자후이루 북쪽 출입구와 맞닿아 있으면서도 왼쪽으로는 북쪽 엘리베이터 앞이 다 보이는 위치였다. 탁자 없이 순수하게 포장 판매만 하는 음식점이었다. 경찰이 주인에게 양해를 구하자 사장 겸 주방장인 중년 남자는 어쩔 수 없이 종업원 두 명에게 휴가를 주었다. 지금은 형사 셋이 종업원으로 위장해 잠복 중이었다.

"샤페이, 네 차례야."

담배 냄새를 달고 온 TT가 앞치마를 두르며 계산대 뒤로 가서 섰다. 샤페이는 얼른 음식점을 나섰다. 그는 앞치마도 풀지 않은 채 계단 쪽으로 쏜살같이 사라졌다.

장시간 끝도 없는 감시 업무는 경찰관의 정신 상태에 종종 영향을 미친다. 그래서 상부에서는 복수의 경찰관을 한 조로 묶어 배치하고, 그들이 돌아가며 휴식시간을 갖도록 했다. 15분 전 TT는 부하들과 순서를 정해 화장실에 다녀왔다. 이 음식점에는 화장실이 없어서 1층 중앙 로비에서 계단통에 가까운 상점까지 가서 화장실을 이용했다. 그러나 이 시간은 TT와 샤페이 같은 애연가들에겐 흡연 시간으로 쓰였다. 잠복 근무 중에 담배 좀 피웠다고 상사의 질책을 받지는 않는다. 하지만 음식점 주인이 몇 번이나 신신당부를 했다. 종업원이 담배 피우면서 음식을 담아주면 장사에 문제가 생긴다는 것이었다. 그래서 그들은 화장실 시간을 이용해 흡연 욕구를 다스려야 했다.

"여긴 손님도 별로 없고 음식 맛도 별론데 장사에 문제가 생기긴 뭘……."

샤오밍은 주인이 주방에 들어간 틈을 타 샤페이에게 투덜거리곤 했다.

TT는 잠복 장소에 돌아오자마자 호출기를 꺼내 확인했다. 이 작은 행동에 샤오밍은 저도 모르게 웃어버렸다.

"대장, 결혼 준비 하는 거 힘들죠?"

"죽을 만큼. 샤오밍, 넌 빨리 결혼하지 마라. 결혼할 거라면 작전이 없을 때 하거나 좀 한가한 부서로 옮긴 다음에 해."

TT가 씁쓸하게 웃으며 대답했다.

TT가 결혼을 앞둔 터라 샤오밍은 그가 자주 자리를 비우는 데 불만을 품지 않았다. 오늘 아침만 해도 TT의 호출기는 끊임없이 울려댔고, 그는 이미 세 차례나 건물관리소에 가서 전화를 빌려야 했다.

샤오밍은 결혼과 관련된 일이려니 짐작했다. 음식점에도 전화가 있지만 주인은 형사들이 사용하지 못하게 했다. 형사들이 전화를 쓰는 동안 고객의 주문 전화를 놓칠 수 있기 때문이었다. 그래서 TT는 건물관리소까지 가서 통신회사 서비스센터로 전화해 메시지를 확인해야 했다.

TT나 샤페이가 별말을 하진 않지만 샤오밍은 그들이 이곳 잠복 근무에 불만을 품고 있다는 걸 알았다. 원래 그들은 지난주 일요일에 바로 움직여 재규어라는 차량 절도범을 체포해 넘길 예정이었는데 뜻밖에도 체포작전 직전에 상부에서 중지 명령이 떨어졌다. 그러더니 서카오룽 총구 중안조에 사건을 빼앗겼다. 만약 그뿐이었다면 샤오밍도 운이 나빴다며 한탄하고 말았을 것이다. 울화가 치미는 것은 총구 중안조에서 그들을 지원조 정도로 여기고 현장에서도 가장 할 일 없는 위치에 배정했다는 것이다. 목표지점은 자후이루의 남쪽에 위치했고 스번성도 남쪽 출입구 쪽을 통해서 나타났다. 북쪽 출입구를 지키는 TT와 조원들은 아무 할 일이 없었다. 현장에 배치된 제3대의 여섯 명 중 한 명은 원창센터의 잠복조에, 두 명은 서카오룽 중안조의 형사와 조를 짜서 자후이루 중앙 출입구를 맡았고, TT를 포함한 세 명은 황폐한 북쪽 포장음식점에 배치됐다.

이거 개인적인 복수 아닌가. 샤오밍은 생각했다. 샤페이에게서 TT와 서카오룽 중안조 제1대장 펑 독찰의 관계에 대해 들은 적이 있다. 어제는 자기 눈으로 두 사람이 지휘본부에서 날을 세우는 모습도 봤다. 그러니 일을 핑계로 TT를 괴롭히는 짓이라는 추측을 할 수밖에 없다. 어쨌든 스씨 형제를 체포하는 데 성공하면 공로는 모두 서카오룽 중안조에게 돌아갈 게 뻔했고, 몽콕 중안조의 노력은 아무도 신경 쓰지 않을 터였다. 샤오밍은 가오 총독찰이 그 못된 펑 모모와 한통속일 거라고 짐작했다. 두 사람은 직속 상사와 부하 관계이니 자연히 사이가 각별할 것이다.

원래 계획대로라면 몽콕 중안조 제3대는 재규어를 체포한 뒤 잠시 외부 작전을 멈추고 범인을 심문하고 보고서를 정리한 다음 검찰에 자료를 보내는 일에 주력할 예정이었다. 바쁜 나날 중에도 잠깐 한숨 돌리면서 대장은 결혼 준비에 좀 더 시간을 쓸 수 있었을 것이다. 그런데 지금은 분대 인원 전부가 현장에 남아서 단지 기다리고 있을 뿐이다. 시간은 그저 흘러갔다.

"각 잠복조 주의, 각 잠복조 주의. 참새와 까마귀가 이미 둥지를 떠났다. 반복한다, 참새와 까마귀가 이미 둥지를 떠났다. 정신 바짝 차릴 것. 오버."

잠복조 전원의 이어폰에 지휘본부의 지시가 들려왔다.

"여기는 허수아비, 알았다. 오버."

TT가 옷 속에 숨긴 버튼을 누르고 옷깃 아래 달린 마이크에 대고 말했다. '외양간' '방앗간' '허수아비'는 각각 자후이루 남쪽, 중앙, 북쪽 세 곳에 위치한 잠복조의 암호 명이었다. 각각 A, B, C 팀으로 불리지만 작전 중에는 암호 명을 사용한다. 무전 연락 내용이 도청돼 작전의 기밀이 누설될 수 있기 때문이었다.

"여기는 물탱크, 참새와 까마귀가 엘리베이터를 탔다. 오버."

무전 내용이 샤오밍의 주의를 끌었지만 그는 그것이 자기와는 무관한 일이라고 여겼다. 포장음식점에서 잠복한 지 나흘째, 스씨 형제는 물론이고 연락책을 맡은 재규어조차 한 번도 지나가지 않았다. 요 며칠간 샤오밍은 포장음식점의 아르바이트생이 다 됐다. 주문서를 쓰고 요리를 담고 계산을 하는 일에 점점 더 익숙해지고 있었다.

"샤오밍, 집중해."

TT가 말했다. 샤오밍은 얼른 정신을 차리고 주변을 둘러보며 의심스러운 인물이 있는지 확인했다.

"여기는 외양간, 엘리베이터가 1층에 도착했다. 오버."

이어폰에서 펑 독찰의 목소리가 들렸다.

"샤페이 자식은 왜 아직도 안 와?"

TT가 눈썹을 모으고 나지막이 말했다.

"샤페이 형 지금 큰일 보는 거 아닐까요? 일이 좀 난처하게 됐어요."

샤오밍이 파트너를 대신해 좋게 말을 받았다. 방금 샤페이가 꽁지에 불붙은 것처럼 나가던 모습을 떠올리며 참을 수 없는 생리적 현상이 있었으리라고 생각했다.

"여기는 외양간, 방앗간 응답하라. 여기는 외양간, 방앗간 응답하라. 참새와 까마귀가 방앗간 쪽으로 빠르게 이동 중. 오버."

갑자기 들려오는 무전에 샤오밍과 TT는 깜짝 놀랐다. 지난 며칠간 재규어는 1층 중앙 복도를 통해 자후이루의 중간 출입구로 나간 적이 한 번도 없었다.

"여기는 방앗간, 이미 참새와 까마귀가 보인다. 참새와 까마귀는 건물 밖으로 나가지 않고 북쪽으로 계속 이동 중. 새 두 마리가 허수아비 쪽으로 날아가고 있다. 오버."

"여기는 허수아비, 알았다. 오버."

TT가 냉정하게 응답했다. 악당들이 점차 가까워진다는 것을 알고 난 뒤 샤오밍은 아무리 해도 호흡이 진정되지 않았다. 긴장한 채 중앙 로비 쪽 모퉁이를 노려보며 상대가 나타나기를 기다렸다.

"대장, 그놈들……."

"아무 말도 하지 마. 신분이 탄로 나면 안 돼."

TT가 목소리를 낮추고 샤오밍을 제지했다. 바로 그때 스씨 형제 부하들이 중앙 로비에서 이쪽으로 걸어오는 모습이 보였다. 그들은 티셔츠에 청바지 차림이었고, 덩치는 선글라스를, 재규어는 회색 모자를 쓰고 있었다. 겉으로 보기에는 보통 시민과 다를 바 없었다. 샤오밍은 TT를 슬쩍 쳐다봤다. 대장은 고개를 숙인 채 냉장고의 음료수를 정리하는 척하며 가게 밖을 주시하고 있었다. 샤오밍도 눈치껏 얼른 국자를 들고 계산대 옆의 소갈비 요리를 휘휘 저었다. 그러면서 소리 없이 다가오는 두 사람의 움직임을 살폈다.

"어이!"

갑작스런 목소리에 샤오밍은 오싹한 한기를 느꼈다.

"이봐!"

재규어와 덩치가 출입구로 나가지 않고 포장음식점 안으로 들어왔다. 샤오밍은 두 사람과 계산대를 사이에 두고 서 있었다. 목소리의 주인은 재규어였다.

샤오밍은 느릿느릿 고개를 들어 재규어를 봤다. 그 순간 '들켰다'는 생각이 머릿속을 스쳤다. 어떻게 대응해야 할지 전혀 생각할 수 없었다. 엄폐물을 찾아야 하나? 총을 뽑아야 하나? 아니면 시민 보호가 먼저인가? 샤오밍은 재규어와 덩치가 가벼운 티셔츠 아래 자기처럼 권총을 숨기고 있는지 여부도 알 수 없었다. 스씨 형제 일당은 54식 흑성黑星, 중국에서 제조되는 54식 토카레프 권총의 별명을 애용한다는데, 중안조에서는 겨우 38구경 리볼버를 지급한다. 총알 장전 수나 위력 모두 54식에 못 미친다. 정면으로 충돌하면 샤오밍이 불리할 게 뻔하다. 그럼 선수를 쳐서 공격하는 게 나을까? 내가 재규어를 붙잡아두면 대장이 저 험악한 덩치를 감당해낼 수 있을까?

"이봐! 내 말 안 들려?" 재규어가 계산대 쪽으로 고개를 들이밀며 말했다. "소갈비 무볶음밥이 얼마냐니까!"

샤오밍은 아무도 몰래 큰 한숨을 내쉬었다. 이들은 점심을 사러 온 것뿐이었다.

“시, 십오 홍콩달러요.”

“그럼 소갈비 무볶음밥 두 개.”

재규어가 주문했다. 그러고는 덩치를 돌아보며 말했다.

“까다로운 자식, 내가 고른 건 다 맛없어하니까 네 거는 네가 골라.”

덩치가 한 걸음 다가와 고개를 빼고 계산대 뒤쪽의 보온판을 들여다봤다.

“좁쌀소스 생선튀김 괜찮나?”

덩치의 목소리는 아주 낮았다. 목소리를 듣자마자 샤오밍은 그가 아주 위험한 놈이라는 걸 알아챘다.

“네, 네.”

샤오밍은 긴장을 억누르며 대답했다. 덩치가 몸을 내밀었을 때 그의 오른쪽 허리춤이 불룩해진 걸 보았다. 권총이 끼워져 있는 게 분명했다.

“음, 좁쌀소스가 영 맛없어 보여. 더우츠콩을 발효시킨 조미료 갈비덮밥으로 하지.”

“네, 네.”

샤오밍은 일회용 찬합 세 개를 꺼내 밥을 담았다. 국자로 요리를 퍼서 밥 위에 얹으려는데 얼마나 긴장했는지 국자를 든 손에 힘이 들어가지 않았다. 국물과 소갈비가 보온판 주변에 마구 튀어서 엉망이 됐다.

“어이, 종업원 씨. 무볶음만 담지 말라고. 소갈비가 세 개씩은 들어가야지.”

재규어가 불평했다.

“죄, 죄송합니다.”

샤오밍이 전전긍긍하며 고개를 끄덕였다. 소갈비를 뜨려고 했지만 그의 손은 더 많은 무볶음을 담고 말았다.

"거 참……."

재규어가 뭐라고 한마디할 듯하더니 돌연 입을 다물었다. 동시에 샤오밍도 자신이 큰 실수를 저질렀다는 걸 알았다. 그는 몸을 반쯤 돌려 요리를 담았는데 몸의 오른쪽 부분이 재규어를 향해 있었다. 오른쪽 귀에 이어폰을 끼고 있는 상태였다. 두 사람이 이렇게 가까이 서 있는데 재규어가 이어폰을 못 볼 리 없었다.

순간의 일 초 동안 샤오밍의 머릿속은 다시 한 번 새하얘졌다.

딱!

국자가 샤오밍의 뒤통수를 세차게 가격했다. 샤오밍은 재규어에게 공격당했다고 생각했다. 그러나 그를 공격한 건 TT였다.

"젠장, 이 멍청한 자식! 일할 때 라디오나 듣고 있으니 뭘 제대로 하겠냐? 주변에 다 흘리기나 하고! 사장님이 손님 내쫓으라고 널 데려왔겠어? 비켜!"

TT가 별나게 샤오밍을 야단쳤다. 샤오밍은 멍하니 서 있다가 0.5초가 지나서야 대장이 일부러 이 순간에 나서줬다는 걸 깨달았다.

"거슬린다, 저쪽 구석에 가 있어!"

TT가 샤오밍의 귀에서 이어폰을 빼냈다. 샤오밍은 그제야 TT가 그의 이어폰을 이미 숨겨놓은 걸 알았다.

"손님, 정말 죄송합니다. 저 멍청한 놈은 맞지 않으면 말을 안 듣는다니까요. 제가 음료수 서비스를 해드리겠습니다. 다음에도 꼭 와주십쇼. 탄산음료와 레몬차가 있는데 뭘로 하시겠습니까?"

TT가 국자를 뺏어 들고 요리 세 가지를 능숙하게 포장한 다음 재규어와 덩치에게 미안하다는 듯 미소 지었다.

"콜라면 돼."

재규어가 말했다. 그는 눈에 띄게 온화해졌고 TT를 보고 웃어주기도 했다.

"모두 45홍콩달러입니다. 감사합니다."

TT가 일회용 포장그릇과 콜라를 담은 비닐봉지를 건네줬다. 재규어는 돈을 내고 덩치와 함께 중앙 로비 쪽으로 걸어갔다. TT가 두 사람을 상대하는 동안 샤오밍은 선생님에게 벌 받는 아이처럼 냉장고 옆 구석에 서 있었다.

마치 야단맞은 종업원처럼 보였지만 사실 그는 다른 일에 주의를 기울이고 있었다. 샤페이가 가게 바깥의 복도 모퉁이에서 지나가는 사람인 척하며 옆에 있는 옷가게를 구경하고 있었다. 아무래도 그는 무전을 듣고 화장실에서 급히 나오다가 두 사람이 이미 음식점으로 들어간 걸 보고는 가게 안으로 들어오지 않고 밖에서 진행상황을 지켜보고 있었던 것 같다.

재규어와 덩치가 멀어진 후 샤오밍은 숨을 길게 내쉬며 TT에게 말했다.

"대장, 고맙습니다. 제가 정말 멍청했어요."

"시간이 지나면 나아질 거야."

TT가 다시 한 번 샤오밍의 머리를 손으로 툭 쳤다. 손에 힘은 하나도 들어 있지 않았다.

"아이쿠, 세상에! 놀라서 죽는 줄 알았네요." 샤페이가 음식점 안으로 들어오며 말했다. "그놈들이 와서 밥을 사갔어요? 하필이면 골라도 여길 고르나 그래."

"별일 없었으니 됐어."

TT가 웃으며 말했다. 그는 이어폰을 다시 끼고 마이크에 대고 보고했다.

"여기는 허수아비, 곳간 응답하라. 참새와 까마귀는 모이를 사러 왔을 뿐이다. 지금 둥지로 돌아가고 있다. 오버."

샤오밍은 손목시계를 확인했다. 오후 1시 2분이었다. 방금 전의 겨우 몇 분이 샤오밍에게는 몇 시간처럼 길게 느껴졌다.

"여기는 물탱크, 참새와 까마귀가 둥지로 들어갔다. 오버."

3분 후 현장의 모든 형사들이 무전으로 연락을 받았다.

"역시 내일이 돼야 정식으로 일이 시작될 건가 보네."

샤페이가 허리를 쭉 펴며 웃는 듯 마는 듯한 표정으로 말했다. 샤오밍은 고개를 끄덕여 동의한다는 표시를 했다. 그런데 일 분 후 자신의 생각이 틀렸음을 알게 됐다.

"여기는 물탱크, 곳간 응답하라! 긴급상황! 새 세 마리가 둥지를 이탈! 참새, 까마귀, 독수리가 모두 대형 여행가방을 갖고 있다. 문제가 생긴 것으로 보인다! 오버!"

무전을 들은 샤오밍은 머리가 마비되는 느낌이었다.

"여기는 물탱크, 곳간 응답하라! 상황이 이상하다! 새 세 마리가 엘리베이터를 타지 않고 복도를 따라 북쪽으로 이동 중! 철수하는 것으로 보인다! 오버!"

"물탱크, 계속 감시하라! 다른 조는 즉시 체포작전에 들어간다! 중앙 로비와 출입구를 봉쇄하고 엘리베이터 쪽 상황을 보고하라!"

잠깐 정적이 흘렀다가 지휘본부에서 긴급한 명령이 떨어졌다.

샤오밍의 머릿속은 혼란스러웠다. 방금 놈들이 왔을 때 신분이 노출된 게 아닌지 걱정스러웠고, 자신이 문제를 일으킨 건 아닌지 두려웠다. 샤페이가 그의 등을 툭 치며 말했다.

"정신 차려! 일할 시간이다!"

샤오밍은 고개를 흔들어 생각을 떨쳐냈다. 우스운 앞치마를 얼른 벗고 권총을 뽑아 든 다음 TT와 샤페이를 따라 엘리베이터 앞쪽으로 이동했다.

"경찰입니다! 밖으로 나오지 마십시오!"

샤페이가 주변 상점을 향해 소리쳤다. 호기심에 고개를 빼고 바깥을 살펴보려는 점원과 고객들이 있었다. 시민들은 샤페이의 외침을 듣고 세 사람이 손에 권총 든 모습을 보더니 얼른 상점 안으로 들어가 문을 잠갔다. 아침부터 졸고 있던 나이 든 경비원은 샤페이의 외침을 듣고 정신이 번쩍 들어 건물관리소 안내데스크 아래로 기어 들어가 쭈그리고 앉았다.

"외양간 보고! 엘리베이터 두 대가 모두 1층에 멈춰 있다."

"여기는 방앗간, 엘리베이터 한 대는 4층에 멈췄고, 한 대는 1층에 서 있다."

"여기는 허수아비, 곳간 응답하라! 엘리베이터 한 대는 1층에 서 있고, 다른 한 대가 5층으로 올라가고 있…… 아니, 방금 멈췄다."

TT는 마이크에 대고 말했다.

"모든 조는 현 위치를 지키고 지원을 기다려라. 오버."

샤오밍은 가슴이 마구 뛰었다. TT와 샤페이와 함께 엘리베이터 근처 모퉁이에 쪼그리고 앉아서 시민들이 지나가거나 엘리베이터를 타려 할 때마다 급히 저지했다. 정의감 넘치는 시민 몇몇은 범죄자가 빌딩 안에 숨어 있는 상황임을 눈치채고 자발적으로, 거리에서 건물로 들어오려는 거주자나 손님을 막아주었다.

"끼익."

방금 5층에 멈췄던 엘리베이터가 1층으로 내려왔다. 샤오밍 등 세 사람은 권총을 들어 올려 경계했다. 엘리베이터에는 한 중년 부인이 타고 있었는데 권총을 든 형사들을 보더니 깜짝 놀라 소리를 질렀다. 샤페이가 급히 그녀를 붙잡고 자신들 뒤쪽으로 끌어당겨 안전한 위치를 확보했다.

"이러고 있는 건 좋은 방법이 아니야."

TT가 갑자기 입을 열었다.

"그럼요?"

샤오밍은 대장의 말이 의아했다.

"시간이 길어지면 스번성이 2층에 도착할 거야. 그러면 창을 깨고 도주할 수 있어. 우리가 여기를 지키고 있는 건 아무 소용 없어."

"하지만 위에선 현 위치를 지키라고 했잖아요."

"스번성 일당은 늘 중화력 무기를 사용했어. 감시조가 그들이 대형 여행가방을 들고 나왔다고 했으니 분명히 개인용 자동소총이나 AK47 같은 돌격소총을 갖고 있을 거야. 무장돌격대가 도착한다고 해도 우리 쪽 화력이 부족해. 그놈들이 여기까지 공격해오면 뒤쪽의 시민들이 위험해져."

TT가 무거운 표정으로 말했다. 샤오밍와 샤페이는 TT가 무엇을 지적하는지 이해했다. 스번성은 예전에도 포위된 상태에서 소형 버스에 뛰어올라 운전기사와 승객를 위협해 도주한 적이 있었다. 도주에 성공한 다음 그는 갑자기 운전기사와 승객 네 명을 사살했다. 생환자의 진술에 의하면 스번성은 총을 쏠 필요가 전혀 없었는데도 운전기사가 액셀을 충분히 밟지 않은 것과 승객 네 명의 울음소리가 짜증 난다는 이유로 그들을 죽였다고 한다.

"하지만 대장, 우리는 다 합쳐서 총알도 열여덟 발밖에 없는걸요."

샤오밍이 겁먹은 소리로 말했다.

"그쪽도 세 사람뿐이야, 3대 3이라고. 비호대가 도착할 때까지만 시간을 끌면 돼."

TT는 이렇게 말하며 탄창을 점검했다. 여섯 발의 총알이 모두 들어 있었다.

"저는 여기 그대로 있으면 좋겠지만 대장 말씀이 맞아요. 공격이 최고의 방어라는 말도 있으니까." 샤페이가 말했다. "어휴, 무려 왕립홍콩경찰이니 나서지 않을 수도 없고."

두 선배의 진지한 표정을 보고 샤오밍은 심호흡을 하고 고개를 끄덕였다.

"아저씨!" TT가 건물관리소에 숨은 나이 든 경비원을 불렀다. "엘리베이터 잠그는 열쇠 있습니까?"

"있지요, 있어."

경비원은 황망히 열쇠를 꺼냈다. TT와 샤페이의 보호를 받으며 엘리베이터로 다가가서 제어판을 열고 엘리베이터 운행을 멈췄다.

"이렇게 하면 놈들은 계단으로 내려올 수밖에 없어." TT가 계단을 가리켰다. "만약 놈들이 남쪽이나 중앙의 계단이나 엘리베이터를 타고 도주한다면 다른 조원들을 만나게 되겠지. 우리가 여기서 위로 올라간다면 포위할 수도 있어."

TT는 잠깐 생각에 잠겼다가 경비원에게 물었다.

"아저씨, 북쪽으로 8층 이상에서 영업 중인 가게가 있습니까?"

"그렇게 높은 층에는 없을 텐데…… 아, 아니에요, 9층 30호가 소형 여관입니다. 하이양海洋 여관이라고 하죠."

"망했군." TT가 샤페이와 샤오밍에게 고개를 돌려 말했다. "지금은 낮이라 거주자들은 거의 없을 테니 놈들이 주민을 인질로 잡을 가능성은 낮아. 그런데 여관이라면 투숙객들이 위험해질 것 같은데."

샤오밍은 고개를 끄덕였다. 만약 스번성이 투숙객을 인질로 잡아 방패막이로 내세운다면 경찰은 속수무책으로 눈앞에서 놈들을 놓치게 될 테고, 그 후 인질에게 어떤 위험이 닥칠지도 알 수 없게 된다. 움직일 거라면 제때 결단을 내려야 했다.

"모험을 해보는 수밖에." TT는 무전기를 켰다. "여기는 허수아비, 곳간 응답하라. C팀은 지금부터 계단을 통해 위로 올라간다. 오버."

"여기는 곳간, 허수아비는 원래 위치를 고수하라. 원래 위치를 고수하라! 오버."

"신경 쓰지 마." TT가 이어폰을 빼버렸다. "우리는 우리 자신을 믿어야 해. 가자."

TT가 앞장서서 계단으로 통하는 문을 열었다. 샤페이와 샤오밍이 뒤로 따라붙었다.

"단숨에 위로 뛰어 올라가자." TT가 계단 난간 사이로 위쪽을 살펴보며 말했다. "아까 감시조가 말한 시간으로 추측하면 놈들이 이쪽 계단으로 내려올 경우 빨라야 12, 13층 정도일 거야."

"놈들이 내려오다가 어느 층 복도를 통해 다른 쪽으로 가거나 하면 어떡합니까?"

샤오밍이 물었다.

"놈들이 정말로 위험을 느껴서 도망치는 거라면 2층에 도착해서 창문으로 뛰어내리는 것만 생각할 거야. 우리와 숨바꼭질할 리 없어." TT는 계단에 발을 올렸다. "엘리베이터를 타지 않은 걸 보면 놈들도 뭔가 이상을 느낀 거야. 만약 스번톈이나 자기들 일당을 만나기 위해서라면 복도를 통해 이동하지 않겠지. 장비를 모두 챙긴 채 정상적이지 않은 통로로 이탈하는 걸 보면 가장 큰 가능성은 놈들이 위험을 발견하고 어쩔 수 없이 도망치고 있다는 거야."

"제기랄, 아까 밥 사러 왔을 때만 해도 아무렇지 않았잖아요. 우리가 들킨 건 아니겠죠?" 샤페이가 TT를 따라가며 말했다. "펑 독찰 그쪽에서 뭘 실수해서 놈들의 주의를 끈 거 아닐까요? 어휴, 제발 아무 일도 없어야 하는데. 우리 대장은 곧 결혼도 할 건데. 굽어 살피소서."

TT와 샤오밍이 아무 대꾸도 없자 샤페이도 말없이 뛰어 올라가는 데만 집중했다.

8층 계단 앞에 도착했을 때 TT가 갑자기 멈추더니 두 사람에게 조용히 하라고 수신호를 보냈다. 샤오밍은 아무런 이상도 알아채지 못했지만 경험 많은 대장이 무언가 발견한 게 있으리라 믿었다.

그들은 발돋움을 하고 벽을 따라 느린 걸음으로 소리 없이 전진했다. 계단은 어두웠다. 두 층 사이에 하나씩 작은 창이 있을 뿐이었다. 전방을 살펴보는 것조차 쉽지 않았다. 그러나 다른 선택지가 없었다. 형사의 경험을 살려 부족한 부분을 메꾸는 수밖에 다른 길이 없었다.

8층과 9층 중간에 도착하자 맨 뒤에서 따라가던 샤오밍도 비로소 알 수 있었다. 9층 복도에서 한 사람의 그림자가 움직이고 있었다. 자후이루는 복도와 계단 사이에 이중으로 문이 있었다. 문과 문 사이에는 약 2미터 폭에 5미터 길이의 통로가 있는데, 거주민들은 그곳을 쓰레기통을 내놓는 용도로 썼다. 문에는 가로 20센티미터, 세로 1미터 정도의 유리창이 달려 있었다. 샤오밍은 그 유리창 너머로 그림자 하나가 움직이는 걸 봤다.

우리가 찾는 놈일까? 아니면 거주민? TT는 잘못된 판단이 얼마나 심각한 문제를 일으키는지 잘 알았다. 그는 허리를 굽히고 앞으로 나아갔다. 9층 계단 쪽 문 앞에 도착해 유리창 너머를 확인했다. 통로를 지나 복도 쪽 문 앞에 한 사람이 서 있었다. 그 문은 열려 있었다. 문 밑에 나무토막이나 지난 신문을 접어서 괴어놓은 듯했다. 계단으로 통하는 문을 닫아놓아야 화재 시 연기를 막을 수 있다고 소방서에서 여러 차례 호소하지만, 주민들은 편리함을 위해서 여러 가지 방법으로 복도 문의 방연 기능을 유명무실하게 했다.

유리창에는 먼지가 두껍게 쌓여 있었다. TT와 샤페이가 유심히 살펴봤지만 실내도 어둑해서 유리창 너머의 사람이 자신들의 목표인지 확신할 수 없었다. 샤오밍은 스번성 등이 10층 계단에서 나타날 것에 대비해 후방을 경계했다. 만약 놈들이 뒤쪽에서 공격해온다면 샤오밍 등은 그대로 몰살될 것이다.

TT가 샤페이와 샤오밍에게 수신호를 보냈다. 샤오밍이 문을 밀어 열고 샤페이와 TT가 뛰어든다는 계획이었다. 중안조는 정식으로 전술훈련을 받지는 않는다. 다시 말해 실전 경험이 부족하다. 그러나 이 순간 문 너머의 사람이 놈이든 아니든 밀고 들어가는 것 외에 다른 선택지가 없었다. 샤오밍은 복도 문에서 멀지 않은 곳에 30호실이 있다는 걸 알고 있었다. 그 소형 여관이 위치한 곳이다. 만약 스번성이 정말로 인질을 붙잡았다면 일이 더욱 복잡해진다.

"3……."

TT가 손가락으로 수를 셌다.

"……2, 1, 0!"

샤오밍은 육중한 나무 문을 온 힘을 다해 밀어젖혔고 TT와 샤페이가 각각 왼쪽과 오른쪽에 붙어서 문 안으로 뛰어들었다. 문 앞에 있던 사람이 경악해 뒤돌아보았고 세 사람은 서로 얼굴을 맞닥뜨린 채 눈앞의 상황을 이해하게 됐다.

문 앞에 서 있던 사람은 재규어였다.

재규어는 포장음식점에서 일하던 TT를 알아봤고 그의 손에 권총이 들린 것을 보고는 모든 상황을 이해했다. 샤오밍은 재규어가 두 개의 총구를 앞에 두고 있으니 두 손을 들고 투항할 거라고 생각했다. 그러나 TT가 그를 제압하기도 전에 재규어는 신속하게 허리춤에서 권총을 뽑아 들었다. 계단 쪽을 등지고 있을 때부터 오른손은 총자루에 얹혀 있었다. 재규어는 TT와 샤페이와 마주치자마자 본능적으로 흑성을 뽑은 것이다.

탕! 탕!

생사의 기로에서 TT는 망설이지 않고 상대의 몸에 연속 두 발을 쏘았다. TT의 사격 솜씨는 탁월했다. 두 발 모두 가슴에 정확히 틀어박혔다. 재규어의 몸은 총알을 맞은 반동으로 미미하게 흔들리다가 뒤로 넘어갔다. 방아쇠조차 당기지 못했다. 가슴에 생긴 두 개의 구멍에서 분수처럼 선혈이 치솟았다. 샤페이는 대장이 범인을 제압한 것에 흥분해 진짜 위기가 바로 뒤에 따라오는 걸 눈치채지 못했다. 재규어가 땅바닥에 쓰러지자마자 문 옆에서 다른 사람이 모습을 드러냈다.

덩치였다.

게다가 그는 두 손으로 AK47 돌격소총을 들고 있었다. 총구가 좁은 공간에 서 있는 세 사람을 향했다.

타타타타타!

TT와 샤페이, 샤오밍은 재빨리 바닥에 엎드렸다. 그러나 돌격소총의 속도는 세 사람의 반응보다 빨랐다. 가장 뒤에 서 있었던 샤오밍은 엎드리는 동시에 문 뒤로 몸을 피했지만 TT와 샤페이는 복도와 계단 사이 통로에 서 있었고, 유일한 엄폐물이라고는 플라스틱으로 만들어진, 아무 도움도 되지 않을 빨간색 쓰레기통뿐이었다. 샤오밍은 총알이 머리 위로 날아가는 것을 느꼈다. 귀를 아프게 하는 총소리가 계단벽을 타고 울렸다. 화약 냄새가 콧구멍 속으로 스며들었다.

짧은 삼사 초 사이에 샤오밍은 본능적으로 경찰다운 사고방식을 회복했다. 대장과 샤페이를 지원해야 한다는 것이었다. 그는 성급하게 뛰쳐나갔다간 총알을 맞기 십상이라는 걸 알았지만 경찰로서 이 순간에는 안전을 돌보지 않고 공격할 수밖에 없었다.

그런데 그 순간 총성이 멈췄다.

샤오밍은 바닥에 엎드린 채로 몸을 기울여 총구를 계단 앞 공간 저쪽의 사람 그림자를 향해 들이댔다. 그때 샤오밍의 눈에 상대방이 천천히 무릎을 꿇듯 주저앉으며 소총을 바닥에 떨어뜨리는 장면이 보였다. 빛이 부족한 와중에도 샤오밍은 덩치의 이마에 조그만 검정색 구멍이 뚫려 있는 것을 알아볼 수 있었다.

샤오밍이 아직 제대로 반응하기도 전에 그는 무언가가 자기의 어깨를 꽉 쥐는 것을 느꼈다.

"후퇴해!"

TT의 목소리였다.

샤오밍은 꿈에서 깨어나는 것처럼 눈앞의 형세를 정확히 보게 됐다. 계단 앞 공간에 두 구의 시체가 쓰러져 있었다. 하나는 재규어였고 또 하나는 덩치였다. 샤오밍 옆에는 TT가 쪼그리고 앉아 있었다. 그리고 바닥에 엎드린 채 크게 숨을 헐떡이는 샤페이가 있었다.

TT와 샤오밍은 샤페이를 끌고 계단 쪽으로 후퇴했다. 계단 쪽 문이 자동으로 닫힐 때 타타타타 하는 소리가 문 뒤에서 울렸다. 문에 달려 있는 유리창이 그 소리와 함께 부서져 내렸다. 샤오밍은 그게 스번성이라는 것을 알았다.

샤오밍과 TT는 총을 들고 경계했으나 스번성은 덩치처럼 경솔하지 않은 것 같았다. 오 초도 지나지 않아서 문 뒤쪽에 적막이 내려앉았다.

방금 덩치는 들고 있는 무기의 화력이 세고 TT 등은 좁은 통로 공간에 있었으므로 문 앞에 서서 총을 쏜 것이다. 전광석화 같은 찰나, TT는 눈 깜짝할 사이에 적의 머리를 향해 두 발을 쏘았다. 38구경 총알은 소총탄보다 위력이 약하지만 인체에 대해서만큼은 훨씬 강력하다. 탄환의 속도가 빠른 소총탄은 관통력이 세서 금속을 뚫을 수도 있다. 그러나 몸을 관통해버리면 인체에 대한 상해 정도는 좀 더 큰 구멍을 내는 권총에 미치지 못한다.

물론 어떤 총알이든 무척 치명적이지만 나름의 차이가 있는 것이다.

"샤페이! 샤페이!"

TT가 샤페이의 의식을 되돌리기 위해 이름을 불렀다. 샤페이의 몸에 총알 세 발이 명중했다. 왼쪽 어깨와 종아리, 그리고 목. 목에서 선혈이 뿜어져 나왔다. 심각한 상황이었다.

"샤, 샤페이 형!"

샤오밍은 급히 샤페이의 목을 세게 눌러 지혈했다. 그는 경동맥이 파열됐다는 것을 알아차렸다. 온 힘을 다해 지혈하지 않으면 출혈 과다로 몇 분만에도 사망할 수 있었다.

샤오밍은 동료가 중상을 입은 것을 한 번도 경험하지 못했다. 사실 중상을 입은 사람을 직접 본 적도 없었다. 그가 순경으로 근무할 때도 운이 좋은 건지 어쩐 건지 매번 제때 범인을 저지해 부상자가 있어도 모두 경상에 그쳤다. 그가 사망자가 있는 사건을 맡지 않았던 것은 아니지만 모두 평범한 신고였다. 어떤 노인이 집에서 미끄러져 사망한 후 며칠 지나 발견됐다거나 교통사고로 사망한 사례다. 다시 말해 샤오밍은 이런 생사를 넘나드는 사건을 겪어보지 못한 것이다. 자신의 행동이 한 사람의 생명에 영향을 미치는 상황, 심지어 바로 다음 순간 자기 자신이 살해당할지도 모르는 그런 상황 말이다.

"지, 지원 요청을 해야……."

샤오밍은 왼손으로 상처를 압박하면서 이미 붉게 물들어버린 오른손으로 아까의 충돌로 빠져버린 이어폰을 귀에 꽂으려고 했다. 그러나 손이 벌벌 떨려서 제대로 꽂을 수가 없었다.

"지휘본부 응답…… 왜 아무 소리도 안 들리는 거야……."

샤오밍은 허둥지둥 바지 뒷주머니에 넣어둔 무전기 본체를 꺼냈다. 아까 총알을 피하면서 무전기를 깔아뭉개는 바람에 바깥 케이스에 금이 가 있고 버튼을 눌러도 반응이 없었다.

"으아악!"

문 바깥 복도에서 희미하게 비명소리가 들렸다.

그 소리에 TT와 샤오밍은 예민하게 반응해 고개를 돌렸다.

"샤오밍." TT가 나무 문을 응시하며 냉정하게 말했다. "샤페이는 여기 두고 우리끼리 공격하자."

"대장?"

샤오밍이 급히 고개를 들었다. TT를 뚫어져라 바라보는 눈빛은 자기가 방금 들은 명령을 믿지 못하겠다고 말하는 듯했다.

"샤페이는 내려놓고 엄호해줘."

"대장! 지금 손을 떼면 샤페이 형은 죽는다고요!"

샤오밍이 소리 질렀다. 바닥에 무릎을 꿇고 앉은 그의 바지는 샤페이의 피로 온통 새빨갛게 물들어 있었다.

"샤오밍! 우린 경찰이다! 시민을 보호하는 게 동료를 구하는 것보다 중요해!"

TT가 성난 목소리로 고함쳤다. 대장이 부하들에게 이렇게 크게 화내는 모습은 샤오밍에게 처음이었다.

"하, 하지만……."

"샤페이는 지원조에게 맡기면 돼!"

"싫습니다."

샤오밍은 손을 떼지 않았다.

"샤오밍! 명령이다! 손 떼!"

"싫습니다! 그럴 수 없어요!"

샤오밍은 목이 터져라 소리쳤다. 그는 자신이 대장의 명령에 불복하리라고는 단 한 번도 생각해본 적이 없었다.

"제기랄!"

TT가 욕을 내뱉었다. 그는 샤오밍이 떨어뜨린 권총을 주워 재빨리 탄창을 확인했다. 그러고는 단숨에 총탄 자국으로 엉망이 된 나무 문을 밀고 허리를 굽힌 채 복도 쪽으로 뛰어나갔다.

3

첫 번째 총소리가 창밖에서 들려왔을 때 가오랑산은 등골이 서늘했다.

끝장이었다.

'곳간'에 있던 형사들—차오쿤과 관전뒤를 포함해서—은 모두 그 소리가 총소리임을 알았다. 비록 큰 소리는 아니었지만 사격훈련을 실시하는 경찰이라면 누구나 알 만한 소리였다.

게다가 그 소리에 이어 더욱 크고 연속적인 총소리가 들렸다.

거리의 행인들도 이상함을 느낀 듯 어떤 사람은 고개를 들고 소리가 난 곳을 찾으려고 했다. 신중한 사람들은 급히 주변의 건물 아래나 점포 안으로 몸을 피했다.

폭죽이 연속으로 터지는 듯한 소리가 시멘트 빌딩 사이를 울리며 들렸다 멈췄다 했다. 그러나 그 소리가 어느 빌딩 어느 사무실에서 들려오는지는 아무도 알 수 없었다.

가오랑산 역시 정확한 지점을 알지 못했다. 그러나 그 소리를 낸 인물이 누구인지는 잘 알았다.

TT는 방금 '지금부터 계단을 통해 위로 올라간다'고 무전으로 연락한 뒤로 지휘본부의 부름에 전혀 응답하지 않고 있다.

미친 새끼! 요 몇 분 동안 가오랑산은 속으로 수십 번이나 욕을 내뱉었다.

재규어와 덩치가 점심을 사 들고 돌아갔다는 감시조의 보고를 받은 후 다들 한숨을 돌렸다. 놀란 가슴을 쓸어내리며 식은땀을 훔쳤다. 차오쿤과 관전둬도 상황이 가오랑산의 통제하에 있다고 여기고 다시 한 번 작별인사를 하고 있던 찰나였다. 그때 감시조가 세 사람이 장비를 챙겨서 은신처를 떠났다고 보고해왔다.

"범행을 준비하려는 걸까요? 아니면 스번톈과 합류하는 걸까요? 무슨 지령을 받은 게 아닐까요?"

통신기록을 확인하던 형사가 급히 가오랑산에게 물었다.

"우리가 알고 있는 호출기 번호 중에는 아무런 새로운 메시지가 없습니다."

다른 형사가 곧바로 보고했다.

"어쩌면 스번톈이 다른 호출기로 지령을 보냈을지도 몰라. 남쪽과 중앙의 잠복조가 아무런 이상도 발견하지 못했다면 꼭 철수한다고 볼 수도 없잖아?"

가오랑산이 미심쩍다는 듯 말했다.

"아니야. 저건 도주야." 관전둬가 끼어들었다. "그들이 경찰이 잠복해 있다는 건 모른다고 해도 뭔가 눈치를 챈 건 분명해. 그래서 급히 철수하는 거지."

"어째서 그렇습니까?"

"두목의 지령을 받고 합류하러 가는 거라면 먼저 점심을 먹고 움직여도 시간적으로 별 차이 없어. 방금 여유롭게 점심을 사 들고 갔는데 일 분도 안 돼서 모든 장비를 챙기고 엘리베이터도 타지 않고 떠나다니, 이게 철수가 아니면 뭐겠나?"

가오랑산은 잠시 멍하니 섰다가 부하들에게 '체포작전을 준비하고 출입구를 봉쇄하라'는 명령을 내렸다. 이제 스번톈은 포기해야 했다. 스번성이라도 체포할 수 있다면 임무는 절반의 성공을 거두는 셈이다. 현재 인력이 부족해 개미굴이나 다름없는 자후이루를 완전히 포위하는 건 불가능한 일이었다. 가오량산은 곧바로 비호대 출동을 요청하는 한편 경찰서에도 지원을 요청했다. 비록 순경과 돌격대의 화력이 스씨 형제에 미치지는 못하지만, 이제는 경찰 한 명, 권총 한 자루라도 더 있다면 체포의 가능성이 일푼이라도 더 보장되는 상황이었다.

TT가 '공격하겠다'고 보고한 후 두 대의 돌격대 차량과 철마경찰용 모터사이클을 가리키는 은어를 탄 교통경찰 세 명이 도착했다. 현장에는 이제 두 배의 경찰 인원이 모여 자후이루를 물 샐 틈 없이 포위하는 데 충분한 인력이 배치되었다. 하지만 가오량산은 스번성이 중형 총기류를 갖고 있어서 경찰 측이 일격도 견디지 못할까 봐 걱정스러웠다. 더욱 우려되는 상황은 놈들이 무고한 시민을 인질로 삼는 경우였다. 가오량산은 비호대가 최대한 빨리 도착하기만을 바랐다. 얼른 작전을 끝내고픈 마음뿐이었다.

그런데 그 총소리가 사건이 더욱 나쁜 쪽으로 흘러가고 있다는 것을 알려줬다.

자후이루 1층을 지키던 형사들도 총소리를 들었다. 그들은 분분히 지시를 내려달라고 지휘본부로 요청해왔다.

"여기는 방앗간, 곳간 응답하라. 위에서 총성이 들린다. 지시를 요청한다. 오버."

"여기는 외양간, 곳간 응답하라. 총성은 이쪽에서 난 게 아니다. 오버."

가오량산도 위치를 확신하지 못해 어쩔 수 없이 '엘리베이터를 봉쇄하고 계단을 통해 위로 올라가며 수색하라'는 명령을 내려야 했다.

"A팀, 엘리베이터 봉쇄 완료. 외양간을 떠나 수색을 시작한다. 오버."

30초가 지나기 전에 무전기에서 펑위안런의 목소리가 들렸다.

"B팀, 방앗간을 떠나 위로 올라간다."

건물 중앙출입구를 맡았던 B팀도 곧이어 보고했다.

TT의 팀을 대신해 건물 북쪽을 지키던 순경을 제외하고, 원래 남쪽과 중앙에 잠복했던 두 팀은 계단을 통해 위층으로 올라가기 시작했다. 1층은 증원된 경찰들이 지켰다. 총소리는 복도와 계단을 따라 느리게 메아리처럼 울려왔다. 형사들은 감히 소홀한 마음을 먹을 수 없었다. 총소리가 멀리서 들리긴 하지만 적들이 전부 멀리 있다는 뜻은 아니었다. 만일 스번성과 덩치 등이 나뉘어서 철수하고 있다면 경찰들은 여전히 모퉁이를 돌자마자 치명적인 무기를 든 악당과 마주칠 가능성이 있었다.

가오랑산은 골치 아픈 와중에도 차오쿤을 슬쩍 살폈다. 가오랑산에게 관전둬가 직급이 높은 선배라면 차오쿤은 확실히 상사였다. 그것도 총부 정보과의 부지휘관이며 앞으로 정보과를 통솔하게 될 핵심인물이었다. '차오 경사'가 나중에 '차오 조리처장'이 될지는 하늘도 모르는 일이었다. 그런 사람 앞에서 이런 꼴을 보였으니 한마디로 자신의 앞날은 끝난 것이나 다름없었다. 한발 양보해서 차오쿤이 계속 정보과에만 머무른다 해도 총부의 핵심인사에게 무능한 놈으로 찍혔으니 자신의 직속상사인 서카오룽 총구의 지휘관을 볼 낯이 없었다.

확실히 끝장이었다.

띄엄띄엄 이어지는 총소리가 멈추고 모든 형사들의 이어폰으로 갑자기 무전이 들어왔다.

"9층 북쪽 계단에 총상을 입은 팀원 한 명! 지원 바란다, 오버!"

TT의 목소리였다. 무전과 함께 또다시 총소리가 한바탕 울렸다.

"TT! 위치 보고해!"

가오랑산이 마이크를 빼앗아 들고 외쳤다.

"9층 30호실 하이양 여관입니다! 지금 문 앞에 있습니다. 재규어와 덩치는 사망했고 스번성만 남았습니다! 그, 그런데 놈이 AK를 가졌고 여관에는 인질이……!"

TT가 숨을 몰아쉬며 다급히 말했다. 가오랑산이 그의 말을 반쯤 들었을 때 창밖에서 다시 한 번 연속적인 총소리가 들렸다.

"TT, 현 위치에서 대기해! 지원조가 금방 도착한다!"

스번성만 남았다는 말을 들은 순간 가오랑산은 내심 기뻤다. 그러나 인질이 있다는 말에 다시 미간을 찌푸려야 했다.

"안 됩니다! 그, 그 나쁜 새끼가 인질을 죽이고 있다고요!"

TT의 목소리가 총소리에 덮여 잘 들리지 않았다.

"멋대로 굴지 마! 일 분이면 지원조가 간다!"

가오랑산이 외쳤다.

"인질들이 다 죽는다고! 젠장!"

지휘본부의 스피커에서 이를 악문 TT의 목소리가 울렸다. 그러고는 정적이 이어졌다. 반면 창밖에선 또 총소리가 울렸다.

"각 팀, 곧바로 9층 북쪽 30호실 하이양 여관으로……."

몇 번이나 TT를 소리쳐 불렀지만 아무런 응답이 없자 가오랑산은 다른 팀에게 지시를 내렸다.

"B팀, 현재 위치 7층, 바로 진입한다. 오버."

"A팀, 수신했다. 오버."

펑위안런의 목소리였다.

가오랑산은 두 손으로 책상을 짚고 이를 사리물었다. 이제 수습할 방법이 없다.

다른 팀의 보고가 있은 뒤 자후이루에서 다시 몇 번의 연이은 총소리가 들렸다. 그러나 십수 초 후에는 모든 것이 고요해졌다. 현장의 경찰들은 다음 총소리가 곧 들려오리라 예상했지만 모두의 예상이 빗나갔다. 지휘본부의 창밖으로 경찰의 호루라기 소리, 자동차 경적 소리, 도로를 수리하는 소리, 행인의 잡담 소리가 들려왔다. 방금 전 귀를 찔러오던 총소리가 마치 존재하지 않는 환상처럼 여겨졌다.

정적 속에서 가오랑산은 이것이 폭풍 전야의 고요가 아니기만을 기도했다.

"B팀, 9층 도착 후 25호실 앞이다. 모퉁이를 돌면 바로 여관이다. 지금 진입한다. 오버."

총소리가 멈추고 30초쯤 지나 원래 방앗간을 지키던 형사 네 명이 현장에 도착했다. 두 명은 서카오룽 중안조 소속이고, 두 명은 TT의 부하였다. TT의 부하들은 대장이 위험에 처했다는 걸 알고 앞장서서 지원하러 달려온 것이었다.

"알았다."

가오랑산이 조용히 응답했다. 그러나 상대 쪽에서 아무런 소리도 들리지 않았다. 창밖에서도 더는 총소리가 울리지 않았다.

한참 후 스피커에서 다시 소리가 울렸다. 그러나 보고하는 형사의 목소리는 완전히 잠겨 있고 정서적으로 불안정하게 들렸다.

"여기는 B팀…… 구급차 긴급지원 바람. 현장, 현장 클리어, 용의자는 사망했다. 부상당한 경찰관과…… 사상자 다수. 오버."

가오랑산은 눈앞이 새까매졌다.

"에릭, 자네가 잠시 지휘를 대신해주게. 내가 현장에 가봐야겠어."

가오랑산이 통신을 담당하는 부하에게 말했다.

가오랑산이 고개를 돌리자 관전둬가 눈썹을 찡그리고 있었다. 차오쿤은 얼굴을 딱딱하게 굳히고 있었다. 그들이 가오랑산에게 싫은 내색을 하려는 것은 아니었다. 다만 작전 중에 이런 사고가 생기면,

특히 이렇게 심각한 사고라면 어떤 경찰이라도 웃을 수가 없었다.

"전둬, 난 총부로 먼저 돌아가겠네."

차오쿤이 말했다.

"현장을 보지 않으시고요?"

"내가 지휘관도 아닌데."

차오쿤은 이렇게 말하며 어쩔 수 없다는 눈빛으로 가오랑산을 흘낏 쳐다봤다.

"휴우, 이런 일이 생겼으니 위에서 분명히 좋아하지 않을 거야. 먼저 가서 인력 배치를 해야겠어. 스번성이 정말로 죽은 거라면 O기가 스번텐 체포를 맡을 테니 CIB에서도 정보를 대량으로 정리해야 할 거야."

차오 경사의 말에 가오랑산은 속이 탔다. 그의 말에는 분명 이런 대사가 숨어 있을 터였다. '이런 엄청난 실책을 저질렀으니 자넨 이제 죽은 목숨이야.' 가오랑산은 조용히 듣고만 있을 수밖에 없었다.

"전 조금 더 있다가 가겠습니다. 현장에서 스번텐과 관련된 정보가 나올지도 모르죠."

관전둬가 차오쿤에게 말했다.

"전 먼저 현장으로 가보겠습니다. 자료는 관 경사님께 넘겨드리도록 하겠습니다. 먼저 실례하겠습니다."

가오랑산이 말했다. 마치 어색한 분위기를 피해 달아나는 모양새였다.

가오랑산은 형사 한 명을 데리고 지휘본부를 나섰다. 차오쿤도 곧 떠났고 관전둬 혼자 두 명의 서카오룽 중안조 형사와 작은 방에 남았다.

가오랑산은 길을 건너며 너무도 불안했다. 평소보다 발을 재게 놀리며 교통경찰을 지나쳐 북쪽 엘리베이터로 걸어갔다. 그는 경비원에게 엘리베이터를 다시 가동하도록 지시한 다음 9층 하이양 여관으로 올라갔다. 그리고 처참한 장면을 목격했다.

스번성은 죽었다. 그는 가슴과 머리에 각각 한 발을 맞고 여관 응접실 한가운데 쓰러져 있었다. 그를 사살한 것은 왼쪽 팔에 소총탄을 맞고 낙담한 채 여관 카운터 옆에 주저앉아 있는 TT였다.

여관에 있던 일반 시민은 아무도 살아남지 못했다.

하이양 여관은 독립적으로 경영되는 작고 초라한 저가 숙소였다. 객실도 네 개뿐이고 투숙객도 특별한 사정으로 묵을 곳을 찾지 못한 서민층이 아니면 특수한 배경의 사람들뿐이다. 가장 많은 경우가 방을 빌려 매춘을 하는 이들이었다. 포주 없이 겸업 비슷하게 일하는 매춘부나 에스코트걸 등은 시간당으로 방을 빌려 손님과 함께 묵곤 했다. 하이양 여관은 그런 장소였다.

7제곱미터도 안 되는 여관 응접실에 AK47을 움켜쥔 스번성의 시체 외에 두 구의 시체가 더 있었다.

나이 든 남자가 계산대에 엎어져 있고 현관 옆 소파에는 중년 여자가 쓰러져 있다. 남자는 얼굴 아랫부분 절반이 총에 맞아 너덜너덜했다. 아래턱이 떨어져나가 목과 가슴이 온통 피범벅이었다. 중년 여자는 소파 위에 반쯤 눕듯이 쓰러져 있는데 두 눈이 돌출되었고 가슴에 총알구멍 두 개가 뚫려 있었다. 흰 옷에 새빨간 모란꽃이 두 송이 수놓아진 것처럼 보였다.

응접실에서 객실로 통하는 복도 사이에는 머리에 총을 맞은 남자가 누워 있고 주변에 뇌수가 잔뜩 흩어져 있었다. 여러 발의 총알이 뒤통수를 꿰뚫고 들어가 이마로 튀어나왔고 등에도 적잖은 총알구멍이 보였다. 하지만 누구라도 그 역겨운 머리 부분에 눈길을 빼앗기고 말 것이었다.

이 지옥도에는 세 구의 시체가 더 있었다. 복도 끝에 있는 4호 객실 안에 이십 대로 보이는 여자가 머리에 총 한 발을 맞은 채 죽어 있었다. 대각선 맞은편의 1호 객실에는 젊은 남녀 한 쌍이 죽어 있었다. 여자는 나체였고 침대 시트로 몸을 가리고 있었는데, 흰 시트가 이미 붉은색으로 얼룩덜룩했다. 사각팬티만 입은 남자는 가슴에 두 발의 총알구멍이 나 있고 방문 옆에 엎드려 있었다.

"인질이 모두 죽었습니다……." 가오랑산보다 한발 앞서 도착해 상황을 확인한 펑위안런 독찰이 보고했다. "재규어와 덩치의 시체는 계단 입구에 있습니다. 몽콕 중안조 형사 두 명이 계단통에 있는데 그중 한 명은 중상을 입었습니다."

"내가, 내가 제대로 하지 못해서…… 그놈을 단번에 죽여버리질 못해서……."

TT는 그제야 가오랑산이 자기 옆에 서 있다는 걸 알아챈 것 같았다. 보일 듯 말 듯 고개를 들고 괴로운 목소리로 중얼거렸다.

"그 아주머니는 살릴 수 있었어. 한 사람은 살릴 수 있을 줄 알았는데……."

가오랑산은 주변을 둘러보며 현기증을 느꼈다. 참혹했다. 악당 셋은 전부 TT가 처리했지만 무고한 시민이 희생됐다. 그것도 이렇게나 많이. 상황이 이보다 더 나쁠 수가 없었다. 일반인들은 범죄자를 모두 없앴으니 경찰이 최소한 약간의 공로는 있다고 생각할지 모른다. 하지만 가오랑산은 사실 그게 더 큰 문제라는 걸 잘 알았다. 스번성이 죽지 않았다면 심문을 통해 스번텐의 행적을 알아낼 수도 있었을 텐데 지금은 모든 단서가 끊겨버렸다. 스번텐은 더 악랄한 범죄 계획을 세울지 모른다. 동생의 복수를 위해서.

"가오 독찰님, 구급대원이 도착했습니다."

형사 하나가 현관에서 여관으로 뛰어 들어오며 외쳤다. 덕분에 가오랑산은 정신을 차렸다.

"위안런, 구급대원 두 명을 데리고 계단통으로 가서 부상을 입은 몽콕 중안조 친구를 돌봐주게. 여긴 내가 처리할 테니." 가오랑산은 말을 마치고는 바로 고개를 돌려 다른 부하에게 지시했다. "지원경찰들에게 연락해서 8층 이상의 모든 거주자들을 대피시키도록 해. 그리고 따로 16층 7호실에 몇 명 보내서 조사하고. 스번성이 폭발물 같은 걸 남겨뒀을까 걱정이야."

펑위안런과 다른 형사는 명령을 곧장 시행했다. 가오랑산과 현장에 남은 구급대원들은 TT에게 붕대를 감는 중인 한 명을 제외하고 모두 한 명 한 명 사망자를 확인하기 시작했다. 혹시 기적이 일어나지 않을까 하는 희망을 품은 채. 구급대원은 모든 시체를 한 번씩 확인할 때마다 고개를 흔들며 한숨을 쉬었다. 생명반응이 없다는 뜻이었다. 인질은 아무도 구하지 못했다. 경찰은 현장 환경을 보존하고 증거 수집과 기록을 진행했다.

총알 자국이 가득한 벽, 엉망으로 부서진 가구, 주홍색으로 물든 바닥, 여기저기 널려 있는 나뭇조각과 탄피. 가오랑산은 현실이 아닌 듯한 느낌이었다. TT와 샤페이가 구급대원의 들것에 실려 나가고, 증거 수집을 맡은 형사들이 속속 현장에 도착했다. 가오랑산은 자신이 이곳에 있은들 아무런 의미가 없다고 느꼈다. 지금 무엇을 하든 소 잃고 외양간 고치기의 관례적인 집행일 뿐이었다. 가책과 후회에 휩싸인 그는 끊임없이 생각했다. 도대체 어디서 착오가 생긴 거지?

TT인가?

그는 TT에게 책임을 전가하고 그가 명령에 불복했기 때문에 이런 참혹한 결과를 빚었다고 원망하고 싶었다. 물론 그건 핑계일 뿐이었다. 스번성은 눈 하나 깜빡하지 않고 사람을 죽이는 악마다. 그놈이 탈출해 거리로 나왔다면 더 많은 시민이 희생됐을 것이다. 스번성 일당 세 명이 철수하기 시작한 순간 작전은 이미 실패한 셈이다.

이성적으로는 가오랑산도 자신이 TT보다 훨씬 더 책임이 크다는 걸 알았다. TT가 스번성이 인질을 살해하고 있다고 보고했을 때 가오랑산은 매뉴얼대로 TT에게 지원을 기다리라고 지시했다. 현실적인 문제가 어디 있는지는 고려하지 않은 것이다. 만약 그때 몇 초라도 빨리 TT에게 진입하라고 허가했더라면 그 몇 초 사이에 TT가 단 한 명이라도 구출할 수 있지 않았을까? 자신이 부하를 신뢰하지 않았기 때문에 상황이 이렇게 악화된 것이었다.

가오랑산은 부하에게 증거 수집과 기록을 지시하고 주민 대피 상황에 대한 보고를 듣느라 관전뒤가 현장에 와 있다는 것도 인지하지 못했다. 관전뒤는 1층 엘리베이터 앞에서 TT와 마주친 후 현장의 다른 형사들에게서 이 비참한 상황에 대한 보고를 들었다.

"가오 독찰님, 비호대가 작전이 취소된 거냐고 하는데요."

형사 한 명이 가오랑산의 뒤에서 질문했다.

"취소야…… 취소."

가오랑산은 원래 비호대에게 너무 늦게 도착했다는 말을 전하라고 지시하고 싶었다. 그러나 역시 하지 않기로 했다. 지휘관을 맡고 있으면 상황이 아무리 나빠도 하고 싶은 대로 다 말할 수는 없다.

총격전이 시작되고 지금 이 순간까지 20여 분밖에 되지 않았는데 가오랑산은 몇 시간은 되는 것만 같았다. 부하들은 16층의 은신처에는 아무런 함정이나 위험물품이 발견되지 않았다고 보고했다. 그는 감식요원들을 보내 단서를 찾도록 지시했다. 감식과와 지원 경찰관 등이 속속 도착했고 기자들도 앞다투어 나타나 자후이루의 여러 출입구 앞에 진을 치고 있었다. 그들은 건물을 드나드는 경찰관들을 찍어댔다.

"가오 독찰, 나도 이만 가보겠네."

관전뤄는 한동안 머물면서 현장을 한 바퀴 둘러봤다. 처참한 환경을 살펴본 그는 가오랑산에게 작별을 고했다. 이때서야 가오랑산은 관전뤄가 이곳에 있다는 것을 알았다.

"예, 스번텐과 관련된 실마리가 나오면 CIB로 보내드리겠습니다." 가오랑산은 마음에도 없는 미소를 입가에 겨우 떠올렸다. "관 경사님께 이런 참상을 보여드려 정말 죄송합니다."

"자네 잘못도 아닌걸. 흠, 우리야 늘 이런 어쩔 수 없는 사건을 만나게 되지 않나."

관전뤄가 고개를 끄덕였다.

"감사합니다. 조심히 가십시오."

"다음에 보세."

관전뤄가 자후이루를 나서자 날카로운 눈매의 기자들이 달려들었다. 그들은 유명한 관전뤄 경사가 이 사건을 담당하는 것으로 생각했다. 관전뤄는 쓴웃음을 지으며 기자들의 질문에 한 마디도 답하지 않고 그곳을 떠났다.

그날 텔레비전과 라디오 뉴스에서는 모두 '현상금 최고액의 스번성이 총격전 중에 사살됐다'는 사실을 중심으로, 그러나 인질이 모두 살해됐다는 것과 경찰이 속수무책으로 당했다는 내용이 보도되었다. 다음 날 신문에는 더욱 상세한 내용이 실렸다. 역시 경찰의 이번 작전이 실패했다는 의견과 더불어 사망자에 대해 책임을 져야 한다는 내용이었다.

표면적으로는 비록 스번텐이 잡히지 않은 채로 스번성의 사건이 일단락되는 듯했다. 그러나 이때까지는 아무도 이것이 단지 폭풍의 시작이라는 것을 알지 못했다.

폭풍은 내부조사과에서 시작됐다.

4

총격전 후의 며칠 동안 언론은 세상을 다 덮을 것처럼 '자후이루 사건'을 보도했다. 최고액 현상수배범 중 하나이자 몇 년간 수많은 중범죄를 저지른 스번성이 경찰에 사살된 일은 확실히 톱기사였다. 그러나 대중은 몇 명의 시민이 살해됐느냐 하는 세부적인 부분에 더 관심을 보였다. '날것'을 좋아하는 군중에게 이즈음의 신문 사회면은 특별란보다 훨씬 볼만했다. '악당들이 일반 시민을 함께 저승길로 데려갔다'는 말이 사람들의 간담을 서늘하게 했다. 희생자 대부분이 사회의 주변 계층이라는 점도 그런 독자들이 원하는 조미료가 되었다.

하이양 여관 응접실에서 죽은 나이 든 남자와 중년 여성은 57세의 여관 주인 자오빙趙炳과 청소부 리윈李雲이었다. 자오빙이 그런 여관을 운영한 것은 성매매업에 일조한 것이나 다름없다는 의견도 간혹 있었지만, 두 사람은 대개 대중의 동정을 얻었다. 그러나 나머지 네 명의 희생자는 모두 적잖이 비판의 목소리가 나왔고 심지어 죽어도 싸다는 식의 경박한 말도 있었다.

1호 객실에서 살해된 남녀 중 남자는 포주였고 여자는 미성년 가출소녀였다. 남자의 이름은 추차이싱邱才興, 스물두 살이고 몽콕구 발란가 일대의 성매매 업계에서 나름대로 이름이 알려져 있었다. '사위 싱'이라는 별명으로 불렸다. 잘생긴 얼굴에 매끄러운 혓바닥이 더해져 그는 무지한 소녀 여럿을 꼬여내 매춘을 시켰다. 1호 객실 침대에서 사망한 소녀도 그중 하나였다. 열다섯 살의 첸바오얼錢寶兒은 석 달 전 가출해 거리를 전전하다가 추차이싱을 만났고, 사탕발림에 넘어가 그가 관리하는 매춘부가 됐다. 한 기자가 추차이싱의 동료를 찾아내 인터뷰한 내용에 따르면 추차이싱은 사건이 있기 직전 '새로운 말을 시험운전'할 거라고 했다. 다시 말해 침대 위의 기교를 교습해준다는 뜻이다. 그것이 추차이싱의 유언이 되고 말았다.

4호 객실의 여자도 첸바오얼과 비슷한 상황이었다. 머리에 총상을 입은 스물세 살의 린팡후이林芳惠는 침사추이의 신푸두新富都 나이트클럽에 출근하는 호스티스로 맨디Mandy라는 이름을 썼다. 신푸두 나이트클럽은 유흥업소 중에서도 저급한 축으로 여종업원들은 모두 몸을 팔아서 돈을 벌었다. 첸바오얼을 매춘부라고 한다면 맨디는 수입이 좀 더 나은 약간 고급의 매춘부일 뿐이었다. 두 사람은 본질적으로 다를 게 없었다. 나이트클럽 마담은 맨디가 손님과 '짧은 시간' 약속하고 출근 전 약간의 부수입을 올릴 계획이었을 거라고 추측했다. 손님보다 살인자가 먼저 도착하는 바람에 비명에 죽어간 것이었다. 맨디의 친구들은 그녀가 얼마 전 좋은 남자를 만났다며 접대부 생활과 곧 작별할 거라 말했다고 증언했다. 맨디는 그 생활과 이런 식으로 작별하게 될 거라고는 생각지도 못했을 것이다.

세 희생자는 도덕적으로 높은 자리에 선 대중에게 비판을 받았고, 학부모나 선생님이 자녀, 학생들에게 훈계할 때 반면교사로 삼는 사례가 되었다. 대중들은 그들이 누구였는지와 살해당했다는 사실 사이에 아무런 관계가 없다는 것을 잘 알면서도 나쁜 짓을 많이 했으니 스스로 망했다는 식으로 그들의 죽음을 해석했다. 인과응보라는 것이었다. 마치 시체에 매질을 하는 것처럼 매일 신문과 잡지를 통해 그들에게 도덕적 심판을 내렸다.

만약 대중들의 가치관대로 추차이싱, 첸바오얼, 맨디가 모두 자업자득이라면 복도에서 스번성에게 머리가 날아간 남자야말로 가장 무고한 사람일 것이다.

왕징둥汪敬東이라고 하는 그 남자는 서른여덟 살로 중국의 후난성에서 왔다. 반년 전 홍콩에 와서 친척 집에 머무르다가 그 집 부인과 의견이 맞지 않아서 결국 그 집을 나와 잠시 하이양 여관에 머무르게 됐다. 그날은 왕징둥이 여관에 온 지 이틀째 날이었다. 왕징둥은 농부였다. 성실하고 교활한 데가 없는 사람이었지만 '만나면 좋아도 같이 사는 건 어렵다'는 말처럼 시간이 길어지자 친척의 가족들과 이런저런 갈등이 생겨 어쩔 수 없이 그 집을 나오게 됐다. 중국에서 온 사람이다 보니 어떤 언론매체에서는 그를 '낙후하고 배운 게 없는' 이민자처럼 묘사하기도 했고, 그가 재난을 맞닥뜨린 것을 동정하는 이는 많지 않았다. 오랫동안 대륙에서 건너온 중국인에 대한 '가난하고 문명화되지 못했다'는 고정관념은 홍콩 사람들 마음속에 뿌리를 내렸다. 실제로 그럴지도 모른다. 하지만 언론은 더 많은 관심을 끌기 위해 확대와 과장을 즐겨한다. 대륙에서 홍콩 사람이라면 다 돈을 좋아하는 장사치라고 생각하는 것처럼 홍콩에서도 모든 중국인이 거칠고 무식하다고 믿는다. 똑같이 편협한 생각이었다.

많은 홍콩 사람들이 '왕징둥이 분수를 지켜 고향에 머물렀으면 죽지 않았을 것'이라는 말에 동의했다. 그들은 왕징둥의 죽음 역시 인과응보의 한 종류라고 생각했다.

관전둬는 며칠 동안 신문에서 이와 비슷한 내용의 글을 수없이 읽어서 거의 질리다시피 했다. 5월 8일 월요일 정오, 그는 정보과 B조 사무실에서 부하들과 회의를 마치고 경찰서 구내식당으로 점심을 먹으러 가려던 참이었다. 그때 누군가 문을 두드렸다.

"관 형님, 시간 괜찮으세요?"

"아, 샤오류! 오늘 무슨 바람이 불었나?"

관전둬는 류리순 고급독찰을 보며 미소를 띠었다.

"며칠 계속 바빴는데 오늘 모처럼 짬이 나서 형님 뵈러 왔습니다. 새로 부임해오신 거 축하도 못 해드려서요. 오늘 약속 없으시면 제가 낼 테니 타이핑에 가서 어린 비둘기구이 어때요?"

류리순은 막 겉옷을 입은 관전둬에게 다가오며 친근하게 말했다.

"이야, 그렇다면 말씀에 따라야지."

류리순은 관전둬보다 여덟 살이 어렸다. 1983년에서 1985년까지 홍콩섬 중안조에서 두 사람의 관계는 지금의 펑위안런과 가오량산 같은 관계였다. 한 사람은 분대장, 한 사람은 지휘관이었다. 류리순은 솔직하고 활달한 편으로 일할 때도 적극적이고 낙천적이어서 여러 부서에서 좋은 평가를 받았다. 이제 겨우 서른을 조금 넘은 나이인데 총부 정보과 A조로 발령받았다. 동료들은 위에서 그에게 정보원과 위장잠입요원의 관리를 맡기고 싶어 한다고 믿었다. 몇 년 경험을 쌓으면 그를 형사정보과 A조 조장에 앉힐 것이다.

두 사람은 센트럴에 있는 경찰 총부를 나섰다. 이런저런 이야기를 나누면서 타이핑 레스토랑으로 향했다. 센트럴은 홍콩의 핵심 상업지구일 뿐 아니라 수많은 유서 깊은 레스토랑과 찻집이 모여 있는 곳이다. 미식가라면 누구나 다귈라가에 분포돼 있는 식당과 찻집 중 어느 곳이 이름에 미치지 못하는지, 어느 곳이 좋지도 않지만 버리기에는 아까운지를 다 알았다. 샤오류는 타이핑 레스토랑을 특히 좋아한다. 요리사의 솜씨가 뛰어난 것 외에도 탁자 사이의 간격이 넓어서 대화 내용이 다른 사람에게 잘 들리지 않아서다.

뼈가 낭창하고 고기가 연한 어린 비둘기를 맛본 후 샤오류와 관전둬는 주변을 신경 쓰지 않고 가벼운 이야기를 나눴다. 화제가 지난주 목요일의 총격전으로 넘어갔다.

"형님, 그날 현장에 계셨다면서요?"

"맞아. 우연히 차오 형님과 서카오룽 중안조의 가오량산을 만나서 인사를 했지. 결국 현장에서 사건이 일어나는 걸 지켜보게 된 거야."

관전둬가 종업원이 가져온 밀크티에 설탕 두 스푼을 넣었다.

"그……." 샤오류가 한쪽 눈썹을 추켜올리더니 주변을 슬쩍 돌아보곤 목소리를 낮췄다. "현장에 계셨으니 형님께 한발 먼저 말씀드려도 상관없겠죠. 내부조사과가 개입했다는 거 아십니까?"

"내부조사과? 작전에 문제가 많았고 TT가 독자행동을 했으니 규율청문회는 피할 수 없겠지만 내부조사과가 개입하다니? 조사할 게 뭐가 있다고?"

"그야 당연히 스파이죠."

샤오류가 혀를 날름 내밀었다.

"스파이?"

"형님, 제가 발이 좀 넓잖습니까. 여러 부서에 다 아는 사람이 있고요." 샤오류가 커피를 한 모금 마시고 계속 말했다. "내부조사과가 나섰다는 말을 듣고 곧바로 O기와 서카오룽 쪽에 가서 얘기를 좀 들어봤거든요. 그날 덩치와 재규어라는 놈이 밖으로 나와서 점심을 사갔다죠. 그런데 그놈들이 은신처로 돌아가는 길에 덩치가 자후이루 1층 남쪽 로비에 있는 우편함에서 우편물을 꺼내갔다는 겁니다."

"우편물?"

"사실은 광고전단지 같은 것들인데 배달음식 메뉴나 운송회사 단가표 같은 거요. O기가 사건을 맡고 나서 16층의 그 방을 수색하러 갔을 때 확인했다고 하더군요. 다른 사무실이나 집에서도 모두 똑같은 전단지를 받았다고 해요. 그러니 덩치가 그때 우편함에서 그런 물건을 꺼내간 건 거의 확실합니다."

"광고전단지들에 뭔가 이상한 점이 있었나?"

"전단지에는 없었죠. 전단지 외에 이상한 종이가 있었답니다." 샤오류는 주변에 아무도 이쪽 이야기에 신경 쓰지 않는다는 것을 다시 확인한 후 말했다. "가로 10.5센티미터, 세로 4센티미터의 흰 종이가 탁자에 놓여 있었는데, 종이에 파란색 볼펜으로 여섯 자리 숫자가 적혀 있었답니다. 042616이라고요."

관전둬는 저도 모르게 눈을 커다랗게 떴다.

"역시 관 형님이시네요. 듣자마자 바로 의미를 아시는군요."

"도주."

관전둬가 나지막이 중얼거렸다. 스번텐 일당은 호출기 숫자암호로 연락을 주고받는다. 원래는 '약속 취소'인 616은 도주의 의미였다. 여러 차례 체포에 실패했을 때 한 경찰이 616이라는 숫자가 남아 있는 호출기를 습득한 적이 있다.

"현장 기록에 따르면 스번성 등은 상당히 조급했던 것 같습니다. 탁자 위의 일회용 포장그릇은 세 개 중에 두 개가 열지도 않았고 하나는 딱 한 입 먹은 상태로 놓여 있었다는군요. 음식 옆에 광고전단지가 놓여 있었는데 제일 위에 있었던 게 바로 042616이라고 쓰인 종이였다고 합니다."

샤오류가 말했다.

"O기는 스파이가 이런 방법으로 스번성에게 경고를 해줬다고 의심하는 건가?"

"그렇습니다. 상황이 좀 복잡하긴 합니다만. 스번텐이 사람을 보내 이런 방법으로 동생에게 도주하라는 메시지를 남겼다고 추측할 수도 있죠. 그런데 이건 좀 이상합니다. 스번텐은 호출기로 연락을 취할 수 있으니까 이런 간접적인 방법으로 일당에게 경고할 필요가 없지 않습니까. 사실상 스번텐은 사건이 일어나기 전날도 호출기로 합류 일자를 통지했었고요."

관전둬는 가오랑산이 그 얘기를 언급했던 것을 떠올리며 샤오류에게 고개를 끄덕였다.

"그렇다면 종이쪽지를 보낸 건 당연히 스번텐이 아니겠죠." 샤오류가 테이블을 톡톡 치며 말을 이었다. "O기는 스파이가 스번톈과 스번성의 부하에게 연락을 취할 방법이 없어서 어쩔 수 없이 이런 방법을 쓸 수밖에 없었을 거라고 추측하고 있습니다. 그러니 범인은 서카오룽 중안조의 사람이 되는 거죠."

"중안조의 스파이는 감시 때문에 직접 스번성에게 경고할 수는 없었을 테고, 동료들이 주의하지 않는 틈을 타서 몰래 종이쪽지를 우편함에 넣고 재규어가 가져가기를 바랐겠지. 단지 재규어는 며칠째 우편함을 열어보지 않았고, 덩치가 그날 발견하게 된 거군."

"바로 그렇습니다." 샤오류가 고개를 끄덕였다. "그래서 O기는 그 부분의 수사를 내부조사과에 맡겼고, 그들이 개입하게 된 겁니다."

"하지만 그 추측도 그다지 합리적이는 않아." 관전둬가 미간을 찡그렸다. "만약 스번톈의 부하가 중안조에 끼어 있었다면 그 사람은 휴식시간이나 교대시간에 얼마든지 스번톈에게 연락을 하고, 스번톈이 스번성에게 경고를 하면 되는 거야. 작전이 시작된 때부터 그날까지 사나흘 시간이 있었으니까. 마침 스번톈과 연락할 수 없는 상황이었다고 보는 건 억지스럽지."

"관 형님, 맞는 말씀입니다. 그래서 지금 세 번째 추론이 있어요."

"세 번째?"

"종이쪽지를 쓴 사람은 중안조 형사지만 스파이는 아니다."

"그럼 왜 작전을 망치려고 했겠나?"

"동료를 비명에 죽이기 위해서라는 거죠."

샤오류가 입을 삐죽 내밀며 그런 말을 하는 게 내키지 않는다는 표정을 지었다.

"동료…… TT?" 관전둬는 잠시 멈췄다가 말을 이었다. "그럼 가장 강력한 용의자는 TT와 사이가 나쁜 펑위안런이겠군?"

관전둬의 말을 듣고 샤오류는 금세 미소를 지었다.

"역시 형님은 정말 추리가 빠르시군요. 맞습니다. 그게 지금 내부조사과에서 진행하는 수사의 중점입니다. TT가 핵탄두 같은 사람이라는 건 누구나 다 알죠. TT는 스번성이 도주하게 되면 분명 누구보다도 먼저 뛰쳐나갈 게 뻔하니까요. 그놈들 손에 죽지 않는다 해도 명령불복종으로 사후에 징계를 받겠죠. 그리고 작전이 실패해야 가오랑산이 전임될 가능성도 생기고요. 평위안런은 서카오룽 중안조의 스타급 분대장입니다. 상사에게 문제가 생기면 그가 발탁될 기회도 커지는 겁니다. 일석이조죠."

"음……." 관전둬가 생각에 잠겼다가 물었다. "덩치가 우편물을 꺼내갔다고 진술한 게 누구지?"

"그때 남쪽 출입구를 지키고 있던 서카오룽 중안조 형사요." 샤오류가 아주 그럴듯하지 않느냐는 표정으로 말했다. "미묘한 건 형사 셋 중 두 명만 사후 보고서에서 그 일을 언급했다는 겁니다. 한 명은 그 사실을 빼놓고 말하지 않았죠. 누군지 눈치채셨죠?"

"평위안런."

"예. 그는 당시 모두들 재규어와 덩치만 주시하느라 다른 부분에 소홀해질까 봐 부근에 무슨 이상한 점이 없는지 신경을 쓰고 있었다고 말했습니다. 그건 사실일 수도 있고 얼버무리려는 핑계일 수도 있습니다. 게다가 사건 전날 평위안런과 TT가 지휘본부에서 인력 배치 문제를 놓고 논쟁이 있었다고 하더군요. 어쩌면 그것이 도화선이 돼서 평위안런이 마음속에 담아뒀던 분노가 갑자기 폭발해 버린 걸지도 모릅니다. 함정을 파고 TT를 영원히 회복할 수 없는 지경으로 빠뜨리기로 결정한 거죠."

"TT는 지금 좀 어때?"

관전둬가 생각난 듯 물었다.

"이미 퇴원했습니다. 한동안은 집에서 휴식을 취한답니다. 내부조사과가 개입하기 전부터 규율청문회의 전망이 밝지는 않았습니다. 직급이 강등되지는 않더라도 작은 분구 경찰서로 발령 나서 자질구레한 사건 조사나 하게 될 수도 있죠. 어쨌거나 왼팔이 골절됐다는데 앞으로 격렬한 일선 임무를 감당할 수 있을지도 알 수 없고요."

경찰 조직에는 적잖은 서무나 지원 업무가 필요하다. 예를 들면 관할구역 내의 식당에서 주류판매 허가증의 신청이나 조직 내부의 직업 안전 및 건강정책 등의 총괄, 경찰차량 및 장비 등의 관리 같은 일이다. TT에게 그런 직무를 맡기는 것은 근본적으로 잘못된 인력배치였다. 그 점은 관전둬도 잘 아는 사실이었다.

"들은 얘기인데, 이건 정말 그냥 들은 얘깁니다……." 샤오류는 커피를 전부 마셔버리고는 말했다. "그날 펑위안런의 A팀이 이상하게 속도가 느렸다고 하더군요. B팀이 9층에 도착했을 때 A팀은 겨우 6층이었다니까요. 단지 펑위안런이 신중한 성격이라 그럴 수도 있고, 어쩌면 TT를 지원하고 싶지 않았을 수도 있습니다. 자기가 벌인 일이니 자기가 해결하라거나 TT가 스번성과 함께 죽어버렸으면 하고 바랐을지도 모르죠."

관전둬는 침묵을 지켰다. 경찰에는 이런 이야기가 있었다. 제복입은 사람은 모두 우리 편이다. 그 말은 곧 직급이나 소속 부서에 관계없이 경찰 조직에 몸담은 사람은 다 좋은 사람이라는 뜻이다. 만약 경찰 중 누군가가 사적인 이익을 위해 동료를 음해한다면 절대 용서할 수 없는 죄악이었다. 관전둬는 이것이 사실이라고 믿고 싶지 않았다. 그러나 내부조사과는 지금까지의 증거를 바탕으로 조사를 진행하고 있다. 내부조사과의 수사방향에 대해 뭐라 책망할 수가 없었다.

"형님, 그날 현장에 계셨으니 내부조사과에서 형님께도 질문을 할지 모르죠. 형님은 내부조사과 친구들보다 똑똑하니까 미리 말씀드리면 더 빨리 진상을 밝혀낼지 누가 압니까. 서카오룽 지역은 범죄율이 높은데 중안조에서 문제가 생기면 건달 놈들이나 기뻐 날뛸 거라고요. 우리 정보과의 업무 부담도 훨씬 커질 테고요."

"그래, 우선 신경을 쓰고 있도록 하겠네."

관전둬는 아래턱을 쓰다듬었다.

점심식사 후 두 사람은 총부로 돌아왔다.

관전둬는 샤오류와 헤어진 뒤 이 문제에 대해 생각해봤다.

펑위안런은 정말 그렇게 악랄한 수법으로 TT를 제거하려 했을까?

예전에 완차이 경찰서에 TT와 함께 펑위안런도 있었기 때문에 그에 대해 약간이나마 인상이 남아 있다. 그는 신중한 성격에 조금의 빈틈도 없이 일처리를 했다. TT의 성격과는 정반대였다. 그게 두 사람이 그렇게 견원지간이 된 근본 원인이었다. 펑위안런이 최근 몇 년간 엄청난 성격 변화를 겪은 게 아니라면 그가 이런 악독한 짓을 저질렀다고 생각하기 어려웠다.

그러나 어떤 생각이든 고정관념이 있으면 추리에 영향을 미칠 수 있다. 관전둬는 펑위안런이 무죄라고 단정하지는 않았다. 물론 유죄라고 단정하지도 않았다.

그날 오후 관전둬는 O기와 서카오룽 총구에서 자후이루 사건의 자료를 받았다. 정보과에서도 도주 중인 스번톈의 단서를 분석해야 했기에 자후이루 사건의 기록을 요구하는 것은 당연한 절차였다. 관전둬는 모든 형사들의 보고서를 살펴봤다. 병원 응급실에서 반나절을 보내며 저승 문턱까지 갔다 돌아온 '샤페이' 판스다 형사의 구술 보고도 포함돼 있었다.

샤오류가 말한 것처럼 우편함과 지원 도착이 늦은 점 등의 세부 사항도 자료에 기록돼 있었다. 관전둬가 가장 알기 어려웠던 부분은

TT가 명령을 어긴 뒤의 상황이었다. 그러나 세 명의 형사가 모두 생존해 있어서 그들의 증언으로 완전한 화면을 조합해낼 수 있었다.

TT의 보고에 따르면 당시 그들은 계단으로 뛰어 올라갔고, 지휘본부에 구조 요청을 한 다음 여관 안에서 총소리와 비명소리가 들려서 스번성이 인질 수를 '줄이고' 있다는 걸 알았다고 한다. 어쨌든 인질은 많을 필요가 없다. 한 사람이면 방패막이로 충분하다. 가오랑산이 TT를 저지하려던 시도가 수포로 돌아간 다음 TT는 실내로 진입해 총을 두 발 쐈다. 그 후 총알이 떨어진 TT는 청소부 리윈을 붙잡고 있던 스번성에게 항복을 표시하며 총을 버렸다. 스번성이 인질에게 총구를 돌린 순간 TT는 미리 감춰뒀던 뤄샤오밍 형사의 총으로 스번성을 쐈고, 동시에 왼쪽 팔에 스번성이 쏜 총을 맞았다. 그러나 TT는 마지막 순간 원래 노리던 머리가 아니라 면적이 넓은 몸통을 향해 총을 쐈다. 스번성은 가슴에 총을 맞고도 즉시 절명하지 않았고, 다른 손에 쥔 권총을 마구 난사했다. 그 바람에 리윈이 총을 맞았고, TT가 두 번째 총알로 스번성을 저지했을 때는 이미 모든 게 늦어 있었다.

몽콕 중안조에 새로 발령받은 뤄샤오밍의 보고서는 총격전 직전의 비어 있는 시간에 대해 보충해줬다. 그들이 재규어와 덩치를 만난 과정을 서술하고 있었다. 비록 대장인 TT가 먼저 지휘관의 명령을 어겼지만, 이 애송이 형사는 작전 중에 동료를 구하기 위해 상급자의 명령을 무시하고 심지어 샤페이의 목숨 하나 때문에 더 많은 인질을 구할 기회를 포기했다. 관전둬는 속으로 생각했다. 뤄샤오밍이라는 친구, 규율청문회에서 만신창이가 될 때까지 물어뜯기겠군. 뤄샤오밍의 개인기록에는 신랄하게 한 줄 씌어질 것이고, 앞으로 승진은 꿈도 꾸지 말아야 할 것이다.

TT는 보고서에 직접적으로 쓰지는 않았지만, 지휘관 가오랑산이 적시에 합리적인 판단을 하지 못했다고 암시하고 있었다. B팀은 통신에서 TT가 혼자 실내로 진입했다는 걸 알고 나서 30초 만에 현장에 도착했다. 그러나 한발 늦었다. TT는 그 30초 사이에 스번성과 승부를 내고 혼자서 상대를 처리했다. TT는 지휘관이 조금이라도 일찍 허가해줬다면 인질 중 일부라도 살릴 기회가 있었다고 생각했다.

이틀 뒤 관전뤄는 근무 중 잠깐 짬을 내 감식과에 들렀다. 그는 042616이라고 적힌 종이쪽지가 마음에 걸렸다. 기록 중에는 언급이 많지 않았다. 하지만 현 시점에서 내부조사과를 건드리고 싶지 않았던 그는 방향을 바꿔 감식과를 찾은 것이다. 이전에도 여러 건의 사건을 해결하며 감식과 사무실을 자주 드나들었다. 그래서 감식과의 스투司徒 독찰과도 친했고 그곳 부서 운영에도 익숙했다. 감식과에 가서 직접 자료를 보는 것이 내부조사과와 교섭하는 것보다 훨씬 편했다.

"관 경사님! CIB로 가셨잖습니까? 어쩐 일로 오셨습니까?"

스투 독찰이 웃으며 맞았다. 팔자 수염을 기른 그는 웃으면 약간 익살스러워 보이는 것이 코미디 연기로 유명한 배우 오요한을 닮았다. 혹은 미국 가수 새미 데이비스를 닮은 듯도 했다. 스투 독찰은 관전뤄의 방문에 의아해했다. 정보과 B조 조장이라는 귀하신 몸이 보고서를 받으러 직접 올 필요는 없었다.

"마음이 놓이지 않는 일이 있어서 자네와 이야기 좀 하려고." 관전뤄가 웃으며 말했다. "자후이루 사건의 세부사항에 대해 알고 싶어."

"도주 중인 스번텐 수사 때문입니까?"

"아니야, 내부조사과가 조사 중인 일 때문에 그러네."

스투 독찰은 그 말을 듣더니 휘파람을 불었다.

"관 경사님도 이 일에 손을 대십니까?"

"그날 우연히 현장에 있었거든."

"아, 그런 거라면……." 스투 독찰이 새둥지 같은 머리를 긁적였다. "확실히 경사님이 미스터리를 보고도 손 놓고 있는 게 이상한 일이죠."

"그 종이쪽지 아직 감식과에 있나?"

"숫자암호가 적힌 종이쪽지 말이죠? 예, 다른 증거품과 같이 감식과에 있습니다. 일선 현장에서 한꺼번에 증거품이 쏟아져 들어오는 바람에 하나하나 지문 채취하고 기록과 일일이 대조하느라 난리였어요. 저희 쪽에 인력이 많기나 합니까, 매일 잠도 못 자고 불빛 아래서 하나하나 비교하는데 다들 눈이 멀 것 같다고…… 잠시 기다리십시오, 바로 가져다 드리겠습니다."

스투 독찰이 어깨를 으쓱하더니 과장되게 양손을 펴 보이고는 몸을 돌려 사무실 옆에 있는 방으로 들어갔다. 말할 때 표정이 풍부하고 동작이 큰 것은 그의 특징이었다.

스투 독찰은 가로, 세로, 높이가 각각 50센티미터 정도 되는 종이 상자를 들고 왔다.

"여기 종이쪽지가 있습니다."

스투 독찰은 종이 상자에서 투명한 비닐백을 꺼냈다. 그 안에 042616이라고 쓰인 흰 종이가 한 장 들어 있었다.

관전둬는 이 증거품을 세심히 관찰했다. 종이는 A7 74 x 105mm 정도 크기로, 가장자리 세 면은 반듯한데 윗부분 한 면은 사람 손으로 찢어낸 듯한 흔적이 있었다. 아마도 메모장에서 뜯어낸 것 같았다. 찢은 흔적은 왼쪽은 비교적 평평하고 곧은데 오른쪽은 좀 더 울퉁불퉁했다. 오른손으로 종이를 찢어냈다는 뜻이다. 왼쪽에서 오른쪽으로 찢으면 종이의 왼쪽은 제일 큰 힘을 받게 되므로 찢은 모양이 평평하지만, 절반쯤 찢은 다음부터는 손목의 힘이 달라지면서 종이 오른쪽 윗부분에 훨씬 울퉁불퉁한 흔적이 남게 된다.

종이는 무척 얇고 흰색에 누런빛이 섞여 있는 저렴한 것이었다. 종이에는 줄이 그어져 있지 않았다. 관전둬는 종이쪽지를 들어 올려 불빛을 투과시켜 보았지만 아무런 눌린 자국도 없었다. 이 종이 앞장에 쓰인 글씨가 눌려서 흔적이 남지 않았을까 생각했던 것이다. 종종 사건을 해결하는 중요한 단서가 되기도 했다.

042616이라는 숫자는 심하게 흘려 쓰여 있었다. 쓴 사람이 자신의 필적을 숨기려고 한 것처럼 보였다. 샤오류가 말한 것처럼 숫자는 파란색 볼펜으로 쓴 것이다. 관전둬는 자세히 살펴본 뒤 그것이 흔히 볼 수 있는 볼펜이며, 붓펜이나 만년필 종류가 아님을 알 수 있었다. 만약 볼펜의 종류를 조사해 어떤 잉크인지를 대조해야 한다면 감식과도 속수무책일 것이다. 이런 일은 정부가 운영하는 화학검사소 산하의 법정부에서 처리해야 한다. 감식과에서는 지문, 영상기록, 현장기록 등에 대해서만 분석할 수 있다.

"종이쪽지에 지문은 없었나?"

"전부 스번성 일당들 것뿐이었습니다. 다른 지문은 없었습니다."

관전둬는 종이쪽지를 응시하며 이리저리 뒤집어보았지만 새로운 단서는 찾아내지 못했다. 그는 종이쪽지를 상자에 다시 넣어두고 그 밖의 잡다한 증거품을 쳐다봤다. 스번성 일당의 호출기, 수첩, 범인의 시체에서 찾은 명함 등이었다. 갑자기 상자 속의 한 물건이 그의 시선을 잡아챘다.

"이게 덩치가 꺼내갔다는 전단지인가?"

관전둬가 몇 개의 비닐백을 가리켰다.

"예, 예."

스투 독찰이 고개를 끄덕이며 비닐백들을 꺼내 책상 위에 올려놨다. 전단지는 세 가지였다. 왼쪽에 놓인 전단지는 자후이루 부근의 포장음식점 메뉴판이었고, 가운데 것은 대형 피자체인점 광고였는데 봉투도 뜯지 않은 채였다. 남은 하나는 택배회사의 단색으로 제작된 홍보용 카드인데, 위에 회사 이름과 전화번호, 광고 문구, 그리고 엄지손가락을 치켜세운 남자가 인쇄돼 있었다.

"이런 물건들에는 지문이 많았는데 우편배달부나 전단지 돌리는 사람, 인쇄소 직원들일 게 분명한데도 내부조사과에선 하나하나 다 확인하라고 하는 바람에 쓸데없이 인력과 자본을 낭비하면서……."

스투 독찰이 팔짱을 끼면서 귀찮다는 듯한 자세를 취했다.

"세 장뿐인가?"

관전둬가 그의 말을 자르며 물었다.

"예, 세 장이 다입니다."

"정말로 다른 것이 없었나?"

"현장 조사 결과 이 세 장뿐이었다고 하던데요. 뭔가 이상합니까?"

"음, 그냥 좀 마음에 걸리는군."

관전둬는 대놓고 말하지 않았다. 그는 아직 확실하게 증명되지 않은 생각은 입 밖에 내지 않는 편이었다.

"사실은 제가 아까 스번텐 때문에 온 거냐고 물은 이유가 있어요. 무기감식과 쪽에서 뭔가 발견한 게 있다고 해서요. 별로 중요하지 않은 단서일지도 모르지만, 확실히 조금 마음에 걸리는 면이 있어서요."

스투 독찰은 관전둬의 말투를 따라하며 '마음에 걸린다'는 표현을 강조했다.

"무기감식과?"

"예. 무기감식과 루盧 독찰과 얘기를 좀 해보시겠습니까? 그 사람이 설명하는 게 좋을 것 같습니다."

무기감식과는 속칭 '화약전문가'라고 불린다. 전문적으로 총기와 폭발물의 감식을 담당하는 부서였다. 탄도 측정이나 탄두 대조 등의 업무를 비롯해 사건에서 입수한 무기류를 보관하는 곳이기도 했다.

스투 독찰은 관전둬와 함께 엘리베이터를 타고 무기감식과 사무실로 갔다. 루 독찰은 마침 여유가 있다며 그들과 잠깐 이야기를 나눴다.

"관 경사님, 오랜만입니다."

루 독찰이 관전둬의 손을 잡으며 영어로 인사했다. 루 독찰의 이름은 루썬盧森, 몸이 단단하고 커다란 스코틀랜드인이었다. 무기감식과에서 여러 해 일했고 홍콩에 산 지 10여 년이 되는데도 여전히 발음이 어려운 광둥어를 배우지 못해 간단한 단어만 알아들을 뿐이다. 그의 본명은 찰스 로슨Charles Lawson인데 한자 이름을 지으면서 간편하게 성만 음역하기로 했다. 그에게 한자 이름을 지어준 동료는 발음이 좀 더 유사한 뤄썬羅森은 글자가 불길하다면서 루썬으로 바꾸었다. 중국 신화에서는 염라대왕이 삼라전森羅殿에 산다고 하기 때문이다. 왕립홍콩경찰은 서구제도에 기반한 기율부대이지만 홍콩인 위주로 구성된 단체이기에 어쩔 수 없이 중국 전통 풍습이나 금기가 존재한다. 각 경찰서에 관우의 사당이 모셔져 있는 것도 그런 예의 하나다.

"찰스, 스번성 시체에서 이상한 게 나왔다며? 스번톈과 관계가 있을 것 같은데, 관 경사님이 날 찾아오셨기에 말씀 좀 나눠보면 좋을 것 같아 모셔왔어."

스투 독찰이 홍콩식 영어로 말했다.

"맞습니다."

루썬은 신나게 고개를 끄덕이더니 몸을 돌려서 상자 하나를 꺼냈다. 상자는 방금 스투 독찰이 꺼낸 것과 비슷한 크기였지만 관전둬는 이 상자가 훨씬 무거워 보인다고 생각했다.

"이건 사망한 범인들이 갖고 있던 권총입니다." 루썬이 흑성 네 정을 꺼내 탁자 위에 늘어놓았다. "이건 재규어라는 범인이 쓰던 겁니다. 이쪽은 덩치의 시체에서 나온 거고요. 다른 두 정은 총격전 현장에서 스번성 시체 옆에 떨어져 있던 가방에서 나왔습니다."

루썬은 덩치라는 말을 할 때 발음이 어색했다.

"이 총들은 모두 발사 흔적이 없습니다."

스투 독찰이 끼어들었다. 관전둬가 본 바로는 TT와 팀원의 보고서에서 재규어는 한 발도 쏘지 못하고 사살됐으며 덩치는 AK47을 썼다고 했다. 그렇다면 이 흑성권총은 예비용 권총일 가능성이 컸다.

"TT, 그러니까 덩팅 독찰의 보고서에서는 스번성이 죽기 전에 권총으로 청소부 리윈을 살해했다고 했네. 여기 두 정 중에서 어느 거지? 왜 발사 흔적이 없는 걸까?"

관전둬가 물었다. 비록 총격전 후에 현장에 가봤다고는 해도 당시 감식요원들이 이미 총기류를 사진 찍고 증거보존한 뒤였다. 한발 앞서 위험물품부터 챙겨갔기 때문에 관전둬는 이 총들을 본 적이 없었다.

"스번성이 쓴 총은 보기 드문 녀석이었거든요."

루썬이 종이 상자에서 다섯 번째 권총을 꺼냈다.

"67식?"

관전둬가 그 총을 보고 깜짝 놀란 표정을 지었다.

"희귀하죠." 루썬이 웃었다. "이건 아마 스번텐과 관련 있는 단서일 겁니다."

67식 소음권총은 54식 흑성권총과 마찬가지로 중국에서 제조된 군용 권총에 속한다. 67식의 특별한 점은 그 설계에 있다. 67식은 정탐, 야습 등 특수작전에 사용하기 위한 소음권총이다. 베트남 전쟁 때 베트콩 유격대가 이 총으로 미군을 상당히 괴롭혔다. 관전둬는 경찰로 오랫동안 일했는데도 실물은 처음 보는 것이었다.

루썬은 탄창을 빼고서 총을 관전뒤에게 건넸다. 67식 소음권총의 총신은 일체형의 소음기다. 총신 설계가 매우 빽빽해 통풍이 되지 않을 정도여서 총신 내에서 화약이 폭발할 때 외부로 빠져나가는 공기와 소리를 줄일 수 있었다. 이 총은 사용할 때 수동식과 반자동식 두 가지 중에서 선택할 수 있다. 반자동식으로 설정하면 일반적인 권총과 다를 바가 없다. 자동으로 약실이 후퇴하고 탄환이 장전되어 사격수가 연속으로 발사할 수 있다. 수동식으로 설정하면 발사 후 약실을 당겨야 탄피가 배출되고 다음 탄환이 탄약실로 밀려들어가 장전된다. 이런 설계는 발사 후 총열 내부에 공기가 통하지 않는 상태로 만들어 소음과 발사 시의 불꽃 밝기를 줄인다. 수동식으로 설정했을 때 저속탄환을 67식 권총으로 발사하면 70데시벨의 소음만 발생한다. 일반적으로 140데시벨에 달하는 총소리와 비교하면 천양지차라고 할 수 있다.

소음권총이라고 해도 영화에서 묘사하는 것처럼 슉슉 소리만 남을 정도로 조용하지는 않다. 일반적인 상황에서라면 소음권총의 소리도 사람들에게 다 들린다. 그러나 벽을 사이에 두고 있거나 시끄러운 환경에서라면 사람들은 일반적인 소음, 즉 물건이 바닥에 떨어지는 정도의 소리로 여기기 쉽다. 간단히 말해 '탕' 하는 소리가 '팍' 소리로 바뀌는 것이다.

"이미 탄두를 대조해봤습니다. 지난 사건들과 비교해보니 일치하는 사건을 하나 발견했습니다." 루썬이 말했다. "관 경사님, 여러 삼합회 인물들을 대신해서 소송해줬던 웨이야오쭝魏耀宗 변호사 사건 기억나십니까?"

"작년 2월에 몽콕 블루데빌 클럽 뒷골목에서 총에 맞아 사망한 사건 말인가?"

"예, 바로 그 사건입니다. 그 변호사가 바로 이 총으로 살해됐죠."

같은 총에서 발사된 총알은 총신 내부의 홈 모양에 따라 독특한 긁힌 자국이 남는다. 현미경으로 살펴보면 두 개의 탄두가 동일한 총에서 발사된 것인지를 감정해낼 수 있다.

"그건 청부살인업자가 저지른 게 아니었나? 어떻게 스씨 형제와 관련된 거지?"

관전뒤가 의아하다는 듯 말했다.

"예, 그래서 이상하다는 겁니다." 루썬은 어깨를 으쓱했다. "스씨 형제는 강도나 납치 사건을 벌였지 살인청부업 쪽과는 결탁한 적이 없었죠. 그런데 눈앞에 확실한 증거가 있으니 우리가 지금까지 그들의 범죄 규모를 잘못 생각하고 있었나 봅니다."

웨이야오쭝 변호사 살해사건은 지금까지 미결로 남아 있다. 그는 여러 삼합회 두목을 변호해줬기 때문에 적잖은 사람들—적대관계 조직의 두목이나 경찰 등—이 그 일을 반겼다. 이 사건은 중안조에서 아직 수사 중이었다. 하지만 몽콕구는 범죄가 수없이 발생하기 때문에 단서가 없는 상태에서 적극적으로 수사하려는 사람이 없는 상황이었다.

"저는 스번성이 그 변호사를 살해한 범인이라곤 생각하지 않습니다." 스투 독찰이 말했다. "총기류는 암시장에서 늘 유통되고 있죠. 어쩌면 스번성은 우연히 이 총을 사들였을지도 모릅니다. 쓰든 안 쓰든 말이죠."

관전뒤는 권총을 자세히 살펴본 후 다시 물었다.

"스번성 일당의 가방에서 사용하지 않은 탄환은 얼마나 나왔나?"

루썬이 옆에 있는 책꽂이에서 서류철을 하나 꺼내 살펴보더니 대답했다.

"100발이 넘습니다."

"종류가 어떻게 되지?"

"종류요?" 루썬이 살짝 의아해하더니 다시 서류철에서 숫자를 찾아냈다. "총 안에 장전돼 있는 총알을 제외하고 202발의 7.62×39밀리미터 소총 탄환, 156발의 7.62×25밀리미터 권총 탄환……."

"이상해." 관전뤄가 말했다. "7.62×17밀리미터 탄환이 없다니."

"엇? 그러네요."

루썬은 관전뤄가 무엇을 지적하는지 바로 알아챘다. 흑성권총에는 25밀리미터 길이의 탄환을 쓰지만 67식에는 비교적 짧은 길이의 17밀리미터 탄환을 사용한다.

"사실 반대로 생각하면 합리적이지 않습니까?" 스투 독찰이 앞에 놓인 총들을 가리키며 말했다. "67식은 우연히 손에 넣은 것이니 탄환을 보급하지 못한 걸지도 모릅니다. 급할 때 요긴하게 사용하고, 탄환이 떨어지면 총을 버릴 수도 있을 테죠. 만일 흑성권총을 잃는다면 67식과 100발 넘는 쓸 수 없는 탄환만 남는 건데 너무 멍청한 짓이잖아요."

"전 스번톈과 스번성이 웨이야오쭝 살해사건과 관련 있을 것 같아요. 이번에 스번성이 이 권총을 갖고 있었던 것은 다른 특수목적이 있었을지도 모릅니다."

루썬은 고개를 저으며 스투 독찰의 추론에 반대했다.

"만약 특수목적이 있었던 거라면 스번성은 가방 속의 흑성을 주무기로 썼어야 해. 67식이 아니라." 스투 독찰이 근거를 대며 논쟁했다. "게다가 이렇게 많이 쐈는데, 탄환을 아꼈어야지."

"몇 발 쐈지?"

관전뤄가 물었다.

"현장 조사결과에 따르면 당시 스번성은 AK47과 67식을 번갈아가며 사용했습니다."

루썬이 설명했다.

"정확히 말해서 동시사용이죠." 스투 독찰이 쌍권총 자세를 취했다. "우리는 67식에서 스번성의 왼손 지문을 발견했습니다. AK47에서는 오른손 지문이 나왔으니 그는 이렇게 인질을 상대한 거죠."

스번성은 예전에도 총 두 자루를 쥐고 범행한 적이 있었다. 그의 팔뚝은 굵고 단단해 소총을 옆구리에 끼고 쏘는 자세도 어렵지 않게 해냈다.

"감식과에서 스번성이 인질을 살해한 과정을 시간 순으로 구성한 게 있나?"

관전둬가 물었다.

"있기는 있지요. 그걸 뭐에 쓰시려고요?" 스투 독찰이 반문했다. "그건 사인 판독을 위해 준비한 건데요."

"관 경사님은 살해과정을 통해 이 권총이 특수목적이 있는지, 아니면 스투 독찰이 말한 것처럼 순수하게 스번성이 우연히 손에 넣은 것인지 판단하려는 거군요?"

루썬이 물었다.

"음, 비슷해."

관전둬는 정확히 가부를 대답하지 않았다.

루썬이 서류철을 열고 사진 뭉치를 꺼냈다. 사진들은 모두 현장의 시체들을 여러 각도에서 클로즈업해서 찍은 것이었다.

"먼저 재규어와 덩치가 9층 계단에서 몽콕 중안조 형사에게 사살됐을 때 스번성은 AK47을 몇 발 쏘며 반격했습니다. 하지만 부하가 눈앞에서 사살되자 그는 경찰과 충돌하는 것을 포기하고 영업 중이던 여관으로 들어갔습니다. 그는 먼저 끝에 있는 4호 객실로 뛰어들어갔습니다. 그곳을 통해 빠져나갈 생각이었지만, 30호실은 자후이루 북쪽 끝에 있으니 벽이 북쪽 계단으로 막혀 있어서 막다른 골목으로 바뀌어 버렸을 거라고 추측하고 있습니다."

스투 독찰이 계속 설명했다.

"그는 발로 문을 걷어차 열고 권총으로 침대에 있던 호스티스 맨디를 살해했습니다." 루썬이 린팡후이의 시체 사진을 앞으로 밀어놓았다. "사진 찍을 때 상처의 혈액이 이미 응고현상을 나타내기 시작해서 다른 사망자보다 선명합니다. 그래서 검시관은 그녀가 가장 먼저 살해됐다고 확신합니다. 덧붙여 방문에서 스번성의 발자국을 발견했습니다. 이런 증거는 위의 추리를 뒷받침해주죠. 그놈, 힘은 정말 셉니다. 하이양 여관의 객실 문은 두껍고 무거운데 걷어차서 열었으니까요. 4호 객실을 통해 도주할 수 없다는 걸 깨닫고 그는 급히 몸을 돌려서 나왔습니다. 그때 왕징둥이 2호 객실에서 고개를 내밀고 바깥 상황을 살펴보다 총을 들고 있는 스번성을 발견했습니다. 그래서 현관 쪽으로 달아났죠. 스번성은 AK47을 난사했고 왕징둥의 머리를 날려버렸습니다."

루썬은 피와 살점으로 범벅이 된 화면을 찍은 사진을 린팡후이의 사진 옆에 내려놨다.

"스번성은 왕징둥의 시체 옆으로 걸어나오면서 다시 한 번 AK47을 난사했고, 이때쯤 덩팅 독찰이 여관 현관 밖까지 접근했을 겁니다. 난사된 총알에 여관 주인인 자오빙이 사망했습니다."

루썬은 스투 독찰의 말에 보조를 맞추듯 아래턱이 부서진 자오빙의 사진을 세 번째 위치에 내려놨다. 이 사진은 왕징둥의 사진보다 훨씬 처참했다. 선홍색 피가 벽과 계산대 위에 잔뜩 튀어 있었다. 꽃송이처럼 보이는 핏자국과 얼굴이 너덜거리는 시체의 조합은 마치 미국 공포영화의 한 장면 같았다.

"이때 멍청한 추차이싱이 방문을 열었고, 문에서 멀지 않은 곳에 있던 스번성이 67식 권총으로 방에 있던 두 사람을 살해했습니다."

루썬은 추차이싱과 첸바오얼의 사진을 꺼내놓으며 말했다. 추차이싱은 몸에 두 발이 명중했고, 첸바오얼은 가슴에 한 발이 명중했다.

"그다음 스번성은 놀라서 움직이지도 못하는 청소부 리원을 붙잡아 방패막이로 쓰려고 했는데……."

"TT가 항복하는 척 위장하고 총을 떨어뜨려 스번성이 자기를 쏘도록 유도한 다음 동료의 권총을 뽑아 스번성을 쏜 거군."

관전뤄가 말을 받았다.

"예, 그렇게 된 겁니다. 스번성은 한 발에 즉사하지 않고 67식 권총을 쐈는데 거기에 리원이 맞았죠."

루썬이 마지막 인질의 사진을 앞으로 밀어놨다.

"3호 객실에는 사람이 없었나?"

관전뤄가 물었다.

"없었습니다. 현장 조사에서도 그렇게 보고됐고, 여관 숙박부에도 똑같이 기록돼 있습니다." 스투 독찰이 갑자기 생각난 듯 고개를 숙이고 탁자 위에 놓인 사진을 살펴봤다. "여기 보시면 여관 주인 자오빙의 시체 뒤로 열쇠걸이가 찍혔습니다. 열쇠가 하나만 걸려 있고 나머지 세 개는 비어 있습니다."

스투 독찰이 자오빙의 사진 한쪽 구석을 가리켰다. 거기에는 열쇠걸이 네 개 중 하나에만 은색 열쇠가 걸려 있는 모습이 찍혀 있었다. 열쇠에는 명함 크기만 한 파란색 패가 달렸는데, 인쇄된 여관 이름 밑으로 '3호'라고 적힌 조잡한 스티커가 붙어 있었다.

"만약 누군가 묵고 있었다면 사망자가 한 명 더 늘어났겠죠."

루썬이 말했다.

"경사님, 이렇게 총을 사용한 수법을 보면 목적이 있어서 총알을 남겨둔 건 아닌 것 같지 않습니까?"

스투 독찰이 화제를 원래대로 돌려놨다.

"맨 마지막에 반격하느라 쏜 몇 발을 제외하더라도 벌써 네 발의 총알을 낭비했어요."

"아니, 아니야." 루썬이 다시 이의를 제기했다. "그놈들이 7.62×17밀리미터 탄환을 갖고 있지는 않았지만, 그렇다고 해서 스번텐이 따로 준비해뒀을 가능성이 없어지는 건 아니니까. 그들은 줄곧 불법적인 무기거래 통로가 있었고, 탄환을 준비하려면 어려운 일은 아니라고……."

"이 총은 확실히 우연히 손에 넣은 걸세. 하지만 분명히 특수한 용도가 있고."

두 사람은 관전둬가 이것도 맞고 저것도 맞는다는 식으로 답할 줄은 몰랐다. 약속이나 한 듯 의아한 얼굴로 관전둬를 쳐다봤다.

"그러니까……."

스투 독찰이 머리를 긁적이며 뭐라고 입을 열려다 도로 다물었다.

"지금은 확실하지 않네. 부하들에게 좀 더 조사해보라고 해야겠어."

관전둬가 웃으면서 고개를 끄덕였다. 그러나 그 웃음은 어딘지 씁쓸한 데가 있었다.

"다시 한 번 묻겠네." 관전둬가 루썬에게 말했다. "시체에서 찾은 탄두들을 전부 대조해봤나?"

"그런 기본적인 일은 이미 다 끝냈죠. 아무런 문제도 없습니다. 인질들의 시체에서 나온 총알은 모두 스번성이 들고 있던 AK47과 67식 권총에서 발사된 겁니다. 다른 미결 사건에서 같은 총기가 사용됐는지에 대해서는 아직……."

"범인들의 시체에서 찾은 총알도 대조했나?"

관전둬가 루썬의 말을 잘랐다. 루썬은 이 질문에 당황하고 말았다.

"당연히 덩팅 독찰의 총과 그의 부하인 뤄샤오밍의 총에서 발사됐겠지요. 설마 다른 사람이 현장에 뛰어들어 범인을 해치우고 덩팅 독찰의 공을 가로채려고 했을 리는 없잖습니까?"

"아니, 그저 확인을 좀 하고 싶었을 뿐이네."

관전뒤는 루썬에게 작별인사를 하고 스투 독찰과 함께 엘리베이터를 탔다.

"그 암호가 쓰여 있는 종이쪽지를 빌려가도 될까?"

스투 독찰은 미간을 찌푸리며 대답했다.

"죄송합니다, 경사님. 그건 안 되겠는데요. 핵심 증거물인데 만일 없어지기라도 하면 제가 경찰복 벗는 걸로는 해결되지 않을 겁니다."

"그럼 복사본을 줄 수는 없겠나?"

"그거야 당연히 해드릴 수 있죠."

두 사람은 감식과로 돌아왔다. 스투 독찰은 종이쪽지를 꺼내 복사기에 올려놓았다. 복사기의 덮개를 덮으려는데 관전뒤가 말했다.

"이걸로 덮지."

관전뒤는 손을 뻗어 복사기 옆에 놓여 있던 검정색 수첩을 내밀었다. 빨간색 테두리를 두른 검정 가죽수첩은 정부의 각 부서에서 몇 년째 사용하는 것이었다. 스투 독찰은 이상하다고 생각했지만 관전뒤가 시키는 대로 했다.

관전뒤는 복사한 종이쪽지를 받고 스투 독찰에게 인사한 뒤 정보과 사무실로 돌아왔다. 사무실로 들어서면서 부하 한 사람을 불러 업무 지시를 내렸다.

"통신회사에 연락해서 5월 4일 자후이루 9층 하이양 여관에서 건 전화기록을 전부 보내달라고 하게."

"무슨 중요한 단서라도 있습니까?"

그 부하는 지시사항을 메모하면서 질문했다.

"반드시 있다고 말하긴 어렵지만 이상이 없는지 확인해봐야겠어."

"알겠습니다, 조장님." 부하는 고개를 끄덕이곤 다시 말했다. "잊을 뻔했군요. 방금 조장님을 찾는 전화가 왔습니다."

"누군가?"

"A조의 류리순 고급독찰입니다. 시간 되시면 전화 좀 해달라고 합니다."

관전둬는 자기 방으로 돌아와 내선전화로 샤오류에게 전화했다.

"샤오류, 무슨 일 있나?"

관전둬가 종이쪽지 복사본을 들여다보면서 전화에 대고 말했다.

"형님, 내부조사과에서 형님을 찾아가진 않았습니까?"

"아직 오지 않았네. 기본적인 조사가 끝나지 않았나 보지. 서카오룽 중안조 사람들에 대한 조사가 끝나야 나를 찾아오지 않을까?"

"그럼 내부조사과에서 누구를 범인으로 생각하는지 아십니까? 이제 막 정직당한 사람이 있거든요."

"누구? 펑위안런인가?"

"아니요, 가오량산입니다."

5

가오량산이 정직당한 일은 큰 파문을 일으켰다. 소식은 하루도 안 돼 각 분구 경찰서에 퍼졌다. 자후이루 사건이 세간의 주목을 받은 만큼 가오량산을 알지 못하는 경찰관도 소식을 듣고 나서는 "스번성 체포작전의 지휘관이었군" 하고 말할 정도였다. 내부조사이고 정식 공고가 아니었으니 가오량산의 정직은 단지 소문일 뿐이었다.

하지만 그 소문의 진실성이 생각보다 높다는 것은 아무도 알지 못했다.

무엇보다도 소문의 내용이 경악스러웠기 때문이다.

소문에는 가오랑산이 범인에게 정보를 흘려 작전을 실패로 돌아가게 했다고 떠들었다. 그는 스씨 형제에게 매수된 것도 아니고, 그들과 아무런 관련도 없는데도 스스로 '임무 실패'라는 굴레를 쓰고 자신의 앞날을 망치면서까지 그런 짓을 한 이유는 딱 하나라고 했다.

몽콕 중안조의 제3대 대장 덩팅 독찰을 죽이려고 했다는 것이다.

'작전지휘관이 일선 형사를 살해하려 했다'는 것은 경찰에게 있어서는 입에 올리기조차 두려운 일이었다. 작전 중에는 잔혹하기 그지없는 강도, 무정한 총탄을 마주하게 된다. 경찰은 자기 자신을 믿는 것 외에 동료에게 생명을 맡기는 수밖에 없다. '제복 입은 사람은 모두 우리 편이다'라는 말은 이런 동료에 대한 신뢰에서 나온다. 신뢰에 문제가 생기면 동료 사이에 의심이 싹트고 문제를 일으키며 결국 조직이 와해된다. 경찰 조직은 이런 결과가 발생하는 걸 용납하지 않을 것이다.

가오랑산과 함께 수사를 진행해본 적 있는 경찰들은 다들 그 소문이 터무니없다고 여겼다. 혹은 내부조사과에서 좋은 사람에게 억울한 일을 뒤집어씌운다고 생각했다. 가오랑산은 온화한 성격에 직무에 충실한 사람이며, 그가 동료를 죽이지 않으면 안 될 정도로 증오한다는 것은 말도 안 된다고 했다. 그런데 누군가가 동기를 알고 있다고 했다. 그는 "그럴 수도 있어"라고 말했다.

영웅의 몰락은 종종 한 여인에게서 시작된다.

가오랑산은 마흔에 가깝도록 독신이었다. 적잖은 사람들이 그가 독신주의에 워커홀릭이거나 차별받을까 봐 공개하지 못하는 동성연애자라고 추측했다. 그러나 진짜 이유는 따로 있었다. 거의 아무도 모르는 일이지만 그는 예전에 한 여성과 사랑에 빠진 적이 있었다. 그런데 여자 쪽에서 변심해 그 사랑은 끝나고 말았다.

그 여자 역시 경찰로 홍보부에서 일하며, 조리처장의 딸이었다. 바로 TT의 약혼녀 엘렌이었다.

엘렌은 경찰 홍보부에서 유명한 미인이며 말솜씨도 좋아서 경찰을 대표해 홍보 프로그램 진행을 여러 차례 맡았다. 게다가 조리처장의 딸이어서 사람들은 뒤에서 그녀를 공주님이라고 부르며, 경찰 중에 '부마'가 되는 행운아가 나올지를 두고 쑥덕거리곤 했다. 조리처장의 사위가 된다고 해서 출세를 맡아놓은 것은 아니었다. 경찰 조직에서의 승진은 실적이 가장 중요하다. 그러나 장인이 승급심사관의 상사쯤 되면 큰 실수를 하지 않는 한 앞길이 탄탄대로일 것이 분명했다.

가오랑산은 비밀리에 엘렌과 3년간 연애했다. 당시 막 견습독찰로 승진한 가오랑산은 여자친구 덕에 승진했다는 식으로 비치는 게 싫었다. 두 사람의 관계는 줄곧 아무에게도 알려지지 않았다. 그러나 그가 고급독찰로 승진했을 때 엘렌은 다른 남자에게 마음을 빼앗겨버렸다. 바로 TT였다.

TT의 성격은 가오랑산과는 완전히 달랐다. 강하게 밀어붙이고 규칙에 얽매이지 않았다. 온실에서 자란 엘렌에게는 그런 '나쁜 남자'가 훨씬 매력적으로 느껴졌다. 게다가 TT는 엘렌에게 남자친구가 있다는 것을 알면서도 적극적으로 구애했다. 경찰로서의 앞날은 TT보다 가오랑산이 훨씬 보장돼 있었는데도 결국 엘렌은 TT를 선택했다. 4년간 연애한 끝에 두 달 전 두 사람은 결혼을 약속했다.

그들의 결혼 소식을 듣고 가오랑산은 교통과의 친한 친구와 취하도록 술을 마셨다. 그 친구는 가오랑산이 술 취해 들려준 이야기를 듣고 그의 몇 년 전 '비밀 애인'이 조리처장의 딸이라는 사실을 알게 됐다. 그날 밤 가오랑산은 엉망으로 취해 반드시 그 결혼을 망쳐 놓겠다느니, 엘렌은 보는 눈이 없다느니, 결혼한 뒤에 절대로 행복할 수 없을 거라느니 하며 떠들어댔다. 교통과 친구는 그 말을 진심으로 받아들이진 않았지만, 그만큼 가오랑산은 엘렌에 대한 미련과 애인을 빼앗아간 TT에 대한 미움이 깊어 보였다. 가오랑산은 늘 진중한 편이었기에 그가 엘렌과 TT에게 어떤 짓을 할 거라고는 생각할 수 없었다. 자후이루의 총격전이 터지기 전까지는 말이다.

내부조사과에서는 그날 작전에 참여했던 형사들에 대한 배경조사를 시작했다. 특히 자후이루 남쪽 1층의 우편함에 접근할 기회가 있었던 인물을 중심으로 조사했다. TT와 사이가 나쁜 펑위안런은 당연히 가장 주요한 조사 대상이었으나 그 밖에 다른 형사들도 그냥 넘어가지 않았다. 작전 초기 직접 남쪽 출입구를 둘러봤던 가오랑산도 마찬가지였다. 내부조사과에서는 가오랑산과 함께 술을 마셨던 교통과의 경찰관도 만났다. 그는 사건에 대해 설명을 듣자 저도 모르게 술을 마시며 가오랑산이 했던 말들과 자후이루 사건을 관련시키게 됐고, 내부조사과에서 몇 번 캐묻자 결국 가오랑산과 술을 마셨던 날 이야기를 전부 털어놓고 말았다.

이제 내부조사과의 첫 번째 용의자가 펑위안런에서 가오랑산으로 바뀌었다. 내부조사과에서는 엘렌에게도 진술을 요구했고, 집에서 휴식을 취하고 있는 TT에게도 사실을 확인했다. 그 결과 4년 전 세 사람이 삼각관계였다는 게 확실해졌다. 엘렌은 얼마 전 가오랑산이 만나자고 했다고 털어놨다. 그날 두 사람은 좋지 않게 헤어졌고, 그 후 가오랑산이 몇 번 전화를 걸어 소란을 피웠다고 했다.

가오랑산은 TT의 충동적인 성격을 잘 알고 있었다. 스번성이 탈주하면 자기가 대기 명령을 내려도 TT는 분명 혼자서 정의의 사도처럼 나설 테고, 그러면 중화기로 무장한 악당과 대치하는 국면에 빠지게 될 것이다. 이것이 바로 내부조사과의 추론이었다. 동기가 확인됐고 범행수법도 실행 가능했다. 가오랑산은 작전지휘관이니 O기가 생각보다 일찍 개입해 그가 숫자암호를 쓴 종이쪽지를 회수하지 못하는 상황을 제외하면 어떤 증거가 남는다 해도 자신의 직권을 이용해 증거인멸이 가능했다. 내부조사과에서는 인적증거밖에 길이 없다고 생각했다. 그래서 가오랑산의 직무를 잠시 정지시키는 강수를 뒀다. 장기적인 심문과 심리전을 진행하기 위해서였다.

그들은 가오랑산을 자백하게 만들 심산이었다.

5월 12일 금요일, 가오랑산은 내부조사과의 조사원에게 하루 종일 시달린 피로에 격침당한 채 집에서 칩거했다. 그는 전화도 내려놓고 호출기도 꺼버린 채 혼자서 멍하니 방 안에 앉아 있었다. 그는 자신이 왜 이런 상황에 빠졌는지 이해할 수 없었다. 아무도 만나고 싶지 않았고 이야기하고 싶지도 않았다. 그저 혼자 조용히 있고 싶었다.

그는 이틀 동안 수염도 깎지 않았고 머리는 까치집처럼 헝클어져 있었다. 두 눈은 온통 핏발이 섰다. 그의 이런 모습을 보면 당당한 중안조 총독찰이라고 아무도 생각하지 못할 것이다. 이제는 중안조 '총독찰이었다'고 해야 할지도 모른다.

"딩동."

초인종이 울렸다.

가오랑산은 비척비척 현관문으로 걸어가며 협탁 위에서 지갑을 집어 들었다. 돈을 내려는 것이다. 15분 전 건물 1층 볶음요리점에 전화해 아무거나 하나 배달시켰다. 식욕은 전혀 없었지만 사람은 반드시 음식물을 섭취해야 한다고 이성적으로 생각할 뿐이었다.

"가오 독찰."

나무로 된 현관문을 열자 그 바깥 창살문 앞에 서 있는 건 놀랍게도 음식점 종업원이 아니라 관전뒤였다.

"여긴, 여긴 왜 왔습니까?"

가오랑산은 창살문을 열 생각이 없었다. 오히려 현관문도 닫으려 했다.

"얘기 좀 하지."

관전뒤가 표정 하나 바꾸지 않고 말했다.

"얘기하고 싶지 않습니다."

가오랑산이 현관문을 닫았다.

"잠깐!"

관전뒤가 창살문 사이로 손을 뻗어 닫히는 현관문을 밀었다.

"가십시오! 혼자 있고 싶습니다!"

가오랑산이 힘껏 문을 밀면서 큰 소리로 외쳤다. 가오랑산에게 관전뒤는 라이벌이고 숙적이었다. 자신이 이렇게 초라할 때 절대로 만나고 싶지 않은 사람이었다.

관전뒤는 밀리지 않고 가오랑산과 문을 사이에 둔 채 힘을 썼다. 이런 대치 상태는 10초도 되기 전에 끝났다.

"저, 볶음밥 시키신 분……?"

흰색 식당 유니폼을 입고 비닐봉지를 든 청년이 관전뒤 뒤에 서서 쩔쩔맸다. 그는 두 남자가 문 앞에서 대치하고 있는 모습에 당황했다.

"하아, 내가 시켰습니다."

가오랑산은 한숨을 내쉬었다. 이럴 때조차 재수가 없다고 탓하면서 어쩔 수 없이 문을 열고 음식 봉지를 받아들었다. 관전뒤는 이 기회를 놓치지 않고 미안한 기색도 없이 곧바로 가오랑산의 집에 발을 들였다.

"좋습니다, 관 경사님. 할 말 있으면 얼른 하십시오. 다 하고 빨리 나가주셨으면 좋겠군요. 저녁을 먹어야 해서 말입니다."

가오랑산은 의자를 가져와 탁자 앞에 앉으며 건너편 소파에 이미 제멋대로 앉아 있는 관전뤄에게 말했다.

"자네가 한 건가?"

관전뤄가 단도직입적으로 물었다.

"당신들 모두 내가 했다고 생각하잖아! 예전에 엘렌과 사귀었다는 이유만으로, 그런 저열한 수단으로 TT를 없애려 했다고 말입니다! 내가 무슨 말을 한들 소용이 있습니까? 젠장할!"

가오랑산이 속사포처럼 울분을 토해냈다. 내부조사과에 대한 분노가 관전뤄에게 쏟아졌다.

"내 질문에 아직 대답하지 않았네. 스번성에게 도주하라고 경고하고 총격전을 유발했나?"

"아니! 절대 아닙니다!"

가오랑산이 외쳤다.

"자네가 아닐 줄 알고 있었네."

관전뤄가 미소를 띠며 말했다. 그 말에 가오랑산은 아연해졌다.

"관 경사님, 지금 뭐라고……."

"자네가 결백하다는 걸 알고 있어." 관전뤄가 소파에 등을 기대며 가볍게 말했다. "하지만 내 귀로 직접 자네가 말하는 걸 들어야 안심이 될 것 같더군."

"경사님이…… 수사에 끼어들기로 한 겁니까?"

가오랑산이 물었다. 관전뤄가 사건 수사의 천재라는 걸 모르는 경찰은 없다. 게다가 그는 오지랖이 넓은 천재였다.

"수사에 끼어들고 어쩌고도 아닐세. 스번텐 체포는 원래 CIB의 일이고, 겸사겸사 이것도 조사하는 거지. CIB는 이미 총기 유통경로와 호출기 서비스센터로 걸려온 전화의 발신지, 재규어의 인맥관계 등에서부터 수사망을 좁혀가고 있네. 곧 스번텐의 꼬리를 잡을 거야."

가오랑산은 관전뒤가 아무렇지 않게 CIB의 수사방향에 대해 이야기하는 것을 보고 그가 정말로 자신을 믿고 있다는 것을 깨달았다. TT를 모해한 범인도 아니고, 스씨 형제의 스파이는 더더욱 아니라는 걸 말이다. 관전뒤가 이런 내용을 언급한 것도 역시 가오랑산에게 믿음을 주기 위해서였다.

"그렇다면 관 경사님은 왜 여기 오신 겁니까? 그저 제게서 '하지 않았다'는 말을 들으려고 온 겁니까? 아니면 그날 작전의 세부사항에 대해 물으러 온 겁니까? 만약 그 엉망진창인 작전에 대해 조사하려는 거라면 O기에 가서 보고서를 읽거나 자후이루의 현장을 둘러보는 게 훨씬 나을 겁니다. 아니면……."

"오늘 오후에 자후이루에 가서 한 바퀴 둘러봤네." 관전뒤는 양손을 깍지 끼고 무릎 위에 얹었다. "사실 나도 그날 현장에 있었으니 기본적으로 봐야 할 건 다 봤지. 오늘은 자네가 어떤 상황인지 살펴보려는 게 제일 크네."

"제 상황요?"

"자네를 위로하러 왔다는 말이야." 관전뒤가 웃으며 말했다. "내부조사과에 자네와 TT, 엘렌의 삼각관계를 이야기한 사람은 자네와 친한 친구가 아닌가. 이제는 하소연할 친구조차 없을까 봐 걱정이었지. 경찰 조직에서 자네와 나, 그리고 진짜 범인만이 자네의 무죄를 알고 있을 걸세. 말하다 보니 생각이 나는데, 자네 집 주소를 찾느라 나도 꽤 애먹었어."

"진짜 범인…… 누굽니까? 위안런은 아니죠?"

"사건 수사는 나한테 맡기게. 지금 자네에게 말해주면 참지 못하고 내부조사과에 알려줄까 봐 걱정이라서 말이야. 그 보수적인 친구들은 그저 옛날 방식으로 수사하는 것밖에 몰라. 그랬다간 진짜 범인이 빠져나갈 구멍을 준비하게 될 거라고. 자네는 지금처럼 꿋꿋하게 무죄라고 주장하기만 하면 돼."

가오랑산은 고개를 끄덕여 알겠다는 표시를 했다. 사실 그는 관전둬가 거짓말을 하나 했다는 것을 모르고 있었다.

"지금 총부에서도 자네와 TT, 엘렌의 일을 가지고 이러쿵저러쿵하고 있네. 엘렌은 소란을 피해서 잠시 휴가를 냈다더군."

관전둬가 말했다.

"그건, 그녀에겐 정말 미안하게 됐어요."

"아직 그녀를 사랑하나?"

가오랑산은 관전둬가 이렇게 물을 줄은 몰랐다.

"경사님, 결혼하셨지요?"

가오랑산이 반문했다.

"했지. 10년도 넘었다네."

관전둬가 왼손 약지에 낀 결혼반지를 보여주었다. 이제는 살짝 색이 바랬다.

"부인을 사랑하십니까?"

"물론이지."

"만약 부인이 어떤 바보 같은 실수를 하려는 것을 알게 됐다면, 그런데 막지도 못한다면 마음이 아프지 않겠습니까?"

"엘렌이 TT와 결혼하는 게 잘못된 선택이란 뜻인가?"

가오랑산이 힘없이 고개를 끄덕였다.

"저는 두 사람이 결혼한다는 소식을 듣자마자 엘렌에게 만나자고 했습니다. 만난 지 5분도 안 돼서 그녀는 화를 내며 저에게 유치하다고 했죠."

"이미 결혼을 결정했는데, 자네가 아무리 노력해도 되돌릴 수는 없지 않겠나."

"아뇨! 그게 아닙니다!" 가오랑산이 격정적으로 말했다. "경사님도 그녀와 똑같은 오해를 하시는군요! 저는 그녀가 TT 같은 나쁜 놈과 결혼하는 걸 막으려는 겁니다. 다시 나에게 돌아오길 바라는 게 아니라고요! 단지, 단지 그녀가 TT의 진짜 얼굴을 제대로 모르고 결혼을 결정하게 놔둘 수가 없어서."

"TT의 진짜 얼굴이라니?"

"TT가 바람둥이라는 이야길 들었습니다. 전에 있던 경찰서에서 어떤 여경이 농락당한 적도 있다고……."

"겨우 그건가?"

가오랑산이 눈을 부릅뜨며 말했다.

"겨우 그거라니요? 같이 일하는 동료에게도 그런 짓을 하는 놈인데, 바깥에서는 무슨 추잡한 짓을 할지 어떻게 압니까? 그런 남자는 최악입니다! 감정을 가지고 장난치는 더러운 놈입니다, 여자들의 적이라고요!"

관전둬는 가오랑산이 좀 과장한다는 생각을 했지만 반박하지는 않았다. 그저 조용히 듣고 있을 뿐이었다.

"제가 아직 엘렌을 좋아하는 건 사실입니다. 하지만 감정이 억지로 되지 않는다는 것도 잘 압니다. 그녀가 성실하고 일편단심인 남자와 결혼을 한다면 저는 조용히 축복해줄 겁니다. 그런데 그녀가 나쁜 남자에게 속고 있는데 어떻게 가만있겠습니까?"

"두 사람이 교제한 지 몇 년이나 됐는데 왜 일찌감치 말리지 않았나?

"그녀가 언젠가는 정신을 차릴 줄 알았어요." 가오랑산이 이를 악물고 말했다. "TT가 지금은 그녀에게 진심인 것처럼 위장하고 있지만 언젠가는 꼬리를 밟힐 거라고 생각했단 말입니다."

"휴우. 가오 독찰, 자넨 일은 잘하면서 감정 문제에는 왜 그렇게 멍청한 건가." 관전둬는 한숨을 쉬었다. "손을 놨으면 돌아보지 말아야지. 돌아보면 자네만 고통스러워. 엘렌의 결정이 옳든 그르든 그건 엘렌이 책임질 일이야. 충고했는데도 듣지 않는다면 자네에겐 그녀의 생각을 바꿔놓을 권리가 없어. 자네가 엘렌 친구라면 할 수 있는 건 단 하날세. 자기 가치관을 억지로 엘렌에게 강요하는 게 아니라 그녀가 혼자서 어찌할 바를 모를 때 그녀 곁을 지키는 거야. 연애를 하는 여자들은 맹목적이지. 자네가 말릴수록 엘렌은 더 고집스러워질 뿐일세. 하던 얘기를 마저 하자면, 이것 때문에 일에서 TT를 난처하게 한 적은 없겠지?"

"전혀 없습니다. 저는 공사를 분명하게 구분합니다." 가오랑산이 진지하게 대답했다. "제가 TT를 자후이루 북쪽 출입구에 배치한 것도 TT의 충동적인 성격 때문에 TT와 다른 동료들이 위험한 상황에 처할까 봐 우려했던 겁니다. 만약 TT가 남쪽 출입구를 지켰더라면 매일 그놈들이 지나가는 걸 봐야 하는데, TT가 무슨 일로 갑자기 명령을 어겼을지도 모릅니다. 전 작전을 시작하기 전에 이미 각오를 단단히 했습니다. 스번톈과 스번성을 일망타진하기 위해 더 이상 기다릴 수 없는 순간까지 절대 먼저 움직이지 않겠다고 말입니다."

"자네, 생각이 너무 나갔어." 관전둬가 고개를 저었다. "TT의 성격은 충동적인게 아니라 제멋대로인 걸세. 자기 재능만 믿고 남을 깔보지. 자기가 최고인 줄 아는 거야. TT는 모험을 즐기고 승산이 낮아도 손을 털지 않는 도박사일지 모르지만 바보는 아닐세. 만약 자네가 그를 남쪽에 배치했더라도 자네가 말한 것 같은 잘못은 저지르지 않았을 거야."

가오랑산은 관전둬의 설명이 의아했다.

"사람 보는 눈은 자네가 나나 차오 형님에게 영 못 미치는구먼."

관전둬가 웃으며 말했다. 가오랑산은 속으로 사람 보는 눈뿐 아니라 다른 어떤 방면으로도 관전둬에게 미치지 못한다고 중얼거렸다.

관전둬는 탁자 위의 일회용 그릇을 슬쩍 보더니 말했다.

"자네가 아까처럼 축 처져 있지 않으니 됐어. 이만 가겠네. 자네 식사도 더는 방해하지 말아야지. 볶음밥이 다 식었겠군."

가오랑산은 순간 기분이 훨씬 나아졌다는 것을 느꼈다. 관전둬라는 천재 탐정이 자신의 결백을 믿어줄 뿐 아니라 방금의 짧은 대화로 자신이 이 난관을 이겨낼 수 있으리라는 생각이 들었던 것이다.

"아아!" 가오랑산이 갑자기 소리쳤다. "맞아요, TT에게 그런 소문이 많았다면 그에게 버림받은 여자가 그를 음해하려고 그런 짓을 했을 수도 있지 않습니까? 만약 제 부하 중에 그 여자와 관계가 있는 사람이 있다면 이 기회를 빌어서 복수를……."

"가오 독찰, 너무 그쪽으로만 생각하지 말게. 다음 주 월요일에는 사건을 다 해결하고 복직될 거라고 약속하지. 알겠지?"

"관 경사님, 정말이십니까?"

"그럼." 관전둬가 웃으며 말했다. "이번 주말은 휴가라고 생각하고 푹 쉬게. 복직하면 우리가 또 협력할 일이 많을 거야. 잘 있게."

가오랑산은 관전둬를 배웅하면서 마음속 깊이 감사했다. 물론 그가 사흘 안에 사건을 해결하겠다고 선언한 것에 대해서는 조금 회의적이었다.

관전둬는 가오랑산의 집을 나와서 아무런 조사도 더 하지 않고 곧바로 지하철을 타고 귀가했다. 집으로 가는 길에 그는 눈썹을 잔뜩 찌푸린 채 전혀 웃지 않았다. 가오랑산에게는 말하지 않았지만 그는 이렇게 골치 아픈 사건은 정말 오랜만이었다.

다음 날 황혼 무렵 관전둬는 혼자서 삼수이포에 갔다. 삼수이포는 몽콕 서북쪽에 위치한 카오룽에서 유서 깊은 지역이다. 예전에는 방직공장이 집중돼 있었다. 공장은 다 이전했지만 여전히 옷 도매시장과 액세서리 등을 파는 상점들이 늘어서 있다. 그 밖에 1970년대부터 전자용품을 주로 파는 압리우가가 이름을 떨치면서 수많은 남자들이 신기한 전자용품을 사러 오는 곳이다. 관전뒤는 주말 직전에 쇼핑하러 온 인파를 헤치고 땀을 뻘뻘 흘리면서 목적지에 도착했다.

그가 가려는 곳은 압리우가의 한 아파트였다.

TT는 그곳에 살고 있었다.

관전뒤는 가오랑산을 방문한 것처럼 사전에 전화연락도 하지 않았다. 그는 TT가 집에 있는지조차 몰랐다. 그저 TT가 집에 없다면 주변을 한 바퀴 둘러보고 그가 귀가했는지 다시 와보면 된다고 생각했다. TT의 집 앞에 도착한 관전뒤는 초인종을 눌렀다.

"삐이이이."

가오랑산 집에서의 맑고 높은 초인종 소리와 달리 TT의 집 초인종 소리는 전통적인 전자음으로 귀를 긁는 잡음밖에 들리지 않았다. 압리우가에 사는 TT가 이런 초인종을 그대로 두다니 이 거리의 상점은 고도의 첨단기술을 바탕으로 한 전자상품 위주인 건가 하고 관전뒤는 생각했다.

"잠깐만요."

문 안에서 목소리가 들렸다. 대문이 열리자 왼손에 붕대를 감은 TT가 고개를 내밀었다. 그는 관전뒤를 보고 가오랑산이 그랬듯 깜짝 놀라더니 이내 친근한 미소를 띠었다. 그것이 가오랑산과 다른 점이었다.

"관 경사님!"

문 뒤의 TT가 얼른 경례했다.

"경찰서도 아닌데 그럴 거 없어."

관전뒤가 웃으며 말했다. TT가 관전뒤를 집 안으로 안내했다. TT는 40제곱미터쯤 되는 방에서 혼자 살고 있었다. 혼자 살기엔 넓은 편이었다.

"차 드시겠습니까? 아니면 커피를 드릴까요?"

"차나 물이면 돼."

TT가 부엌으로 가더니 보이차 한 잔을 타서 갖고 왔다.

"관 경사님, 무슨 일로 저를 다 찾아오셨습니까?"

"자네 팔은 좀 어떤가?"

관전뒤가 TT의 왼쪽 팔을 가리켰다.

"총알이 요골을 부러뜨렸습니다. 의사 말로는 큰 문제는 없을 거라고 합니다. 앞으로 물리치료를 계속 받아야 한다고 하더군요. 그렇지 않으면 예전의 민첩성을 회복하기는 어려울지도 모른다고요. 다행히 오른손이 아니라 힘들게 익힌 사격술이 헛것이 되지는 않겠네요."

"자네 재능이면 오른손이 장애를 입었어도 3년 안에 왼손으로 똑같이 쏠 수 있을 걸세."

"과찬이십니다." TT가 부끄러운 표정을 지으며 오른손으로 머리를 긁적였다. "그날 제가 부상을 입는 바람에 경사님께 제대로 인사도 못 드렸습니다. 죄송합니다. 참, 이번에 CIB 조장이 되셨다죠? 그날 어떻게 현장에 계셨던 겁니까?"

"그날은 그저 차오쿤 경사님과 가오랑산 독찰을 만나러 갔던 걸세. 우연이었지."

"경사님이 지휘관이었다면 일이 이렇게까지 되지는 않았을 텐데요."

TT가 고개를 저으며 한숨을 쉬었다.

"아니야. 내가 지휘관이었더라도 사건은 똑같이 발생했을 걸세."

"관 경사님은 유명한 천재 탐정 아닙니까. 경사님이 지휘를 맡으셨으면 작전에 문제가 생겼을 리가 없습니다."

"아니, 나는……." 관전둬는 갑자기 말을 멈췄다. 잠시 침묵을 지키던 그는 다시 입을 열었다. "TT, 우리 더 이상 이런 의미 없는 이야기는 하지 않는 게 좋겠어."

"관 경사님은 뭔가 물어볼 게 있어서 오신 겁니까?"

"자수하게."

관전둬의 단호한 한마디에 갑자기 분위기가 싸늘해졌다. TT는 믿기 힘들다는 눈빛으로 관전둬를 뚫어져라 쳐다봤다.

"TT, 자네가 바로 스번성에게 도주하라고 알려주고 작전을 망친 주범이지."

6

"관 경사님, 지금 저한테 농담하시는 거죠?"

TT가 웃는 듯 마는 듯한 표정으로 말했다.

"자네가 그 암호 쪽지를 쓴 걸 알고 있네."

관전둬는 담담하게 답했다.

"말도 안 됩니다, 전 건물 북쪽의 음식점에 계속 있었습니다. 남쪽으로 간 적도 없는데 그 쪽지를 우편함에 어떻게 넣었겠습니까?" TT가 웃으며 말했다. "제가 A팀 감시구역에 나타났으면 평위안런 그 사람이 가만히 있었겠어요? 당장 무단으로 위치를 이탈했다며 난리칠 텐데요. 제가 그렇게 바보 같은 짓을 왜 하겠습니까?"

"쪽지는 우편함이 아니라 음식점 비닐봉지에 들어 있었어."

TT의 몸이 움찔거렸다. 하지만 여전히 웃는 얼굴로 말했다.

"그건 단지 가설이잖습니까? 경사님 말씀이 맞는다고 해도 우편함에 쪽지가 있었을 가능성이 없어지는 것도 아니고요."

"아니. 그 쪽지는 절대 우편함에 있었던 게 아니야. 덩치가 우편함을 연 건 자네 운이 좋았던 거지. 덕분에 혐의가 크게 줄었으니." 관전둬가 고개를 저으며 말했다. "감식과에서 덩치가 전단지 세 개만 꺼내왔다는 걸 알고 곧바로 쪽지는 우편함에 없었다는 걸 짐작했지."

"근거는요?"

"만약 덩치가 우편물 한 뭉치를 꺼냈다면 은신처로 돌아간 다음에 쪽지를 발견하는 것도 말이 되지. 하지만 우편물이 세 통뿐이면 말이 안 돼. 누구라도 우편물을 꺼내면 엘리베이터 안에서 한번 살펴볼 거야. 만약 그때 덩치와 재규어가 쪽지를 발견했다면 그렇게 아무런 경계도 없이 은신처로 돌아가지는 않았을 걸세."

"그들이 경계하지 않았다는 건 어떻게 확신하십니까? 그때 이미 위험을 눈치챘는데 일부러 자연스러운 척한 걸지도 모르잖습니까?"

"경계하고 있었다면 음식을 한 입 먹었겠나?"

TT는 침묵한 채 관전둬를 뚫어져라 쳐다봤다.

"만약 그들이 위험을 알았다면 방으로 돌아간 다음 곧바로 스번성에게 보고하고 짐을 챙겨 도주했을 거야. 그런데 그들은 음식들을 꺼내 탁자에 올려놓았고, 한 사람은 한 입 먹기까지 했지. 전단지 중에 봉투에 들어 있는 것은 딱 하나였는데 그건 봉투를 뜯지도 않았고. 그러니 쪽지가 봉투에 들어 있어서 은신처에 돌아와서야 발견했다는 것도 말이 안 돼. 가장 합리적인 추론은 쪽지가 일회용 포장그릇이 들어 있던 비닐봉지 밑바닥에 있었다는 걸세. 재규어와 덩치는 음식과 음료수를 꺼내놓고 나서야 쪽지를 발견했고, 스번성이 철수를 명령한 거야. 자네들 보고에 따르면 재규어는 덩치가 메뉴 선정에 까다롭게 군다고 투덜댔다고 하니, 그는 우편함에서 음식점 전단지를 보고서 그걸 꺼내간 걸 거야. 그 행동이 조사의 방향을 잘못된 곳으로 이끌 줄 어찌 알았겠나."

"관 경사님도 그게 추론에 불과하다고 말씀하시는군요." TT는 편안한 얼굴빛을 회복했다. "다시 말하면 쪽지가 우편함에 있었을 가능성이 전혀 없는 건 아니란 거죠."

관전뒤는 고개를 저으며 종이 한 장을 꺼냈다. 암호 쪽지의 복사본으로 위에 적힌 042616이 잘 보였다.

"그게 제 필적이라고 하실 셈은 아니죠?"

TT가 웃으며 말했다.

"숫자가 중요한 게 아니야." 관전뒤가 종이쪽지의 위쪽을 가리켰다. "찢어진 모양이 중요하지."

복사할 때 스투 독찰이 관전뒤가 시키는 대로 검은색 수첩으로 누르고 복사했기 때문에 종이쪽지의 가장자리 네 면은 검은색과 흰색으로 나뉘어서 아주 분명하게 보였다.

관전뒤가 비닐백을 하나 꺼냈다. 그걸 본 TT의 얼굴에서 웃음이 사라졌다.

절반쯤 사용한 A7 크기의 메모장이었다.

"이건 어제 내가 자네들이 잠복해 있던 음식점 사장님에게 빌려온 걸세." 관전뒤가 엄숙한 표정으로 말했다. "사장님 말씀으론, 고객이 전화로 주문하거나 주문 내용이 많으면 메모를 한다더군. 흔히 볼 수 있는 이 A7 메모장에 말일세. 줄곧 계산대 옆에 놓여 있었다고 하던데. 내가 처음 이 종이쪽지를 봤을 때도 식당에서 주문받는 종업원들이 요리 이름을 적는 메모장이 떠올랐지. 거기에 우편물 수와 한 입 먹은 점심밥 등을 더하니 어디에서 증거품을 찾아야 할지 알겠더군. 이런 메모장은 한쪽 면이 붙어 있어서 종이를 찢어 내서 사용해야 해. 종이를 찢을 때 메모장에도 종이가 약간 남게 되지. 나는 이 종이쪽지를 찢어낸 바로 그 페이지를 이미 찾아냈다네. 감식과나 법정에 제출하면 그 둘이 딱 맞물리는 것을 증명…….”

“잠, 잠깐!” TT가 관전둬의 말을 끊었다. “이건 분명 뭔가 오해가 있는 겁니다! 제가 정말로 그런 짓을 했다면, 악당놈들에게 위험을 알려줬다면, 그 이후의 일은 전혀 말이 안 되잖습니까? 저는 스파이가 아닙니다. 그놈들은 전부 제가 사살했어요. 제가 가오 독찰의 작전을 망치고 혼자서 스번성을 처리하는 공을 세우려고 그랬다는 건 터무니없는 말이죠. 정상인이라면 38구경 총알 여섯 발로 AK47을 상대하겠습니까? 제가 생각해도 미친 짓이에요! 단지 공을 세우려고 생명의 위험을 무릅쓰다뇨!”

“하지만 살인죄를 덮기 위해서라면 그럴 만하지.”

관전둬의 담담한 한마디가 떨어지자 TT는 말문이 막힌 듯 아무 말도 못 했다. 복잡한 표정으로 관전둬를 바라보기만 했다.

“사망자 중에…….” 관전둬가 TT의 눈을 직시했다. “한 사람은 총격전이 있기 전에 살해됐네. 자넨 그 사람을 총격전 피해자로 위장한 거야.”

관전둬는 두 장의 사진을 꺼내놨다. 4호 객실에서 죽은 린팡후이와 여관 주인 자오빙의 시체를 찍은 현장 사진이었다.

“내가 현장에 도착했을 때는 총격전이 끝나고 20분쯤 지나서였네. 감식요원이 기본적인 증거 수집을 끝내길 기다렸다가 현장을 한 바퀴 둘러봤을 때는 피해자들이 사망한 지 40분에서 50분 정도가 지난 뒤였지. 당시에는 이상한 점을 발견하지 못했네.”

관전둬가 사진 한 장을 가리켰다.

“그러나 이 사진들을 본 순간 문제가 있다는 걸 깨달았네. 이 두

장의 사진은 증거를 수집하던 경관이 비슷한 시간에 찍은 거야. 자오빙은 AK47에 맞았고 피가 사방으로 튀었네. 피 색깔은 아직 선홍색을 띠고 있지. 하지만 린팡후이의 피는 이미 응고현상을 보이고 있어. 혈액은 공기 중에 노출되면 시간이 흐르면서 응고되고 색깔도 점차 짙어지다가 마지막에는 덩어리 지듯 엉겨붙어 담황색 혈청과 분리되지. 린팡후이와 자오빙의 살해시각은 절대 일 분 이상 차이 나지 않아. 그런데 사진의 혈액 응고도는 10분에서 20분의 차이가 난단 말이야. 물론 시간이 흐를수록 이런 차이는 점점 불분명해져. 40분 전과 한 시간 전의 사망이 남기는 혈액의 흔적은 거의 구별되지 않아. 그래서 내가 현장에선 이상하다는 걸 몰랐던 거야."

TT는 아무 말이 없었고, 관전둬는 평온한 어조로 계속 설명했다.

"감식요원은 총격전 과정에 대해 잘 몰랐으니 십수 분 정도의 차이에 크게 주의를 기울이지 않았을 거야. 그리고 일반적인 형사들은 혈액의 변화 정도에 그다지 민감하지 않아. 그것이 이 사건에서 맹점으로 작용한 걸세. 더욱 중요한 것은 사람을 쉽게 죽인다고 알려진 스번성이니 아무도 현장에 '우연히' 총격전 15분 전에 또 다른 살인사건이 발생했으리라고는 생각도 못 한 거고."

"관 경사님도 방금 우연히라고 말씀하셨습니다. 이건 단지 억측에 불과합니다. 누가 그런 말을 믿겠습니까?"

TT는 계속 부정했다.

"언뜻 보기에는 우연인 것 같지만 사실상 문제의 근원을 해결하기 위해, 그리고 다른 선택의 여지가 없어서 그렇게 한 거였지."

관전둬는 태연하게 무서운 말을 했다.

"나는 음식점 사장과 입원 중인 판스다 형사에게 확인을 했네. 자네가 사건이 발생하던 날 12시 40분쯤 잠복 위치를 잠깐 비웠다고 하더군. 약 10분 정도. 판스다는 그게 화장실을 다녀오고 잠시 쉬는 시간이라고 했지만, 자넨 그 시간을 이용해 하이양 여관에서 린팡후이와 만난 거야."

관전둬는 수첩을 펼쳤다.

"그날 하이양 여관에서 외부로 전화를 건 기록에 따르면 4호 객실에서 11시부터 다섯 통의 전화를 걸었네. 모두 호출기의 서비스센터로 건 거였지. 통신회사에서 제공한 메시지 내용을 보면 처음 두 번은 모두 '린씨 성의 여성이 하이양 여관 4호 객실에서 기다리고 있다'는 거였네. 세 번째와 네 번째는 '긴히 상의할 일이 있으니 빨리 하이양 여관 4호 객실로 오기 바란다'는 거였지. 다섯 번째는 '10분 내로 하이양 여관 4호 객실로 오지 않으면 뒷일을 책임질 수 없다'였네. 마지막 메시지를 남긴 시각은 12시 35분이었네. 나는 호출기 회사에 호출기 주인의 신원을 요청했는데, 재미있게도 등록된 가입자는 린팡후이 본인이었지. 다시 말해 린팡후이가 구입하고 신청해서 다른 사람에게 준 호출기인 거야. 그러니 두 사람의 관계는 단순한 친구나 고객은 아니라는 뜻이 되지. 메시지 내용으로 미뤄 볼 때 메시지를 받은 사람은 린팡후이의 동료가 말했던 결혼할 남자일 걸세. 바로 자네지, TT."

"무슨 헛소립니까?"

"판스다는 그날 아침부터 자네가 계속 건물관리소에 가서 호출기 메시지를 확인했다고 했네. 그날 자네 명의의 호출기에는 아무런 메시지도 없었어. 게다가 서비스센터로 전화해 린팡후이의 메시지를 확인한 전화는 자후이루 건물관리소에 있는 공중전화였지. CIB의 정보수집력을 얕보지 말게."

TT는 상체를 약간 뒤로 젖힌 채 아무 반응도 하지 않았다. 반박할 근거를 생각하는 것처럼 보였다.

"내 생각에 린팡후이와 자네는 가까운 사이였을 거야. 그녀는 자네가 자신과 결혼할 것이고, 나이트클럽에서 일하지 않도록 해줄 거라고 생각했지. 그러나 자네가 그녀에게 헤어지자고 했거나 혹은 우연히 자네가 지금 경찰 높은 분의 딸과 결혼하려 한다는 사실을 알게 되자 그녀는 온순한 연인에서 무섭게 돌변했을 거야. 그녀가 남긴 메시지를 보면 자네와 담판을 지으려는 걸 알 수 있지. 여관에서 방을 잡고 부른 걸 보면 몸을 이용해서라도 자네 마음을 돌릴 심산이었을지 몰라. 그러나 자네는 거들떠보지도 않았고, 그녀가 강하게 나오자 어쩔 수 없이 약속장소로 갔지. 그녀가 자후이루에서 자네를 만나려고 한 건 우연이 아닐 거야. 그녀는 자네가 거기서 며칠째 일하고 있다는 걸 알고 있었어. 그만큼 두 사람의 관계가 생각보다 가까웠단 뜻이지. '뒷일을 책임질 수 없다'는 건 아마 자네의 결혼을 망치고 심지어 더욱 난처한 일을 들춰내겠다는 걸 테지."

관전둬가 가오랑산을 찾아간 것은 그를 위로하기 위한 것도 있었지만 그에게서 TT와 엘렌, 가오랑산 사이의 관계에 대해 듣기 위해서였다. 관전둬는 직접적으로 묻지 않고 말을 빙빙 돌리면서 가오랑산에게서 TT와 엘렌에 대한 이야기를 끌어냈다.

"자넨 12시 40분쯤 하이양 여관에 갔어. 4호 객실에서 만난 자네와 린팡후이는 얼마 이야기하지도 않아서 관계가 틀어졌지. 린팡후이는 아마 마구 악담을 퍼부으며 자넬 위협했을 거야. 자넨 린팡후이가 자네에게서 마음이 돌아섰고 그녀를 막을 수 없다는 걸 깨달았지. 그래서 숨기고 있던 67식 소음권총으로 린팡후이를 살해한 거야."

"제가 어디서 67식 권총을 구합니까?"

"하늘만 알겠지. 하지만 몽콕 중안조가 범죄자를 체포하는 건 일상다반사야. 1년에 못해도 오륙십 번은 체포작전을 실시하지. 보통 강도나 마약상 등이고. 만약 자네가 어떤 작전에서 보기 드문 총기류를 발견했다면 몰래 감춰두고 보고하지 않은 것도 이상하지 않지. 자네는 사격을 좋아하는 명사수인 데다 규칙을 반드시 지키는 융통성 없는 사람도 아니니까."

"만약 경사님 추측대로 '누군가' 사건 발생 전에 린씨 성의 그 여자를 죽여서 하이양 여관 4호 객실에 시체가 있었을 수도 있습니다. 하지만 범인이 그곳에서 총격전이 발생할 거라고 어떻게 확신하겠습니까? 아니 누구라도 범인들이 어디로 도망갈지는 예측할 수 없습니다. 그들은 자후이루의 어느 곳으로도 도주할 수 있었습니다. 만약 그들이 남쪽 계단을 이용했거나 엘리베이터를 타고 철수했다면 범인의 계획은 완전히 수포로 돌아가는 거 아닙니까?"

"자네가 스번성에게 사전에 지시를 하면 되는 거지."

관전뒤가 간단하게 답을 내놨다.

"무슨 힘으로 스번성을 내가 시키는 대로 하게 한단 말입니까?" TT가 조롱하듯 말했다. "게다가 무슨 방법으로 그들에게 지시를 내리죠? 전화로? 아니면 텔레파시?"

"열쇠로." 관전뒤는 자오빙의 시체를 찍은 사진의 어느 부분을 가리켰다. "하이양 여관의 방문 열쇠는 모두 여관 이름과 객실 호수가 쓰여 있네. 자네는 음식을 담은 비닐봉지에 암호를 쓴 쪽지 외에 4호 객실 열쇠도 넣은 거야. 린팡후이를 살해한 후 방문을 잠그고 일단은 잠복 위치로 돌아왔어. 그런 다음 스번성을 여관으로 유인해 혼란을 조장할 생각이었겠지. 그런데 마침 재규어가 음식점으로 점심밥을 사러 온 거야. 자넨 기회를 놓치지 않고 얼른 계획을 행동에 옮겼지. 스번성은 종이쪽지와 열쇠를 보고는 형인 스번텐이 보낸 경고라고 생각했어. 무슨 이유인지는 모르지만 형이 에두른 방식으로 하이양 여관 4호 객실로 철수하라는 명령을 전했다고 여겼을 걸세. 그들은 암호가 도용당했다고는 생각도 못 했을 거야. 자신들의 적은 경찰뿐이니 경찰이 도주하라는 소식을 전할 리도 없고. 스번성은 자기편이 연락을 한 거라고 굳게 믿었어. 그래서 그는 부하들을 데리고 짐을 챙겨 지정된 '피난처'로 간 거야. 자넨 그들이 어디로 갈지 미리 알고 있었어. 그래서 계단을 통해 똑바로 위로 올라가다가 9층에 도착해서는 갑자기 공격할 준비를 한 거지."

TT는 아무 대답도 하지 않고 묵묵히 관전둬를 바라보기만 했다.

"당시 스번성은 이렇게 할 생각이었을 거야. 먼저 부하들에게 여관 밖의 복도와 계단을 지키고 있도록 하고, 자기가 4호 객실로 가서 어떻게 된 일인지 살펴볼 생각이었겠지. 자네들은 '제시간에' 도착해 재규어와 충돌했지. 자넨 그놈들을 반드시 죽여야 했어. 그래야 린팡후이를 살해한 죄를 숨기는 계획이 성공하니까. 자네는 애초에 그놈들을 살려줄 생각이 없었어. TT, 자넨 정말 대단한 도박사야. 화력은 스번성 일당과 비교조차 되지 않지만 그들이 어디에 있는지를 알고 있지. 게다가 자넨 사격 실력에 자신 있었어. 그래서 겁 없이 이 게임을 시작할 수 있었던 거지. 어쨌든 자네가 린팡후이를 살해했으니 이 게임은 반드시 해야만 하는 것이었지만."

관전둬는 TT가 완전한 승리 아니면 완전한 패배를 추구하는 도박사라는 것을 잘 알았다. 그는 예전에도 호랑이굴에 홀로 뛰어들어 강도들과 대치한 적이 있었다. 그는 목숨을 담보로 한 게임에 익숙했다. 실패하더라도 영웅이 될 수 있다. 이런 극단적인 생각으로 오늘의 참혹한 결과를 만든 것이다.

"자네가 재규어, 덩치와 총격을 주고받자 스번성은 급히 지원하러 왔어. 그는 그때 4호 객실에 아직 들어가지 않았을 거야. 판스다와 뤄샤오밍의 보고서를 보면 그의 부하가 사살된 뒤 스번성은 AK47을 계단통을 향해 난사해 자네들의 전진을 막았지. 그런 다음 이상하게도 그는 복도 반대쪽으로 도주하지 않고 여관으로 후퇴했어."

"인질을 붙잡아 방패막이로 쓸 생각이었겠죠."

TT가 툭 내뱉었다.

"아냐, 그건 합리적이지 않아. 이럴 때 인질이 있으면 오히려 움직이기 힘들어져. 인질을 잡는다면 먼저 계단을 이용해 도주하다가 포위됐다고 생각될 때 어느 층이든 열린 상점으로 들어가서 인질을 붙잡는 게 맞아. 그가 여관으로 들어간 것은 형이 4호 객실에 도주할 길을 남겨뒀을 거라고 생각했기 때문이지. 어쩌면 스번톈이 그 방에 있을지도 모르고. 그는 소총을 들고 여관에 가서 열쇠로 문을 열 시간도 없이 문을 차서 열었네. 그런데 방 안에는 린팡후이의 시체뿐이었어. 그때서야 일이 이상하다는 것을 눈치챘겠지. 스번성은 함정에 빠졌을지도 모른다는 생각이 들자 여관에 있는 사람들을 다 죽여버리기로 한 거야. 혹시 여관에 있는 사람들이 무기를 숨기고 있을지도 모르니까. 왕징둥과 자오빙은 그 때문에 참혹하게 살해됐네. 그러나 자네가 여관 문앞에 도착해 경찰이라고 고지하자 스번성은 어쩔 수 없이 응접실 한쪽에 숨어 있는 리윈을 붙잡아 방패막이로 세운 거야."

"이건 전부 당신의 상상일 뿐입니다."

TT가 신경 쓰지 않는다는 투로 말했다.

"상상? TT, 지금도 전혀 후회하지 않나?"

관전둬가 혐오스럽다는 표정을 지었다.

"내가 왜 후회해야 합니까?"

TT가 차갑게 대답했다.

"자넨 원래는 구할 수 있었던 인질까지 전부 죽였어! 자기의 죄를 숨기려고 현장에 있던 무고한 사람들을 깡그리 죽였단 말이야!"

줄곧 냉정을 유지하던 관전둬가 갑자기 목소리를 높였다. 그는 분노를 가득 담은 얼굴로 고함을 쳤다.

"자넨 항복하는 척해서 스번성이 방심하도록 만든 다음 사살한 게 아니야!" 관전뤄는 순식간에 말을 쏟아냈다. "리윈은 가슴에 총을 맞았어. 스번성이 먼저 총을 맞고, 그녀는 도망치다가 스번성이 마구잡이로 쏜 총에 맞았다면 등에 총상을 입었겠지! 어떤 인질이 범인을 마주 보는 방향으로 도망친단 말이야? 자넨 숨겨뒀던 67식 권총으로 인질을 쐈어, 그래서 스번성은 주의가 흐트러졌고, 덕분에 스번성을 명중시킬 수 있었던 거야! 자넨 왼손에 쥔 67식 권총으로 인질에게 총을 쏘느라 흑성권총을 오른손만으로 쏴야 했고, 머리를 맞히려던 게 빗나갔지. 한 발로 놈을 죽이지 못했기 때문에 스번성이 쏜 총알에 왼쪽 팔목을 맞았어. 그리고 스번성의 머리에 한 발을 더 쐈지. 자넨 스번성을 죽이려고 리윈을 이용했어. 아니, 처음부터 아무도 살려두지 않을 셈이었겠지. 여관에 있던 사람들의 입을 전부 막아야 할 테니까!"

TT는 줄곧 냉정하던 관전뤄가 이렇게 흥분할 줄은 몰랐다. 그는 포커페이스를 유지한 채 차갑게 관전뤄를 쳐다보고 있었다.

"추차이싱과 첸바오얼도 마찬가지지! 스번성이 죽었을 때 그들은 여전히 살아 있었어! 그들은 스번성이 아니라 자네 손에 죽었지! 밖에서 총소리가 들리는데 문을 열어볼 사람이 어디 있겠어? 추차이싱은 몽콕에서 뒷골목 일을 겪어본 사람인데 말이야! 그가 문을 열었다면, 가능성은 하나야. 문밖에서 누군가가 이제 안전하다고, 얼른 도망치라고 외쳤을 경우지! TT, 자넨 그렇게 그들이 문을 열게끔 만든 다음 두 사람도 죽여버렸어! 냉혈한 악당 같으니! 린팡후이의 살해를 감추려고 아무 죄 없는 사람들을 마구 죽인 거야!"

"그래서, 내가 그렇게 사람들을 죽인 다음 67식 권총에서 지문을 닦아내 이미 죽은 스번성의 왼손에 끼웠다고 생각하는 겁니까? 관경사님, 아주 중요한 일을 한 가지 잊고 계신 것 같은데요." 원래의 태연한 얼굴을 회복한 TT가 미소지으며 말했다. "내가 여관으로 뛰어든 후 일 분도 안 돼서, 아니 삼사십 초 만에 B팀이 도착했습니다. 그렇게 짧은 시간에 리윈을 죽이고 스번성을 사살하고 추차이싱을 속여 문을 열게 만들어 또 두 사람을 죽이고 지문을 닦아내고 스번성의 왼손에 총을 쥐여줬다고요? 게다가 전 그때 왼손에 부상을 입은 상태였다는 걸 잊지 마십시오. 통증이야 참는다 쳐도 그 많은 일을 다 해낼 시간이 됐을까요? 다 양보해서 제가 정말로 신속하게 아까 말한 일들을 했다고 칩시다. 제가 그렇게 '계략이 뛰어난' 악당이라면 B팀과 마주칠지 모르는 위험 속에서 일을 저질렀을까요? 추차이싱이 문을 열지 않았다면 저는 당장 문제가 생길 텐데요?"

"여관으로 뛰어들기 '전'에 하면 되잖아."

"말도 안 돼! 내가 분신술을 쓰는 것도 아니고! 머리가 이상해지신 거 아닙니까?"

"내 말은 자네가 여관으로 진입한다고 '보고'하기 전에 다 해치우면 된다는 거라네."

관전둬는 추악한 괴물을 보는 듯한 시선으로 TT를 쳐다봤다.

"자네는 가오량산에게 보고하지 않고 곧바로 여관에 뛰어들었어. 리윈과 스번성을 죽이고 추차이싱을 속여 문을 열게 만들었지. 그런 다음 아직 여관 바깥에 있는 것처럼 위장한 거야. 그때 모든 사람은 이미 다 사망했고 자네는 계획이 완전히 성공했다는 것을 확신하고는, 스번성의 소총을 집어 들어 복도에다 마구 쏴서 총소리를 만들었지. 스번성이 지금 막 인질을 죽이고 있는 것처럼. 자네가 가오량산에게 '인질을 구하러 뛰어들겠다'고 말한 뒤에 한 거라곤, 몇 번 더 총을 쏴서 총격전을 위장하고 AK47에 묻은 지문을 닦아낸 다음 스번성의 손에 돌려놓는 것뿐이었지. 그런 다음 바닥에 주저앉아 지원을 기다린 거야. 40초? 하! 10초면 충분했겠지."

"증거는 없어."

TT는 더 이상 웃지 않았다.

"실증은 없지. 하지만 전체 작전 과정에서 각 팀의 시간을 비교해 보면 이상한 점은 금방 발견돼. 자후이루에서 첫 번째 총성이 들린 후 가오랑산이 '엘리베이터를 봉쇄하고 계단을 통해 위로 올라가라'는 명령을 내렸지. 다시 말해 그때는 자네가 9층 계단에서 재규어와 덩치를 만났다는 뜻이야. 뤄샤오밍의 보고에 따르면 자네들이 계단통으로 후퇴할 때까지는 10초에서 15초 정도밖에 걸리지 않았네. 그다음 스번성이 계단 쪽을 향해 소총을 5초 정도 난사한 다음 여관으로 후퇴했지. 스번성이 총을 쏜 뒤 후퇴하고, 자네와 뤄샤오밍이 판스다로 인해 대치하는 데는 많아야 15초에서 20초가 걸렸을 거야. 만약 자네가 정말로 계단에서의 총격전 이후 바로 여관으로 가서 지휘본부에 구조를 요청했다면 그 사이는 40초 정도야. 그러나 40초 안에 1층을 지키던 B팀이 7층까지 왔지. 그들은 첫 번째 총성이 울린 후 1층에서 지휘관의 지시를 기다렸고, 엘리베이터를 잠그는 데 약 30초를 썼을 거야. 최대한으로 달렸다면 10초 정도면 7층에 왔겠지. 그러나 형사들은 주변을 경계하면서 움직였을 거야. 자네가 '스번성만 9층의 하이양 여관에 있다'고 알리기 전까지는 말이야. 그 후에는 곧바로 위로 뛰어 올라갔겠지. 결론은, 자네가 계단에서 이동한 다음 곧바로 보고하지 않았다는 거야. 자네가 구조 요청을 했을 때는 이미 계단에서의 총격전 후 2분 정도 흘렀을 때지. 그런 긴장된 환경에서는 보통 이런 시간의 차이를 잘 느끼지 못해. 특히 당시 사람들은 총성이 어디서 들려오는지를 몰랐고, 그런 우려 속에서 사람의 시간감각은 믿기 어렵지. 자넨 이런 맹점을 이용해 계획을 성공시킨 거야."

짝짝짝.

TT는 박수를 치기 시작했다. 만면에 웃음을 띠고 있었다.

"정말 대단한 추리로군요. 하지만 경사님, 당신의 추리가 아무리 뛰어나다고 해도 이것만큼은 여쭤봐야겠네요. 증거, 있습니까?"

관전둬는 TT가 이 순간 얼굴을 바꿔버릴 줄은 몰랐다. 관전둬는 저도 모르게 눈살을 찌푸렸다.

"음식점 메모장이 있네."

"제가 썼다는 걸 증명할 수 없을 겁니다." TT가 냉정하게 말했다. "만약 제가 범인이라면 저는 메모장에서 여러 장을 찢어서 전에 썼던 글씨 자국이 남지 않게 할 겁니다. 암호를 쓴 다음엔 앞치마로 감싸고 종이를 잘게 찢어버릴 거고요. 그래야 지문이 남지 않겠지요. 만약 종이쪽지에 제 지문이 없다면 범인이 '나'라는 건 증명할 수 없을 겁니다. 범인은 우리가 잠복하기 전에, 혹은 감시기간 중에도 몰래 메모장에서 종이를 뜯어갈 수 있으니까 말입니다. 이 증거로는 뤄샤오밍, 판스다, 음식점 주인과 종업원, 그리고 그 며칠간 드나든 손님들 모두 혐의가 있는 거죠."

"리윈의 가슴에 난 총상, 추차이싱이 문을 연 이유, 린팡후이의 혈액응고 정도, 보고 시간의 차이는 어떻게 설명할 건가?"

"난 설명할 필요가 없습니다. 경사님이 말한 이유는 모두 '이상한 점'일 뿐이고, 내 진술에 모순이 있는 것은 아니지요. 그런 차이가 왜 발생했는지, 내가 어떻게 알겠습니까? 증거 수집은 제 책임도 아니고요."

TT가 한쪽 입꼬리를 끌어올렸다.

"건물관리소에 여러 차례 가서 호출기 서비스센터에 전화를 걸었던 것은?"

"자후이루 건물 경비원은 계속 졸기만 했습니다. 누가 전화를 썼는지 제대로 기억할까요? 저는 회의적이군요."

"감식과에 4호 객실 열쇠의 지문을 조사하라고 이미 말해뒀네."

"제가 정말로 범인이라면 지문을 남겼을까요?"

"남기지 않았겠지. 하지만 스번성의 지문이 나온다면……."

관전둬는 더 말하지 않았다. TT의 얼굴에서 미소가 사라지지 않았기 때문이다. TT는 모든 일을 마치고 4호 객실 열쇠를 깨끗이 닦았던 것이다. 재규어의 지문도 스번성의 지문도 다 지워졌을 게 뻔하다. 열쇠에서 지문이 전혀 나오지 않는 것도 이상하기는 하다. 린팡후이가 열쇠를 깨끗이 닦아놓았을 리는 없다. 그러나 이 문제는 아까 관전둬가 얘기했던 여러 가지 이유와 마찬가지로 의문점은 피고에게 유리하게 해석하는 사법적 전제조건에 따라 TT는 어떠한 해명도 할 필요가 없다.

"자네 죄를 폭로할 방법이 하나 더 있네." 관전둬가 미간을 모으며 말했다. "동기. 린팡후이를 중심으로 조사하다 보면 분명 증거가 나올 거야."

"물론 그쪽으로 수사를 해보셔도 됩니다. 하지만 저는 별 수확이 없을 거라는 데 걸죠."

TT는 자신감을 보였다. 관전둬도 그것이 TT에게 전혀 위협이 되지 않는다는 것을 알고 있다. 관전둬는 오늘 오후 린팡후이가 일하던 나이트클럽에 가서 조사를 했고, 린팡후이가 입이 아주 무거운 여자였다는 것을 알았다. 아무런 단서도 없었다.

"그런데 관 경사님은 무척 대담하시군요." TT의 입술은 웃고 있지만 눈빛은 냉혹하기 짝이 없었다. "정말로 제가 범인이라면 죽을 자리를 찾아온 꼴이 아닙니까. 게다가 경사님 추리에서 가장 강력한 증거품은 그 메모장인데 그것도 직접 갖고 오셨고요. 제가 증거품을 강탈하고 경사님을 때려눕히거나 살해할 거라곤 생각해보지 않으셨나 봅니다?"

"자넨 그렇게 하지 않을 거야. 그런 행동을 할 만한 사람이었다면 린팡후이를 죽인 걸 감추려고 이렇게 복잡한 짓을 벌이지도 못했을 걸세. 살인의 '과정'은 쉽지만 시체를 처리하고 혐의를 피하는 '뒷처리'가 더 어렵다는 걸 잘 알고 있으니 말일세. 누군가 죽었을 때 경찰, 의사, 가족과 친구 중 누구라도 조그만 의심을 품으면 홍콩 같은 인구밀집형 도시에서 법망을 벗어나기란 결코 쉽지 않은 일이지. 시체를 사라지게 할 방법이 있다 해도 사람이 실종되면 경찰이 나서기 마련이거든. 자네는 가장 간단하면서도 뒤처리를 할 필요가 없는 살인은, 바로 가짜 범인을 내세워 죄를 뒤집어씌우는 거라는 걸 잘 알고 있어. 이 경우의 문제는 가짜 범인의 입을 어떻게 막느냐 하는 것이지. 그래서 자넨 이렇게 악랄한 계획을 세워 살인죄를 덮은 거야. 린팡후이의 살해를 스번성에게 뒤집어씌운 다음, '합법적인 경로'로 스번성마저 죽여 버리는 방법으로 말일세."

"그래서 결론은 아까 말씀하신 추리가 다 엉터리라는 거 아닙니까." TT가 승리자의 미소를 지었다. "가오량산이 저를 함정에 빠뜨렸다는 가설이 훨씬 합리적으로 보이는군요. 내부조사과의 친구들은 가오량산을 범인이라고 확신하고 있으니 난 끝까지 당신의 추리를 부인하기만 하면 되겠지요. 그 친구들은 자존심이 세고 자기들이 대단한 탐정이라고 생각하니까, 실증을 제시하지 못하면 절대 생각을 바꾸지 않을 겁니다. 그렇지 않으면 위신이 떨어지고 체면이 깎이니까요."

관전둬는 눈을 가늘게 떴다. TT는 생각했던 것보다 훨씬 용의주도했다. 안타깝게도 그의 주도면밀한 뇌가 경찰로서 범죄사건을 파헤치는 게 아닌 범죄를 저지르는 쪽으로 발휘됐지만 말이다.

관전둬는 어쩔 수 없다는 듯 고개를 저으며 겉옷 안주머니 깊숙이 손을 밀어 넣었다.

"관 경사님, 설마 몰래 대화를 녹음한 건 아니죠? 증거로 제출하기 위해서? 어쩌나, 전 아무것도 인정하지 않았으니."

TT가 비웃음을 가득 담아 말했다.

"아니야, 대화를 녹음하면 내가 자네보다 더 곤란해진다네."

관전둬는 5센티미터 높이의 유리병을 꺼냈다. 병 안에는 총알이 하나 들어 있었다.

"그건……."

"수단과 방법을 가리지 않기로 따지면 나도 뒤지지 않지."

관전둬가 오른손 엄지와 검지손가락으로 유리병을 쥐었다.

"이건 스번성의 가슴에 박혔던 그 총알일세."

"그게 어쨌다는 겁니까?"

"내가 바꿔치기 했거든."

관전둬가 아무렇지 않게 대답했다.

"무엇과 바꾼 거죠?"

"67식 권총에서 발사된 총알과 바꿨네. 작년에 숨진 삼합회 변호사 웨이야오쭝이 맞은 총알이지."

"뭐……."

"무기감식과에 스번성, 재규어, 덩치의 시체에서 나온 총알을 재조사하라는 지시를 내려뒀네. 내일은 일요일이니 무기감식과도 쉴 테고, 월요일에 총알을 조사하겠지. 그런 다음 예전의 조사에 오류가 있었다는 걸 발견하는 거야. 스번성에게 명중한 첫 번째 총알은 67식 권총에서 발사됐던 거지. 이 '증거'는 자네 보고에 모순점을 만들어줄 걸세. 내부조사과에서도 다른 가능성에 대해 조사하게 될 거야. 예를 들면 방금 내가 말한 '가설'에서 자네가 리윈과 스번성에게 총을 쏠 때 약간의 실수로 원래 계획과는 달리 67식 권총으로 스번성을 맞힌 거라고 하면 어떨까? 스번성의 시체에서 발견된 총알과 자네 보고서의 허점이 합쳐지면 자네는 아주 중요한 용의자로 떠오를걸."

"당신, 증거를 위조했어!"

TT가 깜짝 놀라 의자에서 벌떡 일어섰다.

"내부조사과에 나를 고발해도 좋아. 나도 자네와 마찬가지로 '범죄'의 흔적을 전혀 남기지 않았거든. 자네 역시 무기감식과로 숨어 들어서 증거를 없애버릴 수도 있겠지. 그러나 무기감식과는 대량의 화기가 보관돼 있는 곳이라 경비가 삼엄해. 귀신도 모르게 무기감식과에 들어가려면 얼마나 힘들겠나!"

TT는 다시 의자에 앉았다. 두 눈동자가 깊이 가라앉아 미동도 없었다. 관전둬는 그가 해결할 방법을 고심하고 있다고 생각했다.

"포기해." 관전둬는 TT의 생각을 끊어버리듯 말했다. "이번 판은 자네가 진 거야. 그거 아나? 이건 애초에 대등하지 않은 게임일세. 자넨 혐의를 철저히 벗어나 진상을 감춰야 승리한 거지만, 나는 실마리를 만들어 조사의 방향을 자네 쪽으로 돌리기만 하면 되니까."

관전둬는 지금쯤 TT가 자신을 공격할지도 모른다고 생각했다. 그러나 TT는 그렇게 하지 않을 것이다. 손을 쓴다는 것은 곧 패배를 인정하는 것이기 때문이다. TT는 도박과 모험을 좋아한다. 단 하루의 시간만 남아 있어도 그는 포기하지 않고 제한된 시간 안에서 국면을 바꾸려는 시도를 할 것이다.

"내 이야기는 여기까지네."

관전둬는 일어섰다. 사진과 총알, 메모장은 다시 주머니에 넣었다.

"TT, 도주하거나 숨어버리면 그것도 패배를 자인하는 걸세. 다시 한 판 게임을 해보겠다면 법정에 자네 패를 걸어보게. 과실치사나 정신이상 등으로 무기징역을 받을 수 있을지에 걸어봐. 그럴 거라면 무기감식과에서 총알의 재조사를 하기 전에 먼저 자수하는 게 좋겠지."

관전뤄는 현관으로 걸어갔다. TT는 꼼짝도 하지 않았다. 관전뤄가 고개를 돌리고 물었다.

"마지막으로 하나만 묻지. 만약, 만약에 말일세, 자네가 범인이고 재규어가 음식점으로 점심을 사러 오지 않았다면 어떻게 스번성을 여관으로 끌어냈을까?"

TT는 고개를 들고 관전뤄를 바라봤다. 그리고 천천히 입을 열었다.

"의심스러운 인물을 발견해서 뒤쫓아 간다고 하고서 혼자 자후이루를 벗어나 근처 공중전화에서 재규어의 호출기에 메시지를 남길 겁니다. 도주하라고. 그런 다음 그 의심스러운 인물이 전화를 걸더라고 보고해서 스번텐의 부하가 경고 메시지를 남긴 걸로 위장하는 거죠."

"하지만 서비스센터를 통하지 않고서 하이양 여관이나 객실 호수 등은 어떻게 알려줄 거지?"

"호출기 숫자암호표에는 '하이양센터' '여관' '객실'이 다 있죠. 그걸 조합해서 전달할 겁니다. 물론 놈들이 '하이양센터의 여관'으로 이해하고, '하이양 여관'이라고 생각하지 못할 수도 있지만, 하이양센터처럼 비싼 건물에 있는 호텔이라면 한 자리 숫자의 객실이 없을 테니까요."

"그러나 지휘본부의 가오랑산도 동시에 같은 메시지를 받을 거야. 그러면 린팡후이의 사건이 드러나는 게 아닌가?"

"객실 호수를 3호라고 보낼 겁니다. 4호가 아니라."

관전뤄는 비어 있던 3호 객실을 떠올렸다. 그는 더 이상 아무말도 하지 않고 TT의 집을 떠났다. TT는 거실에 그대로 앉아 여전히 승리할 방법을 찾는 데 골몰하는 듯했다.

관전뤄는 쇼핑하는 사람들과 어깨를 부딪히며 거리를 걸었다. TT는 분명히 똑똑한 친구다. 예전에 함께 작전을 수행할 때 관전뤄는 그를 잘 키우면 좋은 경찰관이 될 거라고 여겼다. 어쩌다 그는 이런 잘못된 길로 빠져든 것일까. 어제 관전뤄는 가오랑산에게 거짓말을 했다. 범인이 누구인지 말해주지 않는 이유를 내부조사과가 실수로 범인에게 빠져나갈 구멍을 만들까 봐서라고 했지만, 사실 관전뤄는 TT에게 자수할 기회를 주고 싶었다. 그는 이 사건을 어떻게 해야 가장 원만하게 해결하고 TT를 자수하게 만들지 고심했다. 관전뤄는 범죄자에게 연민을 느끼는 사람이 아니지만, 예전에 함께 일했던 우수한 부하를 체포하기란 쉽지 않았던 것이다.

관전뤄가 틀렸다.

월요일 아침, 소식이 전해졌다. TT라는 별명의 몽콕 중안조 제3대 대장 덩팅 독찰이 경찰서에서 권총자살했다는 것이었다.

* * *

"그러니까, 자넨 탄환을 바꿔치기 하지 않았다고?"

차오쿤이 물었다.

"예. 그냥 허장성세였죠. 감식과에서 서류 몇 장 가져오는 건 어떻게 할 수 있지만 저도 무기감식과에 손을 쓰는 건 아무래도 어려우니까요."

관전뤄가 대답했다.

TT의 죽음이 알려진 그날 오후, 관전뤄는 자후이루 사건의 의문점과 증거, 자료 등을 모두 내부조사과로 보냈다.

다음 날, 차오쿤이 관전뤄를 찾아와 자세한 내용을 물었다. 관전뒤는 TT를 만나 나눈 이야기를 빠짐없이 차오쿤에게 말했다.

"오늘 아침 새롭게 알게 된 사실입니다만." 관전뒤가 오래된 서류철을 펼쳤다. "작년 초 피살된 웨이 변호사 말입니다. 린팡후이가 일하던 나이트클럽의 단골손님이더군요. 그저 우연일 수도 있지만, 어쩌면 TT가 웨이 변호사를 죽인 범인일지도 모릅니다."

"정말인가?"

"명확한 증거는 없지만 그런 추리가 가능하죠. 실증을 찾는 건 어렵겠지요. TT가 그 67식 권총을 언제 손에 넣었는지를 밝혀내지 못한다면요." 관전뒤가 어깨를 으쓱했다. "하지만 그게 사실이라면 린팡후이를 죽인 이유가 TT의 결혼을 망치려고 했기 때문이 아니라 웨이 변호사 살인사건의 공범이기 때문일지도 모릅니다."

"그럴 가능성도 있군. 린팡후이가 자후이루에서 TT를 기다린 것을 보면 두 사람은 많은 비밀을 공유했던 것 같으니……."

차오쿤이 고개를 끄덕였다.

TT가 웨이 변호사를 죽인 범인이 맞는다면 업무를 좀 더 편하게 하려던 것인지, 린팡후이와 웨이 변호사 사이에 어떤 문제가 있었기 때문인지, 아니면 린팡후이가 살인을 부추겼는지, 그 이유는 영원히 알 수 없다. 새로운 증거가 나오기 전까지 이 사건은 결국 진실을 찾을 수 없는 미해결 사건으로 남을 것이다.

"TT가 구속보다 자살을 선택하다니……."

차오쿤이 한숨을 쉬었다.

"아뇨. 그 자식은 구속되는 게 두려워서 자살한 게 아닙니다. 저에게 시위를 하는 거죠. 절대로 자기를 이길 수 없을 거라고."

관전뒤가 미간을 찌푸렸다. 얼굴에 불쾌한 빛이 가득했다.

"시위라니? 전뒤, 너무 멀리 나간 생각이 아닐까?"

"형님, 도덕적인 면에서 저와 TT는 완전히 다른 사람입니다. 하지만 생각하는 방식이 무척 닮았다는 건 저도 인정하지 않을 수 없어요. 저도 TT도, 생명을 수단으로 생각합니다. 다만 저는 생명의 가치를 확실히 알고 있고, 한 사람이라도 더 살리기 위해 내 목숨을 걸겠다고 맹세했다는 게 다르죠. TT에게는 그런 심리적인 제약이 없는 겁니다. 필요하다면 저는 목숨을 버려서라도 사건을 해결할 겁니다. 하지만 그 자식은 목숨을 버리고 정신적인 승리를 쟁취한 거예요."

"그래, 어쩌면 TT가 이번엔 정말로 이긴 건지도 모르겠어……."

차오쿤이 어쩔 수 없다는 듯 말을 이었다.

"캠벨은 이 사건을 공개할지 말지 고민 중이네."

캠벨은 홍콩경찰 형사 및 보안처 처장으로 중국어로 음역한 이름은 진웨이롄金偉廉이다.

"공개할지 말지?"

"상부에서는 사건 전체를 숨기고, 스번성이 모두 살해한 걸로 할 생각이 있다는 거야. TT는 '인질을 구하지 못한 것 때문에 우울증이 심해져 자살'한 걸로 공표하고."

"뭐라고요!" 관전둬가 고함을 질렀다. "시민들에게 거짓말을 한다고? 리윈, 첸바오얼 같은 무고한 사람들이 죽었는데 진실을 밝히지 않겠다는 겁니까?"

"내부조사과 과장인 위안袁 총경사가 나섰네." 차오쿤이 말했다. "이 일이 왕립홍콩경찰의 명예를 크게 실추시켰다는 거지. 경찰이 치욕을 당하지 않으려면 사건을 덮어야 한다고 생각해. 어쨌든 TT가 범인이라는 결정적인 증거도 없고, 사람들은 이미 다 죽었는데 누가 죽였는지가 중요하냐는 거야. 경찰에게 책임을 지워도 죽은 사람이 살아오는 것도 아니니까."

"캠벨이 그걸 승인했다고요?"

"전둬, 자네도 지금 정치적 상황이 복잡한 걸 알잖아. 캠벨은 영국인이고, 8년 뒤 홍콩의 주권이 반환되면 영국으로 돌아갈 사람이야. 경찰 내부의 홍콩 사람들 의견을 고려하지 않을 수 없지. 올해 1호가 은퇴하면 후임자는 홍콩 사람이 될 거라고 하네. 첫 홍콩인 경무처장이지. 경찰 내에서 영국인들의 입지가 점점 좁아지고 있다고."

"그렇다고 해도 사건을 감추는 게 더 경찰의 정신을 망가뜨리는 겁니다."

관전둬는 격분해 숨이 거칠어졌다.

"캠벨은 이러지도 저러지도 못하는 상황이네. 위안 경사는 거짓으로라도 경찰의 위상을 지키는 게 대의를 위한 길이라고 주장하고 있어. 경찰이 시민의 신뢰를 잃으면 범죄자들만 득을 보는 거니까."

"하지만 거짓으로 얻은 신뢰가 무슨 의미가 있습니까?"

관전둬는 미간을 잔뜩 찡그리며 주먹을 꽉 쥐었다.

"어쩌겠나. 자후이루 사건은 이미 경찰의 명예를 많이 실추시켰어. 상부에서는 이 이상 문제가 커지기를 바라지 않아."

관전둬는 입을 다물고 관자놀이만 꾹꾹 눌러댔다. 한참 뒤 그가 입을 열었다.

"차오 형님, 황후상 광장Statue Square에서 입법국 건물을 쳐다보신 적 있으세요?"

"있을걸?"

차오쿤은 관전둬가 갑자기 왜 이런 소리를 하는지 의아했다.

"입법국 건물은 예전에 고등법원이었죠. 1978년부터 법원으로 쓰이지 않게 되었고, 의회가 들어갔고요." 관전둬가 천천히 말했다. "원래는 법원이었기 때문에 정문 로비의 지붕에 정의를 상징하는 테미스 여신상이 세워져 있습니다."

"아, 맞아. 천칭과 칼을 들고 눈을 가린 그리스 여신상 말이로군."

"전 입법국 건물을 지나갈 때마다 그 여신상을 올려다봅니다. 두 눈을 가린 건 법률이 누구에게나 공평하다는 걸 의미하죠. 천칭은 법이 공정하게 죄에 따라 처벌한다는 것이고, 칼은 지고무상의 권력을 상징합니다. 전 늘 생각했습니다. 경찰이란 테미스 여신의 칼과 같다. 범죄를 없애기 위해 경찰의 힘은 강력해야 한다. 하지만 우리는 천칭이 아니니 죄를 판단하고 처벌을 결정하는 건 법원이다. 전 모든 수단을 동원해 범인을 잡고, 속여서라도 자백을 받아낼 겁니다. 하지만 제가 하는 건 그들을 천칭 위에 올려놓는 데까지입니다. 그다음은 정의가, 그들이 유죄인지 무죄인지를 결정하겠지요. 우리에게는 무엇이 '대의'인지 결정할 권리가 없단 말입니다."

차오쿤은 씁쓸한 웃음을 지었다.

"나도 다 이해하네. 하지만 지금은 사람보다 상황이 위에 있어. 위안 경사가 강경하게 나오는데 어떻게 할 수 있겠나?"

관전둬는 한숨을 토했다.

"차오 형님, 위안 경사의 이유는 경찰의 위상이 너무 떨어졌다는 거죠? 그러니 지금 새로운 추문이 밝혀지면 안 된다는 거 아닙니까?"

"그렇지."

"그럼 경찰이 아주 큰 사건을 해결한다면, 그래서 명성을 회복한다면, 그때 가서 경찰 내부에 해악을 끼친 나쁜 사례로 TT 사건을 공개하는 건 어떻겠습니까? 공적과 과실을 상쇄시키는 거죠. 경찰의 위상에는 큰 영향을 미치지 못할 겁니다. 그런 거라면 귀신머리* 들도 받아들일 수 있겠죠?"

* 경찰 내부에서 영국인 고위간부를 부르는 속어. 홍콩 사람들이 서양인을 '귀신'이라고 속되게 부르는 데서 유래하여 서양인이 조직의 우두머리를 맡는 것을 가리킨다.

"캠벨은 분명 받아들일 걸세."

"그럼, 캠벨에게 전해주세요. 제가 한 달 안에, 아니, 자후이루 사건이 일어난 날로부터 한 달 안에 스번톈을 체포하겠습니다. 반드시 산 채로 붙잡아서 모든 범죄 정보를 얻어낼 겁니다."

"한 달 안에?" 차오쿤이 깜짝 놀랐다. "자신 있는 건가?"

"모르겠습니다. 하지만 한 달 동안 밤을 새워서라도 그놈을 찾아낼 겁니다."

차오쿤은 관전둬가 진지해지면 불가능한 일도 성공시킬 가능성이 있다는 걸 잘 알았다.

"좋네. 내가 캠벨을 만나보지. 만약 한 달 안에 스번톈을 잡는다면 캠벨도 위안 경사의 요구를 거절할 거야. 자네가 꼭 해내길 바라네."

관전둬가 고개를 끄덕였다.

차오쿤은 곧바로 관전둬에게 인사하고 자리에서 일어났다. 관전둬가 갑자기 그를 붙잡았다.

"참, 뤄샤오밍이라는 친구는 지금 어떻습니까?"

"글쎄, 다시 순경으로 강등되겠지. 왜 그러나?"

"이 사건으로 징계받는 건 좀 안됐다 싶어서요. 상급자 명령을 따르지 않고 동료를 구하려고 인질 구조를 포기했지만 생명을 구하기 위해 노력했잖습니까. 그걸 꼭 잘못이라고만 할 수는 없지요. 게다가 뤄샤오밍이 명령에 무조건 복종했다면 판스다 형사도 죽고 그 자신도 여관에서 TT에게 살해됐겠죠. 어쩌면 '경찰'이 해야 할 일보다 '인간'이 해야 할 일을 먼저 한 게 아닐까요? 그런 점에서 그 젊은 친구야말로 좋은 경찰이 될 재능을 갖춘 건지도 모르죠. 그런 급박한 상황에서 자기 생각을 고수하는 건 쉽지 않은 일입니다. 이런 사람을 순경으로 두면 오히려 동료들에게 짐이 됩니다. 형사부에 두는 게 더 좋은 성과를 낼 겁니다."

"그렇다면 내가 캠벨과 이야기할 때 그 애송이에게 다시 한 번 기회를 줄 수 있을지 알아보겠네. 몽콕 중안조에 두기는 좀 껄끄러울 거고, 홍콩섬 형사부 정도면 어떨까 싶군."

"이번에는 제가 사람을 제대로 본 거면 좋겠군요."

관전둬가 힘없이 미소를 지었다.

5장 빌려온 공간

I

"따르릉, 따르릉……."

몽롱한 가운데 스텔라는 귀를 찌르는 전화벨 소리를 들었다.

"따르릉, 따르릉……."

그녀는 몸을 돌려 베개로 귀를 막았다. 얼마나 잤는지는 모른다. 어쨌든 좀 더 자야 했다.

"따르릉, 따르릉……."

스텔라가 어떤 심정이든 전화는 빚 독촉하는 빚쟁이처럼 끈질기게 울렸다. 진절머리 나는 벨소리!

"리즈! 리즈!"

스텔라는 아들의 유모를 외쳐 불렀다.

"리즈! 전화 좀 받아줄래?"

이때쯤 그녀의 머리는 조금씩 깨어나고 있었다. 방금 무슨 꿈을 꾸었는지도 생각났다. 꿈에서 그녀는 남편과 아이와 함께 영국 옛집에서 SF 드라마를 보고 있었다. 드라마의 주인공인 '닥터'가 갑자기 텔레비전에서 튀어나와 남편과 빚 상환 문제를 토론했다. 화성인의 힘을 빌려 빚을 탕감해주겠다는 부분에 이르렀을 때 초인종이 울렸다. 채권자의 변호사들이 몰려와 쉬지 않고 초인종을 눌러댔다.

사실 그건 초인종이 아니었다. 쉬지 않고 귀를 찔러대는 전화벨 소리였다.

스텔라는 비척비척 몸을 일으켰다. 실눈을 뜨고 침대머리에 놓인 시계를 쳐다봤다. 오후 12시 46분이었다.

스텔라는 암산이 빠르지 않았다. 그래도 잠든 지 네 시간 조금 넘었을 뿐이라는 건 금방 계산해냈다. 그녀는 어젯밤 야간조여서 밤새 깨어 있다가 아침 7시가 넘어서야 집에 돌아왔고, 8시 반에 곯아떨어졌다.

"리즈? 리즈!"

그녀는 침대에서 내려서며 외쳤다. 리즈와 아들은 지금 집에 있어야 할 시간이다. 그러나 몇 번을 불러도 침실 바깥에선 아무런 반응이 없었다. 공기 중에는 단조로운 전화벨 소리만 울려댔다.

"앨프레드랑 같이 방에 있어서 전화벨 소리가 안 들리나?"

스텔라가 중얼거렸다. 하지만 그럴 리 없다는 걸 알고 있었다. 방문이 닫힌 침실에서도 들렸는데 아들 방이나 베란다에서 안 들릴 리 없다. 다시 큰 소리로 리즈를 불러본들 소용없을 것이다. 그녀가 부르는 소리를 들을 정도라면 숨넘어갈 듯 울리는 전화벨 소리는 왜 못 듣는단 말인가.

"따르릉, 따르릉……."

무슨 사람이 이렇게 끈질기담. 스텔라는 슬리퍼에 발을 꿰고 방문을 열었다. 거실로 나가 보니 역시나 텅 비어 있었다. 리즈도, 아들 앨프레드도 보이지 않았다. 그녀는 다시 한 번 괘종시계를 쳐다봤다. 거실의 커다란 괘종시계는 침실의 시계와 마찬가지로 현재 시각이 12시 46분임을 알려주었다. 찬란한 햇살이 베란다를 통해 거실로 쏟아져 들어왔다. 스텔라는 어쩐지 가슴이 두근거리는 기분을 느끼며 수화기를 집어 들었다. 벨소리는 사라졌다.

"여보세요?"
스텔라는 참을성 없는 목소리로 툭 내뱉었다. 방금 잠에서 깼기 때문에 목소리에 비음이 잔뜩 섞였다.
"앨프레드 힐의 가족 되십니까?"
상대편은 남자였다. 별로 깔끔하지 못한 영어로 보아 홍콩 사람인 모양이었다.
"그런데요?"
아들 이름을 듣자 스텔라는 잠기운이 싹 달아났다.
"프린세스마거릿로의 난씨南氏 아파트 맞습니까?"
상대가 다시 물었다.
"네. 앨, 앨프레드에게 무슨 일이 있나요?"
스텔라는 긴장했다. 갑자기 오싹한 생각이 들었다. 아들과 유모가 집에 없고, 웬 낯선 사람의 전화가 걸려왔다. 교통사고라도 난 걸까? 오늘 아침 그녀가 퇴근했을 때 학교에 가려고 막 집을 나서던 앨프레드와 리즈를 마주친 게 생각났다. 남편은 아들도 열 살이 되었고 학교까지 10분이면 가니 유모가 데려가고 데려올 필요가 없다고 말한다. 아들의 독립성을 키워야 한다는 것이다. 그러나 스텔라는 피부색이 다른 사람들이 다른 언어를 쓰는 낯선 도시에 대해 여전히 경계심이 든다. 그래서 리즈에게 아들 옆에 꼭 붙어 있으라고 당부하곤 했다. 앨프레드는 초등학교 4학년이었다. 학교 수업은 오전, 오후로 반을 나누어 진행했다. 앨프레드는 오전반이라 평소 12시 반이면 리즈와 함께 집에 돌아온다. 지금 아이는 집에 없고 전화 속 남자가 이름과 주소를 확인한다. 스텔라는 나쁜 생각을 떨쳐낼 수 없었다.
"앨프레드 힐의 어머니 되시겠죠?"
상대방은 스텔라의 물음에는 대답하지 않은 채 다시 물었다.

"네, 네. 앨프레드는……."

"걱정 마시오. 사고를 당한 건 아니니까."

스텔라가 안도의 한숨을 내쉬는데 상대편이 전혀 생각지도 못한 말을 꺼냈다.

"……하지만 당신 아들은 내가 데리고 있으니 아이가 아무 일 없이 집에 돌아오길 바란다면 몸값을 준비하셔야겠소."

스텔라는 잠시 동안 아무런 반응도 할 수 없었다. 아들에게 아무 일 없기를 바란다면 몸값을 준비하라니, 납치사건에 자주 등장하는 대사다. 스텔라도 영화나 소설에서 여러 번 본 상황이었다. 그 말을 정작 현실에서 듣자 순간적으로 이해가 되지 않았다.

"지금 뭐라고 하셨죠?"

"앨프레드는 나와 함께 있다고 말했소. 몸값을 지불하지 않으면 아이를 죽이겠소. 경찰에 신고한다면 역시 아이는 죽게 될 거요."

한기가 가슴 깊숙한 곳에서 퍼져 나왔다. 머리털이 곤두서고 호흡이 가빠지기 시작했다. 스텔라는 겨우 상대방의 말을 알아들었다.

"당신, 당신이 지금 앨프레드를 데리고 있다고요?"

스텔라는 그 말을 뱉어놓고 고개를 돌려 텅 빈 거실을 둘러봤다. 그녀는 크게 소리쳤다.

"리즈! 앨프레드!"

"부인, 피차 힘 빼지 맙시다. 당신 남편과 이야기하고 싶은데. 몸값 얘기를 하려면 아무래도 남편이 오셔야겠지. 가능한 한 빨리 남편에게 연락하길 바라오. 2시 반에 다시 전화하겠소. 그때 남편이 전화를 받지 않는다면 내가 당신 아들에게 못되게 굴어도 원망하지 마시오."

"당신…… 아니야! 거짓말하지 마! 당신이 왜 내 아들을 데리고 있어?"

스텔라는 떨림을 억누르며 전화에 대고 소리 질렀다.

"부인, 내 성질을 건드리지 않는 게 좋을 거요. 내 심기가 불편해지면 당신 아들만 고생할 테니." 상대방은 평온한 어조로 천천히 말을 이었다. "믿지 않아도 좋지만, 뭐 그렇다면 앞으로 아들 얼굴을 다시 볼 일이 없겠지. 아, 표현이 틀렸어. 당신이 내 말을 믿지 않으면 살아 있는 아들 얼굴을 볼 일은 없을 거요. 성의를 보이는 뜻에서 내가 선물을 하나 하지. 난씨 아파트단지 정문 밖 가로등 밑에 상자 하나가 있을 거요. 그것부터 보고 남편에게 연락할지 말지 결정해도 좋소."

상대방은 그 말만 남기고 전화를 끊었다.

스텔라의 머릿속은 엉망이었다. 이게 무슨 상황인지 전혀 이해할 수 없었다. 그녀는 수화기를 떨어뜨리고 집 안을 돌아다니며 아들의 이름을 불렀다. 아이 방은 텅 비어 있었다. 화장실에도, 다용도실에도, 서재에도, 손님방과 부엌에도, 리즈의 방에도, 어디에도 아들의 모습은 보이지 않았다. 이 넓은 집에 지금 그녀 혼자였다.

괘종시계의 시침은 12와 1 사이에, 분침은 50분 위치에 놓여 있었다. 평소였다면 아들은 식탁에 앉아 리즈가 차려준 점심을 먹고 있을 것이다. 내성적이라 부모에게도 웃는 얼굴을 자주 보여주지 않는 아이였지만, 식탁에서는 큼직하게 한 입 한 입 맛있게 음식을 먹었다. 스텔라가 남편과 함께 홍콩에 온 지도 곧 3년이 된다. 아직도 중국 요리는 입에 맞지 않았다. 그러나 아들은 새로운 음식에 금세 적응했고, 리즈가 만든 두부탕을 특히 좋아했다. 스텔라는 텅 빈 식탁을 바라봤다. 뭐라 형언할 수 없는 위화감이 덮쳐왔다.

악질적인 장난이 아닐까?

스텔라는 납치라는 상황이 자기 가족에게 벌어졌다는 게 도무지 믿기지 않았다. 그녀는 다시 전화 쪽으로 걸어가 수화기를 집어 들었다. 전화번호부를 펼치고 평소 거의 건 적이 없는 번호를 찾았다.

"카오룽 영국학교 초등과 교무실……."

스텔라는 그 이름을 중얼거리며 옆에 쓰여 있는 숫자들을 누르기 시작했다.

"영국학교 초등과 교무실입니다."

전화 저편에서 여자 목소리가 넘어왔다. 정확한 영어였다.

"안녕하세요? 전 4학년 A반 앨프레드 힐의 엄마인데요." 스텔라는 곧바로 질문했다. "앨프레드 힐이 지금 학교에 있나요?"

"힐 여사님, 안녕하세요? 지금 모든 반 학생들이 다 하교했어요. 시험이 다 끝났고, 오늘은 교외활동을 하는 날이기도 해서 11시 반 전에 전부 하교했답니다. 앨프레드가 아직 집에 도착하지 않았나요?"

"네…… 그렇……습니다."

스텔라는 어떻게 해야 할지 몰라 머뭇거렸다.

"잠시 기다려주시겠어요? 4학년 A반 담임을 바꿔드릴게요."

전화가 돌려지는 동안 스텔라는 거실 괘종시계의 초침을 쳐다봤다. 초침은 평소보다도 느리게 움직이는 것 같았다. 10여 초의 시간이 마치 몇 시간처럼 느껴졌다.

"안녕하세요? 앨프레드 어머니시죠? 제가 담임입니다."

"선생님, 우리 앨프레드가 하교를 했나요?"

스텔라가 다급하게 물었다.

"11시 반에 하교했습니다. 제가 교문을 나서는 것까지 봤는걸요. 아직 집에 오지 않았나요?"

"안 왔어요." 스텔라는 괴로운 목소리로 다시 물었다. "친구랑 함께 있는 건 못 보셨나요? 혹시 친구랑 같이 놀고 있지 않을까요?"

"친구들이 앨프레드에게 말을 걸긴 했는데 앨프레드가 고개를 젓더라고요. 같이 놀자는 걸 앨프레드가 거절하는 것 같았어요. 그래서 친구들이 먼저 갔어요."

"앨프레드를 데리러 가는 유모는 혹시 못 보셨나요?"

"네? 아, 본 것도 같고 못 본 것도 같은데……."

담임은 기억을 떠올려보려고 애썼다. 하지만 하교할 때의 교문은 무척 혼잡해서 자기 반 학생들은 그나마 알아보지만, 다른 사람까지 알아보기는 어려웠다.

"앨프레드가 아직 오지 않았다면 유모가 어딘가 데려간 건 아닐까요?"

"아니에요. 그랬다면 유모가 제게 미리 이야기하거나 쪽지를 남겨뒀을 거예요."

스텔라는 일 때문에 유모, 아들과 엇갈릴 때가 많았다. 급한 일이 있으면 쪽지를 써서 남겨두곤 했다.

"그렇군요. 걱정이 되신다면 경찰에 연락을 해보는 건 어떨까요?"

그 남자의 말이 떠올랐다.

— 경찰에 신고한다면 아이는 죽게 될 거요.

스텔라는 황급히 대답했다.

"아, 아뇨! 그건 너무 일을 키우는 것 같아요. 아직 한 시간밖에 지나지 않았으니까요. 아마 유모와 뭔가를 사러 간 거겠죠. 번거롭게 해드려서 정말 죄송해요."

"아, 그럴 수도 있겠군요. 혹시 무슨 일 있으면 또 전화해주세요. 전 오늘 6시까지 학교에 있을 테니까요. 댁이……." 전화 저편에서 종이 넘기는 소리가 들렸다. "……난씨 아파트군요. 학교에서 가깝네요. 제가 10분 안에 갈 수 있으니 무슨 일 있으면 전화하세요."

스텔라는 선생님이 학생부를 펼쳐봤으리라 짐작했다. 그녀는 상대방이 경찰 얘기를 다시 꺼내기 전에 얼른 인사하고 전화를 끊었다.

수화기를 내려놓던 스텔라는 현기증을 느꼈다. 부끄럽고 후회스러웠다. 일 때문에 아이와 점점 멀어졌다. 오늘만 해도 교외활동을 하는 날인지도 몰랐다. 한편으로는 전혀 현실 같지 않은 이 상황이 어색했다. 스텔라는 온몸에 힘이 쭉 빠졌다. 지금 무엇을 해야 하는지 도무지 알 수 없었다. 남편에게 전화해야 하나? 아니면 다시 학교로 전화해 선생님에게 도움을 청할까?

그녀는 아침에 집에 들어오며 현관에서 아들을 만났던 순간을 떠올렸다. 앨프레드는 평소보다 기분이 좋아 보였다. 아이는 등교할 때마다 조금 내키지 않아 하는 기색이었고 가끔 떼를 쓰기도 했다. 그런데 오늘 아침은 학교에 가는 게 무척 기뻐 보였다. 교외활동 위주로 수업하는 날이라 그럴 만도 했다. 교실 대신 운동장이나 다른 장소에서 운동을 하거나 영화를 보거나 악기를 연주하거나 여러 가지 재미있는 활동을 하기 때문이다. 스텔라는 아들이 그런 교외활동에 흥미가 별로 없는 줄 알았다. 그러나 오늘 아침 앨프레드의 웃는 얼굴을 떠올리니 자신이 엄마 역할에 너무 소홀했다는 생각이 절로 들었다.

스텔라는 수화기를 들었다. 남편에게 전화를 걸려는데 그 남자가 전화를 끊기 전에 한 말이 문득 생각났다.

— 선물을 하나 하지. 난씨 아파트단지 정문 밖 가로등 밑에 상자 하나가 있을 거요. 그것부터 보고 남편에게 연락할지 말지 결정해도 좋소.

손가락은 이미 두 번째 숫자까지 돌렸지만 결국 수화기를 내려놓고 베란다로 나갔다. 베란다는 아파트 정문 쪽을 향해 있었다. 아래로 노천 주차장과 정원, 울타리, 그리고 울타리 바깥의 도로까지 보인다. 만약 가로등 아래 뭔가 놓여 있다면 베란다에서 보일 것이다.

스텔라는 베란다에 서서 눈을 가늘게 떴다. 몇 초가 흐르자 맹렬한 햇살에 적응이 되었다. 그녀는 베란다 난간을 붙잡고 몸을 바깥으로 내민 채 가로등들을 하나하나 살폈다. 정문 밖 오른쪽에서 두 번째 가로등에 눈길이 닿았을 때 저도 모르게 숨을 들이켜고 말았다.

가로등 아래에 갈색 골판지 상자가 놓여 있었다.

사실 스텔라는 여전히 '장난일 거야'라고 생각하던 터였다. 그러나 종이 상자가 그 생각을 완전히 몰아내 버렸다. 난씨 아파트는 카오룽통의 고급 주택가에 자리해 있다. 깨끗한 거리에 노점상도, 육체노동자도 없다. 지난 3년간 단 한 번도 누군가 흘리고 간 물건을 본 적이 없었다.

스텔라는 황급히 신을 꿰어 신었다. 현관문도 잠그지 못한 채 내달렸다. 엘리베이터 버튼을 눌렀지만 느리기만 했다. 그녀는 계단을 뛰어 내려갔다. 7층에서 1층까지 한 걸음에 몇 단씩 건너뛰었다. 일 분도 안 돼 1층에 도착했다.

1층 문을 나서는 그녀의 모습을 경비원이 의아하게 쳐다봤다. 흐트러진 옷차림에 머리카락도 잔뜩 헝클어졌고 숨이 턱에 차서 뛰어나갔던 것이다. 스텔라는 가로등 앞에 서서 골판지 상자를 쳐다봤다. 상자는 가로, 세로, 높이가 각각 20~30센티미터밖에 되지 않았다. 그 안에 작은 호수의 축구공이나 겨우 들어갈 것 같았다. 상자는 테이프로 봉해져 있지 않았고, 윗부분이 엇갈려 끼워져 있을 뿐이었다. 스텔라는 상자 겉면을 자세히 살펴봤다. 아무런 글씨도 없었다.

그녀는 덜덜 떨며 두 손으로 상자를 들어올렸다. 무척 가벼웠다. 아무것도 들어 있지 않은 듯했다. 가벼운 무게에 스텔라의 경계심이 조금 가라앉았다. 그녀는 용기를 내 왼손으로 상자를 받치고 오른손으로 윗부분을 열었다.

다른 사람에게 상자 속 물건은 전혀 놀라울 게 아니었다. 그러나 스텔라에게는 달랐다. 상자를 연 그녀는 순간적인 히스테리 상태에 빠졌다. 상자에는 두 가지 물건이 들어 있었다. 먼저 그녀의 시선을 붙잡은 것은 옷이었다. 흙투성이에 핏방울이 튀어 있는 연갈색 셔츠는 바로 영국학교 초등부 교복이었다.

교복 옆에 놓여 있는 것은 노끈으로 묶은 5센티미터 길이의 붉은 머리카락이었다. 앨프레드의 머리카락과 똑같은. 아들은 이목구비와 성격이 제 아빠를 쏙 빼닮았지만, 유일하게 머리카락은 켈트인 혈통의 특징을 물려받은 엄마를 닮았다.

2

그레이엄은 곧장 집으로 차를 몰았다. 집에 가는 내내 마음이 술렁였다.

아내는 침착한 사람이다. 간호사로 일하며 다양한 환자를 상대해 왔다. 그런 그녀가 전화를 걸어와 아들에게 일이 생겼다고, 당장 집에 오라고 울며 말했다. 아무래도 일이 심각한 모양이었다.

그레이엄은 업무를 모두 제쳐놓고 오후 휴가를 요청했다. 평소였다면 일이 우선이었을 것이다. 아내를 나무라고 퇴근 후 집에서 얘기하자고 했을 것이다. 그는 책임감이 강한 사람이었다. 직업이 그런 책임감을 요구했다. 그는 홍콩 염정공서14쪽 각주 참조의 조사관이었다.

그레이엄 힐은 영국인인데, 홍콩으로 일하러 온 다른 서양인들처럼 중국어로 음역해 샤자한夏嘉瀚이라는 한자 이름을 썼다. 그는 이런 상황이 조금 우스웠다. 자신은 중국어를 전혀 모르는 외국인인데 중국어 이름을 달고 다니고, 홍콩 사람들은 유행처럼 스스로에게 영어 이름을 붙인다. 아들의 유모인 량리핑梁麗萍도 리즈라는 영어 이름이 있다. 그러나 그녀는 리즈가 엘리자베스의 애칭인 것도 모른다. 리즈를 유모로 들였을 때 엘리자베스라고 몇 번 불렀더니 당황한 얼굴을 했다. 한참 설명을 해주고서야 그 작은 오해가 풀렸다.

더 재미있는 것은 중국 성씨 중에는 '힐'과 가까운 발음이 없어서 '샤夏'광동식 발음으로는 '하'가 되므로 '힐'과 조금 더 비슷하다라는 별로 비슷하지 않은 글자를 쓰게 됐다는 점이다. 동료들은 그를 '미스터 샤'라고 부르기도 한다. 그레이엄과 아내는 '미스터 앤드 미세스 샤'로 바뀌었는데, 정작 그들은 날마다 홍콩 사람인 유모의 영어 이름을 부른다. 홍콩은 정말 괴상한 식민지였다. 점령한 자들은 점점 더 현지화되고 점령당한 자들은 갈수록 외래인을 닮아간다.

홍콩 사람들은 이름에 보통 한두 음절을 쓰므로 아내 스텔라도 그다지 비슷하지 않은 수란淑蘭이라는 이름을 갖게 됐다. 아들 앨프레드도 할 수 없이 야판雅樊이라고 지었다. 그레이엄의 '자한'이 세 사람 중 그나마 가장 원래 발음에 가까웠다.

힐 가족에게 한자 이름을 지어준 사람은 아름답고 좋은 뜻의 이름들이라고 몇 번이나 강조했다. 그레이엄은 별로 신경 쓰지 않았다. 그는 그런 미신을 믿지 않는다. 중국에서 말하는 풍수나 점술 같은 건 과학적 근거가 없는 허무맹랑한 소리일 뿐이다. 그는 행복이란 자신의 손으로 쟁취해야 한다고 굳게 믿었다.

그레이엄은 1938년 태어나 어린 시절에 2차 세계대전을 겪었다. 영국에서 가장 격변의 시대에 성장했다. 졸업 뒤 경찰 시험에 합격해 런던 경찰청에서 일했다. 동료의 소개로 만난 스텔라와 결혼해 가정을 꾸렸고 3년째에 앨프레드가 태어났다. '정상적인' 영국 공무원의 삶이었다. 그는 이런 정상적인 삶이 계속될 거라고 여겼다. 은퇴한 뒤에는 아내와 근교의 조용한 마을에서 노년을 보내고, 휴

일이면 아들 부부와 손자가 찾아오고……. 그러나 그의 생각은 틀렸다.

간호사인 아내는 무척 강인한 여성이었다. 결혼 후에도 계속 일하더니 출산하고 나서는 병원을 그만두고 육아에 집중했다. 그레이엄은 줄어든 수입을 벌충하고 좀 더 부유한 미래를 위해 몇 년간 저축해온 재산을 부동산 시장에 투자했다. 훌륭한 신용등급과 공무원이라는 신분이 더해져 은행 대출은 순조로웠고, 그것으로 집을 살 수 있었다. 세를 주어 임대 수입을 올리는 데는 아무런 문제도 없었다. 그가 계산한 대로라면 집값이 계속 오르고, 조기퇴직을 하고, 아들의 대학 학비까지도 전혀 문제없어 보였다.

그런데 영국 경제가 갑자기 불황을 맞이했다.

4년 전인 1973년 영국의 부동산 시장이 폭락했다. 수많은 신용대출 은행이 재무적인 소용돌이에 빠져들고 파산에 직면했다. 동시에 발생한 석유파동, 주식파동, 인플레이션은 설상가상으로 영국 경제를 회복불능 상태로 만들었다. 그레이엄은 소유한 집을 제때 팔지 못해 대출금을 갚을 길이 없었다. 결국 집이 경매에 붙여졌다. 재산은 하룻밤 사이에 전부 사라졌고 엄청난 빚더미에 올라앉았다. 빚 상환을 위해 아내는 다시 일을 시작했지만 영국 전체가 높은 실업률에 시달리는 통에 예전보다 못한 급여를 받았다. 물가는 점점 오르고, 매달 대출금 일부를 상환하고 나면 생활비에 쪼들렸다. 처음 몇 달은 부부가 서로 격려하며 견뎌나갔다. 시간이 지나면 곧 해결될 거라고 여겼다. 그러나 시간이 흐를수록 두 사람은 빚 상환이 요원하다는 걸 깨달았고, 인내심은 점점 닳아갔다. 시시때때로 사소한 일로 다퉜고 가끔 큰 소리를 내기도 했다. 여섯 살 아들도 부모 눈치를 보는지 점점 내성적으로 변했다. 언제나 방글거렸던 아이의 얼굴에 미소가 점점 사라져갔다.

부부가 미칠 지경이 되었을 때쯤 그레이엄은 한 공고문을 보게 됐다. 멀리 홍콩에서 '염정공서'라는 부정부패 사건을 전문적으로 수사하는 기관을 만든다고 했다. 거기서 일할 경험 풍부한 집법 부문의 공무원을 모집하는 내용이었다. 1급 조사관의 월 급여가 6천에서 7천 홍콩달러였다. 약 600파운드, 그레이엄의 당시 급여보다 훨씬 많았다. 게다가 다양한 복리후생을 제공한다고 공고에 명시돼 있었다. 그레이엄은 아내와 상의한 후 새로운 길에 도전해보기로 마음먹었다. 런던 경찰청에서 풍부한 수사 경험을 쌓은 점이 높게 평가되어 면접에서 곧바로 채용됐다. 세 식구는 빚을 갚기 위해 익숙한 고향땅에서 아시아의 낯선 도시로 떠나온 것이었다.

힐 가족은 홍콩에 대해 아무것도 몰랐다. 영국 식민지가 된 지 100년쯤 됐으며 포르투갈이 통치하는 마카오 근처에 위치한다는 것밖에 몰랐다. 낯선 땅에서 한동안 생활하기로 결정한 후 그들은 홍콩에 대해 차차 알아갔다. 홍콩의 지명과 거리 이름은 발음하기가 매우 어려웠다. 그레이엄은 책을 통해 처음으로 그 '식민지' 중 일부는 영연방에 속하지 않는다는 사실도 알게 됐다. 홍콩섬과 카오룽 반도는 영국에 영구 할양된 점령지지만, 신제新界 지역은 단지 조차한 것으로 그 조약이 1997년에 만료된다는 것이었다. 1997년 이후에 홍콩을 둘로 나누어 홍콩섬과 카오룽의 주권을 유지한 채 신제 지역만 중국에 돌려줄 수는 없을 것이다. 어쨌든 문제는 아직 해결되지 않은 상태였다. 양국 정부가 반환 이후를 아직 정확히 결정하지 않았기 때문이다. 그레이엄은 이 사실을 알고 나자 홍콩은 단지 빌린 땅이라고 여겨졌다. 자신이 홍콩에 가서 일하는 것은 다른 영국인들이 그렇듯 남의 땅에서 생활을 도모하는 것일 따름이었다.

1974년 6월, 그레이엄은 아내와 아들을 데리고 홍콩에 도착했다. 하루라도 빨리 빚을 상환하기 위해 아내도 카오룽 병원에서 일을 찾았다. 병원 측은 아내의 간호사 경험에서 홍콩 현지 간호사들이 배울 점이 많으리라 여겼고, 급여 수준도 상당히 괜찮았다. 홍콩의 염정공서는 그레이엄에게 이주 과정에서 필요한 번잡한 일들을 해결해줬고, 정부 공무원 사택도 제공해줬다. 카오룽통의 난씨 아파트단지는 고급 공무원 사택으로, 내부 공간이 넓고 인테리어도 영국의 고급 아파트와 비슷해 서구권 사람들도 불편함을 느끼지 못했다. 독채 건물은 아니지만 주변 환경도 좋고 치안도 양호했다. 근처에 있는 여러 주거용 빌딩에도 홍콩의 부유한 사업가나 해외에서 투자하는 기업 중역, 홍콩에 파견된 외국계 기업 엘리트들이 주로 살았다.

힐 부부의 가장 큰 걱정은 아들의 교육 문제였다. 홍콩 이주를 고민할 때 바로 이 문제 때문에 포기할 뻔하기도 했다. 두 부부만 낯선 도시에서 5년 혹은 10년쯤 보내는 것은 큰 문제가 아니었다. 어쨌든 상황은 사람보다 힘이 세다. 자기가 빚을 졌으니 그 운명을 받아들여야 했다. 다만 아들이 홍콩 생활에 적응하지 못할까 봐 걱정스러웠다. 어린 시절의 생활환경과 교육과정은 무척 중요한 문제였다.

그레이엄은 홍콩에 사는 친구에게 조언을 구했고, 친구는 초등학생 모집 요강 등 대량의 학교 자료를 구해 보내주었다. 자료를 살펴본 부부는 그제야 좀 안심했다. 홍콩의 교육제도가 영국과 같은 체제로 돼 있었고, 서양 학생을 위한 전문적인 학교에서는 교과서, 숙제, 수업은 물론 학부모 통신문까지도 영어를 사용했다. 또한 영국 아이들은 홍콩에서 공부해도 영국에 있을 때와 큰 차이 없이 교육을 받을 수 있었다. 부부는 사택 근처의 학교를 선택했다. 학교 규모는 크지 않았지만 교사 등 직원들이 모두 유창한 영국식 영어를 사용했고, 친절하고 열의가 있었다. 힐 부부는 그 학교를 꽤 신뢰하게 됐다.

처음 3년간 힐 가족은 생활비를 아끼고 또 아끼며 저축했다. 홍콩 정부의 복리후생은 생각보다 꽤 후했다. 추가 근무수당과 아내의 수입까지 보태니 3, 4년 예상했던 빚 상환이 2년 만에 끝났다. 그 덕분에 최근 1년간 어느 정도 눈에 보이게 저축이 쌓였다. 과거의 고통을 교훈 삼아 힐 부부는 저축의 중요성을 깨달았다. 그들은 감히 투자할 엄두는 내지 못하고 대부분 은행에 정기예금으로 위탁해 이자를 불려나갔다.

빚을 다 갚았지만 홍콩에서 조금 더 머물며 일하기로 했다. 급여도 높고 홍콩의 경제상황이 영국보다 훨씬 나았기 때문이었다. 그레이엄은 신문에서 영국의 사회 뉴스를 볼 때마다 저도 모르게 한숨을 쉬며 고개를 가로저었다. 영국은 지난 몇 년간 실업률이 전혀 호전되지 않았다. 실업 인구가 100만을 넘었고, 기업과 노조는 끊임없이 싸움을 벌였다. 파업이 없는 날이 없었다. 한때 '해가 지지 않는 나라'라고 불렸던 영국이 지금은 '유럽의 병자'로 비웃음을 사고 있었다. 19세기의 투르크제국과 비교되는 것을 보며 그레이엄은 엉터리 소리라고 치부하면서도 한편으로는 화가 났다. 물론 그는 다행스럽게도 멀리 아시아의 도시에 건너와 2년 만에 가족의 재무 상태를 정상궤도로 돌려놓았다. 런던에 머물러 있었다면 금전적인 문제로 이혼까지 갔을지 모를 일이었다.

물론 급여가 높다는 것은 일이 쉽지 않다는 뜻이었다.

처음 일을 시작했을 때 그레이엄은 일의 내용과 사건의 수에 깜짝 놀랐다. 염정공서가 성립된 초창기, 매일 엄청난 수의 익명 제보가 들어왔다. 게다가 대부분이 정부부처의 부패사건이었다. 사건이 모두 심각한 것은 아니었다. 관련된 금액이 별로 크지 않은 경우도 있었다. 그러나 부패의 범위와 정도가 그레이엄을 경악하게 했다. 노점상은 매일 순경에게 '찻값'이라며 몇 푼을 쥐여준다. 공립병원 입원 환자가 잡무를 처리해주는 아주머니에게 '팁'을 주지 않으면 그 환자는 방치되고 합리적인 대우를 받지 못한다. 거의 모든 공영 부문에서 유사한 문제들이 비일비재했다. 홍콩 정부가 염정공서를 만든 건 절박한 필요성에 따른 것이었다. 법으로 제지하지 않으면 사회가 번영할수록 작은 부패가 큰 부패로 변해갈 것은 뻔했다. 부정부패가 제도 속으로 잠식해 들어오면 그때 가서 처리하기엔 너무 늦은 일이 되어버린다.

한자라곤 단 한 글자도 모르는 그레이엄에게 이 일은 특히 어려웠다. 어떤 사건은 홍콩 현지의 문화와 풍습에 관련돼 있어서 처음 접했을 때 머릿속이 온통 안개에 덮인 것 같았다. 하지만 염정공서가 그를 채용한 것은 그의 업무 경험을 높이 샀기 때문이다. 그에게 주어진 일은 경험이 부족한 홍콩 현지의 어린 조사관들을 이끌며 조사하고, 증거를 수집하고, 사법 절차에 따라 압수수색해 뇌물 수수자를 법정에 보내는 것이었다. 염정공서가 만들어질 때 홍콩에서 수사 경험이 가장 풍부한 것은 당연히도 왕립홍콩경찰이었다. 그러나 경찰 조직의 부패가 매우 복잡한 형편이라 경찰관은 모두 조사 대상이었다. 염정공서는 어쩔 수 없이 새로운 사람을 뽑아 훈련시켜야 했다. 이것이 그레이엄이 채용된 중요한 배경이었다.

처음 3년간 그레이엄의 업무는 언제나 도전이었다.

홍콩경찰의 부정부패는 줄곧 심각한 수준이었다. 범인과 직접 맞닥뜨리는 조직인 만큼 경찰이 부패하면 곧바로 치안에 문제가 생긴다. 개항 시기 정부 당국을 피하려는 범죄자와 범죄 조직은 돈을 이용해 홍콩으로 흘러들어오곤 했다. 법을 집행하는 사람들은 보고도 못 본 척 넘어가는 일이 관례처럼 돼 있었다. 어떤 불법적인 일이라도 돈을 지불하기만 하면 모두 해결할 수 있었다. 경찰이 불법도박장, 매춘업소, 마약 밀매업자 등을 소탕하는 것은 범죄를 없애기 위함이 아니라 검은돈을 챙기기 위함이었다. 악당들에게 있어 돈을 내는 것은 통행증을 사는 것과 같았다. 돈을 받으면 경찰이 일정 기간 동안 귀찮게 굴지 않는다. 그들은 부패한 경찰이 상사에게 제시할 업적까지도 마련해준다. 악당들은 일정한 시간 간격을 두고 자기 부하 중에서 감옥에 갈 놈을 경찰에게 제공한다. 아예 증거까지 챙겨서 준다. 물론 그들이 증거로 제공하는 마약, 검은돈 등은 실제 유통되는 것의 극히 일부일 뿐이었다. 빙산의 일각이라고 할까. 일선 경찰은 체포 활동에 힘쓰지 않지만 조직의 고위간부들은 홍콩 사회의 치안이 나날이 나빠지고 있다는 것도 모른 채 지역 경찰들이 범죄를 막는 데 전력을 다한다고 믿었다.

조직의 일원이 되면 정직했던 사람도 결국 똑같아진다. 홍콩경찰에는 이런 말이 있다. '뇌물을 받는 것'은 자동차와 같다. 소속 분대가 뇌물을 챙겼을 때 '차에 올라타면' 그 돈을 나눠 받는다. 부패에 동참하기 싫어서 돈을 나눠 받지 않더라도 입을 다물어주면 '차를 따라 달리는' 것이다. 상부에 보고하겠다고 우긴다면 '차 앞에 서는' 것과 같다. 그런 사람은 자동차에 부딪혀 다친다. 힘이 없는 누군가가 이 자동차를 멈추려고 한다면, 직접적으로 보복당하지는 않더라도 대부분은 조직 내에서 따돌림당하고 고립되며 승진의 기회는 기대할 수도 없다. 경찰 내부에도 부정부패 방지를 위한 부서가 있다. 그러나 그 부서 역시 경찰관들로 구성된 만큼 다른 부서와 수천수만 개 관계의 끈으로 연결돼 있다. 그러니 부정부패를 해결할 가능성은 낮을 수밖에 없다. 염정공서는 이런 문제 상황을 타파하기 위해 만들어졌다. 홍콩총독부 직속 기관으로서 독립된 신분으로 부정부패에 관련된 모든 정부기관과 인물을 수사할 수 있었다.

그레이엄은 부임 첫해에 뇌물수수 경찰관을 여럿 잡아냈다. 2년째에는 더욱 많은 부패 상황을 밝혔고, 그중에는 고위 경찰관이 연루된 사건도 있었다. 예를 들면 경장이 부하들과 함께 뇌물을 받고 범인을 비호해주는 것이다. 염정공서의 사건 수사는 매우 신중했다. 그들은 제보된 부정부패 사건이 사실인지 모함인지를 가려내야 했다. 범인들 중에는 감형을 받기 위해 부패 경찰의 정보를 거래 대가로 제시하기도 했다. 염정공서 조사관은 어떤 정보든 근거가 있는 내용인지 몇 번이나 반복해서 확인한다. 그레이엄이 생각하기에 전 세계 범죄자들은 다 비슷했다. 광둥어는 전혀 모르지만 범인이 거짓말을 하는지, 진술의 세부사항에 모순은 없는지 다 파악할 수 있었다.

현재 그의 조사팀은 매우 중대한 사건을 맡고 있었다. 처음에는 여느 사건과 마찬가지려니 여겼지만 사건의 규모가 점차 밝혀지면서 이전의 어떤 부정부패 사건보다 심각하다는 것을 알았다.

사건은 작년 봄까지 거슬러 올라간다. 1976년 4월, 공상서工商署* 의 밀수품 조사대가 서카오룽 야우마테이 과일시장** 부근의 한 빌딩에서 마약을 발견하고 미국 국적의 혼혈아와 몇 명의 인사를 마약은닉죄로 체포했다. 4개월 후 경찰은 전 홍콩의 23개 지점에서 연이어 소탕작전을 벌여 2만 홍콩달러어치의 헤로인을 압수하고 여덟 명의 용의자를 체포했다. 용의자 중에는 과일시장 일대 마약 판매조직의 수뇌로 의심되는 자가 포함돼 있었다. 그는 심문 대기 기간 중 염정공서 조사관과 면담하게 해달라고 요청하며 집법기관의 대규모 부정부패를 밝히겠다고 했다. 그래서 지난 달 그의 죄가 확정된 다음 정식으로 염정공서의 공소증인이 되어 관련 부패 사건

* 현재의 세관으로 공상서는 밀수품, 마약 판매 및 운반을 수사 감독할 권한이 있다.
** 야우마테이에 위치한 과일 도매시장. 1913년부터 시작되어 지금까지 홍콩과 카오룽 지역의 과일 도매, 경매 등의 집산지다.

의 조사에 협조하고 있었다.

범인이 밝히겠다고 한 것은 경찰관이 뇌물을 받고 그들의 마약 밀매를 눈감아준 정황이었다.

범인은 돈을 내고 경찰에게서 '방생'되었는데, 1년 영업한 뒤 공상서에 체포될 줄은 생각지도 못했다. 공상서의 수사가 시작되자 경찰에서도 어쩔 수 없이 사건을 제대로 다뤄야 했고, 뇌물을 받은 경찰관도 상부의 압박에 수사에 간여할 수가 없었다. 범인은 결국 법망을 피해가지 못했고 그 사실에 앙심을 품었다. 이미 엄청난 돈을 줬는데도 결국 감옥에 가게 생겼으니 뇌물을 받고도 힘을 쓰지 못한 경찰을 어떻게든 끌고 들어가겠다는 속셈이었다.

마약 밀매 조직은 뇌물수수 명단이 상세히 기록된 장부를 갖고 있었다. 경찰에다 브로커까지 모두 포함돼 있었다. 장부는 암호로 기재되었다. 그리고 범인이 쥐여짜인경찰에게 돈을 준다는 뜻의 은어 상대의 직급과 소속만 대략 알고 있었기에 뇌물을 받고 사건을 덮은 경찰관을 명확히 밝히려면 다시 많은 시간과 노력을 들여야 했다. 염정공서의 조사관은 범인의 증언에 아무런 모순점도 없음을 반드시 확인하고, 법정에서 인정할 만한 증거와 진술을 확보해야 한다. 그레이엄은 사건에 관련된 모든 인물관계와 뇌물의 유통과정을 자세히 조사할 생각이었다.

물론 그는 장부에 적힌 한자를 알지 못한다. 동료들이 장부를 영어로 번역해주면 기호를 해독하듯 사건의 진상에 접근한다. 시간이 흐르면서 그도 점차 몇몇 한자를 알아보게 되었다. 그러나 그것은 일상생활에는 아무런 도움도 되지 않았다. 장부에 쓰인 글자는 전부 암호였기 때문이다. 예를 들면 '본本C'는 '야우마테이 경찰서 형사정집부'이고, '노국老國'은 '카오룽 총구 마약수사대', 'E'는 '순찰차'를 뜻했다. 이런 괴상한 그림처럼 보이는 글자에 익숙해지기 위해 그레이엄은 사건 자료와 장부를 복사해 집에서도 틈틈이 읽고 연구했다. 이런 문건은 매우 민감한 자료이므로 평소에는 금고에 넣어두고 아내조차 못 보게 했다.

조사가 길어질수록 사건의 규모 역시 커져갔다.

이 대규모 부패 사건에는 일선의 경원, 경장급만 관련된 정도가 아니었다. 증인의 진술과 장부 내용으로 볼 때 뇌물의 흐름은 총구 및 총부의 인물까지 이어졌다. 심지어 독찰급 이상의 고위 간부도 있는 것으로 파악됐다. 그레이엄과 동료들은 이것이 지구 경찰관이 '찻값'을 받는 수준의 사건과는 완전히 다르다는 것을 알게 됐다. 이 사건에 손을 댄다면 수백 명의 경찰관이 줄줄이 엮여 들어가고, 경찰 부정부패의 뿌리까지 뽑아내게 될 것이다. 염정공서가 3년간 조용히 움직여온 것이 마치 오늘 이 전쟁을 맞이하기 위해서인 듯했다.

그러나 염정공서가 아무리 비밀유지를 잘 한다고 해도 종이로 불씨를 감쌀 수는 없는 법이다. 과일시장 마약조직의 수뇌가 체포된 후 경찰 내부에서 '염정공서가 경찰을 향해 칼을 빼들었다'는 소문이 돌았다. 게다가 염정공서는 성립된 뒤로 시시때때로 경찰관을 조사해왔기 때문에 두 조직은 물과 불처럼 양립할 수 없는 관계였다. 염정공서는 경찰을 만병의 근원이라고 규정짓고 모든 경찰관에게 뇌물수수의 혐의가 있다는 듯이 굴었다. 반면 경찰 입장에서는 염정공서가 부패를 해결하려다 더 큰 문제를 일으키고 있다고 생각했다. 걸핏하면 눈에 거슬리는 경찰관을 감방에 처넣어 자신들의 손으로 잡아넣은 범죄자와 같은 취급을 당하게 만드는 것이다.

그런 이유로 그레이엄은 집에 돌아와서 공황 상태의 아내에게서 모든 상황을 전해 듣고 충격을 받은 동시에 이 일을 경찰에 알려야 할지를 놓고 망설이고 있었다.

피가 묻은 교복, 아들의 머리카락은 납치범들이 단순히 장난을 하고 있는 게 아니라는 걸 보여주고 있었다. 집법기관에 종사하는 사람으로서 그레이엄도 범인의 말에 따라 경찰에 알리지 않고 독자적으로 움직이는 게 가장 멍청한 짓임을 잘 알고 있다. 가족들이 몸값을 지불하든 지불하지 않든 납치범들이 인질을 풀어줄 확률은 똑같다. 50대 50인 것이다. 납치범이 시키는 대로 따르면서 가능한 한 인질을 구출하려고 노력하는 한편 경찰이 뒤를 받쳐주는 게 가장 안전한 방법이다. 그레이엄이 영국에 있을 때도 일촉즉발의 상황에서 경찰이 인질을 구출하는 사건을 본 적이 있다. 납치범은 원래 몸값을 받은 후 인질을 죽여버릴 생각이었지만 경찰이 몸값을 가지러 온 범인을 미행하는 데 성공해 범인들의 은신처를 덮쳤던 것이다.

그러나 그레이엄은 경찰에 신고한 뒤 사건을 담당한 경찰관이 자신이 염정공서 사람인 것을 알고 나면 일을 소홀히 처리할지 모른다고 생각했다. 아니 소홀한 정도를 넘어 알게 모르게 수사를 방해하고 아들을 죽게 만들까 봐 걱정했다.

그는 전화 앞에 앉아서 끊임없이 갈등했다. 아내는 소파에 쓰러진 채 범인이 보낸 머리카락을 쓰다듬으며 울고 있었다.

시간은 일 분, 일 초, 쉬지 않고 흘러갔다. 괘종시계의 바늘이 오후 1시 30분을 가리켰다. 그레이엄은 더러워진 교복을 쳐다보며 납치범에게 웃옷을 빼앗기고 어두컴컴한 방에서 오들오들 떨고 있을 아들을 떠올렸다. 그레이엄은 결정을 내리고 수화기를 집어 들었다. 경찰과 염정공서 사이에 아무리 악감정이 쌓였다 해도 지금 이 순간 믿을 곳은 역시 왕립홍콩경찰뿐이다.

그레이엄에게는 다른 선택지가 없었다.

3

"조장님, 이번엔 직접 나서시네요?"

비좁은 차에서 운전을 맡은 아마이阿麥가 고개도 돌리지 않고 말했다.

"납치사건은 분초를 다투는 일이야. 시민의 목숨이 경각에 달렸으니 우리 '대방'께서 출동하셔야지."

관전둬가 뭐라 대답하기도 전에 옆에 있던 경장 라오쉬老徐가 입을 놀렸다.

서른 살의 관전둬는 가타부타 말하지 않았다. 그저 웃는 듯 입꼬리를 당기며 시선을 창밖으로 돌릴 뿐이다. 관전둬는 카오룽 총구의 형사정집부 소속이다. 올해 초 독찰에서 고급독찰로 승진했다. 지난 몇 년간 수많은 사건을 해결해내 수사성공률이 극히 높아 상부에서도 특별히 아끼는 인물이다. 독찰은 홍콩에서 은어로 방반보좌관, 도우미라는 뜻이라고 하고, 고급독찰은 대방큰 대(大)를 방반 앞에 붙인 것이라고 부른다.* 분구 경찰서의 형사정집부 독찰이 되는 것만 해도 수많은 형사들의 목표인데, 관전둬는 서른이라는 나이에 벌써 카오룽 총구 CID**의 고위직에 올라갔기 때문에 적잖은 선망의 눈빛을 받고 있었다. 물론 시기하는 목소리도 없지 않았다. 관전둬가 영국에서 2년간 경찰 연수를 받고 돌아온 것을 두고 자기가 홍콩 사람이란 걸 잊고 있다며 '영국인의 개'라고 뒤에서 욕하기도 한다. 또 누군가는 그가 10년 전의 폭동사건에서 영국인 경찰관의 추천을 받아 남들보다 앞서갈 기회를 얻었다고, 개똥 줍는 것도 운이 좋아야 한다

* '대방'은 1980년대에 거의 쓰이지 않게 됐지만, '방반'은 지금까지 일상적으로 사용된다.
** 형사정집부의 영문 명인 Criminal Investigation Department의 약칭.

더니 하며 조롱하기도 했다. 그러나 선망의 눈길을 보내는 사람이나 시기의 폭언을 내뱉는 사람이나 관전둬의 능력에 대해서는 전혀 의심하지 않았다. 사건 수사에 있어서 관전둬는 완벽한 재능을 발휘했다. 특히 1972년 영국 연수에서 돌아온 뒤 그의 수사 실적은 나날이 높아졌다.

관전둬는 세 명의 부하와 함께 차를 타고 난씨 아파트단지를 향해 가고 있었다. 차를 모는 마이젠스麥建時 형사는 넷 중 가장 어린 사람으로 이제 스물다섯, CID로 발령난 지 1년도 안 됐다. 동료들은 그를 '아마이'라고 부르는데 경험은 적지만 영리하고 민첩해서 도망치는 강도를 열 블록이나 쫓아가서 체포한 적도 있었다. 조수석에 앉은 사람은 스물여덟 살인 웨이쓰방魏思邦 형사, 관전둬와 함께 뒷좌석에 앉은 사람은 '라오쉬'라고 불리는 쉬전徐真 경장이었다. 사실 라오쉬는 이제 서른여섯 살일 뿐인데 겉보기엔 사오십 대의 노안으로, 연륜 있는 사람에게 붙이는 '라오'가 별명에 붙은 지도 벌써 몇 년째였다.

관전둬가 이번 사건에 이 세 사람을 선택한 것은 모두 영어를 잘해서였다. 신고자가 광둥어를 전혀 모르는 영국인이라서 현장의 형사가 영어를 못하면 서로 통역하느라 시간을 낭비하게 된다. 또한 납치사건은 잠깐이라도 집중이 흐트러지면 곧바로 인질의 사망으로 이어진다.

홍콩경찰 조직에서는 보고서를 모두 영어로 써야 한다. 그래서 경찰관은 어느 정도의 영어 수준이 요구된다. 그러나 실제로 영어를 잘 못하는 경찰도 많았다. 경찰 내부에서 우스갯소리로 하는 말 중에 이런 것이 있다. 영어를 못하는 교통경찰이 사고 보고서를 쓰는데 두 차가 충돌한 과정을 이렇게 서술했다고 한다. One car come, one car go, two car kiss.

"방, 전화 추적장치는 자네가 검사한 거지? 지난번처럼 문제가 생기진 않겠지?"

라오쉬가 조수석의 웨이쓰방에게 말을 걸었다.

"다 검사했어요."

웨이쓰방은 짧게 대답했다. 불만스러운 투였다. 앞서의 사건 수사에서 기계장치를 맡았던 웨이쓰방이 감청녹음기의 퓨즈가 끊어진 것을 눈치채지 못해 중요한 순간에 용의자의 대화가 녹음되지 않았다. 결국 일주일이나 더 걸려서 충분한 증거를 확보할 수 있었고 체포 작전에 돌입했다.

"검사했으면 다행이고." 라오쉬는 웨이쓰방을 놀리려고 마음먹은 듯 다시 한 번 강조했다. "이번에는 납치사건이야, 바람 한 점 잎사귀 하나라도 잘못되면 다음번이라는 게 없어. 사람 목숨이 달렸다고."

"벌써 세 번이나 검사했다니까요."

웨이쓰방이 고개를 돌려 라오쉬를 똑바로 바라보면서 말했다.

"어, 그래."

라오쉬가 입술을 툭 내밀며 웨이쓰방의 눈길을 피해 창밖을 바라봤다.

"역시 고급 주택지구는 다르네. 봐, 건물이 다 죽여주게 멋지구먼. 부자들만 사는 동네니 범인들이 여기 사는 애를 노릴 만도 하지."

"하지만 이번에 신고한 사람은 염정공서의 영국인 조사관이잖아요. 그 사람한테 무슨 돈이 있겠어요?"

운전하던 아마이가 끼어들었다.

"헤, 누가 그래?" 라오쉬가 업신여기는 표정으로 말했다. "샤오씨邵氏네 모리스 알지? 그 친구네 집안이 아주 혁혁하시더라고. 아버지도 형도 다 훈장을 받았다나, 무슨 의원인지 고관인지는 모르지만.

모리스가 홍콩에 와서 일하는 건 실적을 쌓으려는 거야. 몇 년 뒤에 영국으로 돌아가면 외교부나 정보부서 같은 곳에 들어갈걸. 얘를 납치한 걸 보면 염정공서 조사관의 배경도 모리스랑 비슷하겠지!"

'샤오씨'란 경찰 정치부의 별명이다. 정치부의 영문 명은 Special Branch로 축약하면 SB가 된다. 홍콩의 영화사인 샤오씨전영공사邵氏電影公司와 이니셜이 같아서 그런 별명이 붙었다. 정치부는 표면적으로는 경찰 내의 일개 부서였지만, 실제적으로는 MI5영국 국가정보보안기관의 직속부서로 방첩활동 및 정보공작을 담당한다. 일반적인 경찰관에게 정보과 사람들은 신분도 베일에 싸여 있고 작전도 비밀스러워 일이 다 끝난 뒤에야 담당한 사건에서도 단편적인 부분만이 알려질 뿐인 사람들이다. 라오쉬가 말한 모리스는 정치부의 고위 경찰관이다. 아버지와 형이 모두 영국 정부에서 일하며, 홍콩에서 은어로 네덜란드 병뚜껑*이라고 부르는 훈장을 받았다고 한다. 사실상 그들 역시 꼭 부자라고 할 수는 없었다. 다만 홍콩 사람들은 정부의 고위관직자로 권력을 쥔 사람이라면 당연히 '돈이 흘러든다'고 생각하는 것이다.

"결국 염정공서 놈들도 일이 터지면 우리를 찾을 수밖에 없네요." 웨이쓰방이 한마디 내뱉었다. "매일 생각하는 거라곤 우릴 어떻게 괴롭힐까 하는 것밖에 없더니, 나쁜 놈들한테 한번 찍히니까 우리한테 도와달라고 하잖아요. 염치도 없지."

"방, 그 사람이 누구든 우린 우리 할 일만 잘하면 돼."

줄곧 침묵을 지키던 관전둬가 입을 열었다. 부하들은 조장이 그렇게 말하자 더는 이야기하지 않았다. 아마이는 운전에 집중했고,

* 홍콩에서 가장 먼저 시판된 탄산수는 네덜란드에서 수입된 것이어서, 탄산수를 '네덜란드 음료수'라고도 부른다. '네덜란드 병뚜껑'은 탄산수 병의 뚜껑을 의미한다.

웨이쓰방과 라오쉬는 창밖만 뚫어져라 쳐다봤다. 그러나 다들 관전둬가 오늘따라 말이 없고 고민이 많아 보인다는 것을 눈치채지 못했다.

차가 난씨 아파트단지에서 골목 하나를 남겨뒀을 때 관전둬가 아마이에게 말했다.

"아마이, 차 세워."

"예? 조장님, 아직 도착하지 않았는데요?"

아마이의 입은 그렇게 물었지만 손은 핸들을 돌려서 차를 길가에 대고 있었다.

"나하고 라오쉬는 내려서 걸어 들어갈게. 두 사람은 차를 몰고 주차장으로 가. 납치범들이 여길 감시하고 있을지도 모르니까." 관전둬가 말을 이었다. "방, 아파트 관리인에겐 4층의 랴오화밍 소방서장을 만나러 왔다고 해. 우린 9층의 고급경사 캠벨을 만나러 온 걸로 할 테니. 그분들도 이 일을 다 알고 있으니까 관리인이 전화를 걸어서 확인해도 걱정 말고."

"조장님, 관리인도 속여요?"

"그 사람이 납치범과 한통속이 아닐 거라고 어떻게 보장하나?" 관전둬가 차에서 내리며 말했다. "건물로 들어간 다음 4층에서 합류하지."

네 사람은 순조롭게 난씨 아파트로 들어갔다. 아마이와 웨이쓰방은 엘리베이터를 타고 4층에 내렸다. 엘리베이터 문 앞에 서 있은 지 일 분도 못 돼 문이 다시 열렸고, 두 사람은 관전둬와 라오쉬가 타고 있는 엘리베이터에 탔다. 네 사람은 엘리베이터를 타고 7층 그레이엄 힐의 집 문 앞에 도착했다.

"딩동."

관전둬가 초인종을 눌렀다. 아마이는 복도를 둘러봤다. 고급 공무원의 사택 건물은 처음 와봤다. 그는 노스포인트의 경찰아파트에 산다. 한 층에 열 가구 남짓 사는 아파트는 시끄럽고 비좁았다. 난씨 아파트단지는 한 층에 두 가구만 있기 때문에 아늑하고 깨끗했다. 아마이는 속으로 차별이 심하다고 투덜댔다.

"안녕하십니까? 카오룽 형사정집부 독찰 관전둬라고 합니다."

대문이 열리자 관전둬는 신분증을 내보이며 문을 열어준 그레이엄에게 말했다.

관전둬의 영어는 정확한 문장에 깨끗한 발음까지 완벽한 영국식 영어였다. 세 부하들은 속으로 생각했다. 영국 물을 먹은 사람은 뭐가 달라도 다르군, 발음만으로도 영국인 경사들에게 다른 사람과는 다른 친밀감을 주겠는걸.

"어, 어, 그레이엄 힐입니다. 들어오시죠."

그레이엄은 조금 정신이 없어 보였다. 그는 문 밖에 선 네 사람을 훑어보다가 정신을 차리고는 몸을 움직여 사람들을 실내로 안내했다.

스텔라는 더 이상 울고 있지 않았지만, 여전히 슬픔에 잠긴 표정으로 소파에 앉아 있었다. 경찰의 방문에도 아무런 반응이 없었다. 마치 영혼이 어디론가 떠나버린 사람처럼 보였다. 관전둬는 거실을 한 바퀴 둘러봤다. 전화기가 보이자 웨이쓰방에게 눈짓을 했다. 웨이쓰방은 두말없이 추적장치 등의 기계가 가득 든 가방을 꺼내 전화선에 녹음과 추적장치를 연결했다.

"힐 씨, 당신이 경찰에 신고하셨죠? 상황을 설명해주시겠습니까?"

관전둬와 아마이, 라오쉬는 그레이엄을 마주한 방향으로 긴 소파에 앉았다. 관전둬가 발음하는 그레이엄의 성은 Hill의 마지막 L 음까지도 영국적인 느낌이 들었다.

"예, 예." 그레이엄이 몸을 앞으로 기울이며 말했다. "제 아내가 12시 46분에 전화벨 소리에 깼습니다……."

그레이엄은 아내가 말해준 내용과 학교에 전화해 확인한 상황, 교복과 머리카락을 발견한 과정 등을 빠짐없이 관전둬에게 설명했다. 그레이엄도 경험이 풍부한 수사관이기 때문에 사건 설명이 일목요연해 관전둬가 다시 질문할 것도 없이 대략적인 상황을 이해할 수 있었다.

"범인이 2시 반에 다시 전화를 걸 거라고 했다……."

관전둬가 손목시계를 흘긋 쳐다봤다. 1시 52분이었다. 범인이 예고한 시간까지는 40분 정도 남아 있다.

"범인이 그렇게 말하긴 했지만 조금 일찍 전화를 할 가능성도 있습니다. 방, 추적장치 설치는 끝났어?"

"연결 완료됐습니다. 지금 테스트 중인데 전부 정상 작동 중입니다."

이어폰을 낀 웨이쓰방이 관전둬에게 오케이 사인을 보냈다.

"아마이, 교복과 머리카락, 종이 상자를 잘 챙겨둬. 거기 범인의 지문이나 단서가 남아 있을지도 모르니까. 감식과에 연락해서 가지러 오라고 해. 아, 범인이 감시하고 있을지 모르니 올 때는 운송회사 직원으로 위장하라고 하고."

"알겠습니다."

"힐 씨, 범인이 전화할 때까지 몇 가지 질문을 하겠습니다. 어떤 실마리가 나올지도 모릅니다." 관전둬가 진지하게 말했다. "최근 의심스러운 사람과 마주친 적이 있습니까? 아니면 어떤 이상한 상황을 발견한 적은요?"

그레이엄은 고개를 저었다.

"없습니다. 전 최근 무척 바빠서 자주 추가근무를 하고 집에 늦게 돌아왔는데 어떤 사람을 본 기억은 없군요. 아내도 이상한 일이나 사람을 언급한 적이 없었고요."

그레이엄은 아내를 돌아보며 그녀의 팔을 흔들었다.

"스텔라, 관 경관님이 최근 의심스러운 인물이나 일이 없었는지 물어보는데?"

스텔라는 망연히 고개를 들더니 눈앞의 경찰들을 죽 둘러봤다. 그녀는 입술을 깨물고 고통스럽게 고개를 저었다.

"아뇨, 없었어요…… 다 내 잘못이에요……."

"부인 잘못이라니요?"

관전둬가 물었다.

"지난 몇 년간 일에 매달려서 앨프레드를 제대로 돌보지 못했어요. 모든 걸 유모에게만 맡기고. 하느님이 책임감 없는 엄마를 벌주시는 거겠죠? 오늘 아침에 퇴근하고 들어오면서도 앨프레드와 몇 마디 나누지도 않고. 오, 전 정말 나쁜 엄마예요……."

"아냐, 왜 당신 잘못이야? 내가 앨프레드에게 무관심했어……."

그레이엄은 아내의 머리를 가슴으로 꽉 끌어안아 주었다.

"힐 씨, 유모 외에 이 집을 자주 드나드는 사람이 있는지 말씀해 주시겠습니까?"

관전둬가 단도직입적으로 물었다.

"일주일에 두 번 청소를 해주는 시간제 파출부가 옵니다."

"파출부와 유모의 개인자료를 좀 봐야겠습니다. 이름과 주소 등을 알려주십시오."

"관 경관님, 지금 그 사람들이 사건과 관련이 있다고 의심하는 겁니까?"

"납치사건에서 피해자와 자주 접촉했던 사람은 모두 혐의가 있습니다. 특히 혈연관계가 아닌 고용인이라면 더 그렇지요."

그레이엄은 반박하고 싶었다. 하지만 그러지 못했다. 그 역시 경찰관이었고 현재도 집법 공무원이다. 관전뒤의 말이 사실이라는 걸 잘 알고 있다. 하지만 마음으로는 리즈와 자상한 얼굴의 파출부 아주머니가 아들을 해치리라고는 생각할 수 없었다.

"그들이 앨프레드에게 나쁜 짓을 할 거라고는 생각할 수 없습니다. 하지만 수사의 범위를 줄이기 위해서 개인정보를 알려드리도록 하지요."

그레이엄은 서재에 가서 책상 서랍 속의 수첩을 꺼내왔다.

"유모는 량리핑이라고 합니다. 영어 이름은 리즈, 마흔두 살입니다."

"량리핑…… 어떤 핑자죠?"

관전뒤는 그 내용을 받아 적으면서 되물었다.

"이 글잡니다."

그레이엄은 수첩을 관전뒤에게 보여주었다.

"아래 적힌 게 주소와 전화번호인가요?"

"예."

관전뒤, 라오쉬, 아마이가 리즈의 정보를 각자 수첩에 옮겨 썼다.

"파출부는요?"

관전뒤가 물었다.

"왕다이디王帶娣라고 하고 쉰 살입니다. 바로 옆에 적혀 있습니다."

그레이엄이 리즈의 연락처가 적힌 페이지 옆을 가리켰다.

"아마이, 이 번호로 전화 좀 걸어봐. 뭔가 나오는지 보자고."

아마이는 바로 전화 쪽으로 걸어가 수화기를 집어 들었다.

"리즈는 혼자 삽니다. 우리 집에서 자주 자고 가고요. 여기 리즈의 방이 따로 있죠. 말로는 아이 유모라고 하지만, 리즈는 집안일을 다 돌봐주고 있습니다. 요리사와 집사까지 겸임인 셈이죠."

"일주일에 며칠이나 자고 갑니까?"

"일정하지 않습니다. 스텔라의 일정에 따라 다르죠." 그레이엄이 아내 쪽을 쳐다봤다. "스텔라가 카오룽 병원에서 야간 당직을 하는 날에는 리즈가 늦게까지 남아서 앨프레드와 함께 있지요. 제가 늦게 퇴근하는 날도 있으니까. 저와 스텔라가 일찍 집에 오는 날에는 자기 집으로 돌아갑니다. 우리 식구들끼리 시간을 보내라면서요. 리즈는 정말 가족과 같습니다."

"파출부 왕다이디는 어떻습니까?"

"파출부의 집안 사정은 잘 모르겠습니다." 그레이엄은 고개를 흔들었다. "리즈가 고생하는 것 같아서 청소를 해줄 시간제 파출부를 부르기로 했지요. 아주 간단한 영어밖에 하지 못해서 제대로 얘기 나눈 적도 별로 없어요. 리즈 말을 들어보면 자매들과 같이 살고 있고, 결혼은 할 생각이 없다는 것 같았습니다."

"순더 언니겠군요."

라오쉬가 끼어들었다. 홍콩에 온 지 3년째인 그레이엄은 '순더 언니'라는 말을 들어본 적이 있다. 하지만 무슨 말인지는 잘 모른다. 다만 파출부 등 집안일을 도와주는 나이 지긋한 여자 고용인을 지칭하는 말이라는 정도만 이해할 뿐이다. '순더'가 광둥성의 어느 지역명이고, 그곳에서 홍콩으로 일하러 건너온 여자들을 흔히 '언니' 혹은 '누이'라고 부른다는 사실은 알지 못했다.

"조장님, 전화 걸어봤습니다." 아마이가 소파로 돌아왔다. "량리핑의 집은 전화를 받지 않았고, 왕다이디는 집에 있었습니다. 지역사회 복지위원회라고 속이고 일이나 가정 형편 등에 대해 질문했는데 아무런 의심 없이 다 대답해주더군요. 왕다이디는 사건과 관련이 없는 것 같습니다."

"그렇다면 리즈 쪽이 훨씬 의심스럽군요." 라오쉬가 말했다. "힐 씨의 아이가 실종됐다면 등하교를 함께 하는 유모가 가장 먼저 상황을 발견하고 연락했어야 했습니다. 그런데 유모는 집으로 돌아오지도 않고 자기 집에도 가지 않았죠. 납치범들과 한통속일지 모릅니다. 유모가 나서면 눈에 띄지 않고 아이를 데려갈 수 있습니다."

"리즈는 그럴 사람이……."

라오쉬의 말에 숨겨진 가시가 그레이엄의 신경을 건드렸다. 그러나 더 말을 잇지는 못했다. 그도 라오쉬의 말이 전혀 가능성 없지는 않다는 것을 알고 있었다.

"어쩌면 량리핑이 아이와 함께 납치됐을지도 몰라." 관전둬가 담담하게 말했다. "심지어 더 나쁜 가능성이 있지. 량리핑이 이미 죽었을 가능성. 납치범들에게 필요한 건 흰 피부의 아이뿐이야. 노란 피부의 성인 여성은 아무런 쓸모가 없어."

그레이엄은 한기를 느꼈다. 일이 터진 후 줄곧 아들의 안위만 걱정했지, 리즈에게는 생각이 미치지 않았다. 그러나 관전둬가 말한 것은 아주 가능성이 높은 추측이었다. 교복에 묻은 피가 아들이 아닌 리즈의 것인지는 하늘도 알 수 없다.

"량리핑에게서 최근 평소와 다른 행동을 발견한 적은 없습니까?"

관전둬가 물었다.

"아니요, 아……."

그레이엄은 말하다 말고 뭔가 생각난 듯했다.

"생각나는 일이 있나 보군요?"

"별거 아닌데, 보름 전쯤 제가 퇴근한 뒤 목욕을 하고 나오는데, 리즈가 저희 부부 침실에 있더군요. 영수증이 안 보인다고 우리 방에 떨어뜨렸나 찾으러 왔다고 했어요. 리즈는 평소 부부 침실에는 거의 들어오지 않습니다. 적어도 내가 집에 있을 때는 말입니다." 그레이엄은 복잡한 표정을 지었다. "그땐 리즈가 돈을 훔치려고 했나 생각했습니다. 하지만 지갑에 현금은 그대로 있었어요. 나중에 리즈가 베란다에서 잃어버린 영수증을 찾았다고 말하더군요. 제가 괜히 나쁜 쪽으로 생각했던 거죠."

"그럼 역시 유모가 가장 혐의가 있는 셈이군요?"

라오쉬가 말했다.

"아, 아닙니다." 그레이엄이 황급히 부정했다. "관 경관님이 물으니 생각이 났던 것뿐입니다. 리즈는 앨프레드를 무척 사랑해줍니다. 절대로 앨프레드를 다치게 할 사람이 아니에요."

"뭐가 됐든……." 관전둬가 일어섰다. "유모의 방을 한번 봐도 될까요?"

"그러시죠."

그레이엄은 관전둬를 데리고 리즈의 방으로 갔다. 라오쉬와 아마이도 따라갔고 웨이쓰방만 전화 옆을 지켰다. 리즈의 방은 크지 않았고 개인 물건도 적었다. 옷가지 몇 벌과 일상용품 따위가 전부였다. 조사할 만한 것은 아무것도 없었다.

다들 거실로 돌아와 납치범의 전화를 기다리는 수밖에 없었다. 관전둬는 더 이상 질문도 하지 않고 소파에 앉아 생각에 잠겼다. 아마이와 라오쉬는 가끔 거실을 돌아다녔는데, 아마 분위기가 너무 가라앉지 않도록 하려는 듯했다. 그러나 가능한 한 창문 쪽으로는 다가가지 않았다. 혹시 범인들이 집을 감시하고 있어서 경찰이 개입했다는 것을 들킨다면 아이를 죽이고 꼬리를 감출지도 몰랐다.

기다리는 동안 감식과에서 보낸 사람이 와서 종이 상자와 교복 등 증거품을 가져갔다. 경찰 두 명이 육체노동자들이 입을 법한 허름한 바지를 입고 장갑을 낀 채 손수레를 하나 가지고 왔는데 손수레에는 커다란 골판지 상자가 실려 있었다. 냉장고를 운반하는 듯한 모습이었다. 아마이가 증거품을 건네주자 감식과 사람들이 받아 커다란 상자에 넣더니 곧바로 손수레를 밀고 가버렸다. 냉장고를 배달할 집을 잘못 찾아와서 도로 돌아가는 것처럼 보였을 것이다.

아마이는 우연히 현관 선반에서 염정공서의 기념 트로피를 보았다. 그레이엄이 일한 지 2년째 되던 해에 여러 부패사건을 해결한 공로로 상부에서 내린 선물이었다. 누가 보면 아주 불가사의한 일이라 여길 거라고 아마이는 생각했다. 염정공서의 조사관과 경찰관이 한 집에 모여서 어깨를 나란히 하고 싸움을 준비하고 있다니, 개와 고양이가 연합전선을 펴서 승냥이를 잡으려는 격이 아닐까.

"따르릉……."

전화벨 소리가 침묵을 깨뜨렸다. 시간은 오후 2시 30분, 범인은 예고한 대로 시간을 딱 지켜서 전화했다.

"될 수 있는 한 시간을 끄십시오. 시간이 길수록 위치를 추적하기 쉽습니다."

경찰관들은 감청 이어폰을 끼고 그레이엄에게 전화를 받으라고 손짓했다. 웨이쓰방이 관전둬를 향해 엄지손가락을 들어 보였다. 추적장치가 정상적으로 작동된다는 뜻이다.

"여보세요."

그레이엄이 수화기를 들고 조심스럽게 말했다.

"앨프레드 힐의 아버지시오?"

"맞습니다."

"부인께서 말을 잘 듣는군. 아주 좋아. 선물은 받았소?"

"앨프레드 머리카락 하나라도 건드렸다간……."

그레이엄은 남자의 가벼운 말투에 분노를 참지 못했다.

"건드렸다간? 힐 선생, 자기 입장을 다시 생각해보길 바라오. 명령을 하는 사람은, 나요."

"당신……." 그레이엄이 힘없는 목소리로 말했다. "……원하는 게

뭡니까?"

"요구 조건을 말하기 전에 한 가지 묻지. 경찰에 신고했나?"

"안 했소."

"난 거짓말을 제일 싫어해. 다 없던 일로 하지."

찰칵 소리와 함께 전화가 끊겼다. 그레이엄은 멍하니 전화 저편에서 들려오는 단조로운 전자음만 듣고 있었다. 그 소리는 마치 도살자가 칼을 가는 소리 같았다. 그레이엄은 춥지도 않은데 덜덜 떨었다.

"어떻게……."

그레이엄이 힘없이 수화기를 내려놓고 흔들리는 눈으로 관전둬를 바라봤다.

"따르릉……."

전화가 다시 울렸다. 그레이엄은 관전둬의 지시를 기다리지도 않고 바로 전화를 받았다.

"제발 이러지 마시오! 뭐든지 다 할 테니……."

그레이엄이 순식간에 말했다.

"한 번 더 기회를 주지. 경찰에 신고했나?"

전화 너머에서 그 남자의 목소리가 들렸다.

그레이엄은 하마터면 '했소, 정말 미안합니다'라고 말할 뻔했다. 그때 관전둬가 그의 눈앞에 종이 한 장을 들이밀었다. 급하게 날려 쓴 글자였지만 그레이엄은 알아보았다. Bluffing, 즉 허세라고 쓰여 있었다.

범인은 허세를 부리면서 자기를 시험하고 있었다. 그레이엄은 관전둬의 말을 알아들었다.

"아니오! 아들 목숨을 두고 도박을 하진 않는단 말이오!"

그레이엄은 강하게 나갔다. 내 거짓말을 눈치채지 않을까? 관전뒤의 판단이 잘못되진 않았을까? 하지만 그레이엄은 지금 자신의 선택이 옳다고 믿는 수밖에 없었다.

“좋아, 좋아.” 상대는 전화를 끊지 않았고 그레이엄은 가슴을 쓸어내렸다. “당신은 성실한 사람이로군. 그럼 비즈니스 얘길 해볼까? 아까 뭐든지 하겠다고 했지. 내가 원하는 건 돈뿐이야. 돈을 내면 아이를 돌려주지.”

“얼마를 원하시오?”

“그다지 많지 않아, 50만 홍콩달러. 싼값이지, 응?”

“나, 나는 그렇게 많은 돈은 없소…….”

그레이엄이 어찌할 바를 모르며 대답했다.

찰칵.

상대는 다시 전화를 끊었다.

“여보세요! 여보세요!”

그레이엄은 낭패한 얼굴이었다. 자기가 어떤 말로 상대의 기분을 거스른 건지 알 수 없었다.

그레이엄이 수화기를 내려놓자 관전뒤가 웨이쓰방을 향해 물었다.

“위치 잡았나?”

“아뇨, 시간이 너무 짧았어요.”

웨이쓰방이 고개를 저었다.

“관 경관님, 어떡합니까?”

그레이엄이 물었다.

“범인은…….”

관전뒤가 입을 떼는 순간 전화가 세 번째로 울렸다.

“범인은 여전히 당신을 시험하는 겁니다. 심리적으로 구석에 몰아넣는 거지요. 정말로 몸값을 포기할 생각은 없을 겁니다. 하지만 조심해서 응대하도록 하십시오."

관전뒤가 말했다.

그레이엄이 고개를 끄덕이곤 수화기를 들었다.

"전화 끊지 마시오! 좋게 이야기합시다!"

"처음부터 돈이 없다는 소리나 하는데 어떻게 이야기를 계속하겠어?"

"하지만 난 정말로 그렇게 많은 돈은……."

"허, 정말 멍청하군."

그 말을 끝으로 전화 저편에서 아무 소리도 들리지 않았다.

"여보세요? 여보세요!"

전화가 다시 끊어진 줄 알았는데 통화대기음조차 들리지 않는 게 이상했다.

"……리즈? 어디 있어요, 리즈?"

그레이엄은 눈물이 터질 뻔했다. 아들 앨프레드의 목소리였다.

"앨프레드! 괜찮니? 걱정 마, 아빠가 금방 데리러 갈게……."

"앨프레드!"

남편의 말에 스텔라가 정신을 차렸다. 그녀는 아들의 목소리를 들으려고 전화기를 향해 달려들었다.

"이봐, 힐 선생. 내가 이렇게 성의를 보이고 있는데."

전화 저편에서 다시 납치범의 냉혹한 목소리가 들렸다.

"당신은 맨날 돈 없단 소리만 하다니 너무한 거 아닌가? 매일 몇백만짜리 비즈니스를 해치우면서 겨우 50만 가지고."

"몇백만짜리 비즈니스라니? 난 월급을 받는 공무원일 뿐이오!"

"헛소리 마. 공무원이 카오룽퉁에 사나? 애를 귀족학교에 보내고?"

"난씨 아파트는 공무원 사택이오! 아이 학비도 정부 보조금이고!”

상대가 돌연 침묵했다.

“여보세요? 여보세요?”

그레이엄은 긴장했다.

“……잠시 후에, 다시 전화하지.”

“이봐요! 여보세요!”

범인은 외침을 무시하고 전화를 끊었다.

그레이엄은 순간 자신이 뭔가 말을 잘못한 게 아닌지 겁이 덜컥 났다. 자신은 그저 사실대로 말했을 뿐이지만 만약 범인이 정말로 자신이 부자라고 착각하고 앨프레드를 납치한 거라면? 몸값을 낼 수 없다는 사실을 깨닫고 앨프레드를 바로 죽여버릴지도 모른다. 그는 너무 어리석었다고 자책했다. 지금은 50만 홍콩달러가 없지만 친구들에게서 빌리겠다고 말했어야 했다.

“관, 관 경관님, 내, 내가 다 망친 거 아닙니까?”

그레이엄이 어찌할 바를 모른 채 경찰관들을 둘러보며 더듬더듬 말했다.

“그렇게 말하긴 이릅니다. 범인이 사전조사 부족으로 당신을 외국기업 사장쯤으로 생각했나 보군요.” 관전둬가 냉정하게 말했다. “지금까지 납치범과의 통화 내용을 보면 그놈 혹은 배후의 주모자는 타인의 심리를 다룰 줄 아는 자입니다. 만약 그들이 당신의 신분을 착각한 거라면 금액을 조정할 겁니다. 그건 두 가지 사실에서 알 수 있는데, 당신이 협조적으로 나갔기 때문에 납치범은 당신이 이용가치가 있다고 여길 거라는 게 첫째고, 이대로 협상을 포기하면 그들은 아무것도 얻지 못한다는 게 둘째입니다.”

그레이엄은 관전둬가 말한 ‘협상 포기’가 ‘살해’를 의미한다는 것을 알았다. 다만 아내를 생각해서 충격을 받지 않도록 표현을 부드럽게 한 것일 뿐이었다.

2분 후 전화가 다시 울렸다. 그레이엄에게 그 2분은 두 시간보다도 길었다.

"여보세요?"

"당신, 정말로 공무원이야?"

"그렇소!"

"어디 소속이지?"

"염정공서요."

"음, 당신 아들도 그렇게 말하더군. 거짓말은 하지 않았군." 남자의 태도가 약간 누그러졌다. 전화 저편에서 한숨 소리가 들렸다. "재수가 없군. 이런 실수를 하다니."

"앨프레드를 풀어주시오! 내 전 재산을 주겠소!"

"얼마나 있는데?"

"7만 홍콩달러 정도……."

"겨우 7만? 카오룽통에서 잘 먹고 잘 입고 잘사는데 저축액이 겨우 7만이라고?"

"난 빚을 갚으려고 홍콩에서 일하는 거요……."

그레이엄은 감히 속일 수가 없었다. 집안의 재무 상태는 아들도 잘 알고 있다. 범인들이 아들에게 캐물을지도 모르니 거짓말을 할 엄두도 내지 못했다.

"제기랄." 남자가 광둥어로 욕설을 내뱉었다. 그러고는 다시 영어로 말했다. "잘 들어. 10만 홍콩달러로 하지. 한 시간 안에, 아니야, 45분 안에 준비해. 그렇지 않으면 아들은 죽은 목숨이야."

"45분 만에 모자란 3만 홍콩달러를 어떻게 구하란 말이오?"

"어떻게든 해. 현금이 없으면 보석류로 차액을 메꾸든지. 고급 공무원 사택에 사는 걸 보니 직위가 낮진 않겠지? 그럼 당신 마누라에게 목걸이나 팔찌 같은 게 있을 거 아냐. 파티에 가야 할 테니까. 45분 안에 돈을 준비 못 하면 아들 장례 치를 준비를 하든지."

남자의 말이 끝나자 전화는 다시 끊겼다.

"방, 범인 위치는?"

관전둬가 이어폰을 벗으면서 물었다.

"놓쳤어요. 시간이 모자랐어요."

"납치범이 계속 전화를 끊은 건 힐 씨의 마음을 조급하게 하려는 것도 있지만 위치 추적을 피하기 위해서일 수도 있습니다." 관전둬가 미미하게 눈썹을 찡그렸다. "경찰이 감청할 경우를 대비해 여러 번에 나눠서 통화를 한 거지요. 우리가 추적하지 못하게 하려고 말입니다. 그렇다면 범인은 우리가 생각한 것보다 훨씬 교활하고 신중한 자일 겁니다. 조심하는 게 좋겠습니다."

관전둬는 그레이엄을 돌아봤다.

"힐 씨, 정말로 7만 홍콩달러밖에 없습니까?"

"그렇습니다."

"지금 2시 35분이군요. 45분 뒤는 3시 20분, 시간이 너무 없습니다. 경찰에서 일련번호를 기록한 현금을 준비하기 어려울 것 같군요. 아무래도 납치범의 요구를 들어주는 수밖엔 없겠습니다. 은행에서 돈을 인출해야겠어요."

"부족한 3만 홍콩달러는 어쩌죠?" 아마이가 끼어들어 물었다. "힐 씨가 월급을 가불받을 수 있을까요?"

"가능하다고 해도 45분 안에는 안 될 겁니다. 게다가 그건 4개월치 월급이라……."

관전둬가 아래턱을 쓰다듬으며 말했다.

"힐 씨, 경찰에서 현금을 제공해드리기는 어렵지만 제가 개인 명의로 빌려드릴 수는 있습니다."

"조장, 그건 규칙 위반입니다!"

라오쉬가 말했다. 아마이도, 라오쉬도, 웨이쓰방도 관전둬의 제안에 경악했다. 감정이 좋지 못한 염정공서의 조사관을 돕기 위해 몸값의 일부를 대겠다고 나선 것 때문이 아니라, 모든 일을 세세하게 따지고 몇 푼 안 되는 돈도 꼼꼼하게 계산하는 관전둬가 대범하게도 돌아오지 않을 가능성이 높은 3만 홍콩달러를 내놓겠다고 했기 때문이었다.

"쉬 경장 말이 맞습니다. 그건 규칙에 어긋나는 일입니다." 그레이엄은 감격한 표정으로 고개를 끄덕였다. "스텔라에게 보석류가 조금 있습니다. 부모님이 물려주신 거라 빚 때문에 힘들 때도 팔지 않았지요. 하지만 앨프레드를 위해서라면 보석 따위는 아무것도 아닙니다."

"그 보석류가 3만 홍콩달러 가치가 됩니까?"

관전둬가 물었다.

"아마 1500파운드에서 2천 파운드 정도 될 거라 생각합니다. 최대로 잡아도 2만 홍콩달러지요. 그동안 보석류 가격이 많이 올랐으니 지금쯤 3만 홍콩달러 정도 될지 모릅니다."

"봐, 내가 영국인들은 돈이 많다고 했잖아."

라오쉬가 옆에 있던 아마이에게 광둥어로 속삭였다.

"스텔라, 당신 보석을 내줘야 할 것 같아. 괜찮아?"

그레이엄이 아내에게 물었다. 스텔라는 고개만 끄덕였다. 아들의 목소리를 듣고 난 뒤 그녀는 거의 정신을 놓고 있었다.

관전둬는 스텔라의 두 손을 꽉 쥐며 말했다.

"부인, 제가 아드님을 꼭 무사히 데려올 겁니다. 저만 믿으십시오."

스텔라는 관전둬를 힘없이 바라보며 슬픈 표정으로 고개를 끄덕였다.

"힐 씨, 은행은 가깝습니까?"

"차로 5분 거립니다."

"그럼, 지금 바로 은행에서 돈을 인출해오시죠. 아마이, 차 뒷좌석에 타고 같이 다녀와. 돌발상황이 생기지 않게 신경 쓰고 다른 사람 눈에 띄지 않도록 하고."

"알겠습니다."

아마이는 고개를 끄덕인 다음 그레이엄을 따라 아파트를 나섰다.

두 사람이 떠난 후 스텔라와 관전뒤, 웨이쓰방, 라오쉬만 거실에 남아 아무 말도 하지 않았다. 관전뒤는 소파에 앉아 있었지만 눈동자는 마치 끝없이 펼쳐진 지평선이라도 보는 것처럼 깊었다. 하지만 그의 두 부하는, 그리고 이 집의 여주인은 관전뒤가 지금 다른 사건을 생각하고 있다는 것을 알지 못했다.

관전뒤는 '야우마테이 과일시장 마약사건'에서 파생된 '대규모 경찰 부패사건'을 생각 중이었다.

4

오후 3시, 그레이엄과 아마이가 돌아왔다.

아마이는 내내 아무 일도 없었으며, 몰래 차창으로 주변을 살폈지만 그레이엄을 미행하는 사람도 없었다고 했다. 그레이엄은 만기를 한 달 앞둔 6만 홍콩달러 정기적금을 붓고 있었다. 그는 적금을 해약해야 했고, 이자소득은 전혀 얻지 못했다. 은행에서 7만 홍콩달러를 현금으로 인출한 후 그는 서류봉투에 지폐를 담아서 은행 문 앞에 대놓은 차로 돌아왔다. 모든 것이 순조로웠다.

그레이엄은 거실 탁자에 지폐 다발을 차곡차곡 올려놓았다. 7만 홍콩달러의 현금은 일곱 다발로 나뉘어 있었다. 스무 장의 500홍콩달러 지폐가 한 다발이었다. 3개월 전 홍콩 후이펑匯豐 은행이 1천 홍콩달러 지폐를 새로 발행하기 시작했지만, 아직 다른 은행들은 대우大牛라고 불리는 500홍콩달러 지폐를 제공하고 있었다.* 7만 홍콩달러는 일반적인 사무직의 6, 7년치 월급이었다. 그러나 현금으로 탁자에 쌓아놓고 보니 상상했던 것보다는 부피가 작다고 아마이는 생각했다.

"아마이, 지폐 번호를 적어둬." 관전뤄가 말하기도 전에 라오쉬가 아마이에게 지시했다. "시간이 없으니 빨리 해야 해."

아마이는 고개를 끄덕이곤 지폐다발을 묶은 종이끈을 풀었다. 한 장 한 장 일련번호를 꼼꼼히 기록하기 시작했다. 이 지폐가 은행 시스템 속에 유입되면 경찰에게는 또 다른 단서가 된다. 지폐를 은행에 가져온 사람에서부터 돈이 유통된 과정을 뒤쫓아 범인을 찾아내는 것이다.

"부족한 금액을 채울 보석은 어디 있습니까?"

관전뤄가 물었다.

"서재에 뒀습니다."

그레이엄은 그렇게 말하며 서재로 걸어갔다.

"침실에 두지 않고요?"

"저희 집은 작년까지 빚 상환에 허덕였기 때문에 귀중품을 잘 보관해둘 필요가 있었지요. 그래서 금고 안에 넣어뒀습니다. 그냥 침실에 뒀다가 도둑이라도 들면 우린 남은 재산을 다 잃는 꼴이 되니

* 1977년 홍콩에서 화폐를 발행하는 은행은 후이펑 은행과 스탠다드차타드 은행이었다. 1977년 이전에 홍콩 최고액 지폐는 500홍콩달러였고, 후이펑 은행이 1977년 3월 31일부터 1천 홍콩달러를 발행했다. 스탠다드차타드 은행은 2년 후인 1979년 1월 1일부터 발행했다.

까요." 그레이엄은 한숨을 쉬고 다시 말을 이었다. "하지만 아무리 잘 보관해둔다 해도 결국 이렇게 제 손으로 악당놈에게 바치게 되는군요."

관전뤄는 그레이엄을 따라 서재로 들어갔다. 부자의 집을 속속들이 구경하려는 것인지 라오쉬도 뒤에 따라붙었다. 서재는 그다지 넓지 않았지만 정리정돈이 잘 되어 있었다. 책꽂이에는 법률, 수사 과정, 범죄감식 등에 관한 서적이 많이 꽂혀 있었다. 그 옆의 벽에는 그림 몇 점이 걸려 있었는데 솜씨가 그다지 좋지 못한 수채화였다.

"이건 앨프레드가 그린 겁니다."

관전뤄와 라오쉬가 수채화를 쳐다보는 것을 본 그레이엄이 말했다.

"앨프레드는 그림 그리기를 좋아하죠. 다른 교외활동에는 흥미가 없는데 그림 그리는 것만은 예외랍니다. 붓과 스케치북만 쥐여주면 한쪽에 앉아서 오후 내내 그림을 그리곤 해요. 스텔라가 미술학원에 보내줬더니 홀딱 빠졌어요. 서재에 자기 그림을 걸라고 성화였지요. 서재에는 마땅히 그림 몇 점 걸려 있어야……."

그레이엄은 잔잔히 미소를 지었지만 그 미소는 곧 사라졌고 안타깝고 괴로운 표정이 그 자리를 대신했다. 관전뤄와 라오쉬는 그레이엄에게는 이런 사소한 이야기를 하는 것조차 정신적인 고통이 된다는 것을 이해했다.

그레이엄은 책꽂이 옆의 나무궤짝을 열었다. 그 속에 푸른 잿빛의 금고가 들어 있었다. 가로 70센티미터, 세로 100센티미터쯤 되어 보였다. 금고의 깊이는 알 수 없었다. 갈색의 나무궤짝 안에 들어 있었기 때문이었다.

그레이엄은 열쇠를 꺼내 금고의 열쇠구멍에 꽂고 금고 문에 달린 다이얼을 돌렸다. 한번은 왼쪽으로, 또 한번은 오른쪽으로, 정확한 비밀번호를 맞추자 찰칵 소리와 함께 금고가 열렸다. 그레이엄은 조심스럽게 자줏빛 보석 상자를 꺼내고 금고를 닫은 다음 열쇠를 뽑았다. 그레이엄이 상자를 옆에 있는 책상에 얹었다. 세 사람의 눈빛이 겉면을 자줏빛 플란넬 천으로 덧댄 상자에 집중됐다. 상자는 가로 세로가 각각 20센티미터 정도에 높이는 5센티미터 정도였다.

보석 상자는 가운데에서 양쪽으로 열리는 구조였다. 그레이엄이 상자를 열자 관전둬와 라오쉬는 깜짝 놀랐다. 상자 속에는 목걸이가 둥글게 펼쳐져 있었는데 투명하고 찬란하게 빛나는 십수 알의 다이아몬드가 꿰여져 있었다. 목걸이가 그리는 동그라미 속에는 목걸이와 같은 디자인의 다이아몬드 귀고리 한 쌍이, 목걸이 옆으로는 반지 세 개가 놓여 있었다. 반지 중 두 개는 목걸이, 귀고리와 같은 스타일의 세트였고, 나머지 하나는 다이아몬드가 아니라 루비였다.

"이게 2만 홍콩달러밖에 안 된다고요?"

라오쉬가 휘파람을 불더니 말했다.

"나도 정확히는 모릅니다." 그레이엄이 대답했다. "영국에 있을 때 보석상이 감정해준 가격인데 약 1500파운드라고 했습니다. 어쩌면 그 보석상이 절 속인 걸지도 모르죠."

"이것들의 실제 가격이 얼마든 범인들이 3만 홍콩달러 이상의 가치가 있다고 여기면 된 겁니다."

관전둬가 말했다. 그레이엄은 상자를 닫고 한숨을 쉬었다.

"이 목걸이와 귀고리는 스텔라가 오랫동안 갖고 있으면서도 서너 번밖에 착용하지 않았습니다. 홍콩에 온 후로는 작년 11월 동료의 결혼 피로연에 한 번 착용하고 간 게 전부입니다. 이 목걸이를 무척 좋아했는데. 목걸이를 내줘도 좋다고 했지만 아마도 많이 아쉬울 겁니다."

세 사람이 거실로 돌아오니 아마이는 지폐 번호의 기록을 이미 끝마친 상태였다. 일곱 다발 중 다섯 다발의 지폐는 발행 후 처음 유통되는 신권으로 연속 번호였기 때문에 첫 장과 마지막 장만 기록하면 됐다. 그래서 전부 스무 장의 지폐 번호를 쓰면 됐다.

"조장님, 범인은 왜 구권 지폐나 소액권으로 준비하라는 요구를 하지 않았을까요? 그게 이상합니다."

아마이가 말했다.

"어쩌면 속전속결로 끝내버리고 싶어서 그런 조건을 붙이지 않은 거겠지."

라오쉬가 어깨를 으쓱하며 아마이의 말을 가로챘다.

"혹은 범인에게 다른 계획이 있든지."

관전뒤가 그렇게 말하면서 웨이쓰방 쪽으로 걸어갔다.

"방, 그거 좀 줘."

웨이쓰방은 조장이 뭘 가리키는지 알았다. 장비들이 든 가방에서 검은색 조그만 상자를 꺼냈다. 라이터만 한 크기의 상자는 플라스틱으로 돼 있고, 옆면에 몇 개의 틈이 나 있어서 안쪽에 복잡하게 전선이 엉켜 있는 것을 볼 수 있었다. 상자 정면에는 나사 구멍이 네 개 뚫려 있고 중앙에는 눈에 잘 띄지 않는 버튼이 있었다.

"힐 씨, 이건 발신기입니다."

관전뒤가 그 작은 상자를 탁자 위에 올려놓았다.

"전지가 들어 있어서 48시간까지 작동됩니다. 여기 버튼을 누르고 현금이 든 가방에 넣어두십시오. 그러면 우리가 신호를 추적할 수 있습니다. 범인은 현금을 손에 넣고 나면 경찰이 따라붙어 범인의 은신처까지 미행할 겁니다. 그럼 바로 아드님을 구출할 수 있습니다."

"하지만, 만일 발신기를 들킨다면……."

"물론 발신기를 넣지 않으셔도 됩니다. 경찰에서 이런 일을 강요

할 수는 없으니까요. 하지만 이 점은 아셔야 합니다. 범인들이 몸값을 받았다고 해서 반드시 아드님을 풀어준다는 보장은 없습니다. 이 발신기는 모험이 될 수도 있지만 보험이 되기도 합니다. 왕립홍콩경찰을 믿는다면 제 말에 따라주십시오. 발신기를 현금 가방에 넣는 겁니다."

"잘, 알겠습니다."

그레이엄이 고개를 끄덕였다.

"납치범이 현금과 보석을 다른 가방에 옮기라고 요구할 수도 있습니다. 그러니 상황에 따라서 결정하시기 바랍니다."

관전둬가 발신기를 두어 번 두드렸다.

아마이는 지폐를 다시 묶어 원래대로 일곱 다발로 만들었다. 그레이엄은 간단하게 지폐 장수를 확인한 뒤 서류봉투에 집어넣었다. 보석 상자가 너무 커서 휴대하기 불편했기 때문에 그레이엄은 작은 천주머니를 하나 꺼내서 목걸이, 귀고리, 반지를 집어넣었다. 주머니 끈을 잡아당겨 입구를 묶은 뒤 천주머니도 봉투에 함께 넣었다. 그는 검은색 발신기도 지폐가 든 봉투에 넣으려다가 마음을 바꿔 바지 주머니에 넣었다. 범인이 새로 지시사항을 말하기를 기다렸다가, 그가 뭔가 특수한 요구조건이 있으면 그때 발신기를 현금과 보석 사이에 넣을 생각이었다.

관전둬는 기다리는 동안 전화를 두 통 걸었다. 홍콩섬과 카오룽의 형사부에 후속조치를 요청하기 위해서였다.

범인이 지시를 하면 관전둬는 관할 지역 경찰관들이 감시, 잠복하도록 연락해두었다. 사건 발생부터 지금까지 세 시간밖에 되지 않을 정도로 급박하게 진행됐지만 관전둬는 민첩하게 인력을 배치해 돌발상황에 대비하고 있었다.

10분 후 전화가 울렸다. 3시 20분, 정확히 납치범이 예고한 시간이다.

경찰들은 얼른 이어폰을 끼고 웨이쓰방은 추적장치와 녹음기를 작동시켰다. 관전뒤가 그레이엄을 향해 고개를 끄덕이자 그가 수화기를 들었다.

“여보세요.”

“돈은 준비됐나?”

여전히 그 남자의 목소리였다.

“모두 준비됐소. 7만 홍콩달러의 현금과 3만 홍콩달러의 보석이오.”

“거봐, 하면 되잖아!”

남자가 즐겁다는 듯 웃었다.

“앨프레드와 이야길 좀 하고 싶소.”

웨이쓰방이 시간을 지연시키라는 손짓을 하자 그레이엄은 이렇게 말했다.

“지금 나와 흥정을 하자는 건가?” 남자가 차갑게 말했다. “딱 한 번만 말할 테니 잘 들으라고.”

“나는 앨프레드와 얘길…….”

“20분 안에 돈을 가지고 혼자서 센트럴 웰링턴가에 있는 러샹위안樂香園 카페로 가서 밀크티를 한 잔 시켜. 그다음에 다시 연락을 주지.”

“잠깐만, 앨프레드와…….”

그레이엄이 말을 마치기도 전에 전화가 끊겼다.

“못 잡았습니다.” 웨이쓰방이 이어폰을 빼내며 말했다. “매번 통화시간이 너무 짧아요. 위치를 잡아내는 게 완전히 불가능합니다.”

“방, 여기 머물면서 지금까지 통화기록을 분석해서 무슨 실마리가 있는지 살펴봐. 배경에 들리는 소리 같은 거 말이야.” 관전뒤도 이어폰을 빼냈다. “힐 씨, 범인이 20분이라는 시간제한을 뒀으니 바로 출발해야겠습니다. 러샹위안이 어디 있는지 아십니까?”

“웰링턴가와 다궐라가 사이에 있는 거기죠?”

“예, 바로 그 카펩니다. 이번에는 아마이가 같이 갈 수 없습니다. 범인은 당신 혼자 오라고 강조했지요. 다른 사람이 당신 차에 타고 있는 걸 발견하면 아드님이 위험해질 수도 있습니다. 하지만 저와 아마이, 라오쉬가 계속 근처에 있을 겁니다. 기회를 봐서 범인의 다음 지시를 저희에게 알려주시기 바랍니다. 그 내용에 따라서 경찰 인력이 움직일 겁니다. 출발한 뒤 경찰차의 무전을 이용해서 홍콩섬 CID에게 러샹위안 카페 주변에 잠복하면서 의심스러운 인물이 있는지 살피도록 지시해두겠습니다.”

그레이엄이 고개를 끄덕였다.

“아마이, 지금 주차장으로 가서 차를 타고 나가도록 해. 골목 입구에서 나와 라오쉬를 기다리도록.”

관전둬는 납치범의 감시를 우려하고 있다. 아마이는 두 말 없이 고개를 끄덕이고는 얼른 아파트를 나섰다.

그레이엄은 돈이 든 봉투를 바로 집어 들지 않고 소파에 앉은 스텔라 앞으로 다가갔다. 몸을 구부리고 아내를 꼭 안아주며 말했다.

“걱정 마. 내가 앨프레드를 꼭 데려올게.”

아내의 귓가에 대고 그레이엄은 의지를 담아 말했다. 스텔라는 다시 눈물이 고였지만 꾹 참고서 고개만 끄덕였다. 그리고 두 팔로 남편의 등을 둘러 안았다. 그녀는 혼자서 위험한 상황에 뛰어드는 남편이 걱정하지 않도록 지금 자신이 이 상황을 잘 버텨내야 한다는 것을 알고 있었다.

그레이엄은 봉투를 집어 들고 현관을 나섰다. 주차장에 도착한 그는 차에 타고 돈이 든 봉투는 조수석에 두었다. 열쇠를 꽂고 돌리면서 마음속으로 운전할 길을 떠올려봤다. 그레이엄은 난씨 아파트 정문을 나서면서 백미러로 관전둬와 라오쉬를 볼 수 있었다. 그들은 관리인이 있는 사무소 건물을 지나 아파트단지 바깥으로 걸어나오고 있었다.

지정된 카페로 가는 동안 그레이엄은 계속해서 손목시계를 확인했다. 집에서 홍콩섬 센트럴까지는 약 12분이 걸린다. 만일 교통체증을 만나면 20분 안에 도착하지 못할지도 모른다. 그레이엄은 빨간 불이 켜진 신호등을 만날 때마다 저도 모르게 죽일 듯 신호등을 노려봤다. 노란 불로 바뀌면 그는 전력으로 액셀을 밟아 달려나갔다. 마치 카 레이싱에서 선두를 다투는 레이서라도 된 것 같았다.

다행히 아직 퇴근시간이 되지 않아 교통상황은 순조로웠다. 단지 해저터널을 지날 때 일이 서툰 요금징수원이 10여 초를 잡아먹었다. 그레이엄이 잔돈은 됐다고 말했는데도 그 사람은 멍청하게 통과시켜주지 않고 머뭇댔다.

그레이엄은 3시 37분에 카페에 들어섰다. 러샹위안은 센트럴에 위치한 카페로 홍콩 현지인에게는 '뱀통'이라고 불렸다. 광둥어로 농땡이 부리는 사람을 사왕蛇王이라고 부르는데, 이 카페는 매일 오후 티타임이면 센트럴 사무실에서 몰래 빠져나와 커피와 밀크티를 마시는 화이트칼라들로 북적이기 때문이었다. 그레이엄이 도착했을 때는 막 오후 티타임으로 카페의 모든 탁자에 손님이 있었다. 그는 어찌해야 할 바를 모른 채 서성였다.

뱀통은 서민형 카페로 외국 투자기업의 사장이나 중역들은 잘 오지 않는다. 그래서 그레이엄이 카페에 들어서자 거기 있던 사람들이 다들 그를 쳐다봤다. 어떤 사람은 그레이엄이 장소를 잘못 찾았으리라 추측했고, 어떤 사람은 급한 일로 부하직원을 찾으러 왔을 거라고 생각했다. 막 애프터눈 티를 마시러 빠져나왔는데 사장님께서 직접 뱀통으로 잡으러 온 것이다.

“쏘리. 노 시트, 노 시트. 두 유 마인드…… 어…… 답토이搭檯 ?”

사오십 대로 보이는 직원이 어눌한 영어로 그레이엄에게 말을 걸었다. 빈자리가 없으니 다른 손님과 합석하겠느냐고 물어본 것인데 영어로 뭐라고 말해야 할지 몰라 입에 익은 광둥어가 튀어나와 버렸다. 그가 그레이엄에게 비어 있는 의자 하나를 가리켜 보였다.

그레이엄은 원래 아무데나 앉을 생각이었다. 그런데 홀연히 익숙한 얼굴이 눈에 들어왔다. 관전둬와 라오쉬가 사인용 좌석에 앉아 있었다. 그레이엄은 그쪽으로 다가가 합석하는 체하면서 관전둬 옆에 앉았다. 관전둬는 한 손으로 두 번 접은 신문을 들고 읽는 척하고 있었다. 라오쉬는 낮잠을 자는 척 팔짱을 끼고 있었다. 그들의 모습은 뱀통에 모여든 사왕들의 일반적인 행동이었다. 아무도 그들이 경찰이라고 생각하지 못했다. 그레이엄이 죽을힘을 다해 달려왔다고는 하지만, 운전 기술에 있어서는 젊은 아마이에 못 미쳤는지 관전둬 일행이 그레이엄보다 몇 분 먼저 도착했다.

관전둬와 라오쉬는 아무 소리도 내지 않고 하던 행동을 계속했다. 단지 그레이엄 쪽을 흘깃 봤을 뿐인데, 마치 ‘웬 외국인이 합석을 한담’ 하는 표정이었다. 그레이엄도 아무 말 없이 납치범의 지시대로 밀크티 한 잔을 주문했다.

러샹위안의 밀크티는 주변에 이름이 알려질 정도여서 농땡이를 부리려는 화이트칼라 직장인들이 몰려들곤 했다. 그러나 그레이엄은 지금 차 맛을 느낄 마음의 여유가 없었다. 그는 한 모금 마시고는 범인이 어디 있는지 카페 안을 이리저리 둘러봤다.

그는 손목시계를 들여다봤다. 분침이 조금씩 40분에 가까워지고 있었다. 시곗바늘이 막 40분을 가리키려는 순간 카페 종업원이 머뭇거리며 다가와 어눌한 영어로 말을 걸었다.

"유…… 미스터 샤? 텔레폰."

종업원은 손짓으로 전화받는 시늉을 하며 그레이엄에게 전화가 왔다는 표시를 했다.

그레이엄은 이상하다고 느꼈지만 돈이 든 봉투를 들고 일어났다. 전화는 계산대 옆에 있었고, 뒤집어놓은 수화기가 전화 위에 올려져 있었다. 주변에는 아무도 없었다.

"여보세요?"

그레이엄이 조심스럽게 수화기를 들고 말했다.

"제시간에 도착했군. 좋아."

역시 그 죽일 놈의 목소리였다.

"빨리 나오시오. 돈을 줄 테니 내 아들을 돌려달란 말이오."

"내 지시에 잘 따른다면 금방 아들을 만나게 해주지." 남자는 담담하게 말을 이었다. "지금 바로 근처 보석상에 가서 7만 홍콩달러를 모두 금괴로 바꿔."

"금괴?"

그레이엄이 당황하여 반문했다.

"그래, 금괴. 오늘은 금값이 대략 한 냥에 900홍콩달러인데…… 시키는 대로 잘 하고 있으니 할인을 좀 해주지. 황금 일흔다섯 냥만 가져와."

온스나 파운드를 사용하는 서양과 달리 홍콩에서는 금을 사고팔 때 관례적으로 '냥'을 사용한다. 한 냥은 10전이고, 1전은 3.75그램이다. 일흔다섯 냥의 금은 약 6만 7천 홍콩달러쯤 되는 셈이다.

"현금을 다섯 냥짜리 금괴 열다섯 개로 바꾼 다음 웨스트포인트의 케네디타운 수영장으로 가. 수영장 카페에서 커피 한 잔을 시키고 다음 지시를 기다려."

"웨스트포인트의 케네디타운 수영장?"

"그래, 두 번 말하게 하지 마. 30분, 아니, 45분 주지. 수영장에 도착하는 것까지야."

"앨프레드도 거기 데려올……?"

그레이엄이 마지막 말을 마치기도 전에 남자가 먼저 전화를 끊었다.

지폐 번호를 적어두면 흐름을 조사할 수 있지만 금은 그럴 수 없다. 필요할 때마다 녹여서 쓰면 된다. 범인에게는 현금보다 훨씬 쉽고 안전하다.

그레이엄은 자리로 돌아와 단숨에 밀크티를 마시곤 조그맣게 속삭였다.

"범인이 현금을 일흔다섯 냥 황금으로 바꿔 웨스트포인트 케네디타운 수영장의 카페에서 지시를 기다리라고 합니다."

관전뒤는 아무런 대답도 하지 않고 여전히 신문만 봤다. 그러나 오른손을 탁자 위에 얹고 가볍게 두 번 두드렸다. 그레이엄은 관전뒤가 이미 내용을 들었다는 것을 눈치채고 종업원을 불러 계산을 마쳤다. 돈을 낸 다음 봉투를 들고 카페를 떠났다.

그레이엄은 카페를 나서서 급히 퀸스로를 따라가면서 보석상을 찾았다. 센트럴은 홍콩섬의 핵심 지역으로 퀸스로 중앙에서 서쪽으로 각양각색의 점포가 죽 늘어서 있었고, 그중에는 보석상도 몇 곳 있었다. 그레이엄은 쇼윈도에 금시계와 금반지 등을 전시해둔 보석상 중 아무 곳이나 들어갔다. 점원은 외국인이 들어오자 아주 은근한 태도를 취했다. 지금은 홍콩 현지인도 사회적 지위나 재산 등이 외국인에 못지않지만, 외국인은 부자라는 생각은 기성세대 홍콩인들에게 아주 뿌리 깊게 박힌 인식이었다.

"어서 오십시오. 무엇을 도와드릴까요?"

머리 꼭대기가 반쯤 벗어지고 안경을 쓴 점원은 영어 발음이 깨끗하지는 않았지만 그런대로 유창하게 구사했다.

"금, 금괴를 사러 왔습니다."

그레이엄이 급하게 말했다.

"요즘은 금을 사기 제일 좋은 시기죠. 얼마나 사실 건가요?"

점원이 기쁘게 물었다.

"다섯 냥짜리 금괴로 열다섯 개 주시오."

"손님…… 지금 다섯 냥짜리 열다섯 개라고 하셨나요?"

점원은 잘못 들은 줄 알았다.

"그렇소. 전부 해서 일흔다섯 냥이오." 그레이엄은 봉투에서 지폐 다발을 꺼냈다. "여기 그만한 금이 없소? 지금 바로 가져가야 하는데. 없으면 빨리 말해요, 급하니까."

"있습니다! 있고말고요!"

점원은 '대우' 뭉치들에 눈이 튀어나올 지경이 되었다. 그가 이렇게 많은 현금을 본 적이 없었던 건 아니지만, 외국 손님이 이렇게 사치스러운 것은 처음이었다. 7만 홍콩달러면 완차이 집값의 3분의 1이다.

점원은 황급히 가게 안으로 들어갔다가 일 분 후 커다란 쟁반을 하나 받쳐 들고 나왔다. 쟁반 위에는 열다섯 개의 상자가 있었다. 점원이 상자를 하나씩 열었다. 상자 안에는 황금빛이 번쩍이는 금괴가 들어 있었다. 금괴 위에는 중량과 일련번호가 새겨져 있고, 상자 안에는 금괴의 생산업자가 제공하는 보증서도 들어 있었다.

"손님, 저희에게 저울이 있으니 무게를 달아보셔도 됩니다."

점원이 금괴를 내밀었다.

"괜찮습니다. 상자도 필요 없습니다. 금괴만 가져가면 됩니다."

"가격은, 오늘 저희 가게 금 시세가 1전에 88홍콩달러이니…… 전부 6만 6천 홍콩달러가 되겠습니다."

점원은 아주 공손한 태도로 계산대에 세워진 '정찰제 황금 1전 88 홍콩달러'라는 표시판을 가리키며 말했다. 그러고는 주판으로 재빨리 총액을 계산했다.

"현금으로 지불하시겠습니까?"

그레이엄은 일곱 다발의 지폐를 점원 앞으로 밀었다. 마치 여러 말 하지 말라고 책망하는 것 같았다.

"지폐를 확인해보겠습니다. 조금만 기다려주십시오."

점원이 손님의 기분을 거스르지 않겠다는 듯 아주 조심스럽게 말했다.

"빨리 해주시오."

그레이엄은 그렇게 말하면서 손목시계를 쳐다봤다. 센트럴에서 웨스트포인트까지는 차로 10분 정도 걸린다. 시간상으로는 아까보다 여유가 있다.

점원은 지폐를 한 장씩 확인했다. 대부분의 지폐가 연속 번호인 신권이었기 때문에 지폐를 확인하고 액수를 세는 일이 생각보다 쉬웠다. 2분 만에 점원은 6만 6천 홍콩달러를 전부 확인했다.

"여기 남은 돈입니다. 제가 영수증을 써드리겠습니다."

"필요 없……."

"손님, 영수증은 아무래도 하나 갖고 계시는 게 좋습니다. 이후에 분쟁이 생기는 것도 피할 수 있고요."

점원은 그레이엄의 마음을 읽은 듯 그렇게 말하면서 빠르게 영수증을 썼다. 그런데 외국 손님이 왜 이렇게 급하게 금괴를 사는지 이상했다. 어쩌면 회사의 공금을 횡령해 도망치는 중일지도 모른다. 물론 점원은 손님의 사정에는 관심이 없다. 어쨌든 지폐는 위조된 것도 아니었고, 구입과정도 합법적이다. 나중에 경찰이 온다고 해도 흠 잡힐 일은 없을 것이다.

점원이 영수증을 쓰는 동안 그레이엄은 금괴를 봉투 속에 밀어 넣었다. 다섯 냥짜리 금괴는 조금 기다란 지우개 정도 크기였다. A4 크기의 공문서 봉투에 열다섯 개의 지우개를 넣는다고 생각하면 넉넉히 들어가고도 남는다. 다만 금괴는 무게가 나가기 때문에 일흔다섯 냥이면 거의 3킬로그램 정도다. 서류봉투는 금괴 무게 때문에 거의 찢어질 지경이 되었다. 점원은 영수증을 쓰다가 그 모습을 슬쩍 보더니 계산대 아래에서 비닐봉투를 하나 꺼내 다 쓴 영수증과 함께 주었다.

"고맙습니다."

그레이엄은 조급한 상황에서도 예의를 차렸다.

"아닙니다. 방문해주셔서 감사합니다."

점원이 친절한 태도로 그레이엄에게 악수를 청했다.

"앞으로도 저희 가게를 찾아주시길 바랍니다."

그레이엄은 고개를 끄덕였다. 영수증과 서류봉투를 비닐봉투 속에 집어넣고는 급하게 보석상을 빠져나왔다. 그제야 그는 라오쉬가 쇼윈도 앞에 서서 시계를 구경하는 척하며 자신이 금괴를 구입하는 모습을 지켜봤다는 것을 알았다. 그레이엄은 라오쉬의 어깨를 스치듯 지나갔다. 두 사람은 서로 쳐다보지도 않았고 아무 말도 하지 않았다. 그것은 아무런 문제도 없다는 뜻이었다. 그레이엄은 관전둬가 경찰서에 연락해 수영장으로 인력을 배치시키고 있거나 아마이가 모는 차를 타고 한발 먼저 출발했을 거라고 짐작했다.

그레이엄은 얼른 차로 돌아가 케네디타운 수영장으로 출발했다.

케네디타운 수영장은 홍콩섬 웨스트포인트의 스미스필드로*에

* 수영장은 2010년에 철거됐다. 새로운 케네디타운 수영장이 2011년 문을 열었는데 원래 위치에서 동쪽으로 500미터 떨어진 싱사이도와 사이청가가 교차되는 곳에 위치해 있다.

있었다. 2년 전 문을 열어 홍콩 서부의 시민들에게 즐거움을 제공하는 공용시설이었다. 수영장에는 관중석, 탈의실 같은 시설 외에 입구 2층의 관중석 옆쪽으로 레스토랑 겸 찻집이 하나 있어서 수영장에 입장하지 않아도 레스토랑을 이용할 수 있었다. 아침에는 수영장 이용객은 적고 레스토랑만 아침을 먹는 사람들로 붐비곤 했다. 노인들이 아침 운동 후에 새장을 들고 와서 서로의 새를 감상하는 따뜻한 풍경이 펼쳐지기도 한다.

4시 5분, 그레이엄은 케네디타운 수영장에 도착했다. 한 번도 와 본 적은 없지만, 부패사건을 수사하느라 홍콩 공용시설물의 위치는 대강 알고 있었다. 차가 스미스필드로에 들어서자 금방 목적지를 발견할 수 있었다. 그는 수영장 부근에 차를 세우고 주변을 둘러봤다. 길가에는 노점상들이 많이 있었고 도로 맞은편에는 시장도 있었다. 스미스필드로는 웨스트포인트의 가장 서쪽 지역으로 근처에 대형 아파트단지인 관룽루와 웨스트포인트 에스테이트가 자리 잡고 있었다. 개인주택까지 포함하면 약 십수만 시민이 살고 있는 주거지구다.

간식거리를 파는 노점 외에 옷, 과일, 전지 등을 파는 노점상들, 시계 등을 수리하는 나이 든 수리공, 열쇠수리를 겸하는 구두수선공을 비롯해 칼 갈아주는 사람 등 다양한 노점 상인들이 길가에 늘어서 있다. 칼 갈아주는 사람은 숫돌과 여러 도구를 들고서 '칼 갈아요'라고 외치고, 주부들이 과도나 가위 등을 들고 나와 몇 푼 돈으로 칼을 갈고 간다.

막 하교시간이 되어서인지 간식을 파는 노점이 가장 바빴다. 중학생들은 생선완자나 삶은 소 부속물 등 거리에서 살 수 있는 간단한 먹거리를 사먹기도 하고, 단것을 좋아하는 아이들은 볼푸딩, 땅콩사탕 등을 파는 좌판 주위를 둘러싸고 있다. 그레이엄은 배고픈 학생들을 헤치고 수영장 입구로 걸어갔다. 레스토랑 위치를 알려주는 표지판을 보곤 계단을 따라 올라갔다.

레스토랑은 센트럴의 뱀통처럼 붐비지 않아서 빈자리가 적잖게 있었다. 이번에는 곧바로 관전둬가 혼자 사인용 좌석에 앉아 있는 것을 발견할 수 있었다. 그레이엄은 범인이 감시하고 있을지도 모른다는 생각에 관전둬의 등 뒤에 앉았다. 두 사람이 등을 마주 대고 있어서 작은 목소리로 말해도 다 들을 수 있을 듯했다.

"어, 뭐 드시겠어요?"

종업원이 광둥어로 질문했다. 그레이엄은 무슨 말인지 알아듣지 못했지만 말을 거는 사람이 범인은 아닐 거라고 생각했다. 범인은 영어를 못하는 사람을 내보내지 않을 것이다. 그레이엄은 아마도 주문을 받으려는 거라고 짐작하고 메뉴판의 커피를 가리켰다. 메뉴판에는 영어와 광둥어가 함께 쓰여 있어서 언어가 통하지 않아도 주문이 가능했다.

그레이엄은 커피를 마시면서 주변을 둘러봤다. 관전둬 외에 이 레스토랑에 몇 명이나 위장한 경찰관이 있는지는 모른다. 왼쪽 앞 둥근 탁자에 두 남자가 앉아 있는데 체격이 좋은 걸 보면 경찰일 가능성이 컸다. 어쩌면 납치범일지도 모른다. 뒤편의 멀지 않은 곳에도 스무 살 정도로 보이는 젊은이가 앉아 있는데 어쩐지 의심스러웠다. 레몬차를 시켜놓고서 그레이엄을 뚫어져라 쳐다보고 있었던 것이다. 그레이엄은 그 사람의 시선을 따라가 보고서야 그가 자신을 보고 있는 게 아닐지도 모른다는 생각을 했다. 그레이엄 앞쪽으로 예쁘고 단아한 젊은 아가씨가 샌드위치를 먹고 있었다.

이렇게 주변을 둘러보고 있는데 영어를 못하던 종업원이 그레이엄에게 다가와 계산대 쪽을 가리켰다. 위에다 수화기를 엎어놓은 전화가 보였다. 그레이엄은 범인이 전화를 걸었음을 눈치챘다. 그는 범인과 종업원이 한통속이 아닐까 생각했다. 그래서 정확하게 자신에게 와서 전화를 받으라고 한 게 아닐까. 하지만 범인은 간단한 말 몇 마디로도 자신을 지칭할 수 있다. '커피를 시킨 외국인 손님'이라고 하면 되는 것이다. 범인이 이런 평범한 서민형 레스토랑 겸 찻집에서 대기하라고 한 것도 이런 곳에는 외국인이 거의 오지 않기 때문일 것이다. 하지만 그레이엄은 일련의 과정에서 한 가지 사실을 알아챘다.

뱀통이든 여기든 납치범의 일당이 감시하고 있다.

그레이엄이 도착했다는 것을 확인한 다음 감시자가 현장을 벗어나거나 혹은 다른 방법으로 바깥에 있는 일당에게 연락하면 곧바로 범인의 전화가 걸려오는 것이다.

그레이엄은 전화를 받으러 계산대로 가면서 레스토랑에 있는 모든 손님의 얼굴을 죽 훑어봤다.

혹시 뱀통과 이곳에 같은 사람이 있지는 않은지 확인하려는 것이었다.

그런 사람은 없었다. 그레이엄도 수사관이라 한 번 본 얼굴은 잊지 않는다는 정도는 아니어도 30분 전에 본 사람을 다시 본다면 기억하지 못할 리가 없었다.

범인의 일당 중 두 명이 각각 한 장소를 감시하는 건지도 모른다고 그레이엄은 추측했다.

"금괴는 샀나?"

역시 그 남자의 목소리다.

"샀소. 금괴와 보석을 줄 테니 내 아들을 돌려주시오."

"너무 서두르지 마. 몸값이 내 손에 들어오면 당신 아들은 곧 집에 갈 수 있을 테니까. 하지만 멍청하게 당신과 직접 만나서 거래를 하진 않을 거야." 남자가 차갑게 말했다. "레스토랑 문 밖의 화분 옆에 종이 상자가 있다. 위에 당신 이름이 쓰여 있다."

남자는 전화를 끊었다. 그레이엄은 자리로 돌아가지 않고 곧바로 지폐를 꺼내 커피 값을 계산했다. 레스토랑을 나가 범인이 말한 위치로 가보니 HILL이라는 영어 대문자 알파벳 네 개가 쓰인 골판지 상자가 놓여 있었다. 상자 안에는 빨간색 수영복과 괴상한 모양의 베이지색 천주머니, 한 번 접힌 종이가 들어 있었다. 그레이엄은 종이를 펼쳤다. 타자기로 친 글자가 쓰여 있었다.

수영장에 들어가 탈의실에서 수영복으로 갈아입어라.
금괴와 보석을 주머니에 넣어서 휴대하고,
수영장 바닥 한가운데에 놔둔 특별한 동전을 찾아라.
동전을 찾으면 다음 지시사항을 알게 될 것이다.

그레이엄은 이런 지시를 하는 의도를 이해할 수 없었지만 아들을 구하기 위해서는 시키는 대로 하는 수밖에 없었다. 그는 종이 상자를 이리저리 돌려보며 놓친 물건이나 혹은 실마리가 없는지 확인한 다음 수영복과 천주머니를 꺼내 들고 아래층의 수영장 매표소로 갔다. 계단을 내려가면서 곁눈으로 관전뒤가 뒤따라오는 것을 보고는 지시사항이 적힌 종이를 잘 접어 계단 난간에 슬쩍 올려뒀다. 관전뒤가 이 동작을 보면 종이쪽지를 가져갈 테고, 그러면 납치범의 지시사항을 경찰도 알게 된다. 그레이엄은 관전뒤에게 직접 말할 엄두는 내지 못했다. 감시자가 근처에 있을지 몰랐다.

그레이엄은 입장료를 내고 남자 탈의실로 들어갔다. 탈의실에는 물품보관함이 없고, 대신 카운터에 직원이 있어서 손님의 물건을 맡아주게끔 돼 있었다. 카운터 옆에는 서랍 크기 정도 되는 철제 바구니가 쌓여 있는데, 바구니마다 숫자가 쓰인 금속으로 된 번호표가 두 개씩 끼워져 있었다. 이용객은 수영복으로 갈아입은 다음 옷과 휴대물품을 바구니에 담아 직원에게 건네준다. 직원은 번호표 중 하나를 빼서 이용객에게 주고 바구니를 카운터 뒤편의 보관대에 갖다 둔다. 이용객이 수영을 마치고 나와 자기 번호표를 직원에게 주면 바구니를 찾을 수 있다. 수영장 이용객이 많다 보니 탈의실에는 수백 개의 바구니가 있지만 빈 바구니는 예닐곱 개만 꺼내놓는다. 그러지 않으면 이용객들이 바구니를 가져가버려서 계속 새것을 채워넣어야 하기 때문이다. 쌓여 있는 철제 바구니의 번호는 순서가 없이 무질서하게 되어 있지만, 보관대의 칸에 번호가 각각 붙어 있어서 직원은 바구니를 지정된 위치에 넣어두기만 하면 된다. 이렇게 하면 이용객이 물건을 좀 더 빨리 찾아갈 수 있고 탈의실이 붐비는 것도 줄어든다.

그레이엄은 탈의실의 이런 절차를 잘 몰랐지만 옆사람이 하는 것을 보고 그대로 따라 했다. 탈의실에는 사람이 적었다. 옷을 입거나 벗는 일고여덟 명의 남자 중 누가 경찰인지 누가 납치범인지 알 수 없다. 그레이엄은 다른 사람들이 보지 못하게 주의하면서 서류봉투를 열고 금괴를 하나씩 천주머니로 옮겨 담았다.

그 천주머니는 좁고 길어서 주머니라기보다 허리띠 같았다. 한쪽 끝에는 금속 버클이 달려 있고 다른 쪽 끝에는 작은 구멍이 뚫려 있는 것도 그렇고, 길이도 허리띠와 비슷했다. 단지 가운데에 기다란 지퍼가 달려 있어서 지퍼를 열고 길고 좁은 물건을 넣을 수 있게 되어 있는 것이 달랐다. 이 주머니는 조잡한 솜씨로 만들어져서 시판용 제품이 아닌 듯했다.

탁.

갑자기 들린 발소리에 그레이엄은 모든 동작을 멈추고 급히 고개를 돌렸다. 관전둬가 보였다. 그는 그레이엄 쪽은 보지도 않고 옷을 벗고 있었다. 아니, 옷을 벗는 척하고 있었다고 해야 할 것이다. 관전둬는 갈아입을 수영복이 없었던 것이다.

수영복을 입지 않으면 수영장 안으로는 들어갈 수 없다.

관전둬는 부하에게 수영복을 사오라고 시킨 다음 그레이엄의 행동을 확인하기 위해 혼자서 탈의실에 들어왔다.

그레이엄은 다시 금괴를 천주머니에 넣기 시작했다. 마지막으로 보석 장신구들까지 작은 주머니에 집어넣고 지퍼를 올리려는데, 관전둬가 줬던 검은색 상자가 떠올랐다.

"아!"

그레이엄은 저도 모르게 관전둬도 쳐다볼 정도로 소리를 냈다.

수영장을 선택한 건 이것 때문이었구나. 그레이엄은 납치범이 자신에게 수영복만 입고 수영장으로 들어가 동전을 찾아오게 한 이유를 이해했다. 그가 발신기를 천주머니에 넣고 물속에 들어가면 십중팔구 기계는 못 쓰게 된다. 발신기는 방수가 되지 않을 것 같았는데, 천주머니에도 자그마한 구멍이 뚫려 있으니 물이 바로 주머니로 스며들 터였다. 금괴나 보석은 물에 젖어도 괜찮지만 전자기기는 당장 문제가 생긴다.

물에 젖을 위험을 각오하고 발신기를 주머니에 넣어야 하나? 아니면 발신기를 수영장 주변에 숨겨뒀다가 물에서 나온 다음 주머니에 넣어야 하나? 수영장 주변에 발신기를 숨겼다가 범인에게 발견되면 어떻게 하지? 혹은 발신기 없이 수영장에 들어갔다가 거기서 주머니를 범인에게 빼앗긴다면 경찰이 어떻게 범인을 추적하지?

그레이엄의 머릿속은 순식간에 한 무더기의 문제들로 가득 찼다.

그는 벗은 바지 주머니에서 발신기를 꺼내 손안에 감추고는 옆에 있는 관전둬에게 손짓을 했다. 관전둬는 기지개를 켜는 척하면서 슬쩍 고개를 흔들었다.

관전뒤는 발신기를 주머니에 넣지 말라고 말하는 것이다. 신호를 보내지 못하는 발신기라면 그것의 존재가 들켰을 경우 경찰의 개입을 알려줘 아들의 안전만 위험해진다.

그레이엄은 발신기를 바구니에 넣었다. 이어 손목시계와 열쇠꾸러미도 넣었다. 그런 다음 천주머니의 지퍼를 올렸다. 바구니를 카운터에 가져다주었다. 직원은 번호표를 그레이엄에게 건네주었다. 번호표에는 노끈이 매여 있어서 손목에 끼울 수 있다.

"허리띠는 가지고 들어가실 수 없습니다."

직원이 그레이엄이 어깨에 걸고 있는 허리띠 모양 천주머니를 보고 말했다. 그는 먼저 광둥어로 말한 다음 그레이엄이 알아듣지 못하는 듯하자 다시 영어로 말했다.

"안 됩니다. 난 이걸 반드시 들고 들어가야 합니다."

"개인물품은 바구니에 넣어주십시오. 잘 보관해드리겠습니다."

직원의 얼굴이 불퉁해졌다.

그레이엄은 울컥 화가 치솟아 주머니의 지퍼를 열고 번쩍번쩍 빛을 내는 금괴를 직원의 눈앞에 들이댔다.

"여기 뒀다가 잃어버리면 당신이 책임질 거요?"

직원은 눈을 커다랗게 뜨고 턱이 빠질 듯 입을 벌린 채 "가, 가지고 들어가시죠"라고 겨우 말했다. 그레이엄은 그 직원이 이렇게 많은 금괴를 처음 봤을 거라고 생각했다. 30분 전에는 그레이엄도 마찬가지였다.

탈의실을 나가기 전 그레이엄은 아직도 옷을 벗는 중인 관전뒤를 흘긋 쳐다봤다. 관전뒤는 몰래 손을 들어서 그레이엄에게 먼저 들어가라는 신호를 보냈다. 시간이 지체될수록 앨프레드가 위험해지니 얼른 납치범이 말한 동전을 찾아야 한다. 그레이엄도 그 사실을 잘 알고 있었다.

케네디타운 수영장은 메인 풀장과 연습 풀장으로 구분돼 있다. 메인 풀장은 깊이가 깊은 편이라 납치범이 말한 동전은 메인 풀장에 있을 것이 분명했다. 그레이엄은 금괴를 넣은 천주머니를 허리띠처럼 차고 바로 메인 풀장에 들어갔다. 풀장에는 열 명 남짓이 수영을 하고 있었다. 그레이엄은 사람들 사이를 헤치며 풀장 한가운데로 헤엄쳐 갔다. 그런 다음 곧장 잠수해 자세히 풀장 바닥을 살폈다.

아무것도 없었다.

그는 다급하게 주변을 둘러봤다. 얼굴을 풀장 바닥에 붙이다시피 해서 뒤졌지만 아무것도 없었다.

그레이엄은 물 밖으로 머리를 내밀고 숨을 깊게 들이마신 다음 다시 잠수했다. 그는 자신이 정확하게 한가운데를 찾지 못한 것인지, 아니면 동전이 물살에 쓸려간 것인지 몰라 그 주변을 넓게 탐색해봤다. 그러나 역시 아무것도 찾지 못했다.

없다니? 어째서 없지? 그레이엄은 꽁지에 불이 붙은 듯 정신없이 동전을 찾기 시작했다. 다른 이용객에게 부딪히기도 하고, 헤엄치는 사람의 앞을 가로막기도 하면서, 미안하다는 한마디만 겨우 내뱉고는 어떤 모양인지도 모르는 동전을 계속해서 찾았다.

'특별한 동전…… 설마 투명한 건 아니겠지?'

그레이엄은 손으로 풀장 바닥을 더듬어봤다. 역시 만져지는 것은 매끈한 바닥뿐이었다.

문득 납치범이 메인 풀장과 연습 풀장을 헷갈렸을지도 모른다는 생각이 들었다. 그레이엄은 급히 밖으로 나와 연습 풀장에 가기로 했다. 메인 풀장에서 나올 때 관전둬가 수영복을 입고 풀장 옆에 서 있는 것을 봤다. 관전둬에게 말을 걸지는 않았다. 그는 이미 10분을 허비하고도 그 빌어먹을 동전을 찾지 못한 상태였다.

연습 풀장 역시 동전은 보이지 않았다. 연습 풀장은 메인 풀장보다 사람이 많았다. 그레이엄이 잠수해 동전을 찾고 있자 여자들은 그가 음흉한 짓을 하는 줄 알고 우르르 몸을 피하기도 했다.

'설마 누군가 동전을 주워간 건 아닐까?'

그레이엄은 그 가능성을 떠올리고 당황했다. 화분 옆의 종이 상자와는 다르다. 상자는 아무도 신경 쓰지 않겠지만, 풀장 바닥의 동전이라면 호기심 많은 사람이 주워서 가져갔을 수도 있다.

그레이엄은 연습 풀장에서 나와 메인 풀장으로 다시 돌아갔다. 수영을 하고 있는 사람들을 붙잡고 물었지만 아무도 동전을 봤다는 사람은 없었다. 어떤 사람은 그레이엄을 무시하고 수영만 하기도 했다. 그레이엄은 구조대원에게도 물어봤지만 그 사람도 모르겠다고만 했다.

그레이엄은 눈앞이 캄캄해졌다. 여기서 문제가 생길 줄은 상상도 못 했다. 그의 허리에 묵직하게 매달린 허리띠를 빼앗으려는 사람도 없었다. 그는 관전뤄에게 도움을 청하려 했으나 주변을 둘러봤을 땐 관전뤄가 시야에서 사라진 뒤였다.

의심스러운 인물을 발견한 것일까? 지금 뒤쫓고 있나? 그래서 범인이 동전을 풀장에 놔두지 못한 걸까? 그레이엄은 여러 가지 가능성을 떠올렸다. 그 가능성이 사실이라고 해도 지금 그가 할 수 있는 것은 없었다. 그는 다만 계속해서 진짜 있는지도 알 수 없는 동전을 찾는 일만 할 뿐이었다.

그는 풀장 옆에 있는 커다란 시계를 쳐다봤다. 4시 45분, 벌써 30분째다. 풀장에는 점점 사람이 늘어났다. 하교하고 물놀이하러 온 학생들이 대부분이었다. 그레이엄은 사람들 틈을 헤치며 다시 메인 풀장 한가운데서 잠수를 했다. 그런데 이번에는, 뭔가 보였다. 은색으로 반짝이는 동전이었다.

그레이엄은 아까는 왜 그걸 보지 못했는지 전혀 이해할 수 없었다. 마치 나쁜 마법에 걸린 것 같았다. 동전을 꺼내보니 올 2월 발행된 영국의 25펜스 동전으로, 여왕 즉위 25주년을 축하하는 기념주화였다. 동전에는 사람이 뚫은 듯한 구멍이 나 있고 구멍에 꿰여진 노끈으로 금속패가 하나 연결돼 있었다.

동전을 찾으면 다음 지시사항을 알게 될 것이다. 그레이엄은 순간 종이에 적힌 글이 떠올랐다. 그는 원래 동전에 어떤 특별한 내용이 적혀 있을 줄 알았다. 그러나 지시사항은 동전이 아니라 동전에 연결된 금속패에 있었다. 그레이엄의 몸에도 비슷한 패가 하나 있다. 바로 탈의실에서 물건을 찾을 때 쓰는 번호표였다.

그레이엄은 망설이지 않고 곧바로 풀장에서 나와 탈의실로 뛰었다. 탈의실에 들어가니 물건을 찾는 카운터 앞에 길게 줄이 서 있었다. 카운터 직원이 화장실에라도 갔다 오느라 한동안 자리를 비워서 손님들이 기다리고 있었던 걸까. 그레이엄은 줄을 무시하고 카운터로 달려들었다. 뒤에서 불평하는 목소리가 들렸다. 하지만 이용객들은 그레이엄이 체격이 건장한 외국인인 것을 보고는 나서서 그를 막으려 들지는 않았다.

그는 잔뜩 흥분한 채 기념주화에 매달린 번호표를 카운터에 내던졌다. 깜짝 놀란 직원은 번호표를 확인하더니 급히 바구니 하나를 꺼내왔다. 직원은 동전에 연결된 번호표와 바구니 속 물건을 보고 이상하다고 생각했지만 입 밖에 내지 않았다.

바구니에는 슬리퍼 한 켤레와 네 번 접은 종이가 있었다. 그레이엄은 얼른 슬리퍼를 꺼내고 종이를 펼쳤다. 그는 이미 너무 많은 시간을 써버렸다.

30초 내로 수영장 정문 입구의 도로 옆에서 북쪽을 마주 보고
금괴가 든 주머니를 왼손으로 높이 들고 있어라.

30초뿐이다. 내 부하가 지켜보고 있다.

그레이엄은 당황해서 탈의실 사람들을 둘러봤다. 사람들은 방금 있었던 일로 분분히 그를 주시하고 있었다. 그레이엄은 그들을 무시하고 급히 슬리퍼를 신고 온 힘을 다해 밖으로 뛰어나갔다.

"비켜! 비켜요!"

그레이엄은 뛰면서 크게 외쳤다. 복도를 지나면서 출구를 가리키는 표지판을 봤다. 표지판의 안내대로 두 번 더 모퉁이를 돌아 한쪽 방향으로만 열리는 문을 밀어서 수영장 밖으로 나갔다. 그는 종이에 쓰인 대로 도로변에 섰다. 스미스필드로가 남쪽으로 오르막길이라는 걸 떠올리고, 북쪽 방향으로 서서 얼른 허리에 찼던 천주머니를 왼손에 쥐고 들어올렸다. 천주머니에서 물이 뚝뚝 떨어졌다. 왜 이렇게 해야 하는지는 전혀 알 수 없었다.

하지만 몇 초 뒤 그레이엄은 알게 됐다.

모터사이클 한 대가 폭풍처럼 달려오고 있었다. 검은 외투에 헬멧을 쓴 모터사이클 운전자는 손을 죽 뻗어서 허리띠 모양 주머니를 낚아챘다. 그레이엄은 손안에 있던 몸값을 탈취당했다는 것을 깨닫고 모터사이클을 뒤쫓아 달리면서 소리쳤다.

"내 아들은 어디 있지? 앨프레드를 돌려줘!"

거리의 사람들은 그레이엄이 외치는 소리를 듣고 고개를 돌려 그를 바라봤다. 그때 아무도, 납치범조차도 예상치 못한 사고가 갑자기 발생했다.

모터사이클을 탄 남자가 천주머니를 낚아채고 3초도 안 돼 짙은 색 물건이 남자의 뒤쪽으로 떨어져 내렸다.

그레이엄은 그것이 무엇인지 몰랐다. 그러나 곧이어 떨어진 것들은 금방 알아봤다.

그것은 금빛으로 빛나는 다섯 냥짜리 금괴들이었다.

먼저 떨어진 짙은 색 물건은 목걸이 등을 넣은 작은 천주머니였고, 그다음에는 첫 번째 금괴가, 이어서 나머지 금괴들도 지면에 툭툭 떨어졌다. 모터사이클 남자는 멈추려고 했지만, 그때 자동차 한 대가 그레이엄의 뒤쪽에서 튀어나갔다. 검정 일색의 모터사이클 남자는 망설임 없이 곧바로 바람처럼 달려서 도주했다. 그 뒤로 자동차가 따라붙었다. 남은 것은 땅 위에 만들어진 황금빛 점선뿐이었다.

그레이엄은 원래 주머니의 지퍼를 단단히 잠갔다. 하지만 탈의실 직원에게 금괴를 보여주느라 지퍼를 한 번 열었다. 그런 다음에는 지퍼를 제대로 잠그지 않았다. 동전을 찾으려고 몇 번이나 잠수를 하면서 금괴가 주머니 안에서 계속해서 부딪혔고, 무게 때문에 지퍼가 점점 헐거워졌던 것이다. 그레이엄도 모터사이클 남자도 지퍼 부분이 아래로 향해 있었다는 것을 몰랐다. 그러다 주머니를 낚아채는 충격으로 이 예상치 못한 상황을 완성하는 마지막 퍼즐이 맞춰진 것이다.

5

자동차로 모터사이클을 뒤쫓은 것은 홍콩섬 CID의 형사였다. 그들은 명령대로 현장에 잠복해 지시를 기다리고 있었다. 그때 수영복만 입은 그레이엄이 수영장에서 튀어나와 이상한 행동을 하자 당장 차에서 잠복해 있던 형사의 주의를 끌었다. 그와 동시에 범인이 모터사이클을 몰고 달려와 몸값을 낚아채자 홍콩섬 CID 형사들은 이것이 몸값 거래의 현장임을 알아챘다. 그들은 범인을 잡으면 중요한 정보를 얻을 수 있다고 생각하자 마음이 급한 나머지 경찰이 개입했다는 사실이 폭로되면 안 된다는 것도 개의치 않고 직접 범인을 쫓기 시작했다.

하지만 모터사이클 남자를 체포하지 못했다.

모터사이클은 민첩했다. 범인은 벨처가로 들어선 후 차와 차 사이 빈틈으로 나는 듯이 달렸다. 경찰차가 재빨리 뒤쫓았지만 결국 샌즈가에서 놈이 버려두고 간 모터사이클, 외투, 헬멧, 천주머니만 발견했다. 모터사이클 남자는 사라진 뒤였다. 형사들은 주변 행인들에게 용의자를 보지 못했는지 탐문했지만 모두 모른다는 대답뿐이었다. 단지 그날 비번이었던 경찰관을 만나 어떤 남자가 빠른 걸음으로 택시를 탔다는 말을 들었지만 그 경찰관도 택시 번호를 기억하지는 못했다. 택시를 탄 사람이 범인인지도 알 수 없었다. 범인이 탔던 모터사이클은 도난당한 것이었다.

그레이엄은 금괴가 떨어지는 것을 보고 경악했으며, 범인이 낭패하여 도주할 때는 머릿속이 온통 새하얗게 변했다. 도로에 떨어진 자신의 전 재산을 주울 생각도 하지 못하고 멍하니 그 자리에 멈춰서 있을 뿐이었다. 눈을 부릅뜬 채 마치 아들이 점점 더 멀어져가는 장면을 보는 것처럼 범인의 뒷모습만 바라보고 있었다.

"빨리 금괴를 줍고 옷을 갈아입고 오십시오. 납치범이 다시 연락할 수도 있습니다. 전 경찰관들을 움직여서 범인을 쫓겠습니다."

그레이엄이 고개를 돌렸다. 관전둬가 옆에 서서 조그맣게 말했다. 관전둬는 이미 원래 옷으로 갈아입은 상태였다. 말이 끝나자 관전둬는 곧바로 도로변에 대놓은 차로 걸어갔다. 그레이엄은 어쩔 수 없이 금괴와 보석이 든 주머니를 주웠다. 이때서야 자동차가 뒤쫓아간 쪽을 쳐다보고 있던 행인들이 방금 도로에 떨어진 것이 금괴라는 걸 알고 깜짝 놀랐다.

그레이엄은 금괴를 주워 들고 이상하게 여기는 수영장 매표소 직원을 설득해 탈의실로 옷을 가지러 갔다. 그는 수영복 차림으로 지갑을 갖고 있지 않았으니 입장료를 다시 낼 수가 없었기 때문이다. 이런 상황을 전혀 모르는 탈의실 직원이 그의 옷과 물건을 돌려주었다. 검은색 발신기는 여전히 시계와 열쇠꾸러미 옆에 놓여 있었다. 써보지도 못한 기계장치를 바라보던 그레이엄은 금괴를 내던지고 괴로운 듯 벽에 주먹을 날렸다. 그는 물기도 닦지 않은 채 옷을 입었다. 금괴를 비닐에 든 서류봉투에 넣은 다음 주변 이용객들의 호기심 어린 눈빛을 받으며 탈의실을 나왔다.

차로 돌아온 그레이엄은 남은 힘을 쥐어짜 겨우 시동을 걸었다. 이 상황이 현실이라는 게 도무지 믿기지 않았다. 아들이 납치된 것만 해도 상상해본 적 없는 일인데, 방금 한 시간 좀 넘게 겪은 일과 몸값 거래의 실패까지 모두 꿈속의 일만 같았다. 차를 몰고 난씨 아파트로 돌아가는 동안 내내 그는 앨프레드의 모습을 생각했다. 갓난아이일 때의 모습, 처음으로 아빠라고 부르며 웃던 얼굴, 학교 갈 때마다 떼를 쓰며 울던 얼굴, 아이의 손을 잡고 함께 횡단보도를 건너던 순간. 스텔라에게서 앨프레드가 납치됐다는 말을 들었을 때조차 오늘 아침 "잘 잤니?"라고 인사한 게 아들과 나눈 마지막 대화가 되리라고는 전혀 생각하지 못했다.

공부하기 힘들지 않니? 학교에서 친구들과 잘 지내니? 미술학원 선생님이 뭘 가르쳐주셨니? 아빠 엄마랑 놀이공원에 갈까? 왜 평소에 이런 말들을 하지 않았는지 그레이엄은 후회하고 또 후회했다. 홍콩에 온 뒤로 그레이엄과 스텔라는 아이 돌보는 일을 전부 유모에게 맡기고 온종일 일에만 매달리면서 이런 말들을 리즈가 대신하도록 만들었다. 앨프레드는 아빠와 엄마에게 이런 말을 듣고 싶었으면서도 혼날까 봐 표현하지 못했을 것이다. 영국을 떠나기 전의 1년간 아들이 뭔가 원하는 것을 말할 때마다 "지금 우리는 빚을 많이 졌어. 아빠 엄마는 열심히 일해서 빚을 갚아야 해. 빚을 다 갚으면 생각해보자"라고 대답했다.

그러나 빚은 작년에 다 갚지 않았던가? 왜 그 후에도 앨프레드에게 더 신경 써주지 못했을까?

그레이엄은 차를 가로등에 들이받아 자기 자신을 벌주고 싶은 기분이었다.

5시 10분, 그레이엄은 집으로 돌아왔다. 스텔라는 남편이 돌아오자 튀어오르듯 일어나 문 앞으로 달려갔다. 그러나 문 앞에 남편 혼자 서 있는 것을 보고는 눈빛이 절망으로 물들었다.

"앨프레드는……."

그레이엄이 고개를 저었다.

"거래가 실패했어. 놈들이 몸값을 가져가지 못했어."

"왜? 왜 이렇게 된 거야!"

스텔라가 남편 팔을 붙잡고 울음을 터뜨렸다. 거실 한쪽에 있던 웨이쓰방이 도울 게 없는지 살피러 급히 다가왔다.

"범인들이 몸값을 가져가다가 모터사이클에서 그걸 떨어뜨렸어……."

그건 그레이엄의 잘못이 아니었지만 그의 얼굴은 후회와 괴로움으로 뒤덮여 있었다. 그는 아내의 눈을 제대로 쳐다보지도 못했다.

"앨프레드! 앨프레드!"

스텔라는 다리에 힘이 풀려 바닥에 주저앉았다. 그레이엄과 웨이쓰방이 그녀를 부축해서 소파에 눕혔다.

세 사람은 거실에서 기다리는 것 외에 할 수 있는 것이 없었다. 웨이쓰방은 염정공서의 직원에게 전혀 좋은 감정이 없지만, 지금은 눈앞의 두 사람이 무척 불쌍하다고 생각했다. 스텔라는 끊임없이 눈물만 흘렸다. 아이의 죽음을 목격한 어머니처럼 정신을 놓고 있었다. 웨이쓰방은 그레이엄이 말한 대로라면 아이에게 나쁜 일이 생겼을 가능성이 높다고 생각했다. 납치범은 체포될 것을 우려해서 아예 아이를 죽이고 시체를 유기한 다음 이 일을 끝내버리려 할 것이다.

15분 후 초인종이 울렸다. 관전뤄, 라오쉬, 아마이가 돌아왔다. 그들의 어두운 표정에서 조사가 난관에 부딪혔음을 알 수 있었다.

"모터사이클을 몰던 놈을 잡지 못했습니다. 홍콩섬 CID가 샌즈가에서 모터사이클을 찾았는데 놈은 이미 도주한 뒤였습니다. 감식과에서 증거를 수집해갔으니 혹시 실마리가 나올지 희망을 잃지 맙시다."

관전뤄의 말에 그레이엄 부부는 희망의 불씨가 보이는 듯했다.

"자동차로 뒤쫓았던 홍콩섬 CID가 너무 충동적이었습니다. 그들이 조용히 미행만 했더라면 상황은 훨씬 낙관적이었을 겁니다. 그러나 지금 우리는 책임 문제는 한쪽에 밀어놓고 현재 상황을 어떻게 할지부터 고민해야 합니다." 관전뤄가 평온한 어조를 유지한 채 말했다. "범인은 힐 씨가 경찰에 신고했다는 것을 이미 눈치챘을 수도 있지만, 단순히 의심만 하고 있을지도 모릅니다. 언론 쪽에는 수영장 앞에서 있었던 사건을 날치기 강도라고 말해뒀습니다. 우연히 모터사이클로 외국인의 손에서 가방을 낚아채가는 사건을 목격한 형사가 범인을 뒤쫓아갔다. 범인은 도주해버렸고, 날치기 당할 뻔했던 외국인은 이미 현장을 떠난 뒤였다. 6시에 텔레비전과 라디오에서 나올 뉴스의 보도 내용입니다. 그리고 경찰이 지금 그 외국인을 찾고 있으니 이것으로 범인들이 아까 있었던 일은 전부 우연의 일치라고 여겨주길 바라야지요."

그레이엄이 약하게 고개를 끄덕였다. 지금 그레이엄은 아무런 생각도 할 수 없었다.

"순조롭게 진행된다면 납치범이 다시 전화를 걸 겁니다. 지금은 그저 기다리는 수밖에 없습니다."

관전둬는 그레이엄에게 오늘 있었던 일을 세세하게 질문했다. 그레이엄은 하나하나 대답했다. 한마디 한마디 대답하면서 그는 자기가 도대체 뭘 잘못해서 일이 이렇게 됐는지 곱씹었다.

"수영장 직원이 범인 얼굴을 기억하지 않을까요?" 아마이가 말했다. "슬리퍼 한 켤레와 종이만 맡긴 사람이라면 기억할 것 같은데요."

마치 다섯 사람이 거실에서 범인의 전화를 기다리고 있었던 몇 시간 전으로 돌아간 것 같았다. 단지 지금 분위기가 그때보다 훨씬 무거웠다. 무형의 좌절감이 거실을 가득 메우고 있었다. 신문의 보도 내용을 확인하기 위해 그레이엄은 텔레비전을 켜고 웨이쓰방과 라오쉬는 녹음기를 켠 다음 뉴스 내용에 신경을 집중했다.

거실의 괘종시계는 냉혹하게 시곗바늘을 움직였다. 시간은 일 분, 일 초, 흘러갔다. 전화기는 줄곧 조용했다. 사람들 사이에 내려앉은 침묵은 점차 견디기 힘들어졌다. 금괴와 보석을 넣은 서류봉투는 식탁 위에 던져둔 채로 그레이엄은 전 재산인 저것들이 모두 사라져도 좋으니 아들을 다시 만날 기회를 달라고 기도했다.

찰칵.

대문에서 별안간 소리가 들렸다. 그 소리는 거실에 모여 있던 사람들의 주의를 끌었다.

"어, 오늘 손님 오셨네요?"

막 열쇠로 대문을 연 리즈가 말했다. 경찰들은 거실에 있는 사진을 봤기 때문에 마흔 살쯤 돼 보이는 저 여자가 유모 량리핑이라는 걸 알았다.

대문이 열리자마자 스텔라는 비명을 질렀다.

"앨프레드!"

스텔라가 구르다시피 리즈 뒤에 서 있는 아들에게 달려가 껴안았다. 그레이엄도 마찬가지였다. 곧바로 앨프레드에게 달려가서 바닥에 무릎을 꿇고 아내와 아들을 한꺼번에 품에 안았다.

"무슨 일 있어요?"

리즈가 의아하다는 표정으로 물었다.

"전 관전둬 독찰입니다." 관전둬가 리즈에게 경찰 신분증을 내보였다. "어디서 앨프레드를 찾은 겁니까?"

"네?"

"리즈, 납치범이 무슨 짓 안 했어?"

그레이엄은 아들이 다치지 않았나 살펴보는 한편 리즈에게 질문했다.

"납치범이요?"

"앨프레드와 리즈가 같이 납치됐잖아!"

스텔라가 외쳤다.

"네? 오늘 전 앨프레드와 계속 같이 있었어요. 아무 일도 없었는데요."

리즈의 말에 사람들은 전부 눈만 커다랗게 떴다.

"납치당한 게 아니라고요?"

아마이가 끼어들어 물었다.

"앨프레드랑 같이 점심 먹은 뒤에 미술학원 야외활동에 갔다가 오는 길인데요."

"야외활동?"

그레이엄이 반문했다.

"그래요, 지난주에 부인께 미리 말씀드렸잖아요? 미술학원에서 특별활동을 하는데 다음 주 수업이 취소돼서 오늘로 바뀌었다고요."

"그런 일이 있었어?"

스텔라는 경악했다.

"그날따라 무척 피곤하다고 하시더니, 그래서 잊어버린 거 아니에요? 미술학원 통신문에 사인도 해주셨잖아요. 교외로 나가서 그림을 그리는 거라 학부모 동의가 필요해서요."

리즈는 앨프레드의 책가방에서 종이 몇 장을 꺼내 그중 하나를 스텔라에게 건넸다. 받아보니 정말로 미술학원 학부모 통신문에 그녀가 서명한 걸로 돼 있었다.

"언제 사인한 거지? 전혀 기억나지 않아……."

"지난주에 학교의 다른 서류들과 함께 사인해서 기억이 안 나나 봐요."

"하, 하지만 내가 기억 못 할 거라고 생각했으면 왜 메모를 남기지 않았어? 일정에 변동이 있으면 반드시 메모를 남기라고 했잖아?"

스텔라는 당황해서 리즈를 책망했다. 사실 아이가 무사히 돌아왔으니 무슨 일이든 추궁할 생각은 전혀 없었다.

"메모 남겼는데요! 바쁘신 거 잘 아니까요. 오늘 아침에 메모 남겨놓고 갔어요. 앨프레드 데리고 미술학원 야외 그림활동 갔다가 6시에 돌아올 거라고요."

리즈는 그렇게 말하면서 염정공서의 기념패가 놓인 현관의 선반 쪽으로 걸어갔다. 선반 위를 더듬어보더니 몸을 숙여서 커다란 화분과 선반 사이에서 종이쪽지를 집어 올렸다.

"에구, 여기 떨어져 있었네."

리즈가 종이쪽지를 스텔라에게 건넸다. 다들 다가와 어깨 너머로 들여다봤다. 쪽지에는 영어로 '오늘 오후에 미술학원 그림 활동이 있어서 점심은 앨프레드와 밖에서 먹고 저녁쯤 돌아올게요'라고 쓰여 있었다.

"리즈, 오늘 하루 종일 앨프레드와 함께 있었어?"

그레이엄이 물었다.

"그럼요. 12시 반에 앨프레드를 데리고 하교해서 점심으로 완툰면 먹고, 미술학원 친구들, 부모님들과 같이 전세버스 타고 사이쿵에 갔는걸요. 애들이 그림 그리는 동안 학부모랑 유모들끼리 오랜만에 교외에 나와서 콧바람 쐰다고 얘기도 하고……."

"정말이야?"

여전히 아들을 꼭 껴안은 채 스텔라가 물었다.

"앨프레드에게 물어보세요. 미술학원 선생님께 물어보셔도 되고요. 아유, 도대체 무슨 일이 있었던 거예요?"

"누군가가 앨프레드를 납치했다면서 몸값으로 10만 홍콩달러를 요구했습니다."

관전둬가 대답했다.

"말도 안 돼!"

리즈가 입을 크게 벌렸다. 그러고는 그레이엄을 돌아보며 물었다.

"선생님, 돈을 내셨어요? 아냐, 부인께서 전에 10만 홍콩달러까지는 없다고 했는데……."

아마이는 갑자기 뭔가 떠오른 듯한 표정으로 식탁에 가서 금괴를 넣은 서류봉투를 열었다. 혹시 범인이 주머니를 낚아챈 순간 가짜 금괴와 바꿔치기해서 몸값을 손에 넣었을지도 모른다는 생각이 들었다. 아마이가 봉투를 열고 거꾸로 흔들자 15개의 금괴가 툭툭 떨어졌다. 금괴는 하나도 없어지지 않았고, 목걸이와 귀고리 등도 다 있었다. 아마이는 금괴를 하나 들고 두드려봤다. 위조품은 아닌 것 같았다.

"세상에! 무슨 금이 이렇게 많담!" 리즈가 소리 질렀다. "진짜였군요?"

"그럼 당신을 속이는 거겠어요?"

라오쉬가 놀리듯 말했다.

"량리핑 씨." 관전둬가 리즈에게 말했다. "앨프레드의 학교 친구 중에 앨프레드처럼 머리 색깔이 붉은 애가 있습니까?"

관전둬의 물음에 다들 이상하게 그를 쳐다봤다.

"아마, 한 서너 명 있지요."

"라오쉬, 영국학교에 연락해서 학생 명단을 좀 보내달라고 해."

"조장님, 그럼……."

"놈들이 다른 아이를 납치한 건지도 몰라."

그레이엄은 눈을 크게 떴다. 아들이 무사히 돌아온 것은 기쁘지만 관전둬의 말을 듣고 보니 또 걱정이 되었다. 범인이 단순히 사기꾼이 아니라 계속 오해가 있었던 거라면 자기 아이는 정말 운 좋게 위험을 벗어난 셈이 된다. 지금 또 다른 무고한 아이가 자기 아이 대신 고통을 겪고 있을지도 몰랐다.

"힐 씨가 범인과 했던 여러 전화통화를 바탕으로 생각할 때 놈들이 다른 아이를 데려간 거라면 다음 몇 가지 점을 확인할 수 있지. 첫째, 그 아이는 앨프레드처럼 붉은 머리카락이다. 둘째, 그 아이의 아버지도 염정공서에서 일한다. 하지만 아이가 겁먹고 대답을 잘못 했거나 범인이 ICA나 ICC 같은 회사명을 ICAC로 잘못 들었을 가능성도 배제할 순 없어. 셋째, 그 아이 집에 리즈 혹은 엘리자베스라는 사람이 있다."

관전둬는 그레이엄과 범인의 전화통화를 떠올렸다. 그레이엄은 전화통화에서 어린아이가 리즈를 부르는 소리를 듣고 앨프레드라고 확신했다. 지금 생각해보니 전화를 통해 그렇게 짧게 들었으니 진짜 앨프레드라고 확신할 수는 없을 듯했다.

"네 분 모두 경찰서로 가서 수사에 협조를 좀 해주셔야겠습니다. 만일 지금 말씀드린 내용이 사실이라면 여러분은 사건의 핵심인물입니다. 여러분 각자에게 자세한 진술을 받고 싶습니다. 일상생활의 세부적인 부분이나 의심스러운 인물과 접촉한 적은 없는지 등등에 대해서요."

"하지만 범인들이 자기가 잘못 납치했다는 걸 모른다면요? 여기로 다시 연락할 수도 있지 않나요?"

아마이가 물었다.

"금괴를 몸값으로 요구한 것과 수영장을 거래 장소로 지정해 발신기를 사용할 기회를 없앤 점, 교복을 집 밖에 놔둔 것을 볼 때 굉장히 주도면밀한 놈이야. 그러니 분명히 일당이 지금 감시하고 있을 거야." 관전둬가 고개를 저으며 말했다. "유모와 앨프레드가 아무렇지도 않게 집에 돌아왔어. 그들도 뭔가 문제가 생겼다는 걸 알았겠지. 전화가 다시 오진 않을 거야. 경찰서에 있는 게 새로 들어오는 소식을 받고 경찰인력을 움직이기도 훨씬 효과적이야. 잊지 마, 지금 한 아이의 목숨이 경각에 달렸어."

"스텔라, 우리가 경찰서에 가는 게 좋겠어." 그레이엄이 아내와 아이에게 말했다. "만약 어떤 아이가 앨프레드 대신 고초를 겪고 있다면 우리가 힘 닿는 데까지 도와야지."

스텔라가 고개를 끄덕였다. 오늘 일로 그들은 빚 같은 건 작은 일이라는 걸 깨달았다. 빚 상환은 언젠가는 다 끝나는 일이다. 그러나 아무리 돈이 많더라도 부서진 가정은 다시 조립할 수도, 잃어버린 아이를 돌려받을 수도 없다.

"저도 가야 하나요?"

리즈가 물었다.

"그럼요. 혹시 범인이 미술학원 근처에 나타났을지도 모릅니다.

어쩌면 당신이 본 적이 있을지도 몰라요."

관전뤄는 리즈를 한번 슥 보고는 그레이엄에게 말했다.

"힐 씨, 금괴와 보석은 우선 보관해놓고 나중에 처리하시는 게 좋겠습니다. 내일은 토요일이라 은행도 오전만 근무하겠지요. 오늘 일로 힘드셨을 텐데 금을 다시 돈으로 바꿔 은행에 넣는 일은 월요일에 하시는 게 어떻습니까?"

그레이엄도 관전뤄의 의견을 듣고 식탁에 놓여 있던 금괴를 서재로 가져갔다. 관전뤄는 그레이엄을 따라 서재로 들어갔다.

"앨프레드가 돌아왔으니 돈이야 어떻게 되든 상관없어."

그레이엄이 금고의 다이얼을 돌리며 말했다.

"홍콩에 이런 말이 있죠. 재물은 몸 밖의 물건이다. 홍콩 사람들이 돈을 좋아하긴 하지만 그 부분에서는 경중을 제대로 따진다고 할 수 있겠군요."

관전뤄가 말을 받았다.

"맞는 말이야."

비밀번호를 맞추고 그레이엄이 열쇠를 끼우자 금고의 이중 잠금이 열렸다. 그는 금괴를 금고에 넣고 보석을 전에 있던 자주색 상자에 넣으려다 그냥 주머니에 넣은 채로 금고에 집어넣었다. 재물은 몸 밖의 물건이다. 보석이 아무리 가치 있다고 해도 가족이 함께 모인 것보다 중요하지는 않았다.

금고를 잠근 다음 그레이엄과 관전뤄가 거실로 돌아왔다. 그레이엄 부부가 옷을 갈아입는 동안 관전뤄는 베란다로 나갔다. 이제 범인이 감시하고 있을 거라는 걱정을 할 필요가 없으니 조장이 주변 환경을 둘러보며 어떤 실마리가 있는지 살피는 걸 거라고 아마이는 생각했다.

힐 가족과 리즈가 관전뤄를 따라 아파트를 나섰다. 관전뤄는 차를 한 대 불러서 네 사람을 태웠다. 관전둬는 그레이엄과 스텔라가 아들의 손을 잡고 싶을 거라고 생각했다. 게다가 오늘 오후에 그레이엄이 온갖 고생을 했는데 다시 차를 운전하게 하는 게 안됐다고 여긴 것도 있었다. 두 대의 차가 몽콕의 카오룽 총구를 향해 달렸다.* 관전둬는 부하들에게 네 사람의 진술서 작성을 진행하라고 지시했다. 모든 세부사항과 각자의 교우관계, 아파트 부근에서 평소와 달랐던 점 등을 상세히 물어보라고 했다.

"조장님, 어디 가시게요?"

라오쉬가 물었다. 진술서를 작성하는 동안 관전둬는 외투를 입고 형사정집부 문 밖으로 나가는 중이었다.

"간단한 일 하나만 처리하고 올게. 여긴 자네가 잠시 맡아줘."

그렇게 말한 관전둬는 곧바로 사무실을 나갔다.

"오늘 조장님 좀 이상하지 않아요?"

아마이가 물었다.

"그래? 어제저녁에 잘못 주무셨나."

라오쉬가 어깨를 으쓱했다.

관전둬는 주차장으로 곧장 향했다. 그는 아마이의 차 열쇠를 들고 나왔다. 엄격하게 말하자면 형사정집부의 차 열쇠다. 그는 곧바로 차를 몰고 경찰서를 떠났다.

이 기회는 순식간에 지나가버릴 거야, 반드시 잡아야 해. 관전둬는 그렇게 생각하고 있었다.

차 안의 무전기 전원을 꺼버린 관전둬는 액셀을 세게 밟았다. 곧 차가 있던 자리는 텅 비었다.

프린세스마거릿로의 난씨 아파트.

* 카오룽 총구는 1982년 동서로 양분됐다. 그전에 총부는 몽콕에 있었고 지금의 몽콕 경찰서다.

관전둬는 아파트단지 안으로 들어가지 않고 근처에 세웠다.

"아, 선생님. 또 오셨네요."

아파트 관리인이 웃으며 말했다.

"캠벨 경사님이 오늘따라 일을 많이 시키시네요. 어쩔 수 없죠."

관전둬가 가벼운 어조로 대답했다. 오늘 여기를 드나들면서 계속 9층의 캠벨을 핑계 댔다.

관전둬는 엘리베이터를 타고 9층에 내린 다음 계단으로 두 층을 내려가 7층 계단에 도착했다.

"이런 일은 정말 하고 싶지 않은데……."

관전둬가 계단의 창문을 열고 고개를 내밀었다. 아래를 한 번 쳐다본 그는 창틀을 밟고 올라서서 오른쪽을 확인했다. 창문에서 2, 3미터만 가면 그레이엄 힐의 집 베란다였다.

관전둬는 아래쪽에 아무도 없는 것을 확인한 다음 왼손을 뻗어 건물 외벽에 돌출된 부분을 붙잡고 창문을 넘어 창 바깥쪽으로 튀어나온 창턱을 딛고 섰다. 그의 오른손은 여전히 안쪽의 창틀을 붙잡고 있었지만 몸은 이미 아파트 건물 외벽에 나가 있는 모양새였다.

밧줄을 갖고 왔어야 했는데. 관전둬는 생각했다. 하지만 정말로 시간이 없었다. 오른손을 왼손이 있는 돌출부로 옮기면서 동시에 왼손을 뻗어 베란다 난간을 쥐었다. 관전둬는 손힘이 꽤 좋았다. 보기에는 위험해 보이지만 사실 그는 나름 자신이 있었다.

왼손으로 난간을 붙잡은 그는 베란다 쪽으로 힘껏 몸을 날리면서 난간 바깥에 매달렸다. 두 손으로 난간을 붙들었다 싶은 순간, 그의 몸은 어느 틈에 난간을 넘어 베란다 안쪽에 툭 떨어지고 있었다.

관전둬는 실내에 아무도 없다는 것을 확인한 다음 베란다의 문을 밀었다. 문은 순조롭게 열렸고, 그는 거실로 들어섰다. 관전둬는 이 집에서 나가기 전에 베란다 문을 잠그는 척했지만 그것은 위장일 뿐이었다. 그는 시간을 허비하면 안 된다는 것을 잘 알고 있었다. 곧장 스위치를 눌러 전등을 켜고 서재로 들어갔다. 나무궤짝 문을 열자 푸른 잿빛의 금고가 나타났다.

관전둬는 예전에 이런 금고를 본 적이 있다. 정부 사택에서는 가구도 정부가 다 제공하기 때문에 그도 이런 형식의 금고가 낯설지 않은 것이다. 영국제 금고는 이중 잠금장치로 돼 있어서 정확한 비밀번호를 맞춰야 하고 열쇠도 있어야 했다. 비밀번호는 사용자가 수시로 바꿀 수 있지만, 금고를 열고 금고 문 뒤에 있는 지렛대 모양의 막대를 눌러야만 새로운 비밀번호를 설정할 수 있다. 신중한 사람이라면 일정한 시간 간격으로 비밀번호를 바꿀 것이다.

"왼쪽으로 62, 오른쪽으로 35, 왼쪽으로 61……."

관전둬는 장갑을 끼고 비밀번호 다이얼을 돌렸다. 그레이엄이 그가 보는 앞에서 두 번이나 맞췄던 것이니 비밀번호 조합을 다 기억하고 있다.

찰칵 소리와 함께 첫 번째 잠금장치가 열렸다.

이제 열쇠가 필요한데, 관전둬는 운에 맡기는 수밖에 없다고 생각했다.

그는 주머니에서 작은 금속조각과 집게를 꺼냈다. 금속조각은 편평하고 양옆에 높낮이가 다른 톱니가 있어서 마치 열쇠처럼 보였다. 확실히 이 금속조각은 그레이엄의 금고 열쇠를 복제한 것이다. 그레이엄이 수영장에서 동전을 찾느라 시간을 보낼 때 관전둬는 한 가지 계략을 실행했다.

탈의실 직원이 화장실에 간 틈을 타 몰래 물건보관소로 들어갔다. 그레이엄이 옷을 갈아입는 것을 보고 있었기 때문에 어떤 바구니가 그레이엄의 것인지 바로 알아볼 수 있었다. 급히 그중에서 열쇠 꾸러미를 집어 들고 확인했다. 금고 열쇠의 표면을 만져본 순간 관전둬는 어떻게 해야 할지 알게 됐다.

그는 성냥갑만 한 크기의 작은 상자를 하나 꺼냈다. 그 상자는 책처럼 열리는 것으로 안에는 양쪽으로 초록색 점토가 채워져 있었다. 열쇠를 복제할 때 사용하는 점토판이다. 관전둬는 활석분이 든 작은 병을 꺼내 활석분을 점토판 양쪽에 뿌리고 손가락으로 이리저리 문질렀다. 그런 다음 열쇠를 점토판 중앙에 놓고 상자를 닫아 꽉 눌렀다. 상자를 열고 열쇠를 꺼내자 점토판 위에 금고 열쇠의 모양이 남았다. 관전둬는 열쇠에 묻은 활석분을 털어내고 바구니에 다시 넣은 다음 급히 물품보관소를 나왔다.

힐 가족과 함께 경찰서에 간 뒤 혼자 자기 방에 들어가 서랍에서 라이터와 금속 숟가락, 녹는점이 낮은 합금조각을 꺼냈다. 숟가락과 합금조각은 점토판과 같이 구입한 것으로 열쇠를 복제하기 위한 세트였다. 몇 년 전 잡화와 장난감 등을 파는 가게에서 우연히 발견한 것이다. 그는 라이터를 켜고 합금조각을 숟가락 위에 얹은 다음 가열해 녹이기 시작했다. 합금은 주요 성분이 아연일 거라고 추측했다. 합금이 다 녹자 그는 조심스럽게 점토판의 열쇠 모형에 부었다.

책처럼 생긴 점토판을 닫고 잠시 기다렸다가 다시 열자 은회색 열쇠가 점토판에 절반쯤 박혀 있었다.

금고 열쇠 복제에 성공했지만 순조롭게 열릴지는 확실하지 않았다. 이런 복제열쇠는 조잡하게 만들어졌기 때문에 원래의 열쇠와 똑같지 않을 수도 있다. 그렇다면 잠금장치를 열 수 없다. 또한 녹는점이 낮은 합금은 매우 약하기 때문에 열쇠를 넣고 돌리다가 부러질 가능성도 있었다. 그렇다면 열쇠구멍 안에 남아서 빼낼 도리도 없다. 첫 번째 걱정에 비하면 두 번째 걱정이 훨씬 큰일이다.

관전둬는 모험을 해보기로 결심했다.

막 복제열쇠를 만들었던 때부터 시간이 좀 흘렀으니 합금도 처음

보다는 굳어졌을 것이다. 그는 집게로 열쇠를 집어서 천천히 열쇠 구멍에 꽂았다. 정확한 위치에 들어간 것을 확인한 다음 다시 느릿느릿 돌리기 시작했다.

찰칵.

두 번째 잠금장치도 성공적으로 열렸다.

관전뒤는 집게를 내려놓고 호흡을 가다듬었다. 손전등으로 금고 안의 물건을 비췄다. 금괴들이 번쩍번쩍 빛을 냈다. 손전등 빛이 반사해 눈이 아플 지경이었다. 관전뒤는 그쪽은 신경도 쓰지 않았다. 그의 목표는 금괴가 아니었다.

관전뒤가 찾는 것은 서류, 야우마테이 과일시장 마약사건에서 잡힌 범인이 제공한 서류였다.

뇌물수수 경찰관이 기록된 장부 말이다.

염정공서에게 이 서류는 경찰을 상대할 가장 강력한 무기다. 서류가 경찰에게 넘어간다면 이제까지 쏟은 노력이 모두 물거품이 된다. 경찰에서는 이 서류 때문에 가슴 졸이면서 자기 죄가 폭로될까 봐 안절부절못하는 사람이 적잖았다.

그리고 지금 그 서류를 펼쳐보고 있는 사람은 카오룽 총구 형사정집부의 관전뒤 독찰이었다. 장부는 전부 암호로 쓰여 있었지만, 관전뒤는 이런 식의 암호에는 익숙했고, 약간의 상상력을 가미하자 장부에 관련된 조직과 부서, 심지어 이름도 대강 유추됐다. 그가 특별히 유의 깊게 살펴본 것은 카오룽 총구에 있는 경찰관들의 자료였다.

"하, 이걸로 나한테 큰 빚을 진 셈이 됐군."

관전뒤는 서류를 품에 집어넣고는 금고 문을 닫았다. 집게로 복제 열쇠를 다시 돌린 다음 열쇠구멍 안에 파편이 남지 않은 것을 확인했다. 관전뒤는 나무궤짝의 문도 닫았다. 임무는 이미 완성했다.

남은 것은 철수뿐이다.

그 집을 빠져나오기 위해서는 다시 한 번 베란다에서 위험한 벽타기를 해야 했다. 하지만 몸놀림이 노련한 관전뤄는 별 어려움 없이 어느 틈에 다시 계단으로 돌아와 있었다. 곧바로 관리인에게 인사하고 차로 돌아와 경찰서를 향해 운전했다. 그는 거의 한 시간 가까이 경찰서를 떠나 있었다.

"조장님!"

관전뤄가 사무실로 돌아오자 아마이가 다가왔다.

"학교 쪽에 모두 확인했는데 실종된 학생은 없답니다."

"없어?"

관전뤄가 의아하다는 표정을 지어 보였다.

"예, 없답니다. 머리카락이 붉은 학생은 다섯 명인데 모두 집에 있는 것을 확인했고, 그 밖에 실종신고나 구조요청 등도 들어온 게 없고요. 확실하게 하려고 교장선생님이 각 반 담임에게 연락해서 학생들의 안전을 확인하게 했는데, 연락이 되지 않는 사람은 앨프레드 힐과 그 부모님뿐이었답니다."

"그건 그들이 여기 있기 때문이고."

"그렇죠. 그러니까 모든 학생이 무탈하다는 겁니다."

"그러니 범인은 납치범이 아니라 단지 사기꾼이라는 거군."

관전뤄가 담담하게 말을 받았다.

"음, 그건 좀 불가사의네요. 사기를 이렇게까지 칠 수 있다니 말입니다. 힐 씨는 전 재산을 날릴 뻔했는데요."

"힐 씨 가족은 어디 있나?"

"학생들이 다 안전하다고 확인하고 다들 한시름 놨어요. 지금은 경찰식당에서 저녁을 먹고 있을 겁니다."

"아무도 같이 가지 않았어?"

"안 갔는데요."

"어이쿠, 염정공서 사람을 경찰식당에서 밥 먹게 그냥 놔뒀단 말이야? 충동적인 동료 중에 누가 힐 씨를 알아보면 난리 날 거라고 생각 못 했나?"

"으악!"

아마이가 놀라 소리를 지르고는 급히 복도를 뛰어갔다. 그 모습을 보던 관전뤄가 웃음을 터뜨렸다. 그는 단지 농담을 한 것만은 아니었다. 그레이엄 힐이 혼자 경찰식당에서 식사를 하고 있다면 정말로 마찰이 일어날 가능성도 있었다. 하지만 지금은 아내와 아이가 함께 있으니 주변에서 곱지 못한 눈길로 쳐다보는 정도로 끝날 것이다. 흑과 백으로 나뉘어 싸우더라도 여자와 아이는 건드리지 않는 게 철칙이니까.

관전뤄는 식당에 가서 힐 가족에게 몇 마디 위로의 말을 건네고 작별인사를 한 뒤 자기 방으로 돌아왔다. 그는 방문을 잠그고 아까 훔쳐온 서류를 꺼내 한 장 한 장 자세히 읽기 시작했다.

이 서류를 내보내면 대가가 엄청나겠는걸. 관전뤄는 그렇게 생각했다.

6

월요일 점심, 관전뤄는 이유를 만들어서 혼자 형사정집부 사무실을 나섰다. 그는 버스를 타고 홍콩섬 남쪽 리펄스베이에 내렸다.

월요일이라 해변에는 사람이 적었다. 관전뤄는 여기 한적하게 여유를 즐기러 온 것은 아니었다. 그는 비밀회담을 하러 왔다. 시가지에는 이목이 많다. 핑계야 찾을 수 있다지만 누군가 목격하기라도 하면 그도 상대방도 피곤해진다. 관전둬는 해변도로를 따라 죽 걸어갔다. 얼마 지나지 않아 그 차가 보였다. 그는 차에 다가가서 운전석에 앉은 인물을 확인하더니 말도 없이 조수석 문을 열고 올라탔다.

"관, 오늘은 웬일로 날 불러냈나? 거기다 이런 외진 데서 보자고 하고."

관전둬는 대답 없이 품에서 서류봉투 하나를 꺼내 건넸다. 상대는 이유도 모른 채 봉투를 열어보더니 순식간에 얼굴이 하얘져서 급히 서류를 이리저리 넘겨보았다. 서류는 암호로 쓰인, 그 부패사건의 장부였다.

"고마운 줄 알아요, 나 아니었으면 큰일 났을 거라고요."

상대방의 경악한 표정에 관전둬가 웃으며 말했다.

"자네, 자네…… 이걸 어디서 구했어?"

"어디일 것 같습니까?"

관전둬가 상대방을 슬쩍 쳐다봤다.

"당연히 당신 집이죠."

상대방은 더욱 당황한 눈빛으로 관전둬를 응시했다. 운전석에 앉은 사람은 염정공서 조사관 그레이엄 힐이었다.

"우리 집이라고!" 그레이엄이 외쳤다. "자네, 도대체 언제……."

"지난주 금요일 당신 가족이 경찰서에서 진술서를 작성하고 있을 때였죠. 주말 동안 금고는 열어보지도 않았죠?"

그레이엄은 멍하니 있다가 대답했다.

"그래, 주말 내내 나와 스텔라는 앨프레드와 함께 있었지. 스텔라는 당직이고, 나도 주말에 추가근무를 할 생각이었는데 다 취소했어. 앨프레드와 영화도 보고 놀이공원도 갔지. 오늘은 출근하자마자 자네 전화를 받았잖아. 무조건 이런 외진 곳에서 꼭 만나야 한다니."

"어쨌건 이 서류가 다시 당신에게 돌아갔고, 앨프레드도 무사하니까 다 잘된 셈입니다."

"세상에, 난 아직도 이게 어떻게 된 일인지 전혀 모르겠어! 관, 왜 우리 집에서 기밀문서를 훔친 건가? 이게 얼마나 심각한 일인지 몰라서 그래? 이게 알려지면 우리 둘 다 징계라고!"

"전혀 모르고 계시는군요." 관전뤄가 씁쓸하게 웃으며 말했다. "제가 질문 하나 하죠. 앨프레드의 납치사건이 사기꾼의 조작극이라고 생각합니까?"

"아니란 말이야?"

"당연히 아니죠. 이렇게 대단한 사기꾼이 정말로 손을 쓴다면 10만이 다 뭡니까, 100만 홍콩달러라도 쉽게 벌 겁니다. 물론 그때는 당신이 표적이 아니겠지만. 어쨌든 당신은 가난뱅이니까요."

"난 정말 모르겠네."

"내 말은, 납치극이고 사기극이고 전부 다 위장이란 말입니다. 당신을 상대하기 위한 위장요."

"위장? 그럼 범인의 진짜 목적이 뭐란 말이야?"

관전뤄가 그레이엄이 들고 있는 서류를 툭 쳤다.

"이 서류?"

"그거죠." 관전뤄가 말을 이었다. "놈들 눈에 당신 집에서 가장 가치 있는 건 웃음거리도 안 될 예금도 아니고, 다이아 목걸이도 아니고, 이 암호 장부라고요."

"그래서, 범인이 경찰이란 말이야?"

그레이엄이 의아한 듯 물었다.

"그렇죠. 그것도 '경찰'이 아니라 '경찰들'일 겁니다. 뇌물수수에 연루된 수많은 경찰들, 자기가 감옥에 가게 될 가능성이 있다고 생각하는 경찰들이죠."

"하지만 이걸 훔쳐서 무슨 소용이 있나? 이건 복사본이라고. 진짜 장부도 아닌데! 증거로 법적 효력이 있는 진본은 염정공서 금고에 안전히 들어 있어. 복사본을 훔쳐봐야 기소에는 영향이 없네."

"어이쿠, 아직도 이해를 못 하시네. 놈들이 원하는 건 증거가 아니라 정보예요."

"정보?"

"염정공서에서 3년간 일했으니 마약상들이 '쥐여짜이는' 원칙을 모르진 않겠죠. 그들은 경찰이 돈을 요구하면 반드시 줍니다. 돈을 받아먹은 사람이 많을수록 안전해지니까요. 경찰은 분명 단체로 부패했지만 조직적으로 부패한 건 아닙니다. 독립된 통솔자가 없어요. 대부분의 경우 작은 분대 단위로 정보가 오갑니다. 어디에 손이 큰 범죄자가 있다더라 하면 거기 찾아가서 부당이득을 챙기는 거죠. 물론 쥐여짜이는 마약상 입장에서는 여러 사람에게 돈을 주려고 하지, 한 사람에게 여러 번 돈을 주려고 하지 않습니다. 그래서 부패 경찰들은 서로 모르지만, 마약상들은 장부에 모두 기록해놓게 되는 겁니다."

"그럼 그들이 이 장부를 보려는 건……."

"당연히 '동료'를 찾기 위해서죠. 염정공서에 체포될 위험에 처한 부패경찰들이 선공을 하려고 함께할 동료를 찾는 거예요. 여럿이 모이면 여론을 만들기도 쉽고, 다른 사람을 자기편으로 끌어들이기도 쉬워지니까. 만약 장부에 독찰급이나 경사급이라도 있으면 더 쉽게 상부에 영향을 미칠 수 있고, 경찰과 염정공서의 대립 구도를 선동할 수 있죠. 더욱 무서운 것은 그들이 명단에 나온 브로커들이 자기의 안전을 위해서 증언할지도 모르니까 미리 처리해버리려 들 수 있다는 겁니다."

"자네 말은 암살한단 말이야?"

"가능성이 있는 일입니다. 그런 데는 여러 가지 방법이 있죠. 그

브로커가 체포하는 과정에서 경찰관을 공격했다는 명목으로 방어를 위해 총을 쐈다고 하거나, 도주하는 과정에서 높은 데서 추락사했다고 하거나. 그런 브로커들은 대부분 암흑가나 마약상 쪽에 관련이 있으니 몇 가지 죄목만 준비하면 어려울 게 없어요. 어쩌면 내가 너무 의심이 많은 건지도 모르지만 가끔 범죄자의 사인에 문제가 있다고 생각될 때가 있거든요. 이미 종결된 사건이라 내가 조사할 수는 없지만요."

그레이엄은 차가운 물을 뒤집어쓴 듯했다.

"그렇다면 그들은 이 서류를 빼내려고 앨프레드를 납치했다고 거짓말을 했단 말이지? 하지만 그 둘이 무슨 관계가 있어?"

"관계가 있죠." 관전둬가 단정적으로 말했다. "그 관계를 설명하기 전에 이걸 먼저 물어봐야 하는 거 아니에요? 놈들이 어떻게 당신과 스텔라를 속였나?"

"그래, 나도 계속 이해가 되지 않았어. 어쩌면 그렇게 우연이 겹쳤을까. 나는 정말로 앨프레드가 납치된 줄 알았어. 다른 아이를 잘못 납치한 건 확실히 아니겠지?"

"내가 아무렇게나 지어낸 핑계를 아직도 생각하고 있었어요?" 관전둬가 웃었다. "다른 아이를 잘못 납치한 것도 아니고, 애초에 아이를 납치하지도 않았죠. 우연이 겹쳤다고 했는데, 어떤 우연들인지 짚어낼 수 있겠습니까?"

"많지." 그레이엄이 생각을 더듬었다. "범인이 앨프레드가 그날 리즈를 따라 미술학원 야외활동을 간다는 것은 알았다고 쳐도, 스텔라가 미술학원 통신문을 받았던 걸 잊을 줄은 몰랐겠지. 스텔라가 기억하고 있었다면 첫 전화를 걸었을 때부터 거짓말이 들통났을 테니까. 리즈가 놔둔 메모가 바닥에 떨어지지 않았다면 나나 스텔라가 봤을 테고, 그걸로 범인들의 계획은 실패했을 거야. 그리고 앨프레드가 그날 아침 미술학원에서 교외로 그림 그리러 간다고 우리에게 한마디만 했더라면 그 사기극은 아예 불가능했겠지. 이런 게 전부 우연이 아닌가."

"우연은 무슨." 관전둬가 불량하게 웃어 보였다. "지금 말한 세 가지 전부 한 사람과 관련돼 있죠, 바로 유모 량리핑. 그 우연은 전부 리즈가 만든 거예요."

"리즈? 리즈가 범인들에게 넘어갔다고?"

"물론이죠."

"하지만 리즈가 앨프레드를 해치는 일을 할 리 없어!"

"앨프레드를 해치진 않아요. 리즈는 분명 앨프레드에게 잘해주겠지만, 그게 앨프레드의 부모에게도 잘해준다는 건 아니잖아요."

그레이엄이 관전둬를 뚫어져라 바라봤다.

"이걸 납치사건이라고 생각하니까 앨프레드가 피해자라는 생각이 굳어져버린 겁니다. 그래서 리즈가 앨프레드를 해칠 리가 없으니 용의선상에서 빼놓은 거고요. 하지만 처음부터 그 생각이 잘못된 거예요. 진짜 피해자는 당신이니까. 게다가 피해의 정도는, 반나절 정도 걱정하는 것과 재산상의 손실 정도니까 충분한 이유만 있다면 누구라도, 아니, 충분한 돈만 준다면 누구라도 이 일을 하려고 했을 겁니다. 좀 과장해서 말한다면 리즈가 이 일이 앨프레드에게 좋은 쪽으로 작용할 거라 생각했을 수도 있어요. 봐요, 앨프레드가 전보다 더 부모님의 관심을 받고 있잖습니까."

"그럼 리즈가 어떻게 그 우연을 만들었다는 거지? 스텔라가 야외활동을 잊어버린 건 리즈가 조작할 수 있는 게 아니잖아."

"부인은 잊은 게 아닙니다. 리즈가 처음부터 말해주지 않은 거죠."

"리즈가 말해주지 않았다고? 하지만 통신문엔 서명이 돼 있었잖아."

“서명이야 얼마든지 흉내 내면 되죠. 자주 보던 사람의 서명이면 쉽게 흉내 낼 수 있어요. 리즈는 당신 부부가 일로 바쁜 것을 잘 알고 모든 책임을 당신 부인에게 덮어씌웠죠. 절대 들키지 않을 거라고 생각했을 겁니다.”

“그 메모는?”

“메모는 리즈가 돌아온 다음에 나타난 겁니다. 손에 종이쪽지를 숨기고 있다가, 그러니까 통신문을 꺼낼 때 미리 손에 숨겨뒀겠지요. 선반 쪽에 가서 메모를 찾는 척하다가 자연스럽게 떨어진 종이를 주운 것처럼 한 거죠. 난 처음 당신 집에 갔을 때 집 안 배치를 주의 깊게 살폈어요. 그때 선반 쪽엔 종이쪽지 같은 건 없었거든요.”

“아침에 앨프레드가 야외활동을 간다고 말했다면?”

“그러면 계획은 취소죠. 아니면 다른 날로 옮기거나. 아침에 앨프레드가 말했다면 리즈도 같이 있었으니 범인들도 바로 알았을 테니까요. 혹시 범인들이 그 사실을 알지 못하고 계획대로 전화를 걸었더라도 당신 부인은 장난전화라고 여기고 넘겨버렸을 거예요. 그럴 경우 범인들의 손실도 크지 않죠. 리즈를 매수한 사실은 드러나지 않았으니까. 하지만 사실상 리즈는 앨프레드가 그런 말을 하지 않을 거라고 생각했을 겁니다. 당신 부부는 일 때문에 앨프레드와 소원한 사이였어요. 리즈가 그걸 몰랐겠습니까?”

그레이엄은 금요일 아침을 떠올렸다. 앨프레드는 아무 말도 하지 않았지만 사실 어느 정도는 실마리가 있었던 셈이다. 평소 학교 가기 싫어하는 앨프레드가 그날따라 무척 즐거워 보였다. 그건 오후에 교외로 그림을 그리러 가기 때문이었을 것이다.

“잠깐.” 그레이엄이 두 가지 사실을 떠올렸다. “그렇다면 교복과 머리카락, 내가 전화로 들은 목소리는 어떻게 된 거지…….”

“교복은 쉽죠. 리즈가 한 벌 더 사면 되니까. 머리카락도 앨프레드가 이발할 때 조금 보관해두면 되고. 목소리도 아무 때나 녹음하면 그만이에요. 평소 둘이 집에 있을 때 리즈가 숨어서 나오지 않으면 앨프레드가 리즈를 찾겠죠. 그때 녹음했을 겁니다."

그레이엄은 말문이 막혔다. 모든 것이 맞아떨어졌다. 리즈는 모든 조건을 갖춘 유일한 사람이었다.

"좋습니다. 이제 납치사건과 서류 훔치는 게 무슨 관계인지 말씀드려야겠군요."

관전뤄가 주머니에서 작은 금속조각을 꺼내 그레이엄에게 건넸다.

"납치사건을 벌인 건 이것과 비슷한 물건을 손에 넣기 위해서죠."

그레이엄이 자세히 보니 그건 조잡하게 만들어진 열쇠였다. 그는 곧 그것이 자기 금고 열쇠의 복제품이라는 걸 알아챘다.

"관, 자네 이거 어디서 났나?"

"당신이 수영장에서 수영하고 있을 때 아주 간단한 방법으로 복제할 수 있었다고요." 관전뤄가 씩 웃었다. "하지만 내가 복제한 열쇠보다는 범인들 손에 똑같은 게 하나 더 있다는 것을 더 걱정해야 할 겁니다."

그레이엄은 손바닥에 놓인 열쇠와 관전뤄를 번갈아 쳐다봤다. 뭔가 이해할 수 없는 모양이었다.

"내 말은, 표면상의 납치극 혹은 사기극은 실패했지만 범인의 진짜 목적은 달성됐다는 겁니다. 놈들은 서류를 훔칠 수 있는 모든 조건을 구비했어요."

그레이엄이 관전뤄를 쳐다봤다. 설명을 기다리는 것 같았다.

"러샹위안 카페에서 지시를 기다리고, 금괴를 사고, 정해진 시간 안에 목적지에 도착해야 하고 등등, 이런 것들은 납치사건을 완전히 믿게 만들고 다른 가능성을 흘려버리게 하려는 거예요. 풀장에서 동전을 찾는 것은 당신이 몸값을 내면서 발신기 같은 엉뚱한 수작을 부리지 못하게 하려는 게 표면적인 이유지만, 사실은 절대 떼어놓지 않을 개인물품에서 당신을 떼내려던 거죠."

"내 열쇠……."

"그래요. 만약 단순히 발신기를 쓰지 못하게 하려던 거라면 풀장에서 30분씩이나 시간을 보내도록 하진 않았을 겁니다. 생각해봐요. 범인들은 모든 단계마다 정확하고 착오가 없었어요. 전화 거는 시간도 딱 예고한 시간에 맞췄잖습니까. 그런데 동전을 찾을 때는 왜 그렇게 문제가 생긴 걸까요? 만약 누군가가 주워간 거라면 30분이 지나서 찾아낼 수도 없었겠죠. 나는 당신이 한참 동안 동전을 찾지 못하는 걸 보고 범인이 그 시간에 뭔가 하고 있다는 걸 눈치챘어요. 거기다 그전의 판단을 더해 열쇠라는 결론을 내린 거죠."

"잠깐!" 그레이엄이 관전둬의 말을 끊었다. "그전의 판단이라니? 처음부터 납치사건이 가짜라는 걸 알고 있었어?"

"러샹위안 카페에서 당신 옆자리에 앉아 있을 때 알았죠."

"그때? 그때 무슨 단서라도 발견했나?"

"영어를 잘 못하던 종업원이 뭐라고 했는지 기억나요?"

"그 사람…… 그 사람은 그냥 전화를 받으라고만 했잖아."

"종업원이 당신 이름을 불렀는데 정확한 이름을 부르지 않았잖아요."

그레이엄은 그때 종업원이 자기를 '미스터 샤'라고 불렀던 게 기억났다.

"그게 뭐가 문제야? 동료들도 내 한자 이름이 '샤자한'이니까 가끔 잘못 부르기도 해."

"범인들은 당신을 돈 많은 사업가라고 생각했으니까 실제 신분에 대해서는 잘 몰랐다는 뜻이죠. 앨프레드가 다니는 학교는 모든 서류가 영어로 돼 있으니 당신이나 앨프레드의 성은 '힐'이라고 되어 있을 거고 한자 이름인 '샤'라고는 나와 있지 않을 테고요. 그때 범인은 영어가 어눌한 종업원과 광둥어로 대화를 했을 겁니다. 외국인 손님을 찾자 종업원이 이름을 물었고, 범인은 자기도 모르게 '샤 선생'이라고 당신의 한자 이름을 댄 거죠. 그렇다면 범인이 당신의 한자 이름을 어떻게 알았을까? 그때부터 범인이 줄곧 거짓말을 하고 있는 게 아닌지 의심하게 된 겁니다. 사실 처음부터 앨프레드가 납치된 건 말이 안 된다고 생각했어요. 납치란 사전 준비가 많이 필요한 범죄예요. 어떤 범인이 이런 큰일을 저지르면서 재산도 별로 없는 공무원 아들을 노리겠어요? 하지만 세상에는 이해할 수 없는 일도 많으니까 진지하게 수사를 했던 겁니다. 앨프레드의 목숨과 관련된 거니까요."

"그 한마디에 범인이 거짓말을 한다는 걸 알아챘다고?"

"그건 시작일 뿐이에요. 두 번째 증거는 금괴를 넣으라고 했던 허리띠 모양 주머니였죠. 그리고 수영장에서 지시사항을 찾으라는 계획도 그랬고. 그 천주머니에 금괴를 넣으니 딱 맞았죠?"

"그랬지. 그게 왜?"

"범인이 원래 요구한 몸값이 얼만지 기억납니까? 50만 홍콩달러였어요. 50만이면 다섯 냥짜리 금괴로 115개라고요. 그 주머니에다 다 넣을 수도 없고 무게가 20킬로그램은 됐을 텐데 그걸 두르고 수영장에서 동전을 찾을 수도 없어요. 범인은 몸값을 받는 과정을 아주 세심하게 계획했어요. 절대로 임시방편으로 떠올린 방법들은 아닙니다. 그런데 범인은 마치 처음부터 당신이 3킬로그램의 금괴를 가지고 잠수할 거라는 걸 알고 있었던 것처럼 보이잖습니까. 다시 말하면 놈들은 당신의 신분, 집안 사정, 재무상황까지 다 알고 있었다는 겁니다. 전에 했던 전화통화는 다 거짓말이고."

그레이엄은 이마를 탁 쳤다. 자기가 냉정하게 생각해봤다면 범인의 함정에 넘어가지 않았을 것이다.

"범인이 거짓말을 했다는 건 알았지만 그때 뭔가 눈치챘다는 걸 드러내면 안 될 것 같았죠. 범인의 진짜 목적을 알아낼 때까지는 연극에 맞춰주기로 한 겁니다. 수영장에서 당신이 20분째 동전을 찾지 못한 걸 보고 그 생각이 머릿속에 떠올랐어요. 그걸 확인해보려고 탈의실로 가서 옷을 갈아입었죠. 그때는 팔구십 퍼센트는 범인이 금고 열쇠를 복제하려 한다는 걸 확신하고 있었지만요. 그래서 차 트렁크에서 열쇠를 복제하는 키트를 꺼내서 물품보관소 입구로 가서 기회를 기다렸죠."

관전뒤는 차 트렁크에 이런저런 도구가 들어 있는 상자를 가지고 다닌다. 지문을 채취하는 분말, 필름현상액, 혈흔반응을 나타내는 루미놀 시약 같은 것들이다. 그때 차를 지키고 있던 아마이는 관전뒤가 황급히 달려와서는 물건을 들고 다시 달려가는 것을 의아하게 쳐다봤었다.

"조금 기다리니까 탈의실 직원이 화장실에 가더군요. 천금 같은 기회였죠. 처음에는 경찰 신분증을 제시하고 좀 위협해볼까 하는 생각도 했거든요." 관전뒤가 웃으면서 말했다. "물품보관소에 들어가서 당신 물건을 찾았죠. 아니나 다를까, 열쇠에 금속 가루가 묻었더라고요. 그래서 나는 점토판에 열쇠 모형을 뜬 다음 급히 돌아온 겁니다."

"금속 가루라니?"

"당신이 풀장에서 잠수하고 있을 때 범인은 열쇠를 가지고 나가서 복제한 겁니다."

"하!"

"탈의실에 있던 이용객 중 한 명은 범인의 일당이었을 겁니다. 당신보다 먼저 탈의실에 들어가서 당신이 어떤 번호의 바구니를 가져가는지 눈여겨본 거죠. 범인은 수영장 번호표와 같은 모양의 금속패를 준비했다가 당신의 바구니 번호를 써서 당신 물건을 찾은 겁니다. 잠깐 뭐 좀 꺼내겠다고 하면서 말이죠. 열쇠를 꺼내서 다른 일당에게 줬겠죠. 일당은 열쇠를 들고 나가서 수영장 앞에 있던 열쇠공 노점상에게 열쇠를 복제한 뒤 열쇠를 바구니에 넣고 점원에게 줬을 거고요. 시간이 많지 않으니까 열쇠에 묻은 금속 가루를 다 털어내지 못했을 겁니다. 그날 당신은 정신이 없었으니 눈치채지도 못했겠지만."

"그렇다면 풀장 바닥의 동전은 그들이 열쇠를 복제한 다음, 이용객으로 위장하고 있던 일당이 떨어뜨린 거겠군?"

"바로 그거죠."

"그럼 금괴를 떨어뜨린 것도 일부러 그런 거겠군."

"아뇨. 그건 정말로 의외의 상황이었을 겁니다." 관전둬가 미묘한 웃음을 지으며 말했다. "여기까지 왔으니 몸값을 왜 가져가지 않았겠습니까? 행운의 여신이 당신 재산을 지켜준 거죠."

"그러면 모터사이클을 몰던 범인은 꽤 재수가 없었군그래." 그레이엄이 피식 웃었다. "게다가 거의 붙잡힐 뻔했으니까."

"붙잡힐 리가 없어요. 몸값을 받아가는 위치였으니 충분한 사전준비가 있었을 겁니다. 내 생각에는 어떤 남자가 차를 갈아타고 갔다고 증언한 비번 경찰이 모터사이클을 몰던 남자가 아닐까 의심스럽네요."

"뭐라고!"

"범인은 경찰들이라고 했잖습니까. 범인을 뒤쫓다가 놓친 상황에서 누가 가장 의심을 받지 않을까요? 당연히 '같은 편'이죠. 헬멧과 외투를 벗어버린 다음, 뒤쫓아온 경찰 동료에게 범인이 어디로 갔다고 말하면 누구라도 믿을 겁니다. 금괴를 넣을 주머니를 허리띠 모양으로 만든 것도, 범인이 옷 아래에 차고 있으면 뒤쫓아온 경찰에게 들키지 않을 테니까 그런 겁니다. 어떤 경찰이 동료인 경찰의 몸수색을 하겠습니까."

그레이엄은 손을 핸들에 올려놓고 의자에 몸을 기댔다. 지금 생각해보니 그는 1년 넘게 저축한 재산을 다 잃을 뻔했다. 몇 년 전에는 투자 실패로 빚더미에 올라앉았고, 빚을 다 갚았더니 어이 없이 전 재산을 잃을 뻔한 것이다. 그레이엄은 하느님이 장난을 좋아한다는 생각마저 들었다.

"그래, 범인이 내 열쇠를 복제했다고 해도 금고에는 비밀번호도 있어. 열쇠만으로는 열 수 없다고."

그레이엄이 말했다.

"하지만 나도 열었잖아요."

관전뒤가 그레이엄의 무릎에 올려놓은 서류를 가리켰다.

"자네는…… 아! 이런 죽일 놈 같으니! 금고를 열 때 비밀번호를 외웠군!"

그레이엄이 웃으면서 관전뒤를 욕했다.

"그렇죠. 금고를 열 때 보고 조용히 외웠죠." 관전뒤가 갑자기 진지한 표정을 지었다. "당신이 잊고 있는 게 있어요. 제일 심각한 건 그걸 본 게 나 혼자가 아니라는 겁니다."

그레이엄은 관전뒤를 긴장한 눈빛으로 쳐다봤다. 그는 금요일의 상황을 하나하나 되짚었다. 서재에서 보석을 꺼내던 장면이 떠올랐다.

그레이엄은 그 사람을 생각해냈다.

"라오쉬는 분명 뇌물을 받은 경찰관 중 하나일 겁니다." 관전뒤가 미간을 찌푸렸다. "나도 줄곧 의심했어요. 내 부하들 중에도 누군가 뇌물을 받았을 텐데 증거를 찾을 수가 없었죠. 이 사건 덕분에 놈의 꼬리를 잡을 수 있었군요."

"하지만 단지 그것 때문에 그가 범인들 중 하나라고 단정 짓는 건 무리 아닐까?"

"내가 당신에게 몸값을 빌려주겠다고 말했을 때 기억납니까? 라오쉬가 바로 말렸죠. 그놈은 경찰규칙을 신경 썼던 게 아닙니다. 내가 돈을 빌려주면 당신이 금고 속의 보석을 꺼낼 필요가 없으니까 그랬던 겁니다. 게다가 라오쉬는 처음부터 리즈가 공범일 가능성을 제시했어요. 결국 마지막에는 납치사건이 벌어지지도 않았다는 게 밝혀지니까, '리즈가 납치사건의 공범'이라는 가정은 자연히 사라지게 되죠. 리즈가 납치사건이 아닌 '사기극의 공범'일 거라고는 아무도 생각하지 못하겠지요."

"그건……."

그레이엄은 할 말을 찾을 수 없었다. 자기 부하 중에 범인이 있다는 건 관전둬에게 받아들이기 힘든 일일 것이다.

"너무 걱정 안 해도 됩니다. 나는 나대로 생각이 있으니까요."

관전둬가 무거운 분위기를 털어버리듯 가벼운 표정을 지었다.

"그런데 범인은 보석이 있다는 걸 어떻게 알았을까?"

"리즈가 말해줬겠죠. 당신 부인이 착용한 걸 봤을 겁니다. 범인들이 당신 집의 사정을 자세하게 알고 있는 건 다 리즈가 말해준 거예요. 당신이 범인이 몸값으로 10만 홍콩달러를 요구했다고 했을 때 리즈가 바로 그런 돈이 없을 거라고 말했잖아요. 리즈는 생각보다 많은 정보를 기억하고 있을 겁니다."

그레이엄은 갑자기 기분이 나빠졌다. 자기 주변에 있는 사람이 가족을 줄곧 엿보고 있었을 줄은 몰랐다.

"리즈는 자기가 잘못을 저질렀다는 생각도 못할 겁니다." 관전둬가 말을 이었다. "몇 가지 정보일 뿐이잖습니까. 자기가 말하지 않아도 누군가가 말해줬을 거라고 생각하겠지요. 좀 편하게 움직이려면 돈을 줘야 한다, 약간의 돈으로 약간의 이익을 얻는다, 이런 생각을 당연하게 여기죠. 사회 전체에 이런 생각이 만연하니까 총독부에서 염정공서를 만든 겁니다."

"내가 서류를 집에 가지고 온 것을 리즈가 어떻게 알았을까?"

"리즈는 몰랐겠죠. 다만 그녀가 준 정보를 종합해서 범인들이 추측한 겁니다. 당신이 염정공서에서 일하는 건 비밀도 아니고, 각 조사팀이 어떤 사건을 맡고 있는지는 대강 알 수 있으니까요. 당신 성격으로 보면 일을 집에 가지고 오는 것도 당연하죠. 리즈가 범인들에게 '힐 씨는 퇴근 후에도 자주 서재에서 일에 몰두하곤 해요'라고 한마디하면 범인들은 당신이 중요한 서류를 집에 가지고 왔을 거라고 생각하겠죠."

"그런데 한 가지가 아직 이해 안 돼. 만약 열쇠를 얻기 위해서라면, 왜 이런 복잡한 계획을 꾸민 거지? 리즈를 매수했는데, 리즈가 열쇠를 복제해주면 되잖아?"

"리즈도 해봤을 겁니다. 실패했지만요."

"그걸 어떻게 아나?"

"당신이 말해줬잖아요!"

"내가?"

"보름 전에 리즈가 당신이 목욕하는 틈을 타서 침실에 들어갔었다고 했죠. 리즈는 그때 열쇠를 훔치려 했을 겁니다. 그때 리즈가 열쇠 전체를 훔쳤는지 아니면 내가 한 것처럼 점토판으로 모형을 떴는지는 모르겠지만, 그때 성공했더라도 비밀번호가 필요했을 테니까요. 자주 금고 비밀번호를 바꾸죠?"

"매달 한 번씩 바꾸지."

"그게 범인들을 골치 아프게 한 거죠. 그래서 그놈들은 이런 일석이조의 계획을 세운 거고요. 혹시 당신 재산을 빼앗는 것도 목표 중 하나였다면 일석삼조가 되겠네요."

"관, 어쨌거나 나한테 직접 말해줘도 됐잖아." 그레이엄은 서류를 들고 관전뒤 앞에서 흔들어 보였다. "누가 서류를 훔쳐갈 거라고 알려주면 내가 비밀번호를 바꿨을 거 아닌가."

"내가 언제 서류를 훔쳐간다고 했어요?"

"아까 그렇게 말하지 않았어?"

"서류를 훔쳐가는 게 아니에요. 필요한 건 서류가 아니라 서류에 적힌 내용이죠. 게다가 그들은 장부의 내용이 새어나갔다는 걸 당신이 모르길 바랄 거고요."

그레이엄이 고개를 갸웃거렸다.

"당신이 서류가 없어진 걸 알았다고 해봅시다. 염정공서가 발칵 뒤집히겠죠. 범인들은 그런 상황을 바라지 않을 겁니다. 아무도 모르게 움직이고 싶을 거예요. 자기들이 어떤 패를 쥐고 있는지 염정공서가 모를수록 좋으니까. 주말에 영화관과 놀이공원에 갔다고 했죠? 리즈가 같이 갔습니까?"

"아니야, 리즈는 우리 가족끼리 오붓하게 보내라고 했어. 방해하지 않겠다면서……."

"그러니 주말 동안 리즈는 범인에게서 비밀번호와 복제한 열쇠를 받아서 금고를 열어봤을 겁니다."

"아!"

"범인은 리즈에게 서류를 사진으로 찍어오라고 했겠죠. 사진을 다 찍은 다음 서류를 원래대로 돌려놓으면 당신은 정보가 누출된 것도 모를 거고, 범인들은 충분한 시간을 두고 당신의 수사에 대항할 방법을 찾을 수 있을 겁니다."

"그럼 리즈는 서류가 없어진 걸 알고……."
"지금 들고 있는 서류를 다시 보세요."
관전둬가 서류봉투를 가리켰다.
그레이엄이 봉투에서 장부를 꺼내 천천히 넘겨봤다.
"어, 여덟 장이 모자라는데?"
"그 여덟 장은 금고 안에 남겨뒀습니다. 범인이 정보를 얻고 싶어 하는데 못 줄 것도 없죠. 난 손안의 패를 상대가 못 보게 감추는 것보다 대범하게 다 보여주는 편입니다. 상대방은 내 손만 보고 그게 내 패의 전부라고 생각하겠죠. 하지만 난 그것보다 열 배가 넘는 패를 의자 밑에 숨겨놓고 있거든요. 그래야 더 재밌어지는 겁니다."
"자네, 일부러 범인들을 엉뚱한 방향으로 끌고 가는 거군?"
"리즈가 금고에서 여덟 장만 찾아내면 범인은 마약상이 장부를 전부 제공한 건 아니라고 생각하고 염정공서의 수사에 대해 경계심을 좀 풀 겁니다. 그래야 그들이 앞으로 당신 주변에서 정보를 더 찾지 않겠죠. 예를 들면 두 번째, 세 번째 위장납치나 위장살인 등을 일으키면서 말입니다."
그레이엄은 관전둬가 서류를 빼간 이유를 완전히 이해했다. 그는 범인들의 계략을 역이용해서 염정공서가 그들을 일망타진할 수 있게 해준 것이다.
"참, 그렇지. 관, 자네는 범인들이 앨프레드를 진짜로 납치했을 거라고는 생각하지 않았나? 나는 염정공서의 조사관이니까 나한테 경고하기 위해서 서류를 훔치는 계획과 함께 앨프레드도 납치할 수 있지 않았을까? 자네도 그들이 정말로 납치했을 가능성을 배제할 수는 없었을 것 아닌가."
"그건 아닙니다. 범인들이 열쇠를 노리고 있다는 걸 알고 나서는 마음을 놓았지요. 열쇠를 복제한다는 건 누군가 서류를 훔치는 역할을 맡고 있다는 뜻입니다. 당신이 말한 것처럼 당신이 보관하고 있는 건 복사본이고, 범인들은 괜히 문제를 일으키고 싶지는 않을 테지요. 그렇다면 분명 집 안에서 움직이는 사람이 있겠죠. 그런데 앨프레드가 정말로 납치됐다면 리즈는 책임을 벗어날 수 없을 겁니다. 앨프레드가 무사히 돌아왔다고 해도 리즈는 해고됐겠죠. 괜히 상황만 복잡해지는 셈입니다. 앨프레드를 진짜로 납치하는 건 힘만 들고 이득은 없는 방법입니다."

그레이엄은 관전뤄의 재능과 지혜에 다시 한 번 감탄했다. 그레이엄은 그가 아주 영리한 탐정이라는 걸 알고 있었지만 지난 몇 년 사이에 더 발전한 듯했다. 추리와 사건 운영에 빈틈이 없고 전체적인 세부사항도 전부 꿰뚫어보고 있었다. 당시 자신이 선배 흉내를 내면서 관전뤄에게 수사방법을 가르쳤던 것이 지금은 부끄러울 지경이었다. 7년 전 관전뤄는 겨우 스물세 살이었고 혼자서 영국 런던에 와서 경찰연수를 받았다. 그리고 실습기간 중에 그레이엄의 부하로 일했던 것이다.

"그러고 보니 홍콩에 와서 3년 동안 같이 밥 한번 먹지 못했네."

그레이엄이 웃으며 말했다.

"하하, 당신은 염정공서 조사관이고 나는 형사정집부 '대방'인데 둘이 만나는 걸 들켰다간 당장 난리가 날걸요. 경찰과 염정공서가 충돌하고 있는 동안에는 아무래도 만나기가 어렵겠지요."

두 사람 모두 이런 상황에서는 관전뤄가 그레이엄과 거리를 둬야 한다는 것을 알고 있었다. 그래야 두 사람 모두 업무적으로 순조롭게 일할 수 있다. 그래서 지난 금요일 점심때 그레이엄의 전화를 받은 관전뤄는 상당히 놀랐다. 그레이엄이 아주 큰 문제가 생긴 게 아니라면 자신에게 먼저 연락할 리가 없었던 것이다. 관전뤄는 앨프레드가 납치됐다는 이야기를 듣고는 위화감을 느꼈다. 하지만 아직 아무런 단서가 없는 상태에서는 공적으로 사건을 수사하는 수밖에 없었다. 관전둬는 범인들이 형사정집부 내에 일당을 많이 심어뒀으리라고 추측했다. 만약 그레이엄이 관전둬를 거치지 않고 경찰에 바로 신고했다면 다른 사람이 수사를 맡았을 테고, 라오쉬의 역할을 할 사람이 또 있었을 것이다. 라오쉬의 부패를 밝혀냈지만 경찰 조직에는 여전히 범인의 일당이 숨어 있는 셈이다. 일망타진하려면 역시 그레이엄과 그 동료들의 손을 빌리는 수밖에 없었다.

"관, 이런 질문은 실례가 되겠지만 왜 나를 이렇게까지 도와주는 건가? 어쨌든 경찰은 경찰 편에 서야 하는 게 아닌가?"

그레이엄은 무언가 생각이 미친 듯 질문했다.

"경찰이 서로 돕고 함께 범죄에 맞서 싸워야 한다는 데는 동의합니다. 하지만 첫째 조건은 경찰이 모두 공통의 신념이 있어야 한다는 것이지요. 정의를 지키는 것 말입니다. 단순히 같은 제복을 입고 있다고 해서 우리 편이라고 생각하고 맹목적으로 돕는다? 얼마나 멍청한 일입니까. 경찰의 부패는 이미 자체적으로 해결할 수 있는 단계를 넘어섰어요. 나쁜 피를 뽑으려면 외부 힘이 필요합니다. 난 항상 '차를 따라 뛴다'는 나약한 방식을 싫어했습니다. 차 앞을 막아서면 치일 뿐이다? 그렇다면 차 옆에서 수작을 부릴 겁니다. 그 차 자체를 부숴버리는 거죠."

"우리가, 염정공서가 성공할 것 같은가?"

"모르죠. 관련된 경찰관 수가 너무 많으면 아마 홍콩총독도 현실을 인정하고 특사령을 써야 할 겁니다. 그런 상황까지 가더라도 나는 가장 악랄하고 교활한 놈들은 다 밝혀내고 법정에 보내길 바랍니다. '정의' 앞에서 죄를 밝히고 처벌을 해야만 해요. 그래야 요행히 이번에는 살아남은 부패경찰들에게 과거의 잘못을 고치지 않으면 똑같은 결말을 맞을 수 있다는 걸 알려줄 게 아닙니까."

관전둬의 눈이 푸르게 빛나는 바다를 바라봤다. 어쩌면 경찰의 미래를 보고 있는지도 모른다. 관전둬는 홍콩경찰의 미래를 걱정하는 한편, 한 줄기 희망을 느끼고 있었다. 옆에 있는 그레이엄 역시 그런 생각을 하고 있다는 것은 몰랐으리라. 서로 다른 입장의 두 사람이지만 생각만큼은 하나의 방향을 가리키고 있었다.

"리즈를 해고하든 하지 않든 그건 상관하지 않겠습니다. 당신이 알아서 할 일이니까요." 관전둬가 차 문을 열면서 말했다. "하지만 새 금고를 빨리 신청하세요. 지금 집에 있는 건 버리고요."

"시내까지 태워줄까?"

"아니에요. 누가 보면 피곤해집니다. 버스 타고 가는 게 나아요."

"관, 정말 고마워. 자네에게 큰 빚을 졌어. 무슨 일이든지 내가 도울 게 있다면 말해줘. 불속에라도 뛰어들 테니까."

"하, 생각해보니 정말 거하게 한턱내셔야겠는데요. 뭐, 2년 안에는 실현되기 어렵겠지만요." 관전둬가 차창에 대고 웃으며 말했다. "당신한테 보내줄 초등학교 모집 요강 구하러 온 홍콩을 돌아다녔다고요. 여자친구는 나한테 취학 통지서 받은 사생아라도 있는 줄 알았다나요……."

6장 빌려온 시간

1

알 수가 없다. 홍콩이 어쩌다 이렇게 변해버렸을까.

4개월 전 나는 우리의 도시가 이런 모습이 될 거라고는 상상도 못 했다. 지금 우리는 광기와 이성의 경계선에 위태롭게 서 있다.

그리고 그 경계선은 점점 모호해지고 있다. 우리는 갈수록 무엇이 이성이고 무엇이 광기인지, 무엇이 정의이고 무엇이 죄악인지, 무엇이 옳고 그른지를 분명하게 나눌 수 없어졌다.

우리는 모두 자기 자신의 안락함만을 바라고 있는지도 모른다. 생존은 삶의 유일한 이유이자 목적으로 변해버렸다.

정말로 우스운 일이다. 내가 너무 과하게 생각하는 걸까? 어쨌든 나는 스무 살도 안 된 애송이일 뿐이니까. 심오한 이치에 따른 세상의 변화는 내가 어떻게 할 수 있는 일이 아니다.

내가 사회 문제에 대해 이야기를 꺼내면 형은 늘 웃으면서 말한다.

"아직 직장도 제대로 다녀본 적 없는 주제에 그런 일에 나서서 뭘 어쩌겠다는 거야?"

형 말이 맞는다. 형은 나보다 세 살이 많다. 우리는 피는 섞이지 않았지만 알고 지낸 지는 오래됐다. 지금은 판자방*을 빌려 함께 살

* 홍콩의 옛날식 건물인 당루의 넓은 내부 공간을 나무판자로 나누어 만든 작은 방.

고 있는 난형난제다. 그래, 몇 년 전 후평과 셰센이 주연한 영화 〈난형난제〉1960년에 개봉한 홍콩의 코미디 영화의 주인공들처럼 두 명의 빈털터리가 사회에서 하루 세 끼 밥을 얻어먹기 위해 맹렬히 살아가고 있다. 영화의 두 주인공 우취차이, 저우르칭은 그 이름에서부터 찢어지게 가난하다는 걸 보여준다.* 그들은 매일 온갖 방법을 생각해내 그날의 먹을거리를 구한다. 형과 나는 그 정도 상황에 몰리지는 않았다. 하지만 잘 곳과 배를 채울 음식을 마련하는 것 외에 몇 푼이라도 저축할 형편은 못 된다.

부모님이 일찍 돌아가셔서 나는 중학교도 못 마치고 일을 해야 했다. 지난 몇 년간 시간제로 온갖 일을 해왔다. 그런데 5월에 그 폭풍이 터진 뒤로는 일을 구하기 힘들어졌다. 모든 노동조합에서 파업이니 투쟁이니 외쳐대는 통에 공장 일자리를 구하는 데 곤란한 점이 많다. 요즘은 집주인이 운영하는 스토어**를 좀 봐주거나 심부름을 해주고 용돈벌이를 한다.

이름이 허시何禧인 집주인 아저씨는 나이가 쉰 얼마 혹은 예순쯤 된 것 같고, 아주머니와 함께 완차이 스프링가든가에서 허시기何禧記라는 이름으로 작은 잡화점을 하고 있다. 아주머니 이름은 뭐였는지 잊어버렸다. 사실 스토어 간판에 커다랗게 써놓은 글자가 아니었다면 나는 아저씨 이름도 잊어버렸을 것이다. 어쨌든 나는 두 사람을 허씨 아저씨, 허씨 아주머니라고 부르거나 포조공包租公, 포조파包租婆***라고 부르지 이름으로는 부르지 않으니까. 스토어는 4층짜리 건물 중 1층에 자리했고, 2층에는 집주인 부부가 살았다. 자식들

* '우취차이(吳聚財)'는 광둥어로 '돈을 모을 수 없다'라는 말과 비슷한 발음이고, '저우르칭(周日清)'은 '오늘도 주머니가 텅텅 비었다'는 말과 비슷하다.
** 간식, 음료수, 잡화 등을 파는 작은 가게. 영어의 store를 그대로 음역해서 사용한다.
*** 광둥어에서 집주인 아저씨, 집주인 아주머니라는 뜻.

이 오래전에 분가해서 부부는 남은 공간을 판자방으로 만들어 나 같은 청년들에게 세주고 있었다.

판자방은 겨울에는 춥고 여름에는 덥고 모기가 들끓었다. 화장실과 주방은 공용이라 아침마다 전쟁을 치른다. 하지만 세가 싸서 나는 입 닥치고 얌전히 살고 있다. 심지어 다른 사람에 비하면 행운이 아니냐고 자문하기도 한다. 집주인은 사람이 좋아서 방세를 독촉하는 법이 없었다. 명절 때는 같이 밥 먹자고 부르기도 한다. 겉보기랑은 다르게 저축도 얼마간 있어서 평생 먹고사는 데는 걱정이 없는 것 같다. 스토어는 하루의 습관처럼 열 뿐 매출에 그다지 신경 쓰지도 않는다.

허씨 아저씨는 젊은 사람은 큰 뜻을 품어야 한다고 자주 말한다. 평생 공장이나 작은 가게에서 일하려고 하면 안 된다는 것이다. 물론 나도 그렇게 생각한다. 형도 나에게 신신당부를 한다. 틈틈이 공부하고 사전도 들춰보라고. 영어를 잘해야 나중에 남보다 앞서갈 수 있다고. 가끔 미국 해병이 스토어에 탄산수나 맥주를 사러 오는데 나는 그때마다 영어로 대화를 시도한다. 물론 그들이 내 영어를 정말 알아듣는지는 모르겠다.

사실 나는 매일 신문을 읽으며 구인광고를 들여다볼 때마다 한 가지 길을 떠올린다. 경찰시험을 보면 어떨까? 속담 중에 '좋은 사람은 관리 노릇 하지 않는다'*는 말도 있지만, 경찰은 억울한 사람을 도와주고 파렴치한 자들을 벌벌 떨게 만드는 데다 수입도 안정적이고 결혼하면 사택도 제공받는다. 이만하면 꽤 괜찮은 직업이 아닌가. 경찰이 되면 거들먹거리는 영국인 밑에서 일해야 한다고들 말하는데, 사실 센트럴에서 사무직으로 일해도 사장은 역시 영국인일 가능성

* '관리 노릇'이란 경찰 일을 말한다. 예전에 홍콩에서는 경찰을 좋은 직업으로 여기지 않았다.

이 높다. 민족정기가 어쩌니 하는데 이 사회에서는 다 헛소리다.

그런데 내가 경찰시험 얘기를 꺼낼 때마다 형이 줄곧 말렸다. 형은 경찰 목숨은 값이 싸다고 했다. 정부가 돈으로 산 총알받이, 방패막이라고, 영국인 고관들의 보디가드에 불과하다고 했다. 만일 홍콩 정부에 무슨 문제가 생기면 경찰은 그대로 버려지는 장기 말이 될 거라고도 했다.

형의 말이 그대로 들어맞을 줄은 몰랐다.

지금 생각하면 일의 발단은 사소했다. 4월, 카오룽 산포콩에 있는 공장에서 노동쟁의가 일어났다. 고용주가 가혹한 규정을 정한 것이 문제였다. 노동자들에게 휴가를 주지 않는다는 등등의 규정이었다. 노동자들은 반대했다. 협상이 결렬되자 고용주는 억지 핑계를 대며 노동자 측 대표로 협상에 나섰던 사람을 해고해버렸다. 결과는 파업이었다. 노동자 중 일부는 집회를 열고 고용주를 성토했다. 공장 운영에 차질이 생기자 경찰은 상부 지시에 따라 강경진압했고, 노동쟁의는 폭동으로 변했다. 노동자들은 돌과 유리조각으로 경찰 진압대를 공격했고 경찰은 목탄木彈*으로 반격했다. 정부는 동카오룽 일대에 야간통행 금지령을 내렸다. 그러자 홍콩의 여러 노동조합이 연합했고, 마침 중국 대륙에서 불어닥친 혁명문화대혁명의 광풍까지 겹쳐져 홍콩 정부에 맞섰다. 원래는 간단한 노동쟁의였던 문제가 정치투쟁으로 바뀌어버린 것이다.

그 후 상황은 걷잡을 수 없어졌다.

노사 갈등이 한 달 사이에 중국과 영국의 국가분쟁으로 번졌다.

* 시위진압대가 사용하던 무기의 일종. 1960년대에 사용하던 최루탄 발사기를 개조한 것으로, 직경 3.5센티미터, 길이 22센티미터, 중량 200그램의 목제 곤봉(목탄)을 발사할 수 있다. 목탄은 지면을 맞고 불규칙한 방향으로 튀어오르는데 그 높이는 1미터에 미치지 못한다. 주로 다리를 공격하게 되며 치명상은 입히지 못한다.

베이징의 지원을 등에 업은 홍콩 좌파 노동자들은 '투쟁위원회' 즉 '홍콩-카오룽 각계 동포에 대한 영국 정부의 박해에 반대하는 투쟁위원회'를 결성했다. 그들은 군중으로 홍콩 총독부를 에워싸고 홍콩 정부는 파시스트이고, 홍콩의 민중에게 고통을 주고 있으며, 독재적 수단으로 좌파 인사를 박해한다고 비난했다. 홍콩 정부는 한 발짝도 물러서지 않은 채 경찰을 동원해 강경하게 시위를 진압했다. 최루탄을 쏴 군중을 해산시키고 무력으로 선동자를 체포했다. 항의하는 의미에서 노동자들은 파업을 선언했고 좌파 학교들은 휴교했다. 시민들도 적잖게 호응했다. 정부는 야간통행 금지령으로 대응해 홍콩섬은 20년 전인 2차 세계대전 이후 처음으로 다시 야간 통행 금지가 실시되기에 이르렀다.

7월 초 홍콩 노동자를 지원하고 항의 집회를 열기 위해 중국 민병대가 홍콩 국경지대의 진입 금지구역인 샤타우콕 충잉가로 월경하는 사건이 벌어졌다. 주둔하고 있던 홍콩경찰은 총을 발사해 대응했고 이것이 중국측 민병의 반격을 불러왔다. 양측은 격렬한 총격전을 벌였다. 총알이 떨어질 때까지 대치하던 홍콩경찰은 궁지에 몰렸고, 영국군이 출동했을 때는 이미 경찰이 다섯 명 순직한 상황이었다.

"중국이 조금 일찍 홍콩을 회수하려는 건가?"

그날 스토어에서 라디오 뉴스를 듣는데 허씨 아저씨가 이렇게 말했던 기억이 난다.

나도 예전부터 홍콩의 '조차조약'은 30년 후인 1997년에 끝난다고 들었다. 하지만 마오쩌둥 주석이 오늘이라도 인민해방군을 보내 영국을 쫓아내 줄지는 하늘도 모르는 일이었다. 1997년과 1967년은 겨우 숫자 하나 차이가 아닌가.

총격전이 있고 며칠 뒤 많은 영국인이 떠날 준비를 했다. 홍콩을 포기하고 떠난다는 것이다. 홍콩에는 영국인이 많이 살고 있었다.

정말로 중국과 영국 간에 전쟁이 일어나면 영국인들은 도망칠 테고 경찰은 그들이 순조롭게 떠날 수 있도록 길을 확보하기 위한 장기말로 쓰일 것이다. 그때 형은 내가 경찰시험을 볼까 생각했던 것을 언급하지는 않았다. 하지만 나는 형이 속으로 계속 '거봐, 내가 얘기했었지' 하고 말한 것을 알고 있다.

그 사건으로부터도 거의 두 달이 흘렀다. 중국과 영국의 군대는 더 이상 충돌하지 않았다. 그러나 '공산당이 홍콩을 해방시키려고 한다'는 생각은 여전히 시시때때로 우리 마음속에서 튀어나왔다. 홍콩 정부는 7월 22일부로 긴급법령을 발표했다. 불법무기와 화약을 소지하는 것은 위법일 뿐 아니라, 금지품목을 숨긴 장소에 있거나 무기를 소지한 사람과 동행한 사람 역시 같은 죄로 기소당한다는 것이다. 선동적 문장이 적힌 전단지, 반정부 선전물 등을 소지하는 것도 모두 위법이다. 또한 세 명 이상이 함께 모이면 불법집회로 간주한다. 베이징의 직접적인 지원을 받거나 영국인이 염려하지 않을 수 없는 큰 신문 외에 규모가 작은 좌파 언론매체가 정간되거나 회사가 폐쇄됐다. '법치 정신' '언론 자유'는 이 시기에는 하나같이 헛소리였다.

다만 '한 손으로는 손뼉을 치지 못한다'는 말처럼 좌파 노동자들도 극단적인 수단으로 '반영 폭동'을 전개했다.

좌파 인사들은 먼저 수중포와 부식액을 무기 삼아 경찰을 공격했다. 홍콩경찰이 영국군과 함께 출동해 헬리콥터로 좌파 노동자와 투쟁위원회의 거점을 공격하고 노동운동 지도자를 체포하자 좌파 노동자들은 폭탄 공격을 시작했다. 지난 한 달여 거리에는 진짜 폭탄과 가짜 폭탄이 널려 있었다. 그들은 경찰을 지치게 하기 위해서 진짜 혹은 가짜 파인애플*을 설치한 것이다. 폭탄은 겉보기로는 다

* 홍콩 사람들은 폭탄을 파인애플이라는 은어로 부른다.

비슷해 보였고, 철제 상자나 종이 상자에 담겨 있곤 한다. 그러나 어떤 것은 금속 파편과 찰흙으로 만든 가짜 폭탄이었고, 어떤 것은 살상력이 있는 진짜 폭탄이었다. 이런 폭탄은 정부기구의 문 밖 외에도 전차 정류장, 버스, 비좌파 학교 등에도 설치되었다.*

거리에 나서기만 하면 언제나 폭발에 휘말릴 위험이 있었다. 나는 노동자들을 꽤 동정하는 편이었는데 지금은 그들의 행동에 동의할 수가 없다. 좌파는 폭력에는 폭력으로 맞선다고 한다. 폭력은 필요악이라고도 한다. 영국인을 몰아내기 위해서는 작은 희생을 감수해야 한다고 한다.

나는 아무리 해도 이해할 수가 없다. 자신들이 마땅히 보호해야 할 사람들을 다치게 하면서 뭐를 감수해야 한다는 것인가.

우리는 사람이지 개미가 아니다.

이런 흉흉한 분위기에서 우리는 소극적으로 자신의 안전만을 도모하는 수밖에 없다.

형이 하는 일 때문에 나는 특히 걱정이었다. 형은 회사들 사이를 서로 연결해주고 중개수수료를 받는 '매니저'였다. 고정수입은 없고, 운이 나쁘면 내가 집주인 스토어에서 받는 쥐꼬리만 한 수입에 기대 둘이 살아야 한다. 하지만 일이 잘 풀리면 나를 데리고 다루茶樓에 가기도 했다. 그것도 3층에 올라가는 사치를 부렸다.** 고객을 잡기 위해 형은 매일 홍콩과 카오룽을 돌아다녔다. 그러다 보니 시위대를 만나거나 폭탄테러에 노출될 위험이 나보다 높았다. 나는 형에게 조심하라고 얘기하지만 형은 늘 이렇게 말한다.

"염라대왕이 삼경에 죽는 걸로 정했으면 아무도 오경까지 못 남

* 1967년 홍콩의 폭동기간 중 경찰은 8352개의 폭발물로 의심되는 물체를 발견했고 그중 1420개가 진짜 폭탄이었다.

** 다루는 차, 딤섬 등을 파는 곳으로 1960년대에는 층이 높은 식당일수록 음식 값이 비쌌다.

아 있다잖냐. 죽는 게 무서우면 돈을 못 벌어. 돈을 못 벌면 굶어 죽겠지. 이러나저러나 죽는데 뭐가 무서워? 모험을 해야 세상의 돈을 긁어모을 거 아냐!"

나는 형만큼 온 홍콩을 휘젓고 다니지는 않지만, 가끔은 허씨 아저씨를 대신해서 상품을 받으러 스토어를 나서곤 했다. 외출할 때마다 습관적으로 주변을 살피며 정신을 바짝 차리자고 나를 일깨웠다. 거리를 걸으며 주변에 의심스러운 사람이나 물건이 없는지 주의를 기울였다. 좌파들은 폭탄을 놔두는 위치에 반정부 표어나 구호를 써서 붙여둔다. 마치 봄이 오면 '입춘대길'이라고 써 붙이는 것처럼 말이다. 왼쪽에는 홍소백피저紅燒白皮豬, 흰 피부의 돼지를 구워 먹자, 오른쪽에는 생초황피구生炒黃皮狗, 노란 피부의 개를 볶아버리자라고 써둔다. 그 위로는 가로로 '동포들은 가까이 오지 말 것'이라고 써놓는다. 하지만 흰 종이에 써놔서 그런지 '입춘대길'보다는 빈소에 붙인 추모글귀 같다. 흰 돼지 '백피저'란 영국인이고, 누런 개 '황피구'란 영국인 앞에서 호가호위하는 홍콩인 경찰이다. 좌파 인사들 눈에 영국인을 위해 목숨도 거는 홍콩 현지인은 일본 침략시기의 친일파들과 다를 게 없나 보다. 모두 민족의 대의를 저버린 매국노라는 것이겠지.

마찬가지로 홍콩인 경찰들은 영국인 경찰보다 좌파를 더욱 증오한다. 경찰이 범죄가 아니라 시민에 맞서 싸우는 모습을 나도 한두 번 본 게 아니었다.

이런 비상시국일수록 모든 일에 조심하고 쓸데없는 문제를 일으켜선 안 된다. 경찰이 검문할 때 절대 대거리를 해선 안 된다. 잠깐 부주의하게 굴었다가 경찰에게 찍히면 곧바로 감옥 신세를 진다. '5월 폭풍'이 일어나기 전에도 경찰은 여러 가지 특권을 누렸다. 허씨 아저씨 스토어는 도로까지 물건을 내놓고 있는데, 그게 신고되면 경찰이 딱지를 뗀다. 하지만 순경에게 미리 '찻값'이라도 쥐여주면 이런 작은 문제는 곧바로 해결이다.

5월의 폭풍 이후 경찰은 '경찰의 공무집행을 방해하고, 체포에 불응하며, 소란에 참여하고, 불법집회를 하는 의심스러운 인물'을 체포할 권한이 생겼다. 경찰관의 독단으로 죄를 확정할 수 있게 된 것이다. 오늘의 홍콩에서 이렇게 죄를 날조할 수 있게 되리라고는 생각도 못 했다.

완차이의 스프링가든가에서 내가 늘 마주치던 순경이 둘 있었다. 한 명은 6663번, 또 한 명은 4447번인데, 번호가 재미있어서 나는 속으로 그들을 각각 '아삼阿三'과 '아칠阿七'이라고 불렀다. 아삼이 아칠보다 나이도 많고 선임으로 보였다. 지난달에 누군가 반정부 전단지를 뿌리다 아삼과 아칠에게 붙잡혔다. 아삼은 그에게 변명할 여지도 주지 않고 왼손으로 그의 팔을 붙든 채 오른손에 든 경찰봉을 두세 번 내리쳤다. 어찌나 세게 쳤는지 머리가 터져 피범벅이 됐다. 분명 '범인'은 반항을 하지 않았는데도 아삼은 무작정 과하게 손을 쓴 것이다. 그때 나서서 그를 위해 증언해준 사람은 아무도 없었다. 괜히 입을 열었다간 일당으로 몰려서 같은 신세가 될 테니까.

아칠은 선임을 말리지 않았다. 하지만 나는 아칠이 아삼보다 정직하다는 걸 알았다. 두 사람은 순찰을 돌다가 종종 허씨 아저씨 스토어에 들러 음료를 마셨다. 아삼은 돈을 내는 법이 없었다. 허씨 아저씨도 그런 작은 돈은 따지지 말라고 했다. 하지만 아칠은 매번 정확히 계산을 치렀다. 한번은 내가 "사장님이 그냥 드시래요" 하고 말해줬더니 아칠이 이렇게 대답했다.

"내가 돈을 안 내면 당신 사장님 수입이 줄어들고, 그 때문에 당신이 일자리 잃고 범죄자라도 되면 내 일만 늘어나는 거요."

그의 말투는 어쩐지 형과 비슷했다.

거리 사람들은 다들 아칠이 좋은 경찰이라고 생각했다. 단지 일처리가 심하게 융통성이 없고, 선임의 명령에 무조건 따르는 면이 있었다. 아칠을 보고 나서 경찰이 꽤 괜찮은 직업이라는 생각이 들었다. 물론 그건 폭동 이전의 일이다. 지금 이런 상황에서 경찰이 되는 건 정말 어리석은 짓이다. 영국인들이 물러가면 '누런 개'는 척결의 대상이 된다. 아삼과 아칠도 죄목을 쓴 나무패를 목에 걸고 거리에서 사람들의 구경거리가 되어 죄를 씻어야 할 것이다.

폭동 때문에 경찰 모집의 문턱이 많이 낮아졌다고 했다. 홍콩인 경찰들 중에는 좌파의 주장에 공감하고 '파시스트'인 영국인을 돕지 않겠다며 그만둔 사람도 있고, 샤타우콕의 총격전 같은 일이 또 벌어질까 두려워 사직한 사람도 있었다. 허씨 아저씨는 완차이에 오래 살아서 경찰들과도 안면이 꽤 있었다. 그 경찰들 말에 따르면 요 몇 달 사이에 경찰들의 휴가가 전면 취소됐고 24시간 대기 중이라고 한다. 집에 있다가도 전화가 울리면 출근해야 하고, 기존 업무 외에 시위진압대 쪽으로도 차출되어 나간다. 정부는 경찰 조직의 사기 진작을 위해 급여를 3퍼센트 인상하고 추가근무 수당을 높였다. 식사도 무료 제공이라고 한다. 허씨 아저씨에게 들은 말로는 급여 지급 업무를 담당하는 경장의 서류가방 속에는 가끔 두툼한 지폐 다발이 잔뜩 들어 있다고 한다.

정부가 돈으로 경찰의 마음을 붙잡아두려 하는 것처럼 좌파도 실정이 비슷했다.

노동자가 파업을 하면 수입이 없고, 밥을 못 먹으면 투쟁할 힘도 없다. 노동조합의 지도자는 파업 노동자들에게 매달 보조금으로 100에서 200홍콩달러를 지급한다고 했다.* 그렇게 해서 노동자들을 시위 집회에 참여하도록 하는 것이다. 노동조합에 그렇게 많은

* 1960년대에 일반 노동자의 월 급여는 약 200홍콩달러였다.

돈이 있는 이유는 알 수 없지만, 중국 정부가 몰래 혁명자금을 댄다는 소문도 있었다. 어쨌든 확실한 것 하나는 지금 이 대치 상태는 단순한 이념 싸움이 아니라 금전적 이익이 걸린 문제라는 것이었다. 금전 문제, 어쩌면 이것이 바로 현실이 아닐까.

파업 노동자에게 금전 지원을 해준다는 정보는 내가 노동자 본인에게 직접 들었다. 나와 형의 옆방에는 마침 좌파 노동자 두 명이 살고 있었다. 허씨 아저씨는 판자방 세 칸을 세주고 있는데, 한 칸은 나와 형, 옆 칸은 두즈창杜自強이라는 기자, 다른 한 칸은 쑤쑹蘇松이라는 방직업 노동자가 세들어 있었다.

쑤쑹은 5월 말에 노동조합에 가입해 파업에 참가했고 바로 해고됐다. 직업을 잃었지만 방세를 밀리지 않는 게 신기해서 물어봤더니 조합에서 월급을 준다고 했다. 특별임무에 성공하면 추가수당도 나온다고 했다. 그는 나에게도 노동조합에 가입하라고 권했다. 영국인의 통치를 전복시키는 데 협력하라며 지금이 흔치 않은 기회라고 했다. 혁명이 성공하면 우리처럼 '사상이 올바르고 적과 친구를 제대로 구분할 줄 아는' 동지들은 이후로 다른 이들을 이끄는 역할을 담당하게 될 거라고 했다. 나는 딱 잘라 거절하지 않고 형과 의논해보겠다고 했다. 단번에 거절했다면 나를 '반동분자'로 여겼을 것이다. 그러면 이후에 어떤 결과가 생길지는 아무도 알 수 없다.

완강하고 피가 끓는 쑤쑹에 비해 두즈창은 약간 등 떠밀려 좌파가 된 인상이었다. 그는 원래 신문사에서 경제면을 담당했다. 그런데 신문사가 좌파 언론 명단에 올라 폐쇄되는 바람에 두즈창은 하루아침에 직장을 잃고 말았다. 그래서 어쩔 수 없이 투쟁에 참가하게 됐다. 노동조합에서 보조하는 생활비로 급한 불을 끌 수 있었고, 투쟁이 성공하면 신문사도 다시 문을 열 테니 고용 문제도 해되는 것이었다. 하지만 두즈창은 자신조차 정부가 양보하고 신문사가 다시 문을 열 거라는 생각은 들지 않는다고 근심 어린 얼굴로 말했다.

이 시대는 이렇게나 괴상했다. 나는 날마다 형과 내가 어디선가 폭탄이 터져 죽을까 걱정한다. 치안은 나날이 나빠지고 있고, 정부는 전복될 위기에 처했고, 사회는 마비되었고, 도시는 전쟁 속으로 빠져들고 있다. 그러나 나는 그런 일이 없다는 듯 집주인 아저씨를 대신해 날마다 가게를 보고, '좌파 폭도' 이웃과 아침인사를 나누고, '파시스트' 경찰에게 음료를 판다. 라디오에서는 좌파가 사회 안녕을 해친다고 침 튀기며 욕을 해댄다. 친중국 신문사는 영국과 홍콩의 군대, 경찰들이 애국 조직을 박해한다고 통절하게 비판한다. 양측은 모두 자신들이 정의라고 주장하는데 민중은 속수무책으로 강권과 폭력에 유린당하고 있을 뿐이다.

8월 17일이 되기 전까지 나는 내가 이런 무력한 생활을 계속할 거라고 생각했다. 폭동이 가라앉거나 영국인이 철수할 때까지 계속.

우연히 듣게 된 말 한마디 때문에 내가 광기의 소용돌이에 휘말려 위험한 지경에 놓일 줄은 단 한 번도 생각해보지 못했다.

2

"파인애플이 운송 중에 터지진 않겠지?"

나는 비몽사몽 중에 이 말을 들었다. 처음에는 꿈을 꿨다고 생각했다. 하지만 정신을 차리고 보니 꿈이 아니라 현실이었다.

목소리는 벽 너머에서 들려왔다.

허씨 아저씨가 새로 구입한 냉장고가 오늘 아침 도착했다. 우리는 이전 냉장고에서 새 냉장고로 음료수를 옮겼다. 그런 다음 내가 손수레에 이전 냉장고를 싣고 다섯 골목 더 가서 있는 야랭夜冷* 가게에 가서 팔았다. 나에게 냉장고 값을 건네받은 허씨 아저씨는 오전 내내 뙤약볕 아래서 뛰어다녔으니 힘들 거라며 오후엔 들어가서 쉬라고 했다. 허씨 아저씨가 이렇게 배려해주는 경우는 매우 드문 일이었다. 나는 시키는 대로 얼른 점심을 먹은 후 판자방에 돌아와 낮잠을 잤다. 그러다가 그 말소리에 깬 것이다.

시계를 보니 오후 2시 10분이었다. 한 시간쯤 잤다. 아까 들린 말은 분명 쑤쑹의 목소리였다. 나에게 좌파 노동조합 가입을 권유한 사람이다. 그의 목소리는 날카로워서 구분하기가 쉬웠다. 그러나 벽 저쪽 방은 분명 실직 기자인 두즈창의 방인데 왜 쑤쑹이 있는 걸까?

"쑤쑹, 목소리 좀 낮춰. 누가 듣기라도 하면……."

이번에는 두즈창인 것 같다.

"허씨 마누라도 집에 없고, 허씨와 옆방 두 청년도 일하러 갔을 텐데 누가 듣는다고."

쑤쑹이 말했다. 평소 이 시간은 내가 스토어에서 일할 시간이다. 오늘은 우연히 일찍 들어온 것이었다.

"좀 들으면 어떻단 말입니까? 우리는 당당한 중화민족의 후손이고 숭고한 혁명정신을 받들고 일을 하는데 목이 잘리고 피가 흘러도 두려울 게 없습니다. 일이 실패해도 영국 제국주의는 언젠가 위대한 조국의 사회주의 발밑에 무릎을 꿇을 날이……."

이렇게 말하는 남자의 목소리는 무척 컸다. 보이지는 않지만 의분에 가득한 모습을 상상할 수 있었다. 내가 잘못 기억한 게 아니라면 이 사람은 쑤쑹의 동지라던 정톈성鄭天生이라는 젊은 남자일 것이

* 중고품 가게를 말한다. 포르투갈어인 Leilao에서 유래했는데, 마카오를 거쳐 홍콩에서는 '야랭'이라는 한자로 음역돼 쓰인다.

다. 쑤쑹이 우리 형제에게 소개해준 적이 있는데 그도 방직공장에서 해고당한 노동자라고 했다.

"톈성, 그렇게 말할 게 아니야. 영국 제국주의 놈들은 간교해서 우리도 조심히 움직여야 해. 적에게 기회를 주면 안 된다."

이 목소리는 처음 듣는 것이었다.

"쩌우鄒 동지 말씀이 맞습니다. 우리가 이번에 하는 일은 반드시 성공해야 합니다. 실패는 용납할 수 없어요."

쑤쑹이 말했다. 쩌우 동지라는 사람이 누군지 전혀 짐작되지 않았다. 하지만 말투로 봐서는 나머지 셋보다 높은 사람인 게 분명하다.

"어쨌거나 두즈창과 쑤쑹은 노스포인트에서 출발하면 되네. 난 여기 거점에서 기다리겠네. 접선한 다음에는 계획대로 움직이면 돼. 일이 끝나면 조던 부두에서 헤어지기로 하지."

"일의 세부사항은 어떻습니까?"

쑤쑹의 목소리였다.

"자네와 두즈창이 미끼가 되면 내가 직접 할 걸세."

"쩌우 동지, 미끼라고 쉽게 말씀하시지만 저흰 뭘 해야 할지 감이 안 잡힙니다."

"그때 상황을 봐가며 해야지. 실제로 상황이 어떨지는 나도 말하기 어렵네. 내 일은 30초면 끝날 걸세. 그 정도는 어렵지 않겠지."

"하지만 그렇게 쉽게 성공하겠습니까? 1호는 쉽게 상대할 수 없을 겁니다."

"두즈창, 걱정 말게. 내가 여러 차례 확인했어. 목표는 생각보다 약해. 그게 맹점이지. 흰 돼지 놈들은 우리가 이런 수를 쓸 거라고 생각도 못하고 있을 걸세. 폭탄이 폭발하면 우리 중화민족의 지혜에 깜짝 놀라 영국 전체가 발칵 뒤집힐 거야."

이 순간 나는 정말 큰일을 들어버렸다는 것을 알고 경악했다. 옆방의 네 사람은 폭탄 공격을 계획하고 있는 것 같았다. 날씨가 무척 더운데도 등골이 서늘했다. 오래된 침대가 삐걱거리는 소리를 낼까 봐 몸을 틀지도 못하고, 숨도 조용히 쉬려고 애썼다. 만일 저 사람들이 내가 계획을 다 들은 것을 알면 민족대의라는 명분으로 나를 죽여 입을 막으려 들지도 모른다.

"다른 부분은 톈성에게 달렸어."

쑤쑹이 말했다. 그의 목소리가 전보다 좀 작게 들렸다. 아까는 벽 가까이에 있었다가 지금은 멀어진 듯했다.

"마오 주석께서 말씀하시길 '마음을 정했으면 희생을 겁내지 마라, 온갖 어려움을 이겨내고 승리를 쟁취하라'고 하셨습니다. 저는 이 말씀을 늘 마음에 새기고 있습니다. 전 반드시 임무를 완성할 겁니다. 적의 머리통에 일격을 날려줄 겁니다. 마오쩌둥 사상을 보위하고 끝까지 투쟁할 겁니다."

"톈성, 마음 푹 놓게. 일이 성공하면 지도자 동지가 섭섭지 않게 해주실 거야."

"상 같은 건 바라지 않습니다. 저 파시스트 놈들에게 죽는 한이 있어도 싸울 겁니다."

"말 잘했네. 톈성, 자넨 정말 우리 애국동포들의 모범이야."

"하지만……." 두즈창의 목소리였다. "제가 말하고 싶은 건 정말로 폭탄을 설치해도 괜찮은 겁니까? 만약 평범한 시민들이 다치기라도 하면……."

"두즈창, 그 말은 틀렸어." 쑤쑹이 말했다. "제국주의가 이렇게 우리를 핍박하는데 우리가 폭탄으로 반격하는 건 다른 방법이 없기 때문에 쓰는 방법이라고."

"맞네. 방문을 받은 뒤 답방을 안 하면 예의가 아니라고 하지 않나. 흰 돼지 놈들은 총알로 우리 동포를 죽이고 무고한 사람들을 폭도로 몰아서 다치게 했어. 우리를 수단 방법 가리지 않고 괴롭혔는데 우리가 파인애플로 대항하는 건 그 파시스트의 횡포에는 10분의 1도 못 미칠 거야. 우리가 폭탄을 설치하는 것은 사람을 다치게 하자는 게 아니라 영국과 홍콩의 군경을 마비시키려는 거야. 아주 훌륭한 게릴라 전술이지. 만약 우리가 정말로 평범한 시민을 다치게 하려는 거라면 왜 폭탄 위에 '동포들은 접근하지 말 것'이라고 써 붙이겠나?"

쩌우 동지라는 사람이 말했다.

"혁명은 식사에 초대하는 것이 아니다, 죽는 사람은 언제나 생긴다, 이런 말도 있습니다. 즈창, 지도자분들의 지시를 잊은 겁니까? 시민 몇 명이 희생된다고 해도 영국 제국주의 놈들의 항복과 맞바꾼다면 그들의 죽음은 가치 있다고 할 수 있습니다. 그들은 억울하게 개죽음 당한 게 아니라 피와 땀으로 조국에 승리를 안겨주는 거지요. 동포를 위해, 국가를 위해 죽는 순국인 겁니다!"

이번에는 목소리가 큰 정톈성이었다.

"맞아. 그놈들이 쏴 죽인 차이난蔡南과 경찰서에서 맞아 죽은 쉬톈보徐田波를 생각해봐. 우리가 대항하지 않으면 다음에 죽는 건 자네나 나일지도 몰라."

쑤쑹이 이어서 말했다.

"하지만……."

"하지만은 무슨 하지만이야. 두즈창, 신문사가 폐쇄되는 일을 몸소 겪었잖아. 무작정 신문사에 쳐들어가서 기자를 두들겨 패고 마음대로 죄목을 갖다 붙였는데 화도 안 나? 복수하고 싶지 않아?"

"그래, 자네 말이 맞아……."

그들은 나 한마디 너 한마디 해가며 두즈창의 의견을 억누르고 있었다.

"어쨌든 모레가 첫 번째 행동개시일세." 쩌우 동지가 말했다. "첫 번째 폭발음이 들리면 영국 놈들 살이 떨리게 될 걸세. 글피, 그글피에 있을 두 번째, 세 번째 행동으로 영국 여왕의 굴복을 받아내는 거야. 마카오의 포르투갈이 이미 패배를 인정했네. 홍콩의 영국도 마지막이 멀지 않을 걸세."

마카오는 작년 12월에 일어난 경찰과 시민의 충돌로 마카오의 포르투갈 정부가 계엄령을 내렸다. 경찰이 여러 중국계 시민을 사살했다. 중국 광둥성에서 이에 항의해 여러 차례의 담판 끝에 포르투갈이 중국을 포함한 중국권 각계에 '사죄하고 배상하겠다'고 밝히는 것으로 일단락됐다. 이것이 홍콩의 좌파에게도 강심제로 작용한 듯했다. 마카오의 중국인 반포르투갈 폭동이 성공했다면 영국인의 패배도 머지않은 미래에 실현될 거라고 믿는 것이다.

"쑤쑹, 두즈창, 우리는 오늘 이만 해산하기로 하세. 더 연락할 거 없고, 모레 바로 임무를 시작하기로 하지." 쩌우 동지가 계속해서 말했다. "필요하면 두즈창의 방을 기지로 삼지. 내 방은 경찰들이 감시하고 있어서 안전하지 못해."

"어쨌든 쩌우 동지가 가까이 사니 서로 협조하기 쉽네요." 쑤쑹이 웃으며 말했다. "경찰을 달고 여기로 오지만 않으면 됩니다."

"하, 내가 그렇게 멍청할 것 같나!" 벽 저편에서 쩌우 동지의 웃음소리가 들렸다. "자네나 임무 수행하기 전에 경찰들을 건드리지 않도록 조심하게!"

"흥, 언젠가 꼭 그놈들 꼬리를 말고 도망가게 해줄 겁니다! 그런 다음 개고기탕을 해버릴 거라구요!"

정텐성이 욕을 해댔다.

"그럼 다들 각자 임무에 대해 이해했겠지. 오늘은 여기서 헤어지도록 하지. 특별임무수당이네. 이틀간 좋은 거 먹고 술도 좀 마시게. 텐성, 수고해."

"쩌우 동지, 같이 드시고 가시죠?"

"나랑 같이 있다가는 자네들도 연루되네. 내가 먼저 간 다음 자네들은 한참 있다가 나오는 게 좋을 거야. 만일 누가 보면 나를 모른다고 잡아떼게."

"예, 예. 쩌우 동지, 모레 봅시다."

그건 쑤쑹의 목소리였다. 벽 저편에서 문 열리는 소리가 났다. 나는 살금살금 침대에서 벗어나 문에 귀를 대고 두즈창 등 세 사람이 쩌우 동지와 작별인사하는 것을 들었다. 판자방과 거실 사이에 있는 나무판자의 윗부분에는 통풍창이 있고, 문짝 위에도 불투명한 유리가 있어서 그들이 유리를 통해 내가 방 안에 있다는 것을 보지 못하도록 나는 방문 옆에 웅크렸다. 세 사람은 방으로 돌아가지 않고 거실에서 잡담을 했다. 어느 찻집이 맛있고 값도 싼지 30분간 의논을 하다가 세 사람도 외출을 했다.

그들이 다 나간 다음에야 나는 한숨을 돌렸다.

아마 나를 발견하지 못했을 것이다. 나는 신중하게 문을 열고 고개를 내밀어 주변을 살폈다. 집에 나 혼자인 것을 확인하고 나서야 급히 화장실에 가서 소변을 봤다. 소변을 어찌나 참았던지 조금만 더 늦었으면 병이라도 찾아서 해결해야 할 판이었다.

방에 돌아와서 방금 들은 대화를 자세히 생각해봤다. 만약 지금 두즈창이나 쑤쑹이 돌아온다면 나도 지금 막 집에 왔다고 거짓말하면 된다. 그러나 이런 '기밀정보'를 어떻게 처리해야 좋을지 모르겠다.

쩌우 동지라는 사람은 목소리로 봐서는 사오십 대는 된 것 같다. 아마 어느 노동조합 간부쯤 될 것이다. 두즈창, 쑤쑹, 정톈성은 겨우 스물 몇 살이라 피가 뜨겁고 현 상황에 대한 분노를 어디다 풀어야 할지 모른다. 딱 좌파가 원하는 사람들이다. 그들의 이념이 올바르고 순수하게 사회의 불공정함에 저항하기 위해 시작했을 수도 있다. 그러나 폭탄을 사용하는 것은 어리석은 짓이다. 쩌우 동지의 말은 듣기엔 좋지만, 내가 보기엔 쑤쑹 같은 사람은 그들이 말하는 '누런 개'와 다르지 않다. 둘 다 소모품인 것이다.

권력이란 원래 이런 것이다. 높은 사람은 이상과 신념, 재물로 유혹해 아랫사람이 목숨도 바치게 만든다. 인간은 위대한 목표를 위해서 사는 것보다 평온한 생활을 추구한다. 충분한 이유만 주어지면 기꺼이 노예나 종이 된다. 만약 내가 쑤쑹에게 이런 말을 한다면, 그는 나에게 파시스트의 독에 물들었다고 열변을 토할 것이다. 위대한 당과 조국은 절대 그들과 같은 애국동포를 버리지 않는다고 할 것이다. 하지만 나는 내기를 해도 좋다. 그들과 같은 보잘것없는 역할의 사람들은 그저 잊힐 뿐이다. 토사구팽, 토끼사냥이 끝나면 개를 삶아먹는 것은 천고불변의 이치다. 만약 영국인들이 끝까지 철수하지 않는다고 가정해보자. 홍콩의 영국 정부에 의해 감옥에 갇힌 사람들이 출소한 뒤에는 어떻게 될까? 처음 한동안은 불굴의 전사라고 떠받들여지겠지만 길게 볼 때 그들을 돌보고 안락한 생활을 보장해줄 수 있을까? 나는 회의적이다. 이런 작은 역할의 사람들은 많을수록 더욱더 소홀히 다뤄진다. 폭탄 하나 설치했다고 위대한 임무를 완성한 것처럼 생각하기 쉽지만, 그렇게 생각하는 '열사'들이 수백 수천 명인 것도 모르고 있다. 현실에서 권력과 재물은 영원히 한 움큼의 적은 사람들 손에 있다.

그날 저녁 나는 두즈창과 쑤쑹을 마주쳤다. 쑤쑹의 태도는 평소와 별다르지 않았다. 마주치자마자 내게 노동조합에 가입하라고 권했다. 그러나 두즈창은 평소보다 훨씬 어색해 보였다. 집주인 부부는 이상한 점을 전혀 느끼지 못한 것 같았다. 나는 형에게 이 일을 언급하지 않았다. 형에게 말하면 내 걱정을 분담해줄 것이다. 하지만 비밀이란 한번 입밖에 내고 나면 비밀이 아니다. 그날 밤 나는 잠을 설쳤다. 쑤쑹 등의 '임무'에 생각이 미치면 온갖 상념이 꼬리를 물고 떠올랐고, 불안해서 몸이 덜덜 떨렸다.

다음 날 나는 아무 일 없는 듯 허씨 아저씨 스토어에서 일했다. 새 냉장고로 바꿨지만 거리는 여전히 조용하고 손님도 많지 않았다. 허씨 아저씨는 계산대에서 신문을 읽고, 나는 문 옆에 앉아서 부채를 부치며 라디오를 들었다. 라디오에서 아나운서가 '좌파 분자'가 사회 질서를 혼란시킨다며 비판에 열을 올렸다. 좌파는 후안무치하고 저질적이고 천박하다는 둥 떠드는 아나운서의 멘트는 신랄하고 해학적이고 매우 풍자적이었다. 나는 웃고 말았지만 좌파에게는 상당히 거슬릴 내용이었다.

11시쯤 한 남자가 들어왔다. 어쩐지 익숙하다 했더니 바로 어제 판자방 너머로 들렸던 목소리 중 하나인 쑤쑹의 동료 정텐성이었다.

"콜라 한 병."

그가 4홍콩센트*를 계산대에 내려놓으며 말했다.

나는 냉장고에서 콜라 한 병을 꺼내주고 돈을 받았다. 그런 다음 의자에 다시 앉아서 신문을 보는 척했다. 허씨 아저씨는 10분 전에 볼일이 있다며 외출했고 지금은 나 혼자 가게를 보는 중이었다. 나는 허씨 아저씨가 보던 신문을 들고 보는 척하면서 정텐성을 훔쳐봤다. 혹시 그가 쑤쑹을 만나러 온 게 아닐까 생각했다. 그는 스토어 앞에서 왼손을 주머니에 넣고 냉장고에 기대선 채 콜라를 마셨다. 눈으로 거리를 죽 훑는 모습이 꽤 한가로워 보였다. 제발 얼른 마시고 가라. 나는 속으로 생각했다. 곧 아삼과 아칠이 순찰을 돌 시간인데 정텐성과 마주치면 무슨 문제가 생길지 모른다.

바로 그때 경찰 둘이 나타났다. 그들은 평소처럼 나란히 걸으며

* 홍콩 화폐 단위는 홍콩달러와 홍콩센트가 있다.

국수 가게, 약국, 재봉점을 지나 우리 스토어 앞에 왔다.

"코카콜라 한 병하고 왓슨스 콜라 한 병."*

아칠이 말했다. 그는 늘 그랬듯이 3홍콩센트를 내려놨다. 자기 몫의 음료 값을 계산한 것이다.

나는 냉장고에서 음료수 두 개를 꺼내 건넸다. 두 경찰은 음료수를 마시면서 이야기를 나눴다. 내가 조마조마해하고 있다는 건 까맣게 모른 채. 바로 옆에 '폭탄 테러범'이 똑같이 음료수를 마시고 있단 말이다!

"11시 뉴스를 알려드립니다."

라디오에서 여성 아나운서의 부드러운 목소리가 흘러나왔다.

"코즈웨이베이의 치안판사국에서 폭탄이 발견됐습니다. 경찰은 현재 주변 도로를 봉쇄하고 차량 및 행인의 통행을 금지하고 있습니다. 오늘 아침 10시 15분, 판사국 직원이 정문에 놓여 있는 폭탄을 발견, 경찰에 신고했습니다. 경찰이 수사 중이지만 폭탄이 진짜인지 여부는 아직 밝혀지지 않았습니다."

나는 정텐성의 한쪽 입꼬리가 올라가는 것을 봤다. 설마 저 사람이 갖다 놓은 것일까?

"다음 소식입니다. 영국 왕립공군 부참모총장 플레처 장군이 오늘 아침 홍콩에 도착했습니다. 5일간의 방문이 될 예정입니다. 플레처 장군은 오후 홍콩총독과 회동하고 내일은 왕립공군기지에 가서 홍콩에 주둔 중인 영국군을 위로한다고 합니다. 또한 홍콩의 영국군과 경찰이 함께 주최하는 파티에 참석합니다. 플레처 장군은 홍콩의 치안을 지키는 가장 든든한 방어선은 홍콩 시민이고 그다음이 홍콩경찰, 세 번째가 영국군이라는 홍콩 주둔 영국군 사령관 카버

* 코카콜라보다 왓슨스 콜라가 조금 싸다.

장군의 견해에 공감을 표시하며 영국군은 필요 시 홍콩 정부를 지원할 거라고 밝혔습니다…….”

“흰 돼지 같은 놈이 웃기고 있군!”

그 말이 내 귀에 들리자 나는 잠시 소름이 돋았다. 나는 깜짝 놀라 고개를 들고 정톈성을 쳐다봤다. 그는 아무렇지도 않은 표정으로 콜라만 마셨다.

“이봐, 지금 뭐라고 했어?”

아삼이 정톈성을 향해 소리쳤다.

“내가 뭐 잘못 말했나?”

정톈성은 고개도 돌리지 않고 계속 콜라만 마셨다.

“지금 흰 돼지라고 욕하는 거 똑똑히 들었어.”

아삼이 다시 말했다.

“어라, 네 피부는 색이 진한 거 같은데. 너도 흰 돼지였나 보지?”

정톈성은 전혀 위축되지 않고 아삼을 향해 입을 놀렸다.

이젠 틀렸군. 나는 생각했다.

“병 내려놓고 벽에 붙어 서!”

“내가 무슨 법률을 어겼는데? 넌 뭔데 나한테 명령이냐?”

“대낮부터 빈둥거리는 걸 보니 의심스럽다. 무기나 선동 물품을 갖고 있는지 몸수색을 하겠다!”

“허, 흰 돼지라고 욕 좀 한 걸로 일을 키우는 걸 보니 딱 누런 개로군!”

정톈성은 꼼짝도 않고 서서 다시 욕을 했다.

“이 좌파 분자가! 다시 한 번 말해봐!”

“누, 런, 개!”

아삼은 순식간에 경찰봉을 꺼내 정톈성의 얼굴을 후려쳤다. 정톈성의 손에 쥐어 있던 콜라병이 바닥에 떨어져 산산조각 났다. 정톈성의 몸이 오른쪽으로 기울었고 아삼은 두 번째로 경찰봉을 휘둘러 상대의 가슴을 쳤다.

"우욱!"

정텐성은 균형을 잃고 바지 주머니에 꽂았던 왼손을 빼내 아삼의 멱살을 잡으려 했다. 그 순간 내 눈을 끄는 뭔가가 있었다. 손바닥만 한 종이쪽지가 정텐성의 주머니에서 빠져나와 내 발 앞에 떨어졌다. 나는 본능적으로 종이를 집어 들고 쓱 훑었다. 순간 남의 일에 괜히 말려들지 말자는 생각에 종이를 얼른 경찰들 쪽으로 내밀었다.

종이를 받은 쪽은 아칠이었다. 아칠이라 다행이었다. 만약 아삼이었다면 나를 정텐성의 일당으로 몰아서 경찰서로 끌고 갔을 것이다.

아칠은 종이를 쓱 보더니 미간을 찌푸렸다. 그는 정텐성을 구타하고 있는 아삼에게 작은 목소리로 몇 마디 건넸다. 아삼의 눈앞에 종이쪽지를 내밀자 그의 표정도 변화를 보였다.

"전화 어디 있지?"

아삼이 구타를 멈추고 긴장한 목소리로 물었다. 나는 벽에 걸린 전화기를 가리켰다.

아삼은 피를 줄줄 흘리는 정텐성에게 수갑을 채운 뒤 아칠에게 지켜보라고 했다. 그러고는 전화를 걸어 몇 마디 짤막하게 전하고 끊었다. 얼마 지나지 않아 경찰차 한 대가 도착했고 경찰관 두엇이 내려 정텐성을 차에 태웠다. 아삼과 아칠도 그 차를 타고 함께 떠났다.

잠시 시끌시끌했던 이 일을 근처 가게 주인이며 점원들이 모두 고개를 내밀고 훔쳐보고 있었다. 호기심이 아니라 혹시 폭탄이 발견됐는지, 그래서 도망가야 하는지 알아야 하기 때문이었다. 경찰차가 떠나고 거리는 다시 조용해졌다. 나는 깨진 유리조각을 치우고 의자에 앉았다. 허씨 아저씨가 돌아오자 나는 그사이 벌어진 일을 간단히 설명해줬다. 경찰을 욕한 남자가 붙잡혀 갔고 병이 하나

깨졌다고 말이다.* 허씨 아저씨는 한숨을 쉬었다.

"휴, 이럴 때는 함부로 입을 놀리면 안 돼. 침묵을 지켜야 오래 산다니까."

정말 그렇겠지? 침묵을 지켜야 오래 산다…….

하지만 침묵을 지키다가 문제가 생기면 조용히 해를 당하라고?

나는 내가 너무 많이 알고 있다는 생각이 들었다. 조금 전 정텐성이 떨어뜨린 종이쪽지를 슬쩍 한번 봤을 뿐이지만 그 내용은 이미 다 머릿속에 있었다. 기억력이 좋은 것도 장점은 아니다.

종이쪽지에는 이렇게 쓰여 있었다.

8/18
(×) 10:00 am 코즈웨이베이 치안판사국 (진짜)

8/19
① 10:30 am 침사추이 경찰기숙사 (가짜)
② 01:40 pm 중앙 치안판사국 (가짜)
③ 04:00 pm 머레이 하우스 (진짜)
④ 05:00 pm 샤틴 기차역 (진짜)

오후 라디오에서는 여전히 코즈웨이베이의 치안판사국 폭탄사건을 보도하고 있었다. 영국군은 해체 전문가를 파견해 폭탄을 폭발시켜봤다. 이를 통해 그것이 충분한 살상력이 있는 진짜 '파인애

* 1960~70년대에는 탄산음료 유리병을 공장에서 회수해갔다. 그래서 스토어에서 탄산음료를 사면 반드시 가게 앞에서 마시고 병은 두고 가야 했다. 만일 병째 음료수를 가져가려면 병 값 2홍콩센트를 더 내야 했고, 나중에 빈 병을 스토어에 가져오면 병 값을 돌려주었다.

플'이라는 걸 확인했다.

정텐성이 떨어뜨린 쪽지 내용과 부합한다. 쪽지에 적힌 날짜, 시간, 지점이 모두 실제 사건과 맞아떨어진다. 그 뒤의 '진짜'라는 표시는 그 사제폭탄이 진짜 폭탄이라는 걸 의미한다. 맨 앞의 ×는 의미가 불명확하지만 누구라도 이 종이쪽지가 좌파들의 테러 계획이라는 걸 연상할 수 있다.

오늘 오전 10시, 코즈웨이베이 치안판사국에 진짜 폭탄이 설치됐다. 내일 침사추이 경찰기숙사, 센트럴 아버스노트로에 있는 중앙치안판사국, 샤틴 기차역 및 홍콩 정부청사 건물 중 하나인 머레이하우스에 진짜 또는 가짜 폭탄을 설치한다. 아칠과 아삼이 순찰을 도느라 코즈웨이베이에서 폭탄이 발견됐다는 사실을 전달받지 못했다 해도 라디오 뉴스를 통해서라도 알고 있었을 것이다. 그래서 아칠은 종이쪽지를 보자마자 정텐성이 폭탄사건과 관계있다는 걸 알아차렸던 것이다.

코즈웨이베이의 폭탄은 정텐성이 설치하지 않았을지도 모른다. 하지만 그가 쪽지를 갖고 있었던 것으로 볼 때 범인과 연계돼 있다는 것은 확실하다. 예전이었다면 이 종이쪽지로는 아무것도 증명할 수 없었을 것이다. 쪽지에 '폭탄'이나 '습격' 등이 명시돼 있지 않으므로 정톈성은 단지 우연일 뿐이라고 끝까지 부인하면 된다. 하지만 긴급명령이 시행된 지금은 날짜와 시간 없이 달랑 '코즈웨이베이 치안판사국'이라고만 쓰여 있어도 경찰의 엄중한 심문을 받기에 충분하다.

아칠과 아삼이 크게 긴장한 것은 역시 쪽지 내용 중 아래쪽 네 줄 때문일 것이다. 습격 지점을 미리 알게 되면 포위망을 펼치고 그물로 뛰어드는 토끼를 붙잡기만 하면 된다.

하지만 나는 뭔가 이상하다고 느꼈다.

쪽지 내용으로 볼 때 네 개의 습격 목표는 매우 합리적이다. 좌파가 늘 노렸던 위치와도 부합한다. 경찰 기숙사는 '누런 개'가 사는 집이고, 중앙 치안판사국은 불공정한 재판을 벌이는 후안무치한 법정이다. 머레이 하우스는 '흰 돼지'들의 사무실이다. 샤틴 기차역은 정부청사는 아니지만 혼란이 심하면 심할수록 좋은 좌파에게 기차역은 사람이 많아서 폭탄이 폭발하면 심각한 혼란이 벌어질 테니 홍콩의 영국 정부 위신에 큰 타격이 될 것이다.

그런데 내가 이상함을 느끼는 이유가 하나 있다. 내가 어제 들은 대화에서 쩌우 동지는 "일이 끝나면 조던 부두에서 헤어지기로 하지"라고 말했다. 쪽지에 부두는 적혀 있지 않았다.

3

8월 19일 토요일 아침 10시, 나는 하품을 쩍쩍 하며 눈은 게슴츠레 뜬 채 허씨 아저씨 대신 스토어의 재고를 확인하고 있었다. 어젯밤 내리 악몽을 꿨다. 밤중에 몇 번이나 깼다. 입으로는 계속 두즈창과 쑤쑹의 일에 발을 담그면 안 된다고 하면서도 마음에서는 어쩐지 끼지 않으면 안 될 듯한 느낌이었다.

어젯밤 방에 돌아와서 계속 두즈창과 쑤쑹 두 사람을 주의 깊게 살폈다. 그들이 정톈성의 체포 소식을 들은 후 어떤 행동을 하는지 알아보기 위해서였다. 쑤쑹은 평소와 똑같았지만 두즈창은 확연히 안절부절못하고 있었다. 오늘 아침 9시에 스토어에서 일을 돕고 있는데 두 사람이 함께 외출하는 것을 봤다. 쑤쑹은 나에게 먼저 인사도 건넸다. 나는 그들이 뭔가 의심스러워 보이는 가방을 들고 있지 않은지 유심히 봤다. 그들은 두 손에 아무것도 들고 있지 않았다. 그렇다면 폭탄은 그들이 갖고 있는 게 아닌 것 같다.

재고를 세거나 가게를 보면서도 내 마음은 딴 데 가 있었다. 허씨 아저씨는 오랫동안 만나지 못한 친구를 만나 차를 마실 거라며 12시쯤에야 돌아올 거라고 했다.

나는 스토어 벽에 걸린 시계를 뚫어져라 쳐다봤다. 쪽지에 적힌 내용이 떠올랐다.

10시 반이 되려면 아직 10분이 남았다. 지금쯤 경찰이 침사추이 경찰기숙사에서 용의자를 체포할 준비를 하고 있지 않을까? 만약 쑤쑹과 두즈창이 정말로 폭탄을 설치하러 간 거라면 그들은 경찰의 매복을 눈치채고 늦지 않게 계획을 중지할까? 혹은 정톈성의 체포 소식을 듣고 지도자와 함께 급히 계획을 바꿀까?

오늘 아침 형이 말했다. 오후에 고객과 신제에서 택지를 볼 거라고. 일이 성사되면 중개료가 높다. 형은 오늘 밤 친구 집에서 자고 올 테니 기다리지 말라고 했다. 나는 정톈성의 종이쪽지 중에 샤틴 기차역에 진짜 폭탄이 설치된다는 것이 생각났다. 하지만 어제 있었던 일을 언급하기 싫어서 기차를 타지 말라고 신신당부했다. 대중교통이나 기차역에서 때때로 '파인애플'이 발견되니 조심하라고 했다.

"고객이 자기 차를 갖고 있으니까 걱정 마."

형이 웃으며 말했다.

나는 라디오를 켜고 뉴스에 집중했다. 뉴스에 폭탄에 대한 언급은 없었다. 영국 공군참모총장의 홍콩 방문 소식과, 베이징에 구금된 영국 기자 앤서니 그레이에 대한 최신 소식 등이 흘러나왔다.*

* 중국 신화통신 홍콩지사의 기자 쉐핑 등 여러 명이 1967년 7월 7일 체포됐다. 베이징에서는 홍콩의 영국 정부가 좌파 신문기자를 이유 없이 핍박했다고 성토하며 영국 로이터통신의 베이징 주재기자인 앤서니 그레이를 보복성으로 구금했다. 베이징, 런던, 홍콩의 정부는 '인질'을 상호교환하려고도 했으나 성사되지 못했다. 결국 1969년 10월 홍콩 정부가 모든 좌파 기자를 석방한 후에야 앤서니 그레이는 자유를 되찾았다.

11시 넘어서 깔끔한 제복 차림의 아칠이 나타나 음료수를 샀다.

나는 병을 건네준 다음 잠시 결심을 다졌다.

"경관님, 오늘은 혼자 오셨네요?"

이런 시기에 경찰과 말을 섞는 게 잘하는 일인지 모르겠다. 하지만 오늘은 아삼이 없다. 아칠은 함부로 사람을 잡아가지 않을 것이다.

"예, 일손이 부족해서. 오늘은 혼자서 순찰을 돕니다."

아칠의 태도는 평소와 똑같았다. 간결하게 대답했다.

"그래요…… 침사추이 경찰기숙사에 가서 대비해야 해서 그런가 봐요?"

나는 은근한 말투로 물었다.

아칠은 병을 내려놓고 고개를 돌려 나를 쳐다봤다. 그 순간 바짝 긴장했지만 그의 표정을 보니 그리 동요한 기색은 보이지 않았다.

"역시 봤군요."

아칠이 툭 내뱉었다. 그렇게만 말하고 다시 음료수를 마셨다. 내가 한 말에 전혀 신경 쓰지 않는 눈치였다. 역시 내가 사람을 제대로 봤는지 아삼보다 훨씬 선량하다. 아삼이었다면 당장 나를 좌파로 몰아붙였을 것이다.

"네, 쪽지 내용을 봤어요. 그리고 그 사람도 알고요."

나는 대담하게 말했다.

"뭐라고요?"

"그 사람은 정텐성이라고 하는데 원래는 방직공장 노동자였어요. 노동조합 파업에 참여하고 지금은 그런 조직에 가입했대요."

"당신도 그 조직 사람입니까?"

아칠의 말투는 여전했다. 나는 그 사실에 오히려 놀랐다.

"아니, 아니요. 그 사람들과는 아무런 관계도 없어요. 단지 그 정텐성이라는 사람이 내 옆방 사람 친구라 몇 번 봤을 뿐이에요."

"그렇군요. 그래서 나한테 줄 정보가 있습니까?"

"그……."

조금 머뭇거렸다. 어떻게 말해야 나에게 불똥이 튀지 않을까.

"그제 우연히 정텐셩과 그 무리가 습격을 의논하는 걸 들었거든요."

"그제? 왜 바로 경찰에 신고하지 않았습니까?"

이런! 나한테 책임을 덮어씌우면 어떡하지?

"화, 확신을 할 수가 없었거든요. 낮잠 자다가 막 깼을 때라 띄엄띄엄 몇 마디 들은 것뿐이라서요. 어제 그 종이쪽지를 보지 않았으면, 그리고 코즈웨이베이 치안판사국에서 폭탄이 발견되지 않았으면 제가 들은 대화가 사실이라고 생각하지 못했을 겁니다."

"그래서 뭘 들었습니까?"

나는 내가 들은 대화를 대략적으로 들려줬다. 그리고 내 이름과 주소도 알려줬다. 물론 '흰 돼지' '누런 개' 같은 단어는 눈치껏 뺐다.

"그러니까 쩌우 동지라는 사람과 두즈창, 쑤쑹이 사건과 관련 있다는 거군요? 알겠습니다. 내가 잡일부*에 연락하겠습니다. 그 사람들은 금방 체포될 겁니다."

아칠이 내가 말한 이름들을 받아 적었다.

"그 기자는 예전에 몇 번 얼굴을 본 적 있는데 쩌우 동지라는 사람은 전혀 인상에 없군요……."

"경관님, 오해하신 것 같은데요. 저는 그들을 신고하려고 말을 꺼낸 게 아니에요. 뭔가 이상한 거 못 느끼셨어요?"

"이상한 거요?"

"그들이 조던 부두 운운하는 걸 들었는데 어제 본 쪽지에는 부두

* 1960~70년대 형사정집처를 가리키는 은어.

가 없었어요."

"쪽지에 뭐라고 쓰여 있었습니까?"

"코즈웨이베이 치안판사국, 침사추이 경찰기숙사, 중앙 치안판사국, 머레이 하우스, 샤틴 기차역이오."

"기억력이 아주 좋네요."

아칠의 말투에 약간의 비웃음이 섞여 있었다. 그는 내가 정텐성의 일당으로 지금 뭔가 계략을 꾸미고 있다고 의심하는 걸까?

"전 허씨 아저씨 대신 물건을 배달하는데 한 번에 네다섯 개 주소를 외워서 가죠. 그래서 한번 보면 거의 기억해요."

내가 해명했다.

"쪽지 내용에 부두와 관련된 지점이 없는 게 이상하다는 거군요?"

"예."

"만약 범인이 정말로 쪽지 내용에 따라 폭탄을 설치한다면 배를 탈 수밖에 없습니다. 그러니 부두를 언급할 수밖에 없겠죠. 두즈창과 쑤쑹은 당신과 같은 곳에 사는데 쑤쑹은 쩌우 동지라는 사람이 가까이 산다고 했지요. 그들이 카오룽과 침사추이에 가짜 폭탄을 놔두는 게 목적이라면 배를 타고 홍콩해협을 건너야 합니다. 사실상 쪽지 내용대로 하려면 홍콩섬과 카오룽을 두 번씩이나 오가야 합니다. 왜냐하면 그들이 침사추이에 폭탄을 설치한 뒤 다시 센트럴에 가서 중앙 치안판사국에서 머레이 하우스까지 손을 써야 하고, 그다음에 더 멀리 신제의 사틴 기차역까지 나가야 하니까요."

"불가능해요."

"불가능하다고요?"

"쪽지 내용에는 시간도 적혀 있었어요."

"그랬죠. 그게 어떻다는 겁니까?"

"센트럴의 머레이 하우스에 손을 쓰는 시각은 오후 4시가 넘어서

예요. 샤틴 기차역에서는 5시고요. 한 시간 안에 어떻게 센트럴에서 샤틴까지 갑니까?"

"그건 폭탄 설치시간이 아니겠지요. 폭탄이 폭발하는 시간이 아닐까요? 머레이 하우스에서 4시에 폭탄이 폭발한다는 뜻이고, 설치시간은 2시였을지도 모르죠. 쪽지에 있는 중앙 치안판사국과 머레이 하우스는 십수 분 거리고요."

"아뇨. 그건 분명히 설치시간이에요."

"왜 그렇게 단정합니까?"

"코즈웨이베이 치안판사국의 폭탄은 어제 아침 10시에 폭발하지 않았으니까요."

아칠은 고개를 숙이고 조용히 내가 한 말을 곱씹었다. 쪽지에 '아침 10시 코즈웨이베이 치안판사국, 진짜'라고 쓰였던 것이 폭발시간이라면 어제 10시 15분에야 폭탄이 발견된 것을 생각할 때 맞지 않다. 게다가 두 군데는 가짜 폭탄을 설치하는데 가짜 폭탄은 폭발시간을 쓸 필요가 없다.

"그래서……." 아칠이 고개를 들고 나를 쳐다봤다. "두즈창, 쑤쑹, 정톈성과 쩌우 동지라는 사람이 나눠서 행동한다는 겁니까?"

"그것도 아니에요. 네 사람이니 한 사람이 폭탄 하나를 맡으면 딱 맞는 것 같지만 어제 쑤쑹과 쩌우 동지가 세부사항에 대해 언급하는 걸 들었으니 그들은 같이 움직일 거예요."

"그럼 일당이 더 있다는 거군요."

"그럴 가능성도 있지만, 그래도 한 가지가 이해 안 돼요."

"어떤 겁니까?"

"오늘은 토요일이고 정부 부처는 토요일에 오전 근무만 하죠." 나는 벽에 걸린 달력을 가리켰다. "왜 오후에 정부청사 건물에 폭탄을 설치하는 걸까요? 똑같은 위험을 무릅쓰는 건데 당연히 효과가 큰

쪽을 골라야 하지 않나요? 머레이 하우스에 폭탄을 설치하는 건 정부 공무원을 노린 건데, 월요일부터 금요일까지, 혹은 토요일 오전이라면 효과가 훨씬 잘 나타날 텐데요."

아칠은 약간 의아하다는 표정을 지었다. 경찰은 요즘 휴일도 없이 일하고 있으니 아칠은 오늘이 무슨 요일인지도 잊었을지 모른다.

"그럼, 당신 생각은 어떤 겁니까?"

아칠이 물었다. 표정이 아까보다 훨씬 진지했다. 그러니 내가 하는 말이 무슨 진리처럼 느껴졌다.

"쪽지 내용이 가짜라고 의심하고 있어요."

"가짜?"

"정톈성은 미끼죠, 경찰을 잘못된 방향으로 유인하는. 당신들이 매일 같은 시간에 여길 지나가는 걸 알고 일부러 들으라는 듯 욕을 내뱉고 싸움을 건 거예요. 그렇게 해서 당신들이 그 가짜 정보가 적힌 쪽지를 발견하게 하는 거죠."

"만약 그렇다면 무슨 목적일까요?"

"당연히 진짜 목표를 숨기려는 거겠죠. 만약 오늘 경찰과 폭탄 전문가가 쪽지에 나온 지점에서 대비하고 있다면, 나중에 진짜 폭탄이 터졌을 때 연락을 취하고 인력을 움직이는 게 훨씬 힘들어질 거 아니에요. 다른 지점의 경계는 느슨해졌을 거고요. 진짜 목표지점에 예전과 달리 경고문을 붙이지 않고 순수하게 폭발로 공포와 혼란을 조장하려는 거라면, '홍콩의 영국 사람들 살이 떨리게' 되겠죠. 쩌우 동지가 정톈성에게 '수고하게'라고 한 거나 정톈성의 말투가 마치 희생당할 준비를 하는 것 같았다는 것, 쑤쑹이 정톈성이 처리할 것은 '다른 부분'이라고 말한 걸 생각해보면, 정톈성이 일부러 경찰에 붙잡히면서 가짜 정보를 흘리고, 그걸로 경찰의 눈을 다른 데 돌리려는 전략이에요. 한 사람을 희생해서 승리를 얻는 거죠."

아칠의 표정이 무거워졌다. 잠시 침묵하던 그가 전화기 쪽으로 걸어갔다.

"잠깐만!"

내가 외쳤다.

"왜요?"

아칠이 고개를 돌렸다.

"상사분께 전화해서 보고하려고요?"

"당연히 그래야죠. 그건 왜 묻습니까?"

"하지만 내가 방금 말한 건 그냥 추측일 뿐인데요."

아칠의 손가락이 전화 번호판 위에 놓였다.

"혹시 경관님 보고 때문에 인력 배치를 바꿨다가 나중에 일을 그르치기라도 하면 경관님이랑 난 아주 큰 문제를 일으킨 게 되는 거라고요. 솔직히 나도 이 추측이 맞는지 확신을 못 해요."

아칠은 눈썹을 모으며 수화기를 내려놓았다. 내 말이 일리 있다고 여긴 모양이었다.

"그럼 어떻게 하는 게 좋겠습니까?"

"음…… 먼저 증거를 찾아야겠죠." 내가 위층을 가리켰다. "두즈창의 방을 기지로 삼자고 했으니 어쩌면 단서가 남아 있을지도 몰라요. 어쨌든 거긴 내 집이기도 하니까 경관님이 가서 조사해보세요. 혹시 누굴 마주치면 내 손님이라고 하고요."

"난 잡일부도 아니고 증거 수집은 내 업무 밖의 일인데……."

"하지만 당신은 최소한 경찰이잖아요! 내가 혼자서 탐정이 돼야겠어요?"

정말 고집불통인 친구다. 그는 잠시 침묵했다가 입을 열었다.

"……좋습니다. 이 계단으로 올라갑니까?"

"경찰 제복을 입고 있으면 누가 봐도 공무집행으로 보일 거예요.

지금 올라가면 괜히 문제를 키우는 꼴이에요! 게다가 난 가게를 비워둘 수 없고, 주인 아저씨는 12시쯤 돌아올 거예요."

아칠이 벽에 걸린 시계를 보았다.

"12시 반에 퇴근하니까 그때 평상복으로 갈아입고 오지요. 1시에 골목 끝에서 기다릴 테니 날 데리고 올라가 줄래요?"

"좋아요. 모자 같은 거 쓰고 오세요. 혹시 두즈창이나 쑤쑹이 보면 경관님 얼굴을 알아볼 테니까요."

아칠이 매일 이 거리를 순찰하기 때문에 동네 사람은 다들 그의 얼굴을 안다.

"네, 최대한 안 들키게 하고 올게요."

아칠이 고개를 끄덕였다.

"신도 바꿔 신어요."

"신?"

"경찰이 신는 검정 가죽구두는 눈에 아주 잘 띈다고요. 옷이나 겉모습에 아무리 신경을 써도 구두만 보면 당장 경찰이란 거 들킬걸요."

"알았어요. 신경 쓰죠."

아칠이 씩 웃었다. 나는 마치 상사라도 된 양 그에게 지시하고 있었다.

아칠이 떠나고 얼마 지나지 않아 허씨 아저씨가 돌아왔다. 나는 오후에 볼일이 있다며 쉬겠다고 말했다.

1시 정각, 나는 골목 끝 약국 문 앞에서 기다렸지만 아칠은 그림자도 보이지 않았다. 대신 화이트칼라 차림의 한 청년이 나에게 말을 걸 것처럼 다가왔다.

"어?"

나는 눈을 크게 뜨고 상대의 얼굴을 쳐다봤다. 몇 초 지나서야 아칠이라는 걸 알아봤다. 그는 흰색 반팔 셔츠에 타이를 매고 셔츠 주머니에 펜 하나를 꽂고 있었다. 오른손엔 검정색 서류가방까지 들어서 마치 토요일 오후에 퇴근하는 외국 회사 사무원 같았다. 가장 믿기지 않는 건 얼굴이었다. 안경을 쓰고 머리카락을 삼 대 칠로 빗어넘겨서 전혀 다른 사람 같았다.

"갑시다."

아칠은 깜짝 놀란 내 표정이 만족스러운 듯했다. 우리가 스토어를 지나가는데 허씨 아저씨가 "네 친구야?" 하고 물어서 아칠의 입가에 미소가 걸리기도 했다.

나는 신중하게 대문을 열고 쑤쑹과 두즈창을 마주치지 않도록 경계를 했다. 다행히 거실에는 아무도 없었다. 오늘 아침 그들이 나가는 것을 봤고 집에 들어오려면 스토어 앞을 지나야 하지만, 혹시 지나갔더라도 내가 미처 못 봤을지도 모른다. 나는 살금살금 두즈창과 쑤쑹의 방문 앞으로 걸어갔다. 문에 귀를 대고 자세히 들어보고 다시 부엌과 화장실에도 사람이 없는 걸 확인한 다음 현관에 서 있는 아칠에게 들어오라고 손짓했다.

판자방의 방문은 잠금장치가 없어서 우리는 쉽게 두즈창의 방으로 들어갈 수 있었다. 방은 내가 평소 보던 것과 다른 게 없었다. 방을 잠글 수 없으니 귀중품은 서랍에 넣고 잠가두곤 한다. 하지만 솔직히 말해서 우리 같은 가난뱅이들은 '귀중품' 자체가 없다. 우리 같은 사람을 노리는 도둑은 바보 중의 바보일 것이다.

"이런 불법조사는 거절할 줄 알았는데."

방 안을 구석구석 살펴보면서 내가 놀리듯 말했다.

"긴급명령 이후 경찰관은 의심스러운 인물의 집은 어디나 수색할 수 있어요. 이건 내 업무 밖의 일이긴 하지만 불법조사는 아닙니다."

아칠의 말투는 여전히 무뚝뚝했다. 분위기를 좀 편하게 해보려는 내 의도는 별로 효과가 없었다.

두즈창의 방에는 별게 없었다. 침대 하나, 책상, 나무의자 두 개, 서랍장 하나. 침대는 방 오른쪽 벽에 붙어 있고, 그 벽 너머가 우리 방이었다. 서랍장은 침대 머리맡에, 책상과 의자는 방 왼쪽에 있었다. 벽에는 옷걸이가 몇 개 붙어 있고 셔츠 두 벌이 걸려 있다. 우리 같은 사람은 단벌신사*이기 마련이다. 옷장 같은 것은 필요도 없었다.

책상과 서랍장 위에는 책들이 여러 권 놓여 있다. 수첩도 여러 권 있었다. 아마 기자로 일할 때의 업무용 자료였으리라. 책상 위에는 스탠드, 필통, 보온병, 컵, 자질구레한 물건을 담은 철제 상자가 있었다. 서랍장 위에는 라디오와 알람시계가 있었다. 서랍은 모두 열쇠구멍이 달린 것이었고, 당겨보니 제일 위 칸이 잠겨 있었다.

"내가 한번 열어보죠."

아칠이 나섰다.

"안에 뭐 중요한 건 없을 것 같은데요."

내가 한 발짝 물러나며 말했다.

"어째서요? 서랍이 잠겨 있는데."

"두즈창은 중요한 걸 서랍에 넣어둘 수도 있겠지만 쩌우 동지라는 사람은 그러지 않을 것 같아서요."

그렇게 말하면서 나는 바닥에 무릎을 대고 엎드려서 침대 밑을 살펴봤다.

"내 추측이 맞는다면 정텐성은 일부러 체포된 거고, 그건 경찰의 주의를 돌리려고 한 거예요. 그런 계략까지 쓰는 사람이 중요한 물

* 1960년대 홍콩에서는 '비싼 옷에 먼저 경의를 표하고 그다음이 사람'이라는 관념이 보편적이었다. 그래서 업무적으로 양복이 필요하지 않더라도 공식적인 자리에서 입기 위해 대부분의 남자들은 양복 한 벌은 꼭 갖고 있었다. 반면 업무적으로 양복을 입어야 하는 사람들은 매일 같은 양복을 입기도 했다.

건을 잠긴 서랍에 넣어두는 건 이상해요. 두즈창이 경찰의 감시를 받고 수색이 벌어지면 서랍을 제일 먼저 열어볼 텐데. 그 안에는 선동 전단지 같은 게 들어 있을 것 같아요. 하지만 절대로 폭탄과 관련된 단서는 안 나올걸요. 전단지만 나와도 체포할 수 있으니까 경찰이 더 깊게 수색하지도 않을 거고."

아칠은 고개를 끄덕이며 손을 멈췄다.

"맞는 말이네요. 책이나 수첩에 뭐가 없나 살펴볼게요."

나는 침대 밑, 침대 받침판 등을 살펴봤지만 눈에 띄는 건 없었다. 아칠은 책을 넘겨보고 있었다. 뭐 좀 발견한 거 있느냐고 물으니 그는 고개를 저었다. 잠기지 않은 서랍을 열어보니 낡은 속옷과 잡다한 물건 외에는 이상한 게 없었다.

"폭탄 설치 계획을 들었을 때 뭔가 특별한 발견은 없었나요?"

아칠이 물었다. 나는 그날의 대화를 떠올리려고 애썼다.

—어쨌거나 두즈창과 쑤쑹은 노스포인트에서 출발하면 되네. 난 여기 거점에서 기다리겠네.

나는 쩌우 동지가 했던 말이 떠올랐다.

"아! 지도!"

나는 머릿속이 번쩍해서 소리쳤다.

"지도?"

"쩌우 동지가 그랬거든요. '여기 거점'에서 두즈창과 쑤쑹을 기다린다고. 그때 난 이 방을 말하는 거라고 생각했는데 지금 생각해보니 그 말이 좀 이상해요. 집주인 아저씨랑 아주머니는 쩌우 동지를 한 번도 본 적이 없는데 두즈창과 쑤쑹이 손님을 여기 혼자 놔두고 기다리게 하는 건 이상하잖아요. 그러니까 쩌우 동지가 말한 '여기 거점'이란 지도를 보면서 어딘가를 가리키며 했던 말이라고요."

다시 말해 지도에는 그들의 계획이 세부적으로 쓰여 있을 것이다.

내 말에 아칠은 고개를 끄덕였다.

"하지만 지도가 어디 있죠? 책은 다 찾아봤지만 지도 같은 건 없었어요."

나는 그날의 대화를 한마디 한마디 떠올려봤지만 더는 실마리를 찾을 수 없었다.

"없어, 아무래도…… 아!"

나는 중얼거리며 침대 옆에서 걸어 나오다가 문득 한 가지 생각이 떠올랐다. 방에는 의자가 두 개뿐이다. 그들은 네 명이었다. 자연히 두 사람은 침대에 걸터앉았을 것이다. 쑤쑹과 쩌우 동지가 '미끼'와 '실행' 등 세부사항을 논의한 뒤로 그들의 목소리가 작아졌다. 만약 그때 손에 지도를 들고 있다가 논의가 끝나서 지도를 숨겼다면 그 순간 목소리가 작아진 걸로 봐서 내 방 쪽에 붙은 침대에서 멀어졌다는 뜻이다.

침대 반대편은 책상이다.

나는 책상 앞으로 걸어가서 몸을 굽히고 자세히 살펴봤다. 책상 밑면에는 아무것도 없고, 책상과 벽 사이 공간도 살펴봤지만 역시 아무것도 없었다. 내가 잘못 생각했나 하고 다른 곳을 찾아보려는데 스탠드의 받침대가 좀 크다는 생각이 들었다. 스탠드를 들고 받침대 바닥의 틈새에 손톱을 끼워 넣고 힘을 줬더니 딸깍 소리와 함께 밑바닥 덮개가 떨어졌고 거기에 차곡차곡 접힌 지도가 있었다.

"이야! 정말 대단한데요!"

아칠이 눈을 크게 뜨고 흥분해서 외쳤다.

우리는 책상 위에 지도를 펼쳤다. 홍콩 지도 위에 연필로 여러 곳의 지점이 표시돼 있었다. 그중에는 숫자가 함께 적혀 있기도 했다. 코즈웨이베이 치안판사국에는 × 표시와 함께 '8월 18일 오전 10시'라고 적혀 있었다. 침사추이 경찰기숙사, 중앙 치안판사국, 머레이 하우스, 샤틴 기차역에는 각각 1부터 4까지 숫자가 매겨져 있고 날짜와 시간은 없었다. 한편 센트럴의 퉁얏統一 부두 근처의 주빌리가와 드보예로 중앙의 교차지점에 ○ 표시가 있고, '제일第一, 8월 19일 오전 11시'라고 적혀 있었다. 그 밖에 카오룽 야우마테이의 조던 부두에도 ○ 표시가 있었다. 쑤쑹 등이 노스포인트를 언급했던 걸 기억하는데, 지도에 별다른 표시는 없었다. 다만 노스포인트 칭와가 근처에 연필로 콕콕 찍은 듯한 점들이 보일 뿐이다. 바다 위로 퉁얏 부두와 조던 부두를 잇는 직선이 그려져 있고, 선 위에 또 하나의 × 표시가 있다. 이것 외에는 다른 부호나 표시가 없었다.

"이건 두즈창 등을 체포할 충분한 증거가 될 거야……."

아칠이 혼잣말로 중얼거렸다.

"하지만 지금 체포령이 내려도 그들을 막을 순 없어요." 나는 센트럴에 그려진 ○ 표시를 가리키며 말했다. "여기 8월 19일 오전 11시라고 적혀 있어요. 이미 두 시간도 더 전의 일이에요. 이미 뭔가 행동을 개시했을 거라고요. 두즈창이 1호 어쩌고 했는데 드보예로 중앙의 여기는 아니겠죠? 여기 '제일'이라고 써 있는 데."

"아닐 거예요. 주빌리가와 드보예로 중앙의 교차지점은 센트럴에서 유명한 다루, '제일대다루第一大茶樓'거든요. 문을 연 지 50년쯤 됐다던데, 가본 적 없나요?"

나는 고개를 저었다. 솔직히 말해서 갈 수가 없었다. 나와 형이 가본 다루는 근처의 '쌍희' '용문' 정도였고, 센트럴의 다루는 '고승'과 '연향' 외에는 알지도 못했다. 우리는 1년에 겨우 몇 번 다루에 간다. 평소에는 잘해야 근처의 저렴한 밥집에서 끼니나 때운다.

"제일대다루는 그들의 거점일 가능성이 커요." 아칠이 지도를 보며 말했다. "쩌우 동지가 11시에 다루에서 기다리고 있고 두즈창과 쑤쑹이 합류한다. 그런 다음 퉁얏 부두로 출발해 페리를 타고 조던 부두로 간다…… 그들의 진짜 목표가 부두나 페리선일까요?"

"그렇다면 '목표 1호'는 퉁얏 부두, 페리선, 조던 부두를 가리키는 게 아닐까요? 센트럴에서 야우마테이로 가는 항로는 홍콩해협의 해상교통에서 가장 중요한 항로 중 하나예요. 만약 폭탄을 설치한다면 교통을 마비시키기에 충분하고, 샤틴 기차역에 폭탄을 설치하는 것보다 못하지 않을 거예요."

내가 대답했다.

"퉁얏 부두일지 조던 부두일지, 아니면 퉁얏과 조던 둘 다일지도 모르죠. 그들은 한 번에 두 부두에서 폭발을 일으킬 수도 있어요. 만약 퉁얏 부두가 1호, 조던 부두가 2호라면 콴통과 노스포인트 등등이 3호와 4호가 되는 거겠죠. 부두에서 폭발이 일어나면 홍콩섬과 카오룽 반도 사이에서 자동차 페리선의 운항노선이 부족해져요."

나는 한기를 느꼈다. '퉁얏에서 조던까지'는 홍콩에서 가장 바쁜 자동차 페리 항로다. 만약 양쪽에서 동시에 폭탄 테러가 발생한다면 운항이 정상적으로 이뤄질 때까지 상당한 시간이 걸릴 것이다. 자동차들은 콴통에서 노스포인트로 가는 항로와 2년 전 처음 시작한 카오룽에서 노스포인트로 가는 항로를 통해 빅토리아 항을 건너야 한다. 그들이 만약 이런 부두를 공격하면 차량이 홍콩섬과 카오룽 반도를 효율적으로 오가는 게 어려워진다. 쩌우 동지가 말한 '두 번째 공격' '세 번째 공격'처럼 퉁얏 부두가 단지 시작에 불과하다는 뜻일 수도 있다. 혹시 경찰의 대응을 지연시키려는 전략인가? 부두를 마비시킨 후 경찰차를 습격해 경찰의 육상 행동력을 떨어뜨리려는 건가?

설마 전면전이라도 벌일 생각인가?

나는 머릿속을 떠도는 생각들을 쫓아버리고 아칠에게 말했다.

"증거도 찾았으니, 내가 도울 수 있는 부분은 여기까지겠군요.

그들의 진짜 목표가 무엇이든 경찰이 가능한 한 빨리 저지하길 바랄게요."

아칠은 무표정하게 나를 흘낏 보더니 속으로 뭔가 계산을 해보는 듯했다. 그러더니 지도를 원래대로 착착 접어 스탠드 밑바닥에 넣고 덮개를 덮었다.

"어?"

나는 그의 행동에 의아함을 느꼈지만 어쩐지 이유를 묻지 못했다.

"아까 당신이 한 말이 맞아요. 지금 체포령을 내려도 이미 늦었어요." 아칠이 말을 이었다. "그리고 우리는 아직 그들의 목표를 정확히 알지 못해요. 머레이 하우스나 샤틴 기차역에 정말로 폭탄이 설치되지 않을지도 보장할 수 없고. 정확하지 않은 정보를 상부에 보고했다가 인력 배치가 흐트러지면 더 큰 사상자가 생길 수 있어요. 우선 증거물은 원래대로 돌려놓고 두즈창과 쑤쑹이 돌아오길 기다렸다가 체포하면 될 거예요. 지금은 어쩔 수 없이 우리가 그들의 진짜 목표가 뭔지 조사한 다음 폭탄 전문가들에게 알려주는 수밖에 없겠어요."

아칠이 이런 '탈선'을 생각해내리라고는 생각지 못했다. '근묵자흑'이라고, 먹을 가까이하면 검은 물이 든다는데 나 때문인가? 아니면 아삼이 없어서 자기 멋대로 하는 건가? 어쩐지 내가 아칠에게 새로운 생각의 물꼬를 틔워준 것 같단 말이지…….

잠깐! 방금 '우리'라고 했나? '우리'가 조사한다고?

"방금 우리가 같이 조사한다고 말한 건가요? 나는 그냥 보통 시민……."

"당신은 머리가 좋아요. 당신 덕에 그 지도도 찾아냈잖아요." 아칠이 다가와 내 어깨를 툭툭 쳤다. "나 혼자선 아무것도 할 수 없어요. 난 규칙대로 임무를 수행하는 것 외에 늘 상사의 지시대로만 해왔어요. 하지만 당신은 달라요. 사고방식은 거칠지만 섬세하고, 내가 보지 못하는 많은 부분을 찾아냈잖아요. 게다가 당신은 두즈창과 쑤쑹 등의 대화를 들은 핵심적인 증인이에요. 그러니 당신이 있어야 그들의 허점을 찾아낼 수 있다고요."

처음에는 거절할 생각이었는데 상황을 보자니 이미 달리는 호랑이 등에 탄 격이라 이젠 내릴 수 없게 된 것 같았다. 나는 한숨을 쉬며 말했다.

"좋아요. 우리 같이 가보죠."

아칠은 만족스럽게 웃었다. 그런데 두즈창의 방을 나가는 게 아니라 서랍장 쪽으로 걸어가는 게 아닌가. 서랍 위에서 책 한 권을 집더니 그 속에 끼어 있던 사진을 꺼냈다.

"아까 책을 뒤지다 발견했어요. 내가 잘못 본 게 아니라면 이 사람이 두즈창이죠?"

아칠이 사진을 건네줬다. 나는 고개를 끄덕였다.

"사진이 있으면 확인하기 편리하겠군요."

아칠이 사진을 주머니에 넣으며 말했다. 그거 절도 아니냐고 물으려 했지만 아칠이 '긴급명령'을 이유로 합법적인 행동이라고 주장할 까 봐 그만뒀다. 지금은 경찰이 나 같은 일반 시민보다 한 계급 높다. 명목만 갖다 붙이면 뭐든지 가능하다.

4

우리는 쑤쑹의 방도 조사했지만 아무것도 발견하지 못했다. 나는 당연하다고 생각했다. 1시 40분 정도 되어서 집을 나섰다. 그는 스프링가든가를 따라 글로스터로 쪽으로 걸어갔다. 나는 어디 가느냐고 묻지 못하고 조용히 따라만 갔다.

그가 나를 데려간 곳은 놀랍게도 완차이 경찰서였다.

"우리…… 왜 여기 온 거죠?"

'살아서는 관아에 가지 말고, 죽어서는 지옥에 가지 마라' 같은 말은 옛 시대의 생각이지만 역시 갑자기 경찰서에 들어가자고 하면 조금 저항감이 생긴다.

"차 가지고 센트럴에 가려고요." 아칠이 돌아보며 말했다. "들어가기 싫으면 저기 길목에서 기다려요."

아칠도 내 생각을 이해하는 모양이다.

폭도들이 경찰서를 습격하는 것을 방지하기 위해 경찰서 주변은 삼엄하게 경비되고 있었다. 강철로 만든 담장을 세우고 그 위에 철조망을 씌워놓았다. 입구에는 모래주머니가 쌓여 있다. 경찰서 주변일수록 폭풍전야의 긴장감이 감도는 듯했다. 나는 매일 저렇게 압박감을 주는 광경을 보는 근처 주민들은 어떤 기분일까 생각하면서 골목 끝의 아이스크림 가게 문 앞에 서서 기다렸다.

2분 후 흰색의 폭스바겐 비틀이 내 앞에 섰다. 아칠은 여전히 사무원 같은 복장 그대로였고 운전석에서 나에게 차에 타라는 손짓을 보냈다.

"차가 있었어요?"

나는 차에 타면서 말했다. 경찰 수입이 안정적이긴 하지만 자동차를 살 정도는 아닐 텐데? 물론 매춘부나 도박장을 통해 부수입을 올리면 폭스바겐은 물론이고 재규어도 살 수 있을 것이다. 하지만 아칠은 그런 사람으로는 보이지 않았다.

"이건 중고로 산 구식 차예요. 2년간 저축해서 겨우 샀죠. 지금도 매달 대출금을 갚고 있고." 아칠이 씁쓸하게 웃었다. "게다가 가끔 시동이 안 걸려서 세게 두어 번 차줘야 말을 들어……."

나는 차가 신식인지 구식인지, 중고인지 아닌지는 잘 모른다. 그냥 자기 차가 있다는 것 자체가 내게는 사치처럼 느껴졌다. 1홍콩센트면 전차를 탈 수 있는데. 더구나 완차이에서 샤우케이완까지 가는 데 기름 값이 얼마나 나올지도 알 수 없잖아.

센트럴의 중국은행 본점과 크리켓 경기장* 부근에서 차가 막혀 우리는 적잖은 시간을 허비했다. 거의 2시 반이 돼서야 주빌리가에 도착한 것이다. 나는 경찰이 중앙 치안판사국과 머레이 하우스 주변 도로를 봉쇄한 탓에 센트럴의 자동차가 모두 길을 돌아가느라고 교통체증이 심각한 게 아닐까 추측했다. 아칠은 차에서 평정을 유지하고 있는 것처럼 보였지만 핸들을 톡톡 두드리는 손끝이 그도 사실은 무척 초조하다는 것을 알려주고 있었다. 어쨌든 그들은 이미 다루를 나섰을 테고 폭탄을 아무도 모르는 곳에 설치했을 것이다.

아칠은 차를 세운 다음, 제일대다루를 향해 길을 건넜다. 다루 2, 3층의 바깥 벽면에 2층 건물 높이의 거대한 초록색 간판이 붙어 있다. 꼭대기에는 엄지손가락을 치켜세운 그림이 그려져 있고, 그 아래에 '제일대다루'라고 적혀 있었다. 바로 옆의 '중원전기' 간판이 더 크지만 않았다면 제일대다루의 간판이 이 거리를 지나는 모든 사람의 눈길을 잡아챘을 것이다.

다루의 1층은 딤섬을 포장 판매하는 곳이었다. 우리는 2층으로 올라갔다.

"몇 분이십니까?"

사오십 대로 보이는 기당企堂** 이 찻주전자를 든 채 물었다.

"사람을 찾으러 왔습니다."

* 지금의 센트럴 저다화원(遮打花園). 1975년 이전에는 홍콩 크리켓협회의 크리켓 경기장이 있었다.

** 다루에서 손님을 접대하는 종업원.

아칠이 대답했다.

기당은 우리를 신경 쓰지 않고 다른 손님을 맞이했다.

오후 2시 반이었지만 다루에는 차를 마시는 손님으로 가득했다. 떠들썩한 손님들이 빈 탁자 없이 가득 차 있었다. 딤섬을 나르는 여자 종업원들이 김이 폴폴 나는 찜통을 작은 산처럼 쌓아올린 금속 쟁반을 받쳐 들고 탁자 사이를 누비고 있다. 차를 마시던 손님들은 분분히 손을 들고 그녀들에게 딤섬을 주문한다.

"그 사람들 아직 여기 있을지도 몰라요."

주변이 너무 시끄러워서 아칠이 내 귀에 대고 말했다.

"큰일을 하러 갈 예정이라면 쩌우 동지라는 사람이 크게 한 턱 샀겠죠. 당신은 여길 둘러봐요. 내가 3층에 가볼게요. 그들을 발견하면 3층으로 와서 알려줘요. 제복이 아니라서 날 알아보진 못할 거고, 당신을 알아보거든 친구랑 약속 있어서 왔다고 핑계를 대요."

나는 고개를 끄덕였다. 탁자와 탁자 사이 비좁은 통로를 돌아다니며 이리저리 두즈창 혹은 쑤쑹의 얼굴을 찾았다. 한 바퀴 돌아봤지만 그들은 없었다. 나는 탁자마다 손님을 자세히 살피면서 일행이 없는 남자에게 주목했다. 혹시 두즈창과 쑤쑹은 없고 쩌우 동지 혼자 있을지도 모른다. 가능성은 작지만 지푸라기라도 잡는 심정이었다.

대부분의 손님은 일행이 있어서 혼자 온 남자는 네 명뿐이었다. 나는 각각 한 명씩 적당한 핑계를 대며 말을 걸어보기로 했다. 한 명이 마침 기당을 불러 차를 따라달라고 했다. 말씨가 차오저우 쪽 사투리인 데다 목소리도 전혀 달랐다. 남은 사람은 세 명이다.

한 사람에게는 찾는 사람과 착각했다며 말을 걸고, 또 한 사람에게는 혹시 내가 떨어뜨린 물건을 못 봤느냐고 물었다. 마지막 사람은 손목에 시계를 찬 걸 보고 지금 몇 시냐고 물었다. 세 사람 모두 목소리나 말투가 그제 들었던 쩌우 동지와 달랐다. 이제 아칠이 살피러 간 3층에서 수확이 있기를 바라야 한다.

내가 막 3층으로 올라가려는데 아칠이 계단에서 내려오고 있었다. 아칠은 나를 보더니 고개를 저었다.

"손님들, 아직도 친구를 찾고 있는 거요?"

아까 그 기당이 별로 우호적이지 않은 투로 물었다. 아마 우리가 계단에 서서 머뭇거리자 차를 마실 돈이 없다고 여긴 모양이었다.

"경찰입니다."

아칠이 주머니에서 신분증을 꺼냈다.

"아, 예! 경관님이시군요! 아이쿠, 실례했습니다! 두 분이시죠? 3층 자리로 안내를……."

기당은 180도 달라진 태도로 허리를 굽실거렸다.

"오늘 혹시 이런 남자 못 보셨습니까?"

아칠이 두즈창의 사진을 보이며 물었다.

"에, 못 봤는데요. 경관님이 찾는 게 이 남잡니까? 제가 다른 사람들한테 물어보고……."

"됐습니다. 직접 물어보겠습니다. 방해만 하지 않으면 됩니다."

"그럼요, 그럼요!"

마치 황제를 대하는 내시처럼 기당은 공손하게 물러갔다. 경찰이라는 신분은 정말 편하다. 그냥 순경에 불과한데도 일반 사람들은 절대 거스르면 안 될 대단한 사람처럼 대한다. 어쩌면 이런 불평등한 대우 때문에 좌파가 경찰을 '누런 개'라며 욕하고, 정부에 대항하게 된 건 아닐까? 정말 알 수가 없다. 다만 확실한 것은 아칠이 경찰이 아니었다면 그 기당이 우리 엉덩이를 걷어차서 내쫓았을 게 분명하다는 것이었다.

"경찰입니다. 오늘 아침 11시 이후에 이 사람을 본 적 있습니까?"

아칠은 경찰 신분증과 두즈창의 사진을 손에 들고 다루의 기당들과 딤섬 담당 종업원들에게 일일이 물었다. 다들 "못 봤다" "주의 깊게 보지 않았다" "모르겠다"라고 대답했다. 3층에서도 똑같이 물어봤지만 결과는 마찬가지였다.

"경관님, 손님이 들락날락하는데 어떻게 얼굴을 다 기억하겠어요? 단골이면 익숙하니 기억나지만 이 남자는 전혀 모르겠어요. 저도 돕고 싶은데 능력이 안 되네요."

비교적 나이 많은 여종업원이 아칠에게 말했다.

"우리가 지도에 표시된 걸 오해한 건 아닐까요?"

다시 2층으로 돌아와서 아칠에게 물었다. 아칠이 뭐라고 대답하려는데 아까 그 기당이 굽실거리며 말을 걸었다.

"경관님들, 아직 못 찾으셨습니까?

그는 나도 경찰이라고 여겼다.

"아직입니다."

아칠이 대답했다.

"1층에서 과자 파는 하오好 누님에게 물어보시죠. 계속 문 앞에 있으니 어쩌면 그 사람을 봤을지도 모릅니다."

기당은 환심을 사고 싶은 듯 사근사근하게 말했다.

아칠은 조금 생각해보더니 대답했다.

"그쪽으로 좀 안내해주시겠습니까?"

"그럽지요! 당연하죠! 이쪽으로!"

우리는 기당을 따라 1층으로 내려갔다. 과자를 파는 계산대 뒤에서 나이는 들었지만 유행에 맞게 잘 꾸민 여자가 손님과 웃으며 이야기하고 있었다.

"아룽阿龍, 또 농땡이야? 그러다 해고당할라!"

그 여자가 우리를 안내하던 기당을 보더니 말했다.

"하오 누님, 여기 경관님들이 뭘 좀 물어보신다고 해서요."

기당 아룽이 웃는 낯으로 말했다. 평소에는 절대 그런 태도가 아닐 것이다.

"응?"

하오 누님은 깜짝 놀라며 자기가 뭘 잘못했는지도 모른 채 선생님께 혼나는 학생 같은 표정을 지었다.

"이 남자를 본 적이 있습니까?" 아칠이 계산대 위에 사진을 올려놨다. "오늘 11시 이후에 여기 왔을 텐데요."

하오 누님은 안심한 듯한 표정으로 몇 초간 사진을 들여다봤다.

"이 사람요? 봤어요, 봤어. 오늘 11시 반쯤 젊은 친구 한 명이랑 같이 왔죠. 둘이 나이가 비슷해 보이던데. 문 앞에서 고개를 내밀고 두리번거리는 데다가 얼굴도 낯설어서 기억에 남았죠."

"두리번거렸다고요?"

내가 물었다.

"여기 처음 온 것 같더군요. 그래서 그랬겠죠. 12시 40분쯤 나갔는데, 사오십 대로 보이는 살집 있는 남자와 같이 있었어요. 나가면서 그 아저씨가 여기서 과자를 좀 샀어요. 배가 덜 찼나 보다 생각했죠."

"젊은 남자 두 사람이 들어올 때 손에 뭔가 들고 있었나요?"

내가 다시 물었다.

"그건…… 들고 있었던 것 같은데? 둘 중 한 명이 손에 검정색 가방을 들고 있었어요. 아냐, 내가 잘못 기억하는지도 몰라."

하오 누님이 눈썹을 찌푸리면서 생각에 잠겼다.

"그렇다면 그 남자들이 나갈 때 그 가방을 들고 나갔습니까?"

아칠이 물었다. 두즈창 등이 폭탄을 다루에 두고 갔는지를 확인하고 싶은 것이다. 다루를 공격목표로 삼은 적은 없었지만 혹시라도 시한폭탄을 설치해두고 갔다면 엄청난 참상이 벌어진다.

"들고 있었을걸요. 아, 맞아! 들고 있었어요! 이제 기억나네. 이 사진 속 남자와 같이 온 청년이 올 때도 나갈 때도 묵직해 보이는 검은 가방을 들고 있었어요. 내가 아저씨에게 과자를 주면서, 저 가방에다 과자를 넣으면 다 으스러지겠구나 하는 생각을 했거든요."

나는 속으로 깜짝 놀랐다. 아칠도 나와 마찬가지였을 것이다. 오늘 아침 9시에 나가는 두 사람을 봤을 때는 분명 두 손이 비어 있었는데, 11시에 다루에 왔을 때는 가방을 들고 있었다. 다시 말해 두 시간 사이에 어디선가 묵직해 보이는 가방을 가져온 것이다.

"그 사람들이 어디로 가는지는 못 봤습니까?"

아칠이 물었다.

"모르죠! 차를 몰고 어디로 갈지 내가 어찌 알겠어요."

"차를 몰고?"

내가 물었다.

"가게를 나가서 저기 맞은편 길에 서 있던 검은 차에 타던데요. 아, 지금 흰 차가 서 있는 저 위치에 있었어요."

하오 누님이 말한 흰 차는 공교롭게도 아칠의 폭스바겐이었다.

"어떤 차인지 압니까? 차 번호는 못 봤습니까?"

아칠이 급히 물었다. 차 종류와 번호를 알면 그들을 찾아내는 게 훨씬 쉬워진다.

"도로를 사이에 두고 저렇게 멀리 있는데 어떻게 번호를 봐요? 나한테 손오공 눈이라도 달렸나. 난 무슨 차인지도 잘 몰라요. 그냥 크지도 작지도 않고 바퀴 네 개 달린 까만 차였다는 것밖에."

하오 누님의 묘사로는 어떤 차였는지 전혀 알 수가 없다. 어쨌든 두즈창 등이 차를 타고 퉁얏 부두의 자동차 페리선을 타고 조던 부두로 갔다고 보는 게 합리적일 것이다.

"네, 고맙습니다."

아칠이 하오 누님에게 인사를 하곤 나를 쳐다보며 말했다.

"지금 뒤쫓아도 이미 늦었겠지만, 그래도 부두에 가서 살펴봅시다. 아직 점심 안 먹었죠?"

아칠이 뜬금없이 물었다. 내가 계산대의 과자를 쳐다보며 배고픈 표정을 짓고 있었던 것이다. 나는 민망해하며 고개를 끄덕였다.

아칠이 아룽이라는 기당에게 주문했다.

"딤섬을 좀 포장해주십시오. 샤자오새우를 넣은 만두, 샤오마이고기와 야채를 얇은 밀가루 피에 싸서 찐 만두 같은 것으로. 눠미지찹쌀을 묻힌 닭고기를 연잎에 싸서 찐 것, 차샤오바오고기를 넣은 찐빵도 있으면 좋겠군요."

"그럼요, 그럼요!"

아룽이 재빨리 2층으로 뛰어 올라갔다가 일 분도 안 돼 일회용 포장 상자를 대여섯 개 들고 내려왔다.

"이렇게 많이? 둘이서 다 먹겠습니까?"

아칠이 놀란 듯 말했다.

"경관님 이렇게 고생하시는데 많이 드셔야지요."

아룽이 여전히 웃는 얼굴로 대답했다.

아칠이 그중 하나의 뚜껑을 열었다. 나는 열 몇 개의 딤섬이 꽉꽉 채워져 있는 걸 슬쩍 들여다봤다.

"세 개면 됩니다. 얼맙니까?"

"이건 저희 다루의 성의입니다. 돈은 넣어두시죠."

"얼맙니까? 다시 묻게 하지 마십시오."

아칠이 정색하며 날카롭게 말했다. 아룽은 이렇게 고집불통인 경찰은 처음 만났을 것이다.

"어, 어, 4.2홍콩달러입니다."

아룽이 전전긍긍하며 말했다. 아칠은 돈을 내고 다루를 나왔다. 나는 얼른 그의 뒤에 따라붙었다.

“돈이 없어서 내 몫을 내기가…….”

차에 탄 다음 그에게 말을 꺼냈다.

“내 부탁으로 도와주고 있는데 점심도 못 먹으면 안 되죠.”

아칠이 안경을 벗고 타이도 느슨하게 하면서 웃었다.

“난 경찰이니까 어떨 때는 굶으면서 일하기도 해요. 물 한 방울 목구멍으로 못 넘기고 범인을 추적할 때도 있죠. 하지만 당신은 일반 시민이니까 나랑 똑같이 일할 필요 없어요. 어차피 나 혼자서 조사했으면 분명 점심을 걸렀을 텐데, 당신 덕에 나도 먹는 거예요.”

고맙다고 말하려다 아칠이 조사하는 사건에 나를 끌고 다니는 셈이니 마음 편히 얻어먹자고 생각했다. 평소라면 한 끼에 많아야 1홍콩달러를 쓰는데, 그야말로 호화로운 식사다. 하긴 나는 일반 시민이라 쑤쑹과 두즈창 등을 붙잡으면 공은 전부 아칠이 가져갈 텐데 4홍콩달러면 싼 편이지.

“우선 부두로 가야겠군요. 운전하는 동안 먼저 먹어요.”

아칠이 차 열쇠를 세 번째 돌려서야 부르릉 소리를 내며 시동이 걸렸다.

드보예로 중앙에서 퉁얏 부두는 거리 하나 지나가는 정도다. 내가 두 번째 샤자오를 먹을 때쯤 차가 멈췄다. 제일대다루의 딤섬은 정말 맛있었다. ‘제일’이라는 이름이 아깝지 않았다.

부두 바깥에 도착하니 자동차 페리선을 타려는 차들이 입구까지 길게 꼬리를 물고 있었다. 주말이라 오전 근무를 마친 사람들이 해협 저편의 집에 가느라 줄이 길어진 모양이다. 상황을 보니 페리선을 타려면 삼사십 분은 기다려야 할 것 같다. 그런데 아칠은 줄을 선 차 뒤로 따라붙지 않고 길가에 차를 세웠다.

“편히 먹고 있어요. 난 부두에 가서 의심스러운 사람이나 물건이 없었나 직원에게 물어보고 올게요. 혹시 부두에 폭탄이 있으면 위험할지 모르니까 당신은 차에서 기다리는 게 좋겠어요."

아칠은 그렇게 말하고 부두 쪽으로 걸어갔다.

나는 맛있는 딤섬을 씹어 삼키면서 아칠의 차를 둘러봤다. 차 안은 소박했고 아무런 장식도 없었다. 조수석 앞 차창에 홍콩경찰 마크 스티커가 붙어 있었다. 아마 경찰서를 드나들기 위한 통행증일 것이다. 계기판을 쳐다보다가 아래를 보니 라디오 버튼이 있었다. 나는 라디오를 켜고 음량을 높였다. 스피커에서 팝송이 흘러나왔다.

딤섬 한 상자를 다 먹었을 때 아칠이 돌아왔다.

"아무 문제도 없어 보여요. 직원도 정오 이후로 특별한 일은 없었다니까."

나는 아직 열지 않은 딤섬 상자를 아칠에게 건넸다. 그리고 라디오 음량을 줄이면서 말했다.

"그렇다는 건 그들이 페리선을 타고 카오룽으로 갔다는 거겠죠?"

지금 시각은 3시 반이다. 두즈창 등과는 다루에서부터 이미 두 시간 반 정도 차이가 났다. 어쩌면 쩌우 동지가 '임무를 완수'하고 다들 해산했는지도 모른다.

아칠은 차샤오바오 하나를 집었다. 두 번 만에 차샤오바오 하나가 전부 입안으로 사라졌다. 차샤오바오를 가득 문 채 아칠이 말했다.

"그, 그럴 수도 있죠. 하지만 우리가 할 수 있는 건, 계속 따라가면서, 정보를, 수집하는 거예요. 두즈창의 사진을 직원, 음, 직원에게 보여줬더니, 다들 본 적이 없다더군요."

"사실 나도 계속 생각해봤는데……." 나도 남은 한 상자를 열고 차샤오바오를 집었다. "부두는 목표가 아닐 것 같아요."

"왜요?"

"지도에 있던 × 표시 기억나요?"

"코즈웨이베이 치안판사국에 표시된 거요?"

"그게 하나고, 하나 더 있었는데 퉁얏 부두에서 조던 부두까지 그은 직선 위에 있었어요." 나는 차샤오바오를 먹으면서 말을 이었다. "그 ×가 진짜 폭탄을 의미하는 게 아닐까 싶어서요."

"진짜 폭탄? 머레이 하우스와 샤틴 기차역을 언급한 그 쪽지 말이에요?"

"아니, 아니. 내가 말했잖아요, 그건 아마 연막일 거라고. 쪽지는 경찰의 눈을 다른 데 돌리기 위한 거고, 지도가 그들의 진짜 계획이죠. 어제 코즈웨이베이 치안판사국에서 진짜 폭탄이 발견됐어요. 지도에도 ×가 있고. 그럼 바다 위에 ×가 있는 것도 진짜 폭탄이겠죠."

"그럼 그 사람들이 페리선을 폭파시키려는 건가?"

"폭탄을 바닷물에 던져 넣지는 않겠죠. 해파리를 구워 먹을 생각이 아니라면."

"그렇지만 페리선을 폭파해서 뭘 하려고?"

나는 두 손을 펼치고 어깨를 으쓱해 보였다. 나도 모른다.

"음, 우리도 줄을 서서 페리선을 타야겠어요. 그 사이에 천천히 생각해보자고요."

아칠은 그렇게 말하고 차를 움직여 페리선 대기 줄의 꽁무니에 따라붙었다.

페리선을 타는 데까지 30분이 걸렸다. 우리는 계속 지도에 그려진 표시 하나하나에 대해 토론했다. 침사추이 경찰기숙사 등 네 곳은 지도에 날짜와 시간이 적혀 있지 않으니 함정이라는 증거나 다름없다. 쑤쑹 등은 경찰력을 가장 효율적으로 낭비시키고 진정한 목표를 감추려고 할 것이다.

"그래서 퉁얏 부두는 제외할 수 있는 거죠. 그들이 퉁얏 부두에서 폭탄을 설치한다면 머레이 하우스와 중앙 치안판사국 주변에 대기 중인 경찰이 그쪽으로 금방 갈 수 있으니까."

내가 이 점을 지적하자 아칠이 고개를 끄덕였다.

하지만 그들의 다음 행보는 추론할 수 없었다. 나는 그들이 말했던 '세부사항'이 배 위에서 진행되지 않을까 추측할 뿐이었다. 쩌우동지가 뭔가를 할 때 두즈창과 쑤쑹이 미끼가 돼야 한다면 아마 배 위에서 선원들이 알아차릴 것이다. 하지만 조금 전 아칠이 확인했을 때 부두 직원들은 평소와 다른 점이 없었다고 했다. 우리의 결론은 페리선을 타서 선원에게 직접 물어보자는 것이었다.

4시쯤 되었다. 우리는 배 두 대를 보내고서야 페리선에 탈 수 있었다. 복층 갑판의 자동차 페리선 민딩民定 호다. 각 층에 이삼십 대의 자동차가 들어가는 것 같다. 페리선을 타고 해협을 건넌 적은 많지만 자동차를 타고 페리선에 오른 것은 처음이었다. 어떤 사람은 차에서 내리지 않고 졸거나 신문을 보거나 라디오를 듣거나 잡담을 나눈다. 하지만 더 많은 사람들이 갑판으로 내려와 바닷바람을 쐰다.

나는 아칠을 따라 선원들에게 질문을 하러 다녔다.

"경찰입니다." 아칠이 신분증을 꺼냈다. "오늘 12시 40분 이후에 이 남자를 본 적이 있습니까?"

갑판에서 일하던 선원들이 모여들어 두즈창의 사진을 자세히 봤다. 그들은 분분히 고개를 흔들었다.

"그럼 뭔가 이상한 일은 없었습니까?"

"없었는데요, 경관님. 오늘도 역시 사람 많고 차 많고, 특별한 건 없었죠."

수염을 기른 선원이 대답했다.

"우리 배에선 아무 일 없었는데, 제가 막 교대를 하면서 들으니까 민방民邦호에선 말썽이 좀 있었다고 하더군요."

그 옆에 사십 대로 보이는 선원이 말했다.

"말썽이라면 어떤 겁니까?"

"뭐라더라, 한 시간 반 전에 센트럴에서 야우마테이로 가는 배였는데, 젊은이 둘이 뭐 때문인지 서로 욕하고 싸우더라나요. 싸움이 격해져서 큰일이라도 날까 봐 선원들이 다들 걱정했는데, 한참 그러다가 둘이 화해하더래요. 요즘 젊은 사람들이란, 원."

"민방호 선원에게 상세한 상황을 들을 수 있는 방법이 있습니까?"

"있죠! 하지만 우리는 지금 막 센트럴을 떠났으니까 민방호도 야우마테이를 떠났을 거란 말이지요. 조던 부두에 내려서 30분만 기다리면 민방호가 거기 도착하니까 그때 배에 타서 물어보면 되지요."

우리가 조던 부두에 내리는 것은 4시 반이다. 그렇다면 민방호는 5시에 도착한다.

"저기, 그 사람들 목표가 민방호인 건 아닐까요?"

차로 돌아와서 아칠에게 말했다.

"다시 페리선 폭파 가설로 돌아가는 건가?"

아칠이 반문했다.

"페리선 폭파는 확실히 의미가 없지만 페리선이 자동차를 싣고 간다는 걸 잊지 마세요. 그들이 노리는 건 자동차를 몰고 페리선에 탄 사람인지도 몰라요. 해상사고를 내는 거죠." 나는 미간을 찡그리며 말했다. "그렇다면 두즈창 등의 대화 내용도 쉽게 이해가 돼요. 두즈창과 쑤쑹은 배에서 싸우는 척하고, 쩌우 동지는 선원들이 그쪽에 정신을 파는 사이 기관실이나 갑판 어딘가 사람들이 발견하기 어려운 곳에 폭탄을 설치하는 거죠. 사람들이 많은 곳에서 누군가를 암살하려면 성공하는 건 차치하고 도주하기도 어렵죠. 하지만 페리선에선 30분간의 항해 동안 외부와 완전히 고립되잖아요. 경찰선이나 소방선이 구조하려 해도 어려움이 있고, 배 안의 응급 설비가 허술할 수도 있어요. 제일 중요한 건 범인은 일찌감치 도망쳐서 배에 없다는 거죠."

"큰일이군."

아칠이 급히 운전석을 박차고 뛰어나갔다. 나도 얼른 따라갔다. 아칠은 수염을 기른 선원을 붙잡고 물었다.

"무선으로 민방호와 연락할 수 있게 도와주십시오."

"경관님, 그건 제가 해드릴 수 없습니다. 선장님께 직접 말씀드리세요. 하지만 민방호 선원에게 잡으려는 놈에 대해 묻는 거라면 배가 도착한 다음에 하시죠. 사진을 보내줄 수 있는 것도 아닌데요."

"아뇨, 민방호에 한마디만 전해주시면 됩니다." 아칠이 수염 기른 선원의 손을 붙잡았다. "의심스러운 물건이 있는지 찾아보라고 해야 합니다. 배에 폭탄이 설치됐을지도 모릅니다."

선원들의 표정이 동시에 경악으로 물들었다. 서로 눈짓을 주고받더니 수염 기른 선원이 물었다.

"경관님, 정말입니까?"

"확실하진 않지만 그럴 가능성이 있습니다. 민방호 선원들에게 승객들에게는 알리지 말고 배를 뒤져보라고 알려주십시오."

"알겠습니다. 여기서 좀 기다려주십시오."

수염 기른 선원이 고개를 끄덕이고 조타실로 올라갔다. 선장이 수염 기른 선원과 함께 내려와 아칠의 설명을 들었다. 선장은 조타실로 올라가서 민방호에 연락을 취했다. 나와 아칠은 선원들이 쉬는 선수의 한구석에서 결과를 기다렸다. 배에서 바라보는 홍콩은 무척 아름다웠고 바닷바람도 상쾌했지만 그런 걸 느낄 마음의 여유는 없었다.

"저게 바로 민방호입니다."

한 선원이 바닷물을 가르고 다가오는 페리선을 가리키며 우리에게 말했다. 나도 모르게 민방호가 내 눈앞에서 폭발해 가라앉는 환상을 떠올렸다. 승객과 선원들이 바다 속에 빠져 허우적대는 지옥 같은 광경이었다. 갑자기 등골이 오싹했다.

하지만 민방호는 폭발하지 않고 조용히 우리 옆을 지나 점점 멀어졌다.

아칠과 나는 선수에서 15분 정도 기다렸다. 페리선은 이제 곧 조던 부두에 도착할 것이다. 수염 기른 선원이 급히 달려왔다.

"경관님, 민방호 선원들은 아무것도 발견하지 못했답니다."

"아무것도?"

"두 번이나 배를 샅샅이 뒤졌다고 하던데요. 의심스런 물건은 전혀 없었대요. 경관님 정보 믿을 만한 겁니까? 저쪽 선장은 배를 센트럴에 댄 다음 운항을 멈출 수도 있다고 했답니다. 하지만 그랬다가 정보가 틀렸다고 밝혀지면 일이 복잡해집니다. 선장이 책임질 수 없는 부분이에요."

아칠의 얼굴빛이 나빠졌다. 결정을 내리지 못하는 듯했다.

"운항을 멈출 건 없습니다. 민방호에 평소대로 운항하라고 하세요." 내가 끼어들어 위엄 있는 척 말했다. "민방호는 4시 반에 퉁얏 부두에 도착하고, 출발해서는 조던 부두에 5시 도착이죠? 우리는 조던 부두에서 기다렸다가 그때 직접 배에 타서 조사하겠습니다. 하지만 선원들에게 경계를 늦추지 말라고 해주십시오. 폭탄테러범이 다음 번 배에 폭탄을 설치할지도 모르니까요."

"알겠습니다, 경관님."

수염 기른 선원이 다시 조타실로 올라갔다.

"우린 차에 가서 기다릴게요. 소식이 있으면 저희에게 알려주세요."

내가 다른 선원들에게 말했다. 선원들이 고개를 끄덕였다.

차에 돌아온 다음 아칠이 불쾌한 표정으로 말했다.

"왜 민방호를 계속 운항시키라고 했죠? 민방호 선원들이 눈이 삐어서 폭탄을 못 찾은 건지도 모르는데. 바다 위에서 사고가 나면 어떡할 건데!"

"하지만 우리도 배에 폭탄이 있다는 증거는 없잖아!"

나도 모르게 소리를 꽥 질렀다. 아칠이 너무 편해졌나 보다. 경찰인 아칠을 나와 대등하게 보다니!

"함부로 운항을 중단시켰다가 뒷일을 어떻게 감당하려고요? 경관님이 경찰 노릇 못 하게 되는 걸로 끝나지 않아요. 게다가 이상한 부분을 발견했다고요. 그래서 우리가 정말 잘못 생각했다는 걸 알았다고요."

"이상한 부분이라니?"

"아까 선원이 그랬죠. 민방호에서 싸움이 있었다고. 그건 한 시간 반 전의 센트럴에서 야우마테이로 갈 때 벌어진 일이에요."

"그렇죠."

"그건 2시 반에 출발하는 배였어요. 센트럴에서 야우마테이까지는 30분이 걸리니 왕복은 한 시간. 우리가 아까 페리선에 타려고 기다릴 때 봤던 걸 생각하면 그 항로에는 자동차 페리선 네 척이 운항돼야 해요. 15분에 한 번 출발하니까. 제일대다루의 하오 누님 말로는 그들이 12시 40분에 나갔다고 했는데, 페리선을 타기 위해 기다리는 데 30분을 쓴다고 해도 1시 15분 배를 탈 수 있었는데 그러지 않았어요. 2시 반까지 기다렸다가 배를 탔는데 이상하지 않아요?"

"민방호를 타기 위해 기다린 게 아닐까요?"

"그랬다고 해도 1시 반 배를 탈 수 있잖아요."

"혹시 1시 15분이나 1시 반 배를 타고 조던 부두에 내린 다음 다시 배를 타고 센트럴로 가고, 거기서 다시 2시 반 배를 탔을 가능성은?"

"말도 안 돼요. 배에서 내린 다음 다시 타는 건 시간상으로 불가능하잖아요. 또 줄을 서야 하는데. 내리지 않고 그대로 타고 돌아왔다면, 아까 평소와 다른 일이 없었느냐고 물었을 때 선원들이 분명 그 일을 언급했을 거예요. 게다가 선원들이 애초에 그렇게 하도록 놔두지 않을 거고. 페리선을 타려고 줄을 선 차들이 그렇게 많은데."

아칠은 대답하지 못했다. 생각에 잠긴 표정이었다.

"게다가 지금 생각하니 아까의 가설에 문제가 있어요. 해상사고를 일으켜 누군가를 죽이려 한다는 가설은 합리적인 것 같지만, 실제론 실현되기 어려워요. 목표가 어느 배를 탈지 미리 예측할 수가 없잖아요. 그래서 새로운 가설을 세웠어요."

"새로운 가설?"

"자동차 폭발."

아칠은 멍하니 나를 쳐다봤다.

"그러면 모든 문제가 풀려요." 나는 우리 옆의 다른 차들을 가리켰다. "그들의 목표가 어떤 영국인이라고 해봐요. 부두에서 기다렸다가 그 사람 차가 나타나면 따라붙어서 같은 배에 타는 거죠. 그러면 배에서 두즈창과 쑤쑹은 싸우는 척하고, 그 틈에 쩌우 동지가 그 사람 차에 시한폭탄을 설치하는 거예요."

"왜 영국인이죠?"

"쩌우 동지가 '흰 돼지가 우리가 이런 수를 둘 거라고 생각지 못하겠지'라고 했으니 영국인일 가능성이 높아요."

아칠과 나는 다시 한 번 수염 난 선원을 찾아가서 민방호에 연락해달라고 부탁했다.

"경관님, 배가 곧 부두에 도착합니다. 지금 할 일이 산더미라고요!"

"한마디면 됩니다. 부탁합니다."

아칠이 부탁했다. 선원은 경찰이 이렇게 간절히 협조를 요청하는 게 의아한 모양이었다. 내키지 않아 하면서도 조타실로 올라갔다.

"2시 반에 센트럴에서 야우마테이로 갈 때 서양인이 탔는지만 물어볼 겁니다. 이게 마지막이에요."

일 분 뒤 선원이 돌아왔다.

"없어요. 한 명도 없었답니다."

선원은 이제 믿지 못하겠다는 눈빛으로 우리를 바라봤다.

"없었다고?"

"없어요, 없어! 전부 동양인이었대요." 선원은 한숨을 쉬었다. "경관님, 경관 나리, 그냥 부두에 가서 기다리시죠. 5시면 민방호가 도착합니다. 그때 직접 물어보세요. 얼마든지 많이 물어도 된다고요."

우리는 어쩔 수 없이 동의했다. 그런 다음 선원들이 정박 준비를 하는 모습을 지켜봤다. 4시 반. 우리는 조던 부두에 내렸다. 아칠은 부두 직원과 인사한 뒤 경찰임을 밝히고 5시에 도착하는 민방호를 조사하겠다고 말했다. 우리는 배에 오르는 통로 옆에서 기다렸다.

"사실 요즘은 자동차 페리선을 탈 영국인이 없을 것 같아요."

기다리는 동안 아칠이 말했다.

"하지만 영국인도 홍콩섬과 카오룽 반도를 오가야 할 거 아녜요?"

"고급 공무원이라면 관용 선박이 있어요. 보통의 영국인이라면 이런 시국에는 외출을 삼가겠죠. 아예 영국으로 피신하는 사람도 있는데. 내가 알기로도 영국인 경찰 가족들은 최근 거의 외출을 하지 않아요. 기껏해야 집 근처만 다니지. 그들도 시위대를 만날까 봐 두렵거든요."

아칠의 말도 일리가 있었다. 하지만 나는 내 추리가 틀리지 않다고 생각했다.

30분 동안 우리는 바늘방석에 앉은 듯 내내 좌불안석이었다. 아칠은 라디오를 크게 틀었다. 4시 반에 머레이 하우스에서 폭탄이 발견됐다는 뉴스가 나오는지 들으려는 것이다.

만약 진짜 폭탄이 발견됐다면 우리가 지금까지 했던 추리는 모두 뒤집히고 만다.

5시 정각, 민방호가 부두로 다가오고 있었다. 그때 라디오에서 뉴스 보도가 시작됐다.

"영국 왕립공군 부참모총장 플레처 장군이 오늘 오후 왕립공군기지를 방문해 홍콩 주둔 왕립공군의 노고를 위로하고, 영국군이 홍콩 정부를 도와 폭동을 진압하는 과정에서 보인 용맹을 치하했습니다. 플레처 장군은 오늘 저녁 기지에서 열리는 파티에 참석합니다. 홍콩 주둔 영국군 사령관 워슬리, 홍콩경무처 처장 에이츠 및 보정사* 개스도 참석할 예정……."

"그러니까 머레이 하우스에는 폭탄이 없었구나. 있었다면 먼저 보도가 됐을 텐데."

아칠이 뉴스를 듣다가 중얼거렸다.

"아!"

나는 갑자기 떠오른 생각에 놀라 소리를 질렀다.

"왜 그래요?"

"아, 하지만 아무래도 아닌 것 같아……요."

"무슨 소리예요?"

아칠이 이상한 듯 물었다.

"우리가 중요한 부분에서 오해를 한 것 같아요. 하지만 그건 좀 가능성이 낮을 것 같은데."

* 보정사(輔政司, Colonial Secretary)는 홍콩 식민지 시대에 총독 다음의 정부 직책으로, 1976년 포정사(布政司, Chief Secretary)로 명칭이 바뀌고, 1997년 주권 반환 후 정무사장(政務司長, Chief Secretary for Administration)으로 바뀌었다.

나는 머리를 긁적이며 말했다.

"무슨 중요한 부분?"

"난 두즈창이 말한 1호를 '첫 번째' 목표라고 생각했는데 혹시 1호가 목표 그 자체라면? 차량번호 1번인 경무처 처장의 '1호차'를 노리는 거라면? 하지만 말도 안 되는 생각이죠. 경무처 처장이나 되는 사람이 자동차 페리선을 타고 해협을 건널 리가 없잖아요. 앞뒤로 경찰들이 호위를 하고……."

내가 말을 마치기도 전에 아칠이 차에서 뛰쳐나갔다. 나도 허겁지겁 뒤따라갔다. 아칠은 부두 직원을 붙잡고 고함을 질렀다.

"말해! 1호차가 지나갔어? 오늘 경무처 처장의 1호차가 지나갔냔 말이야?"

아칠에게 멱살을 잡힌 직원이 당황한 얼굴로 더듬거렸다.

"네, 네. 1호차는 한 달에 몇 번 정도 배를 타는데요. 늘 그런데……."

아칠은 직원을 놓아주고 차를 향해 달렸다. 나도 뒤따라가서 차에 올라탔다.

"왜 그래요? 1호차에 폭탄을 설치할 수 있을 리가 없잖아요?"

나는 긴장했다.

"가능해! 가능하다고!"

아칠의 얼굴은 딱딱하게 굳어 있었다. 차 열쇠를 돌리면서 말했다.

"경무처장이 공직자 파티에 참석할 때는 1호차를 타야 해요. 그게 관례예요! 만약 장소가 카오룽이면 1호차는 먼저 해협을 건너서 대기하고, 처장은 다른 관용차를 타고 홍콩섬의 퀸스 부두로 가서 경찰선을 타고 해협을 건너요. 카오룽의 부두에 도착하면 대기 중인 1호차로 갈아타고 파티 장소로 이동하는 거예요! 경무처장이 경호대를 데리고 일반 페리선을 타면 난리가 날 테니까. 보좌관과 보디가드는 처장을 따라가는 거지 1호차를 따라가는 게 아니니까, 해협을 건널 때의 1호차는 특별한 호위가 없는 상태예요!"

나는 경악해서 아칠을 바라봤다.

"1호차에 폭탄을 이미 설치했을 거예요!" 아칠이 액셀을 밟았다. 차가 앞으로 튀어나갔다. "경무처장을 암살하려는 거였다니!"

5

"처장의 운전사는 산둥성 사람이에요. 그래서 민방호 선원들이 외국인은 없었다고 한 거예요."

아칠이 말했다.

차는 전속력으로 조던로를 따라 나는 듯 달렸다. 나는 손잡이를 꽉 붙잡는 수밖에 없었다.

"두즈창 등은 사전에 경무처장이 오늘 파티에 참석한다는 정보를 입수하고 이런 음모를 세운 거예요. 그들은 통얏 부두 근처에서 기다렸다가 1호차가 나타나자 따라서 배에 탔고, 당신이 말한 것처럼 차에 폭탄을 설치했을 거예요. 쩌우라는 사람이 과자를 산 것도 1호차가 나타날 때까지 차에서 기다리면서 먹을 걸 사둔 거고."

"그럼 우, 우리가 이 정보를 바로 경무처장 호위대에 알려주면 되잖아요!"

나는 말하면서 몇 번이나 혀를 깨물 뻔했다. 정신없이 차선을 바꾸며 앞 차를 계속 추월하는 통에 아찔한 상황이 연이어 펼쳐졌다.

"너무 늦어요! 상부에 보고하면 몇 차례나 절차를 거쳐야 해요. 내부 공고를 봤는데 오늘 저녁 파티는 5시 30분에 시작해요. 영국군 사령관, 경무처장이 참석하는 건 관례라 시간에 맞춰 도착할 거예요. 영국군 사령관보다 경무처장이나 보정사가 늦게 도착해선 안 돼요. 출발에서 도착까지 시간을 미리 다 조율하죠. 경무처장은 영국군 사령관보다 낮은 직급이니 5시 20분이면 파티 장소에 도착해야 해요. 그러니까 1호차는 이미 카오룽 부두에 도착해서 대기 중이고, 경무처장은 이제 막 경찰선에서 내릴 때예요. 우리가 바로 카오룽 부두로 가면 경무처장이 1호차에 타는 걸 막을 수 있어요. 상부에 보고하는 것보다 빠르다고……."

"그들이 경무처장 일정을 어떻게 안 거죠?"

"공식활동은 다 공개돼요. 혹시 어딘가 정보가 새는지도 모르죠."

"우, 우리가 늦지 않게 갈 수 있을까요?"

"갈 수 있어요! 8분이면 간다고!"

조던 부두에서 카오룽 부두까지 8분? 그럴 리가? 하지만 나는 겁이 나서 더 묻지 못했다. 내 말에 대답하느라 아칠이 운전에 집중하지 못해서 다른 차와 박치기를 할 것 같았기 때문이다. 경무처장의 암살을 막기도 전에 우리 목숨부터 날아갈 판이었다.

아칠의 차는 바람처럼 달렸다. 5분도 안 돼 카오룽 서쪽의 조던 부두에서 동쪽의 훙홈까지 갔다. 달리는 내내 내가 아는 모든 신에게 무사하게 해달라고 빌었다. 다행히 아칠의 운전 실력이 보통이 아니라 무단횡단하는 사람을 몇 번이나 칠 뻔했으면서도 사고는 없었다.

도크가 근처까지 왔을 때 우리의 운도 마침내 바닥나고 말았다.

앞쪽 도로에 한 떼의 군중이 모여 있었다. 이삼십 명 정도 돼 보였다. 사람 수는 많지 않았지만 도로를 거의 대부분 점거하고 있었다. 그들은 격앙된 태도로 손에 표어를 쓴 종이를 들고 있었다. 아칠은 어쩔 수 없이 속도를 줄였다. 그들에게 가까워지자 손에 들린 표어가 보였다. "불법 가택침입에 항의한다." "권력의 도살행위에 책임을 묻자." "애국은 죄가 아니다, 항거에는 이유가 있다." "우리는 반드시 이긴다, 영국 정부 물러가라."

"망했군. 불법집회다."

아칠이 차를 세우며 말했다. 지난 달 홍콩경찰이 갑자기 홍홈의 카오룽 도크 지역의 노동자연합회와 노동자녀학교를 급습해 시가전이 촉발된 일이 있었다. 당시 신문에서는 노동조합의 '폭도'가 총에 맞아 사망했다고 보도했다. 그러니 지금 저들은 시민을 향해 그 사건에 대한 지지를 호소하고 홍콩의 영국 정부에 항의하는 좌파들인 것이다.

아칠은 경적을 울리지도 않고 고개를 돌려 뒤를 살폈다. 차를 돌리려는 모양이었다. 하지만 뒤에는 다른 차가 따라오고 있었다.

"경적을 울려야죠!"

나는 그렇게 말하며 손을 뻗어 클랙슨을 눌렀다.

"안 돼!"

아칠이 급히 내 손을 붙잡았지만 이미 빠앙 소리가 난 뒤였다.

몇 초 지나지 않아 나는 아칠이 나를 막으려 했던 이유를 알았다.

경적 소리에 사람들이 분분히 고개를 돌려 우리를 쳐다봤다. 그들과 우리 사이는 멀지 않았지만 그래도 차 두세 대 거리는 되었다. 처음 그들은 불쾌한 표정으로 우리를 쳐다보기만 했다. 그런데 몇 명이 귓속말을 주고받더니 어느새 눈빛에 묘한 살기가 깃들었다. 그들이 한 발짝씩 다가왔다. 마치 사냥감을 노리고 다가오는 늑대 무리처럼.

아, 맞아. 아칠의 차에는 경찰 마크가 붙어 있었다.

딱 죽었군.

알아차렸을 때는 이미 늦었다. 몇 명의 남자가 앞으로 달려 나와 쇠파이프로 차를 내리치기 시작했다. 헤드라이트가 부서진 것 같았다.

“누런 개를 삶아 먹자! 동포를 위해 복수하자!”

“꽉 잡아요!”

아칠이 기어를 뒤로 홱 당겨 맹렬하게 후진했다. 뒤에는 빨간색 중형차가 있었는데 아칠은 아랑곳없이 그대로 들이박았다. 폭스바겐 비틀은 몸체가 작은 차라서 충격이 엄청났다. 아까 먹은 샤자오와 샤오마이가 도로 튀어나올 것 같았다. 앞에는 살기등등한 시위대, 뒤에는 정신없이 차를 피하는 사람들. 그야말로 혼란의 도가니였다.

“놓치지 마라!”

시위대의 분노한 외침이 들렸다.

폭스바겐 비틀은 중형차를 밀어낼 힘이 없다. 아칠은 갑자기 전진 기어로 바꾸더니 시위대 쪽으로 돌진했다. 흉기를 들고 다가오던 사람들이 깜짝 놀라 멈춰 섰다. 아칠은 시위대를 위협해서 거리를 확보한 다음 다시 후진 기어로 바꿔 뒤로 빠져나갔다. 시위대 중에 멀리 떨어지지 않았던 남자가 차 옆으로 달려오더니 부웅 하는 소리와 함께 쇠파이프로 조수석 차창을 깨뜨렸다. 나는 급히 얼굴을 가렸지만 유리조각 몇 개가 얼굴을 긁었다. 그 남자가 두 번째 공격을 준비하자 아칠은 핸들을 꺾어 그 남자를 위협해 겨우 저지할 수 있었다. 뒤쪽 빨간색 차 운전자는 그제야 상황 파악이 된 모양이었다. 그 차도 우리와 같은 방향으로 후진하기 시작했다. 덕분에 우리 차도 빠르게 시위대에게서 멀어질 수 있었다. 이제 비로소 위험을 벗어났다고 생각한 순간 더욱 경악할 일이 벌어졌다.

한 남자가 유리병을 들고 우리 쪽으로 달려오고 있었다.

그리고 유리병 주둥이에는 불이 붙어 있었다.

“으악! 화염병이다!”

내 말이 떨어지기도 전에 그 병이 우리 차를 향해 날아들었다. 병이 깨지면서 눈앞이 온통 화염으로 뒤덮였다. 불꽃이 깨진 차창을 넘어와 내 몸 바로 옆에서 혓바닥을 날름거렸다. 연속된 상황에 정신이 나간 나는 뜨겁다는 것도 못 느낄 지경이었다.

"정신 차려요!"

아칠이 소리 질렀다. 그는 여전히 후진하고 있었다. 속도가 빠르진 않았지만 어쨌든 사람보다는 빠르다. 차는 후진 중이고 불꽃은 우리 앞에서 일렁거리고 있었으니 잠깐 동안은 차 안으로 불이 번질 염려는 없을 것 같았다. 차가 거리 두 개만큼을 후진했는데도 불꽃의 기세가 수그러들지 않자 나는 더럭 겁이 났다. 설마 이대로 불에 타 죽는 걸까? 이 차는 가끔 시동이 꺼진다고 했다. 혹시 지금 그런 일이 생긴다면 목숨을 부지하지 못할지도 모른다.

"내려요!"

아칠이 갑자기 차를 멈췄다. 나는 두 번 생각할 것도 없이 구르듯이 차에서 뛰어내려 달려나갔다. 우리가 빠져나온 다음에도 불꽃을 두른 폭스바겐 비틀은 뒤쪽으로 달리고 있었다.

"여기! 이쪽이야!"

아칠이 나를 불렀다. 나는 차에서 멀어지는 것만 생각하는 바람에 아칠이 도로변에 서 있는 것을 못 봤다. 아칠 앞에는 헬멧 쓴 남자가 모터사이클 앞에 우두커니 서 있었다.

"경찰이다! 공무집행으로 모터사이클을 빌리겠다!"

그 남자가 대답하기도 전에 아칠은 모터사이클에 올라타며 나에게 손짓했다. 일단 달아나는 게 급했다. 나도 곧장 모터사이클 뒷자리에 탔다. 어찌할 바를 모르고 서 있는 모터사이클 주인을 남겨두고 우리는 쌩하니 달려나갔다. 시위대가 그 남자에게 무슨 짓을 하지는 않겠지? 그 남자는 누런 개가 아니니까. 사실 나도 누런 개가 아닌데 얻어맞을 뻔했지만…….

"우리 어디 가서 지원 요청부터 해야 하는 거 아네요?"

바람이 내 귓가를 휙휙 스쳐갔다. 내가 큰 소리로 물었다. 두 손으로는 아칠을 꽉 붙잡았다. 모퉁이를 돌 때마다 모터사이클에서 떨어질 것만 같았다.

"부두! 처장이 차에 타는 걸 막아야죠! 거기 가면 경찰 많아요!"

아칠도 큰 소리로 대답했다.

평생 처음으로 자동차 페리선과 모터사이클을 탔다. 화염병 공격도 평생 처음이다. 반나절 사이에 이 모든 걸 겪게 될 줄은 생각지도 못했다. 설마 오늘 이보다 더 무서운 일을 겪지는 않겠지.

눈 깜빡할 사이에 우리는 카오룽 부두에 도착했다. 그러나 경찰선도 경찰차도 보이지 않았다. 부두에 걸린 커다란 시계를 확인하니 5시 16분이다.

아칠은 모터사이클에서 내려 제복 경찰에게 달려갔다.

"경무처장이 여기서 차에 탔습니까?"

아칠이 신분증을 꺼내 들며 물었다.

"예, 출발한 지 5분쯤 됐습니다."

"안 돼!" 아칠이 주변을 둘러보고 경찰에게 말했다. "상부에 빨리 보고해주십시오. 경무처장이 위험하다, 차에 수작을 부린 사람이 있다. 저는 차를 쫓아가겠습니다."

경찰은 당황한 얼굴이었다. 아칠이 뭐라고 했는지 이해를 못 한 것 같았다. 하지만 아칠은 지체 없이 모터사이클을 출발시켰다. 우리는 다시 도로를 달렸다. 아무래도 아까 그 경찰이 상부에 보고하기를 기대하면 안 될 것 같다. 설령 보고하더라도 전화를 걸어 할 텐데 그보다는 폭탄이 더 빠를 것 같다.

"공군기지는 콴통로에 있어요." 아칠이 큰 소리로 말했다. "호위

차가 있으니 속도가 빠르지 않을 거예요. 따라잡을 수 있어요!"

모터사이클은 도로를 따라 직선으로 달렸다. 그러나 도로에 차가 많았다. 이 부근에 카이탁 공항이 있어서 비행기로 홍콩에 오는 여행객이 이 도로를 지나가는지 도로 사정이 복잡했다.

"이래선 못 따라잡겠어요!"

"그럼 지름길로 가야지!"

아칠은 갑자기 노천시장 쪽으로 모터사이클을 홱 돌렸다.

"비켜요! 비켜! 경찰입니다!"

아칠이 고함을 쳤다.

노점상과 행인들이 엄청난 속도로 달려오는 모터사이클을 보자 정신없이 흩어졌다. 시장에는 생선이나 야채를 파는 노점이 많고 길도 좁았다. 고기나 채소 등이 담긴 대바구니와 나무판자 등으로 만든 노점이 도로까지 내려와 있었다.

"젠장!"

"뭐 하는 거야!"

"다 쏟아졌어!"

시장에 욕설과 비명소리가 난무했다. 아칠은 여러 노점을 들이받으면서도 속도를 줄이지 않았다. 지금 모터사이클에서 내리면 분노한 시장 상인들의 손에 좌파 시위대를 만났을 때보다도 더 험한 꼴을 당할 것이다.

"앞, 앞을 봐!"

멀지 않은 앞쪽에 채소 노점상이 커다란 대바구니 두 개를 도로 중간에 펼쳐놓고 있었다. 우리는 왼쪽으로도 오른쪽으로도 피할 곳이 없었다. 아칠이 그 채소 상인을 피한다면 결국 양옆에 놓인 대바구니를 들이받을 상황이었다. 게다가 지금 속도와 남은 거리를 볼 때 이미 늦은 상황이었다.

끼이이이이이익.

아칠이 속도를 줄였다. 채소 상인과 막 부딪치려는 찰나, 모터사이클이 왼쪽으로 방향을 틀었고 앞바퀴가 노점상의 나무판자를 밟았다. 이어서 모터사이클이 공중으로 도약해 노점 하나를 뛰어넘었고, 바퀴가 바닥에 닿은 순간 그 반동으로 나는 그대로 나가떨어질 뻔했다. 눈 깜빡할 사이에 우리는 다시 도로로 돌아와 달리고 있었다. 그러나 여전히 어디선가 생선 비린내가 났다. 게다가 허벅지에는 채소 이파리가 얹혀져 있었다.

"보인다!"

전방에 함께 움직이는 자동차 행렬이 보였다. 마지막을 지키는 것은 경고등을 번쩍이는 경찰차였다. 아칠은 그대로 뒤따라가지 않고, 오른쪽 골목으로 파고들어 행렬 앞쪽으로 튀어나왔다.

아칠은 모터사이클을 도로 중앙에 세우고, 경찰 신분증을 높이 치켜들었다. 나는 멀찍이 떨어져 서 있었다. 어떻게 해야 할지 몰라 제발 행렬이 우리를 보고 멈춰주기를 바랐다. 행렬이 멈추지 않으면 차에 깔리기 전에 도망쳐야 하는데.

다행히 맨 앞에서 길을 열던 교통경찰이 손을 흔들어 멈추라는 신호를 보냈다. 전 행렬이 멈췄다.

"이봐! 뭐하는 거……."

교통 경찰이 소리를 지르려다 아칠이 들고 있는 신분증을 봤다.

"멈춰주십시오! 1호차에 폭탄이 설치돼 있습니다!"

아칠이 큰 소리로 외쳤다.

서너 명의 경찰이 걸어오다가 아칠의 외침을 듣고 바로 동작을 멈추고 1호차 방향으로 달려갔다. 그들은 경무처장의 보디가드로, 이런 상황에서는 보고가 사실이든 아니든 일단은 처장을 안전한 곳으로 피신시켜야 한다.

제복 입은 남자들이 1번 차량번호판이 붙은 검은 차의 문을 열고 제복 차림의 서양인을 호위해 옆의 다른 경찰차로 옮겨 타게 했다. 두 명의 교통경찰이 모터사이클을 타고 호위하면서 그 경찰차가 재빨리 현장을 벗어났다. 그와 동시에 체격이 우람하고 눈썹이 짙은 서양인 경찰이 나와 아칠 쪽으로 다가왔다. 옆에는 홍콩인 경찰이 따라오고 있었는데 서양인 경찰의 보좌관 같았다.

"자넨 누군가?"

서양인 경찰이 영어로 아칠에게 물었다. 내가 잘못 알아듣지는 않았을 것이다.

"경찰 4447번, 완차이 소속입니다!"

아칠이 경례했다. 그리고 광둥어로 보고했다.

"경무처장님 차에 폭탄이 설치됐다는 정보가 있습니다. 사태가 위급해 상부에 보고하지 못하고 곧바로 처장님을 뒤쫓아 왔습니다."

보좌관이 통역해주자 서양인 경찰관이 뒤쪽에 있는 사람들에게 몇 마디 전달했다. 얼마 후 한 경찰이 허겁지겁 달려와 보고했다. 서양인 경찰의 얼굴이 경악으로 물들었다.

"차 아래 연료통 근처에서 이물질을 발견했대요."

아칠이 살짝 말해줬다.

"영어 알아들어요?"

"약간은." 아칠이 나지막이 말을 이었다. "말은 잘 못해요. 경사님 앞에선 차마 못하겠더군요."

아까 그 서양인이 경사였구나. 형 말이 맞았다. 영어를 잘하는 건 정말 중요한 일이었다.

서양인 경사가 아칠에게 몇 마디 말을 건네자 보좌관이 통역해줬다.

"잘했네. 군부의 폭탄 전문가가 곧 올 테니 저쪽에 가서 상황을 설명해주게."
"폭탄이 곧 터질지도 모릅니다!" 아칠이 자세를 바로 하고 말을 이었다. "범인들은 조직적으로 행동했고 정확한 계획하에 움직였습니다. 차는 5시 25분 왕립공군기지에 들어서는 순간 폭발하도록 설계됐을 겁니다. 이게 범인의 계획입니다."
"1호차에서 모두 멀리 떨어지도록! 반복한다! 1호차에서 모두 물러서라!"
경사의 보좌관이 지시에 따라 현장의 모든 사람들에게 경고했다. 몇몇 경찰은 도로 양쪽을 봉쇄해 차량 통행을 막기 시작했다.
"지금이 몇 시입니까?"
아칠이 경사의 보좌관에게 물었다.
"5시 20분일세."
"제가 1호차에 접근해 폭탄을 해체해봐도 되겠습니까?"
아칠이 물었다. 보좌관이 경사에게 통역해주자 경사가 놀란 듯 아칠을 쳐다봤다.
"왜 모험을 하려는 건가?"
보좌관이 경사의 말을 옮겼다.
"1호차는 홍콩경찰을 대표합니다. 이렇게 폭발해버린다면 경찰의 사기가 크게 타격을 입습니다. 범인은 이런 것까지 염두에 둔 겁니다. 처장님 암살에 실패하더라도 1호차 폭발을 통해 좌파의 사기를 고무시키려는 겁니다. 반대로 시민들은 경찰의 능력에 의심을 품게 될 겁니다. 그냥 차 한 대가 아니라 경찰 전부의 가치에 관련된 일입니다. 저는 시위진압대에서 파견근무할 당시 폭탄 전문가에게 해체법을 배운 적이 있습니다. 폭탄 처리 경험도 있으니 폭탄의 구조가 간단하다면 해체할 수 있습니다."
경사가 고개를 끄덕이며 몇 마디 말했고, 보좌관이 통역했다.

"좋다. 그런데 혼자서 가능하겠나? 도와줄 사람은 필요 없나?"

아칠이 고개를 돌려 주변을 둘러보다가 나를 쳐다봤다.

이봐, 농담하는 거지?

"이 임무는 매우 위험합니다. 자원하는 게 아니라면 누구에게도 도움을 요청하지 않을 겁니다."

그 말인즉 나더러 자원해서 손을 들라는 건가? 세상에! 난 경찰도 아니고, 그저 딤섬 좀 얻어먹은 것뿐이라고…….

내가 망설이는 사이 옆에서 경찰 한 명이 나섰다.

"제가 돕겠습니다. 저도 폭탄 구조에 대한 책을 읽어본 적이 있습니다."

고개를 돌려보니 아까 경사에게 연료통 밑에 이물질이 있다고 보고한 경찰이었다. 미간이 잔뜩 찌푸려져 있는 걸 보니 상당히 긴장한 모양이었다. 그가 나서서 다행이었다. 안 그랬으면 내가 손을 들 뻔했다. 휴, 위험했어.

"좋아, 자네에게 맡기겠네. 너무 무리하지 말고 안전을 우선으로 생각하게."

보좌관이 경사를 대신해 격려했다.

아칠은 급하게 준비된 공구함을 가지고 조수를 자청한 경찰과 함께 1호차로 뛰어갔다. 다른 사람들과 나는 멀찍이서 기다렸다. 그때 보좌관이 내 신분을 물었다. 내가 간단히 대답하자 그가 경사에게 보고했다. 서양인 경사는 그저 고개만 끄덕였고 다른 반응은 없었다.

아칠은 땅바닥에 누워서 상반신을 차 아래에 집어넣고 있었다. 조수 역할 경찰은 그 옆에 쪼그려 앉아 손전등을 비췄다. 나는 그걸 보고 있기가 무서워서 보좌관의 손목에 있는 시계만 쳐다봤다. 분침이 천천히 움직이고 있었다.

페리선에서 민방호가 폭발하던 환상이 다시 눈앞에 펼쳐졌다. 시간이 느려지고, 또 느려졌다. 일 초만 지나면 굉음이 울릴 것만 같았다. 그리고 나는 오늘 하루를 함께한 새 친구와 결별하게 되겠지.

분침이 느리게 25분의 위치를 향해 가고 있었다…….

우우우우웅!

비행기 한 대가 머리 위로 지나갔다. 귀청이 터질 듯한 비행기 모터 소리에 다들 약속이나 한 듯 고개를 들고 하늘을 바라봤다.

내가 고개를 내렸을 때 눈앞에 의외의 광경이 펼쳐졌다.

아칠과 그를 도운 경찰이 1호차 옆에 서 있었다. 얼굴에 미소가 걸려 있었다. 아칠이 오른손을 들어올렸다. 주먹을 쥐고 엄지손가락을 치켜세웠다.

나는 생각했다. 그건 폭탄 해체에 성공했다는 뜻이 아니라, 다시 제일대다루에 가서 딤섬을 먹고 싶다는 뜻이라고.

6

6시 20분, 폭탄 전문가가 현장에 도착했다. 아마 머레이 하우스와 샤틴 기차역 등의 지점을 경비하느라 거의 한 시간이 걸려 도착한 듯했다. 그 전문가는 폭탄을 보더니 폭발을 일으키는 부분이 제거되었고, 폭탄을 안전하게 떼어내 옮길 수 있다고 확인했다. 폭탄의 위력은 크지 않지만 연료통 부근에 있었기 때문에 폭발했다면 차가 순식간에 커다란 불덩어리가 됐을 거라고 했다.

서양인 경사는 현장의 최고 지휘관인 듯했다. 6시 40분 즈음 나와 아칠은 경찰차를 타고 카오룽 부두로 돌아가 경찰선을 타고 홍콩섬으로 향했다. 그동안 몇몇 고위 경찰관이, 물론 내가 생각하기에 고위 경찰관으로 보이는 사람들이 계속해서 나와 아칠에게 말을 걸었다. 우리는 사건의 경과를 하나씩 설명했다. 내가 우연히 대화를 엿들은 것부터 정텐성이 체포된 것, 나와 아칠이 두즈창의 방에서 지도를 찾아낸 것, 제일대다루에서 있었던 일, 그리고 배 위에서 발견한 사건의 진상 등등에 대해.

경찰들은 다들 화난 기색이라 언제라도 폭발할 것처럼 보였다. 그런데 아칠이 조그만 목소리로 일러준 말에 따르면 그들은 사실 이 결과에 아주 만족하고 다행스럽게 여긴다는 것이었다. 일은 좀 귀찮게 됐지만 손실은 거의 없는 것과 마찬가지고, 이제 범인만 잡아들이면 사건이 완전히 해결되기 때문이었다.

"물론 보안에 심각한 허점이 생긴 거라 처장이 아랫사람들을 질책할 수도 있겠죠. 두즈창 등이 붙잡히면 아마 아주 고생할 거예요."

아칠이 다른 경찰들이 없는 틈을 타 나에게 말해줬다.

7시 반, 우리는 완차이 경찰서에 도착했다. 결국 경찰서에 들어오고야 말았다. 경찰서 바깥의 경비는 여전히 삼엄했고, 해가 지자 철조망과 모래주머니는 더 무섭게 보였다. 마치 전쟁 중인 거리의 풍경 같았다.

완차이 경찰서에서 나와 아칠은 잡일부의 형사에게 다시 한 번 오늘의 일을 설명했다. 그 자리에 제복을 칼같이 차려입은 서양인들이 몇 명 있었는데, 아칠의 말에 따르면 그들은 정치부 소속이라고 한다.

"여기 사진 중에 두즈창, 쑤쑹, 쩌우진싱鄒進興을 알아보겠나?"

한 형사가 내 앞에 사진 세 장을 내려놓으며 물었다.

"이건 두즈창이고 이건 쑤쑹이에요. 쩌우 모모라는 사람은 모르겠어요. 목소리만 들었지 얼굴은 본 적이 없어요."

"이 쩌우진싱은 십가에 사네. 전에 그 근처에서 자동차 수리점을 하다가 경영 악화로 문을 닫았지. 정보에 의하면 좌파 노동조합 지도자와 아주 친밀한 관계라고 하네. 우리가 이 사람을 주시한 지 꽤 오래됐다네."

완차이 십가는 스프링가든가와 바로 붙어 있다. 2, 3분이면 걸어서 갈 수 있다. 쑤쑹과 쩌우 모모가 가까이 산다고 한 게 맞는 말이었던 것이다. 게다가 그 사람이 원래 자동차 수리를 했다면 두즈창과 쑤쑹이 눈길을 끄는 사이 1호차의 운전기사를 따돌리고 폭탄을 설치할 만한 능력이 있을 것이다.

"지금 집에 가지 말고 여기 있어요. 우리가 몇 시간 내로 두즈창을 잡으러 갈 거예요."

아칠이 말했다.

"무력체포하는 거겠죠? 집주인 아저씨, 아주머니는 좋은 분들인데. 그분들은 죄도 없고."

"알아. 내가 주변 경찰들에게 말해둘게. 아무나한테 함부로 굴진 않아."

다행히 형은 오늘 밤 일이 있어서 들어오지 않는다. 그렇지 않았다면 나는 더 걱정했을 것이다.

"집에 전화해서 집주인 아저씨께 오늘 친구 집에서 잔다고 말씀드리고 싶어요."

"이봐, 범인에게 도주하라고 알려주는 거 아냐?"

평상복을 입은 형사가 불퉁한 목소리로 말했다.

"범인과 한패였으면 오늘 음모를 폭로하는 위험을 무릅쓸 이유가 있겠어?"

아칠이 나 대신 나섰다. 형사는 입만 삐죽거리며 그대로 물러났다.

나는 전화로 허씨 아저씨에게 친구 집에서 자고 간다고 전한 다음, 형도 일 때문에 늦을 거라고 알렸다. 아저씨는 그저 "응응" 하고 대답할 뿐이었다. 몇 시간 후 무장한 경찰들이 집으로 우르르 들이닥치면 아저씨와 아주머니는 무척 놀랄 것이다. 하지만 그건 어쩔 수 없는 일이다. 운명이려니 하고 받아들여야지.

그 후 나는 잡일부의 한구석에서 기다렸다. 형사들은 내가 쩌우동지의 목소리를 듣고 그가 범인이라는 걸 확인해주길 바랐다. 아까 그 형사는 내게 그다지 우호적이지 않은 태도를 보였지만, 먼저 나서서 뭘 먹겠느냐고 물어봐주고 식당에서 맛있는 갈비덮밥도 사줬다. 오늘은 확실히 힘든 하루였다. 무서운 일도 많이 겪었다. 하지만 두 끼를 배불리 잘 먹었다. 형은 돈을 벌어올 때마다 나를 데리고 나가서 맛있는 걸 사주곤 했다. 안타깝게도 이번에 나는 형에게 맛있는 걸 사줄 수 없다. 어쩌면 형은 경찰서에서 밥을 먹으면 재수가 없고 체한다고 생각할지도 모른다.

밤 10시가 넘었을 때 아칠이 잡일부로 나를 보러 왔다. 그는 다시 제복으로 갈아입고 머리에 헬멧도 썼다. 허리춤에 매단 장비도 평소보다 많아 보였다. 아마 체포작전을 펼치러 가는 거겠지. 형사가 범인을 체포하러 가면 순경이 지원을 한다. 주변에서 소란이 일어나는 것을 방지하기 위해서다. 무뢰배처럼 생긴 아삼도 아칠과 같이 왔다.

"착한 녀석, 잘했다."

놀랍게도 아삼이 나를 보고 웃으며 이렇게 말했다.

그때 이런 소리가 들렸다.

"이 나쁜 놈들아! 겁도 없이 우리 처장님을 죽이려고 했겠다!"

"애국은 죄가 아니다! 투쟁은 이유가 있다!"

"젠장할!"

구호를 외치는 목소리는 날카로웠다. 나는 그 목소리가 쑤쑹이라는 걸 알아차렸다. 나는 방 한구석에 있는 나무 의자에 앉아 있었다.

그 앞에 놓인 탁자에 산처럼 쌓인 서류가 나를 가려줬다. 나는 서류 더미 사이로 몰래 탁자 너머를 훔쳐봤다. 내 옆에는 서류를 처리하는 형사가 앉아 있었는데, 내가 하는 행동을 보고도 별다른 제지가 없었다. 아마 범인과 내가 방을 이웃해 산다는 걸 알고 그런 모양이었다.

쑤쑹이 방으로 떠밀려 들어왔을 때 나도 모르게 헉 소리를 내뱉고 말았다. 얼마나 맞았는지 처참한 몰골이었다.

그가 나에게 노동조합 가입을 권하던 쑤쑹이라니, 처음에는 거의 알아보지 못했다. 얼굴이 온통 멍과 상처투성이였고 오른쪽 눈이 퉁퉁 부어 있었다. 얼굴에는 피가 나지 않았지만 옷에는 여기저기 피가 튀어 있었다. 쳐다보기도 힘들 만큼 끔찍한 모습이었다. 두즈창의 상처는 쑤쑹보다 심하지 않았지만 역시 구타의 흔적이 있었고, 왼쪽다리를 절뚝거렸다. 그는 고개를 숙이고 입을 다물고 있었다. 마지막으로 약간 뚱뚱한 중년 남자가 들어왔다. 그는 쑤쑹처럼 얼굴을 잔뜩 얻어맞아 사람 같지 않았다. 나도 그가 아까 그 사진 속의 쩌우진싱인지 알 수 없었다.

형사들은 세 사람에게 수갑을 채우고 두세 명의 경찰관이 한 사람씩 붙잡아 데려갔다. 순경 몇 명이 옆에서 돕고 있었다. 그중에 아칠도 있었다.

"빨리 걸어!"

한 경찰이 뚱뚱한 중년 남자의 다리를 걷어찼다.

"누런 개 같으니!"

그 남자가 욕을 했다. 그 결과 경찰봉으로 두 대 얻어맞고 말았다.

그가 입을 연 덕분에 나는 그가 누군지 확신하게 됐다.

"맞아요. 저 사람이 쩌우 동지 맞아요. 그제 들었던 목소리와 똑같아요."

내가 옆에 있던 경찰에게 말하자 경찰이 고개를 끄덕이며 자리에서 일어났다. 그리고 옅은 파란색 긴팔 셔츠를 입은, 딱 봐도 그의 상사로 보이는 남자에게 조용히 몇 마디 보고했다. 두즈창 등은 세 개의 방에 각각 감금됐다. 앞으로 심문도 받아야 할 것이다. 저 세 사람이 앞으로 얼마나 고생을 할지 나는 상상도 되지 않았다.

아칠이 나를 찾아와 웃으며 말했다.

"허씨 아저씨와 아주머니가 좀 놀라긴 하셨어요. 내가 조심해달라고 말해둬서 다행히 당신 방 벽은 무너지지 않았어요. 증거품인 지도도 찾았고, 이걸로 사건도 일단락된 거예요. 오늘 정말 고생했어요."

나도 몇 마디 상투적인 말을 하고 싶었다. "고생하긴요"라거나 뭐 그런 말. 하지만 솔직히 말해서 오늘은 정말 힘들었다.

"주목Attention!"

입구에서 갑자기 들려온 소리였다.

1호차를 막아섰을 때 만났던 서양인 경사가 들어왔다. 보좌관도 옆에 있다. 모든 경찰관이 일어서서 경례를 했다. 경사의 표정은 아까보다 훨씬 편안해 보였다. 아마 순조롭게 범인을 잡아들여서 처장을 볼 낯이 생긴 덕이 크겠지.

"자네들이 참 잘해줬네."

보좌관이 경사의 말을 통역했다.

"자네, 경찰 될 생각 없나? 거葛 경사님이 오늘 자네의 활약을 보고 아주 대단하다고 하셨네. 경찰에는 자네처럼 두뇌 회전이 빠른 인재가 필요하지. 경찰이 되려면 신원보증인*이 두 명 필요하네. 혹

* 1960년대에 홍콩에서 경찰관이 되려면 두 명의 고용주가 회사 명의로 신청인의 인품과 행동이 올바르며 중국 대륙과의 정치적 관계가 없다는 것을 보증해야 했다.

시 잘 아는 사장님이 없다면 거 경사님이 관례를 깨고 자네 신원을 보증해주신다네."

보좌관이 설명했다. 나는 그제야 그 서양인 경사의 성이 '거'라는 걸 알았다. 정확히는 그의 성을 음역한 첫 글자가 '거'라는 것이지만.

"예, 생각해보겠습니다. 감사합니다."

나는 고개를 끄덕였다.

"그럼 이곳 경찰서 경장에게 자료를 남겨놓게. 신청하고 싶을 때 여기 와서 그에게 얘기하면 돼."

보좌관이 옆에 있는 마흔 살쯤 된 경찰관을 가리켰다.

거 경사는 이어 아칠을 칭찬했다. 그가 혼자서 중대한 음모를 막았다고 치켜세웠다. 아칠은 공손하게 대답하면서 단지 해야 할 일을 했을 뿐이라고 말했다. 쉽게 말해 상사에게 하는 입에 발린 말이었다.

그들이 대화를 나누는 동안 한 경찰관이 다가왔다.

"죄송합니다만, 4447번 순경에게 볼 일이 좀 있습니다."

"무슨 일이십니까?"

아칠이 물었다.

"두즈창이 진술하고 싶은 게 있는데 꼭 4447번에게만 말하겠다는군."

"저한테만요?"

아칠이 의아하다는 표정을 지었다.

"자네 속지 말게."

파란색 셔츠의 잡일부 책임자로 보이는 남자가 끼어들었다.

"그런 인간쓰레기는 온갖 방법을 이용해서 빠져나가려고 하지. 심지어 교활한 계략을 써서 우리를 엉뚱한 방향으로 유인한다네. 그놈이 자네를 지목해서 진술하겠다는 건 뭔가 나쁜 동기가 있는 거야. 그놈이 진실을 토해내게 할 방법이 다 있지. 자넨 순경이니 이쪽 일엔 끼지 않는 게 좋을 거야."

"예, 알겠습니다."

아칠이 대답했다.

그 순간 내가 끼어들어 뭐라고 한마디하고 싶었지만 잠시 생각해 보고 결국 입을 다물었다.

보고하러 왔던 경찰관이 다시 작은 방으로 돌아갔다. 그 작은 방에서는 신음과 비명 소리가 작게 들려왔다. 눈앞에서는 경찰관들이 모여서 사건이 해결된 것을 축하하고 있었다. 너무 큰 차이 때문에 나는 아무런 현실감도 느끼지 못했다.

우리는 확실히 꽤나 괴상한 시대에 살고 있다.

나는 경찰서에서 하룻밤을 보냈다. 경찰서 사람들이 나를 집에 데려다줄 수도 있다고 말했지만, 야간통행 금지 중인데 내가 한밤중에 집에 돌아가면 허씨 아저씨가 분명 이상하게 생각할 것이다. 숨길 거라면 끝까지 숨기는 게 좋다. 아칠이 면 시트가 덮인 침대를 준비해줬고, 나는 경찰서의 어느 방에서 하룻밤 잤다. 그럭저럭 괜찮았다. 적어도 경찰서는 내 방보다 모기가 적었다.

아침 7시에 완차이 경찰서를 떠나 집으로 걸어갔다.

집에 도착한 나는 두즈창과 쑤쑹이 체포된 일에 깜짝 놀란 척했다. 허씨 아저씨는 지난 밤 경찰이 문을 박차고 들어와 그들을 붙잡아간 과정을 눈에 보일 듯 묘사하며 얼마나 아슬아슬하고 위험했는지 토로했다. 내가 어제 겪은 일을 들려준다면 아저씨는 분명 거기에 양념을 좀 더해서 거리 사람들에게 드라마보다 과장된 이야기로 묘사해낼 게 틀림없다.

형은 아침에 집에 돌아왔다가 곧바로 다시 나갔다. 일이 잘 풀릴 것 같다며 이번에 아주 큰 활약을 했단다. 하지만 일요일에도 고객을 만나 일 얘기를 해야 하다니 '매니저'라는 것도 참 힘든 일이다.

나는 평소처럼 허씨 아저씨 스토어에 나갔다. 아저씨도 평소처럼 친구를 만나러 갔다. 뉴스에서는 어제의 이야기가 나오지 않았다. 경찰에서는 그 일을 철저히 숨길 셈인가 보다. 그럴 만도 하다. 심각한 일이었지만 어쨌든 잘 해결됐고, '경무처장이 타 죽을 뻔했다'는 건 아무래도 떠들어댈 일은 아니다.

오늘은 아칠이 지나가지 않았다. 순찰은 다른 사람으로 바뀌었다. 아마 특별히 하루 휴가라도 받은 것일 테지. 황혼 무렵 스토어 문을 닫으려고 바깥에 내놓은 사탕봉지, 쿠키 등을 안으로 들여놓고 있을 때였다. 허씨 아저씨는 계산대에서 부채질을 하며 음이 다 틀린 노래를 흥얼대고 있었다.

"뉴스를 전해드립니다. 노스포인트 칭와가에서 오늘 오후 폭발 사건이 발생했습니다. 두 어린이가 사제폭탄이 폭발해 목숨을 잃었습니다. 폭발지점 부근에 사는 여덟 살, 네 살 자매로 자매의 아버지는 그곳에서 철물공방을 운영하고 있습니다. 경찰은 인간성을 상실한 폭도들의 행위를 비난하며 본 사건 해결에 모든 경찰력을 집중하겠다고 밝혔습니다. 한 의원은 칭와가는 정부청사 등 관련 건물이 없는 곳으로, 일반 주택지에 폭탄을 설치한 것을 이해하기 힘들다고 지적하기도 했습니다. 이는 좌파 폭동에서 가장 악랄한 행동으로……."

라디오에서 뉴스가 흘러나왔다.

"정말 무섭다니까." 허씨 아저씨가 말했다. "저 좌파라는 것들 점점 더 심해져. 정말로 홍콩이 반환되면 저런 놈들이 공무원이 될 거 아닌가. 살기는 더 힘들어질 거라고……."

나는 아무 대꾸도 하지 않았다. 그냥 고개만 저으면서 한숨을 쉬었다. 그러니까, 그랬던 거구나.

다음 날 아침 다시 아칠을 만났다. 그는 예전과 똑같이 담담한 표정으로 골목 끝에서 뚜벅뚜벅 걸어왔다.

"왓슨스 콜라 한 병."

그는 3홍콩센트를 냈다.

나는 병을 건네주고 다시 원래 자리로 돌아왔다. 허씨 아저씨는 차를 마시러 갔고 스토어에는 나 혼자였다.

"경찰 될 생각 없어?"

한참 뒤에 아칠이 먼저 입을 열었다.

"생각 중."

나는 그렇게만 대답했다.

"거 경사의 보증을 받고 경찰이 되면 금방 승진할 텐데."

"무조건 상사의 명령에 따라야 하는 거라면 되고 싶지 않아요."

아칠이 조금 의아한 눈빛으로 나를 쳐다봤다.

"경찰은 기율이 엄격한 조직이에요. 상사와 부하의 직분이 분명하게 나뉘어……."

"어제 노스포인트에서 어린 자매가 죽은 사건 알아요?"

나는 아칠의 교과서 같은 말을 자르고 덤덤하게 물었다.

"어? 알죠. 아이들이 참 안됐어. 아직 범인도 못 찾았다는데……."

"범인은 당신이야."

"뭐?"

아칠은 깜짝 놀랐다.

"누구라고?"

"그 꼬마들을 죽인 건……." 나는 아칠의 눈을 똑바로 쳐다봤다. "당신이라고."

"나라니?" 아칠이 눈을 커다랗게 떴다. "너 지금 무슨 소리야?"

"물론 폭탄을 거기 둔 건 당신이 아니야. 하지만 당신이 멍청하고 고지식했기 때문에 아이들이 죽은 거야. 두즈창이 당신한테 진술하겠다고 했지만 당신은 잡일부에서 나서지 말라고 하니까 꼼짝도 안 했지. 두즈창은 그때 노스포인트의 폭탄에 대해 얘기하려고 했어."

"어, 어째서…… 그렇다는 거지?"

"내가 말했잖아. 쩌우진싱은 두즈창과 쑤쑹에게 노스포인트에서 출발해 거점으로 오라고 지시했어. 두즈창 등이 집에서 나갈 땐 빈손이었는데 제일대다루에서는 폭탄을 들고 있었지. 그렇다는 건 노스포인트에서 폭탄을 가지고 왔다는 거야. 우리는 그들이 폭탄을 가지고 온 자세한 상황은 모르지만, 지도에 노스포인트 칭와가 근처에 연필 자국이 남아 있었잖아. 쩌우 동지가 그 위치에 대해서 두즈창과 쑤쑹에게 뭐라고 특별하게 언급했다는 거지. 폭탄 제조자에게 폭탄을 건네받는 건 위험한 일이야. 폭탄이 터질 수도 있다는 위험이 아니라 제조자가 드러날 수 있다는 위험이지. 만약 제조자가 체포되면 좌파 진영은 중요한 기술자를 잃게 되겠지."

나는 잠깐 숨을 돌렸다. 아칠은 멍한 표정이었다.

"그래서 난 제조자와 직접 만나서 폭탄을 받는 방법을 쓰지 않을 거라고 생각해. 가장 간단한 방법은 시간과 장소를 정해서 폭탄을 놔두면 나중에 범인이 가져가는 거겠지. 두즈창은 이런 정보를 당신에게 알려주려고 한 거야. 그들이 한밤중에 갑자기 체포됐으니 폭탄 제조자에게 연락할 시간이 없었거든. 두 번째 폭탄을 약속장소에 놔뒀지만 아무도 가져가지 않았고, 어린애들이 장난감처럼 가지고 놀다가 터져버린 거라고. 당신, 내가 한 말 기억해? 쩌우진싱이 며칠 내로 계속해서 두 번째, 세 번째 공격이 있을 거라고 했던 거?"

"두즈창이…… 나에게 그걸 말해주려고 했다고? 왜 나지? 심문하는 형사에게 말해도 되잖아?"

아칠이 딱딱하게 굳은 표정으로 말했다. 그의 표정은 경찰 제복에 딱 어울렸다.

"형사들에게 잔뜩 얻어맞고 고문당했는데 그런 사람들을 믿고 말할 수 있겠어? 두즈창은 당신을 그나마 정직하다고 보고 지목한 거야. 여기 거리 사람들은 다 그렇게 생각해. 하지만 당신은 상사가 몇 마디 했다고 포기해버렸어. 그때 당신도 망설였지? 두즈창이 쑤쑹과 다르다는 거 알았잖아. 두즈창은 좌파 이념에 빠져든 게 아니라 그냥 불행하게 걸려든 것뿐이었어. 그런데 당신은 자기가 아는 사실을 무시해버렸어. 경찰서 내 업무나 이해관계 때문에 당신 자신이 인정할 수 없는 명령에 따랐단 거야."

"나, 나는…… 나는……."

아칠은 반박하지 못했다.

"당신은 '경찰의 가치'를 위해서 목숨을 걸고 1호차의 폭탄을 해체했어. 그런데 어제는 아무 죄 없는 아이들이 당신 때문에 목숨을 잃었지. 당신이 보호해야 하는 건 경찰이야, 시민이야? 당신이 충성하는 건 홍콩 정부야, 홍콩 시민이야?" 나는 조용히 물었다. "당신, 도대체 왜 경찰이 된 거야?"

아칠은 침묵을 지켰다. 그는 두 모금밖에 마시지 않은 음료수를 그냥 둔 채 천천히 돌아섰다.

축 처진 그의 뒷모습을 보며 내가 말이 좀 심했다고 생각했다. 사실 나도 그렇게 정의롭고 위엄 있는 말을 할 자격은 없다. 사과하는 의미로 다음 날 그를 만나면 콜라 한 병을 사줘야겠다고 생각했다.

다음 날 그는 나타나지 않았다. 그 후에도 내내 그를 볼 수 없었다.

허씨 아저씨가 경찰서에 인맥이 좀 있어서 아칠이 왜 며칠째 보이지 않는지 슬쩍 물어봤다.

"4447? 누구지? 순경들 번호까지는 기억 못 해."

"그게 말이죠……."

나는 열심히 기억을 더듬어 지난주 아칠의 경찰 신분증에 써 있던 이름을 떠올렸다.

"그러니까 아마 관전…… 관전둬였나 관전이였나 그래요."

"아, 전둬! 듣자니 그 친구 얼마 전에 크게 공을 세워서 센트럴인지 카오룽 침사추이인지에 발령이 났다던데."

승진을 했군. 그런 거라면 뭐. 콜라 한 병 값 아꼈네.

당당한 척 아칠을 훈계하긴 했지만 사실 나도 그와 다를 바 없었다.

나야말로 정의감에서 두즈창 등을 고발한 게 아니었다. 나는 단지 형과 나의 안위를 걱정했을 뿐이었다. 이런 시기일수록 모든 일이 도리에 맞게 처리되는 게 아니었다. 두즈창, 쑤쑹 등과 같은 집에 살았다는 것만으로도 형과 나까지 엮여 들어갈 수 있었다. 우연히 그들의 폭탄테러에 대해 듣고 나자 나는 더욱 불안했다. 시위나 집회에 참석하는 정도의 좌파는 죄를 인정하면 법정에서 가볍게 구형된다. 하지만 폭탄에 관련된 거라면 상황이 달라진다. 형과 내가 억울하게 두즈창과 한패로 몰릴지도 모르는 일이었다.

나 자신을 보호하기 위해서 선제공격을 하기로 했다. 쩌우 동지와 그 일당을 처리해버리기로 했다.

원래는 아칠을 도와 증거를 찾고 나면 바로 발을 빼려고 했다. 아칠이 나서서 내가 그들을 고발했다고 증언해주면, 쑤쑹 등이 뭐라고 입을 놀리거나 잡일부 형사들이 아무리 많은 사람들을 잡아들여도 나와 형은 화를 피할 수 있다. 그리고 좌파에서 내가 고발했다는 것을 알게 될까 걱정할 필요도 없다. 경찰은 나 같은 고발자가 많아지길 바랄 테니 내 신분과 사건 정황을 누설하지 않을 것이다.

하지만 나는 귀가 얇았다. 아칠이 몇 마디 했다고 바보같이 그의 차에 올라타서 홍콩섬과 카오룽을 헤집고 다녔다. 어쩌면 나는 다른 사람에게 쉽게 이용당하는 바보 멍청이일지도 모른다.

이틀 뒤 형이 희희낙락하며 집에 오더니 나하고 상의할 일이 있다고 했다.

"전에 말했던 일이 아주 잘됐어. 중개료가 3천 홍콩달러야."

형이 잔뜩 흥분해서 말했다.

"세상에! 그렇게 많아?"

형이 이번에 이렇게 큰돈을 벌어올 줄은 전혀 몰랐다.

"돈이 중요한 게 아니야. 더 좋은 건 내가 이번에 사장님 한 분에게 좋은 인상을 남겼다는 거야. 이번에 사업 확장하고 새 회사를 차리는데 사람이 필요하대. 내가 이번 일을 잘 해냈으니, 다시 말해 면접 통과! 지금은 그냥 사무직이지만 앞으로 주임이나 부장이 될지 누가 알아?"

"형, 축하해!"

나도 면접에 통과한 것 같다고 말하려 했다. 하지만 그 직장이란 게 형이 좋아하지 않는 경찰이라서 일단 입을 다물었다. 게다가 나는 아직 경찰이 되겠다고 결심하지도 않았다.

"나만 축하할 게 아니야. 네 몫도 있어."

"내 몫이라니?"

"나한테 친한 동생이 있다고 했지. 나처럼 일 잘한다고, 성과가 분명 높을 거라고. 그래서 너만 좋다면 우리 둘이 같은 회사로 출근할 수 있어."

형이랑 같이 일한다고? 좋지! 피곤한 경찰보다야 훨씬 좋지.

"좋아! 어느 회사야?"

"너 '펑하이 플라스틱'이라고 들어봤어? 거기 사장님이 위씨인데, 이번에 물류사업과 부동산 쪽에 새로 손을 댄대. 지금은 견습사무원으로 시작하지만 사업이 확장되면 승진 기회가 많을 거야! 관탕,

너는 왕씨고 나는 위안阮씨지만 말이야, 우리 요 몇 년 친형제처럼 지냈잖아. 좋은 일도 같이, 힘든 일도 같이. 이 회사를 시작으로 둘이 같이 기반을 닦으면……."

13
·
67

작가의 말

원래 이 작품에 서문이나 후기를 쓰지 않을 작정이었다. 작품이 작가를 통해 태어난 다음에는 그 텍스트는 나름의 생명을 갖게 된다. 독자가 작품에서 무엇을 보고 무엇을 느끼든 그것은 독자의 자유이고 유일무이한 개인의 경험이다. 작가가 이러니저러니 하는 것은 독자가 직접 겪어보는 것만 못하다. 그러나 내가 원고를 출판사에 넘기면서 간략한 소개와 창작의 영감에 대해 수천 자로 장황하게 써서 줬더니 편집자가 이렇게 권했다.

"후기를 쓰시죠! 독자들도 좋아할 겁니다."

그래서 이야기를 풀어보기로 했다.

2011년 가을, 나는 운 좋게 시마다 소지 추리소설상을 받았고 다음 작품의 소재를 구상하고 있었다. 그때는 별로 좋은 생각이 없었는데, 타이완추리작가협회에서 내부적으로 단편소설 교류대회를 연다는 소식을 들었다. 주제는 '안락의자 탐정'이었다. 즉 탐정 캐릭터가 증언에만 의존해야 하고 직접 현장에 가서 살펴보지 않는 형식의 이야기를 써야 한다. 나는 YES와 NO만 말할 수 있는 안락의자 탐정을 떠올렸고, 아주 재미있을 거라 생각했다. 그래서 쓴 것이 「흑과 백 사이의 진실」 초고였다. 우습게도 글자 수의 제한을 지키지 못해 상한선을 약간 넘기는 바람에 계획을 바꿔 이 작품은 연작으로 이어 쓰기로 하고, 새로 SF 스타일의 단편을 써서 교류대회에 참가하게 됐다.

그 후 관전둬와 뤄샤오밍의 이야기를 어떻게 확장시킬까 고민하기 시작했다. 최초의 아이디어는 아주 단순했다. 3만 자짜리 단편 두 작품을 더 쓰면(「흑과 백 사이의 진실」 초고는 3만 3천 자였다) 책 한 권이 되겠다는 정도였다. 시간 역순의 연대기 형식은 일찍부터 결정했다. 단지 처음에는 순수하게 추리소설의 각도에서 '사건'을 주축으로 하여 구상했다. 그러나 사건의 플롯과 트릭을 구성하는 동안 나는 왠지 마음이 편치 않았다.

나는 1970년대에 태어나 1980년대에 성장한 세대다. 그때 홍콩의 꼬마들에게 '경찰'이란 미국 만화에 나오는 슈퍼히어로와 동급이었다. 강하고 공정하고 정의롭고 용감하며 시민을 위해 온 마음으로 일하는 사람이었다. 물론 나이를 먹으며 세상일의 복잡함을 깨닫게 됐지만 경찰의 이미지는 여전히 좋은 면이 나쁜 면보다 더 컸다. 하지만 2012년 홍콩 사회의 여러 현상이나 경찰이 관련된 뉴스를 보면서 그런 생각이 계속 흔들렸다. 나는 점점 회의적이 되었다. 경찰을 탐정으로 내세운 소설을 쓴다는 건 이야기fiction보다 선전propaganda에 가까운 게 아닌가?

작가도 의문을 품는 이야기에 독자들이 설득당할 수 있을까?

그래서 이 작품의 방향이 180도 바뀌었다. 나는 더 이상 단순한 사건이 아닌 한 인물, 한 도시, 한 시대를 묘사하는 이야기를 쓰기로 마음먹었다. 분량도 내가 상상했던 것보다 훨씬 늘어났다.

추리소설에 익숙한 독자라면(특히 일본의 추리소설) 대개 '본격 추리소설'과 '사회파 추리소설'의 구분에 대해 잘 알고 있을 것이다. 전자는 미스터리와 트릭을 위주로, 단서를 바탕으로 사건을 해결하는 논리적 재미에 중점을 둔다. 후자는 사회현상을 반영한 인간의 본성을 현실적으로 구현하는 데 더 중점을 둔다. 나는 원래 순수 본격 추리소설의 이야기를 쓰려고 했다. 하지만 방향을 틀고 나니 좀 더 사회 묘사에 치중하게 됐다. 양자의 성질이 완전히 상반되는 것은 아니지만, 혼합하기가 간단한 일은 아니다. 쉽게 한쪽 분위기로 쏠리게 된다. 이런 문제를 해결하기 위해(혹은 회피하기 위해서라고 해도 좋다) 나는 다른 방식의 글쓰기를 선택했다. 이 작품은 여섯 개의 독립된 단편 본격 추리소설로 구성되어 각 편은 미스터리의 논리적 해결을 주 노선으로 하지만, 여섯 편을 연결시키면 한 편의 완정完整한 사회파 추리소설이 되도록 하는 것이다. 미시적으로는 본격추리이고, 거시적으로는 사회파 작품이 되는 것이었다.

각 편의 시대 배경은 홍콩 사회에서 전환점이 되었던 때다. 그런 요소가 어쩌면 이야기에서 중요한 부분을 차지할 수도 있고 단지 배경요소만으로 작용하기도 한다. 유일하게 그렇지 않은 이야기가 「흑과 백 사이의 진실」이다. 어쨌든 이야기의 시간대가 내가 탈고했던 시점에서 멀지 않아야 했다. 내가 노스트라다무스도 아니고 미래예측의 능력이 없으니 말이다. 하지만 2012년에서 2013년 사이 홍콩 사회에서 경찰에 대한 의문은 나날이 심각해지고 2013년 말에는 최고조에 이르렀다. 어쩌면 불행히도 예측이 맞아떨어진 것일지도 모른다.

각 이야기의 배경에 대한 생각이나 캐릭터의 의미, 세부적인 비유, 텍스트 안팎의 개념 연결 등에 대해서는 자세히 설명하지 않으려 한다. 여러 독자들이 직접 느끼는 것이 좋다. 다만 그중 두 가지에 대해서만 이야기하려고 한다. 홍콩의 지리에 익숙하지 않은 독자에게는 내가 언급하지 않으면 아마도 알아차리기 힘들 것이다. 이야기 중에 나오는 장소들은 계속해서 반복적으로 등장한다. 예를 들어 「죄수의 도의」에서 관전둬와 뤄샤오밍이 만나는 스타디움은 「빌려온 공간」에 나오는 '난씨南氏 아파트'의 모델이 된 난씨楠氏 아파트와 가깝다. 모두 아가일가 부근이다. 「가장 긴 하루」에서 용의자가 출현해 경찰력을 낭비시키는 '관룽루'는 「빌려온 공간」의 '케네디타운 수영장' 옆에 있다. 「죄수의 도의」에서 탕링이 습격당하는 서카오룽 매립지역은 예전에 「빌려온 시간」에서 주인공과 아칠이 민방호를 기다렸던 조던 부두였다. 「가장 긴 하루」에 나오는 그레이엄가 시장, 「테미스의 천칭」에서 관전둬와 류리순이 점심을 먹는 식당, 「빌려온 공간」에 나오는 '뱀통' 러샹위안 카페 등은 모두 센트럴 웰링턴가 일대에 있다. 「테미스의 천칭」의 레스토랑 이름은 만들어낸 건데, 이름이 비슷한 레스토랑이 아직 원래 위치에서 영업 중이기 때문이다. 러샹위안은 지금은 문을 닫았다. 만약 이 소설을 읽고 이야기 속에 나온 장소에 들러보고 싶다는 생각이 든다면 작가로서 무척 기쁠 것이다.

그리고 한 가지 더 말하고 싶은 것이 있다.

오늘의 홍콩은 작품 속 1967년의 홍콩처럼 똑같이 괴상하다. 우리는 멀리 한 바퀴 돌아서 원점으로 돌아온 것이다. 하지만 나는 2013년 이후의 홍콩이 1967년 이후의 홍콩처럼 한 발 한 발 올바른 길로 나아가 소생할지 아닐지는 알 수 없다. 또한 강하고 공정하고 정의롭고 용감하며 시민을 위해 온 마음으로 일하는 경찰의 이미지가 다시 확립되고, 홍콩의 어린이들이 경찰을 자랑거리로 생각하게 될지도 알 수 없다.

2014년 4월 30일

찬호께이

옮긴이의 말

『13·67』을 쓴 찬호께이는 홍콩에 거주하며 타이완에서 활동하는 추리소설가입니다. 원래 컴퓨터공학을 전공한 공학도로, 추리소설은 재미 삼아 쓰기 시작했다고 합니다. 그는 별 생각 없이 타이완 추리작가협회의 2008년 작품공모전에 투고했는데, 첫 작품으로 결선에 오르며 타이완 출판계에 이름을 알렸고 다음해인 2009년에는 같은 공모전에서 1위를 해 주목을 받았습니다.

전업 추리작가의 길을 걷기로 결심한 그는 2011년 장편 추리소설 『기억하지 않음, 형사』로 제2회 시마다 소지 추리소설상을 받습니다. 타이완을 주축으로 일본, 중국, 태국 등 아시아 각국의 출판사들이 협력해 주최하는 대중문학상인데, 중국어권인 타이완과 중국은 물론이고 일본, 태국, 이탈리아 등에서도 번역 출간되는 기회가 주어집니다. 시마다 소지가 직접 수상작을 결정하는데, 심사평에서 찬호께이에게 "무한대의 재능"이라는 찬사를 보낸 바 있습니다. 『기억하지 않음, 형사』 이후 새롭게 발표한 추리소설 『13·67』은 그의 세 번째 장편이자 2015년 타이베이 국제도서전 대상 수상작입니다. 타이베이 국제도서전에서 홍콩 작가가, 그것도 대중문학 작품으로 대상을 받은 것은 전례 없는 일입니다.

2015년 국내에 『13·67』의 한국어판이 처음 출간되었을 때도 비슷했습니다. 한국 추리소설 시장에서는 영미권, 일어권 소설 외에 다른 언어로 된 책을 찾아보기 어려웠습니다. 『13·67』은 오로지 마니아층의 입소문만으로 '찬호께이'라는 낯선 홍콩 작가의 이름을 한국 독자들에게 각인시킨 강렬한 작품입니다. 2017년에는 추리소설 강국인 일본에서 출간되었습니다. 그해 말 '주간문춘週刊文春 미스터리 베스트 10', 본격 미스터리 베스트 10' 1위, '이 미스터리가 대단하다' 2위, 북로그Booklog 해외소설대상 등 일본의 주요 추리소설상을 석권하며 언어의 경계를 넘어서는 이야기의 힘을 증명했습니다. 한국과 일본 외에도 미국, 영국, 프랑스, 캐나다, 이탈리아, 네덜란드 등 12개국에 번역 출간되었으며 영화, 드라마 등 미디어믹스 계약도 일찌감치 체결했습니다. 『13·67』은 연속성 있는 여섯 편의 단편을 묶어낸 독특한 형식의 장편소설로, 주인공을 중심으로 여섯 건의 독립된 사건이 각각의 단편을 이룹니다. 특이하게도 현재의 사건에서 시작해 과거의 사건으로 향해 가는 시간 역행의 구성입니다. 작품 제목이기도 한 13과 67의 숫자 조합은 최초의 사건이 일어난 1967년과 최후의 사건이 일어난 2013년을 의미합니다.

주인공인 관전뒤는 홍콩 경찰총부의 전설이자 천재적 추리 능력의 소유자인데, 첫 단편인 「흑과 백 사이의 진실」에서 그는 암 말기로 혼수상태에 빠져 있어 제자이자 수사 파트너인 뤄샤오밍이 특수한 기계장치를 통해 그와 대화를 나누면서 살인사건의 진상을 찾아갑니다. '예'와 '아니요'로만 대답할 수 있는 관전뒤가 미스터리를 하나씩 풀어내는 과정은 독자들이 한시도 눈을 뗄 수 없게 하고, 살인자가 밝혀졌다고 생각한 순간 이어지는 몇 차례의 반전은 전혀 예상하지 못한 충격적인 결말로 독자들을 데려갑니다. 두 번째 단편 「죄수의 도의」는 시간을 10년 전으로 되돌려 은퇴 후 특수고문으로서 경찰을 돕는 관전둬가 뤄샤오밍과 함께 사건을 해결하는 이야기를 다룹니다. 계속 시간을 거슬러 올라가 여섯 번째 단편 「빌려온 시간」의 마지막 장면에 이르면, 독자들은 다시 한 번 「흑과 백 사이의 진실」의 결말을 떠올리게 될 것입니다. 충격적 결말 이면의 서늘한 진실과 더불어 한 인간의 삶을 지배하는 거대한 아이러니가 꽤나 긴 여운을 남깁니다.

정교한 플롯 속에 계속되는 반전의 전개는 찬호께이 작품의 특징입니다. 살인사건이라고 생각했는데 다른 양상의 사건으로 변모하는 등 사건 자체의 모습이 완전히 뒤집혀 주인공이 알아낸 사실이 아무 쓸모 없는 것으로 전락하기도 합니다. 하지만 주인공의 추리를 계속 따라가면 결국 다시 한 번 국면 전환이 벌어지고 전체를 아우르는 대결말이 드러납니다. 찬호께이는 공학도답게 사소한 설정 하나까지 섬세하게 쌓아올리면서 과학적인 근거와 논리적인 서사로 몇 차례나 뒤집히는 이야기의 전체적인 구조를 든든히 지탱합니다.

독자의 허를 찌르는 정교한 트릭과 그것을 파훼하는 논리적 추리과정에 공을 들이는 본격추리의 스타일을 따르면서도, 섬세한 관찰력으로 배경의 지역성 및 사회와 시대의 변화를 묘사하고 주인공의 일생과 유기적으로 연결시켜 사회파 추리소설의 매력도 함께 느낄 수 있습니다.

홍콩은 아편전쟁 이후 1997년까지 영국 정부의 지배를 받으면서 동서양 문화가 결합된 독특한 사회를 형성했습니다. 주민 절대 다수가 중국인이고 중국어 방언의 일종인 광둥어를 일상적으로 사용하는데도 고위공무원은 전부 영국인이고 공용어 역시 영어였지요. 작품 속 관전둬도 영국인 고위경찰의 눈에 들어 영국 연수 기회를 얻었으며 그 후 빠르게 승진할 수 있었습니다. 이처럼 아시아 속의 '작은 서양' 같았던 홍콩은 1997년 주권 반환으로 갑자기 사회주의 체제에 편입돼 정치, 사회, 경제 등 모든 방면에서 극심한 변화를 겪고 있습니다. 찬호께이는 사회적 격변을 겪는 홍콩과 그 속에서 경찰로 살아가는 주인공의 모습을 통해 한 개인의 선택과 요동치는 시대, 변화하는 도시가 어떤 운명의 끈으로 묶여 있는지를 작품 속에서 처절하게 그려냅니다. 책을 다 읽고 나면 관전둬의 일생이 마치 홍콩이라는 도시에 대한 은유처럼 느껴지기도 합니다.

손에 땀을 쥐게 하는 긴장감, 흥미진진한 추리, 신선한 사건 플롯, 한 인물의 삶을 큰 흐름으로 그려낸 묵직한 감동까지 여러 가지 매력으로 독자들에게 다가갈 수 있는 작품입니다. 또한 앞에서 나온 사람이나 물건 등이 다음 편에서 슬쩍 등장하며 독자들에게 숨은 그림 찾기 같은 소소한 재미도 제공합니다. 찬호께이는 어느 인터뷰에서 "왜 추리소설을 쓰느냐"는 질문에 "과거 언젠가 나라는 사람이 존재했다는 사실을 사람들에게 기억시키기 위해서"라고 답했습니다. 앞으로도 그가 사람들의 머릿속에 자신의 존재를 각인시켜 가는 과정을 한국 독자들과 함께 지켜볼 수 있기를 기원합니다.

2023년의 시작에서

강초아

13·67

1판 1쇄 발행 : 2015년 6월 19일
개정판 1쇄 발행 : 2023년 1월 13일
개정판 2쇄 발행 : 2024년 2월 26일

지은이 찬호께이
옮긴이 강초아
펴낸이 김기옥

문학팀 김세화 | 마케팅 김주현
경영지원 고광현, 김형식, 임민진
표지디자인 박진범 | 본문디자인 고은주

인쇄·제본 (주)민언프린텍
펴낸곳 한스미디어(한즈미디어(주))
주소 04037) 서울시 마포구 양화로 11길 13(서교동, 강원빌딩 5층)
전화 02-707-0337 | 팩스 02-707-0198 | 홈페이지 www.hansmedia.com
출판신고번호 제 313-2003-227호 | 신고일자 2003년 6월 25일

ISBN 979-11-6007-857-2 03820

한스미디어 소설 카페 http://cafe.naver.com/ragno | 트위터 @hans_media
페이스북 www.facebook.com/hansmediabooks | 인스타그램 @hansmystery

책값은 뒤표지에 있습니다.
잘못 만들어진 책은 구입하신 서점에서 교환해 드립니다.